苔丝

〔英〕托马斯·哈代 著　吴笛 译

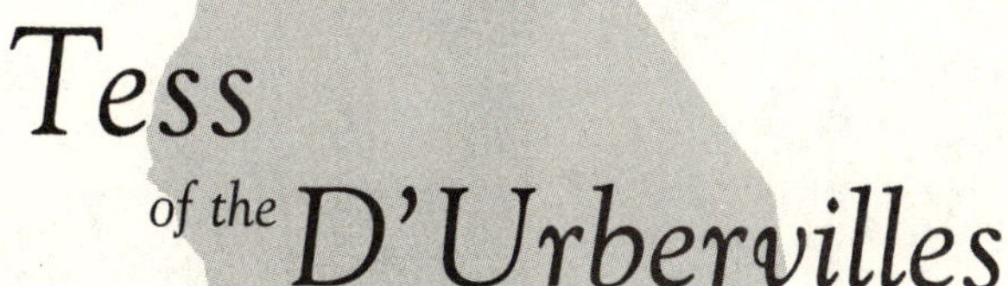

说明[1]

以下这部小说的主要部分（文句略有不同）曾在《文艺周刊》上发表过，另有数章，是专为成年读者而作，也以长篇选载的形式在《双周评论》和《国民观察》杂志上发表过。承蒙这些刊物的编辑和主办人的大力相助，现在得以将这部小说的躯干和肢体连在一起，全部印行，在此一并致以谢忱。

我只想补充：出版这部小说，目的极为诚恳，只是试图以艺术的形式来表现相继发生的真实事情。至于这部书中的观点和情绪，不过是把现今每个人所思索的和感觉到的东西说了出来，如果有任何自诩高雅的读者忍受不了这些东西，那我就请他记住圣杰罗姆的那句人所共知的话语：如果由于真理而受人攻击，那么，宁可受到攻击，也不能舍弃真理。

哈代

1891年11月

1.《苔丝》于1891年7月4日起开始在杂志上发表，1891年11月以书的形式分三册出版，这是哈代为初版所写的说明。

目录 | Contents

第一部　妙龄少女 …… 001

第二部　失身女子 …… 080

第三部　振作精神 …… 110

第四部　终身大事 …… 168

第五部　女人总是吃亏 …… 253

第六部　皈依宗教者 …… 343

第七部　完结 …… 417

Poor wounded name ! My bosom as a bed. Shall lodge thee.

—— William Shakespeare

第一部

妙龄少女

第一章

五月下旬的一个傍晚，一位中年男子正从沙斯顿赶回自己的家乡——马洛特。该村庄坐落于毗邻沙斯顿的布雷克摩（或布莱克摩）山谷。这位中年人拖着两条腿，步履蹒跚，整个身子总是有些歪向左边。他偶尔把头轻巧地一点，仿佛是对什么事情表示赞同，其实并没有在思考任何事情。他胳膊上挎着一只盛鸡蛋的空篮子，帽子上起了一层乱糟糟的绒头，摘帽时用大拇指捏住的地方已经磨损了一大块。不一会儿，一个上年纪的牧师迎面而来，骑着灰色牝马，信口哼着小调。

“你好。”挎篮子的人说。

“你好，约翰爵士。”牧师说道。

男子又走了一两步，停住脚，转过身子。

“呃，先生，俺真不明白，上回赶集的那天，差不多也是在这个时候，俺俩在这条路上相遇，俺对你说了一声‘你好’，你也是像方才一样回答：‘你好，约翰爵士。’”

“不错，我是这么说过。”牧师说道。

“在那以前还有一回，大概一个月之前。”

“或许是的。”

“你干吗三番两次地叫俺‘约翰爵士’呀？俺只不过是个做小生意的普通乡巴佬，名叫杰克·德贝菲尔呀。”

牧师拍马向前，朝男子靠近了一两步。

“那只是我心血来潮。”牧师说道，迟疑了一会儿，又改口说，“不久前，我为编写新郡志考察各个家谱，偶然发现一件事。我是斯塔福特路的特林厄姆牧师，喜爱收藏古物。德贝菲尔，你真的不知道你是古老高贵的爵士世家德伯维尔的直系子孙吗？德伯维尔的始祖是佩根·德伯维尔爵士，根据《功臣谱》的记载，这位著名的武将随同征服王威廉一世从诺曼底来到了英格兰。”

“俺可从来没听说过这回事呀，先生！”

“这是真的。抬起你的下巴来，让我好好端详端详你的脸。错不了，这正是德伯维尔的鼻子和下巴——只不过瘪了一点。你的祖先就是协助诺曼底的埃斯特玛维拉勋爵征服格拉摩根郡的十二武将之一。你家族的分支在英格兰这一带拥有好几处庄园，他们的名字出现在斯蒂芬王朝时代的《国库年报》里。在约翰王统治时代，你们家族其中几个豪富还把受封领地捐赠给了僧兵团[1]。在爱德华二世时代，你的祖先布赖恩被召到威斯敏斯特，出席了那里的大议会。在克伦威尔时代，你们家族有所衰败，但不算严重。在查理二世统治时代，你们家由于忠于君主，被封为‘御橡爵士’。呃，你们家族中已经出过好多代约翰爵士，假如爵士封号也像从男爵那样，可以世袭相传，那你现在不就是约翰爵士了吗？其实，在古时候，爵士封号就是父子相传的呀。”

“俺真不敢相信自己的耳朵！”

“简而言之，”牧师用鞭子果断地拍了拍自己的腿，作了结论，“在整个英格兰也几乎找不出另一个像你这样的高贵家族。”

“天哪，难道这是真的？”德贝菲尔说道，“可俺在这儿到处碰壁，年年

1. 僧兵团本为慈善机构，由圣地医院发展而成。

都一样，人们不把俺放在眼里，好像俺只不过是教区里最不起眼的平头百姓……特林厄姆牧师，大伙儿知道俺这桩事儿有多长时间啦？”

牧师解释说，据他所知，这桩事儿已经完完全全地被人遗忘，根本谈不上是否被人知晓。他自己的调查开始于去年的一个春日，他碰巧看到了刻在马车上的德贝菲尔这个姓氏，由于对德伯维尔家族的盛衰变迁极感兴趣，他就寻根究底地查考了德贝菲尔父亲和祖父的有关情况，后来彻底弄清了这个问题。

“本来，我并不想把这毫无价值的事实讲给你听，免得打扰你，”他说，“但是，我们的冲动有时候比自身的判断力更强。我以为你或多或少知道一些情况呢。”

“是啊，的确是的，有过一两回，俺听说俺家来布莱克摩山谷之前，日子要好过得多。可俺没去理会，只是以为俺家曾经有过两匹马儿，而不像现在这样只有一匹。俺家里倒有一把古老的银匙，还有一个古老的印章，可是，老爷，银匙和印章又能说明什么呢？……哪里想到俺和这些高贵的德伯维尔一直是同宗共祖呐。据说俺老爷子有些秘密，他不肯说出他是打哪儿来的……俺冒昧地问一句，眼下俺家的人在哪块地方生烟火呢？俺是说，俺德伯维尔家的人眼下住在哪儿呢？”

“你们家的人哪儿也没有了。作为郡里的贵族人家，已经绝嗣了。”

“真是伤心呐。”

“是啊，那些编写家史的人，总是把衰败的男系世家称作绝嗣家族。”

“那么，俺们家的人埋在哪儿呢？”

“埋在绿山下的王陴，一排又一排地躺在墓穴里，墓上有雕像，上面还有贝克大理石蓬罩。”

“那么，俺们家的宅邸和领地在哪儿呢？”

“你们什么也没有了。”

“哦？地产也没有了吗？”

“没有了，尽管如我所说，你们家族曾经兴旺发达，拥有无数领地。在这个郡里，你们家的宅邸在王障有一处，在谢顿、米尔庞德、拉尔斯丹特和井桥都各有一处。”

“俺们家还能兴旺发达吗？”

“嗯——这个我说不准！”

“对于这桩事，俺该怎么办呢，先生？”德贝菲尔停了一会儿问道。

“无能为力，无能为力喽。不过，‘盖世雄杰，何竟死亡！’[1]你也只好想着这句话，宽宽自己的心了。当地一些搞历史的和研究家谱的肯定对此有些兴趣，仅此而已。在本郡的一些村舍里，也有好几个别的家族，和你家差不多显赫。再见吧。”

“可是，你回头不和俺喝一杯提提神吗，特林厄姆牧师？‘醇沥酒店’的酒开了桶，味道还是很不错的，虽说比‘罗利弗酒店’差一点。”

“不啦，今晚不行啦，谢谢你，德贝菲尔。你也已经喝得够多了。”说罢，牧师策马继续赶路，心里疑惑着，向这个人传播这点儿稀奇事儿，是不是不够谨慎？

牧师走远之后，德贝菲尔充满奇思妙想地走了几步，接着在路边的草坡上坐下来，把篮子放在身前。过了几分钟，远处出现一个小伙子，顺着德贝菲尔刚才走的方向来了。德贝菲尔见到他，便举起手来。年轻人加快脚步，走到他跟前。

“小子，把俺的篮子拿去拎着！俺要你为俺跑趟腿。”

那个瘦如板条的年轻人皱了皱眉。“约翰·德贝菲尔，你算老几，凭什

1. 语出《圣经·旧约·撒母耳记下》。

么对俺发号施令，还叫俺‘小子’？俺俩谁还不认得谁呀！”

“凭什么？凭什么？这是秘密——这是秘密！现在，只管听从俺的吩咐，好好地去干俺叫你去干的事情……好吧，弗雷德，把这个秘密讲给你听也无妨：俺是一个高贵家族的人哩，这是俺今儿下午刚刚发现的。”宣布这一消息之后，德贝菲尔坐着往后一仰，放纵地伸开身子，躺倒在草坡上的雏菊丛中。

那小伙子伫立在德贝菲尔身前，把他从头到脚打量了一番。

“约翰·德伯维尔爵士——这就是俺。”德贝菲尔仰卧着说道，“意思是说，如果爵士跟从男爵一样的话——本来就是一样嘛。关于俺的来历嘛，都记载在册了。小子，你是否知道绿山下的王陴这个地方？”

“知道。俺上那儿赶过集。”

“嗯，在那个城市教堂的下面，躺着……”

“那不是城市，俺是说那个地方不是城市，至少俺去的时候还不是，只是个很不起眼的、可怜巴巴的小地方。”

“别管它是什么样子嘛，小子，那不是俺们要谈的问题。在王陴那儿的教堂下面，躺着俺家许许多多的祖宗——数以百计啊，穿着铠甲，戴着珠宝，装在好几吨重的铅质大棺材里。在整个南威塞克斯，谁家的祖坟也比不上俺家的祖坟那么高贵，那么气派。”

“哦？”

“现在嘛，拎上这只篮子，赶到马洛特去，到了‘醇沥酒店’，叫他们立即给俺派一辆马车，接俺回家。马车厢里，他们一定得摆点小瓶朗姆酒，记在俺的账上。办完这件事儿之后，你再把篮子拎到俺家去，叫俺老婆先把要洗的衣服搁一搁，因为她不用干这种活儿了，叫她等俺回家，俺有要紧事儿告诉她呐。”

年轻人半信半疑地站着不动，于是德贝菲尔把手伸进口袋，从他历来少得要命的先令中掏出一个。

“这是你的辛苦费，小子。”

这枚先令改变了小伙子的看法。

“是的，约翰爵士。谢谢您啦。还有别的事儿能为您效劳吗，约翰爵士？”

“告诉俺家里的人，说俺今天的晚餐嘛，嗯，能弄到羊杂碎，就吃炒杂碎；要是没有，就吃猪血香肠；要是也没有，猪小肠也行。”

“是，约翰爵士。”

小伙子拎起篮子，准备动身，这时，村庄那头传来了铜管乐队演奏的乐曲声。

“怎么回事？”德贝菲尔问道，“不是为俺的事吧？”

“那是妇女们在开游行会，约翰爵士。怎么，你女儿不也参加了吗？”

“哦，是的，说实在话，俺的脑袋瓜里想的都是大事情，把那件小事忘得精光了！好啦，你到马洛特去，给俺叫好马车，或许，俺还能乘着马车兜一圈，视察视察游行会哩。”

小伙子走了，夕阳之下，德贝菲尔躺在草坡上的雏菊丛中，静静地等候。过了好久好久，都没有一个人影从这儿路过，那微弱的铜管乐声成了这青山脚下唯一能听见的人间的声音。

第二章

前面所说的布莱克摩，是一个美丽的山谷，马洛特村就位于它东北部的起伏地带。这一地区群山环绕、清幽僻静，尽管离伦敦不过四个钟头的路程，可是大多数地方仍然未有风景画家或游客涉足。

要想熟悉这个山谷，最好是从环绕四周的群山的顶峰向下俯瞰——夏季的干旱时节也许是个例外。若是没人引导，在天气不好的时候逛到幽深之处，看到狭窄曲折、满是烂泥的道路，很可能会产生不快之感。

在这片土地肥沃、群山遮掩的乡间地带，田野永不枯黄，泉水永不干涸，它的南面邻接着险峻的石灰岩山岭，这山岭环绕着汉勃勒顿山、公牛冢、荨麻谷、多格堡、高斯陀以及巴勃荡等高地。从海滨地区来的游客，在石灰质丘陵和谷类庄稼地里艰难地向北走了几十英里，突然来到这种峻岭的边缘，向下鸟瞰，惊喜地发现一片像地图一样平铺在脚下的原野，与刚才所路过的截然不同。原野之后是莽莽重山，灿烂的阳光倾泻在看起来广袤无垠的原野上。一条条小径呈现白色，一排排低矮的小树编成篱笆，空气清澈干净。在这儿的峡谷间，世界仿佛是在更纤小、更精致的规模上建构起来的；田野仅仅是微缩的放牧围场，从这儿的高处看下去，栽成树篱的一排排灌木好像是由绿线编织的网，铺在淡绿色的草地上。下方倦怠的大气染上了一片蔚蓝，就连艺术家称作中景的部分也带有那种色彩，而远处的地平线上却呈现出最深沉的蓝色。可耕的土地数量不多，面积有限。除了很少的一部分之外，整个景色就是辽阔的草地和茂密的树林，大山抱着小山，深谷套着浅谷，这就是布莱克摩山谷。

这个地区不仅在地形上饶有风味，而且在历史上也妙趣横生。从前，这块地方因“白鹿林”而闻名遐迩，相传在亨利三世执政时期，有一头美丽的白鹿被国王追捕到手，国王把它放掉了，可这头白鹿却被一个叫托马斯·德拉林德的人捕杀了，因而此人受到了严厉的惩罚。在那些年代，以及直到不久之前，此地到处覆盖着茂密的树林。即使现在，从古老的橡树丛和山坡上存留的杂乱无章的乔木地带中，从遮蔽着大片牧场的空心大树中，也还可以发现早年情形的痕迹。

御猎场已经不复存在，但它遗留的一些古时风俗却没有绝迹。然而，许多风俗是以变换的或改装的形式得以留存。譬如，原来的五朔节舞会，在我们现在所讲的这个下午可以辨别出来，不过已改装成狂欢会的形式，或者按当地的说法，叫“游行会”。

对于马洛特的年轻一代村民来说，这种游行会是一个有趣的事件，尽管其真实的趣味未被这一仪式的参加者们所关注。它的奇特之处并不在于保留了年年列队游行跳舞这一风俗，而是在于其参加者全是妇女。在男人的圈子里，类似的庆祝虽说正在趋于灭亡，可也不算罕见；但是，不知是女性天生的羞怯，还是来自男性亲属的讥讽，使得尚存的这类妇女庆祝活动（如果还有别的话）丧失了原有的荣耀和盛况。唯有马洛特的游行会依然存在，来纪念当地的谷物女神节。这一活动已经延续了好几百年，如今仍在按期进行，如果说这不是互济会，那也是一种表示还愿的妇女会。

结队而行的妇女们全都穿着白色长衫，这种明快鲜明的服饰是旧历时代的遗风，在那个时代，目光远大这一习性还没有把人类情感降低到单调一律，欢天喜地与五月时光仍是等同的概念。这一天，妇女们首次出现的时候，是绕着教区排着双行的队列游行。绿色的树篱和爬满藤蔓的房屋前壁衬托着她们的身躯，当明媚的阳光照射在她们身上的时候，理想与现实便微微发生冲撞；因为，尽管整个队列都是穿的白色长衫，但是其中没有两件白得一样。有的接近于纯粹的漂白，有的是泛蓝的灰白，而有些年长者所穿的长衫则是白中带着死灰（可能是在箱子里叠了好多年），而且还是乔治时代的式样。

除了白色女衫这一基本特征之外，每一位妇女和姑娘右手都拿着一根剥了皮的柳树棍子，左手拿着一束白花。削剥柳枝和挑选鲜花，都是每个人要费出一番心思才能完成的。

游行队伍里，有几位中年妇女，甚至有几位上了年纪的妇女，她们那满头的银丝以及历经沧桑、饱受磨难后产生的满脸皱纹，夹在喜气洋洋的队列之中，造成了一种近乎荒唐可笑却又可悲可叹的场面。对于她们，自己要说"生命毫无喜乐"[1]的年头快要临近了。也许，这些饱经风霜、受尽忧患的人，比起她们年幼无知的同伴来，确确实实个个都有更多的东西值得我们搜集和叙说。不过，还是让年长者从这儿退场吧，让给那些在紧身胸衣下生命搏动得更为热切、更为猛烈的人吧。

的确，年轻的姑娘在队列中占了大多数，她们满头的秀发在阳光的映射下，反射出金色、黑色和褐色的光泽。在她们中间，有些人长着美丽的眼睛，有些人生着灵秀的鼻子，还有些人嘴唇妩媚动人，身段婀娜多姿，可是将这些美色集于一身的人，固然不能说没有，却极为稀少。在这种简单粗俗地出头露面、被人打量的情况下，该怎样安排自己的嘴唇，对于她们是个难题，脑袋该怎样保持平衡，面部又该怎样排除不自然的神情，显而易见，都不是她们力所能及的，这些都说明她们是真正的乡下姑娘，不习惯抛头露面。

她们每个人不用阳光照射，身上都已经热烘烘的了，每个人都有供自己心灵取暖的私人小太阳，每个姑娘都依然怀着某种梦幻、某种情感、某种爱好。至少是某种渺茫、朦胧的希望，因为希望总是存在的，虽然也许正在化为泡影。因此，她们大家全都高高兴兴，并且好些人还喜气洋洋。

她们绕过醇沥酒店，正准备离开大道，穿过边门进入草场时，一个妇人嚷了起来：

"呀，老天爷！看哪，看哪，苔丝·德贝菲尔，那不是你爹乘着大马车

1. 出自《圣经·旧约·传道书》第12章第1节。

回家吗？”

听到这一声叫喊，队列中一个年轻姑娘转过头来，她是个漂亮标致的姑娘——也许，并不比别的姑娘娇美，但是她那两片充满灵性的牡丹般的嘴唇和一双天真纯净的大眼睛，给她的容颜增添了无可置疑的妩媚。她头发上扎着一根红丝带，在整个游行队列中，她是唯一能以这种鲜明装饰而自夸的人。她转过头来的时候，看到德贝菲尔乘坐醇沥酒店的轻便马车，一路驶来，赶车的是一个头发卷曲、身体强壮的年轻女人，她的两只衣袖卷到了胳膊肘以上。这是该酒店的雇工，神情愉快，总是打杂，时而也做马夫。德贝菲尔靠在马车上，眼睛放松地闭了起来，一只手在头前晃来晃去，嘴里慢悠悠地吟诵不停：

“俺家——在王隍——有一大片祖坟；俺那些被封为武将的祖宗——装在那儿的铅棺材里面哩！”

参加游行会的人嗤嗤地笑了起来，除了那个名叫苔丝的姑娘。她意识到自己的父亲当众出丑，不免感到有些害臊。

“他只是累了，没别的，”苔丝赶紧解释说，“他搭车回家，是因为俺家的马儿今天得歇着。”

“你真会装糊涂，苔丝。”她的同伴说，“他是赶集的时候灌多了。哈哈！”

“听着，要是你们再笑话他，俺就不会同你们向前多走一步了！”苔丝大声嚷道，面颊上的绯红已经扩展到整个面部和脖颈。过了一会儿，她眼睛泪汪汪的，只好深深地低下了头。她们觉察到真的伤害了她，所以没再吭声。队列又开始正常行进。苔丝的自尊心极强，不愿再次掉头去弄清父亲那番话的真实意义（如果有什么意义的话），因此她默默地随着大家走进围场。舞会将在这儿的草地上举行。到达这一地点之后，她的心情恢复了平静，她用柳枝轻轻拍着身边的人，并且像往常一样又说又笑起来。

苔丝·德贝菲尔在人生的这个阶段，还只是个未被经验所染指的纯情少女，虽说她上过村里的学校，可是乡音很重：在这个地区的方言中，典型腔调大约表现在“ur”这个音节的念法上，这儿的人把它念得像人类语言中的任何音节一样重。苔丝发这种乡音时，那两片噘起的红嘴唇很难有固定不变的形态，每当她说完一句话准备闭嘴的时候，她的下唇总是要顶一下上唇的中部。

她的面容仍不时地流露出一股稚气。她今天走路的时候，尽管周身洋溢着美丽的成年女子的气质，可你有时能从她的面颊中看出她十二岁时的情态，或者在她眼睛中辨出她九岁时的光泽，甚至连五岁时的神色也不时地从她嘴部的曲线中掠过。

然而，这一点很少有人知道，更没有什么人对此加以注意。极少数人，主要是陌生者，偶尔打她身边经过时，会久久地凝视她，一时间被她清新的气韵所迷醉，并想知道以后能否再与她相遇，不过，几乎对每一个人来说，她只是个容颜好看、生动如画的乡下姑娘，仅此而已。

那辆德贝菲尔乘坐的由女车夫赶着的凯旋马车，已经看不见，也听不到了。游行队列走进指定的场地，开始跳舞，由于没有男性舞伴，姑娘们起初是女的和女的跳，到了快收工的时候，村里的男人和其他一些闲人及行人开始在周围聚集，并且似乎想做舞伴。

在这些旁观者之中，有三个身份较高的年轻人，肩上挎着小背包，手里拿着结实的拐杖。从彼此相像的面貌和由大到小的年龄来看，他们似乎是亲兄弟，或者实际上就是亲兄弟。老大戴着白色领带，穿着马甲，头上戴的是一顶普通副牧师的薄边帽子；老二是个标准的大学生；老三嘛，仅凭相貌来看，很难辨出他的身份，在他的眼神和服饰中，有一种未加虚饰、无拘无束的情调，表明他还没有跨入职业的门槛。所以我们只能猜测说，他不过是一名对任何事情都想随便尝试一番的学生。

这三个兄弟告诉偶然相遇的人们说，他们来布莱克摩山谷旅行，是为了消度降灵节假期，他们是从东北面的沙斯顿镇起程的，正朝西南方向走。

他们倚在大路边的栅栏门上，打听起这群白衣女人在此跳舞的意义。老大和老二显然不想逗留太久，但是老三看到这群姑娘没有男伴而舞的情景，感到非常有趣，因而不想急于赶路。他把背包和拐杖一起放在篱笆边上，打开了栅门。

“你要干什么，安琪？”老大问道。

“我想去和她们跳支舞。我们三个干吗不去跳一跳呢？只玩一两分钟，不会耽搁很久的。”

“不行，简直胡闹！”老大说，“在公共场所，同一群乡下丫头跳舞，给别人看到了怎么得了！快走吧，要不我们在天黑以前就赶不到斯托堡了，附近也没有别的地方可以投宿；再说，既然我们不嫌麻烦地带来了《反不可知论》，那么临睡之前还得看一章呢。”

“那好吧，我五分钟以后就会赶上你和卡思伯特；你们不用等我，我说到做到，菲利克斯。”

老大和老二很不情愿地离开了弟弟，继续赶路，为减轻弟弟的负担，他们还替他带走了背包。老三走进了草地。

当姑娘们跳完一支舞，停下来的时候，他对离他最近的两三个姑娘献殷勤道：“真是万分可惜，亲爱的姑娘们，你们的舞伴呢？”

“他们还没收工哩，”最胆大的一位姑娘答道，“过一会儿，他们会陆续来的。先生，趁他们没来，你当个舞伴怎么样？”

“当然可以。不过，这么多姑娘，只有我一个男的！”

“一个总比没有好哇。拿眼睛盯着同一种性别的脸膛，跟着同一种性别的脚步，没有拥抱，没有亲吻，真是枯燥无味。好吧，你自个儿挑吧。”

“嘘，别这么性急嘛！”一个比较腼腆的姑娘说道。

这位青年这样被邀请之后，用眼睛粗略地把姑娘们扫视了一遍，试图辨别一下。但是，由于这群姑娘都是他从未见过面的新人，所以他的鉴别力不太中用。他所挑选的，差不多是第一个走到他身边的人，既不是刚才说话的那个姑娘（这出乎她的意料），也不是苔丝·德贝菲尔。家谱、祖坟、文件记载、德伯维尔的血统，都还没有在苔丝的人生战斗中帮助过她，甚至没能在普普通通的乡下姑娘中间占个上风，把一个舞伴吸引到自己的身边。如果没有维多利亚时代的金钱相助，诺曼底的血统算得了什么！

那个独占鳌头的姑娘叫什么名字，我们不必去管，反正没有记载下来，但是在那天傍晚，大家都嫉妒她头一个享受与男性舞伴翩然共舞的殊荣。不过，榜样的推动力是极为巨大的，方才无人闯入的时候，村里的年轻人都站在外面平心静气地围观，现在则纷纷急促地走进舞场，不一会儿，结伴而舞的场地内涌入了可观的乡村青年，最后，就连最不起眼的女人也不必充当男性舞伴的角色了。

教堂的大钟敲响了，这时，那个年轻学生突然说他必须走了，他刚才一定是忘乎所以了，他还得跟上同伴呢。当他从跳舞的人群中走出来的时候，一双眼睛落到了苔丝·德贝菲尔身上。苔丝一双圆圆的大眼睛真实地流露出微弱的指责，怪他没有挑她做舞伴。他也觉得遗憾，因为她刚才畏缩不前，未能引起他的注意。他就带着这种后悔的心情离开了草场。

由于耽搁得太久，他加快步伐，沿着道路向西面飞跑而去，很快穿过一块低谷，又登上一个山坡。他还没有赶上两个哥哥，却停下来喘口气，他回头一望，只见姑娘们白色的身影在绿色的围地里旋动，正如他在她们中间时一样。看来，她们已经把他忘得一干二净了。

她们全都把他忘了，也许只有一个没忘。那个白影离开大家，独自站在树篱旁边。从她的位置来看，他知道这就是没有与他共舞的那个美丽的少女。事情虽然微不足道，但他本能地意识到，她由于被他疏忽而感到受了伤害。他后悔自己没有邀请她；他后悔自己没问她的名字。她那么端庄秀丽，脉脉含情，穿着那身单薄的白裙又显得那么柔弱温和，因此，他觉得刚才的所作所为真是愚蠢至极。

然而，现在已经无济于事了，他只好转过头来，弯起身子急速赶路，不再思考这件事。

第三章

苔丝·德贝菲尔不会轻而易举地忘记这件事情。很长时间，她都无心再去跳舞，尽管她也许会有许许多多的舞伴。可是，唉，他们这些人里面，谁的谈吐也不如那位陌生的青年那般优美动听。直到霞光在山间吞并了陌生青年那越走越远的身影，苔丝才摆脱了暂且的惆怅，答应了一个想要做她舞伴的人。

她和伙伴们一直逗留到黄昏时分，参加这样的舞会倒是别有一番情趣，不过，她还是个情窦未开的女孩，纯粹是为了跳舞而跳舞；她也见过别的姑娘被人追求并且获胜，饱尝“温柔的折磨，痛苦的甜蜜，愉快的悲哀，惬意的忧伤”，每当这个时候，她极少想到自己也有这种能力。在舞会上，小伙子们为她而相互争斗时，她也只是觉得有趣，若是争斗得太激烈了，她还骂上他们几句呢。

她本来可以待得更晚些，可她想起了父亲古怪的行为举止，顿时感到焦虑不安。她想弄明白父亲到底怎么了，因此离开跳舞的人群，转身向坐落在村头的自家小屋走去。

离家还有好几十米的时候，另一种有节奏的、不同于刚才舞场乐曲的声音传到了她的耳中，她熟悉这种声音——非常熟悉。这是在室内石头地面上砰然晃动摇篮的有规律的声音，和着摇篮的摆动，一个女人的声音像是奏着刚健有力的快步舞曲，唱着心爱的小调《花牛》：

我看见她躺在那边的绿色丛林；

来吧，爱人！我知道你在哪里！

歌声和摇篮的摆动声音有时会中断一段时间，取而代之的是处于最高音调的呼喊：

“上帝保佑你这对宝石般的眼睛！保佑你这柔软光洁的脸蛋！保佑你这樱桃般的小嘴！保佑你这双丘比特般的大腿！保佑你身上的每一块骨肉！”

祈祷完毕之后，歌声和晃摇篮的声音又重新响起，《花牛》小调又像方才那样进行。当苔丝打开门，停在门口向屋内环视的时候，正是这样一幅情景。

尽管屋内有歌声，可是苔丝姑娘却强烈地感受到一种不可言状的凄凉。方才在草地上，是一片节日的欢乐气氛：洁白的女裙、一束束鲜花、一根根柳枝、旋转的舞步，还有被陌生青年勾起的一缕淡淡的柔情；可是现在，眼前却是一支烛光之下的昏黄幽暗的景象，真是天壤之别啊！除了这种不协调的强烈对照之外，她还产生了深深的自责之心，因为她没有早点回家帮助妈妈料理家务，而是在外面纵情玩乐。

苔丝的妈妈就像苔丝离家时那样，身边围着一大群孩子，正俯在自礼拜一就泡了的一盆衣服上。这盆衣服呀，也像往常一样，一直泡到这个礼拜的末尾。就连苔丝身上穿的这件白衣，也是妈妈昨天从那个盆里捞出来的，并且亲手把衣服拧干、熨平。想到这里，苔丝心头被一阵悔恨所刺痛。因为刚才在那潮湿的草地上，她极不谨慎，竟把衣服染绿了一块。

像往常一样，德贝菲尔夫人一只脚跨在洗衣盆旁边，另一只脚忙于方才所说的事情，也就是摇着最小的孩子。那只摇篮嘛，在石板地面上干了这么多年的苦差事，驮了这么多的孩子，现在连弯杆都几乎磨平了。因此，每晃动一下，都会引起剧烈的震荡，使婴孩像织机的梭子似的，从这一边被抛向另一边，而且，德贝菲尔夫人由于被自己歌声所激励，一双手尽管在肥皂水里泡了老半天，仍然有的是力气狠劲用脚推动摇篮。

摇篮哐当哐当地响着；蜡烛的火苗伸得很长，然后开始上下跳动；洗衣水从主妇的胳膊肘上向下直滴，小调也匆匆地收尾了，德贝菲尔夫人也不时地瞅一下女儿。如今，即使琼·德贝菲尔被一大群孩子所拖累，可她仍旧爱好歌曲。无论什么样的小调从外部世界流传到布莱克摩山谷，苔丝的妈妈不用一个礼拜总能把它哼会。

现在，从这个女人的身上，还能够隐隐约约地觉察出她青年时代的某种清新，甚至美丽的气质；由此看来，苔丝引以为豪的个人魅力大概主要是秉承她母亲的，和爵士世家以及高贵祖宗都毫无关联。

“妈，俺替你摇吧。”女儿温存地说，“要不俺脱下身上这件最好的衣裳，帮你拧衣？俺还以为你早就洗完了呐。”

苔丝的妈妈并没有怪女儿出门这么久，把家务事留给她一手料理，相反，她很少因为这事而责备苔丝，觉得没有苔丝帮忙的时候，若是忙不过来，可以把活儿往后搁一搁。今晚，她的心情要比平时快活得多。母亲的目光中，有着一种梦幻的色彩，有着心旷神怡和扬扬自得的神情，苔丝对此无法理解。

“嗨，你可回家了，俺真高兴，”她妈妈刚哼完曲子，就开口说道，“俺正想出去把你爹给找回来；不过，更要紧的，俺想跟你说说所发生的事情。宝贝儿，你听了一定会乐坏哩！”（德贝菲尔夫人总是习惯于说土话；她的女儿呢，由于在国立学校跟着一个伦敦毕业的女教师受了六年的小学教育，所以能说两种话，在家里或多或少是说土话，在外面以及跟有身份的人说话的时候，则是用标准语。）

“是俺不在家时发生的？”

“嗯！”

“今儿下午，俺看见俺爹怪模怪样地坐在马车里，是不是跟这桩事儿有关？他出什么丑呀？俺羞得恨不得钻到地洞里去哩！”

“对呀，正是跟这桩事儿有关哩！已经查明，俺们家是全郡最有名望的大户人家，从奥利弗·克伦勃尔朝代之前，一直到佩根·土耳其[1]，俺们家的祖宗都有碑碣，有陵墓，有盔饰，有盾徽，还有些东西呀，老天爷才知道是叫什么哩。在圣查理时代，俺家还被封过‘御橡爵士’哩，俺们的真实姓氏是德伯维尔！……听了这话，你不感到胸膛都挺起了好多吗？正是因为这个，你爹才搭马车回家的，并不像人家瞎猜的那样，说他是喝醉了。”

“俺听了很高兴。妈，这桩事儿对俺家有没有什么好处呢？”

“哦，有好处的！人家认为这桩事儿也许会大有好处哇！不消说，这事儿一传出去，那些跟俺们一样高贵的人，就会乘坐马车，一窝蜂似的来这儿拜访。你爹是从打沙斯顿回家的途中得知这桩事的，他把来龙去脉全都讲给俺听了。”

“俺爹现在上哪儿去啦？”苔丝突然问道。

母亲没有直截了当地明确回答。“你爹呀，今朝上沙斯顿找了大夫。好像害的不是痨病。说是他的心脏周围积了一层厚厚的脂肪。嗯，就像这个样子。”琼·德贝菲尔边说边用泡湿的拇指和食指比画成“C”字形状的缺口圆圈，又将另一根食指朝胸口指着，“大夫跟你爹说，‘眼下呀，你心脏的

1. 苔丝的母亲在这儿把人名都弄混了。

这一面全被脂肪蒙住了，这一面也蒙住了，只有这块地方还没蒙上。若是这儿也蒙住了，变成这个样儿，’”德贝菲尔夫人说到这里，将两根手指头合拢，构成一个完整的圆圈，“‘那么，德贝菲尔先生，你就该上西天了。’他对你爹说：‘你或许能挨上十年，或许熬不过十个月，甚至十天。’”

苔丝神色惊讶。她父亲尽管突然间变成了不起的人，却也有可能很快升入天国！

“俺爹到底上哪儿去啦？”她又问道。

她母亲露出不赞成这种提问的神色。“你别着急嘛！你那可怜的爹呀，听了牧师的那番话，沉不住气啦，心里头一高兴，就在半个钟头以前跑到罗利弗酒店去了。他也确实需要提提劲，好明儿个一清早就去赶集，不管俺家祖上怎么样，反正那些蜂窝总得送到集子上去。路远得很哩，夜里过了十二点，他就得动身。”

“提提劲？！”苔丝情绪急躁地说道，泪水涌出了眼眶，“老天哪！上酒馆去提劲！妈，你也信他的话！”

她责怪和急躁的情绪似乎立刻充满了整个屋子，周围的一切，无论是家什、蜡烛，还是玩耍的孩子们，以及她母亲的脸膛，都显露出受惊的神色。

“哪里的话，”母亲激动地说，“俺可没有信呐。俺一直在等你回来照看家庭，好让俺去拽他回家。”

“俺去找。”

“哦不，苔丝。你知道，你去没用。”

苔丝没再劝解。她知道母亲反对她去找是意味着什么。德贝菲尔夫人的短上衣和女帽早就灵巧地挂在她身边的椅子上，准备接受这次经过仔细考虑的短途行程，这位主妇所哀叹的倒不是非出门不可，而是这次出门的原因。

“把这本《测命大全》拿到外屋去吧。”琼·德贝菲尔边说边擦手穿衣服。

《测命大全》是一本很厚的旧书，放在离她胳膊肘不远的桌子上，由于经常塞在衣袋里，都破得不成样子了，书边都磨到印有文字的地方了。苔丝拿起书，母亲也起身出门了。

上酒馆去找自己的得过且过的丈夫，是德贝菲尔夫人在拖儿带女的脏乱生活中仍旧存留的乐趣之一。在罗利弗酒店把他找到，在他身边坐上一两个钟头，忘却操劳孩子的一切烦恼——这正是她的乐趣所在。这时，一种光环，一种玫瑰般的晚霞，便会笼罩着生活。现实中的一切艰难困扰，全都变得玄虚抽象，难以捉摸，转化成仅供静观的精神现象，不再是以前那种折磨灵与肉的压得令人喘不过气来的具体之物了。暂且不在眼前的儿女们，似乎不是别的，而是变成光彩夺目、称心合意的东西了，日常生活中的日常现象也放射出风趣幽默、令人欣慰的色彩。现在，坐在丈夫的身边，坐在他向她求婚时的同一个地方，她就有了一点鸳梦重温的感觉了，过去那时候，她对他性格中的缺陷视而不见，只把他当作理想的情人。

留下苔丝和弟弟妹妹在一起了，她首先把测命的书送到外面的草棚，塞在屋顶的稻草里。她母亲对这本积满污垢的书有一种奇特的盲目崇拜，认为它赋有神力，所以从来不敢让它整夜放在屋里，每当查阅之后，就立即放回原处。做母亲的这一方面是在快要毁亡的迷信之物、民间传统、本地土话和口头流传的谣曲中熏陶长大的，做女儿的则是在《新教育法规》之下接受的正规的国民教育，母女之间，存在着普通意义上的两百年的隔阂。她们两个到了一起的时候，就如同詹姆士一世时代与维多利亚时代并置起来了。

苔丝沿着庭院小道返回屋内的时候，陷入沉思，她感到纳闷：母亲在这个特别的日子里查测命书，到底希望从中得到什么呢？她猜想，关于祖宗的最新发现一定与此有关，但她没有料到，这事纯粹是与她有关。然而，她也没工夫对此过多琢磨，她得往白天晒干了的衣服上喷水，还得陪伴她九岁的弟弟亚伯拉罕和十二岁半的妹妹埃丽莎－露易莎（都管她叫丽莎）。更小一些的弟弟妹妹们都已经上床睡觉了。苔丝和她的大妹妹相差四岁多，之所以间隔这么大的岁数，是因为还有两个娃娃出世不久便夭折了。所以，当她独自与弟弟妹妹们待在一起的时候，就表现得很像一个“代理母亲”了。跟在亚伯拉罕后面出世的，还有两个女孩，一个叫希望，一个叫谦逊；接着是三岁男孩，最后才是刚满周岁的婴孩。

所有这些小家伙都是德贝菲尔船上的乘客——他们的欢乐、他们的必需、他们的健康甚至他们的存在，都全靠德贝菲尔家的两个大人来决定。如果德贝菲尔家庭的两个头目决定把船驶进贫困、灾难、饥饿、疾病、堕落、死亡，那么，这半打年幼的被关在船舱内的俘虏就不得不随着他们一同航行。对于这六个无助的小家伙，没有人问他们是否愿意生活在这样艰苦的条件之下，生活在德贝菲尔这样无计谋生的家庭之中。有些人很想知道，那位不仅风格清新纯净而且哲理深邃可信的诗人，凭什么证据说出了“大自然的神圣安排”[1]。

天已经很晚了，可是，无论父亲还是母亲，都没有归来。苔丝朝门外望去，思绪不由得飞越了整个马洛特村。整个村庄正在闭眼入睡。各处的蜡烛和油灯都在被吹灭：要么是被灭灯器，要么是被伸出的手。

妈妈出去找人，对苔丝来说，等于多了一个要找回的人。苔丝开始觉得，一个身体不好的男人，还指望凌晨一点之前起程赶集，不应该在这么晚的时候还待在酒馆里庆贺自己的血统。

“亚伯拉罕，”她对小弟弟说，“你戴上帽子——不用怕——去一趟罗利弗酒店，看看爹妈到底怎么了。”

小男孩从凳子上敏捷地一跃而起，打开门，立刻窜进了门外的茫茫夜色之中。又是半个钟头过去了，男的、女的、老的、少的，没有一个返回。亚

1. 指华兹华斯。“大自然的神圣安排”引自《早春遣怀》一诗。

伯拉罕也像父母一样，都好像陷进酒馆不能自拔了。

“俺得自己去才行。”她说。

接着，丽莎上了床，苔丝把孩子们全都锁在家里，然后深一脚浅一脚地走在黑洞洞的、弯弯曲曲的篱路或马路上，这条路在修造的时候，还不是寸土似金的年代，而且一根指针的时钟就足以划分一天的时间。

第四章

在这个狭长的、房屋稀疏的马洛特，尽头处的独家酒馆“罗利弗”获得的是只许外卖不准堂饮的营业执照，因此，谁也不能在堂内喝酒，能够公开接纳顾客的地方，严格限制在一块大约六英尺长六英寸宽的木板上。这块木板被铁丝固定在庭园的木栅上，构成了壁架的模样。好酒的陌生顾客把酒杯搁在这块木板上，站在路边饮酒，酒渣往满是灰尘的地面上一倒，便构成了波利尼西亚群岛的模样。他们真希望在堂内找到一个得以休息的座位。

陌生顾客们就是这么想的。本地的顾客也有同样的愿望，不过，有志者事竟成嘛。

在楼上一间很大的卧室里，窗户被老板娘罗利弗太太用最近丢弃的羊毛大围巾严严实实地遮了起来，这一天晚上，有十多个人聚在这里寻求快乐，他们全都是马洛特这一头附近的居民，也是这家小店的常客。在这住户稀散的村庄的那一头，有一家领有全副营业执照的酒店——“醇沥酒店”，但是，由于距离的关系，使得住在这一头的村民难以光顾，不过更为严重的问题在于酒的质量，人们一致认为，待在“罗利弗”房顶的一角喝酒，胜于坐在那边老板的宽敞的屋中。

房间里，一张破旧的四柱床充当了座位，好几个人聚集在床铺的三面，两个人高高地坐在五斗橱上，一人坐在橡木雕花的箱子上，另有两人坐在盆架上，还有一个坐在板凳上，于是，所有的人好歹都舒舒服服地有了坐处。这个时刻，他们正达到了精神上的欢快阶段，灵魂逃离躯体，畅游四方，他们只觉得满屋生辉，温暖宜人。在这一过程中，房屋和家具变得越发高尚、豪华；窗口的围巾也和绣花挂毯一样华贵，五斗橱抽屉上的铜拉手仿佛变成了黄金门环，雕花的床柱也似乎与所罗门庙宇的宏伟石柱异曲同工。

德贝菲尔夫人离开苔丝之后，快速赶到这里，打开前门，穿过楼下漆黑的房间，接着，熟练地解开楼梯口的门，仿佛她的手指熟知门闩上的机关，她脚步缓慢地攀登着弯弯曲曲的楼梯，当她登上了最后一级楼梯、脸膛从暗处进入亮处的时候，意外地发现聚集在室内的人们全都把目光转向了她。

“这是俺自己的几个朋友，是俺花钱请来看游行会的。”老板娘望着楼梯口，对着脚步声嚷道，像一个小学生流利地背诵教义手册，“呀，原来是你呀，德贝菲尔夫人，天哪，你把俺吓了一大跳！俺还以为是衙门里派来的人哩。”

聚在屋内的其他人都向德贝菲尔夫人投过一瞥，并点头表示欢迎，接着，德贝菲尔夫人走到丈夫坐的地方。他正在那儿出神地低声哼吟：“俺也像有的人家那样好啦！俺家在绿山下的王陴有许多祖坟，在整个威塞克斯，谁也比不上俺了！”

“俺脑袋里出现了一个了不得的——打算！俺想跟你说一说。”满心欢喜的妻子压低声音对丈夫说道，“嗨，约翰，你没看见俺吗？”她用胳膊肘推了推丈夫，而做丈夫的看着妻子时如同透过窗户望着远方，嘴里还是在一个劲地哼哼唧唧。

“嘘！别哼得这么响，我的好人，”老板娘说道，“要不然，衙门里若是有人路过这儿，会把我的执照没收的。”

“俺猜，他给你们说过俺家的事啦？”德贝菲尔夫人问道。

“是的，多少说了点儿。你想，能从这里面捞到油水不？”

“哦，这可是秘密啦，”琼·德贝菲尔一本正经地说，“不过，即使坐不上大马车，能和坐大马车的攀个亲戚也不错呀。”接着，她放低喉咙，轻声对丈夫说，“你跟俺说了那桩事以后，俺就一直琢磨着，俺想起一位有钱的老太太，住在狩猎林边上，离特兰岭很近，正是姓德伯维尔。”

“啊——你说什么来着？”约翰爵士问道。

她把这一情报重复了一遍。“那个老太太一定是俺们家的亲戚，”她说，“俺的打算就是派苔丝去认亲。”

“你这么一提，俺倒是想起来了，的确有一个姓德伯维尔的老太太。”德贝菲尔说，“特林厄姆牧师还没想到哩。但是，与俺家相比，她算得了什么！没准是从诺曼王朝时代传下来的一支末房。”

这对夫妇正在全神贯注地商讨这一问题，所以谁也没有在意小亚伯拉罕已经溜进房间，正在等待叫他俩回家的时机。

“她很有钱，她一定会注意上俺家姑娘。”德贝菲尔夫人继续说，“这将是一桩非常好的事情。俺真不明白，一个家族的两房人家干吗不能彼此来往呢？”

“是呀，俺们都去认亲么！”亚伯拉罕从床架下兴致勃勃地说道，“一旦苔丝姐姐跟老太太住到了一块儿，俺们都去看她，俺们坐她的大马车，还穿华贵的黑衣裳！”

“小家伙，你怎么跑来啦？你胡说些什么呀？还不快走开，到楼梯上去玩吧，等爹妈准备好了一块儿走！……嗯，苔丝是该去看看俺们那个本家。她一定会讨老太太的欢心——苔丝一定会的，这样，就很有可能嫁给一个高贵的绅士。反正，这俺是知道的。”

“怎么知道的？”

“俺在《测命大全》里查了她的命，上面正是这么说的呀！……你该看看，她今儿个有多漂亮！她那皮肤呀，像公爵夫人那般娇嫩啊。”

“姑娘自己愿不愿意去呀？”

“俺还没问她哩。她还不晓得这样的阔太太是俺们的本家哩。不过，只要这桩事儿能使她婚姻大吉，她不会说不去的。”

“苔丝的脾气可古怪呐。”

“不过她本性还是听话的孩子。这事交给俺来办吧。”

虽说这是夫妻之间的知心话儿，不过，坐在旁边的人还是足以明白它的意义，知道德贝菲尔夫妇现在进行的交谈事关重大，非同一般，知道他们那个漂亮的闺女苔丝前程美好，婚事大吉了。

“今儿个俺看见苔丝在教区里和其余的人参加游行会时，俺就自言自语地说：‘苔丝这妞儿还怪有趣味的。’”一个上了年纪的酒鬼低声评说道，“不过，琼·德贝菲尔可得留心才是，可不能让麦儿在地里发出青芽呀。”这是当地的一句俗语，含有特别的意味[1]。其余的人没有回答。

话题逐渐扩大，这时，楼下又传来别的脚步声。

“这是俺自己的几个朋友，是俺花钱请来看游行会的。”老板娘迅速地重新使用了一遍现成的话，以防不测，接着她认出新来者竟是苔丝。

在这熏天的酒气之中，坐着几个脸上布满皱纹的中年人倒不算不合适，可是，在苔丝的母亲看来，年轻姑娘的优美身段混入其中，显得极不相称，于是，还没等苔丝那黑沉沉的眸子里闪出责备的目光，她父亲和母亲就站了起来，急匆匆地喝干杯中的酒，跟在女儿身后下楼了，罗利弗太太急忙跟在他们的脚步后面警告说：“别作声，劳驾你们了；要不然，俺的执照会被没

---

1. 这句俗语是指怀胎的意思。

收，俺会被传讯的，谁知道还会怎么样！再见！”

他们一道回家，苔丝搀扶着父亲的一条胳膊，德贝菲尔夫人搀扶着另一条，说真的，他喝的并不算多，还不及当地老酒鬼礼拜天下午上教堂前所喝酒量的四分之一，那些酒鬼在教堂里照样能够转身向东，或屈膝下跪，一点也不显得蹒跚，然而，约翰爵士身体羸弱，犯了这么一点小罪就显得过量，支撑不住了。到了户外被风一吹，他就站不稳脚跟了，一会儿，他觉得他们这一行人正前往伦敦，另一会儿，又好像他们正在走向巴斯。这在夜间同归的家庭中是惯有的事，而且产生出一种滑稽的效果，不过，像大多数滑稽的事情一样，这其实并不怎么滑稽。母女两人勇敢地掩饰逼迫行进的情绪，竭力让德贝菲尔——今天的事儿全是由他闹出来的——和亚伯拉罕以及她们自己保持步调一致。他们就这样逐渐走近自己的家门，快到家时，那位一家之长突然又一次旧病复发，哼起小调，仿佛是见到现在的住所过于简陋渺小，所以借此来壮大自己：

“俺家在王陴有块坟地！”

“嘘，孩子他爹，别犯傻劲了。”他妻子说道，“古时候有名望的也不只有你一家。你看安克特尔家、霍塞家，还有特林厄姆自己家，还不是几乎和你家差不多，不也衰败了吗？不过，你们家更阔，这倒不假。谢天谢地，俺娘家从来没兴旺过，在这方面倒也没什么丢脸的！”

“你别把话说得太绝了。从你的本性看，俺敢说，你比咱们任何人都更给祖宗丢脸，你们家以前一定有人当过国王和王后。”

这会儿苔丝心里想的并不是祖宗的事，而是另一个更为重要的问题，所以她岔开了话题：

“恐怕俺爹明儿个不能起早去赶集了。”

“俺吗？个把钟头以后俺就好端端的了。”德贝菲尔说道。

十一点的时候，全家人才上了床，而最迟明晨两点就得带着蜂窝动身，因为要在礼拜六赶集之前把蜂窝分给卡斯特桥的零售商，可是到那儿的路程有二三十英里，而且路很差，马儿和车辆也是速度最慢的。一点半的时候，德贝菲尔夫人走进苔丝和弟弟妹妹们睡觉的房间。

“你那可怜的爹去不成了。”她对苔丝说道。女儿的一双大眼睛在母亲推门的时候就睁开了。

苔丝在床上坐起来，迷失在梦幻与现实之间。

“可是非得有人去呀。”她答道，“卖蜂窝本来就已经晚了。今年蜜蜂分窝的时节很快就要过去了。若是拖到下个礼拜赶集的时候，就没人买了，那么，就只好搁在自家里了。”

德贝菲尔夫人好像没法应付眼前这种紧急的事儿。“或许，能找个年轻的小伙子去？找一个昨儿非要跟你跳舞的？”母亲马上提议说。

“不成！无论如何俺也不能这样做！”苔丝自豪地大声说道，“若是让别人知道了，那可真是羞死人哪！俺想，只要亚伯拉罕肯做伴，俺就能去！”

她母亲最后同意了这一安排。在同一个房间的拐角上，小亚伯拉罕被从深沉的睡梦中唤醒过来，当他神志恍惚，还在梦乡徘徊的时候，母亲就要他穿上了衣服。与此同时，苔丝也匆匆穿好衣服，姐弟俩点亮灯笼，上了马棚。破旧的货车早已装好，姑娘把老马“王子”牵了出来，它比那辆破车好不了多少。

这匹可怜的牲畜莫名其妙地望望夜色，看看灯笼，又凝视着两个人影，仿佛不相信在这个时刻，在别的有生之物都在棚中屋内安然歇息的时候，它竟被叫出来吃苦卖力。姐弟俩在灯笼里放了一些蜡烛头，就把灯笼挂在马车的左边，然后拍马起程。一开始，在上坡的路上，他们走在马的旁边，以便为这匹力气单薄的马儿减轻负担。他们在路上尽力使自己开心，亮着灯笼，吃着面包和黄油，谈着话儿，好像天亮了似的，其实离天亮还早着呢。亚伯拉罕现在清醒多了（他刚才好像是处在恍惚之中），开始谈起各种黑暗物体在天空衬托之下所呈现出的奇形怪状，说这棵树看起来像一只从兽穴跳出来的发怒的老虎，说那棵树很像一个巨人的脑袋。

他们经过小镇斯托堡了，镇上的人还全在严密的褐色茅屋顶下昏然沉睡。尔后，他们到了更高的地方。比此地更高的，就是左面那个叫作公牛冢或野牛冢的高地。这几乎是南威塞克斯的最高点。它高高耸起，四面有土沟环绕。从这儿开始，漫长的道路有一段相当平坦。所以他们上了车，坐在前面，亚伯拉罕开始陷入沉思。

"苔丝！"经过一阵沉默，亚伯拉罕用准备好的语调说道。

"嗯，亚伯拉罕，什么事呀？"

"俺们现在成了贵族，你不高兴吗？"

"不是特别高兴。"

"但是，当你嫁给一位高贵绅士的时候，一定高兴吧？"

"什么？"苔丝昂起脸，问道。

"俺们那了不起的本家将帮你嫁给一个高贵的绅士。"

"俺？俺们了不起的本家？俺们可没这样的本家呀。你脑袋瓜里怎么会有这样的想法呢？"

"俺是在找爹的时候，在酒店里听爹妈说的。说俺们在特兰岭有个本家，是一个很阔的老太太。妈说，你要是上老太太那儿去认本家，老太太就会帮你找个好婆家。"

他姐姐突然变得一声不吭了，陷入沉思默想之中。亚伯拉罕继续不停地讲着，与其说讲给别人听，不如说只图自己说得痛快，所以，姐姐在那儿想得出神，是与他毫不相干的。他背靠着蜂箱，仰着脸儿凝望星辰，星星那冷峻的脉搏正在天上无数的黑洞之间跳动，安详地远离地面上这两个渺小的生命。他问姐姐这些眨着眼儿的星星到底有多远，上帝是不是住在星星的背面。不过，孩子到底还是孩子，他的话又不时地回到他觉得比星星这类奇迹更重要的事情上来了。假若苔丝嫁给一个贵人而变阔了，她能不能有足够的钱，买得起一架很大的望远镜，看起星星来就像看荨麻谷一样近呢？

重新提起这个似乎弥漫于整个家庭的话题，使苔丝感到很不耐烦。

“这会儿别提那桩事了！”苔丝大声嚷道。

“苔丝，你不是说过一个星星就是一个世界吗？”

“是的。”

“全都像俺们这儿的世界吗？”

“不晓得，可俺是这样想的，有时候，它们就像俺家那棵尖头苹果树上的苹果。大多数光洁完好，没有毛病——只是少数，遭了虫害。”

“俺们住在哪一个上面——是光洁完好的，还是遭了虫害的？”

“遭了虫害的。”

“真倒霉，世界那么大，俺们投胎时偏偏没能选定光洁完好的！”

“是啊。”

“真是这么回事吗，苔丝？”亚伯拉罕把这稀奇的事情重新考虑了一遍，感慨万千地朝苔丝转过身子，问道，“要是俺投胎时选定了一个光洁完好的，那又会是什么样儿了呢？”

“那么，爹就不会老咳嗽了，也不会讨人嫌了，更不会醉得不省人事，赶不了这趟集了。妈妈嘛，也不至于一天到晚没完没了地洗衣服了。”

“那么，你一生下来就是阔太太，不用嫁了阔佬才当阔太太，是吧？”

“唉，亚伯，不要——不要再提那件事了！”

亚伯拉罕独自陷入沉思，不一会儿，他就昏昏欲睡了。苔丝不是驾马的能手，可她觉得，暂且可以由她来照应，所以她叫亚伯拉罕想睡就睡一下。她在蜂箱前为他挪了个窝儿，以防他摔下去，她自己接过缰绳，车子像方才一样慢吞吞地行驶。

“王子”只有劲拉车，没有多余的精力干别的事了，所以驾驭它是很容易的。这会儿，没有同伴使苔丝分散心思，所以她比以前更加想得出神。她靠在背后的蜂箱上。从她肩边无言地擦身而过的树木和篱栅，变成了超越现实之外的幻景，甚至连轻风偶然的吹拂也变成了硕大无朋的悲哀灵魂的叹息，这一灵魂在空间上与宇宙邻接，在时间上和历史相连。

接着，她细细琢磨自己生平中错综复杂的事儿，仿佛看到了父亲虚荣的骄傲；仿佛看到了母亲想象中的那个向自己求婚的上等绅士；仿佛看到这位贵人自鸣得意地对她挤眉弄眼，嘲笑她家境贫穷，嘲笑她那些化为尸骨的武将祖宗。一切事物都越发变得荒诞不经，她再也不知道时间在怎样流逝。忽然，车子猛地一颠，把她在座位上掀了一下，这才使她从睡梦中惊醒，原来，她也睡着了。

车子比她睡觉前多行了好长的路程，现在已停了下来。一种她平生从未听到的沉重的呻吟从车前传到她的耳中，接着是一声“嗬——嗨”的叫喊。

她车上的灯笼已经熄了，但却有另一盏更亮的灯笼照在她的脸上。一件可怕的事情发生了。马具和另一个横在路上的东西缠在了一起。

苔丝在极度惊愕中跳下车子，发现了可怖的事实，原来，那呻吟是从她父亲可怜的老马“王子”嘴里发出来的。一辆早晨的邮车，两个轮子一点声响也没有，像往常一样，如同箭一般在路上飞驰，方才，撞到了她这辆黑灯瞎火的慢慢吞吞的马车。邮车尖锐的车辕如同一柄利剑插进了可怜的“王子”的胸部，鲜血从伤口泉水般地往外直喷，落到路上还嘶嘶直响。

苔丝在绝望中跳上前去，用手去堵那个流血的洞口，结果只是把她从头到脚都溅上了鲜红的血点。于是她束手无策地站在一旁观望。“王子”也竭尽全力支撑着身子，一动不动，一直挺到它突然栽倒在地，瘫成一堆。

这时，驾邮车的人已走到苔丝身边，动手拖了拖身体尚热的“王子”，并且从它身上解下套具。马已经断气了，驾邮车的看到眼下已经无事可做，就回到他自己的未受伤害的牲畜身边。

“你驶错了，不该走马路这一边。”他说，“我得把这车邮包送到才行，所以你最好是等在这儿看着车子。我尽快派人来帮助你。现在，天就要亮了，你什么也不用怕。”

他跳上马车，急驶而去。苔丝站在这儿等着。天色发白了，树篱上的鸟儿抖抖身子醒了过来，开始鸣啭。路面完全显出灰白的面目。苔丝也显出自己的面目，比路面更为苍白。她面前的那一大摊血已经凝结，呈现出一片彩虹色；太阳升起的时候，在上面映现出耀眼的光彩。“王子”静静地、僵直地躺在一旁，眼睛半睁半闭，胸部的那个洞口看起来并不算大，好像不至于把它得以生存的东西全部喷洒光。

“这全是俺闹出来的——全都怪俺！”姑娘看着眼前这幅惨景，哭诉着说，“俺还能找出什么借口呢？——什么也没有。这下子，爹娘指望什么过日子呀？亚伯，亚伯！”她摇晃着那个在灾祸发生的过程中一直酣然沉睡的孩子，“俺们的车子无法走啦——‘王子’死了！”

当亚伯拉罕明白了一切的时候，他那年幼的脸上骤然增添了五十年的皱纹。

“唉，昨儿个俺还又跳又笑！”她自言自语地说，“想想看吧，俺竟是这样一个笨蛋！”

“这全是由于俺们生活在遭了虫害的星球上，而不是一个光洁完好的世界上，是不是呀，苔丝？”亚伯拉罕眼里噙着泪水，低声嘟囔道。

他们在那儿默默地等了许久，时间显得漫长，没有止境。最后，他们终于听到了一种声音，并看到一个物体朝这儿移近。驾邮车的人果然说话算数。一个农家伙计牵着一匹健壮的矮脚马，从斯托堡附近走了过来。这匹马取代“王子”，套到装有蜂箱的车上，朝卡斯特桥方向驶去。

当天傍晚，这辆空车返回到了出事地点。“王子”自早晨起就一直躺在路边的沟里，流淌在路中间的那一大摊血尽管被来往的车辆又碾又擦，但血迹依然可辨，现在，只有将“王子”抬进它以前所拉的那辆货车上。它四脚朝天，铁蹄闪烁在夕阳的光辉之中，顺原路返回八九英里之外的马洛特村。

苔丝提前回家了，她简直想不出怎样向父母启口，说出这个消息。但是，从父母脸上的表情可以看出，他们都已经知道了这一损失，所以，这倒减轻了苔丝开口叙说的负担。然而，她的自我谴责却一点也没减少，她因自己的疏忽大意而继续谴责自己。

但是，在他们看来，对于一个无计谋生、得过且过的家庭，这场灾难倒不像力求发达兴旺的家庭那样觉得可怕，其实，在他们这种家庭，这意味着倾家荡产，而在家道兴旺的家庭，这只不过是一件烦扰的小事。德贝菲尔夫妇并没有气得满脸通红，并没有像奢望儿女幸福的父母那样对着女儿大发怒气。谁也没有像苔丝本人那样责怪苔丝。

德贝菲尔得知，因为“王子”老朽枯瘦，屠夫和皮匠只肯出几个先令收购尸首，这时，他便断然决定不予出售。

“不卖，”他很有气度地说，“俺不卖老马的尸首。俺德伯维尔老祖宗在大地上当武将的时候，决不把战马卖给人家当猫食的。叫那些家伙收起他们的先令吧！俺家‘王子’活着的时候好好地为俺干过活，现在它死了俺也不忍心与它分离。”

第二天，他在园子里为“王子”挖了一个坟坑，他卖劲地挖着，好几个月来，他为养家糊口种庄稼时，也没有这样卖劲。坟坑挖好之后，德贝菲尔和妻子用绳子把马拴了起来，沿着小路把它拖到坟坑，孩子们跟在后面，像送殡的队列。亚伯拉罕和丽莎抽抽噎噎地哭着，叫希望和谦逊的两个孩子为了发泄满腔悲痛，号啕大哭，哭声在四处回荡。当“王子”下葬入土的时候，他们围在坟坑四周。全家的饭碗已被夺走，他们往后日子怎么过呢？

“它上了天堂吗？”亚伯拉罕呜咽着问道。

接着，德贝菲尔开始往坑里填土，孩子们重新大哭起来。所有人全都失声痛哭，除了苔丝。她脸上干巴巴的，毫无血色，仿佛认定自己就是凶手。

第五章

做小生意，主要靠马，老马一死，生意也就泡汤了。尽管眼下还不算赤贫如洗，但艰难困苦却在步步逼近。德贝菲尔是当地所称的那种马虎人，有的时候，他干起活来倒是劲头十足。不过，他的力气不一定使在节骨眼上，高兴出力与需要出力的情况难以吻合。即便两者能够吻合，他也没有打长工的人那种吃苦耐劳的习惯，难以持之以恒。

与此同时，苔丝觉得是自己使父母身陷泥淖，因而默然沉思，想知道该怎样帮助父母摆脱困境。恰在这时，母亲说出了自己的打算。

"苔丝，俺们得用吉利来冲冲晦气呀。"母亲说，"恰好新近发现，俺们家是高贵血统，发现的正是时候啊。你必须去找找本家认认亲。你知道吗，有一个很阔的德伯维尔老太太，住在狩猎林的外边，准是俺们的本家。你得去她那儿认个亲，求她在俺家遭难的时候帮帮俺家。"

"俺不干，"苔丝说道，"若是真有这样的老太太，那她能对俺们客客气气就算很不错了，别指望她会帮什么忙。"

"孩子，你可以博得她的欢心嘛，这样，你要她做什么，她就会做什么。再说，也许还有更好的连你都想不到的事情哩。俺猜呀，俺听说的事儿准没错。"

苔丝总觉得那场祸事是她闯的，心里感到沉闷，因此，对于母亲的意愿，她比在别的任何情况下都更为依从。但她不明白，为什么母亲一想到去办这件事就感到格外心满意足？在她看来，这并非是件有利可图的事情。她母亲或许已经打听过，或许已经发现这位德伯维尔老太太富有德行，慈善无比。但苔丝自尊心极重，特别不愿以穷本家的身份去求阔佬。

“俺宁愿找点活儿做。”她喃喃地说。

“德贝菲尔，这事得靠你了。”妻子向坐在后面的丈夫转过身子，说道，“若是你说她非去不可，她一定会去的。”

“俺不想让俺的孩子跑到素不相识的本家跟前，去沾人家的光。”他嘟嘟囔囔地说，“俺家是这个家族中最高贵的一房，俺又是一家之长，得与这个身份相称才是。”

苔丝觉得，父亲留她在家的理由，比她自己不愿去的理由更加糟糕。“好吧，妈，既然马儿死在俺的手里，”苔丝悲伤地说，“那么，俺得做点事情弥补弥补。去看那个老太太，俺倒不在乎，不过，求她帮助俺家这件事，得让俺看着办了。还有，你别指望她能给俺找个什么好丈夫——那真是无稽之谈。”

“说得很对，苔丝！”她父亲故作庄重地评述道。

“谁说俺有这样的想法？”琼·德贝菲尔问道。

“是俺从你心里头猜出来的，妈。不过，俺会去的。”

翌日凌晨，她很早就起了床，走到叫作沙斯顿的小山镇，又从这儿搭上了一周两次的大篷车。这班从沙斯顿向东跑往切斯堡的大篷车，途中要经过特兰岭教区，那位缥缈、神秘的德伯维尔老太太就住在那儿。

在这个难忘的早晨，苔丝·德贝菲尔的路程延伸在布莱克摩山谷东北部的丘陵地带。她就是在这个山谷里出生并长大成人的。在她看来，布莱克摩山谷就是整个世界，谷里的居民就是全人类。在童年的那些对万物都感到新奇的日子里，她曾在马洛特，从栅栏门和篱笆两边的台阶上眺望那一大片山谷，她那时所觉察到的神秘色彩，现在看来也未减丝毫。她每天从卧室窗口都能看见那些楼阁、村舍以及朦胧的白色宅第，特别是威威严严、高踞山地的沙斯顿镇，镇里的一扇扇窗户，在夕阳的映照下，像一盏盏明灯闪闪发亮。不过，她以前未曾到过这些地方。她所涉足和熟知的，只有谷内和邻近的少数地区。远在山谷之外的地方，她就更少到过了。对于环绕四周的群山，她熟悉它们的每一个轮廓，仿佛那就是她亲友的脸膛；不过，超出她评判范围的地方，她对它们的了解就只能根据在村里学校所学到的知识了。她一两年前才离开学校，离开时还是班上的尖子呢。

在早年那些念书的日子里，与她同年龄的女孩子都非常喜欢她，村里的人总是看见她同另外两个同龄女孩走在一起，肩并肩地放学回家，苔丝总是走在中间，穿着一件颜色褪得不成样子的毛布上衣，外面罩着一条粉红色小方格印花布围裙，两条走起路来高视阔步的长腿上，紧绷着长筒袜子，由于时常跪在路边和土坡上寻找珍奇的植物和矿物，袜子的膝部已经抽丝。那时，她土黄色的头发像S形锅钩一般悬动着。旁边两个女孩搂着苔丝的腰肢，她的手臂则搭在那两个女孩肩上。

随着苔丝逐渐长大，开始有些懂事的时候，她看到母亲不假思索地给她生了这么多小弟弟小妹妹，而且照料他们、养活他们是那么困难重重，于是她变得很像马尔萨斯的信徒。就智力而言，苔丝的母亲完全是个嘻嘻哈哈的小孩子：在她这一大群听天由命的孩子中，她只不过是附加的一个，而且还不是最大的一个。

然而，苔丝很快成了慈祥的大姐姐，非常疼爱自己的弟弟妹妹，为了尽量多照顾他们，一放学，她就到附近的地里帮着晒干草、收庄稼，或者根据自己的心情，帮着挤牛奶、搅黄油，这些活儿都是以前她父亲养奶牛的时候教她的，她手脚灵巧，所以干得比别人更好。

时间一天天过去，家庭的重负似乎越来越沉重地落到她年幼的肩上，所以，代表德贝菲尔一家去拜访德伯维尔府第，自然成了苔丝分内的事。应当承认，德贝菲尔一家这回算是派出了最拿得出手的人。

她在特兰岭十字路口下了车，步行爬了一座小山，朝狩猎林的方向走去，因为人家告诉她，德伯维尔老太太的府第“坡居”就坐落在狩猎林边上。这不是普通意义上的庄园主宅子，这里没有田地，没有牧场，也没有怨声载道的佃户，庄园主也不必对佃户不择手段地敲诈勒索，以此来供养自己一家。不是这样，远不是这样，它纯粹是为了享乐而建造的乡间宅第，有一块居住用的土地，还有一小块由主人掌管的土地，由管家照料，纯粹是种着玩儿。除此之外，这儿没有任何惹人烦恼的土地了。

首先映入眼帘的是红砖门房，墙上爬满了厚密的常春藤，一直爬到屋檐上。苔丝还以为这就是宅第本身，惶惶不安地从边上的小门走进去，向前走到车道拐弯的地方，才看到了正房的全部景象。房屋建于不久前，几乎是全新的，刷成浓艳的红色，与门房墙上的常春藤蔓形成强烈的对比。在周围柔和色调的衬托之下，房屋恰似一丛天竺葵花。向房屋拐角后的远方望去，一片柔和、蔚蓝的景致展现在眼前，这就是狩猎林，一片真正令人肃然起敬的森林，它无疑是尚存至今的少数英国古代苑林之一，在这里，古代巫师用过的槲寄生仍能在古老的橡树上找到；在这里，非人工栽植的巨大紫杉，长得仍旧与它们用来做弓的那个年代一样。然而，所以这些森林古迹，尽管能从坡居望见，却不在该府第的范围之内。

在这舒适幽静的地方，一切都显得光明、旺盛、有条不紊，一片玻璃房顺着斜坡一直延伸到坡下的小灌木林里。每一件东西看上去都像钱币——像造币厂新铸的硬币。在被奥地利松和常青橡树半遮半掩的一排马厩里，时新的器具一应俱全，简直和附属教堂一样华丽。在一块宽阔的草地上，搭着装饰华丽的帐篷，帐篷门正对着苔丝。

单纯的苔丝·德贝菲尔伫立在砾石铺就的路面边上，半带惊恐地凝视着。她还没来得及完全意识到她在哪里，双脚就不由自主地走了过去，现在，一切都与她所设想的格格不入。

“俺还以为是个老门户呢，谁知全是新的！”她天真纯朴地说。她后悔了，觉得不该那么爽快地听从母亲要她“认亲”的计划，她本该在离家近一些的地方想想法子。

在这块守旧的地方，像德伯维尔（起先他们管自己叫斯托克－德伯维尔）这样占有一片房产的家庭，不是随处可见的。

特林厄姆牧师说，在本郡或附近地区古老的德伯维尔家族中，拖沓的约翰·德贝菲尔是唯一真正的嫡系子孙。此话倒是说对了，但他该再添一句，说斯托克－德伯维尔一家，就像他本人一样，并不是德伯维尔家族的后裔，对于这一点，他是非常清楚的。然而必须承认，把一个新兴门第“嫁接”到衰微的古老的姓氏上，确实是件各得其所的事。

前不久去世的西蒙·斯托克先生是北方一个诚实的商人（有人说他是放债的）。他发财之后，决定在英国南部地区定居，当个乡绅，远离做买卖的地方。决心一下，他就觉得必须把自己的姓氏改换一下，不能让人家轻而易举地辨出他就是过去那个精明的买卖人，也不至于像原先的姓氏那样生硬平常。因此，他在大英博物馆里花了一个钟头时间，仔细研读了他想定居地区的家族文献，包括完全灭绝、一半灭绝、完全衰败以及破产的家族。他认为“德伯维尔”这个姓看起来听起来都不比别的差，于是，德伯维尔这个姓氏就和他自己的姓连了起来，永远成了他自己和他后代的姓氏。在这方面，他又不是一个异想天开的人，在新基础上重修宗谱的时候，也是完全合情合理地通婚联姻，不去高攀名门望族，即使是使用名号，也从不超越严格限制的范围。

关于这番离奇的来龙去脉，可怜的苔丝及其父母自然无从知晓，这对于他们非常不利；的确，这种添加姓氏的手段他们并不熟悉；他们显然认为，虽然漂亮的面孔可能是命运的赠品，但一个家庭的姓氏则是与生俱来的。

苔丝仍旧犹豫不决地站着，像一名将要跳水的泳者，不知是坚持还是后退，恰在这时，一个身影从帐篷黑沉沉的三角门里走了出来。这是一个叼着烟卷、个头很高的青年。

他皮肤黝黑，嘴唇很厚，显得红润、光洁，但样子很不好看。他嘴上有两撇修饰整齐的黑色八字胡，胡尖两端向上撅着。他的年龄不会超过二十三四岁。尽管他的身形中带有一些粗野的气质，但他那绅士般的脸上以及那双滴溜溜的眼睛中，含有一种异常的力量。

“嗬，我的美人儿，我能为你效劳吗？”他边说边走上前来。发觉她站在那儿惊慌失措，他接着说：“不要紧的。我是德伯维尔先生。你是来看我的，还是来看我妈妈的？”

这儿的房屋和庭园已经出乎苔丝的意料，而这位同姓者德伯维尔先生会是这么个模样，与她的想象更是判若天渊。在她的想象中，他是一位德高望重、派头十足的老人，德伯维尔家族的一切特征都体现在他身上，过去的阅历一定在他脸上留下了道道犁沟，如同象形文字，表现了英国和他家族几个世纪以来的历史。但是，既然到了无法退缩的地步，她只好鼓起勇气，应付眼前的局面。

“我是来看您母亲的，先生。”她回答道。

“恐怕你不能看她——她病了。”冒牌贵族之家的现任代表答道。他叫亚雷克，是不久前去世的那位乡绅的独生子。“你有事难道不能找我吗？你找她到底有何贵干？”

“不为什么事——只是——哎呀，我说不上来呀！”

“是来玩儿的吗？”

“哦，不是。嗯，先生，如果我告诉你，这就好像是……”

苔丝强烈地感受到，这一趟跑得实在荒唐可笑，所以，尽管她在这儿很不自在，还对他有些畏惧，但她那玫瑰般的嘴唇依然弯成一个微笑，来讨好这个皮肤黝黑的亚雷克。

“这事儿——真是愚蠢可笑，”她结结巴巴地说，“恐怕我不能讲给你听！”

“不要紧，我喜欢愚蠢可笑的事儿。你试试看，把要说的话说出来吧，亲爱的。”他和蔼可亲地说。

“是妈妈叫我来的，”苔丝接着说，“不过，的确我心里头也想来。但我没料到情况会是这样。先生，我上这儿来，是为了告诉你，我们和你是同宗同族哩。”

“唷！是穷本家喽？”

“嗯。”

“姓斯托克？”

“不，德伯维尔。”

“对，对，我是说德伯维尔。”

“我们家的姓念错了，变成了德贝菲尔，但我们有一些证据表明，我们就是姓德伯维尔。考古学家坚持这样认为，而且——我们家还有古老的印章，上面刻着盾，盾上刻有后脚立起来的狮子，上头还有一座城堡。我们家还有一把非常古老的银匙，匙子底是圆的，就像长柄勺那样，上面也刻着一样的城堡。不过，妈妈老是用它拌豌豆汤，把它磨得不成样子了。”

“毫无疑问，我的盔饰上刻的就是城堡，”他温和地说，“我的纹章上刻的也是一头后脚立起的狮子。”

“所以我妈说，我们应该让你知道——因为我们最近出了事，失去了一匹马，而我们又是德伯维尔家族的长房。”

“我敢说，你妈妈真是一片好心。要是换了我，也能理解她这么做。”

亚雷克边说边盯着苔丝，弄得她脸都红了，“这么说，我漂亮的姑娘，你是以本家的身份，来拜访我们喽？”

“我想是的。”苔丝支吾地说，神色又显得局促不安了。

“嗯，这倒没什么不好。你家住在哪里？是干什么的？”

她简单地介绍了事情的经过。在回答他的进一步提问时，她对他说，她想搭她来时坐的大篷车回去。

“还要过好长时间，大篷车才能经过特兰岭十字路口。我漂亮的小妹妹，我们在周围随便转一转，消磨消磨时间，好不好呀？”

苔丝希望尽可能缩短拜访时间，但年轻的先生极力劝说，她就答应陪他走一走。他领着她参观了草地、花圃、温室，接着又把她领到果园和玻璃暖房，在这里，他问她爱不爱吃草莓。

“到了草莓熟了的时候，”苔丝说，“当然爱吃喽。”

“这儿的草莓早就熟啦。”说罢，德伯维尔开始动手采摘做样品的草莓，一个一个地递到身后的苔丝手中，过了一会儿，当他采到一个特别美好的“英国皇后”品种的草莓时，他直起腰来，捉着草莓柄儿，把它往苔丝嘴里塞。

“不——不！”她急忙说道，并伸出手挡在他的手和她的嘴唇之间，“我喜欢自个儿拿。”

“瞎扯！”他坚持要把草莓往她嘴里塞，她略显难过地张开了两片嘴唇，把草莓咽了下去。

他们就这样漫无目的地溜达了一段时间。苔丝一半乐意，一半勉强地吃着德伯维尔塞给她吃的东西。草莓再也吃不下的时候，他就往她的小篮子里装一些。接着，他们来到了一丛丛玫瑰旁，他采了一些鲜花，戴在她的胸前。她好像在梦境中一般，一切都听任他的摆布。胸前再也戴不下的时候，他又采了一两枝花苞插在她的帽子上，并且无比慷慨大方，又在她的篮子里堆了好些玫瑰花儿。最后，他看了看表，说："现在你该吃点东西了，如果你想搭大车回沙斯顿，时间还来得及。来吧，我看看能为你弄点什么东西吃。"

斯托克－德伯维尔又把她领回草地，带进帐篷，叫她在篷内等着，他去了不久就回来了，手里提着一篮子方便食品，亲手把它摆到苔丝跟前。显然，这位绅士不愿叫仆人来打搅这段愉快的私下会见。

"我可以抽烟吗？"他问。

"哦，当然可以，先生。"

他透过弥漫整个帐篷的缕缕烟雾，看着她不自觉咀嚼的优美样子。苔丝·德贝菲尔天真无邪地垂头看着胸前的玫瑰，压根儿没有料到，在麻醉性的蓝色烟雾后面，正潜伏着她人生舞台上"悲惨的一幕"，潜伏着一种坚持要在她妙龄年华里涂上一道血红的悲剧因素。她身上有一种特性，现在已达到于她不利的程度，正因如此，才引得亚雷克·德伯维尔老是用眼睛直勾勾地盯着她。她身形茁壮，发育丰满，使她看上去比实际上更像一个成年妇人。她从母亲身上继承了这些特征，但还不是满足这些特征的妇人。这件事本来就常常使她感到忐忑不安，后来，她的伙伴们告诉她，时光会医治好这种毛病。

她很快就吃好了。"现在我得回家了，先生。"她边说边站起来。

他陪着她顺着车道走着，当正房从他们视野中消失的时候，他问她说："你叫什么名字？"

"苔丝·德贝菲尔，住在马洛特。"

"你说你家最近失去了一匹马？"

"是的——死在我的手里！"她回答说，接着，她眼中噙着泪水，向他讲述了"王子"死亡的详细经过，"因为这个，我真不知道我该为父亲做些什么才好！"

“我得想想，看能不能帮帮你。我妈妈一定会为你想个应急措施的。不过，别再胡扯什么姓‘德伯维尔’了；不瞒你说，‘德贝菲尔’完全是另外一种姓。”

“我也不稀罕什么更好的姓，先生。”她感到自己还有一些尊严。

他们来到车道拐弯处，在高大的松树和杜鹃花之间，在前面的门房还看不见的时候，有一瞬间，只有一瞬间，他把脸朝她凑了过去，好像要——然而，没有；他改变了念头，放她走了。

事情就是这么开始的。假若她看出这次会见的意义，她也许会反躬自问：为什么在这一天，她命中注定要被一个不对头的人看见，并且被他馋涎欲滴呢？为什么偏偏没有发现称心如意、各个方面都很理想的人呢？所谓称心和理想的人，也并非超然人间的杰出人物，在她所见过的人中，有一个也许够格，然而，她在他的心目中，也许不过是昙花一现，并没留下什么印象。

事情总是计划得很好，实施得很差，被唤者和来者极少相符，恋爱的人与恋爱的时机也很难吻合。当两个人一见面就开始作乐的时候，老天爷很少对可怜的人们说一声“当心！”当一个痛苦的灵魂呼喊“老天爷，你在哪里？”的时候，老天爷也很少回答一声“我在这里！”结果，捉迷藏的游戏把人弄得烦恼不堪、精疲力竭。我们也许很想知道，当人类进化到了尽善尽美的时候，这些不相吻合的现象是否能得到矫正。也许那时会有更美好的直觉知识和作用更为紧密的社会机器，不像它们如今这般折腾我们了。但是，这样的尽善尽美难以预言，甚至不能设想。我们只是知道，在目前的情况下，如同在千百万种别的情况下一样，一个完美整体的两个部分，并不能在适当的时候完全吻合，因为其中的一半已经失落，它孤零零地徘徊在大地上，昏然等待着，直到事过境迁的时刻。因此，笨拙的延迟便生出了焦虑、失望、惊恐、灾祸以及十分离奇的命运。

德伯维尔回到帐篷，两脚叉开跨坐在凳子上，反复琢磨着，脸上闪现出得意的光芒。接着，他放声大笑起来。

“嗨，真是该死！竟有这种滑稽可笑的事情！哈——哈——哈！好一个肥嫩诱人的妞儿！”

第六章

苔丝下了山，来到了特兰岭十字路口，漫不经心地等待着从切斯堡返回沙斯顿的大篷车。她上车的时候，别的乘客问了她几句话，她虽然作了回答，但却不知道别人到底说了些什么。当车轮重新滚动的时候，她思绪万千，对外界充耳不闻。

同车的乘客里，有一个人说得比前几位更为尖刻：“怎么，你整个儿成了花球啦？这么早的六月里，就开出这么好的玫瑰！”

于是她才明白，她在他们眼中是一幅很惊奇的景象：她胸前戴着玫瑰，帽上插着玫瑰，篮子里满装着的也是玫瑰，还有草莓。她脸色一红，慌乱地解释说，这些花儿是别人给的。当乘客们没在看她的时候，她便偷偷地把最显眼的花儿从帽子上摘下来，放到篮子里，并用手绢盖了起来。随后，她陷入沉思，低头朝下看的时候，戴在胸口的玫瑰不小心地扎到了她的下巴。像布莱克摩山谷所有的村民一样，苔丝耽于幻想，迷信预兆；她觉得被玫瑰刺扎是个不祥之兆，是当天她头一次觉察到的不祥之兆。

大车只驶到沙斯顿就停了，从这个山镇到马洛特，还要走好几英里路。她母亲早就跟她说过，如果她觉得赶路太累，可以留在沙斯顿过夜，住在她们认识的一个村妇家里。苔丝就照这样办了，直到第二天下午才下山回家。

她刚跨进门，就从母亲得意扬扬的神色中察觉到，她不在家的时候，已经发生过什么事情了。

“嗬，果然不错；俺早就知道嘛！俺告诉过你，说事情会大吉大利，现在果然应验了！”

“是俺出门以后的事吗？到底是啥事呀？”苔丝有些厌倦地说。

她母亲带着狡黠的赞同的神色，把女儿上上下下打量了一番，逗弄地说：“你总算让他们服你了！”

“你是怎么知道的，妈？”

“俺收到了一封信。”

这时苔丝回想起，是有足够的时间把信送到这儿了。

“信上说——德伯维尔老太太说，她想要你照看一下供她消遣的小养鸡场，但这只不过是一种巧妙的手法，她又能把你弄到那里，又不至于让你产生太高期望。她将认你做本家了，这就是这封信的含义。”

“可我没见到她呀。”

“俺猜，你见着别的人了？”

“见到了她的儿子。”

“他认你了吗？”

“嗯，他叫俺妹子来着。”

“俺早就猜着了！杰克，他叫她妹子来着！”德贝菲尔太太嚷叫着对丈夫说，“嗯，当然喽，一定是他跟他娘说了，他娘也就要你去了。”

“可俺不知道，俺养鸡是不是合适。”苔丝犹豫不决地说道。

“那么俺就不知道谁更合适了。你生在农家，长在农家。农家的闺女总比半路出家的人更内行一些。何况她也不是真的叫你去干活，只是做个样儿罢了，免得让你觉得沾她的光呢。”

“俺压根儿没考虑俺该去不该去。”苔丝若有所思地说，“谁写的这封信？给俺看看好吗？”

“德伯维尔老太太写的。信在这儿。”

信是以第三人称写的，简短地通知德贝菲尔夫人，说她女儿若是肯去工作，那将有助于那位老太太养鸡场的管理，并说如果去了，将会提供舒适的房间，并说如果工作干得好，工钱方面不会亏待她。

“哦——就这些！”苔丝说。

“你可不能指望她马上就会张开手臂，又是搂你又是亲你呀。”

苔丝朝窗外眺望。

“俺宁愿待在这儿，与爹妈住在一起。”

“为什么？”

“俺宁愿不把原因告诉你，妈，的确，俺也说不出什么原因来。”

一个礼拜过去了。有一天，她想在附近地区找点轻便活儿做做。傍晚，她徒劳而归。她本来想在夏季挣足够的钱，好给家里买一匹马。她刚跨进门槛，就见到一个孩子又蹦又跳地穿过屋子，嚷道：“那个阔佬来过这儿了！”

她母亲连忙解释，说的时候，全身荡漾着笑意。她说德伯维尔老太太的儿子骑马来拜访过，他偶然打这儿路过。他以他母亲的名义询问，苔丝到底是否同意去照顾老太太的养鸡场，到目前为止，鸡场是由一个小伙子照管，可他难以取得老太太的信任。“德伯维尔先生说，如果你真的像你所表现的那样，那你一定是个好姑娘，一定很有分量，贵于真金。说真的，他对你非常中意呐。”

听到一个陌生人给予她这么高的评价，苔丝有一会儿似乎真的很高兴，因为她把自己看得很卑微。

“他能这么想，那太好了。”苔丝喃喃道，“如果俺完全弄明白了那里的生活究竟是什么样儿，俺就会随时去。”

“他是个非常英俊的男子汉！”

“俺可不这么认为。”苔丝冷冷地说。

“嗨，不管怎样，反正这是你的机会；俺敢肯定，他手上戴的是漂亮的钻石戒指！”

“是的，”小亚伯拉罕从窗座上眉开眼笑地说，“俺看到了！他抬起手来捋胡须时，钻石还忽闪忽闪呢。妈，俺那个阔本家干吗老是抬起手来摸他那撮小胡子呀？”

“瞧这孩子说的！”德贝菲尔夫人带着充满母性的赞赏，大声地说。

“或许是显耀他那枚钻石戒指吧。”约翰爵士从椅子上呓语般地说道。

“俺得仔细想想。”苔丝边说边离开了房间。

“嗨，她一下子就征服了俺们家族的末房，”德贝菲尔夫人继续跟丈夫说，“她要是不肯乘虚而入，那才是傻瓜呢。”

“俺不太喜欢叫俺的孩子离开自己的家，”德贝菲尔说，“俺是长房，人家应该上俺这儿来才对呀。”

“可你一定得让她去才行，约翰。”他可怜的无计可施的妻子便以好言相劝，“他迷上她了——这一点你一定看出来了。他称她叫妹子哩！他很有可能娶她，让她当阔太太，那时，她就能和她的祖宗一样了。”

约翰·德贝菲尔身上的虚荣心远远多于精力和体力，因此，这种设想让他听了很开心。

“嗯，也许年轻的德伯维尔先生正是这个意思。”他赞同道，“他肯定是想跟长房攀个亲，好改善改善他家的血统。苔丝这小淘气鬼！她只去了一趟，还真能有这么好的结果？！”

与此同时，苔丝心事重重地走在庭园的醋栗丛中，一直走到“王子”坟头。她回来以后，母亲继续对她采取攻势。

“呃，你打算怎么办？”母亲问道。

“俺想俺最好先去看看德伯维尔老太太。”苔丝说。

“俺觉得你先该把事情定下来。往后，你看她的机会多着呢。”

她父亲在椅子上咳嗽。

“俺不知道该怎么说！”姑娘不耐烦地答道，“这事还得由你说了算。是俺弄死了那匹马，俺想俺得挣钱为你重买一匹。可是——可是——俺真希望那儿没有德伯维尔先生！”

弟弟妹妹们认为，他们那个有钱的亲戚就是另一个家庭，苔丝能被那个家庭所接纳，是他们在失去老马之后的一种安慰。所以这时看到苔丝不愿意去，就马上全都哭了起来，怪她不该不去。

“苔丝不愿去——去——去当阔太太了！不愿去了，她说她不——不去了！”他们张着大嘴号啕痛哭，“俺家也没漂亮的新马了，也没许多金币赶集买东西了！苔丝也没——也没好衣裳穿了，也不漂亮了！”

她母亲也用同一种腔调不停地重申自己的态度。她不管做什么事，总是无限期地拖延，使家里的事务变得格外繁重，她现在劝说苔丝时，也采用同一种方式，不过这让她的争辩更添了几分重量。她父亲则采取中立态度。

“我去！”苔丝终于答应了。

苔丝一松口，她母亲便情不自禁地幻想起女儿婚姻的美好前景来。

“这就对了！对你这样漂亮的姑娘来说，这可是个难得的好机会呀！”

“俺希望这是挣钱的好机会。不是任何别的机会。至于那方面的傻话，你最好别在外面提一个字儿。”

德贝菲尔夫人什么也没答应女儿。因为她不敢完全担保，在有客人提及这类话的情况下，她不至于得意忘形，大吹大擂。

事情就这样谈妥了，年轻的姑娘写了一封信，说她一切准备就绪，需要她哪天动身，她就准时动身。她按时收到回信；德伯维尔夫人对于苔丝的决定感到高兴，并将在后天派一辆带弹簧的大车到山岗上，把她连人带行李一起接去，叫她到时必须作好准备。德伯维尔夫人的笔迹似乎太男性化了。

“派的是大车？”约翰·德贝菲尔半信半疑地嘟哝道，“她接自家人，应该派四轮马车！”

苔丝最终打定主意之后，不那么坐卧不安、心不在焉了，她怀着自信的心情料理着事情，心想，这一回靠这轻松的工作，就可以挣钱为父亲买匹马了。她本想在学校里当个教员，可命运似乎另有安排。由于苔丝在智力方面比她母亲成熟，所以她一时一刻也没认真考虑过母亲在她婚姻方面所抱的设想。那个头脑简单的女人，几乎从女儿出生那年起，就一直在为女儿物色合适的对象了。

第七章

约定离家的那天早晨，苔丝没等天亮就醒过来了。现在，外面还是一片黑暗，树林里依然静悄悄的，只有一只先知先觉的鸟儿发出清脆的歌声，仿佛确信自己肯定知道这天的准确时间，而其余的鸟儿则缄默不语，仿佛同样确信它把时间弄错了。苔丝一直在楼上收拾行装，到了吃早饭的时候，她穿着平时的普通衣服，走下楼来，她把过节穿的衣服小心谨慎地叠好，放在箱子里。

她母亲劝诫她说：“人家走亲戚，谁不穿戴得漂漂亮亮的呀？”

“可俺是去干活的！”苔丝答道。

“嗯，倒也是，”德贝菲尔夫人说，接着又改成了说悄悄话的口气，“一开始，或许会在表面上让你干点活儿……不过，俺觉得你顶好还是仔细打扮一番。”她补了一句。

“好吧，俺想你最清楚情况。”苔丝平静地答道，仿佛任人摆布。

为了让母亲高兴，姑娘摆出一副听任母亲安排的样子，心平气和地说：“妈，你想怎么弄就怎么弄呗。”

看到女儿这般听话，德贝菲尔夫人满心欢喜。首先，她倒了一大盆水，把苔丝的头发彻底地洗了一通，待到弄干梳顺以后，头发看上去比平时蓬松了一倍。她用比以往更宽的粉红色丝带把女儿的头发扎了起来。接着，她把苔丝在游行会上穿的那件白色长衫拿了出来，给苔丝穿上。宽松的长裙，加上蓬松的发式，使苔丝正在发育的身躯增添了一种与年龄不符的丰满风韵，使她看上去像个成熟妇人，其实，她不过是个少女。

“哦，俺袜子后跟破了个窟窿！”苔丝说。

“破了个窟窿有什么关系？窟窿又不会讲话！俺做姑娘的时候，只要把漂亮的帽子住头上一罩，还管什么窟窿不窟窿。”

母亲看到女儿这么漂亮，自豪得向后退了几步，仿佛一名画家离开自己的画架，上上下下地全面审视自己的作品。

“你自个儿看吧！”母亲嚷道，“比你那天漂亮多啦。”

因为镜子太小，一次只能照出苔丝身体的一小部分，所以，德贝菲尔夫人就在玻璃窗外面，挂了一件黑大氅，使窗户玻璃变成了一面大镜子。这是村民们想照镜子时惯用的方法。然后，她下了楼，走到坐在楼下的丈夫跟前。

“俺跟你说呀，德贝菲尔，”她欣喜若狂地说，“他见到她不动心才怪哩。不过，在苔丝跟前，你千万别提他喜欢她之类的话，也别提她的机遇什么的。苔丝这丫头呀，可古怪哩，你要是说了，她也许就会对他产生反感，甚至马上不愿去了哩。只要事情顺顺当当，俺一定得报答斯塔福特路那个牧师，感谢他告诉俺们那些话，嗨，他真是个好人哪！”

然而，随着姑娘动身离家的时刻越来越近，德贝菲尔夫人开始感到有点心神不定了，为女儿梳妆打扮的那份高兴劲儿也消失不见了。这种内心的担忧促使母亲要送女儿一程，送到那边的山坡上。山谷正是从那儿开始变得陡峭，向上延伸，通往外部世界。在那山坡顶上，苔丝马上要被斯托克－德伯维尔家的大车接走，她的行李箱子已被一个年轻人用小推车提前送上了山顶，一切准备就绪。

苔丝的弟弟妹妹们看到母亲戴帽子时，也都吵嚷着要跟她去。

“姐姐要去嫁给那个阔本家了，要去穿好看的衣裳了，俺非要去送送姐姐！”

“你瞧！”苔丝脸色绯红，急忙转过身子说，“这是什么话呀，俺再也不想听了！妈，你怎么让他们的脑袋瓜里也钻进了这种念头？”

“好乖乖，姐姐是为俺们阔本家干活去的，好挣钱买马。”德贝菲尔夫人温和地说。

“爹，俺走啦。”苔丝说道，喉咙里好像被一团东西卡住了似的。

“孩子，你慢走。”约翰爵士边说边把垂到胸前的头抬了起来，因为今早他为了纪念，又喝多了一点，这会儿正坐着打盹儿，“好吧，俺希望俺那位年轻的朋友会喜欢像你这样与他同宗的漂亮姑娘。那么，苔丝，你就跟他说，俺家这阵子衰败了，不像从前那么富丽堂皇，所以俺想把名号卖给他——是的，卖给他——价钱嘛，一定合情合理。”

“不能少于一千镑。”德贝菲尔夫人嚷道。

“那就告诉他，俺开价一千镑。呃，少一点也行，让俺想想看。俺这个人呐，家境贫穷，手脚也不灵活，这个名号加到他的头上，比加在俺的头上要好得多啦。告诉他，他出一百镑俺也卖。俺不会斤斤计较，你告诉他，出五十镑就行，也罢，二十镑吧！是的，二十镑，不能低于这个数目了。孩子他妈，名号到底是家庭的荣耀，再少一个子儿俺也不卖！”

苔丝眼里噙满着泪水，嗓门儿噎得说不出话来，无法表达内心的情绪。她急忙转过身子，走了出去。

于是母女几个一起走着，苔丝的左右两边各有一个孩子，拉着她的手，不时地若有所思地朝她看一看，仿佛在看即将干一番大事的伟人，母亲带着最小的孩子走在后面，这么一群人构成了一幅奇特的画面：前面是诚实和美丽，两侧是天真和无知，后面跟的是单纯和虚荣。她们就这样一直走到上坡处，特兰岭派来接她的马车停在山坡顶上，省得马儿吃力爬坡。远处第一层群山后面，是高悬着的沙斯顿的房屋，它们扰乱了山脊的轮廓。在斜坡尽头那高高的山路上，除了先走的那个小伙子，一个人影也看不见。那个小伙子坐在手推车的车把上，车上装着苔丝的全部用品。

“在这里等一会儿，马车肯定快要到了。”德贝菲尔太太说，“是的，就在那边，俺看见了！”

车子真的来了，它突然出现在最近一片高地的后面，接着停在推手推车的那个小伙子身边。因此，她母亲和几个孩子就不想往前送了，苔丝匆匆地跟她们告辞之后，转身朝山上走去。

她们看到她的白色身影渐渐走近带弹簧的大车，她的行李已经放到车上。但是，还没等她走到车旁，山顶的树丛后面就箭一般地驶出另一辆马车，拐了一个弯，绕过装行李的大车，停在苔丝身边。苔丝抬头望着，似乎非常震惊。

她母亲这会儿才发现，第二辆马车不再是第一辆那样的低等运输工具，而是崭新明净的轻便双轮马车，或叫单匹马拉车，它漆得发亮，装饰华贵。赶车的是一个二十三四岁的年轻人，嘴里叼着雪茄烟，头上戴着时髦的帽子，身上穿着褐色夹克衫、褐色马裤，脖子上围着红色领巾和坚硬的竖领，手上戴着赶车用的褐色手套——简而言之，他就是一两个礼拜之前，骑着马儿来探问苔丝消息的那个英俊青年。

德贝菲尔夫人像小孩子似的拍起手来。接着她垂下头，又朝那边凝望。难道她没看出这一情形的含义吗？

"那就是要娶俺姐姐当太太的阔本家吗？"最小的孩子问道。

与此同时，可以看到，苔丝那穿着薄纱织物的身子一动不动地、犹豫不决地站在马车旁边，车主正在跟她讲话。她的犹豫不决只是表面，实际远不止这些，她正感到疑惧。她宁愿去坐那辆低等的大车。那个年轻人走下来，好像在催她上车。她转过脸，面朝山下这几个亲人，远远地望着。仿佛有什么东西激发了她，使她下定决心，也许是因为她想到自己弄死了"王子"。她突然跳上车。他也上车坐到她的身边，立即扬鞭起程。一会儿，他们就超过了慢吞吞的行李大车，消失在山脊后面。

苔丝一旦消失在视野中，演戏一般的兴头一旦终结，小孩子们的眼睛里就溢满了泪水。最小的一个小孩子说："俺真不愿意叫可怜——可怜的苔丝姐姐去当阔太太！"说完之后，他把嘴一咧，放声大哭起来。这种新的情绪极富感染性，下一个孩子接着哭了起来，另一个也哭了起来，三个孩子都号啕痛哭。

德贝菲尔夫人转身回家的时候，也是珠泪盈眶。但是，她回到村里后，便听天由命地盼着转祸为福了。当晚睡在床上的时候，她老是唉声叹气，她丈夫问她到底是怎么回事。

"唉，俺也说不准，"她说，"俺这会儿觉得，苔丝要是不去，说不定还好些哩。"

"你先前怎么没想到呢？"

"唉，这也是闺女的一次机会呀——不过，要是再有这样的事，俺一定不急着让她走，俺得好好打听打听，看那个年轻人是不是真的好心肠，是不是把她当本家来器重。”

“是啊，也许你该打听打听。”约翰爵士打着鼾说。

德贝菲尔夫人总是能设法找到安慰：“好啦，既然她货真价实，只要能正确地打出王牌，就一定能获得成功。他早不娶她，晚也要娶她。他对她都爱得入魔了，长眼睛的谁看不出来呀？”

“她那张王牌是什么呀？你是指她那德伯维尔的血统？”

“哪里的话呀，你真笨，俺是指她的脸蛋儿——跟俺年轻时一样的脸蛋儿。”

第八章

亚雷克·德伯维尔跳上车子，坐在苔丝身旁，拍马行驶在第一座山的山脊上，车子疾速奔驰，不一会儿，就把装箱子的大车甩得远远的。一路上，他一个劲儿地恭维苔丝。山路越爬越高，山脊两旁大片大片的风景出现在他们身旁。后面，是生她养她的那个绿色山谷，前方，是她还一无所知的灰色原野。她只不过匆匆去过一次前方的特兰岭。他们就这样一直来到下坡处，前面，一条笔直的下坡路直通山下，大概一英里多长。

本来，苔丝·德贝菲尔是很有胆量的，然而，自从上次老马出事以后，她对于坐车就感到异常胆怯了，车子略微有点不稳，她就不免感到惊慌。现在德伯维尔满不在乎地驾车狂奔，她就明显感到惶恐不安。

“先生，我想，您下坡的时候最好慢一点。”她强装镇定地说。

德伯维尔扭过头来看了看她，用两颗又大又白的门牙的尖端咬了咬雪茄烟，好让他的两片嘴唇勉强咧开，露出笑意。

“怎么，苔丝，”他又吸了一两口，回答说，“像你这样有胆略的姑娘，竟然提出这样的要求？我嘛，总是全速策马行驶。还有什么能比这更能激起你的情绪呢？”

“但是，也许你现在不该这样？”

“嗨，”他摇了摇头说，“这件事不能完全由我一人做主呀。还得考虑到蒂勃。它的脾性可坏着呢。”

“谁的脾性？”

“这匹马呀。我觉得它刚才狠狠地瞪了我一眼。你没注意？”

“别吓唬我呀，先生。”苔丝语气生硬地说。

“我并没有吓唬你。如果说世界上只有一个活人能有力量驾驭这匹马，那么这个人就是我。”

“那你干吗要养这样的马呢？”

“嗨，你这个问题提得真好！我想，这是我的命吧。蒂勃已经弄死一个家伙了，我买它后不久，它也差点儿弄死了我。接着，说实在的，我也差点儿杀死了它。然而，它现在依然易激动，脾气很坏，它拉的车呀，很难说得上安全不安全。”

他们开始下坡，显而易见，那匹马对鲁莽的驾驶心领神会，不需要后面的人给出任何暗示，就马上跑起来，不知这是它自己的意志，还是他的意志（后者更有可能）。

他们向下疾驶，车轮像陀螺似的嗡嗡直响，马车左右摇晃，使车轴与行进的线路微微倾斜，马儿的身影在他们眼前像波浪一样起伏。有时，一只轮子似乎离开地面好几米远，有时，一块石子被马蹄踢得直打转儿，落到树篱上。马蹄下，石子的火花比日光更为灿烂。随着他们向前飞驰，笔直的大路旁的视野扩大了，路边的土坡向两侧分开，就像一根木棍劈成两半，在他们肩膀两边飞驰而过。

风儿透过苔丝的薄纹裙，直吹她的皮肉，她洗净的头发在身后飘拂。她下决心不明显表露自己的恐惧，但她却拉紧了德伯维尔执缰的手臂。

“别抓我的手臂！要不然，我们全会完蛋的！你抱住我的腰吧！”

她抱住了他的腰，就这样驰到了山下的平路。

“谢天谢地，你这么莽撞，现在总算平安无事了！”她说道，气得满脸通红。

“苔丝，瞧你，竟然发火了！”德伯维尔说道。

“这倒是实话。”

“哼，你不能一脱离危险，就这样忘恩负义地对待我，把我撇开呀。”

她并没考虑她该怎样主动对待他，不管他是男是女，是木棍还是石块。她坐在那儿，什么也没回答，慢慢地恢复了镇定自若的神色，就这样，他们又来到另一个高地的顶部。

“现在嘛，又要开始啦！”德伯维尔说。

“不，不！”苔丝说，“请你理智一些。”

“可是，我们既然来到了本郡最高点，那就不得不再次下坡呀。”他反驳道。

他松开缰绳，车子再次急驶。当车子颠簸的时候，德伯维尔向她转过脸，用戏弄的口吻说：“我的美人儿，像刚才一样，再用手臂搂住我的腰吧。”

“绝不可能！”苔丝斩钉截铁地说，尽量坐稳身子，竭力不去碰他。

“让我亲一下你那片圣洁的樱唇，苔丝，要么亲一下你那张火辣辣的脸，这样的话，我就刹车，我说话算数，一定刹车！”

听到这话，苔丝万分震惊，更加往后退缩，这时，德伯维尔又重新催马，把她摇晃得更加厉害了。

“做别的不行吗？”她终于绝望地嚷道，一双大眼睛瞪着他，像是一只受惊的野兽。她母亲把她打扮得这么漂亮，显然是害了她。

“别的不行，亲爱的苔丝。”他答道。

“啊，我不知道——好吧，我不在乎！”她可怜巴巴地喘着气说。

他抓紧缰绳，马车的速度减慢下来，他准备实施他所热望的亲昵行为，这时，她仿佛勉强意识到了自己的尊严，把脸侧向一旁。他手上缠着缰绳，所以没有力量来对抗她的变化。

“嗨，他妈的，这会把我们两人的脖子都拧断的！”这个任性的、情欲炽热的同路者大声骂道，“看你敢不敢说话不算数了，你这个小妖精！”

“好吧，”苔丝说，“既然你这么任性，我就不动弹了！我原以为你既然是我本家，就会对我好，就会保护我呢。”

“什么本家不本家，去他妈的！”

“可我不愿让任何人亲我，先生！”她乞求道，一颗泪珠从她脸上滚落下来，她抑制住自己的哭声，嘴角剧烈地抽动着，“要是我早知道会这样，我就不会来了！”

他毫不宽容，而她则一动也不动地坐着，德伯维尔便给了她一记老练的亲吻。他刚亲完，她就羞得满脸绯红，急忙从衣袋里掏出手绢，擦着脸颊上那块被他嘴唇碰过的地方。他像一团炽热的火焰，见了这一情景，不免感到恼怒，因为苔丝的行为完全是无意识的。

“你这个乡下毛丫头，未免太敏感了！”年轻人说道。

对此，苔丝没有回答。说实在的，她也不完全理解这句话的意思，她只是用手绢往脸上本能地擦了一下，根本没想到这是对他的漠视。实际上，她这么一擦，就等于取消了那记亲吻，虽说这在生理上是不可能的。她模糊地感觉到他很恼火，所以，当他们不慌不忙地驶在梅堡荡和温格林的时候，她目光坚定地望着前方，然而，没过多久，前方又出现一个山坡，这使她极度惊慌。

“你必须为刚才的行为向我道歉！”他又开口说道，那受到伤害的语调依然留存着，他边说边挥舞着鞭子，“除非你让我再亲一下，而且不能用手绢擦掉。”

她叹息一声。“好吧，先生！”她说，“噢，我的帽子！”

她说话的当儿，帽子被风吹到了路面上，因为现在是上坡，马车速度自然很慢。德伯维尔停住马车，说替她去捡，可苔丝已从另一边下车了。

她折回身捡起帽子。

“天哪，你如果不戴帽子，一定更漂亮。”他边说边透过马车后方凝望着她，“来，快上车吧！怎么啦？”

帽子戴好了，也系起来了，但苔丝没有朝前跨出一步。

“不上了，先生，”她说道，露出她的红唇白齿，眼睛里也燃起了胜利的喜悦，“既然我心里有数了，我就不会再上车了。”

“什么——你不愿上车坐在我的身边了？”

“是的，我宁肯步行。”

“到特兰岭还有五六英里路呢。”

“路有多远，我不在乎。何况，后面还有大车呢。”

“你这个小滑头！告诉我，你是不是故意让帽子吹掉的？我敢发誓你一定是的！”

她故弄玄虚，沉默不语，他相信自己猜中了。

于是，德伯维尔对她诅咒，对她辱骂，骂她诡计多端，骂出了许多不堪入耳的话语。他突然掉转马头，想把车子朝她压过去，但只是把她夹到了马车和树篱之间。因为他不能那么唐突地伤害她。

“你这样满口脏话，真该为自己感到羞耻！”苔丝爬到了树篱上，从篱梢情绪激昂地对着他大声吼道，“我压根儿不喜欢你！我憎恨你，讨厌你！

我要回到我妈妈那儿去，我一定会回去的！”

见到她发起脾气，德伯维尔的怨气倒顿时烟消云散了，于是他露出诚恳的笑脸。

“嗨，你这样子，我更爱你了。”他说，“来吧，我们和好吧，我再也不违背你的意愿去做任何事了。我敢以生命担保！”

可他仍然无法劝导苔丝重新上车。但她也并不反对他驾着马车跟在她身边，他们就以这种方式一步一步地朝特兰岭迈进。德伯维尔看到她徒步行走，不时露出一种极度苦恼的表情，因为是他行为不端，她才被迫这么做的。现在，她也许真的很信任他了，但他曾使她一度丧失信心，所以她继续步行，满腹心思地向前走，好像在思考是否该掉头回家。然而，既然她决心已下，如果没有特别重要的原因，她现在突然改变主意，未免太孩子气，她若是提着箱子回去，全盘改变她的家庭在这片感伤的土地上重整家业的计划，那怎么对得起自己的父母？

几分钟以后，“坡居”的烟囱出现在视野之中，接着，苔丝目的地——养鸡场和小屋，也出现在右边那个舒适、僻静的角落。

第九章

苔丝接任管辖的鸡群，以一幢旧草房为大本营，她不仅要充任它们的监督、伙夫、医生、护士，还要做它们的朋友。草房坐落的庭院本是一座花园，现在已被践踏成满是沙土的空地。房屋上爬满了常春藤，烟囱被寄生植物的枝叶缠得粗粗的，样子像毁坏的高塔。楼下的几间房子全被鸡群所占领，它们派头十足地蹿来蹿去，仿佛房子是它们盖的，而不是那些横七竖八地躺在教堂墓地里、化成尘埃的产业主。那些已故房主的子孙们几乎觉得这是对他们家族的蔑视，因为在德伯维尔一家未来此地大兴土木之前，他们祖祖辈辈一直住在这幢造价昂贵又深受喜爱的房子里。可是，这个斯托克－德伯维尔太太，把房屋弄到手后，竟然用它来养鸡。他们愤愤地说："爷爷在世的时候，这幢房子给高贵的基督徒居住都挺不错哩。"

这些屋子里，从前有许多吃奶的孩子哇哇直哭，可现在只是小鸡啄食的声音寂寞地回响。从前放着椅子、安详地坐着庄稼人的地方，现在全都放满了笼子，里面装着呆头呆脑的母鸡。壁炉边上也好，曾经火光熊熊的炉床里也好，现在堆满了倒放的蜂窝，用来作为母鸡下蛋的窝。房子外边的地面，从前被一代又一代的住户收拾得整整齐齐，现在也被公鸡用爪子刨得不成样子。

草房所坐落的那个庭院，四周都有围墙，只有一扇门可以进出。苔丝出生于以饲养家禽为业的家庭，所以第二天早晨，她就按自己巧妙的想法，作了一番变动和改进，把养鸡场重新布置了一下，她刚忙了个把钟头，围墙的门便打开了，一个戴着白帽子、系着白围裙的女仆走了进来。她是从府第里走出来的。

"德伯维尔太太又像往常一样要看鸡啦。"女仆说道，她觉察到苔丝不太明白她的话，于是又解释说，"太太年纪大啦，还是个瞎子哩。"

"瞎子？！"苔丝说。

但是，她的疑团还没来得及成形，女仆就叫她抱起两只最好看的红冠青脚鸡，女仆自己也抱起了两只，领着苔丝朝府第走去。府第尽管装饰华贵，富丽堂皇，但房前可见羽毛飞舞，草地上到处摆着鸡笼，种种迹象表明：府第的居住者甚至对不会说话的动物都极度崇拜。

这座府第的主妇是一个白发苍苍的女人，年龄不过六十岁，甚至还有可能不到六十，她戴着一顶大帽子，背着亮光，坐在一楼起居室的一把扶手椅上。她脸上表情多变，不像瞎了多年或者生来就瞎的人，一点也不呆板沉滞。她这种情况常见于那种视力逐步减退的人，竭尽全力但也无法挽救，只好很不情愿地当上了瞎子。苔丝一只手抱着一只她看管的鸡，走到这位老太太跟前。

"啊，你就是新来的养鸡姑娘吗？"德伯维尔太太听出了新的脚步声，说道，"我希望你好好地伺候它们。我的管家说你是合适的人选。好吧，鸡在哪儿？哦，这是斯特拉特！可它今天不太活泼了，是吗？我想，是因为叫生人摆弄而受惊了。芬娜也是，它们都有点受惊了，是不是？不过，它们很快就会跟你熟悉起来的。"

老太太说话的时候，苔丝和那个女仆根据她的手势，把鸡一只一只地放到她膝上，她便从头到尾地抚摸每一只鸡，检查它们的喙、冠、翅、爪，以及公鸡的翎毛。她只要用手一摸，就能立刻辨出手里是哪一只，并能摸出是否有哪根鸡毛弄折了或者拖脏了。她摸一摸嗉囊，就能明白它们吃了什么，是否吃得太多或者吃得太少，她心里有什么想法，总是能非常生动地表现在脸上。

两个姑娘又把带来的鸡及时送回鸡场，这一过程不断重复，直到所有老太太宠爱的公鸡和母鸡全都送给她摸过为止。其中有红冠青脚鸡、矮脚鸡、交趾鸡、印度鸡、杜金鸡以及其他种合乎当时潮流的鸡。她在自己的膝上接见这些宠儿，几乎不出一点差错。

这使苔丝联想起基督教的按手礼来，德伯维尔太太是主教，公鸡和母鸡是受礼的少男少女，她本人和那名女仆就是把孩子们带来受礼的教区牧师和副牧师。在结束这一仪式的时候，德伯维尔太太面部猛一扭动，弄得满脸布满皱纹，向苔丝突如其来地问道："你会吹口哨吗？"

"太太，您是说吹口哨儿？"

“是的，吹各种小调儿。”

苔丝和大多数乡下姑娘一样，会吹口哨，不过，在体面的人们面前，她不肯承认有这种本事。然而，这一次她却温顺地承认了这一事实。

“那么你每天都得吹一吹。这儿曾有一个小伙子，口哨吹得可好啦，但他走了。我要你对着我的红腹灰雀吹。因为我看不见它们，所以我想听听它们的声音，于是就用这种方法教它们。伊丽莎白，告诉她鸟笼挂在哪里。你明天早上就得开始，要不然，它们的鸣叫技巧就会退步的。它们好几天都没人照应了。”

“太太，今儿早晨德伯维尔先生对鸟儿吹过口哨呢。”伊丽莎白说道。

“他呀！呸！”

老太太的脸部顿时厌恶得起满皱纹，没再答话。

这位冒牌的本家就这么结束了对苔丝的接待，鸡也被带回到草屋里去了。对于德伯维尔太太的行为举止，苔丝倒不太惊奇，因为自从看到了府第的大小，她就不再指望什么了。但是，她压根儿也不知道，关于本家的事，德伯维尔跟老太太只字未提。她猜想这位老太太与儿子之间感情并非十分融洽。但这一点她也猜错了。可怜天下父母心嘛，在恨铁不成钢的人们中，德伯维尔太太可不是头一个呐。

尽管前一天的开端并不愉快，但是，在次日一个阳光明媚的早上，苔丝一旦安顿好之后，就想领略一番新任职务的自由与新鲜，同时她也十分好奇，想检验一下自己从事这个意外职业的本领，以便证实自己能否保住这一职位。她一回到庭院，就在鸡笼上坐了下来，一本正经地鼓起嘴唇，开始练习已荒废多时的吹口哨儿。她发现，她从前的本领如今已退化，只能从唇间送出一口一口的气，再也吹不出清晰的曲调了。

她吹了又吹，总是失败，不禁感到纳闷：本来会吹的玩意儿怎会变得如此生疏？这时，她意识到覆盖在围墙上的常春藤之中，似乎有东西动了一下。她朝那边一望，只见一个身影从墙头跳到地面。原来是亚雷克·德伯维尔。还是在昨天，他把她送到园子门口，叫她安顿下来，自那以后，她还没见过他呢。

“苔丝妹妹！”他高声嚷道，称呼中有点嘲弄的意味，“我敢以名誉担保，像你这样美丽的人儿，真是天下难寻，画里也见不到啊。我从墙那边看了你好半天了，你烦躁不安地坐着，窝起美丽的樱唇，吹一阵子，又暗自咒骂一阵子，怎么也吹不出什么调儿来。唉，你吹不出调儿来，一定非常着急吧？”

“也许是很着急，可我并没骂自己呀。”

“唉！我明白你为什么要试着吹口哨了，都怪那些讨厌的黄雀！我母亲要你给它们上音乐课呢。她真是自私自利！照管那些可恶的公鸡和母鸡，还不够一个女孩子忙活嘛。我要是你呀，就干脆拒绝她。”

“可她特别关照过我，还叫我明儿早上就准备妥当呢。”

“是吗？那么，我先来教你一两课吧。”

“哦，不，不用你教！”苔丝边说边朝门口退了一步。

“别怕，我不会动你一根毫毛。你瞧——我站在栅栏的这一边，你呢，就站在那一边，你会觉得安全可靠。现在你听着，你的嘴唇鼓得太紧了。应该这样。”

他一边讲解，一边做示范动作，吹了一句“去去，那骗人的嘴唇！”[1]但苔丝不明白这一引喻。

“你试试看。”德伯维尔说。

她竭力装作默然无语的样子，脸上的神色像雕塑般严肃。但他坚持要求，她急于摆脱他，最后就照他所说的那样，窝起了自己的嘴唇，又苦恼地

---

1. 莎士比亚《一报还一报》里的著名抒情插曲中的一行，同时也是歌曲名。

笑了一下，正因为自己笑了，心里又一阵难过，涨得满脸通红。

“再试一遍！”他鼓励她说。

苔丝这一次非常认真，认真得要命，她试了一次——出乎她的意料，她终于发出了一个真正圆润的声音。成功的喜悦使她一时得意忘形，眼睛瞪得圆圆的，并且还不知不觉冲他嫣然一笑。

“这就对了！既然我帮你开了头，以后你自己一定会干得很出色的。嗨——我跟你说过我不会碰你，尽管世上任何一个男人都无法挡住这种诱惑，可我仍然遵守诺言……苔丝，你觉得我母亲是个古怪的老太婆吗？”

“我对她还不太了解呢，先生。”

“你以后就会发现她很古怪，她要你学着对她那红腹灰雀吹口哨，这还不怪吗？现在她很不喜欢我，不过，你只要好好地待她那些鸡，你很快就会得宠的。再见吧！你要是有什么困难，需要人帮助，别去找那个管家，直接找我就好啦。”

苔丝·德贝菲尔就在这样的气氛下谋求到了一个职位。她第一天的经历典型地代表了随后几天的经历。亚雷克·德伯维尔小心翼翼地与苔丝接近，逗乐般地与她交谈，身边没人的时候，还玩笑般地叫她堂妹，就这样，她与这个年轻人慢慢熟悉起来了，也没有先前那么害羞了，然而，她没有产生别的情感，没有发展出新的更温柔的羞怯。但是，她不得已寄在他母亲篱下，他母亲相对而言又没有实际地位，所以相当于寄在他篱下，所以，她得顺从于他的摆弄，两人的关系超过一般的伙伴。

苔丝很快发现，在德伯维尔太太的屋子里，给红腹灰雀吹口哨并不是一项艰巨的任务，因为她重获了这一本领，小时候，她从她富有音乐天赋的母亲那儿学了许多曲调，这会儿全都用得上了。每天早晨，她站在鸟笼旁边吹口哨，比在园子里练习惬意多了。由于那个年轻人不在身边，她感到无拘无束，鼓起嘴儿，将嘴唇靠近笼旁，对着那些留心的听众，轻松自如地吹着口哨儿。

德伯维尔太太睡的是一张四柱大床，周围挂着厚重的花缎帘子，红腹灰雀也养在这间屋里，在特定的时间里，它们可以在室内自由地飞来飞去，在家具和一些垫子上留下一个个的白点。有一次，当苔丝站在挂着笼子的窗口，像往常一样教鸟儿唱歌的时候，她仿佛听到床后发出一阵瑟瑟的声音。老太太并不在屋里，苔丝转过身子，觉得帘子下面露出了一双靴子的足尖部。这么一来，她的口哨就吹得支离破碎了，使得那位听众（假若真有的话）一定听出了她的疑心。自那以后，她每天早上都要掀开帘子检查一下，但从未发现任何人。显而易见，亚雷克·德伯维尔肯定改变了主意，不再以打埋伏的方式来吓唬她了。

第十章

每一个村庄都有自己的特点，自己的习俗，自己的道德准则。特兰岭及其附近地区的一些年轻妇女，轻佻到了引人注目的程度，或许，位于这一地区的“坡居”，这种风气也占了上风。该地还有一个更是由来已久的不良风气，那就是拼命喝酒。周围农庄上的主要话题，就是关于攒钱有多没用。那些穿着长罩衫的“数学家”，倚在锄头和犁上的时候，会通过精确的计算来证明，从区里得到养老救济金，要比攒一辈子工资还要合算。

这些哲学家们的最大乐趣，就是每逢星期六晚上干完活之后，上一趟切斯堡。这是个离此地两三英里远的小集镇，在这儿，垄断了过去独家小酒店的酒商们，把一种叫作啤酒的奇特的混合物卖给他们，到了深夜一两点钟，他们才会返回，睡上一个礼拜天，驱除喝了那种酒之后所产生的烦躁。

起初，有好长时间，苔丝都没有加入这种每周一次的闲游。但是，在那些比她大不了多少的已婚妇女的压力下（因为庄稼人从二十一岁到四十岁挣的钱都一样多，所以盛行早婚），她最终还是答应去一趟。头一趟游玩，她就体验到了出乎意料的乐趣，过了一个礼拜单调的养鸡生活之后，别人的欢笑对她有相当大的感染力。于是她去了一回又一回。她优美雅致，富有情趣，再则，正处在一瞬即逝的含苞待放阶段，因此，她一旦在切斯堡街头出现，那些游手好闲的人便偷偷地对她瞟来瞟去。尽管她有时独自一人上街，但在夜幕降临时，她总是寻找伙伴一起回家，以便得到保护。

事情就这么持续了一两个月，后来，在九月里的一个礼拜六，赶会和赶集的日子碰到了一起，从特兰岭来的人便在酒店里寻求双重的欢乐。由于苔丝忙碌，很晚才动身，因此她的伙伴们早就先她一步到达那里了。这是一个晴朗的九月的傍晚，太阳刚要下山，黄灿灿的阳光和蓝幽幽的阴影一缕一缕地相互交织，大气不需要任何固体物质的协助，仅凭自身就构成了奇观异景，还有数不清的飞虫在空中舞蹈。苔丝慢悠悠地走在这片朦胧的暮色之中。

苔丝来到这里才得知，赶集和赶会的日子碰在一起了，这时天色已近黄昏，她要买的东西很快就买好了。接着，像往常一样，她开始寻找特兰岭的村民。

一开始，她一个也没找到，后来，人们告诉她，他们大多数都上一户经营干草和泥炭的小贩家里去了，到那里参加所谓的私人小舞会。这个常常跟他们有生意交往的小贩子，住在小镇上的一个偏僻的角落里，苔丝上那儿找人的时候，突然发现德伯维尔先生站在街道的拐弯处。

“喂——我的美人儿，这么晚了你也在这儿？”他说。

她告诉他，说她不过是在这儿等同伴回家。

她拐进相反方向的胡同，这时他从背后冲着她说："待会儿再见。"

快要靠近小贩家时，她听见后面的屋子里传出小提琴奏响的双人舞曲，可是听不见跳舞的声音，这种情形在这里极为少见，因为在通常情况下，跳舞的脚步声总是淹没了音乐声。前门正开着，她能透过屋子一直看到后面的庭院笼罩在夜幕之中，她敲了敲门，但没人应声，她便穿过屋子，顺着庭院里的小道，走向发出音乐声的外屋。

这间屋子没有窗户，是用来贮藏东西的，一股股黄灿灿的雾气从敞开的门里飘到外面的黑暗之中。苔丝起初以为这是被照亮的烟雾，走到近处才发现这是一团灰尘，被屋内的烛光所照亮。这片弥漫着灰尘的烛光，把大门的轮廓向前投射到庭院里的夜色之中。

她走到门口，朝里一看，发现一些模糊不清的身影扭来扭去，像是在跳舞的样子，他们的脚步落地时，没有一点儿声响，这是因为他们总是踩在软绵绵的齐鞋帮深的尘埃之中。这是堆放泥炭和其他物品形成的粉末状渣滓，这些东西被他们骚乱的脚步一搅动，就创造出笼罩整个场所的乌烟瘴气。泥炭和干草的发霉的渣滓，与跳舞者的汗味和热气混合在一起，构成了人类和植物的合成粉末。透过飘浮的尘埃，调低了弦的小提琴微弱地释放出乐曲，与狂跳乱舞者十足的劲头形成了强烈的对照。他们一边跳舞一边咳嗽，一边咳嗽一边大笑。那些急速旋动的舞伴，只有在光线较强的地方才能辨别出来，可是在昏暗微弱的光线中，他们犹如一群森林之神搂抱着一群林泽仙女，一大群潘神追逐着一大群绪任克斯[1]，罗提斯[2]想躲开普里阿普斯，但总是以失败告终。

---

1. 潘神是希腊神话中的山林、群牧神，常带领山林女神舞蹈嬉戏；绪任克斯是山林女神，一天她发现自己被潘神追逐，使在快被追上的时候，请求父亲把她变成了芦苇。
2. 罗提斯是海神波塞冬之女，普里阿普斯是男性生殖力之神和阳具之神。罗提斯被普里阿普斯追逐时，逃至水滨，化为荷花。

时而有一两对舞伴走到门口透透气，这时，尘埃不再笼罩着他们的身体，于是半神半人的仙侣一下子就变成了她普普通通的隔壁邻居。在两三个钟头之内，特兰岭竟能这样疯狂地变形！

人群中，有一些西勒诺斯[1]坐在长凳上和墙边的草垛上，其中一个认出了苔丝。

“姑娘们觉得在‘百合花’酒店跳舞不太体面。”他解释说，“她们不太愿意让每个人都看出谁是她们的意中人。另外嘛，她们的筋骨刚跳活络，那酒店的舞厅有时就得关门了。所以我们就上这儿来了，还从外面弄来了酒。”

“可你们中间到底什么时候才有人回去呀？”苔丝焦急地问道。

“马上——马上就要走了。这差不多是最后一支舞了。”

她等着。双人舞跳完了，有些人想动身回家了。但有些人还不愿意离开，于是另一场舞又跳了起来。苔丝心想，等这一场完了，总该散了。可是，一场完了又连着一场。苔丝开始坐立不安，心神不定了，然而，既然等了这么久，再等一下也没什么，反正是赶会的日子，路上的闲人那么多，说不定会有人不怀好意呢。不过，她并不害怕可以觉察的危险，但她害怕不可预知的意外。若是在马洛特附近，她就会少一份惧怕了。

“我的好人儿，别着急嘛。”一个满脸是汗的年轻人一边咳嗽一边劝道，他的草帽推到了后脑勺上，让帽檐看上去仿佛是神像的光轮，“慌什么呀？明儿是礼拜天，谢天谢地，我们可以睡大觉打发时间啦。怎么样，跟我跳一轮好吗？”

对于跳舞，她并不讨厌，但她不愿在这儿跳舞。这会儿大家跳得更狂了，小提琴手站在被照亮的团团尘埃之后，不时地拉错地方，要么把反面当

1. 西勒诺斯是希腊神话中酒神的抚养者和伙伴。

成正面，要么把弓背当成了弓弦。但是这也无关紧要，那些气喘吁吁的形体照旧旋转个不停。

如果他们对原先的舞伴很满意，那也可以不换舞伴。若是更换舞伴，就说明其中的这个或那个不满意自己的选择，到了现在这个时候，每一对都非常般配了。于是，狂喜和幻想便开始出现，在这种狂喜和幻想之中，情感是宇宙的物质实体，而物质世界则不过是外来的入侵者，大概打算在你想要旋转的时候，阻止你的旋转。

忽然，地上砰然一响，原来是一对舞伴跌倒在地，叠成一堆。接着，另一对舞伴停不住脚，绊倒在他们两人的身上。在满屋弥漫的尘埃里面，又有团团尘埃升腾在跌倒者身旁，只见许多胳膊和大腿缠在一起，乱伸乱舞。

"哼，等着瞧吧，回家再跟你算账！"人堆里传出一个女人的声音。她是那个由于笨拙而闯祸的不幸男人的舞伴，也恰巧是他结婚不久的妻子。在特兰岭，只要已婚的夫妇之间还存留着感情，一同跳舞也是司空见惯的事，而且在后半生也很常见，这样可以避免与其他单身男女之间产生温情，从而造成他们的坎坷命运。

在苔丝身后，庭院里的幽暗之处，传来一声哈哈大笑，与室内嗤嗤的笑声连成一片。她掉头一看，看见了一支雪茄烟的红色火头：亚雷克·德伯维尔独自一人站在那儿。他向她招了招手，她很不情愿地走了过去。

"嗨，我的美人儿，你在这儿干什么？"

她干了一天的活，又走了很多的路，已经疲惫不堪，只好向他吐露了她的难处：说她从先前遇见他起，就一直在等着同伴一起回家，因为在夜间她一个人不太熟悉回去的路。"可是看起来他们没完没了，我真的觉得我没法等下去了。"

"当然不用等了。今天，我这儿只有一匹备了鞍子的马，不过，到'百合花'酒店去，我可以雇一辆轻便马车，让你跟我一道回去。"

苔丝听了这番话，虽然感到高兴，但绝对没有消除她对他的怀疑。所以，尽管她那些同伴拖拖拉拉、没有动身，她却情愿等他们，同他们一起回去。于是她回答说，她非常感激他，不过不愿麻烦他。“我跟他们说过我要等他们，他们也一定希望我在这儿等哩。”

“那好吧，独立自主的小姐。请便吧……那我就不必着急了……啊，天哪，你看他们闹成什么样子！”

他并没有走到亮处，但有些人还是发现了他，便稍稍停了一下，并且意识到了时间过得很快。当他重新点燃一支雪茄烟走开了的时候，特兰岭人离开了其他村庄的人，聚到了一起，准备动身。他们的包裹和篮子也都收拾好了，半个钟头以后，当大钟敲了十一点一刻的时候，他们零零散散地登上了通往家乡的山道。

回去的路有三英里远，这是一条干燥、发白的大路，今晚在月光的照射下，显得更白了。

苔丝在人群中有时和这个走在一起，有时和那个走在一起，她很快发现，那些信口喝酒的男人，叫清新的夜风一吹，走起路来就磕磕绊绊、东倒西歪，还有几个比较随便的女人，也是步态轻飘、很不稳当。这几个女人，一个是黑泼妇卡尔·达奇，外号叫作黑桃皇后，直到最近，还是德伯维尔的宠儿，还有一个是她的妹妹南茜，外号叫作方块皇后，另一个就是方才跌倒在地上的那个刚结婚的年轻妇女。尽管以平平常常、没有魅力的眼光来看，她们的模样显得庸俗、笨拙，可她们对自己的看法却完全不同。她们走在路上，仿佛觉得自己靠着一种支撑她们的媒介体，高高翱翔，并且拥有着独特而深奥的思想，她们和周围的自然形成了一个有机的整体，各个部分都和谐而欢快地相互渗透。她们像头顶上的月亮和星辰一样崇高，月亮和星辰也像她们一样炽热。

苔丝在父亲身边的时候，已经体会过这种痛苦的体验，一看到他们这种状态，她在月光下行走所开始感到的乐趣便遭到了破坏。然而，出于刚才所叙述的原因，她仍旧紧跟着这帮人。

在宽敞的道路上，他们本是三三两两地行走，可是现在，他们得穿越一扇田地边上的篱笆门，走在最前面的人发现门很难打开，导致大家慢慢聚拢起来了。

这位领头的人就是黑桃皇后卡尔，她带着柳条篮子，里面装有为母亲买的杂物、为自己买的衣服，还有一个礼拜里所需的别的东西。篮子又大又重，为了携带方便，卡尔把它顶在头上。当她双手叉着腰走路的时候，篮子就在头上岌岌可危地晃动。

“哎呀，卡尔·达奇，是什么东西从你背上往下爬呀？”人群中有一个人突然说道。

大家的目光全都转向卡尔。她的外衫是很薄的印花布做的，只见她的脑袋后面有一条绳子般的东西，一直垂到腰下面，像是一根中国人的辫子。

“是她的头发披下来了。”另一个人说道。

不，那不是她的头发，那是什么黑乎乎的东西像溪流一般从她篮子里淌了出来，在冷清的月色下，它泛着光，像一条黏滑的蛇。

“是糖浆。”一位目光敏锐的妇女说。

的确是糖浆。卡尔可怜的老祖母贪吃甜食。她自家的蜂窝里产的蜂蜜多得很，可她却见了糖浆就馋得要命，所以卡尔就给祖母买了这份意外的礼物。这个黑肤姑娘急忙放下篮子，发现盛糖浆的罐子已经在篮子里打碎了。

这时，看到卡尔背后的古怪模样，这群人不由得爆发出一阵哄笑。黑桃皇后一急，就不假思索地想了一个简单有效的方法，不用嘲笑者的帮忙，就能弄掉沾在身上的糖浆。她激动地冲进他们就要穿越的田原，猛然放倒身子，仰面躺在草地上，先是平着脊背在草上旋转，接着又用胳膊肘支撑着，把身子在地上拖了一段，就这样竭尽全力地把上衣擦了一遍。

笑声变得更加猛烈，见到卡尔这场表演，大家都笑得喘不过气来，有的靠着栅门，有的扶着柱子，有的抱着拐杖。我们的女主人公，直到方才都显得沉静，这会儿却也情不自禁地加入到大家中间了。

这真是不幸——从几个方面来说，都是不幸。黑桃皇后刚一听出比别人更低沉、更圆润的笑声，早就闷在心里的醋劲顿时就疯狂地爆发出来。她一跃而起，冲到她所憎恨的对象面前。

“你这个骚货，竟敢讥笑我？”她大声叫嚷。

“大伙儿笑，我也忍不住笑了。”苔丝道歉道，仍旧嗤嗤笑着。

“哼，你以为你比别人高出一等，眼下是他最宠的人儿，是不是？但是收敛一点，姑娘，别太逞能了！两个你加在一起，都不是我的对手！来吧，咱们拼拼看！”

使苔丝震惊的是，黑桃皇后开始剥掉上身的外衫，由于上面弄脏，惹得人家发笑，她正乐得把它脱下来呢。到后来，她把丰满的脖颈、肩膀全都裸露出来，在月光的映衬下，她的身躯像普拉克西特列斯[1]的雕像一样光彩夺目、优美迷人，因为她是个强健的乡村姑娘，身体圆润丰满，毫无瑕疵。她紧握拳头，摆好要与苔丝打架的架势。

“我可不想跟你斗呢！”苔丝威严地说，“要是我早知道你是这号人，我绝不会这么下流，和你们这群娼妇走在一起！”

这句话的打击面实在太广了，从而导致来自其他方面的一片辱骂，全都泼向这个美丽而不幸的苔丝，骂得最厉害的要算方块皇后，她像卡尔一样，也被怀疑与德伯维尔有关系，所以两个人联合起来，对付共同的敌人。别的几个女人也插嘴恶狠狠地辱骂，若不是她们狂了一个晚上，她们中间谁也不会这么愚蠢，竟然骂出这些不堪入耳的话来。那些当丈夫的和当情侣的，看

---

1. 公元前4世纪的雅典雕刻家。

到苔丝遭到这么不公平的欺辱，就帮着苔丝说话，想把事态平息下来，结果，这一企图却直接导致了战火愈演愈烈。

苔丝又恼又羞。她再也顾不得道路多偏，时间多晚了，她唯一的愿望就是尽快甩开这一群人。她清楚地知道，她们中间较好的一些人，第二天一定会为此感到后悔。大伙儿现在都走到了田野里，苔丝慢慢落到后面，想一个人跑开，正在这时，一个骑马的人不声不响地从遮住道路的树篱拐角处出现，这人是亚雷克·德伯维尔，他把大伙儿扫视了一遍。

“伙计们，你们究竟在这儿吵嚷些什么呀？”他问道。

没有人立刻向他解释，其实，他也用不着问。离他们还老远的时候，他就听到了他们的声音，便悄悄地向前骑了一阵子，已经很满意地得知事情的大致经过了。

苔丝离开众人，独自伫立在栅门旁边。德伯维尔向她俯下身子。“跳上来，坐在我后面，”他轻声对她说，“我们转眼就能把这些尖声乱叫的猫子甩得老远！”

她觉得眼前的危机太急迫、太强烈，差点儿晕了过去。假若在生平中的任何其他时刻，她都会拒绝这种殷勤的帮助和陪伴，就像她以前多次拒绝的那样，但是，这一次若仅仅是因为路途的偏僻，她也会照样拒绝。然而，他这一次的殷勤却是献在节骨眼上，只要她的脚一跳，恐惧和愤慨就会转化为战争的胜利，所以她听任自己的冲动，攀上栅门，用脚尖蹬着他的脚背，跳上了他身后的马鞍子。这两个人飞驰到远处苍茫的夜色之后，那些好斗的醉鬼才明白过来发生了什么事。

黑桃皇后也忘记了衣服上的污点，站在方块皇后和摇摇晃晃的新婚女人的旁边，三个人都直勾勾地望着马蹄声渐渐消失的那个方向。

“你们在看什么呀？”一个没看到这一事件的男人问道。

“哈——哈——哈！”黑肤卡尔笑道。

“嘿——嘿——嘿！”喝多了的新娘子靠在她心爱的丈夫的胳膊上，笑道。

“呵——呵——呵！”卡尔的母亲边笑边摸着嘴边的绒毛，简洁地说：“跳出油锅又入火坑喽！”

这些在野外待惯了的儿女，即使饮酒过量，也不至于长时间地发酒疯，这会儿他们走上了田间小路。当他们往前走着的时候，月光照在闪烁的露珠上，形成乳白色的亮圈，围着每个人的头部的影子，跟着他们走动。每一个步行者只能看到自己的光环，这光环从不弃离头部的影子，不管它会是如何粗俗、如何古怪，也只能紧随着它，坚持不懈地美化它，直到这飘忽不定的运动好像成了光的固有的部分，他们呼出来的气也成了夜雾的组成部分，而景物的精神、月光的精神、自然的精神，也似乎和谐地与酒的精神融为一体。

第十一章

他们两个一声不吭地骑着马儿，向前慢跑了一段时间，苔丝紧紧地偎依着他，心儿仍旧由于胜利而剧烈跳动，不过在别的方面，她却半信半疑。她观察到，他们骑的马儿不是他有时骑的那匹烈马，因此，她并不感到惊恐，不过，尽管她紧紧抱着他，可她还是坐得不太安稳。她请求他把马儿放慢一些，像走路一般，他欣然照办了。

“亲爱的苔丝，这一回干得真利落，是吧？”他过了一会儿说道。

“是的！”苔丝答道，“我知道我是应该感激你的。”

“是吗？”

苔丝没有回答。

“苔丝，每当我亲你的时候，你干吗总是不高兴呀？”

“我想——是因为我不爱你。”

“你敢肯定吗？”

“有时候，我对你这个人还挺恼火呢！”

“啊，我早就担心你会恼火呢。”尽管如此，亚雷克对苔丝的坦白却没抱反感。他知道，不管说什么话，都比冷漠无言好得多。“我惹你生气的时候，你干吗不告诉我呢？”

“干吗不告诉你——这你还不清楚嘛。因为我在这儿是身不由己啊。”

“有时，我对你过分亲近，这并没有伤害你吧？”

“有几次是伤害我了。”

“到底有几次呢？”

“你知道得和我一样清楚——有好多次。”

“我每一次都惹你生气？”

她没再回答，马儿又缓缓地向前走了相当远一段路程，后来，整晚飘浮在低谷中的一片发亮的薄雾，变得遍地弥漫，把他们紧紧包裹了起来。这层雾气好像把月光悬置住了，使它比在清澈的空气中更清透。不知是出于这个原因，还是由于心不在焉，或是由于昏昏欲睡，她没有发现他们早已过了通往特兰岭的岔道口，而这位向导却没走上那条道路。

她困顿不堪，难以形容。在过去的一个礼拜里，她每天早晨都正点起床，整天都马不停蹄地干活，今天晚上去切斯堡时，还多走了三英里路，又没吃没喝，等邻居等了三个钟头，她急于动身，等得很不耐烦，顾不得吃喝了；在回来的路上，她又走了一英里多路，外加吵了一架，心里火了一阵子，所以，他们现在骑着马儿慢步行进的时候，差不多半夜一点钟了。但不管怎样，她只有一次真正被睡魔所征服。在那忘却一切的时刻，她的头垂了下来，轻轻地靠到了德伯维尔的身上。

德伯维尔勒住马，把脚从马镫上抽了出来，在马背上侧过身子，搂着她的纤腰，把她扶住。

她立刻醒来，进行防御，并且爆发了她易于发作的报复性冲动，把他从她身边推开。他本来就坐得很不稳当，经她这么一推，差点儿失去平衡，好不容易才没从马背上滚下去。幸运的是，这匹马虽然很强壮，但是性格最为文静。

“你真是不识抬举！”他说，“我并没有心怀鬼胎，只是怕你摔下去。”

她将信将疑地思索了片刻，然后觉得这也许是事实，因此态度缓和下来，低声下气地对他说：“请你原谅，先生。”

“我绝不原谅你，除非你表现出对我的信任。我的天哪！”他大声叫嚷起来，“我算是什么人，被你这样的黄毛丫头轻侮一番？足足有三个月了，你玩弄我的感情，躲避我，冷冰冰地拒绝我，我再也忍不住了！”

“我明儿就离开你，先生。”

“不，你明天不能离开我！我再问一遍，你是否能表现出对我的信任，让我把你搂住？来吧，现在只有我们两个，没有外人。我们彼此非常了解。你知道我爱你，认为你是世界上最美的姑娘，实际上也正是这样。我能像情人一样对待你吗？”

她非常恼怒，急促地抽一口气，以示反对，接着烦躁不安地扭动身体，凝望远方：“你不知道——我想，我还能说什么行不行呢，既然我已经……”

他按自己的愿望，用手臂把她搂住，她也没再表示反对，事情也就这么解决了。他们就这样侧身而行，缓缓前进，到后来，她发现他们已经行进了相当长的时间，比平时从切斯堡回去的时间长得多，就算这么缓缓而行，时间也未免太长了，况且他们早就偏离了坚硬的大道，而是行在一条小路上。

“哎呀，我们到了哪里啦？”她大声问道。

“正在穿越树林。”

“树林，什么树林？我们肯定走错路了吧？”

“这是狩猎林的一小部分——这个狩猎林是英国年代最久的一片树林。今儿晚上夜色真美，我们干吗不多骑一会儿呢？”

“你怎么这样不老实呀！”苔丝半狡黠半惊愕地说道，并且把他的手指一个一个地掰开，以便从他的怀中挣脱出来，也不顾自己有掉下去的危险，“我原认为我推你推错了，觉得对不住你，可是，我刚刚对你表示信任，讨你喜欢，你却这样不老实！快放我下去，让我自己走回去！”

“亲爱的，即便是晴天，你也走不回去呀。跟你说实话吧，我们离开特兰岭已经有好几英里路了。现在，雾越来越大了，你就是走上几个钟头，也出不了这片林子。”

“这个不用你来操心。”她耐心地请求说，“放我下马吧，求求你了。我不在乎这是什么地方，只求你让我下去，先生！”

“那么好吧，我会放你下去的，只是有一个条件。是我把你带到了这块远离大路的地方，那么，不管你怎么想，反正我觉得我有责任把你平平安安地送回家。亲爱的，你看这片大雾笼罩了一切，连我自己也拿不准我们到底是在什么地方，所以，跟你说实话吧，你要是没人帮助，要想走到特兰岭根本不可能。所以，如果你答应等在这匹马身旁，让我穿过林子到有道路或有房子的地方，以便辨明我们的确切位置，那我就会心甘情愿地放你下马。待我回来以后，我会详细告诉你该怎么走，到时候你要坚持步行就步行，要愿意骑马就骑马——什么都随你的便。”

她接受了这一条件，从左边下了马，但是，在这之前，他已经偷偷地给了她仓促的一吻。他从另一面跳了下来。

“我想我得牵着马儿？”苔丝问道。

“不，没有必要。”亚雷克边说边拍了拍气喘吁吁的马，“它今儿晚上已经累得够呛了。”

他把马牵到灌木丛中，拴在一棵树上，又在很厚的一堆干树叶中，给苔丝弄了个铺位，或者说筑了个窝儿。

“现在你坐在这儿，”他说，“树叶还没发潮。那匹马嘛，你只需稍微留心一点就行了。”

他离开她，朝前走了几步，又转过身来说：“顺便告诉你，苔丝，你父亲今天弄到一匹新马了。是别人送给他的。”

“别人？一定是你吧？”

德伯维尔点了点头。

“啊，你真是太好了！”她大声地说道，不过，偏偏在这个时候得向他道谢，所以她说话时带着尴尬的痛苦意味。

“孩子们也得到了一些玩具。”

“我真没料到——你也给他们送了东西！”她嘟囔着，显得非常感动，“我真希望你什么也没送，是的，真希望你什么也没送！”

“为什么，亲爱的？”

“这——会成为我的负担的。”

“亲爱的苔丝，难道你现在不觉得有点儿爱我吗？”

“对你，我很感激，”她无可奈何地承认说，“但我觉得恐怕我并不……”这时她突然意识到他所做的一切都是因为爱她，这让她非常难过，不由得慢慢地流下一颗泪珠，接着又是一颗，就这么放声哭了起来。

“别哭，亲爱的，别哭！好好坐在这儿，等我回来。”她顺从地坐到他堆的树叶上，身子微微地打着颤儿。“你冷吗？”他问道。

“不太冷——有一点儿。”

他用手指碰了碰她，觉得她身上非常柔软。“你怎么只穿了这么一件单薄的裙子呀？”

“这是我夏天里最好的衣裳了。我出门的时候，天气还很暖和，我不知道我要骑马，也不知道会弄到这么深更半夜的。”

“九月里，一到晚上天气就转冷了。让我想想看。”他从身上脱下一件单衣，轻轻地披到她的身上。“好啦——你很快就会暖和的。”他继续说，“现在嘛，我的小美人，你在这里歇一会儿，我很快就会回来的。”

他把披在她肩上的外衣扣了起来，自己走进一片雾气之中，这时，这片雾气仿佛给树木蒙上了一层面纱。当他走向邻近的山坡时，她能听到树枝被拨得沙沙直响，过了不久，他的脚步声轻得还不如鸟雀的蹦跳，最后，声音全然消失。月亮渐渐下沉，苍白的光亮也越来越弱，苔丝坐在他离开她时的那堆树叶上，陷入沉思，这会儿，天色暗得都看不见她了。

与此同时，亚雷克·德伯维尔登上了山坡，以便消除自己真正的疑虑，弄明他们到底在狩猎林的哪个部位。实际上，他已经随着性子胡乱地骑了一个多钟头，而且是见弯就拐，只想着延长与苔丝结伴而游的时间，只顾着凝望苔丝那月光下的身姿，压根儿没去理会路边别的东西。他其实并不急于寻找任何辨别方向的标志，只希望那匹疲乏的马儿能够歇一会儿。他翻过一座山岭，又越过一个低谷，迎面出现了一条大道的树篱。他很快认出这条道路，从而弄明了他们的确切位置。于是德伯维尔转身返回，可是这个时候，月亮已经完全落下，不久就要天明，但是，由于浓雾弥漫，狩猎林好像裹在厚重的黑暗之中。他不得不伸着双手，摸索前进，以免碰到树枝。起初他觉得，要想找到他离开的那个确切地点，简直完全不可能。他高一脚低一脚地转来转去，最后终于听到了马儿在附近轻轻动弹的声音，接着，他外套的袖子出乎意外地绊住了他的脚。

“苔丝！”德伯维尔喊道。

没有回答。周围一片黑暗，除了脚边一片朦胧的灰白，他什么也看不见。那片灰白就是他留在一堆枯叶上、身穿白色薄纱衣裙的苔丝的身影。其余的一切都黑得无法辨别。德伯维尔俯下身子，听到了轻微均匀的呼吸声。他跪下来，身子俯得更低。现在，她呼出的气息吹到他的脸上，暖乎乎的。随即，他的脸就贴到了她的脸上。她正酣然沉睡，眼睫毛上还挂着泪珠。

黑暗和寂静笼罩了周围的一切。狩猎林原生的紫杉和橡树耸立在他们上方，栖在树上的鸟儿正在安详温柔地做着最后一个睡梦，他们身边一只只野兔偷偷地蹦来蹦去。可是，人们也许会问：保护苔丝的天使在哪里？苔丝虔诚信仰的神明在哪里？或许，正如好挖苦的提斯比人[1]所说，还有另一个神明，他或许正在说话，或正在消遣，或正在旅行，或正睡得无法唤醒？

这样一个优美的女性，像游丝一样敏感，像白雪一样纯洁，为什么偏要在她身上绘上粗野的图案，仿佛是命中注定的一样？为什么常常是粗野的把精美的占为己有，邪恶的男人玷污纯洁的女人，邪恶的女人玷污高尚的男人？几千年来，善于思辨的哲学也无法向我们讲清其中的道理。的确，也许可以承认，目前这场灾祸暗中含有因果报应的可能性。无疑，苔丝·德伯维尔的一些披着铠甲的祖先从战场上欢闹着回家时，一定更为残忍地用同样的手段糟蹋过当时那些农民的女儿。不过，将祖辈的罪孽报应到后辈的身上，这在神学领域是符合道德规范的，可是却被普通的人情所摈斥，因此，报应的说法也是不可取的。

正如苔丝自家人在偏僻的山村里不厌其烦地以宿命论的观点所说的那样："这是命中注定的。"这就是事情的令人痛心之处。我们女主人公从此以后的身份，和以前那个跨出母亲的门槛、前往特兰岭养鸡场寻求好运的姑娘相比，中间已经划出了一道无法估量的社会鸿沟。

---

1. 提斯比人是指《圣经》中犹太先知以利亚。以下一段，语出《圣经·旧约·列王纪上》第18章第27节。

第二部　失身女子

第十二章

她提着沉重的篮子和硕大的包裹，一步一步地走着，好像物质的东西对她说来并不算什么累赘。她时而停下来，靠在栅门和柱子上，机械地歇一会儿。歇息之后，她把行李往自己丰满圆润的胳膊上一挎，又稳步前行。

这是十月下旬的一个礼拜天早晨，大约是在苔丝到达特兰岭的四个月之后，离发生在狩猎林的那次事件只隔了几个礼拜。天刚亮一会儿，黄灿灿的晨曦从她背后的地平线上照亮了她对面的山脊。这道山脊是走出她近来客居的那个山谷的关隘，只有翻过它，才能到达生她养她的地方。在山脊的这一面，路是缓坡，土壤和景致也和布莱克摩山谷大不一样。甚至两处人们的习俗和口音也有形形色色的差异，不过，有一条绕来绕去的铁路起了一定的同化作用。因此，她的故乡虽然离她旅居的特兰岭还不到二十英里路，却显得好像是一个遥远的地方。关闭在那儿的农民，总是往西、北方向去做生意、去旅行、去求婚、去联姻，心里想的也是西、北方向，而山脊这一边的人则主要把精力和心思用在东、南方向。

就是在这同一条坡路上，六月里的那一天，德伯维尔带着她发疯似的驾着马车奔驰。苔丝一口气就攀完了剩余的坡道，到了山脊时，她眺望着前方那片在雾中半掩半现的绿色世界。从这儿看去，它总是很美丽，今天更是美得出奇，因为自从她和这片土地分别以来，她已经深深地体会到，凡是有鸟儿甜美欢唱的地方，总是有毒蛇嘶嘶地叫，她的人生观也由于她那一番教训而彻底改变了。她现在完全是另一个人了，不再是没出家门时的那个单纯无知的姑娘，而是心事重重地垂着脑袋，一动不动地站在这儿，然后掉头朝身后望去。因为她一望前面的山谷，心里就觉得难过。

苔丝看见一辆双轮马车，顺着她方才吃力地走过的那条白色的大道，向上面驰来，马车旁边跟着一个人，挥起手来，想引起她的注意。

她顺从地停下脚步，不假思索、不慌不忙地等候着他，几分钟之后，人和马都停在她的身边。

“你怎么就这样偷偷地溜啦？”德伯维尔气喘吁吁地责问道，“而且还选了个礼拜天的早晨，趁人们没起床哩！我是无意中发现的，所以，马上就跳上车，没命地追上来了。你看看这匹牝马就知道了。干吗这样离开？你知道，谁也不想阻拦你走。你没有必要这么费劲地步行，还不嫌累赘，扛着这么重的东西呢！我发疯般地追上来，只是为了送你一程，当然，你最好还是跟我回特兰岭去。”

“我不愿回特兰岭了。”她说。

“我想你是不会回去的了——我早就说过了！那么好吧，把篮子放上来，我来帮帮你。”

她无精打采地把篮子和包裹放到车上，自己也跨了上去，他们肩并肩地坐着。她现在用不着怕他了，她不怕他的原因，正是她的哀伤所在。

德伯维尔机械地点燃了一支雪茄烟，他们继续前行，途中断断续续地、不动声色地议论了几句路边的普通景物。他完全忘了在初夏的一天，他们在这同一条路上向相反方向行驶的时候，他怎样挣扎着和她接吻。但是她没有忘记。现在她坐在车上，像个木偶似的，回答他的话时，也只是用一两个单音节短词。走了几英里之后，一片树丛映入他们的眼帘，那树丛的后面，就坐落着马洛特村。唯独到了这个时候，她平静的脸上才显露出一丝丝情感，眼眶开始涌出一两滴泪水。

“你哭什么呀？”他冷冷地问道。

“我只是在想，我是在那儿出世的。”苔丝嘟囔着说。

“嗨，我们大家都该有个出世的地方呀。”

“但愿我没有生下来——没有自己的出生地！”

“呸！那么你当初既然不愿上特兰岭，可干吗还是去了呢？”

她没有回答。

“我敢起誓，你不是为了爱我而去的。”

“的确是这样。假如我是为了爱你而去，假如我什么时候真的爱过你，假如我现在还爱着你，那么，我就不会像现在这个样子，因为自己的软弱，这么厌恶自己，憎恨自己！……我只不过一时间被你弄花了眼，仅此而已。”

他耸了耸肩膀。

她继续说道：“等我明白了你的用意，事情已经太晚了。”

“每个女人都会这么说。”

“你怎敢说出这样的话？”她冲着他愤怒地大声说道，一双眼睛里冒出火光，仿佛一种潜伏的神灵在她身上苏醒过来。（终有一天，他会更多地见识这种神灵。）“天哪！我恨不得把你从车上扔下去！难道你真的没有想到，别的女人口中随便说说的事，有的女人会真心感到痛苦吗？”

“对啦，”他笑着说，“我伤害你了，非常抱歉。是我做得不对——这我承认。”他显露出一些痛苦的神情，接着说，“只不过，你也用不着这样没完没了地冲着我发脾气。我也情愿把这笔债偿还到最后一文。你也知道，你不必再到田地里或奶牛场上去干活。你也知道，你可以穿得阔阔气气的，不必像近来这样穿得这么单调，这么寒碜，仿佛除了自己挣的，连一根丝带都弄不到似的。”

通常，她那宽宏大量、但易于冲动的本性里很少有对人鄙视的成分，可是这时，她的嘴唇却微微一噘。

“我已经说过我不再要你的任何东西了，我真的不能再要了！我若是再那样做，不就成了你的玩物吗？可我绝不愿意！”

“人家看了你这副样子，不仅以为你是名副其实的德伯维尔的后裔，而且还以为你是个公主呢！哈，哈！好啦，苔丝，亲爱的，我没什么可说的了。我想我是个坏人，一个坏透了的人。我生来就坏，活到现在坏到现在，大概，要一直坏到死呢。但是，我敢对你发誓，苔丝，我再也不对你坏了。如果出现了什么特殊情况——你明白我的话吗？——遇到了哪怕一点点困难，需要我哪怕一点点帮助，就写几个字寄给我，你需要什么我就会给你什么。我也许不在特兰岭，我要到伦敦过一阵子，我无法忍受家里的那个老婆子。不过没关系，信件都会转给我的。”

她说她不想让他继续往前送了，于是他们停下来，正好停在树丛下面。德伯维尔下了车，接着把她抱下来，最后把她的物品放在她身边的地上。她向他微微鞠了一躬，眼睛朝他盯了一会儿，接着她转身拿起行李准备走开。

亚雷克·德伯维尔扔掉雪茄烟，向她俯下身子，说：

“亲爱的，你就这样转身就走？过来呀！”

“随你的便吧。”她神情冷淡地答道，“瞧你把我弄成什么样子了！”

于是她转过身子，向他仰起了脸，就像大理石界标一样立在那儿，德伯维尔在她的脸颊上印了一记亲吻，一半是敷衍塞责，一半好像是旧情还没有完全消亡。当他亲她的时候，她的双眼茫然地望着最遥远处的树木，仿佛她真的不知道他在干什么。

“为了过去的交情，再给我亲亲另一面吧。”

她同样被动地转过脸，就像是听从画师或理发匠的要求似的。他亲了亲另一面脸，他的嘴唇所触到的面颊，湿润、光洁、冰凉，像周围田野里的蘑菇表面一样。

“你还没用嘴回亲我呢。你从来没有主动亲过我——恐怕，你永远也不会爱我。”

“这话我不是已经说过了吗？常常说呢。这是真的。我从来没有真正地、诚心地爱过你，我觉得我永远也不会爱你。”她痛苦地补充道，“也许，事到如今，在这件事上说一句谎话，对我都是非常有利的，但是，我即使是丢尽了人，可也还得顾点脸面，说不出那种谎话。假如我爱你，我或许最有理由来让你知道。可我不爱你呀。”

他沉重地喘了一口气，仿佛眼前的情形压迫着他，使他的心难以承受，或许是良心发现，或许是装模作样。

“唉，苔丝，你干吗如此悲哀，简直是荒谬可笑。我现在没有必要对你恭维奉承，不过实话告诉你，你不必这么伤心。凭你这份姿色，在这些地方，哪个女人也甭想和你比个高低，不管是大家闺秀还是小家碧玉。我作为一个实打实的男人，才跟你这么说，而且也是出于一片好心。你要是聪明的话，就应该大显一下身手。不要等到年老色衰……好啦，苔丝，愿意跟我一起回去吗？我敢发誓，我真不愿意让你就这么走了！”

“不，绝不可能！我一明白我本该早点明白的事情，我就下定了决心。我不愿再跟你去了。”

“那么再见吧，我的四个月的小妹妹，再见！”

他轻巧地跳上马车，理好缰绳，在两排有着红浆果的高高的树篱之间，驾车离去了。

苔丝没有朝他望一眼，慢吞吞地走在弯弯曲曲的有树篱的大路上。天色还早，尽管太阳刚刚出山，但它那忽隐忽现的光线并不柔和，不是沐浴着人们，而是直刺人们的眼睛，附近一个人影也没有。一个悲伤的十月和她更为悲伤的自我——只有这两者在大路上徘徊。

然而，当她向前走的时候，她听到了背后的脚步声，一个男人的脚步声，越来越近。此人走得很快，所以，还没等她弄明白到底离他有多远，他就已经走到她身后，并向她说了一声“早安”。他好像是什么工匠，手里拿着装红漆的铁罐子。他开门见山地问她，是否需要帮她提篮子，她也二话没说，就把篮子交给了他，并且走在他的身边。

“今儿是礼拜天，这会儿就起床了，真早哇。”他兴致勃勃地说。

“是的。”苔丝说。

“大伙儿干了一个礼拜，这会儿多半还在休息哩。”

对此，她也表示了赞同。

“俺呀，今儿干的活儿比平时任何一天都实在哩。”

“是吗？”

“整个礼拜俺为人类的荣耀干活，到了礼拜天，俺得为上帝的荣耀干活。这比别的活儿更实在，是吧？俺在这个篱阶上还有点事儿要做呢。”此人边说边转身拐向通往牧场的一个道口。“你等一会儿，”他补充说，“俺不会干很久的。”

既然篮子在他手里，她也只好等了，所以她就边等边注视着他。他把篮子和铁罐子放了下来，用刷子搅了搅罐子里的油漆，接着便开始在木板上写字。共有三块木板构成篱阶，他把又大又方的字写在中间一块木板上，每个字之后都打一个逗号，仿佛把每个字打进人们心坎的时候，都要停顿一下：

你，的，惩，罚，必，将，速，速，到，来

《彼得后书》第二章第三节

这几个醒目的朱红色的大字，衬着宁静的自然景物、矮树林灰白衰微的色彩、地平线上的蔚蓝的天际、长满青苔的篱阶，显得格外刺眼。它们好像在大喊大叫，声音都在空气中回荡。看到这可怕的涂写（这是曾经服务过人类的宗教信仰，在演出荒唐的最后一幕），有些人也许会大声疾呼：“啊，可怜的神学！”但是这几个字使苔丝感到恐怖，仿佛这是对她责问似的，仿佛此人已经知道她的底细了，可他还完全是个生人呢。

写完之后，此人拿起她的篮子，她又机械地继续走在他的身边。

“你信不信你刷的那些话？”她低声问道。

“信不信那些话？你说俺信不信自己的生存？！”

“可是，”她声音发抖地说，“假设你犯的罪不是出于自己的本意呢？”

他摇了摇头。

“俺不懂得对这种尖锐的质问作仔细的分析。”他说，“今年一个夏天，俺已经走了几百英里路，把这些话刷在这一带的每一堵墙上，每一扇门上，以及每一个篱阶上。至于什么情况下适用，留给人们自己心里去琢磨吧。”

“我觉得这些话太可怕了。”苔丝说，“太厉害了，简直是要人的命！”

“这就是它们的本意嘛！”他用很内行的口气说道，“不过，你还没看到最厉害的呢。俺总是把它们刷在贫民区，或刷在码头上。那些话呀，准会使你全身发抖呢！其实嘛，在乡村地带，这一句也已经够好的了……唉，那边谷仓的墙上，空出了好大一块，空着也是浪费。俺得写上一句，好让像你这样危险的年轻女人留点神。姑娘，等俺一下好吗？”

“不行了。”她说，然后接过篮子，继续赶路。没走几步，她又掉过头来。那古老的灰色墙壁，开始出现像刚才那样火一般的大字，那堵墙壁现在露出一种奇特、异常的神色，仿佛为承担以前从未承担过的责任而感到苦恼。他刚刷一半，苔丝的脸就猛然一红，因为她意识到下文是什么了：

你，不，要，犯，……[1]

她那位乐呵呵的旅伴见到她在观望，便停住刷子，大声叫着说：

---

1. 全文为“你不要犯奸淫”，为摩西十诫之一。

“你若想在这些重大的事情上寻些开导，那么，今天有一个非常诚实的好人，要在你去的那个教区义务布道，他是爱敏斯特的克莱尔先生。眼下俺与他的主张不一样了，但他是个好人，他的讲解决不差于俺所认识的任何一个牧师。俺一开始就是受了他的影响。”

苔丝没有回答，继续朝前走，全身不停地颤动，双眼紧盯着地上。“呸！我不信上帝会说这种话！”她脸上的红晕消退之后，她鄙夷地嘟哝道。

一缕青烟突然从她父亲家的烟囱袅袅升起，见了这一景象，她心口一阵刺痛。当她走进屋里，见了屋内的情景，心口疼得更加厉害。她母亲刚从楼上下来，这会儿正在点燃剥了皮的橡树枝，生水壶做早饭，见了苔丝，便从炉前转过身子迎接她。几个小孩子还在楼上，父亲也没下来，因为这是礼拜天早晨，他觉得多躺半个钟头也理所当然。

“哟，是你呀，俺的好乖乖！”这位惊讶的母亲一边叫嚷一边跳起来去吻苔丝，“真没料到哇！你走到俺身边，俺才看到哩！怎么，你回家来是为了预备结婚的事？”

“不，妈，俺不是为这个来的。”

“那么是休假？”

“是的——休假；休长假呢。”苔丝说。

“怎么，你堂哥还不打算跟你把那件好事儿办掉？”

“他不是俺的堂哥，他也不打算娶俺。”

她母亲细细地打量着她。

“唉，到底怎么啦？你还没把话儿说完呢。”母亲说道。

于是苔丝走到母亲跟前，伏在母亲的肩上，向她叙说了一切。

“可你还是没叫他娶你！”母亲又老调重弹，“出了这种事，除了你，别的任何女人都会这么做的！”

“也许别的女人都会那样，可俺不干。”

“假如你那样做了，回来的时候，不就和故事里说的一样好了吗？”德贝菲尔夫人继续说道，恼得都快要哭出来了，“关于你和他的那些风言风语，毕竟也传到这儿来了，谁知到头来落得了这么个下场！你干吗老是替你自己着想，不为全家人做点好事呢？你瞧俺当牛做马、累死累活的，你爹他身体那么差，他那颗心嘛，又像油盘被堵得紧紧的。俺满以为这桩事儿会有个好结果！四个月以前，你们一道驾车离开时，看你俩是那么好端端的一对儿！他给了俺们家那些东西，俺也只当是因为俺们是本家哩。既然不是本家，那他这样做，一定是因为爱你。可你却没能让他娶你！”

让亚雷克·德伯维尔心里想到娶她！他娶她！关于结婚的事他从未提过一个字。即使提过又会怎样呢？她为了在社会上拼命保全自己的面子，会被迫对他作出什么样的回答呢？这连她自己也说不出来。然而，这位可怜的愚蠢的母亲，很不了解女儿目前对那个男人的情感。也许，在这种情形下，这样的情感是不寻常的、不幸的，也是不可理解的，但是它却的确存在，这就是她所说的那种使她嫌恨自己的事了。她从未全心全意地理会过他，现在更是压根儿没把他放在心头。她害怕他，见了他就畏缩，他趁她孤弱无援，巧妙地利用自己的优势，使她就范了，接着，她一时被他的热情所蒙蔽，又糊里糊涂地委身于他，一段时间后，忽然鄙视他，讨厌他，于是就跑开了。这就是事情的全部过程。她倒说不上十分恨他，但在她的心目中，他不如尘埃，不如灰烬，即便是为自己的名声着想，她也绝不愿意嫁给这种人。

“既然你不想叫他娶你做太太，那你本该留点神啊！”

“唉，妈呀，俺的好妈妈！”极度痛苦的姑娘边说边动情地朝母亲转过身，仿佛心都要碎了，“俺怎么知道呢？四个月前，俺离开家的时候，还是个不懂事的孩子哩。你干吗不告诉俺，说男人不安好心？你干吗不告诫俺呀？大户人家的女人都知道怎样保护自己，因为她们都看过小说，里面讲到这些害人的花招，可俺哪有这种看小说的机会呀？而你也没有帮过俺！”

她母亲被这番话说服了。

“俺本以为，俺要是对你说了他的痴情，说这片痴情会引起什么结果，那你就会在他面前摆大架子，失去你的机会呢。”她母亲用围裙擦了擦眼睛，嘟嘟囔囔地说，“也罢，俺们总得往好处想啊。说到底，这是常有的事，老天爷就喜欢捉弄人！”

第十三章

苔丝·德贝菲尔离开冒牌贵族，回到家乡这件事，很快就传开了，弄得满城风雨，不过，在不到方圆一英里的小地方，用“满城风雨”这个词未免太夸张了。下午时分，马洛特的几个年轻姑娘前来拜访她。这几个姑娘都是苔丝的老同学、老相识，拜访苔丝时，也都是把自己最好的衣裳浆洗、熨平之后，才穿着来的，好让自己算得上是苔丝的客人，配得上这位卓越的征服者（她们是这么认为的）。她们坐在屋子里，带着极大的好奇心看着苔丝。因为和她谈上恋爱的，是她那个与她八代不连宗的堂兄，一个并非土生土长的上等人，而且他作为玩世不恭、令人心碎的好色之徒，坏名声正开始远扬到特兰岭的范围之外。由于这种令人担忧的情形，使得苔丝在他人眼中的处境，比起无险可冒的情形，具有了更大的魅力。

她们对苔丝极其羡慕，所以，当她刚转过身子的时候，年纪稍小的姑娘们便悄悄地议论开来了：

“瞧她多好看呀！那件衣服多合身呀！那衣服一定花了不少钱，没准是他送的礼物呢。”

苔丝正在从拐角的碗橱里拿茶具，所以没听到这些议论。如果她听到了，她也许会把朋友们的误会纠正过来。不过她母亲却是听到了，可她有着单纯的虚荣心，觉得，既然未能阔阔气气地结婚，那么，漂漂亮亮地调情，也算是挺过瘾的了。总的来说，虽然这有限的、转瞬即逝的胜利会关系到她女儿的名声，可她还是觉得比较满足，或许，女儿终究还会嫁给他呢。所以，见了这几个姑娘对苔丝羡慕不已，她就一阵兴奋，热情地留她们喝茶。

她们的闲谈，她们的笑话，她们那并无恶意的旁敲侧击，以及她们那闪烁不定、忽隐忽现的妒忌，也使苔丝的情绪振奋起来了，随着夜晚的时光渐渐流逝，她也慢慢受到她们那种兴奋的感染，几乎变得愉快活泼了。大理石一般生硬的神色从她脸上消失了，她的脚步也变得轻快自如、无拘无束，她周身洋溢着青春的美丽。

有的时候，尽管她心事重重，可她也能带着高人一等的神色回答她们的提问，仿佛供认不讳：她在情场上的经验真的有点令人嫉妒了。但是，她绝不像罗伯特·索斯[1]所说的那样，是“爱上了自己的堕落”，所以，她的幻想如同闪电一般，倏忽即逝。冷静的理智恢复了，嘲笑她一时的糊涂认识，她也认识到方才那一阵骄傲是极其可怕的，于是，她又恢复了沉默寡言、无精打采的状态。

到了第二天凌晨，已经不再是礼拜天，而是礼拜一了，漂亮的衣裳收起来了，欢笑的客人也都走了，只有她一个人在她过去的床上醒过来，周围是熟睡的小弟弟小妹妹，他们在轻轻地呼吸，这时，她是多么失望、多么沮丧啊！她返回家园的兴奋，以及她回家所引起的兴趣，全都荡然无存了，她所看到的，是一条她必须跋涉的漫长而坎坷的道路，没人帮助，绝少同情。想到这里，她沮丧到令人害怕的地步，恨不得一下子钻到坟墓里去，远远地躲

1. 罗伯特·索斯（1634—1716），英国神学家。

开人间。

过了好几个礼拜，苔丝才恢复过来，敢于在一个礼拜天的早晨抛头露面，上了教堂。她喜欢听别人歌唱（仅是歌唱而已），喜欢听古老的赞美诗，喜欢跟别人一起唱晨祷圣歌。这种对乐曲的天生的爱好，是她从爱唱民歌的母亲那儿继承的，就连最简单的音乐，有时都能让她产生一种回肠荡气、沁人肺腑的力量。

一方面，出于自身的原因，她想竭力避人耳目；另一方面，她想躲开年轻人对她献殷勤。所以她趁教堂的钟还没敲响时，就动身上了教堂，并在楼下后排靠近存放杂物的地方找了一个座位，那个地方，除了老头子老太婆，是没人去的，更何况，在挖坑刨坟的工具之中，还竖着棺材架子。

教区居民三三两两地走进教堂，在她前面的座位上一排一排地坐了下来，坐定之后，把额头下垂了近一分钟时间，好像在祷告似的（其实并没有），然后坐直身子，四下张望。圣歌开始唱起来，他们所选的恰好是她最爱听的，是一首由兰敦[1]谱曲的古老的双节圣歌，她却不知道这首圣歌叫什么，虽然她很想知道。她觉得（她这种感觉很难用确切的文字表述出来），这位谱曲者的力量无比奇异，不亚于上帝，不然的话，他这会儿在坟墓里躺着的时候，怎么能引导着像她这样的一个姑娘跟着他一步一步地重新体验他独自体验过的情感呢？更何况她还从来没听说过他的名字，也永远不会知道他的为人。

做礼拜的时候，先前那些四下张望的人，又掉过头来张望，他们看到她坐在那里，就开始互相低声议论起来。她知道他们会议论些什么，心中不免难过起来，觉得自己以后再也不会上教堂了。

此后，她与几个弟弟妹妹共同居住的那个房间，成了她离不开的避难

1. 兰敦（1730—1803），英国风琴家和作曲家。著有《颂神乐谱》。

所。她就在几个平方米的茅顶下面，观望着风雨、白雪、灿烂的落日以及阴晴圆缺的月亮。她如此深居简出，到后来几乎人人都以为她已经离开了。

在这段日子里，苔丝唯一的活动时间是在天黑以后，这时，她跑到树林里，好像觉得自己最不孤单了。傍晚时分，光明和黑暗恰好分布均匀，白昼的压抑和黑夜的不安相互抵消，只剩下了一种绝对的心灵自由。她总是善于纤毫不爽地捕捉这样的时刻。只有在这种时刻，活在世上的痛苦才能减少到最低限度。她并不害怕昏暗的夜晚，她唯一的念头似乎就是躲开人类，或是说躲开那个叫作世界的冷酷的集合体。从整体来看，它非常可怕，但是从个体来看，却又并不可畏，甚至还很可怜呢。

在这些寂静的山林和溪谷中，她那轻轻的脚步与她周围的环境极其融洽。她那晃来荡去、飘忽不定的身姿，也构成了整片景色的一部分。有的时候，她那怪诞的幻想，也会增加她周围自然程序的内涵，好像自然程序也是她个人经历的一部分，因为世界只不过是一种心理现象，好像心里觉得是什么样子，事实上也就是什么样子。午夜的寒气和冷风，在冬枝紧裹着的苞芽和茎皮之间悲鸣，成了苦苦责问的公式。阴雨绵绵的天气，就是一个模糊的道德神灵在对她无可弥补的过失表示哀伤，不过，她不能准确无误地把这一神灵划归为她童年时代的上帝，也不能把它理解为任何别的一类。

苔丝的身上有着传统习俗的残余，所以，她总是以为周围满是与她毫不相容的形体和声音，其实，这不过是她想象的产物，一种可悲的错误想象，一堆她毫无理由害怕的道德怪物。本来，与实际世界不相协调的，就是这些东西，而不是苔丝。当她走在有鸟儿熟睡的树篱中间时，或者望着兔子在沐浴着月光的围地里蹦跳时，或者站在栖满山鸡的树枝之下时，她总是把自己看成是一个罪恶的形象，闯入了天真清白的领地。不过，她在这种时候，只是在毫无区别的地方划分区别。她觉得跟一切都矛盾，实际上却与一切和谐。别人迫使她违背的，只是一条为人类所接受的社会法律，并不是周围环境所认识的自然法则，而且，她与周围的环境，也并不是像她所想象的那样格格不入。

第十四章

这是八月里的雾气蒙蒙的日出时分。夜间那格外浓密的雾气，现在被暖烘烘的太阳一照，纷纷瓦解，缩成一团一团，躲进低谷和密林深处，在那儿等着被阳光晒得无影无踪。

由于雾气的缘故，太阳有了一种奇特的情绪以及和人类一样的目光，要想把它充分表达出来，得用男性代名词才行。他现在这副面貌，加上景色中没有一个人影，立刻清楚地向我们解释了古代人之所以崇拜太阳的原因。我们会感觉到，普天之下再没有别的宗教更为合情合理了。这个发光的物体有着金色的头发，温柔的目光，神采奕奕，犹如上帝，他朝气蓬勃、目光热切地凝望着趣味横生的大地。

过了一会儿，他的光线穿过农舍百叶窗的隙缝，渗入屋内，一条条光带，犹如烧红了的火钳，被他投射到碗橱、五斗橱以及别的家具上，并且唤醒了还没有起床的收割者。

但是这大早上，在所有红色的东西里面，最艳的要算是两根漆过的粗大木头了，它们耸立在马洛特村外，在一片金黄色的麦田里。它们和下面的另外两根木头一起，构成了收割机上旋动的马耳他式十字木架。这台收割机是昨天傍晚运到地里的，是为今天预备的。交错的木头上所漆的颜色，在阳光下显得浓艳，看起来好像是在液体的火焰中浸过似的。

麦地早就“开镰”了，也就是说，用人工把麦地周围割出了一条数英尺宽的通道，好让马儿和机器第一趟就能开得过去。

大路上走来了两帮人，一帮是男的，一帮是女的，这个时候，东面树篱的阴影正好落至西面树篱中部，所以，这些男工女工的头已在朝阳的照晒之下，而脚却仍在黎明的阴影之中。他们离开大路，经过两旁有石柱的最近的栅栏门，走进地里。

紧接着，从田地里发出了像蚱蜢做爱一般的咯哒咯哒的声音。机器开动了，从门边望去，可见三匹马套在一起，拖动前面所说的摇摇晃晃的大机器，其中一匹马上坐着一位赶马的，后面收割机的座位上还坐着一位助手。整部收割机顺着麦田的一边走，十字形木架慢慢地旋动，走下山去，然后从视野里消失了。一两分钟之后，它们以同样的速度，从麦地的那一面出现了，首先映入眼帘的是前面一匹马额上的发亮的铜星，仿佛是从麦茬上升起来的，然后是红艳的十字形木架，接着才是整部机器。

收割机每绕一圈，周围的麦茬地就更宽一层，随着早晨时光的流逝，未割的麦地也越来越少。野兔、蛇、耗子等越来越挤地退向麦地深处，它们不知道自己的避难所极其短暂，在这一天的晚些时候，它们无法逃脱注定的命运，那时，它们的避难的场所将越缩越小，窄到可怕的地步，它们不管是朋友还是敌人，全都挤作一团，最后，直立的麦子只会剩下一两分地，但是，也要被收割机那没有偏差的牙齿啃得精光，于是收割的人们便用石头和棍棒把它们全都打死，一个也不剩。

收割机把割下的麦子一小堆一小堆地搁在后面，每一堆正好够捆成一捆。跟在收割机后面捆麦捆的多半是妇女，也有少数几个男的，上身穿着印花布衬衫，下身的长裤被皮带系在腰上，因而，腰后那两颗纽扣就没有用处了，每当他们动弹一下，纽扣就在阳光下一闪，仿佛他们身后长了一双眼睛似的。

然而，在捆麦子的人群里面，最有趣的还是女性，因为一旦女人成了户外自然的一个组成部分，就获得了一种魅力，不再像平常那样只是一件放在室内的物品了。地里的男人只不过是地里的一个人体，而地里的女人则是田地的一个部分，她们不知怎的失去了自身的界限，吸收了周围景物的精华，与这些景物融为一体了。

妇女们（或者是姑娘们，因为她们多半都很年轻）头上戴着抽花的布帽，大帽边拉下来遮挡太阳，手上还戴着手套，以防手指被麦茬划破。她们当中，有一个穿着粉红色上衣，另一个穿着乳白色紧袖长裙，还有一个穿着像收割机十字臂一样鲜红的裙子，其他一些年长的妇女穿着褐色罩衫——这种服装式样古老，但最适合田地里干活的妇女穿，但是，它现在却渐渐地被年轻姑娘淘汰了。这天早晨，人们的目光不由自主地投向穿粉红色布衣的姑娘，因为她是其中最显眼的身段苗条、曲线优美的女性。但是，她的帽子差不多拉到了眉头上，因此，她低头捆麦子的时候，面部特征一点也看不见，不过，从她那帽檐下露出来的一两绺儿深褐色的头发上，也可以猜出她的脸部肤色。也许，她之所以引人注目，是因为她一心干活，不求惹人注目，而别的女人却总是四下张望。

她捆麦子的过程，像钟表摆动一样单调。她从刚捆好的麦捆里抽出一把麦秸，用左手掌把头儿拍齐，绞成草索。接着，她弯腰向前，用双手把麦子拢到膝盖，把戴着手套的左手伸到麦捆底下，去接应从另一边伸去的右手，然后像情人一样把麦子整个儿抱在怀里。接着她抓住草索的两头，用膝盖狠劲一压，把它系好。她时而用手把被微风吹起的裙子弄下来。在浅黄色皮革防护手套和上衣的袖口之间，她的胳膊常露出一截，时间长了，女性的光洁的皮肤被麦茬多次划破，流出血来。

她有时也歇一会儿，直起腰来，系紧弄松了的围裙，或者把帽子扶正。这时，人们可以看见，这是一个容貌美丽的年轻女子，她有着圆圆的脸蛋、深邃的目光，满头厚密的秀发服服帖帖，好像不管落在哪里，都能够紧紧地粘在上面似的。比起通常的乡村姑娘来，她的脸更白皙，牙齿更整齐，两片红红的嘴唇也显得更薄。

这是苔丝·德贝菲尔，或德伯维尔，多少有点变了——是那同一个人，可又不是同一个人，在目前的状况下，她生活在这儿好像是异国他乡的陌生人，尽管这是生她养她的故土。过了长久的隐居生活之后，她决定在本村做点户外的活计，一年中的农忙季节来临了，在这个时候，就得到的报酬而言，不管在家里做什么活，都不如去地里收庄稼。

别的女人捆麦子的动作或多或少跟苔丝差不多，捆完一捆之后，她们大家就像跳四对舞一样，聚拢到一起，每个人都把自己的麦捆竖着靠在别人的旁边，一直靠到十个或十二个，形成一堆，或按当地的说法，形成一垛。

他们去吃了早饭，然后又回来，活儿照以前一样进行着。快到十一点的时候，如果有人观察一下苔丝，就会发现，尽管她没有停住捆麦的活儿，但她的目光却不时焦虑地投向远处的山坡。在十一点即将到来的时候，一群孩子，大约从六岁到十四岁，从布满麦茬的山地后面露出了脑袋。

苔丝的脸色微微一红，但她还是没有停下手中的活儿。

来的这群孩子中，最大的是个女孩，她披着一条三角形大围巾，有一个角一直拖到麦茬上，她怀里抱了一样东西，乍一看，好像是个洋娃娃，仔细一瞧，才发现原来是裹在襁褓里的婴孩。另外一个孩子带来了午饭。收割的人停下活儿，各自拿出各自的食物，靠着麦垛坐了下来。他们在这儿吃饭时，男人们还随意地倒着一个砂罐，传着一个杯子。

苔丝·德贝菲尔是最末一个歇工的。她坐在麦垛的一角，脸掉了过去，背对着同伴们。她刚坐好，有一个男的头上戴着兔皮帽，腰带上缠着红手绢，把一杯淡色啤酒递过麦垛，叫她喝。但她谢绝了。她的午饭刚摆出来，她就把大女孩子——她的妹妹——叫了过来，从她手里接过婴孩，她妹妹乐得轻松，跑到邻近的麦垛，和别的孩子一起去玩了。苔丝脸色越来越红，带着一种奇特的羞怯和大胆，解开上衣，开始给小孩喂奶。

坐得离她最近的几个男人不好意思地扭过脸，对着田地的另一边，有些人开始抽烟，还有一个满怀痴情、怅然若失地抚摸着淌不出酒的砂罐。所有的女人，除了苔丝，都参与热烈的谈论，并且理着弄乱了的发结。

当婴孩吃足奶之后，年轻的母亲让婴孩坐直在自己的腿上，自己的眼睛望着远方，带着一种几乎算作憎恨的阴郁的冷漠，拨弄着婴孩；接着，她突然不顾轻重地把婴孩亲吻了几十遍，仿佛永远亲不够似的，孩子经不住由疼爱和鄙夷组合起来的奇特猛攻，哇地哭了起来。

"她可疼那孩子啦，虽然她装作憎恨的样子，嘴上还说她恨不得让孩子和她自己都死掉算了。"穿红裙子的女人说道。

"她过不了多久就不会那么说了。"一个穿浅黄色衣服的人接过话茬，"谢天谢地，反正日子长了，一个人对什么样的事情都会适应的。"

"俺猜，当初呀，也不是那么随随便便讲几句好听的话，事情就那么干起来了。去年有一天晚上，人们打狩猎林经过，就听见林子里面有人呜呜地哭呢。若是那个人走过去一看，那可就倒了八辈子的霉喽。"

"唉，不管事情是怎么发生的，反正叫她遇上了，真是万分可惜呀。不过，话也说回来，这种事，通常只有长得最标致的人才能轮得上哩。相貌不好看的人哪，俺敢说没有丝毫危险，对不对，詹妮？"说这番话的果真是个相貌平平的人。

的确，真是万分可惜，即使是苔丝的仇人，看到她眼下这种情形，也会觉得可惜；她坐在那儿，一张嘴像一朵鲜花，一双眼睛又大又温柔，既不黑，也不蓝，既不灰，也不紫，而是把这些色泽集于一身，此外还有许许多多别的色调，只要你仔细看一看这些彩虹般的色调，就能发现，在深不见底的瞳孔的四周，围着一层又一层色彩，一道又一道阴影，若是没有从她家族继承下来的一点点漫不经心的神色，她简直就是标准的女人了。

这个礼拜，是她第一次跨出家门，走进田地。她这个决定连她自己也感到震惊。好多个月来，她用一个阅历不深的人所能想得出的种种悔恨，消耗、折磨着她那颗悸动的心，现在，她已经想通了。她觉得，她可以再次成为有用的人，再一次品尝独立自主的甜蜜滋味，不管付出什么样的代价。过去的已经过去了，无论过去怎样，都已经不存在于眼前。无论过去导致了什么后果，反正时光会淹没一切，过不了几年，发生过的事情就好像什么也没发生似的，就连她自己，也将埋没在青草之下，被人遗忘。与此同时，树林还照样是青枝绿叶，鸟儿照样鸣啭，太阳照样光辉灿烂。周围那些熟悉的景物不会因她的悲伤而阴沉，也不会因她的痛苦而憔悴。

她以为全世界都在关注她的情形，所以总是把头垂得低低的，其实这种想法，完全是一种幻想。她的存在、她的经历、她的激情、她的感觉，除了属于她自己，不属于任何人。对所有人来说，苔丝不过是一个转瞬即逝的念头。即使对她的朋友们来说，也不过是多几次关于她的念头罢了。假若她没日没夜地自悲自怜，他们也不过是说一句：“唉，她真是自作自受啊。”假若她力求欢快，排遣烦恼，从阳光、鲜花和孩子身上获取乐趣，他们也不过是念头一转：“嗨，她真能挺得住啊。”况且，若是一个人待在荒岛上，她会悲叹自己的遭遇吗？恐怕不会吧。还有，她若是一被上帝创造出来就发现自己是个未婚母亲，没有任何生活经历，只是一个无名孩子的母亲，那么，这种状况会使她陷入绝望吗？不，她只会心神恬然地对待一切，并且从中获得无穷的乐趣。由此可见，她的痛苦多半出于世俗的偏见，而不是出于自己生来固有的感觉。

不管苔丝是怎么推理的，反正有一种精神，促使她像从前一样，把自己打扮得干净整齐，下地干活，这时恰逢农忙季节，需要人手。正因为这样，她开始自尊自信，有的时候，即使是手里抱着孩子，她也能大大方方地看着别人。

收割的人们从麦垛上站了起来，伸了伸腰，熄了烟管。卸下来喂食的马儿再次被套到了红通通的机器上。苔丝快速吃完自己的午饭，招呼大妹妹走到身边，抱走婴孩，接着她系紧裙子，戴上浅黄色皮革手套，弯下腰，又从先前捆好的麦捆中抽出麦秸，做成草索，去捆另外一捆了。

下午和傍晚，苔丝和大家重复着上午的劳动程序，一直干到黄昏时分。然后，他们都坐在一辆最大的马车上，动身回家。一轮硕大的没有光彩的月亮，刚刚从东方的地平线上升起，伴送着他们，月亮的脸庞很像被虫蛀的托斯兰纳圣像头上的金叶光环。苔丝的女伴们唱着歌曲，表示她们对苔丝出门干活感到高兴，感到同情。但是，她们又忍不住恶作剧地哼几句谣曲，说是有一个姑娘，走进了一片可爱的绿林，出来的时候完全变了样儿。生活中，事情往往是祸福两抵的，苔丝身上发生的同一件事情，既让人们觉得应当引以为戒，又使苔丝成了村里面许多人心目中的最稀罕的人物。同伴们的这种友善举动使苔丝的情绪得到了更多排遣，活泼的情绪具有感染力，苔丝几乎变得快活起来了。

但是，道德上的烦恼渐渐消逝之后，一个新的痛苦又升腾在她那不懂社会法律的天性里面。她下工回到家时，很难过地得知，婴孩在午后突然得病了。这孩子的身体又娇嫩又弱小，很有可能生灾害病，但是她仍旧感到出乎意料的震惊。

婴孩来到世上，是一种触犯社会法律的行为，但年少的母亲已经忘记了这一点，她心灵的渴望就是好好地保护孩子的生命，使这种触犯继续进行下去。然而，很快她就明白，这个肉体小囚徒得以解脱的时刻将会降临，这比她所估计到的灾难来得还早。她发现这一点后，陷入了极度的痛苦，因为她所难过的不仅仅是孩子的死亡，而是孩子还没受洗礼。

对于自己，苔丝是采取听天由命的态度，她心想，她所犯的罪，如果下地狱必遭火烧，那就烧个够吧。像所有的乡村姑娘一样，她把《圣经》念得很熟，并且按照要求读了有关阿荷拉和阿荷利巴的故事[1]，知道这个故事会得出什么样的结论。但是，同样的问题涉及她孩子的时候，她的看法就完全不同了。她的小宝贝就要死了，可灵魂还未获拯救呢。

差不多是睡觉的时间了，但她却冲到楼下，询问父亲是否可以去请牧师。这个时刻，恰逢她父亲对于古老高贵的家族感受最为强烈的时刻，对于苔丝玷污了高贵的荣耀也最为敏感，因为他从罗利弗酒店刚刚回来，在那儿经历了每个礼拜一次的畅饮。所以他声称，哪个牧师也不准进入他的家门，干涉他的事情，特别是在这个时候，更没有必要让家丑外扬。他把门锁了起来，钥匙装进了自己的口袋。

全家人都上床睡觉了，尽管苔丝极度痛苦，也只好睡下。她躺在床上，不断地醒来，到了午夜时分，她发现孩子的病情加重了，分明是奄奄一息，看上去好像平平静静，没有痛苦，而实际上，无疑是正在死亡。

她心里难受极了，在床上翻来覆去、辗转不安。钟敲了庄严的一点钟，在这个时刻，幻想跳出理性的桎梏，险恶的猜测变成坚如磐石的事实。她想，这孩子既然没受洗礼，又是非法的私生子，两罪俱在，一定会被打到地狱最底层的一个角落。她看见魔王手里抓着三刃叉，就像他们烤面包时用来热炉子的一样，把这孩子叉来叉去；在这个想象的画面里，她还增添了许许多多别的离奇古怪的惩罚，具体都是这个信基督教的国家平时给年轻人布道时所讲过的那些惩罚。她越想越可怕，觉得这些耸人听闻的情形活灵活现地显现在这幢寂静、沉睡的屋子里，她吓了一身冷汗，睡衣都湿透了，她的心脏每跳动一下，床也跟着晃动一下。

1. 阿荷拉和阿荷利巴是《圣经·旧约·以西结书》第22章中所描述的淫妇，受到了石击和刀剑杀害的惩罚。

婴孩的呼吸越来越困难，母亲精神上的紧张也越来越强。她即使吻遍这个小东西，也已无济于事，她在床上再也躺不住了，开始在房间里心急如焚地走来走去。

“啊，大慈大悲的上帝呀，可怜可怜我的孩子吧！”她喊道，“你有多少怒火，全都发泄到我身上来吧，我心甘情愿受罚，可是，可怜可怜这个孩子吧！”

她靠在五斗橱上，语无伦次地祈求了好长时间，猛然跳了起来。

“哦！也许宝贝儿还能拯救！也许这样办也行！”

她说话时，显得那么快活，仿佛她的脸都在周围的昏暗中发出了光芒。

她点燃一支蜡烛，走到靠墙而放的第二张和第三张床前，唤醒了也睡在这间屋子里的弟弟妹妹。她把洗脸台往外拉了一点，自己站到台子后面，又从大水壶里倒出了一些水，叫弟弟妹妹们合着手掌，跪在她的前面。这些孩子还没有完全醒过来，看到姐姐的举动，一双双眼睛便越睁越大，但仍旧保持着下跪的姿势。苔丝从自己的床上抱起婴儿，一个孩子的孩子，因为这婴儿如此弱小，生他的人简直没有资格被称为母亲。然后，苔丝抱着婴儿，笔直地站在脸盆旁边，她的大妹妹翻开祈祷书，放在苔丝面前，就像教堂执事对待牧师那样，于是，姑娘预备为自己的婴孩行洗礼。

她身穿白色的长睡衣站在那儿，因此显得特别高大、庄严，一条又黑又粗的发辫在背后一直垂到腰部。微弱的烛光，和蔼暗淡，遮掩了她身上和面部那些在阳光下会暴露出来的瑕疵：手腕上被麦茬划破的痕迹，以及她眼中的倦容。高度的精诚，起了一种美化的效果，使那张曾经坑害过她的面孔，显示出纯洁无瑕的美丽，并且带有差不多等同于皇后的尊严。弟弟妹妹们跪在四周，他们那睡意蒙眬的眼睛显得发红，一眨一眨地等着姐姐做洗礼的准备，他们在这个时刻，因为昏沉欲睡，所以提不起精神，对眼前的事也不太感到好奇。

其中有一个问题给人印象最深：

“苔丝，你真的要给他施洗礼吗？”

年幼的母亲庄严地作出了肯定的回答。

“那么你给他取什么名字？”

她以前没想过这一点，但是，当她继续施洗礼的时候，《创世记》中的一个词语[1]出现在她的脑中，于是她现在念道：

“哀愁，我现在以圣父、圣子和圣灵的名义，给你施洗礼。”

她洒起水来，顿时一片静穆。

“孩子们，你们说‘阿门’。”

细小的声音恭顺地说出了“阿门！”

苔丝继续说：

“我们接受这孩子。”——如此等等——“我们给他画一个十字。”

这时，她把手在水盆里蘸了蘸，用食指对着孩子热情地画了一个很大的十字，接着又念了一些行洗礼时惯用的句子，如说他要英勇地反抗罪孽、世俗和恶魔，并且自始至终做上帝忠诚的奴仆和战士。她接着规规矩矩地念了主祷文，孩子们像蚊子似的含含糊糊地跟着她念，念到最后一句时，他们把嗓门提高到了教堂执事的程度，对着一片寂静，齐声喊出了“阿门！”

这时，他们的姐姐越发坚信这一圣事的效果，便从心灵深处倾倒出后面的感恩祷文，她念得大方，念得狂热，声音像调整了音调的风琴，每当她心口如一的时候，总是会发出这种声音，而且，这声音不管谁听见了，一定会永远难忘。虔诚的狂喜几乎使她羽化升仙，她的脸上仿佛光辉四射，腮帮上也生出了两朵红晕，甚至连映在她眼中的小小的烛光，也像钻石一样闪烁。

---

1. 在《创世记》中，雅各的妻子拉结在分娩中死亡之前，把孩子取名“便俄尼”（Benoni），希伯来语的意思是“我的哀愁之子”。见《圣经·旧约·创世记》第35章第18节。

孩子们越来越恭敬地看着她，不再有心思向她提问了。在他们看来，她现在不像是个大姐姐，而是一位高高屹立的威严的巨人，一位天神，与他们毫无相同之处。

那个可怜的哀愁反抗罪孽、世俗和恶魔的斗争，注定只能得到有限的荣耀，考虑到他不幸的诞生，这对于他来说或许还是一种幸运。在清幽幽的晨光中，这名脆弱的战士和奴仆喘出了他的最后一口气，别的孩子们醒来之后，一个个哭得伤心极了，他们恳求苔丝姐姐再给他们生一个漂亮的娃娃。

施过洗礼之后，苔丝的心情就安稳了，一直保持到婴儿断气。天亮之后，她觉得自己在夜间对于小孩灵魂的恐怖猜测，的确有点过分，不管有没有根据，她反正已经恢复平静了，因为她觉得，如果上帝对这种非正式的洗礼仪式不予认可，不准孩子的灵魂升入天堂，那么，无论是对于她还是对于她的孩子，这种天堂都不值一提了。

这个不请自来的哀愁就这样离开了人间，他是个贸然闯入的人物，是不尊重社会法则的、伤风败俗的“自然”送来的一件劣质礼物。这个弃儿，还不知什么是一年，什么是一个世纪，对他来说，永恒的时光只不过有几天那么长，一间农舍就是一个宇宙，一个礼拜的天候就是四季的气象，短暂的婴孩生活就是他整个人生的体验，吸奶的本能就是人类的知识。

苔丝对于施洗礼的事已经考虑得够多了，现在又得考虑孩子在教义上能否按基督徒埋葬。这一点，除了教区牧师，谁也说不准，可他是个新来的，不认识苔丝。黄昏之后，她来到他家，站在门口，但没有勇气进去。她正准备放弃这一打算，转身返回，恰好遇上牧师从外面回家。因此，在幽暗的夜色中，她把自己的心事一股脑儿说了出来。

“先生，我有件事，想要请教你。”

他表示他愿意听一听，于是她跟他说了婴孩生病的事以及她怎样临时给他施了洗礼。

“先生，”她诚恳地补充说，“现在请你告诉我，我这样做，对他来说，是不是和你施洗礼是一样的？”

他自然而然地想到，自己就像一个生意人，本来该他做的事，却被顾客自己笨手笨脚地做了，所以他想说不一样。然而，姑娘的尊严以及她声音中奇特的温情融合在一起，影响了他，使他做出了高尚的举动，或者可以说，尽管十年以来，他竭力要让怀疑宗教的人们机械地信仰上帝的存在，可他的良心却没有完全泯没。人性和教士在他体内展开搏斗，结果，获胜的是人性。

“好姑娘，”他说，“效果完全一样。”

“那么，你能按基督徒来安葬他喽？”她快速问道。

牧师觉得自己被逼到了进退两难的境地。听说婴孩病情很重，他在夜幕降落之后，诚心诚意地到过她家，想给孩子行洗礼仪式，他不知道拒绝他进入家门的是苔丝的父亲，而不是苔丝本人，因此他不准许这一请求，认为这是不合常规的。

“啊——那是另外一回事了。”他说。

“另外一回事？为什么？”苔丝相当激动地问道。

“唉，如果这只是我俩之间的事，我一定会愿意的。可是，出于宗教方面的特别的原因，我怎么也做不到。”

“就这一回，先生！”

“我真的不能！”

“哦，先生！”她边说边抓住他的手。

他抽出手，摇了摇头。

“那我就不喜欢你了！”她忽然发怒，“我再也不上你们教堂去了！”

“说话别这么鲁莽嘛。”

“如果你不愿意，对他来说是不是也一样……是不是也行？看在上帝的分上，跟我说话的时候，不要以圣人对待罪人的态度，请你像平常人对待平常人那样，唉！”

牧师怎样把自己的回答与自己在对待这类事情上的严格观念调和起来，这是我们常人所不能理解的，当然我们可以原谅。他多少有些感动，因此又像方才那样回答说：

“效果完全一样。”

于是在那个晚上，婴孩装在一个小小的松木箱子里，上面搭了一条用旧了的女人披巾，被带到教堂墓地，点了灯笼，花了一个先令和一品特啤酒雇了教堂司事，把婴儿葬在墓地的一角。在这个寒酸破乱的角落里，上帝允许荆棘生长，允许用来埋葬未受洗礼的婴孩、劣迹昭彰的酒鬼、自尽的懦夫以及别的可以想得出的该被打入地狱的人。然而，苔丝也顾不得这块地方是否适宜，她在一个傍晚时分，趁人不备的时候，溜进了墓地，大着胆子用一根绳子把两片板条绑成了一个十字架，扎上鲜花，竖在婴孩的坟头，在坟脚也放上了一束鲜花，并且插在能把花儿养活的小水罐里。尽管罐子外面略微一看，就可以发现写着“基维尔果酱”的字样，可是，这又有什么关系呢？一个慈爱的母亲处于高远的幻觉之中时，她的眼睛是不会注意到这类东西的。

第十五章

罗杰·阿斯堪[1]说：“根据经验，我们得经过长久的游荡，才能发现一

---

1. 阿斯堪（1515 — 1568），英国学者及作家。曾做过女王玛利的秘书，及女王伊丽莎白一世的师父，最有名的著作为《塾师》。

条捷径。”然而，通常的情况是，这种长久的游荡把我们弄得不适宜继续前行。那么，我们的经验对于我们又有什么用处？苔丝·德贝菲尔的经验也正是这般无能为力。她最终学会了该怎么做人，可是，她现在学会了，又有什么用呢？

假若是在上德伯维尔家之前，她和大众所知的各种格言圣训，都能给她的一言一行以强有力的引导的话，那么，毫无疑问，她绝不会上当受骗。但是，无论是苔丝，还是任何别的人，都只有在那些金玉良言已经派不上用场了的时候，才能领会它们的全部道理。她，还有好多别的人，会学着奥古斯丁的口气，讥讽地对上帝说：“你制定出的章程，超出了你准许人照办的程度。”[1]

在冬季的那几个月里，她一直待在父亲家中，拔拔鸡毛，喂喂火鸡，养养鸭鹅，要么就把她轻蔑地丢弃一旁的衣服找出来，改给弟弟妹妹穿。这些都是原先德伯维尔送给她的华丽服装。现在写信求他嘛，她可不愿意。但是，人们以为她在一个劲儿干活的时候，她却常常双手抱在脑后出神。

她以哲学家的眼光来观察岁月循环中的日子：在特兰岭的那个夜晚，以狩猎林作为黑暗的背景，她经历了遗憾终身的灾难，还有那婴孩出生和去世的日子，还有她自己出生的日子，还有别的发生了与她有关的事件而显得特别的日子。有一天下午，当她对着镜子欣赏自己美貌的时候，她突然想到，还有另外一个日子，比她的任何一个日子都更为重要，那就是她死亡的日子，到时候，全部美颜将会丧失殆尽，这一天将悄然藏进一年中的其他日子之中，每当她年复一年地经过这个日子时，它也不发出一点声息，可是这个日子确确实实地存在着。这个日子到底是哪一天呢？为什么她每年遇到这个冷酷的日子时，一点儿也不觉得寒气袭人？她只是有着和

---

1. 引自奥古斯丁（354—430）《忏悔录》第10卷第29章。

杰里米·泰勒[1]一样的想法，觉得在将来的某一天，熟悉她的人会说："今儿——是可怜的苔丝去世的日子。"说这句话时，他们心里头不会产生什么特别的东西。可是，这个弃世归天、完结生命的日子，她还不知道是哪年哪月，哪个星期，哪个季节呢。

苔丝就这样差不多一下子由单纯的姑娘变成了复杂的妇人。她脸上映出了沉思的符号，她声音中也时常出现了悲剧的语调。她的双眼变得更大，也更富有表情。她变得这么标致，应当被称为完美的创造物了。她的外貌楚楚动人，引人注目，她那颗女性的灵魂也没有沉沦，尽管经历了过去一两年的繁乱可怕的遭遇，可她没被压垮。假若不是世俗的偏见，她的那番经历倒真的是一次难得的教育呢。

由于她离群索居，加上她的遭遇本来就不是人人皆知，所以现在马洛特村里几乎没人记得那些事了。但是，她心里也很明白，在这块地方，她永远不会真正好过，因为这儿的人亲眼见过她家企图与有钱的德伯维尔一家"连宗"。而且还企图通过她，来实现更亲密的结合，亲眼见过这种企图最后以失败告终。至少，得待到多年以后，待到她完全忘却这件事情之后，她在这儿才会感到轻松。然而，即使现在，苔丝也感觉到，充满希望的生命仍旧在心里热烈地搏动，在一个不知道她往事的僻静的角落里，她一定可以喜气洋洋。逃避过去，逃避一切与过去有关的事物，那就是把过去化为虚无，而要做到这一点，她就必须离开此地。

她不禁自问：女人的贞操真的是一次失去就永远失去了吗？她若是能够把过去的事情遮掩起来，那么她就能证明这句话不可信。一切有机体都有复原的能力，为什么处女的贞操偏偏就不能呢？

她等了好长时间，始终没有找到再次离开的机会。眼前又将是一番春

1. 杰里米·泰勒（1613—1667），英国神学家。

光明媚的景象，她几乎听得见万物萌芽、蠢蠢欲动的声音了，这一情形感动了她，正如也感动了野兽一样，使她急于远走高飞了。结果，在五月初的一天，她母亲的一个老朋友给她寄来了一封回信（苔丝从未见过她，不过很久之前，曾写信向她询问过），说是往南好些英里的地方，有一个奶牛场需要一个手脚灵巧的挤奶女工，场主很乐意雇用苔丝一个夏天。

这地方还没有她所企盼的那么遥远，不过，大概也够远的了，因为她的活动范围实在很小，知道她的人实在有限。对活动范围有限的人来说，一英里就好像地球一度，一区就好像一郡，一郡就好像一省、一国。

有一个方面，她态度是很坚决的：以后在她新的生活里，不管是在梦幻还是在现实中，都不能再受德伯维尔这个空中楼阁般的姓氏纠缠了。她这个苔丝只想做一个挤奶女工，不想做任何别的。虽然她们母女俩没谈到这方面的问题，可做母亲的非常清楚女儿的情感，所以她一次也没有提及武将世家之类的话。

然而，人的思想常常是自相矛盾的，这个新地方之所以对苔丝发生兴趣，原因之一就是它恰好在她祖辈故土的附近（因为尽管她母亲是个地地道道的布莱克摩人，可他们却不是）。她要去的那个奶牛场叫作塔尔勃塞，离德伯维尔家族从前的几处宅第不远，就靠近她一些有钱有势的老祖宗的坟地。她或许可以去看一看，想一想，不仅是德伯维尔家族像巴比伦一般倾倒，而且连一个卑微的后裔也无声无息地失去了个人的清白。她老是在想，会不会由于她在祖辈的领地上，因而可以遇到什么新奇的好事？她体内有种精神自动地升腾起来，就像嫩枝里的液汁一样。这是没有耗尽的青春，经过暂时的压抑之后，又重新激荡起来，并且还带来了希望以及不可抑制的寻求欢乐的本能。

第三部

振作精神

第十六章

苔丝·德贝菲尔从特兰岭回来之后，默默无闻地度过了两到三年的恢复期，如今，在这个麝香草香味扑鼻、小鸟纷纷出壳的早晨，她第二次离开了家乡。

她把行李捆扎好，以便随后让人捎给她，接着她雇了一辆轻便马车，起程前往一个名叫斯托堡的小镇，她这一次的行程一定得经过这一小镇，因为这一次的路线与第一次出门冒险的方向正好相反。尽管她急于离开家乡，可是，走到离家最近的一座山岗顶部时，她却怅然回首，望了望马洛特村和她父亲的房舍。

尽管她要远离家乡，她家里的亲人们将看不见她的音容笑貌，可是他们大概仍然会像以前那样继续着自己的日常生活。几天之后，小弟弟小妹妹也会像以前一样快活地玩耍，不会因为没有姐姐而觉得家里缺了什么。她坚信，她这样离开，有益于那些年幼的孩子，她若是不走，那么，她的榜样给他们带来的害处，大概多于她的引导给他们带来的好处。

到了斯托堡，她没有停留，继续前行，来到一个交叉路口，在那儿等待驶往西南方向的大车，因为在英国的这个内地，铁路只从边上绕过，从来不深入其中。在等车的时候，一位农夫驾着弹簧马车驶过来了，他要去的地方，和苔丝要搭车去的地方差不多是同一个方向。尽管他们素不相识，但她仍然接受了他的邀请，上车坐到了他的身旁，她明明知道他是见她长得漂亮，才这样大献殷勤，可是她却全然不顾他的动机。他是驾车去威塞堡的，跟他到了那里之后，剩余的一段路她步行就行了，不必搭车取道卡斯特桥了。

到了威塞堡后，尽管坐车坐了好久，可她也没有过多停留，只在农夫介绍的一家农舍里多少吃了一顿说不上是什么食物的午餐。此后，她提着篮子，步行上路，朝一片宽阔的石楠丛生的高地走去。这片荒原高地把这个地区和前方低谷中的草场隔了开来，她今天旅行的目的地——那个奶牛场——就坐落在那个谷地中。

以前，苔丝从未来过这块地方，然而，她觉得她与这儿的风景很有缘分。离她左边不远的地方，她注意到有一片葱郁的景色，她料想，这一定是环绕着王陴的树木，经过打听，果然不出所料。在该教区的教堂墓地里，葬着她先辈的尸骨，躺着她没用的祖宗。

她现在再也不敬仰这些祖宗了，因为正是由于他们，才给她带来了许许多多伤心的事情，所以她几乎憎恨他们。除了一把古匙和一个古印以外，他们一样东西也没有留给她。"呸！我身上妈妈的成分绝不少于爸爸的。"她说，"我的美貌就是妈妈给的，而她不过是个挤奶女工。"

她去奶牛场必须经过的荒地，便是艾格敦高地和低地了，路程只不过几英里，可是比她所预料的要难走得多。由于错拐了几个弯儿，她花了两个钟头，才发现自己来到了一个山巅，从这儿向下俯瞰，她梦寐以求的山谷便尽收眼底，在这个有着大奶牛场的山谷里，牛奶和黄油格外丰裕，即使不及她家乡生产的细嫩，但产量要远远高于她家乡的，这片平坦的草地被瓦尔河或富润河灌溉得一片翠绿。

迄今为止，除了在特兰岭住过一段不幸的日子之外，她唯一知道的就是那个只有小型奶牛场的布莱克摩山谷，而如今拿它和这个山谷相比，就完全不同了。这儿的世界有着更大的格局。这儿的围场，面积不是以十英亩计算，而是以五十英亩计算，这儿的农舍占地更多，这儿的牲口是一批一批的，而那儿只不过是三五成群而已。成千上万的牛群在她眼前展开，从很远的东方一直延伸到很远的西方，在数量上超过了她以前所见过的任何一群。绿色的牧地上布满了密匝匝的牛群，如同阿尔斯洛特或赛拉尔特[1]的油画上画满了自由民众。红牛和黄牛身上的丰润的色调，吸收了夕阳的光辉，与之融为一体，而白色的牛群却把阳光反射到人的眼里，几乎使人眼花缭乱，即使苔丝站在这么高的地方，情形也是这样。

向下鸟瞰，她眼前的景色也许不及她极为熟悉的另一片土地，没有那么精美、华丽，不过却更加令人快慰。它缺少与之相匹敌的那个山谷里的蔚蓝的大气、沉重的土壤、浓郁的芳香，它的空气清新、爽快、缥缈。这条滋养着草地和奶牛场上牛群的河流，也和布莱克摩山谷的河流不一样。布莱克摩山谷的那些河流缓慢、平静，往往混浊，河底满是淤泥，蹚水者一不小心，就会陷入泥中，不知不觉地消逝而去。富润河则像指给福音信徒的生命之河一样清澈纯净，水流像天上的行云一样湍急，在满是卵石的浅水处，还整天对着蓝天淙淙地欢唱。那里生长在水里的花儿是睡莲，而这儿却是毛茛。

也许是因为空气的质量由沉重变为轻渺，也许是因为她觉得在这块新的地方没有人用恶意的眼光盯着她，苔丝的精神奇迹般地振作起来了。当她迎着柔和的南风，又蹦又跳地向前跨越的时候，她的希望与阳光融为一体，仿佛构成了一团团理想的光球，环绕在她的周围。在每一阵轻风里，她都听到了悦耳的声音；在每一声鸟儿的啭鸣中，她都悟出了快乐的音符。

近来，她的面容随着心态的变换而变换，处于不断的波动之中。心情愉快的时候，她就显得娇妍美丽；心情阴郁的时候，她就显得相貌平平。有时，她的脸色白里泛红，完美无瑕；有时，她又变得面色灰白，满脸悲戚。

---

1. 阿尔斯洛特（1570—1626），赛拉尔特（1590—1657），均为法兰德斯画家。

肤色红润时，她就不像灰白时那么多愁善感。她更为完美的容貌总是与她更为轻松的心情相一致，而更为紧张的心情总是导致她失去几分姿色。现在，当她迎着南风向前行进的时候，她的面容处于最美的状态。

寻求快乐——是一种自发的、普遍的、不可抵抗的冲动，它渗透于从最高级到最低级的一切生命之中。最终，这种冲动也制伏了苔丝。即使现在，她也不过是一位二十岁的年轻女子，在精神和情感方面都还没有到达停止发展的年龄，因而不管什么样的事情，都不会给她留下无法被时光磨灭的印象。

就这样，她的兴致、她的感激、她的希望，越来越高涨。她试着唱了好几首谣曲，但都觉得很不够味，后来她想到，她在未尝禁果之前，每个礼拜天早晨都要阅读赞美诗，于是她唱了起来："哦，你这太阳，你这月亮……哦，你们这些星辰……你们这些地上的青绿……你们这些天上的飞鸟……野兽和牲畜……黎民百姓……你们对主感恩吧，永远对主称颂、对主赞美吧！"[1]

她突然停了下来，嘟哝道："但是，我或许对主还不太了解呢。"

大概，这种半自觉的狂咏是一种一神教背景的崇拜物神的表现，对于那些以户外自然的形态和力量为主要伴侣的女人来说，她们心灵中所保持的，更多是她们远祖所持有的异教的幻想，而不是后来教给她们的系统性的宗教信仰。然而，苔丝至少发现，这首她在孩提时代就咬着舌头学唱的古老的《万物颂》，现在几乎恰如其分地表达了她的感受，这就足够了。苔丝在通往独立生活的开端，竟然能产生这么高的满足感，这也算是德贝菲尔一家人的脾性吧。苔丝真的希望挺起腰杆做人，可她父亲却不是这样，但是，她也像她父亲一样，满足于唾手可得的眼前的成功，不想付出艰苦卓绝的努力去光宗

1. 引自赞美歌《万物颂》。

耀祖，让曾经势力强大而如今陷入困境的德伯维尔家族在社会地位上重新获得成功。

也许可以说，由于来自母方家庭的能量未被耗尽，也因为苔丝本人正处于妙龄年华，精力充沛，所以被那场经历一度压倒的青春之焰又重新燃烧起来。说句实话，女人蒙受这般耻辱之后，通常都能挺起来，重新振作，重新带着感兴趣的眼光看待周围的事物。留得青山在，不怕没柴烧，这一信念对于“吃过亏”的人来说，并不完全陌生，正如一些和蔼可亲的理论家非要我们相信的那样。

这时的苔丝·德贝菲尔，心情舒畅，对生活充满热情，从艾格敦荒原一步一步地下坡，朝她的目的地——奶牛场直奔而去。

方才对比的两个山谷现在显示出了最根本的区别。布莱克摩的奥妙，最好是从四周的山上往下俯瞰，而要确切地了解她眼前这片山谷，就必须进入它的腹地。苔丝来到了山谷中间，不知不觉地发现自己置身于一片平坦的绿色地毯上。这片绿色平原从东到西，一直延伸到她眼睛看不到的地方。

过去，河流从高原地带悄然而下，把那里的土壤一点一点地带入山谷，积成平地，现在，河流已经疲倦、老迈、衰弱，只能在以前的掠夺物中间蜿蜒而行。

苔丝拿不准该往哪个方向走，于是一动不动地站在四周环山的广阔的绿色平原，就像一只苍蝇落在一张硕大无朋的台球桌上，也像这只苍蝇一样，于周围景物无足轻重。直到现在，她来到这片平静山谷的唯一影响，就是惊动了一只孤独的苍鹭，它落到离她走的小路不远的地方，伸直脖子站在那儿，直勾勾地看着她。

突然，从低谷里的各个地方传来了拉长的、重复的吆喝声：

“喔！喔！喔！”

这吆喝声，好像受了传染似的，从最远的东面一直传到最远的西面，时而伴随着一两声狗叫。这并不是山谷对美丽的苔丝的到来所表示的欢迎，而是日常宣布挤牛奶的时间——四点半——已经到了，于是，奶牛场的工人们开始把牛群赶进棚里。

离她最近的一群红牛和白牛，早在那儿呆呆地等待呼唤，这会儿便成群结队地走向后方的棚子。它们走的时候，肚子底下的大奶袋不停地晃来晃去。苔丝慢悠悠地跟在后面。牛群从一个敞开的大门走进了庭院。苔丝也跟着走了进去。院内四周都是长排长排的草棚，棚顶上长满了绿色的苔藓，屋檐都由木柱支撑，这些柱子过去不知被多少大大小小的牛用肚子擦过，磨得光滑发亮，而那些在此擦过肚皮的牛早已坠入了不可思议的深渊，化为无知无觉的空茫。柱子与柱子之间，排着产奶的母牛，一个人若是异想天开，那么，现在从乳牛的后面看去，每一头牛都好像是一个圆圈架在两根柱子上，中间有个东西像钟摆一样晃荡，太阳落到了这排耐心十足的东西的后面，把它们的影子准确地投射到墙上。每天傍晚，太阳都是这样把这些朦胧而又简朴的身影投射出来，它对于每一个轮廓都投射得那么仔细认真，仿佛是在宫殿的墙壁上描绘宫廷美女的侧面像，描摹得那么孜孜不倦，又仿佛是很久以前在大理石上临摹奥林匹斯诸神，或亚历山大·恺撒和法老们的肖像。

赶到棚里的牛都不太安分。那些老老实实的牛都在院子中央挤奶，现在，那儿还等着许多这类安分守己的牛，都是些头等的奶牛，别说在谷外见不到，就是在谷内也不多见。它们吃的是春天里这片草场上多汁的食物。这儿有方才那些反射阳光、使人眼花缭乱的白牛，牛角上包的发亮的铜箍，也闪烁光芒，好像是在炫耀兵力。它们那布满青筋的大乳房就像沙袋一样沉甸甸地垂着，乳头硬邦邦地伸着，就像吉卜赛人用的铁锅的锅脚。每当一头牛留在那儿等待的时候，牛奶便渗出来，一滴一滴地落到地上。

第十七章

奶牛从草场上来到这里的时候，挤牛奶的男工和女工们便从棚屋里和牛奶房里涌了出来。女工们都穿着木头套鞋，这倒不是天气的缘故，而是为了不让鞋子沾到场里的烂泥烂草。每一个姑娘都坐在三脚凳上，侧着脸，右腮贴在牛身上。苔丝到来的时候，她们就这样顺着牛肚子一声不吭地看着她。男工们帽檐拉得很低，前额平靠着牛身，眼睛盯着地上，因此，没有人发现苔丝的到来。

其中有一个体格健壮的中年人，他那又长又白的“围裙”多少要比别人围得好一些，干净一些，里面的夹克衫也很体面，可以用作赶集的服装。他就是奶牛场的老板，苔丝就是来找他的。他这个人，有着双重的身份，每个礼拜的一至六天，他总是干活，又是挤牛奶，又是搅黄油，可是一到第七天，他就穿着发亮的呢料服装，坐在教堂里的家庭包座上，他这种情形非常惹人眼目，使得人们编了个顺口溜：

挤奶的迪克，
时时刻刻地干活，
礼拜天的克里克，
穿着好衣摆阔。

见苔丝站在那儿望着他，他便走到她跟前。

一到挤奶时间，大多数男工便露出烦恼的神情，不过现在克里克先生非常高兴，因为眼下活儿很多，需要一个新的帮手，所以他热情地欢迎苔丝，问她母亲好，又向她一一问起了其他家里的人（其实这只是一种客套，因为在没有接到介绍苔丝的事务性短函之前，他压根儿就不知道世上还有个德贝菲尔夫人）。

“哦——嗯，小时候呀，我对你那个地方很熟悉呢，”他最后说，“不过，长大以后，我就从来没有去过了。以前有个九十岁的老太太，住得离这儿不远，如今早就过世了，她在世的时候常跟我说：在布莱克摩有户人家，跟你们一个姓，是从这儿迁过去的，本是个古老的大户人家，可这会儿垮了。小一辈的还不知道呢。不过，唉，我也没留意那个老太太的闲谈，没留意啊。”

“是啊，也没什么值得听的。”苔丝说道。

接着，他们只是谈正经事了。

“姑娘，你能把牛奶挤干净吗？我可不愿让那些奶牛在这个季节就断奶啊。”

这一点，她向他作了保证，于是他把她上下打量了一遍。她在室内待得太多了，皮肤变得非常娇嫩。

“你肯定能受得住吗？这儿嘛，我们粗人倒是够舒服，可毕竟不是住在栽黄瓜的温室里呀。”

她表示她能受得了，她的热忱和心甘情愿的态度似乎把他说服了。

“呃，我想你先得喝碗茶，要么，吃点什么，怎么样？不要？那好吧，随你的便吧。说真的，要是我呀，走了这么远的路，一定干得像柴草了。”

“我这就去挤奶，也好熟悉熟悉活儿呀。”

为了提神，她喝了一点牛奶，克里克老板为之一惊，而且，还真的有点蔑视呢，因为他好像从来就没有想过把牛奶当作饮料。

“哦，如果你能咽得下，那你就喝吧。”他满不在乎地说，与此同时，有人把她喝的那桶奶提了起来，“这玩意儿我好些年没碰过了，我是不喝的。这鬼东西，我要是喝了，就老是留在我肚子里，像铅块似的。你先试试手，挤挤那一头吧。”他边说边用头朝最近的一头牛点了点，“不过，那头牛挺难挤的。我们这儿的牛呀，跟别人的一样，有好挤的，也有难挤的。这个嘛，你自个儿很快就会知道的。”

苔丝摘下帽子，戴上头巾，真的坐到了牛肚子下的小凳子上，牛奶在她手下哗啦哗啦地流进桶里，这时，她好像觉得她真的为自己的将来打下了新的基础。这种信念变成宁静，于是她的脉搏慢了下来，她能够四下张望了。

挤奶的男工女工们，构成了一支小队伍，男人们挤奶头硬的牛，女人们挤比较温和一些的。这是一个很大的奶牛场。克里克总共养了近百头奶牛，其中有六头或八头归老板亲手挤，除非他出门才交给别人。这些都是最难挤奶的牛，而那些男工或多或少是临时雇来的，老板可不能轻易地把这六七头牛交给他们，怕他们粗心大意，挤不干净；他也不愿意把它们交给女工，怕她们没有手劲，也挤不干净，这样，过不了多久，牛就会“断奶”的，也就是说，奶水干枯了。马马虎虎地挤奶之所以是个严重的问题，并不是说不挤完会造成什么损失，而是因为牛奶这东西，你求得少，它就出得少，最终还会完全停止。

苔丝在牛的身旁坐好之后，一时间院子里没人说话，也没有别的声音打断牛奶哗啦啦地流向无数的奶桶，偶尔只有一两声吆喝，叫牛转身或站稳。唯一的运动是挤奶工人的双手忽上忽下，以及奶牛时而摆动一下尾巴。他们就这样干着活儿，环绕他们的是巨大的平坦的草场，一直延伸到山谷两旁出现山坡的地方。这山谷像是一幅平展着的风景画，它融合了早就被人遗忘了的古老景致，毫无疑问，过去那些景致与它们所构成的眼前这幅风景画极不相同。

“我觉得，”老板突然从他刚挤完奶的牛身旁站了起来，一手抓着三脚小凳，一手提着奶桶，边说边走向附近另一头难挤的奶牛，“我觉得，今儿牛奶出得不如以往了。要是温凯一开始就这么没出息，我敢说，到了仲夏，它就不中用了。”

“这是因为我们中间来了一个新手。”乔纳森·凯尔说，“我以前也发现过类似的情况。”

“不错。很有可能。可我没想到。”

“我听说，遇到这种情况时，牛奶都跑到牛角尖里去了。”一个女工说。

“呃，说到是不是跑到牛角尖里嘛，”老板克里克似信非信地答道，好像连巫术也可能受人体上种种可能的限制，“我是不敢说的，我说不准。但是，考虑到秃角的牛和有角的牛同样挤不出奶，我可就不能完全赞同了。乔纳森，你知道一个关于秃角牛的谜语吗？为什么一年里头秃角牛产的奶不如有角的多呢？”

“我不知道！”那名女工插嘴说，“这到底是怎么回事？”

“因为秃角牛数量少哇。”老板说，“不过说正经的，这些家伙今儿真的出奶不多。伙计们，我们必须唱一两首歌——这可是唯一可行的办法啦。”

在这一带的奶牛场上，每当牛儿出奶不及往常的时候，往往采用唱歌的办法，说是歌声能把牛奶引诱出来。所以，这帮挤奶工人听老板这么一说，便纷纷张嘴唱了起来。他们的歌唱，纯粹是应付工作需要，谈不上自然优雅。结果，根据他们自己的信念，在他们唱歌的这段时间里，情况有了根本的好转。他们唱的是一首欢畅的民歌，里面说的是一个杀人犯在黑暗中不敢睡觉。因为他老是看到有硫黄色的火焰围着他。当他们唱到第14段或第15段的时候，一个挤奶男工说：

“这样弯着腰唱歌真费劲啊！先生，你可以弹竖琴啊，不过最好还是拉小提琴。”

苔丝注意听了这番话，以为这是对老板说的，可是她想错了。作为回答的“为什么？”好像是从棚内一头黄牛肚子底下发出来的，说话的人坐在牛后面，所以直到现在苔丝都没注意到他。

“是啊，小提琴无疑很好，”老板插话说，“不过我觉得犍牛比母牛更容易受到音乐的感动，这至少是我的经验。以前，在梅尔斯托克有个老头，名字叫威廉·杜威，他家常在那块地方做生意，乔纳森，你还记得吗？我见到那个人，一眼就能认出来，不妨说，就像能认出亲兄弟一样。嗯，这个人嘛，有一回在人家婚礼上拉小提琴，回家时，月色很好，他想抄近路，就直穿那一块叫作‘四十亩’的田地。地里正好有一头放青的犍牛。它一见威廉，就将两只角朝着前面，朝他冲去，这下可糟了，威廉拼命地跑呀跑呀，还是觉得他没法跑到篱栅，没法儿保住自己的性命。他心里很明白，他没喝多少酒呀，就凭那次婚礼，凭那户人家那么有钱，他喝得并不算多呀。嗨，后来他突然想起了什么，就边跑边取下小提琴，转身对着犍牛，边退边拉了一段快步舞曲。犍牛顿时变得温和了，静静地站着，紧紧地盯着威廉·杜威，看他接连不断地拉着，犍牛的脸上还好像露出了笑的样子。可是，威廉的小提琴一停，正要转身爬过树篱，这头犍牛便立刻收住笑容，牛角对准威廉的裤裆，又要往前冲。唉，威廉无可奈何，只好转过身子，重新拉起提琴。这还是凌晨三点，他知道几个钟头以内是不会有人路过这儿的，他又饿又累，不知道该怎么办。他好不容易熬到了四点钟的时候，觉得自己马上就支撑不住了，他自言自语地说：‘我大概拉了这最后一曲，就要享受天福了！老天爷救救我吧，要不我就完啦！’在这紧急关头，他突然想了起来，在一个圣诞节前夜，他看到牛群半夜里跪在地上。可这一天不是圣诞前夜，但他脑子一转，想来耍一耍这头犍牛。于是他就拉起了《耶稣降诞颂》，好像真是在圣诞节唱圣诞欢歌似的。这么一拉，你瞧吧，这头牛立刻就跪了下来，它不明实情，以为这一天真的是耶稣降生的日子哩。威廉趁着他那位头上长角的朋友跪下的当儿，猛然转过身子，像猎狗一样快步跑开，没等祈祷的犍牛站起来继续追他，他就平安地跳过了树篱。威廉常说，他有好多次见过别人发傻，但他从没有见过任何人像那条犍牛那样发傻，因为它发现自己虔诚的感情受到了愚弄，那一天并不是圣诞前夜……那个人的名字就叫威廉·杜威，一点不错，就连他这阵子躺在梅尔斯托克教堂墓地的哪块地方，我都能说得一点不差，他就埋在第二棵紫杉与北面的通道之间。”

“真是个新奇的故事，它把我们带回到了中古时代，那时候，信仰还是件活生生的东西。”

在奶牛场里说这样的话算是新颖独到了。这句话是黄牛后面那个人说出来的。不过，由于没人懂得这句话的含义，也就没人注意了。只有讲那段故事的人似乎觉得，这句话里也许含有对他故事表示怀疑的意味。

“呃，先生，不管你信不信，反正我这故事句句是真。我和那个人很熟悉呢。”

“是的，我完全相信。”黄牛后面的人说。

这样，苔丝才对和老板讲话的人注意起来，由于他的头紧贴在牛身上，因而她只能看到他一丁点儿。她不明白，为什么连老板跟他讲话时，也称他“先生”。不过这会儿也看不出可以用来解释的理由，他一直待在那牛肚子下面，花了差不多有别人挤三头牛的工夫，他在那儿不时地突然说一两句，好像很不顺手似的。

“轻一点，先生，轻一点。”老板说，“干这个得使窍门，而不是使力气。”

“我也发现是这样，”另一个人说道，他终于站了起来，伸了伸手臂，“我想，我已经挤完了，唉，我的手指头都弄痛了。”

这时，苔丝能够看清他整个儿人了。他的装束是人们挤奶时的普通装束，系着白围裙，扎着皮革护腿，靴子上沾满了院子里的烂泥烂草，他身上的土里土气的装束就这几样。透过这种外表，他露出一种有教养的、敏锐的、含而不露、郁郁寡欢、与众不同的神情。

苔丝发现，她以前见过这个人，因此，暂且也顾不得去细细观察他的外貌。自从他们相逢之后，苔丝饱经了这么多的沧桑，所以，她一时也想不起来，她到底在哪儿见过他。后来，她忽然心头一亮，记起他就是参加过马洛特游行会的那个过路青年。那一回，这个她不知从何而来的陌生过客同别的姑娘跳舞，而不同她跳，最后，无礼地离开了她，同自己的伙伴们一起走了。

往事像潮水一般涌上了她的心头，她想起这件事发生在她遇到灾祸之前，因而即刻感到惊慌，害怕他会把她认出来，从而有可能使她的底细得以暴露。不过这种担忧很快就消逝了，因为她从他脸上没有看出一点把她认出来了的痕迹。她渐渐发现，自从他们第一次也是唯一的一次相遇以来，他那张表情多变的脸庞变得更为深沉，还蓄起了年轻人的美观的八字胡和络腮胡子。他的胡须在脸部刚长的那个部位是淡黄色，越往下颜色越深，渐渐变成深棕色了。在挤奶用的亚麻布围裙里面，他穿的是深色棉绒夹克衫，领子浆得很硬的白衬衫，下身是用灯芯绒做的裤子，脚上是高筒靴。若是没有那身挤奶的装束，谁也猜不出他是干什么的。他可能是个行为古怪的地主，也有可能是个很有教养的农夫。从他挤一头牛所费的工夫上，苔丝一下子就认出，他也是奶牛场上的一名新手。

与此同时，许多挤奶女工都相互谈论起这个新来的人，说："她真漂亮。"语气中既带着真正慷慨的赞美，也掺和着一种心愿，希望听的人能够对这句话有所保留。严格地说，她们那句话本身就是这种希望的体现，因为，用漂亮这个词来形容苔丝给人造成的印象，本来就是很不正确的。当天晚上的牛奶挤完之后，他们三三两两地走进屋内。里面，老板娘克里克太太正在照料盛牛奶的铅桶和别的东西，她因为不愿贬低自己，所以不到外面挤牛奶，而且，因为挤奶女工们都穿着印花布衣服，所以她不愿同流合污，在暖和的天气里也穿着热人的毛料大衣。

苔丝得知，除她以外，只有两三个女工在场里过夜。多数人都回自己家里睡。吃晚饭的时候，她也没看到刚才对故事作出评述的那位身份较为高贵的男工，也没去打听。这个晚上的剩余时间，她忙着给自己安排住处。她的寝室位于牛奶房上面，房间很大，有三十英尺长，另外三个住场女工的床铺也在这间屋子里。她们都是青春焕发的姑娘，而且，除了一位，其他人都比她大。到了睡觉的时候，苔丝已困惫不堪，很快就进入了梦乡。

不过，苔丝的邻床可不像她这样贪睡，而是一个劲儿地讲述她刚来的这个场子里的各种具体细节。这个姑娘嘁嘁喳喳的声音和几个影子融汇在一起，而且，对昏昏欲睡的苔丝来说，在黑暗中晃动的影子似乎就是由黑暗生成的。

"那个学着挤奶的，也就是那个弹竖琴的，是安琪·克莱尔先生。他从不跟我们多说话。他是一个牧师的儿子，要想的事情太多了，根本没工夫来注意姑娘。他是来拜老板为师的，想学学从事畜牧业方面的各种技艺。他已经在别的地方学会了养羊，这阵子想学学怎样养殖奶牛……是的，他出身高贵啊。他父亲——老克莱尔先生——是爱敏斯特的牧师。离这儿有不少英里路呢。"

"哦，我听说过的。"她的新伙伴答道，这会儿醒过来了，"他是一个非常热心的牧师，对吧？"

"对的，就是他，人家都说，在整个威塞克斯，就数他最热心，人家告诉我，他是低教派里的最后一个人了，因为这一带的牧师都被称作高教派。他的几个儿子，除了我们这个克莱尔先生，也都是牧师。"

这个时刻，苔丝没有好奇心去问眼前这位克莱尔为什么没有像他哥哥那样去当牧师，而是再次进入梦乡了，对她提供消息的人所发出的声音，伴随着隔壁奶酪房里的奶酪气味，以及楼下奶酪压干机里乳浆滴滴答答的声音，一起传入了她的耳际。

第十八章

再度重现的安琪·克莱尔先生到底是个什么样的人物，苔丝现在还不清楚，只不过他那嗓音，令人欣赏，他那眼神，看起人来直勾勾的，好像有些发愣，他那张嘴，表情生动，只不过这张樱桃小嘴于男人不太相配，他的下唇时而出乎意料地紧闭着，叫人摸不透他是否果断。此外，在他的眼睛和行为举止里面，有一种朦胧、含糊、心事重重的神色，说明他对于自己真正的前途，还没有明确的目标，或者说还不大关心。然而，当他还是小伙子的时候，人们就说过，他这个人想做什么，就能做成什么。

他父亲是该郡另一端的一个穷牧师，他是父亲的小儿子，来到塔尔勃塞奶牛场，是想学习半年技术，他已经到别的几处农庄里转过了，目的是想学一套经营田庄的实际本领，将来不管是在殖民地，还是在本国，都能派上用场，这主要看以后的情况而定了。

他进入农牧人的行列，是向他自己和别人都没料到的生涯迈出的第一步。

老克莱尔先生的前妻为他生了一个女儿就去世了，他过了大半辈子，才又娶了一个。没想到后妻给他生了三个儿子，所以，小儿子安琪看起来倒不像儿子，几乎像是孙子。几个孩子中，只有这个晚年所生的小儿子安琪，没有获得大学学位，但是从小时候的聪颖来看，他是最有出息的一个，也最配接受大学教育。

还在安琪那次跳舞之前的两三年，他就离开了学校，在家自学，有一天，地方书店给牧师住宅寄来了一个包裹，上面写着詹姆斯·克莱尔牧师收。牧师打开一看，发现里面是一本书，他翻了几页，便一跳而起，把书夹在腋窝下，径直来到了书店。

“你们为什么把这本书寄到我家？”他举着那本书，不由分说地追问道。

“先生，是你订的。”

“我没订，我可以自豪地告诉你，我们家别的人也不会订这种书的。”

书店老板只好查阅订书的存根。

“哦，先生，是寄错了，”他说，“这本是安琪·克莱尔先生订的，我们本该寄给他才是。”

老克莱尔先生一听，立刻往后退缩，好像挨了一顿痛打似的。他脸色苍白，神情沮丧地回到家里，把安琪叫到了书房。

“孩子，你来看看这本书。”他问，“你知道这本书是哪来的？”

“是我订的。”安琪简单扼要地说。

“订它干什么？”

“看呀。”

“你怎么想起来看这样的书？”

“怎么想起来？这可是一本论述哲学体系的书呀。出版的书籍里面，没有一本比它更道德，或者说更合乎宗教的了。”

“是的，是够道德的，这一点我并不否认。但是，它合乎宗教吗？特别是对于你这样想当福音传道士的人来说，它合乎宗教吗？”

“既然你提到这件事，父亲，”儿子说道，脸上露出焦虑的神情，“那么，我该毫不含糊地告诉你，我还是不当牧师为好。恐怕我不会诚心诚意地去当牧师。我爱教会，就像我爱父母。我对教会永远有着最热烈的感情。我对这个机构的历史有着最深刻的崇敬。但是，如果它现在不能从不合道理的赎罪拜神观念中解放出来，我真的不能像两个哥哥那样，被委任为牧师了。”

这个性情直率、心地纯朴的牧师从没有想到自己的亲生骨肉会变成这个样子！他愣住了，惊呆了，气馁了。既然安琪不愿进教会，那么送他上剑桥还有什么用？对于他这个思想拘泥的人来说，进入大学就是进入教会的阶梯，读了大学而不当牧师，就如同书籍有了前言而没有正文。他这个人不仅信教，而且虔诚，信仰坚定——这些字眼用在这里，其含义是有别于那些玩弄神学者的讲法，不是如今他们在教堂内外所作的那种含糊其词的解释，而是就福音派信徒的古老而热诚的意义而言。他这个人能够

真正认为，
十八个世纪以前，
那永生的和神圣的
确实拥有真理……[1]

安琪的父亲对儿子进行了反驳、规劝和恳求。

“不行，爸爸，不说别的，就是叫我根据公布的要求，‘按照字面意义和文法意义’，在第四条款下面签字我都无法做到，所以，在目前情况下，我是不能当牧师的。”安琪说，“对于宗教，我在本能上就认为，应当提倡改造，引几句你所喜爱的《希伯来书》里的话吧：‘受造之物中，凡是被震动的，都要挪开，那些不能被震动的，才可能留存下来。’[2]”

1. 引自勃朗宁的《复活节》一诗。
2. 引自《圣经·新约·希伯来书》第12章第27节。

他父亲极度伤心，弄得安琪看着他也觉得心里很不好受。

“既然你不愿把知识用来为上帝增光，那么，我和你妈妈省吃俭用，供你上大学，又有什么用呢？”

“呃，爸爸，可以用来为人类增光啊。”

安琪若是坚持下去，也许能像两个哥哥那样，去上剑桥大学。但是，父亲那种上剑桥就是当牧师的敲门砖的见解，也是这个家庭的传统的见解。这种思想在他的脑中已经根深蒂固，于是，敏感的儿子就觉得，如果坚持己见，就如同私吞了别人委托的钱一样，而且对那两位虔敬的家长也是一种罪过，因为正如父亲刚才所说的那样，他们从前和现在一直省吃俭用，以便供三个儿子读书。

“那么我就不上剑桥吧。”安琪最后说道，“我觉得，在目前情况下，我没有资格上大学。”

这一决定性的争论所产生的效果不久就显示出来了。克莱尔年复一年地在杂乱无章的研究、烦琐的事务以及思考反省中耗费精力，开始对社会形态和社会舆论表现出漠不关心的态度。他愈来愈轻视社会地位和物质财富。对他来说，就连“名门世家”（这是借用一位已故的本地名人的话语）也不再具有什么迷人之处，除非它的后人能够果断处事，出类拔萃。然而，也有一件事和他的严肃、稳重形成了强烈对比，他有一次闯到了伦敦，想见见世面，同时也想在那儿谋个差事或做点生意，可是却被一个比他大得多的女人迷昏了头脑，陷得几乎不能自拔，幸好他没等事情弄得太糟就得以逃脱了。

因为他早年与乡村的僻静生活联系过于紧密，使他对现代城市生活产生了一种无法克制的、几乎不近情理的厌恶，同时使他在不能从事神圣职业的情况下，也不能像他所可能希望的那样，在世俗职业上飞黄腾达。但是他必须做点事情，他已经浪费许多宝贵的年华了。他有一个熟人，靠在殖民地经营农业起家，走上了兴旺发达的道路，安琪心想，也许这正是引导他走上正确方向的手段。从事农业，无论是在殖民地，还是在美国，或是在本地，——也许这种职业既可以使他独立，又不至于牺牲他看得比富裕更珍贵的东西——求知的自由。不过，他先得通过仔细认真的学习，来掌握各种农业技艺。

于是我们发现，安琪·克莱尔在二十六岁的时候，来到了塔尔勃塞，在这儿学习养牛，而且，由于附近租不到舒适的寓所，他就在奶牛场老板家里吃住。

他住的屋子是很大的顶楼，和整个牛奶房一样长。只有奶酪房里有楼梯通向顶楼。它已经好长时间关闭不用了，直至他来到这儿，把它选作自己的安身之处。克莱尔住得非常宽敞，晚上，别人都上床睡觉了，还常常能够听到他在那儿来回踱步。他这间屋子用帷幔隔了开来，里面的部分放着床铺，外面的部分布置成了朴素的起居室。

起初，他完全待在楼上，成天看书，要么就弹一弹他廉价买回的旧竖琴，情绪不好的时候还牢骚满腹，说也许将来有一天，他要靠在大街上弹琴来混饭吃。可是不久之后，他就更喜欢在楼下观察人的性格了，他与老板、老板娘以及男工女工一起在厨房里吃饭，他们形成了生动的一伙，因为在场里住宿的人虽然不多，但是和老板娘一家一起进餐的却有好几个。克莱尔在这儿住得时间越长，他对这伙人的反感也就越少，和他们共同相处的愿望也就越高。

他感到喜出望外的是，他在与他们的相处中，获得了真正的乐趣。他在这儿住了几天之后，他想象中的那种世俗庄稼人的形象——报刊上所描述的那种老实巴交的乡巴佬的形象，也就销声匿迹了。和他们一接触，就看不到“乡巴佬”的影子了。的确，克莱尔从一个完全相反的社会里刚刚来到这儿的时候，他觉得这些朋友是有点特别。开头时，他觉得，和奶牛场里的人平起平坐，是一种有损尊严的举动。他们的见解、他们的风尚、他们的环境，对他来说，是倒退的、毫无意义。但是由于住在那儿，通过一天一天的接触，这位目光敏锐的短期住客开始意识到，他们身上有着一种新颖的东西。虽说没有一点客观上的变化，可是，单调却被复杂所取代。他的老板、老板娘，还有男工女工，在成了他亲近的朋友之后，又好像起了化学作用，各自分解了。他想起帕斯卡尔说过的话："一个人越是拥有智性，就越能发现别人的新颖。一般常人则不能分辨人与人之间的异同。"那种典型的千篇一律的乡巴佬形象已经不复存在。这个典型已经分化成各个不同的成员了，他们性格各异，思想千变万化；他们有的幸福，有的安详，也有的人感到郁闷；他们有的天资聪颖，简直到了称得上是天才的程度，也有的愚笨；他们有的喜怒无常，有的严肃稳重；有的是默默无闻的密尔顿，也有的是不露锋芒的克伦威尔；他们对于别人各自都有自己的看法，就像他对于他的朋友那样；他们也能彼此称赞或者彼此谴责；他们也能注意别人的弱点或恶习，并为此而感到开心或难过；他们每一个人都以各自不同的方式走在重归尘土的途中。

出乎意料，他开始喜爱户外生活了，这种喜爱，并非出于户外生活对他拟定的生涯有何影响，而是出于户外生活本身以及它所带来的东西使他喜爱。文明化的人类因为不再相信上帝的仁慈，所以一直被忧郁笼罩，而就克莱尔的地位来说，他算是奇迹般地摆脱了长期的忧郁心情。近几年来，他第一次按照自己的心愿阅读书籍，不必为了谋取什么职业而死记硬背，他认为必须掌握的那几本农业手册，也只占用了他很少时间。

他渐渐疏远旧日的联系，在生活和人性中看到了一种新的东西。此外，他对于从前朦朦胧胧知道一点的自然现象——基调各异的季节，朝与夕，昼与夜，脾气不同的风、树林、流水、薄雾、阴影与寂静以及无生之物的声音，现在都有亲切的认识了。

早晨，空气仍旧很凉，他们吃早饭的大屋子里把生着火，也合乎大家心意。克莱尔习惯坐在宽敞的壁炉边上，所以克里克太太觉得，克莱尔太斯文了，不能与他们同桌共餐，于是叫人把杯盘等餐具端到了他身边的一块折板上。他的对面，是一扇又高又宽的直棂窗户，光线从那儿一直射到他所坐的角落，同时，壁炉上也反射出一道清冷的幽光，这样，他想要看书的时候，就有足够的光线了。在克莱尔和窗户之间，就是那张大家吃饭的桌子，因此，他们用力咀嚼的脸部侧影便清晰地映在窗户玻璃上；屋子的一侧是通往牛奶房的门，顺着这道门看去，可见一排一排的长方形铅桶，盛满了早晨挤的牛奶。在更远的一头，可见搅乳器正在旋动，可以听到啪嗒啪嗒的响声，推动搅乳器的是一匹无精打采的马。隔着窗户可以看见，一个小孩赶着马，在屋外不停地转着圈子。苔丝来到这儿以后，有好几天，克莱尔压根儿没有注意到饭桌上添了这么个新人，因为他一直聚精会神地看书，看杂志，要么就是看刚寄来的乐谱。苔丝很少说话，而别的女工总是喋喋不休，所以，在这些唠唠叨叨的谈话中，克莱尔没有听出一个新的声音，而且，他有一种习惯，对外部事物只求总体印象，而忽略特定的细节。然而有一天，他正在熟记一段乐谱，并且凭想象力在脑子里演奏这段乐曲，这时，他出起神来，那张乐谱也落到了炉床上。他看着由木块烧出的火苗。这时早饭已经做完，水也烧开了，炉里只剩下一根火苗在木块的顶端跳着垂死的舞蹈，他觉得这火苗是合着他内心的曲调而舞蹈。接着，他又看着悬在钩梁下的挂壶的两个钩子，上面的灰网也好像在合着同样的曲调而颤动；然后他又看了看那只空了一半的水壶，水壶也仿佛是在咕嘟咕嘟地伴奏。饭桌上的谈话声混进了他幻觉中的合奏曲里，他后来心想：“这些挤奶女工里面，有一个人的嗓子像笛子一般清脆入耳！我想这是新来的那个。”

克莱尔掉过头看了看她。这时，她正和大家坐在一起。

她却没有望他。说实在的，由于他老是沉默不语，大伙儿几乎忘记屋里有他这个人了。

“我不知道有没有鬼，”她这时正在说话，“不过我知道，我们活着的时候，也能让灵魂离开我们的肉体。”

嘴里塞满食物的老板朝她转过身子，以郑重追问的眼神看了看她，他的一把大刀和叉子（因为这儿早餐就是早餐，非常丰盛）直竖在桌子上，好像要搭绞架似的。

“什么？姑娘，你这话当真？”他说道。

“要想让灵魂出壳，做起来非常容易。”苔丝接着说，“夜间，躺在草地上，眼睛直勾勾地盯着天上一颗又大又亮的星星，你要是全身心地盯着，很快就会发现，你已经远离自己的肉体，离开成千上万英里了，这事儿全是自然而然发生的。”

老板把死盯在苔丝身上的目光移了开来，又盯到了他妻子的身上。

“克里斯蒂娜，你说怪不怪？想想看，这三十年来，我找老婆，做买卖，找大夫，找护士，披星戴月不知走过多少黑路，可是直到今儿，从来没想到会有这样的事，也从来没有觉察到灵魂离开了我的身子，就连离开我衬衣领子一英寸远的情况都没有发生过。”

大伙儿，包括老板的徒弟在内，全都注视着苔丝。苔丝脸色变得绯红，连忙含糊其辞地解释说，那不过是一种幻觉，说罢，又吃起饭来。

克莱尔继续观察着她。不一会儿，她就吃完了，意识到克莱尔在看着她，就开始用手指头在台布上画出各种图案来，她显得局促不安，就好像一头家畜知道有人看管它似的。

“那个挤奶女工是多么清新、纯洁的大自然的女儿哟！”他自言自语地说。

接着，他在她身上仿佛辨出了一种他所熟悉的东西，把他带回到了轻松愉快、无忧无虑的昔日时光，带回到他还没有因为必须瞻前顾后而觉得天都发灰的时候。他断定他以前一定见过她，但说不出是在哪里。一定是在乡下闲逛的时候偶然相遇过，他对此没有表现出特别的好奇心。但是，他若是想要仔细考虑身边的女性时，眼前这番情景就足以使他选择苔丝，而不是别的漂亮的挤奶女工了。

第十九章

总的来说，他们碰上哪头牛，就得挤哪头牛，没有偏爱，没有选择。但是，有些牛却对某些人的双手表现出特别的喜爱，有时，这种偏好甚至到了极端的地步，除了面对它们喜欢的人，它们就不肯好好地站着，若是遇到了生手，它们就毫不客气地踢翻奶桶。

克里克老板规定，要通过不断地换人，来坚决打破这种偏爱，若不这样做，那么，遇到某个男工或女工离开这儿的时候，他可就束手无策了。然而，女工们私下的心愿和老板的规定恰好相反，因为每个女工一天挑选八头或十头自己挤惯了的奶牛，挤起来就十分得心应手了。

苔丝和同伴们一样，没过多久就发现哪些牛喜欢她挤奶的方式。最近两三年来，她由于几次长时间闭门不出，手指变得相当娇嫩，因而在这方面，她乐意去迎合那些奶牛。在全场九十五头奶牛中，有八头对她特别偏好，它们是矮胖子、幻想、高贵、薄雾、老来美、早美、整洁、洪亮，尽管有一两头牛的奶头硬得像胡萝卜一样，可是苔丝挤奶时，只需手指头轻轻一碰，牛奶就顺利地流出来了。不过，她懂得老板的愿望，除了应付不了的，她尽力凭着自己的良心，碰上哪头就挤哪头。

但是不久之后她就发现，奶牛排列的顺序，表面上好像是偶然的，却和她的期望奇特地吻合一致。后来她觉得，这种排列绝不是偶然。近来，老板的徒弟帮着赶牛了。到了第五次或第六次的时候，苔丝转过眼睛，把头靠在牛身上，带着满脸狡黠的追问神色，盯着克莱尔。

“克莱尔先生，这些牛一定是你安排的！”她一开口，脸就绯红。她作这种追问的时候，微笑的征兆使她不由自主地抬起了上嘴唇，因此露出了牙齿尖儿，不过下嘴唇却一动也没动。

“哦，这没关系，”他说，“反正你还得在这儿挤下去呢。”

“你这样认为吗？我倒真希望我能在这儿永远挤下去。不过我不知道行不行呢。”

事后，她生起自己的气来，觉得他不知道她喜欢这个偏僻地方的重大原因，会误解她那句话的意思。她对他说话的时候，态度那么热切，仿佛她愿意待下去的原因，就是因为他在这里。她疑虑重重，黄昏时分，当牛奶挤完的时候，她独自一人走在庭院里，后悔不已，怪自己不该向克莱尔吐露她已经看出了他的体贴。

这是六月里一个典型的夏天傍晚，空气柔和均匀，传导性特别强，因此，没有生命的东西也仿佛有了感官，即使没有五种，至少也有两三种。远方和近处没有了区别，凡是在地平线以内，任何东西听起来仿佛就在身边。万籁俱寂。她顿时觉得，这寂静本身是一个积极的实体，而并非只意味着声音的消失。接着，这寂静忽然被琴声所打破。

以前，苔丝在屋里也注意到顶楼传出过这种乐声。不过，那时的声音显得模糊、平淡，而且很不自然，从来没有像现在这样深深地把她吸引，乐曲在寂静的空气中荡漾，带有一种赤裸裸的纯净朴实的气质。按绝对的标准来看，乐器并不算好，弹得也不算高超，但一切都是相对的，苔丝听着听着，就像着了迷的小鸟，无法离开这个地方了。不但舍不得离开，反而一步一步地走近弹奏的地方，她藏到树篱的后面，免得让他猜出她在那儿。

苔丝发现自己来到了庭院的外边，这块地方已经多年没有耕作，现在是一片潮湿，杂草滋生。有些多汁的野草，用手一碰，就飞起一团团雾气般的花粉；还有一些长得很高、开着花儿的杂草，散发出难闻的气味，它们那红色、黄色、紫色，简直构成了一件彩色艺术品，和人工培植的鲜花一样令人眼花缭乱。苔丝像猫一样，悄悄地穿过这一片茂盛的野草，裙子沾上了吐泡虫的泡沫，脚底踩碎了蜗牛壳，手上染满了蓟汁和鼻涕虫的黏液，两只裸露的胳膊，也都抹上了黏性的霉菌，这玩意在苹果树干上倒显得雪白，可是在她皮肤上却变成了红色的斑点。她就这样走到了离克莱尔很近的地方，不过仍旧没有被他发现。

苔丝既想不到时间，也想不到空间。她以前所描绘的那种由凝望星星而产生的超然升腾的意境，现在不请自来了。她全身随着旧竖琴的细弱的曲调荡漾起伏，和谐的旋律像清风一般沁入她的心田，使她眼中噙满泪水。飘拂的花粉仿佛是旋律的化身，湿润的庭园也好像是受了感动而哭得泪水涟涟。虽然夜幕即将笼罩大地，那气味浓烈的野花却大放异彩，仿佛过于热切而无法闭合。色彩的波浪和声音的波浪融汇成了一体。

现在的亮光，主要是从西边云彩中的一个大窟窿里射出来的，它好像一片被偶然留存下来的白昼，因为到处都是暮色苍茫。最后，幽怨的乐曲终于停止了，一场不需要过多技巧的简单弹奏终于结束，而她却还在等待，以为下一支曲子就要开始。可是，他已经弹累了，于是信步绕过篱栅，逛到她后面去了。这时，苔丝这时满脸火辣辣的，悄悄地溜向一边，仿佛根本就没动弹过似的。

然而，克莱尔却看到了她那身轻柔的夏服，急忙开口跟她说话。尽管他站的地方离她相当远，可低沉的声音仍然传到了她的耳中。

“苔丝，你干吗这样躲开我呀？”他问道，“你害怕吗？”

“哦，不，先生……我不怕屋子外面的东西，特别是苹果花开，万物一片翠绿的时候。”

“那么你是怕屋子里面的东西喽？”

“是的，先生。”

“是怕什么呢？”

“我说不上来。”

“怕牛奶变酸？”

“不是。”

“怕生活？”

“是的，先生。”

“呃，我也是的。常常这样。活在世上真是受罪，你不觉得吗？”

“经你这么一说，我觉得是这样。”

“不过，我真没料到，像你这样年轻的姑娘，这么早就有了这种感觉。你是怎么产生这种想法的？”

她犹豫不决，沉默无语。

“说吧，苔丝，你尽管把心里话儿说出来吧。”

她以为他的意思是问她一切事物的形态在她看来是什么样儿，于是她就羞怯地回答说：

“树木都有好奇探究的眼睛，是不是？我是说，好像有的。连河流也说：‘你为什么用目光来打扰我？’而且你似乎能看到许许多多的明天，排成一行，最前面的一个也是最清楚的一个，其余的嘛，站得离你越远，也就越小，但是它们全都显得非常凶恶，非常残忍，仿佛在说：‘我来啦！你要当心！当心我！’……可是你，先生，能够用你的音乐来制造梦境，驱走这一切可怕的幻觉。”

他惊奇地发现，这个年轻的女人，虽然不过是名挤奶女工，却有着如此悲哀的想象。她正好具有一种珍奇的韵味，足以使她的同屋对她嫉羡不已。她用家乡的词语，多少加上一些六年的正规教育，把自己的心情恰如其分地表达了出来。这种心情，几乎可以称作时代的心情——现代主义的创痛。但是，这些名词概念现在不太吸引他了，因为他想到，所谓进步思想，在多数情况下，不过是以最新的方式下定义，是用“学说”“主义”等字眼更确切地表达男人和女人几个世纪以来模模糊糊地体验到的情绪。

可是，像她这么年轻的姑娘，就有了这样的想法，仍然令人感到奇怪，不仅是奇怪，而且令人感动、令人担忧、令人哀伤。既然他猜不出其中的原因，那么他就想不起来，经验在于阅历的深浅，而不在于年龄的大小。苔丝过去肉体上受到的摧残，就是她现在精神上的收获。

就苔丝来说，她不能理解，一个出身于牧师家庭、受过良好教育、不为物质生活所迫的人，竟会把人生看成是一种不幸。像她这样“饱受屈辱的朝圣者”，持那种见解才有充分的理由。像他这样令人爱慕、充满诗意的人怎么可能降到“忍辱之谷”呢？怎么可能像她两三年前那样，有了乌斯人的那种感觉，觉得“我宁肯噎死，宁肯死亡，不愿生存。我厌弃生命，不愿永远活着”[1]呢？

的确，他目前脱离了他的阶层。但她知道，这就如同彼得大帝下造船厂，只是因为要学他想知道的东西。他挤牛奶，并不是因为他非挤不可，而是因为他想学会从事农牧业的本领，去当阔老板，去经营兴旺昌盛的奶牛场。他将要成为美国或澳大利亚的亚伯拉罕[2]，像君主一样统帅他那成群的有斑点、有环纹的牛羊，以及他的男仆和女仆。但是，有的时候，苔丝又觉得无法解释，这样一个无疑爱好音乐、善于思索的白面书生，怎么不像他父

1. 乌斯人指《圣经》中的约伯，这段引文见《圣经·旧约·约伯记》第7章第15—16节。
2.《圣经》中的人物，希伯来人的始祖，信奉上帝，牛羊成群。

亲和哥哥那样去当牧师，而偏偏要当庄稼人呢？

由此可见，他们两人都没有掌握解开对方秘密的线索，所以他们各自对于对方所显露的东西感到莫名其妙，不过，他们并不企图探究对方的底细，只是等待着更多地了解对方的性格和心境。

每一天，每一个钟头，她的性情就更多一点地向他显现，他的性情也更多一点地向她展露。苔丝力图过一种抑制自我的生活，但她没有推测出她自身的生命力有多么强大。

起初，苔丝把克莱尔看成是一个智慧的化身，而不是一个普通人。她就这样拿他和自己比较，逐渐发现他知识渊博，智力超群，像安第斯山脉一般高得不可测量，而自己则智力平平，与他相距甚远，每当想到这些，她就抑郁不欢，灰心丧气，不求上进。

有一天，他突然察觉到了她的沮丧，那是在他偶尔提及古希腊田园生活的时候。当他叙说时，她便从土坡上采集一种叫作“老爷与夫人”[1]的花蕾。

“你怎么一下子变得愁眉苦脸的？”他问道。

“哦，这只是因为——我想起了自己。”她说道，微微带着苦笑，同时又反复不定地剥着一个浅色肉穗的花蕾，“只不过是想起了自己可能出现的情形！我的生命好像缺少机会，而在白白地浪费！当我看到你知道那么多东西，读过那么多书，见过那么多世面，明白那么多道理，我就觉得我这个人算是白活了！我就像《圣经》里的那个可怜的示巴女王[2]那样，简直是神不守舍了。”

---

1. 是指海芋。剥开后，里面是深色肉穗的称作“老爷”，是浅色肉穗的，称作“夫人”。
2. 《圣经》上说，示巴女王想难倒所罗门，便向他提了许多问题，但他一一答了出来，示巴女王十分沮丧，并被所罗门的智慧震惊得神不守舍。

“说真的，你不必为此苦恼！”他热心地说，“呃，我亲爱的苔丝，要是我能帮助你学点历史，或念点你喜欢的任何东西，那我可真是喜出望外啊……”

“又是一个‘夫人’。”她插了一句，并举起她剥开了的一个浅色肉穗的花蕾。

“什么？”

“我是说，剥这些花蕾的时候，‘夫人’总是比‘老爷’多。”

“别管什么‘夫人’‘老爷’啦。你愿意学一门课程，比如说，历史吗？”

“有时候，我觉得，除了我已经知道的，我不想知道更多的东西了。”

“为什么？”

“因为这有什么用呢？只不过是得知我是一长串人物中的一个，只不过是发现某一本旧书里有一个人物和我差不多，而我呢，也不过是把她的角色重演一遍，这除了让我难过，还有什么呢？最好是别让自己知道，自己的性情以及过去所做的事，正和成千上万的人一个样儿，也别让自己得知，自己将来的命运和将来所做的事，也要和成千上万的人一个样。”

“那么，你真的什么也不想知道喽？”

“我倒想知道，太阳为什么在好人和恶人身上一样地照耀。”她答道，声音微微颤抖，“但是，这在书本里是学不到的。”

“苔丝，别这么苦恼！”当然，他说这句话，只是出于一种传统的责任感，因为他过去也有过这样的疑问。当他看着她那没有实际经验的嘴和嘴唇时，他就想，这么一个乡下姑娘，产生这种情绪，不过是随波逐流罢了。她仍旧剥着“老爷与夫人”，她垂着眼帘，波纹一般的睫毛也随着目光垂在柔润的脸颊上，克莱尔站着看了一会儿，便恋恋不舍地走开了。他走了之后，她又站了一会儿，思绪万千地剥开最后一朵花蕾，接着，从沉思中惊醒过来，很不耐烦地把这朵花蕾和所有的花瓣扔到了地上，猛然间对自己方才那阵傻里傻气的举动产生了厌恶之情，同时在她的心灵深处也涌现出一股激荡的暖流。

他一定觉得她愚不可及！由于迫切企盼他的好感，她就让自己想起了她近来力图忘记的事情，想到了她们家就是德伯维尔武将世家，尽管此事给她带来了那么不愉快的结果。虽然这一情况毫无价值，而且她在这件事情上也已经吃了不少苦头，但是，克莱尔先生既然是个上等人，而且又是学历史的，他要是知道王陴教堂墓地里的波白克大理石和雪花石膏塑像真正代表着她的嫡系祖先，知道她才是地地道道的德伯维尔，而不是特兰岭那个靠金钱和野心所组成的冒牌的德伯维尔，那么，他也许就会忘记她那剥花蕾的幼稚的举动，对她刮目相看了。

但是，在贸然泄露这一消息之前，犹豫不决的苔丝拐弯抹角地询问老板，克莱尔先生是否敬重失去了财产和土地的老门户，想探问这件事对克莱尔可能产生的影响。

“克莱尔先生嘛，”老板强调说，“是你知道的最具反抗精神的小伙子，一点儿也不像他们家的其他人。如果说有什么东西最令他讨厌，那就是所谓的老门户了。他常说，按照情理，老门户在过去已经使完劲，到了现在什么也没剩下，从前啊，这儿的老门户有比列特、德林哈德、葛雷、昆丁、哈代、古尔德，他们的产地在这片山谷里都延伸好几英里呢，可眼下你瞧，花一点儿钱就能把它们全部买到手。哦，不瞒你说，我们这儿的小蕾蒂，就是老门户帕里德尔的后代，她们家过去在金辛托一带拥有大量的土地，现在都归威塞克斯伯爵了，可从前哪，有谁知道威塞克斯那么个人，有谁知道他那么个家呀？唉，克莱尔先生知道这件事情之后，把可怜的小蕾蒂嘲弄了好些日子呢。他跟她说，‘嗨！你呀，当一个挤奶女工都当不好呢！你们家的本领啊，早在几辈子之前在巴勒斯坦就使完啦，得休整一千年，才能缓过劲来做点事情！’前些日子，有个小伙子，上这儿找活干，他说他名字叫马特，我们问他姓什么，他说他从来就没听说他有什么姓儿，我们问他为什么，他说也许他们家资历很浅。于是克莱尔先生就跳起来拉着他的手说，‘啊！你正是我所需要的人！你将来一定很有出息。’说罢，还给了他半个克朗的硬币。你瞧，什么老门户，他才不买那一套呢！”

听了这一段对克莱尔的有声有色的描述，苔丝便庆幸自己没有吐露一句有关她家门第的话，虽然她们家族那么古老，差不多现在该是轮回往复、光宗耀祖的时候了。此外，就门户而言，还有另一个挤奶姑娘似乎比她并不逊色呢。因此，她闭口不提德伯维尔的墓穴，以及与她同姓的征服王的武将。对克莱尔的性格有了这番洞察之后，她觉得她之所以受到了他的青睐，多半是因为他以为她出身于一个并非世家的新门户呢。

第二十章

季节的特征不断地发展、成熟。花草、树叶、夜莺、鸫鸟、燕雀，以及诸如此类的短命的有生之物，又一次出现了。仅仅一年之前，它们还只不过是胚芽或微小的无机体，可现在，却各自在自然界中占据一席之地。朝阳射出一束一束的光线，使幼芽生长，伸成长茎，让液汁在无声的溪流中涌动；使花瓣绽放，让芬芳在无形的气流中散发。

克里克老板奶牛场里的男男女女，生活得舒适、平静，甚至愉快。他们的处境，在社会各阶层中，也许是最幸福的，既不像社会底层人们那样饥寒交迫，也不必像上层人物那样，为了体面而束缚自然的情感，附庸庸俗的时髦而不能知足常乐。

日子就在渐浓的绿荫中过去，这时节，户外的一切注意力，仿佛都集中于枝干上猛长的茂盛的枝叶上。苔丝和克莱尔无意识地相互捉摸，总是站在情感的边缘上摇摇欲坠，却显然没有堕入深渊。他们仿佛在不可抗拒的法则下，始终往一起聚集，恰如一条山谷里的两道溪流。

近几年来，苔丝从没像现在这般幸福，也许这种幸福以后也难再出现。一方面，她在身体和精神上都非常适应这个新环境，她好比一棵树苗，原先生长在有毒的地层里，现在却被移植到肥沃的土壤里了。另一方面，她和克莱尔正处在喜欢和爱恋之间悬而未决的境界，还没有达到柔情缱绻的程度，也没有产生瞻前顾后的思虑，不至于尴尬不安地探究："这番爱潮将把我推向何方？它对我的前途有何影响？它对我的过去意味着什么？"

对安琪·克莱尔来说，苔丝还纯粹是偶然出现的现象，是刚刚在他意识中获得存留地位的玫瑰色温暖幻影。所以，他允许自己的心灵被她所占据，认为自己全神贯注的分析只不过是哲学家对一个极其清新、出类拔萃、妩媚动人的女性所作的观赏。

他俩不断地见面，这是情不自禁的。他们每天相会在奇特庄严的时刻——紫罗兰色或粉红色的黎明，相会在朦胧的晨曦之中，因为在这儿，他们很早很早就得起床。不仅要准时挤牛奶，而且在挤牛奶之前还得撇奶油，这事儿在清晨三点过一会儿就得动手。通常是指定某一个人准备好闹钟。自己被闹醒之后，再唤醒其余的人。苔丝是新来的，但大家很快发现，她最信得过，不会像其他人那样睡过头，所以，这门差事就常常落到她的头上。钟刚闹过三点，她就离开自己的屋子，跑到老板的门口，接着又登上梯子去叫克莱尔，然后再唤醒她同室的女伴。待到苔丝穿好衣服的时候，克莱尔已经下了楼，来到外面潮湿的空气中，其余的女工以及老板总是要在枕头上再翻一个身，一刻钟之后才会露面。

黎明时分半明半暗的朦胧色调，有别于黄昏时分半明半暗的朦胧色调，尽管它们的阴暗程度也许差不多。在黎明的朦胧中，似乎光明是活跃的，黑暗是被动的，而在黄昏的朦胧中，黑暗显得活跃，渐渐增强，光明则相反，显得昏昏欲睡了。

苔丝和克莱尔如此经常地成为奶牛场上最先起床的两个人（这大概并非每次都是偶然），他们自己则觉得，他们是全世界起得最早的人。苔丝由于刚来这儿不久，不撇奶油，起床之后，就立刻来到外面，而克莱尔总是在那儿等她。扑朔迷离、影影绰绰的光芒弥漫在茫茫的草地上，使他们产生了一种幽独的感觉，仿佛他俩就是亚当和夏娃。在新的一天开始的朦胧时分，克莱尔觉得苔丝在气质和体貌两方面都表现出一种尊贵的端庄，俨然是个皇后。这或许是因为克莱尔觉得，在这种超自然的时光里，像苔丝这样被赋予美姿的任何女性，都不大可能行走在他视野之内的露天之下，这在整个英国都极其少见。在仲夏的黎明，漂亮的女人都还睡得正香呢。现在只有苔丝在他身边，别的一个也看不见。

在光明和昏暗混合一体的奇异的朦胧中，他俩一起走向母牛卧伏的地方，这一情景，常使他想起耶稣复活的时刻。他绝少想到抹大拉女人[1]会在他的身边。当一切景物都笼罩在一片灰蒙之中的时候，他同伴的脸庞便成了他注目的中心，这张脸升腾在一层雾气之上，仿佛抹上了一层磷光。她看上去像是幽渺的幻影，仿佛只是一个自由游荡的幽灵。其实并非如此，只不过是东北方向的清冷的晨光映到了她的脸上，而他的脸庞呢，尽管自己毫无察觉，在苔丝心中也留下了同样的印象。

正如方才所说，只有在这种时候，她留给他的印象才最为深刻。她不再是挤奶女工了，而是一个空幻的女性的精华——从全体女性中提炼出来的一

1.《圣经·新约·约翰福音》中说，抹大拉马利亚在一个清晨看见耶稣复活。《圣经·新约·路加福音》又说她是耶稣门徒。根据传说，她原是一个妓女，由于信心而归正，成了典型。

个典型形态。他半开玩笑地把她称作阿耳忒弥斯、得墨忒耳[1]以及别的想象出来的名字，不过她不喜欢，因为她并不理解。

“叫我苔丝吧。”她斜着眼说，他也就照办了。

接着，天色更亮了，她的相貌一下子就成了纯粹的女人相貌，从赐予福祉的神变为祈求福祉的人。

在这种超然尘世的时刻，他们能够走到离水鸟很近的地方。苍鹭发出一阵如同打开门窗的嘎嘎叫声，从草场旁边栖身的树丛中飞了出来；如果早已飞出来，那么，它们就继续站在水里，平伸着脖子，仿佛是由发条驱动的玩偶，慢慢地、不动声色地移动着脑袋，观看着他俩从旁边走过。

随后，他们能够看到一层一层的夏天的薄雾，模糊而又均匀地平铺着，显然还没有床罩那么厚，一小簇一小簇地铺展在草地上。在沾满白露的草地上，有着奶牛伏着过夜而留下的痕迹——在一片露水的海洋里，有着许多和奶牛身躯相等的由干爽青草构成的深绿色的岛屿。从每一个岛屿中延伸出一道蜿蜒的踪迹，这是奶牛起身之后到别处吃草时留下的，顺着这条踪迹，追到尽头处，准能把牛找到，那时，当牛认出他们的时候，准会从鼻孔里呼哧呼哧地喷出一股股热气，在弥漫四处的雾气中，构成一团团更浓的雾气。于是他俩就把牛赶回到场院里，或者根据具体情况，就在原地坐下来挤奶。

有时，当夏雾更为弥漫的时候，草场就好像是一个苍茫的大海，从雾里露出来的零零落落的树木犹如耸立的礁石。鸟儿穿过迷雾，飞到上层的亮光中，展开翅膀，悬在空中晒着太阳，要么就落到把草场分成几份的潮湿的栏杆上，现在那栏杆已经亮得像玻璃棒。由雾气变成的细小的钻石也挂到了苔丝的眼睫毛上，或者像小小的珍珠一般落在她的头发上。当白昼之光变得强烈而又平常的时候，这些东西便从她身上消失了，这样，苔丝也就失去了奇

1. 阿耳忒弥斯是希腊神话中的月亮和狩猎女神；得墨忒耳是希腊神话中的谷物女神。

特、缥缈的美丽；她的牙齿、嘴唇、眼睛又在阳光中闪烁，她又成了一个纯粹的挤奶女工，尽管漂亮得令人眼花缭乱，可是却不得不与世上别的女人努力奋争。

大约在这个时候，他们会听到克里克老板的声音，责怪那些不住在场内的挤奶工人来得太晚，又斥骂老黛博拉没有洗手。

“看在上帝的分上，快把你的手放在水龙头下洗一洗吧，黛博拉！我敢起誓，伦敦城里的人要是知道了你这副邋遢相，他们喝起牛奶吃起黄油来，不小心谨慎才怪呢。我跟你说过好多回了。”

苔丝、克莱尔以及其余的人开始挤奶。一直挤到大家都能听到老板娘在厨房里把沉重的饭桌从靠墙的地方拉出来。这是每顿饭前固定不变的声音。饭后，待到桌子收拾干净了，又伴随着同样难听的声音，桌子被推回原处。

第二十一章

刚吃过早饭，牛奶房里就出现了一阵阵乱哄哄的声音。搅乳器仍在正常地运转，可是黄油却制不出来。这种事情一旦发生，整个奶牛场便瘫痪了。大圆筒里，牛奶叽里咕噜地发出响声，可是人们所期盼的那种声音却始终没有响起。

克里克老板及其夫人，住在场里的女工苔丝、玛莲、蕾蒂、伊丝，住在自家的已婚女工，还有克莱尔先生、乔纳森、老黛博拉，以及别的一些人，都束手无策地站在旁边，眼巴巴地瞪着搅乳器；屋外牵马的小男孩把眼睛瞪得像月亮一般圆，表露出对这一情况的关切。甚至连那匹没精打采的马儿，每当走到窗户跟前时，也总是用好奇的眼睛向里面一望，露出一副绝望的神情。

“我有好些年头没上艾格敦找魔术师特伦德的儿子了。是的，有好些年头了！”老板痛苦地说，“和他父亲相比，他一文不值。我以前不知说过多少次了，我不信他，虽说他给人家看尿治病倒是挺灵的。不过这回没法子了。要是他还健在，我非得求他不可。是啊，要是黄油老是搅不出来，我非得去找他了！”

看到老板这么一副走投无路的样子，连克莱尔先生也觉得凄惨。

“在我小的时候，卡斯特桥那边有个叫福尔的巫师，人家叫他‘面团团’，功夫倒是挺不错，”乔纳森说道，“不过，眼下恐怕是个老朽的木头了。”

“我爷爷过去常常去找曼顿巫师，他在鹰窟，听我爷爷说，他挺有本事。”克里克先生继续说，“不过，这种有真本事的人，眼下找不着了！”

克里克太太倒是没有那么不着边际。

“或许，牛奶房里有人谈上恋爱了吧。”她揣测着说，“我年轻的时候，听人家讲，要是碰上有人搞对象，黄油就出不来了。克里克，你忘啦，前些年，我们这儿有个姑娘，那一回，黄油出不来，不就是因为……”

“哦，是的，是的！不过，真实情况也不是这样呀。那回黄油出不来，和人家搞对象毫无关系。我记得清清楚楚，那是因为机器坏了。”

他把脸转向克莱尔。

“先生，她是说我们这儿曾有个挤奶的伙计，名叫杰克·多洛普，那个狗娘养的，不是个东西，他在梅尔斯托克勾引了一个年轻姑娘，然后又把人家甩了，这种事，他以前干过好多回。不过，这一次他可遇到了一个难缠的。倒不是姑娘本人。有一天，正好是升天节，我们大伙儿都在这儿，和这阵子差不离，只不过没有搅黄油，我忽然看见那个姑娘的妈妈朝门口走来，手里抓着一把伞，伞上那个大铜把儿呀，把牛打死都不成问题。她边走边叫：‘杰克·多洛普在这儿干活吗？我要找他！告诉他，我要找他算账！’跟杰克相好的那个年轻姑娘，跟在她妈妈的后面，用手绢捂着脸，哭得好不伤心。杰克从窗口朝外一望，看见了她们，不禁叫了起来：‘哎呀，这下可糟啦！她非把我打死不可！我可往哪儿躲呀，往哪儿躲呀？好啦，你们千万别告诉她我在这儿呀！’说罢，他匆忙打开搅乳机的罩子，爬了进去，又把罩子盖了起来。这时，那姑娘的母亲闯到进了牛奶房，嘴里仍然骂个不停：‘那个王八蛋，躲到哪儿去啦？我要是把他逮到了，一定把他的脸抓个稀巴烂！’她找来找去，嘴里面不停地破口大骂。杰克躲在里面，闷得要死。那个可怜的姑娘（其实是个大嫂子了），站在门口，一双眼睛都哭肿了。那情形呀，我怎么也忘不了，永远忘不了！就是铁石心肠，也会融化的！可那老婆子哪儿都找遍了，怎么也找不着那个杰克。”

老板说到这儿，打住话头，听众中发出了一两声感慨。

克里克老板讲故事时，常常没讲完就停住，好像已经结束了。不知底细的人常常受骗，实在是半途中，却以为讲完了，因而发出几声叹息。不过，他的老朋友们却知道得很清楚。没过一会儿，他又接着说了起来：

“呃，我怎么也弄不明白，那老婆子怎么那么精明，马上就猜中那小子藏在搅乳机里。她一声不吭地抓起把手（机器是用手摇的），摇了起来，杰克在里面被摇得啪啪地翻动。‘啊，天哪，别再摇啦，放我出去！’他边叫边把头伸出来，‘要不然，我就要被搅成肉酱了！’（他这种人，总是很胆小的。）可是老婆子说，‘我那闺女，清清白白的一个大姑娘，让你给糟蹋了，我能放你出来？除非你答应娶她！’这时，那小子尖声叫着说，‘快把机子停下来，你这个老妖精！’老婆子说，‘好哇，你这个骗子，五个月来，你早该叫我丈母娘了，可你，你竟敢叫我老妖精！’接着，机器又搅动起来，杰克的骨头都被弄得咯咯地响了。呃，我们大伙儿也没人敢过问，于是最后那小子只好答应娶她女儿，他说，‘好的，我这回一定说话算数了！’那天，一场热闹算是这么结束了。”

听故事的人，一个个笑容满面，七嘴八舌地议论着，忽然，他们身后有了动静，回头一看，原来是苔丝。她脸色苍白，已经走到门口了。

“今天怎么这么热呀！”她说道，声音低得几乎叫人辨不出来。

天气是有些热，所以，谁也没把她的离开与老板所讲的故事联系起来。老板急忙走上前去，为她把门打开，亲切而又风趣地说：

“嗬，大姑娘，”他常常这么称她，不知道其中造成的讽刺意味，“我场子里的最漂亮的大姑娘，这会儿不过是刚刚有点夏天的味道，你就这么受不了，若是到了三伏天，你在这儿不能待了，那可把我们害苦啦！是吧，克莱尔先生？”

“我有点头晕——嗯，我想我最好还是出去遛遛。”她机械地说道，随着，便走了出去。

侥幸的是，她一出门，旋转着的搅乳机里的牛奶也从叽里咕噜的声音变成关键性的啪嗒啪嗒的声音了。

“黄油出来啦！”克里克太太大声叫喊。这么一来，大家的注意力也就从苔丝身上移开了。

那个美丽的受难者表面上很快就恢复过来了，但她整个下午心里都感到非常压抑。傍晚，牛奶挤完之后，她无心和伙伴们待在一起，于是独自出了门，漫无目的地乱走一通。她觉察到她的伙伴们只是把老板讲的那个故事当作风趣开心的笑谈，所以，她心里感到难过，难过得要命。所有的人，除了她自己，似乎都不觉得这件事有什么可悲的地方，或者确切地说，谁也不知道这件事多么残酷地触动了她人生经历中的敏感之处。她现在觉得，那西下的夕阳也变得丑陋无比，好像天空上的一大块红肿发炎的伤口。唯有一只嗓音粗哑的芦雀，从河边的树丛中，用悲哀、板滞的声音对她表示问候，那声音好像是断了交的故友发出来的。

在这种日长夜短的六月里，牛奶有时候满桶满桶的，出得很多，清晨，挤奶前的准备工作开始得很早，活儿又很重，所以，和苔丝同住一室的女工们，差不多太阳一落山，甚至没等太阳落山，就都上床睡觉了。苔丝总是和伙伴一道上楼。然而，今天晚上，她是头一个进了她们共同的寝室，别的姑娘进来的时候，她已经迷迷糊糊地睡了一觉。她看见她们在夕阳的余晖中脱掉衣裳，满身染上了橘黄的光泽；她又睡了过去，但是她们说话的声音又一次把她吵醒了，于是她一声不吭地转过脸，看着她们。

她那三个同室伙伴，一个也没上床。她们穿着睡衣，打着赤脚，挤在窗口，西沉的夕阳的余晖仍然映照着她们的脸膛、脖子和周围的墙壁。她们全都兴致勃勃地看着庭园里的某一个人，三张脸儿紧紧凑在一起：一张是愉快的圆脸，一张是有着乌黑头发的苍白的脸，还有一张是有着金发的白皙秀丽的脸。

“你别推呀！你不也像我一样，看得很清楚嘛。”名叫蕾蒂的金发姑娘说道，她年龄最小，这会儿，她的眼睛一时也舍不得离开窗户。

“蕾蒂，你还不是和我一样，爱上他完全是白搭，”面带喜色、年龄最大的姑娘玛莲狡黠地说，“他爱的可不是你这种模样的人啊！”

蕾蒂仍旧一动不动地看着，另外两个也往外张望。

“他又过来了！”肤色苍白的姑娘伊丝叫了起来，她头发乌黑而又湿润，两片嘴唇曲线优美。

“你什么也不必说了，伊丝，”蕾蒂答道，“因为我看见过你亲他的影子。”

“你是怎么看到的？”玛莲问道。

“嗯——有一回，他站在盛乳清的大桶旁边放乳清，他的脸照了个影子，落在后面的墙上，伊丝正站在那儿装桶，于是她走了过去，把嘴凑到墙上，去亲他的嘴，让我看见了，可他没有看到。”

“哦，这个小伊丝！”玛莲说道。

伊丝的脸颊上泛起了一朵红晕。

“嗨，这有什么不好！”伊丝装着镇定的样子说，“是呀，我爱上他了，可蕾蒂也爱上他了，还有你，玛莲，你不也爱上他了吗？”

玛莲的一张圆圆的脸蛋，平时是红扑扑的，这会儿已经红得不能再红了。

“我？你可真会编造哪！”她说，“啊，他又过来啦！亲爱的眼睛——亲爱的脸膛——亲爱的克莱尔先生哪！”

“你呀，这不是不打自招嘛！”

“你也差不多——我们都是不打自招。”玛莲完全不顾别人的看法，直截了当地说，“我们三个人都别再傻了，别再装模作样了，只要别跟外人说就是了。唉，我真恨不得明天就能嫁给他！”

“我呀，恨不得今天就能嫁给他哩！”伊丝嘟嘟囔囔地说。

“我也是啊。”比较腼腆的蕾蒂也低着声音说道。

床上的旁听者浑身都热起来了。

“我们不能都嫁给他呀。”伊丝说。

“更糟的是，我们一个也嫁不了。”最大的姑娘说，“瞧，他又过来了！”

她们三个人都无声地送给他一记飞吻。

“为什么一个也嫁不了？”蕾蒂着急地问道。

“因为他最喜欢苔丝·德贝菲尔。”玛莲放低声音说道，“我每天都细细观察他，所以看出了这一点。”

大伙儿都陷入沉思，一声不吭。

“但苔丝对他并没有心意呀？”最后，蕾蒂低声说道。

“是的，我有时也是这么想的。”

“这一切真是太傻了！”伊丝不耐烦地说，“他当然不会娶我们中间的任何一个，就连苔丝他也不会要，一个绅士的儿子，马上就要到国外当大财主了，怎么会娶我们这种人呢？要是说，他一年里头雇我们去干几天活儿，那还差不多！”

这个也唉声叹气，那个也长吁短叹，玛莲那本来就丰满的身躯，叹起气来声音比谁都大。躺在床上的人也在叹息。年龄最小的、有着漂亮金发的蕾蒂，眼睛里还噙满了泪水，她可是在郡志上占有重要一页的帕里德尔家后代呀。她们又默默无语地看了一会儿，三张脸仍像方才那样挤在一起，三种头发的颜色也混合在一起。但是，那位克莱尔先生对此一无所知，走进了屋里，她们再也看不见他了。这时，已是暮色苍茫了，她们只好爬上了床。几分钟之后，她们听见他登上楼梯，上自己房间去了。玛莲很快就打起鼾来，但伊丝好久都不能忘记方才的一切，而蕾蒂是哭着入睡的。

即使这时，更为情深意厚的苔丝也根本无法入睡。刚才这场谈话，是她这一天不得不吞下去的又一剂苦药。她的心头绝没有一丝醋意。至于那件事，她知道她优于别人。她长得更美，文化更高，尽管除了蕾蒂就数她最小，但她比另外两个更富有女人味，她知道，她只需稍稍留心一点，就能抓住安琪·克莱尔的心，战胜她那几个耿直的伙伴。不过，最严重的问题是，她该不该这样去做呢？诚然，在严格的婚姻意义上，谁都没有一丝可能；但是，若是说她们里面有一个人，或者说已经有一个人，引起他一时的迷恋，在他住在这儿的时候享受他的殷勤，倒是很有可能的。这种不是门当户对的恋爱，过去也有结为眷属的，而且如今，她也听克里克太太讲，克莱尔先生有一次开玩笑地问她，他将来若是在殖民地占有成千上万英亩的牧场，饲养数不胜数的牛羊，收割漫山遍野的庄稼，那么，娶一个大家闺秀又有什么用处？对他来说，只有庄稼人的女儿做妻子才切合实际。不过，她现在反正不会让任何人娶她，她郑重地下过决心永不嫁人了，那么，不管克莱尔先生那番话是说正经的，还是讲着玩的，她干吗要从别的女人那里把克莱尔先生吸引过来呢？干吗要趁他在塔尔勃塞的时候享受他眼里一时的温情和短暂的幸福呢？

第二十二章

第二天凌晨，她们呵欠连天地下了楼，撇奶油、挤牛奶的工作照常进行着，然后，她们进屋吃早饭。她们发现，克里克老板在屋子里踱来踱去。他手里握着一封信，原来，有个顾客在信中抱怨，说他的黄油有怪味道。

“糟糕，真有怪味儿！”老板说道，他左手拿着一块木片，上面粘着一块黄油，“是的，你们尝一尝！”

他身边围了好些人，克莱尔先生尝了，苔丝尝了，住场的几个挤奶女工尝了，一两个男工也尝了，最后，克里克太太从备好的饭桌旁边走了过来，也尝了一口。的确有一股怪味儿。

老板想得出神，仔细推测这是什么味道，心想，别是与什么毒草有关，忽然，他大叫起来：

“是大蒜！我还以为那草场上一片蒜叶都没有哩！”

这样，所有的老伙计们都想起来了，最近有几头牛被放进一片旱草场了，而那块旱草场几年前也以同样的方式弄糟了黄油。可是那时候，老板还没有认出大蒜的味道，只以为是有鬼作祟呢。

“我们必须彻底检查那片草场，”他接着说，“不能这样下去了！”

大伙儿全都拿着锋利的旧刀，一起走了出去。这种可怕的植物未免太小了，随随便便是找不出来的，在眼前这一片茂密的草丛里，要把它搜出来，简直如同大海捞针。然而，搜查工作又非同小可，所以他们排成队列，全都上阵，老板和自愿帮忙的克莱尔先生在上手，接着是苔丝、玛莲、伊丝、蕾蒂，然后是比尔、乔纳森、以及结了婚的女工贝克和法朗士。贝克有着满头乌黑的卷发和一双滴溜溜的眼睛，法朗士的头发是浅黄色的，由于冬天在水草地里受了潮湿，她还患上了肺结核，她们两个各自住在自家的农舍里。

他们眼睛盯着脚下，一溜一溜地慢慢寻找，照他们这样找下去，待到搜完的时候，一寸草地也逃不出他们的眼睛。这是一件最为令人厌烦的工作，整个一片草场，充其量能找出五六根大蒜，然而，这种东西气味刺鼻，哪怕有一头牛咬上了一口，那么场里一天出的牛奶就会全都变味儿。

尽管各自的性情和心境有着千差万别，然而，他们却形成了极其匀称的一排，全都弯着腰儿，步调一致，一声不吭，若是有个生人从附近的路上经过，不分青红皂白地把他们笼统称着“乡巴佬”，我们也不能怪他没有道理。他们一步一步地往前走着，为了把大蒜找出来，全都把身子俯得低低的，从金凤花上反射出来的柔和的黄色光芒照到了他们那背阴的脸上，使之蒙上了好似月光下虚无缥缈的色调，然而，他们的背上已是烈日当空。

安琪·克莱尔坚持与大家一起，参加其余的一切工作。现在他不时地抬起头来，当然，他走在苔丝的旁边也并不是偶然的。

“喂，你好吗？”他低声问道。

“很好，谢谢，先生。”她娴静地说。

半个钟头以前，他们还谈了许多有关个人的事情，现在用这种客套话似乎有点多余。不过当时他们也没有更多的话儿可说。他们弯着腰慢慢地走着，她的裙边不时地碰到他的高筒靴，他的胳膊肘也时而擦到她的胳膊肘。最终，走在旁边的老板再也受不住了。

“天哪，这么弯腰曲背的，骨头都要散架了！”他大声叫着，带着苦恼的神色，伸着腰，直到身子完全直立起来，“你呢，苔丝姑娘，一两天前你身体还不舒服，这会儿又低头弯腰的，马上又会犯头痛了！如果你觉得头晕，你就别搜了。叫别人去干吧。”

克里克老板退到了后面，苔丝很快也落到后面。克莱尔先生也走出队列，开始四下寻找大蒜，找着找着就走到了苔丝身边。苔丝看到他来到她身边，就紧张起来，因为她昨天晚上听到了大伙儿的那番议论，于是她先开口说：

“她们多漂亮啊！”

“谁呀？”

“伊丝和蕾蒂呀。”

苔丝已经沉痛地下定决心，要推荐推荐那几个姑娘，因为那几个人谁都能成为农家的好媳妇，所以她便竭力掩饰自己的姿色。

“漂亮？哦，是的——她们是漂亮的姑娘，看起来气色也很好；我也时常这么想。”

“可惜，姿色不能长留啊！”

“哦，是的，真是可惜。”

“她们是非常好的挤奶女工。”

“是的，尽管不如你好。”

“她们撇牛奶比我高明。”

“是吗？”

克莱尔望了望她们，当然，她们也望了望他。

“她脸红了。”苔丝鼓着勇气继续说。

“谁？”

“蕾蒂。”

“哦，为什么脸红呀？”

“因为你看着她呀。”

苔丝虽然打算作出自我牺牲，可她也不能做得更多了，不能对他大喊大叫：“如果你真要娶一个挤奶姑娘，而不娶大家闺秀，那你就从她们中间挑一个吧，可千万别想着娶我！”她跟着克里克老板走开了，看到克莱尔仍然留在后面，她心里头不知是痛苦还是满足。

从这一天起，她承受着痛苦，迫使自己尽力躲开他，即使他们是纯粹偶然地碰到一起，她也不允许自己像以前那样在他身边待得太久。她把每一次机会都让给别的姑娘。

作为女人，苔丝从几个挤奶姑娘的坦白中，清楚地意识到，那几个姑娘的贞操完全掌握在克莱尔的手中，而且她也觉察到，克莱尔出于关心，丝毫也不会损害她们之中任何一个人的幸福，不管正确与否，反正在她的心目中，克莱尔是一个富有自我克制和责任心的人物，这不免使她对他产生了一种温情的崇敬，因为她从没有想到，男性身上竟然具有这样一种自我克制的品质。若是他缺少这种品质，那么，在单纯的挤奶姑娘里面，一辈子悔恨莫及的人也许就不止一个了。

第二十三章

炎热的七月不知不觉地来临了，平谷里的空气如同麻醉药，沉重地笼罩着工人、奶牛、树丛。热气腾腾的大雨越发频繁，使放牛的草场变得更为繁茂。因此，其他草场上的翻晒干草的活儿只好耽搁下来。

这是一个礼拜天的早晨，挤牛奶的活儿都已经做完，住在场外的工人都已经回家。苔丝和其他三个姑娘在屋子里急匆匆地换衣服，这群姑娘已经决定，她们将一起去离奶牛场三四英里路的梅尔斯托克教堂。她在塔尔勃塞已经干了两个月，这还是头一次出门呢。

头一天下午和夜里，倾盆大雨一直哗啦哗啦地浇在草场上，把一些干草都冲进了河里，可是今天早晨，经过一场暴雨之后，太阳照射得更加灿烂，空气也更加温和、清新。

从此地通往梅尔斯托克的道路，有一段地势最低。当姑娘们到了最低的地方时，她们发现，齐脚深的雨水淹没了五十来米长的路面。在平常的日子里，这根本不是严重的问题，她们穿着那种厚底木头套鞋和靴子，可以毫不碍事地走过去。可是，今天是礼拜天，是可以出风头的日子，她们装模作样地去做与“灵”有关的事情，实际上，是去进行“肉”与“肉”的较量，在这种场合，她便穿着洁白的长袜、轻巧的鞋子，粉红的、洁白的和紫色的长裙，上面溅着一点泥都能看得出来，因此，这一片积水更是不可逾越的障碍。这儿离教堂差不多只有一英里路，她们能听到教堂的钟声了。

“真没料到夏天里还涨了这么大的水！”玛莲站在路旁的坡顶上说道。她们四个人都已经爬到了坡顶上，犹豫不决地站在那儿，想从斜坡上慢慢走过去，绕过那一片水洼。

“这样到不了那儿，只有蹚水过去才行，要么从那边的大道上绕，不过那样就太晚了！”蕾蒂说道，无奈地停了下来。

“若是去晚了，走进教堂，看到大伙儿都回过头来盯着我，那我脸上一定会红得发烫，不到念连祷文的时候都凉不下来呢。”玛莲说。

当她们挤在路边站着的时候，她们听到路上传来啪嗒啪嗒的溅水声，原来是克莱尔先生蹚着水顺着大路朝她们走来。

四颗心不约而同地扑通一跳。

作为一个严守教条的牧师管教出来的儿子，他的外貌大概表现出了一种逆反心理，他身上穿的是挤奶工人的衣裳，脚上是可以蹚水的长筒靴，一片菜叶衬在帽子里面，好让头部清凉，手上拿着一把锄蓟草的小锄头——这就是他的全部装束。

“看来，他不是到教堂去的。”玛莲说。

“是的——我倒是希望他去哩！”苔丝嘀咕着说。

实际上，不管正确与否（用含糊其辞的辩论家的口气来说），反正克莱尔先生觉得，在这美好的夏天的日子里，与其在教堂里听布道，不如去听一草一石的歌唱。然而，这天早晨，他来到野外，是想看看雨水对干草造成的损坏是否巨大。他老远就从途中看到了这四个姑娘，尽管她们只想着如何渡过眼前的难关，没有注意到他。他知道那个低洼一定积了雨水，一定会挡住她们的去路。所以他匆匆赶了过来，但是，至于如何帮助她们，特别是其中的一个，他心中还没有明确的主意。

她们四个人身穿轻柔的夏装，玫瑰般的面颊，水汪汪的眼睛，看起来真是楚楚动人，她们站在路旁的小坡上，犹如鸽子落在屋顶上。所以，他在走近她们之前，把她们好好地端详了一番。她们那轻薄透明的长裙唤起了草地上的无数的飞虫和蝴蝶，它们留在透明的织物里，飞不出来，好像关在笼里的鸟儿似的。克莱尔的目光最后落到了苔丝身上，因为她站在最后。她看到前面几个姑娘处于进退两难的境地，好不容易按捺住满腹的笑声，因此，不由得容光焕发地去迎接他的目光。

他走在还没有漫过靴子的水中，来到她们的跟前，站在那儿看着落网的飞虫和蝴蝶。

“你们都想去教堂吗？”他对着站在最前面的玛莲说，他的话也是针对后面两个姑娘说的，只有苔丝除外。

“是的，先生，现在一定要迟到了，我的脸一定会红得……”

“我把你们抱过去，一个一个地都抱过去。”

四个人的脸一齐变得绯红，仿佛是同一颗心在她们胸口跳动。

“你恐怕抱不动吧，先生。”玛莲说。

“要想过去，没别的法子了。你们站稳。胡扯，你们不会太重的！你们四个加在一起，我都能抱得动。好啦，玛莲，你先来吧。”他继续说，“你用胳膊搂着我的肩膀，对了。好！搂紧点。这样就行。”

玛莲按照吩咐，低下头来，伏在克莱尔的膀子和肩上，克莱尔抱着她走开，从后面看上去，他的细长的身材，和玛莲相比，就好像一枝细长的长茎上托着一团硕大的花束。他们在路上拐了个弯儿，消失不见了，只有克莱尔的稀里哗啦的脚步声和玛莲帽顶上的绸带，能表明他们的去向。几分钟后，他再次露面。这回该轮到站在坡上的伊丝了。

“他来了。”伊丝喃喃地说，她们都能听出，她的双唇都被那一阵子的情感给烧干了，“我也能像玛莲那样，搂着他的脖子，贴着他的脸了。”

“这又算得了什么？”苔丝急忙说道。

伊丝没有留心苔丝的话，接着说：“有了时间就有了一切。有时间拥抱，也有时间不去拥抱。[1]这会儿可轮到我拥抱了。”

“你呀，这可是《圣经》中的文句呀，伊丝！”

“是的，”伊丝说，“我在教堂里总是爱听这些优美的经文。”

对安琪·克莱尔来说，他这番行动的四分之三只是普普通通的友善行为而已。这会儿，他走到伊丝身边。伊丝静静地、梦幻般地伏到他的肩头，他呢，不慌不忙地抱起她向前方走去。当他再次返回的时候，蕾蒂那颗跳动的心差不多使她全身都震颤起来。他走向这位金发姑娘，正要把她抱起来的时候，他瞟了一眼苔丝。这比他张开双唇叙说还要直截了当：“待一会儿，只剩下你我两人了。”她面部的表情说明她心领神会，她是情不自禁地露出这

---

1. 引自《圣经·旧约·传道书》第3章第5节。

种表情的。他们两个人已经是心心相印了。

可怜的小蕾蒂，尽管身体最轻，可是对克莱尔来说却是最难抱的一个。玛莲像是一袋粗面粉，一堆沉甸甸的死板的肥肉，克莱尔被她压得东倒西歪。伊丝则明白事理地、安安静静地伏在他的身上。而蕾蒂却是一团歇斯底里。

然而，他仍把这个不平静的姑娘抱了过去，放到了干地上，又转身回来了。苔丝能透过树篱老远看到那三个人围在一起，站在他把她们放下的那个高地上。现在轮到她了。她非常窘迫地发现，自己为接近克莱尔先生的呼吸和眼光而感到兴奋，这一点，方才她还嘲笑过同伴，没想到自己还更厉害呢。她好像害怕暴露自己的秘密，所以在最后的时刻她还推让了一番。

"我也许能顺着斜坡攀过去——我走起路来比她们轻巧。你一定很累了，克莱尔先生！"

"不，不，苔丝。"他急忙答道。几乎没等她明白过来，就已经把她抱到怀里了。她脸儿伏在他的肩头上。

"三个利亚都是为了一个拉结呀。"[1]他悄声细语地说。

"那几个姑娘都比我好。"她坚守自己的决定，慷慨大方地答道。

"可我不是这么看的。"克莱尔说。

这时，他看到她脸色一红，于是他们一声不吭地向前走了好几步。

"我一定很笨重吧？"她羞怯地说。

"不，不重。你该抱抱玛莲！那才又肥又笨呢！你呀，就像被阳光晒暖了的轻悠起伏的波浪。你身上这件薄纱衣裳，就是飞溅的浪花。"

"你要是觉得我像那样，那可真是太漂亮啦。"

"不瞒你说，我刚才所花的四分之三的力气，完全是为了现在的四分之一呀。"

---

1. 典出《圣经·旧约·创世纪》，雅各为了娶得意中人拉结，不得不先娶利亚。

“这我不知道。”

“我没料到今天会有这样的事情。”

“我也没料到……水涨得太猛了。”

她装作把他所说的事情理解为涨水，但她喘气的样子却与这种理解完全不符。克莱尔站住了脚，把脸转向了她的脸。

“啊，亲爱的苔丝！”他失声喊道。

在微风中，苔丝的双颊红得发烫，由于情感炽烈，她再也不敢盯着克莱尔的眼睛。这使克莱尔觉得，他未免有点乘人之危，所以就没有采取进一步的行动。到现在为止，他俩之间还没有说过任何确切的情话呢，所以现在也应该适可而止了。然而，他慢条斯理地走着，使剩余的距离尽可能地拉长，不过最后他们还是来到了拐弯的地方，他们现在所走的路，能被其余三个人看得清清楚楚了。干地方已经到了，他只得把她放了下来。

她的朋友们，一个个眼睛都瞪得圆圆的，若有所思地看着她和他。她看得出，她们刚才在一直谈论着她。他匆匆地向她们道了别，又沿着没入水中的道路，啪嗒啪嗒地走回去了。

她们四个人又像先前那样一起往前走着，后来，玛莲打破了沉寂，开口说道：

“不行，真的不行，我们争不过她！”她面色沮丧地看了看苔丝。

“这话是什么意思？”苔丝问道。

“他最喜欢你，真的最喜欢你！看他抱你的那副样子，我们就看得出来。你只要稍稍给他一点儿鼓励，他准会亲你。”

“哪儿的话。”苔丝说道。

她们刚刚出门时的那股快乐劲儿，不知怎的，现在已经消失了，然而她们之间仍然没有敌意或怨恨。她们都是宽容大度的年轻姑娘，又生长在偏僻的乡村，凡事都认为是命中注定的，所以她们并不怪她。这是自然淘汰嘛。

苔丝感到心口疼痛。事实表明，她爱安琪·克莱尔。她再怎么向自己隐瞒也不行，或许，是因为她知道了其他三个姑娘也对他倾心，所以，她就爱得更激烈了。感情这玩意儿，是容易传染的，特别是在女人们中间。然而，苔丝那颗饥渴的心却又对三个同伴寄予深切的同情。她诚实忠厚的本性曾经反抗过这一次的爱情，不过力量太脆弱，所以接踵而来的仍是自然的结果。

“我决不想妨碍你，也不想妨碍你们中间的任何人！”这天晚上，她在寝室里对蕾蒂表明了态度，说的时候，眼泪直滚，“亲爱的，我是不由自主的呀！我觉得，他心里面根本没想到结婚的事，即使他想到了，向我求婚，我也会拒绝呢，任何男人我都会拒绝的。”

“哦，是吗？为什么？”蕾蒂好奇地问道。

“因为这是不可能的！不过我还是打开天窗说亮话吧，我觉得，不用说我了，就是你们中间的任何一个，他也不会娶的。”

“我从来没这么盼过，连想都不敢想！”蕾蒂悲哀地说，“可是，唉，我还不如死了的好！”

这个可怜的孩子，心都碎了，她自己也不明白，竟然有这样的情感。这时，另外两个姑娘刚好上楼来，她便向她俩转过身子。

“我们也别再难为她了。”蕾蒂对她俩说，“她也和我们一样，觉得他不可能娶她。”

隔阂就这么消除了，她们又亲亲热热地说起知心话来。

“我这会儿做什么事情都没心思了。”情绪低到了极点的玛莲说，“我本想嫁给斯蒂克福奶牛场上的一个人，他已经向我求过两次了，但是，天哪，眼下要我去做他的老婆，我还不如死了的好！伊丝，你干吗不说话呀？”

“那我就直说吧，”伊丝嘟哝道，“今天他抱我的时候，我满以为他会吻我，于是我安安静静地趴在他的胸口，盼了一遍又一遍，身子动也没动。可是到头来他还是没有吻我。我再也不想在这儿待下去了。我要回老家去。”

寝室里的空气，好像伴着姑娘们无望的激情，共同颤动起来。残酷的自然法则，把一种情感强加于她们的身上，在这种情感的压迫之下，她们像害了热病似的辗转反侧。这种情感既不是她们所想，也不是她们所盼。今天的事件煽动了早已把她们的内心烧灼了的烈焰，这种折磨简直叫她们再也无法承受。她们之间的个性的区别都被这一情感抹除了，每个人只是成了女性整体的一个部分。由于谁都不抱希望，因而她们只有坦诚直率，绝少嫉妒。每个人都是一个具有美好的共同意识的姑娘，既不怀着徒然的幻想进行自我欺骗，也不否认自己的爱情，更不摆出自负的样子，觉得自己高人一等。她们非常清楚地认识到，从社会地位来看，她们的一片痴情是毫无结果的，一开始就是徒然无功，没有什么可期盼的，从社会文明的眼光来看，它缺少存在的理由（尽管从自然的眼光来看，它毫无欠缺），可是，这又是一个的确存在的事实，使她们欣喜若狂、销魂失魄。所有这一切使她们既有了屈从感，又有了尊严感，若是利欲熏心，只想把他赢来作为丈夫，那么，这种情感就不可能出现了。

她们在各自的小床铺上翻来覆去，无法入睡，楼下不时传来压干酪的单调的滴水声。

“苔丝，你还没睡着？”半个钟头之后，一个姑娘低声问道。

这是伊丝的声音。

苔丝回答说没有睡着，这时，蕾蒂和玛莲同时掀开被单，叹了一口气。

“我们也睡不着！”

“听人家说，他家已经给他找了一个小姐，真想知道她长什么模样！”

“我也想知道。”伊丝说。

“他家已经给他找了一个小姐？”苔丝无比震惊，气吁吁地问道，“我怎么从来没有听说过呀？”

“哦，是的，人家都这么偷偷地讲，说是他家给他选了一个门当户对的小姐，是一个神学博士的女儿，离他父亲的教区爱敏斯特很近。听人家说，他倒不怎么喜欢她。不过，他是一定要娶她的。”

关于这件事，她们听说得很少，然而，在这黑沉沉的夜幕中，这也足以建构她们不幸、悲哀的梦幻。她们想象了一切细节，想到他终于被说服，答应了这门亲事，想到如何准备婚礼，新娘如何高兴，她的衣裳和面纱如何漂亮，小家庭生活如何美满，想到他怎样把她们以及把她们的爱情忘得一干二净。她们就这么谈着，心里极度痛苦，眼里淌着泪水，一直哭到睡魔驱走她们的忧愁。

得知那一消息之后，苔丝就不抱任何希望了，也不再愚蠢地认为克莱尔对她的殷勤里含有什么郑重而审慎的意味了。这种殷勤，只是因为她脸蛋好看而对她的转瞬即逝的温存，这种爱情，本身只是为了取得一时的快乐，——仅此而已。更何况她头上还戴着悲惨的荆棘之冠呢，那就是，从礼法方面来看，她和被克莱尔漠视的几个平庸姑娘相比，更不配他的爱恋，尽管她比她们更能赢得他一时的欢欣，尽管她知道自己比她们更富有情感，更聪明伶俐，更绰约多姿。

第二十四章

在富润谷，土地肥得出油，暖得发酵，又赶上春天的时光，在万物受孕滋芽的嘶嘶声音之下，几乎听得见草木液汁的涌动，在这样的情形之中，就连最虚无缥缈的爱情，也不可能不变得如痴如醉了。本来就渴望吞食爱情的心田，现在在周围景物的熏染下，更是情意绵绵、一触即发。

七月很快就要过去，接踵而来的便是“热月”[1]，这似乎正好从自然这一方面来配合塔尔勃塞奶牛场上的一颗颗热切的心灵。这个地方的空气，在春天和初夏的时候，无比清新宜人，现在却变得污浊、令人困倦。浓郁的气息压在他们头上，正午时分，大地万物仿佛已经晕厥。跟埃塞俄比亚那儿一样的火辣辣的太阳，把牧场上的较高的土坡晒成了黄色。不过，在溪水潺潺的地方，牧草仍然是一片翠绿。这时，当克莱尔被外部世界的暑气所压迫的时候，他内心世界则更为炽热难忍。他对温柔恬静的苔丝产生越来越难以抑制的激情。

一场大雨已经过去，高地方都已经干了。当老板乘着带弹簧的轻便马车，从集市上迅速回家的时候，马车的轮子扬起了马路上粉末般的尘土，在车身之后拖下白色的尘带，仿佛是点着了的细长的炸药导火线。成群的母牛被牛虻叮得发疯，狂暴地跳过由五道横木组成的栅栏门。克里克老板的衬衫袖子，从礼拜一到礼拜六总是卷得高高的。如果门不打开，窗户开得再大也是不透风的。奶牛场庭院里的乌鸫在茶藨子丛里爬动，它们的样子，与其说是有翅膀的飞鸟，不如说是长了四足的走兽。厨房里的苍蝇也都有气无力、死乞白赖，爬的地方也是平常不去的，像地板、抽屉以及挤奶女工们的手背等。人们谈起话来，话题也总是离不开中暑；搅起黄油来，尤其是保存黄油，简直是令人头痛的事。

为了方便起见，也为了凉爽，他们完全在草场上挤奶，不再把牛赶回庭院了。白天，一头头牛顺从地挤在树荫之下，哪怕树木再小，也都随着树荫的移动而移动。到了挤奶的时候，它们被苍蝇咬得简直站不稳脚跟。

在这些日子里的一个下午，四五头没被挤过奶的牛恰巧离开了牛群，站到了一个树篱拐角的后面，它们中间，有最喜欢苔丝挤奶的矮胖子和老来

---

1. 法国大革命时，改变历法，7 月 19 日至 8 月 17 日被定为“热月”。

美。当苔丝从挤好奶的牛肚子下站起来的时候，已经观察她好长时间的克莱尔问她接下去是否要挤树篱拐角后面的那几头。苔丝默默地赞同了，伸直手臂拿起小凳子，并将牛奶桶挨着膝盖提着，走到那几头牛站着的地方。不一会儿，老来美的奶水流进桶里的嘶嘶的声音，透过树篱传了过来。这时克莱尔心想，他最好也绕到拐角那边去，把一头跑到那儿的难出奶的牛挤好。他现在像老板一样，能够应付最难挤的牛了。

所有男工和部分女工挤奶时，都是把额头抵着牛身子，眼睛盯着奶桶。但是有几个女工，主要是年轻的女工，则侧着脸挤奶。苔丝就习惯于这种挤法，她的太阳穴贴在牛肚子上，她的双眼盯着远方的草场，静静的，仿佛是想得出神。她就是这样给老来美挤奶。太阳恰好照射在挤奶的这一面，映射出她那穿着粉红色长裙的身姿和带檐的白色绢帽，映射出她的侧面轮廓，在暗褐色牛身子的衬托下，好像是玉石浮雕一般，非常清晰。

她不知道克莱尔绕到了她的身边，坐在牛身下盯着她。她的头和面目都非常沉静，她也许正在恍惚出神，虽然眼睛睁着，但却看不见东西。在这幅画面中，除了老来美的尾巴和苔丝粉红色的双手，再也没有别的东西活动了。而且，她那双手的活动也非常轻柔，仿佛只是一种有节奏的搏动，如同跳动的心房。

他觉得她这张脸实在太可爱了。然而那上面没有一点点虚无缥缈的成分，全都是真实的活力、真实的温暖、真实的血肉。到了她那张嘴的部位，她的可爱算是达到了极点。这般深不可测、富于表情的眼睛，克莱尔以前见过，这般妩媚姝丽的脸蛋，也许以前也见过，还有柳叶一般的眉毛，匀称端庄的下巴和脖颈，他以前也都见过。可他从没有见过天底下还有哪张嘴能与她的相提并论。对一个男性青年来说，哪怕再冷酷无情，见了她樱红的上嘴唇微微一噘，也不由得要着迷、中魔、发狂。他以前所见过的女人中，没有一个人迫使他像现在这样，不断地想起伊丽莎白时代把唇红齿白喻为玫瑰含雪。在他以情人的眼光来看，可以不假思索地说，这艳红的嘴唇和洁白的牙齿是完美无瑕的。但实际上并非完美无瑕。正是这种酷似完美而有点儿不完美的特点，才产生出甜蜜的滋味。因为她是人不是神嘛。

这两片嘴唇的曲线，克莱尔不知道研究过多少遍，他能轻而易举地在大脑里把它们再现出来；现在，它们又在他面前重现，色彩绮丽，充满活力，他看着看着，全身掠过一阵战栗，她像凉风穿透神经，几乎使他眩晕；但是实际上，他只是由于一种神秘的生理作用，着实打了一个俗不可耐的喷嚏。

于是她意识到他在看她，但她却不想以改变姿势来显示这一点，不过，奇特的梦幻般遐想的神情已经消逝，仔细一看，就不难看出，她脸上的玫瑰般的红艳忽然变深，接着又褪去，到后来只剩下了一丁点儿。

但是，克莱尔刚才所感到的好像自天而降的激奋，却一点也没有消亡。决心、节制、谨慎、恐惧，全都像打了败仗的军队，纷纷后退。他从小凳子上一跃而起，奶桶搁在原处，也不管它是否会被牛踢翻，快步如星地奔向他的意中人，跪倒在她的跟前，把她紧紧地搂在怀里。

苔丝被这突如其来的动作彻底震惊了，她还没反应过来，就不由自主地倒入他的怀抱。原来，她看到走过来的不是别人，正是她的恋人，她的双唇就在一阵兴奋的冲动下，张了开来，发出了一声近乎狂喜的叫喊，扑倒在他的胸前。

他正要亲吻这副诱人的嘴唇，忽然，他那敏感的良心为之一动，他因此克制了自己。

“宽恕我吧，亲爱的苔丝！”他喃喃地说，“我本该问问你。我——真不知道自己在干些什么。我这么做，并不是随便乱来。我是真心地爱你，苔丝，最亲爱的苔丝，我是诚心诚意地爱你。”

这时，老来美回过头来，看着他们，觉得莫名其妙，自它记事以来，肚子底下总是只有一个人，现在怎么会蹲着两个呢？它大惑不解地抬了抬后腿。

“它发脾气了——它不知道我们在干什么——它会踢翻奶桶的！”苔丝一面嚷着，一面从他怀里挣脱出来，她的眼睛盯着奶牛的一举一动，可她的心里却深深地想着自己和克莱尔。

她急忙从凳子上站了起来，当他们一起站着的时候，他的手臂还搂着她的腰肢。苔丝的眼睛凝视着远方，开始涌出泪来。

“宝贝儿，你干吗哭呀？”他问道。

“哦——我不知道！”她嘟囔着说。

当她更清楚地看到并意识到自己的处境时，她便感到心神不定，竭力想挣脱出来。

“唉，苔丝，我到底还是泄露了自己的感情。”说罢，他奇怪地叹了一口气，表示失望，同时也是不知不觉地强调，他的情感超越了他的理性，“不用说，我热切地、真诚地爱你。但是我——我也像你一样感到震惊。我看得出这事儿使你很为难，我现在不会强迫你了。你不会觉得我太放肆，趁你没有防备，出其不意地欺负你吧？”

“嗯——我也说不准。”

他让她离开自己的怀抱，一两分钟之后，各自又继续挤牛奶。谁也没看到方才这场相互吸引、合二为一的情景；几分钟后，当老板来到这隐蔽的角落时，他俩的关系显得只不过是相识而已，一点也没有异乎寻常的痕迹。然而，自从克里克老板上次见到他们之后，在这短短的时光里，已经发生了一件改变他俩宇宙中心的事情。这件事的性质若是叫老板这种讲究实惠的人知道了，他一定会看不起的。然而这种事又是基于比一大堆所谓的实惠更为坚固、更不可抵抗的意志。一层薄纱已经揭开，从这时起，每个人的视野中都出现了一片新的天地，它也许天长地久，也许为时短暂。

第四部

终身大事

第二十五章

夜幕临近的时候，心潮起伏的克莱尔走进了外面的黄昏之中，占据了他整个心灵的苔丝回自己的房间休息去了。

夜晚像白天一样闷热。天黑以后，除了草地，没有一块凉爽地方。无论是道路、小径，还是房屋、围墙，都热得像炉床一般，并且把正午的暑气反射到夜间行人的脸上。

他坐在场院的东门旁边，不知道自己到底是怎么啦。这一天，情感的确战胜了理智。

自从三个钟头之前的突然拥抱以来，这两个人一直是分开的。她似乎平静下来了，先前，她几乎被发生的事情吓坏了。而他呢，这件事情里那些完全新颖、未经考虑、受环境支配的种种情形，使他焦虑不安——他本来就是个易于激动、瞻前顾后的人嘛。他还不能清楚地认识到他俩之间真正的关系，也不知道从此以后在旁人面前，彼此之间应该采取什么态度。

克莱尔来到这儿当学徒的时候，心想，这儿的短暂的生活不过是他一生中的一小段插曲，很快就会过去，早早就该遗忘。他来到这块地方，仿佛是躲进了一个有屏风遮掩的凹入的小室，可以从这儿冷静地观察外面那个吸引人的世界，跟着惠特曼，对着那一世界呼喊：

> 你们这群衣着平常的男男女女，
> 在我看来是多么稀奇！……

然后再制订一个计划，重新打入那一世界。但是，你瞧，这引人入胜的景象却已经转移到这儿来了。那曾经趣味横生的世界，现在却已经变成兴味索然的哑剧；这儿却恰恰相反，在这个表面上黯然无色、没有激情的地方，一片新异的景象，犹如火山一般，猛然喷发而出，这一现象，他以前在任何地方都没有经历过。

每一扇窗户都敞开着，克莱尔可以隔着院子听见安歇的屋中传来的每一声轻微的响动。这座奶牛场，这么简陋、无足轻重，他纯粹出于不得已，才寄寓于这块地方，因此，他以前从没有对它予以重视，觉得在这块景物上找不出任何有意义的东西。可是现在又是怎样呢？现在呀，那些日久天长、生满青苔的砖山墙也都轻柔地说着："别走！"窗户笑逐颜开，大门也好言相劝，对他召唤，常春藤也因串通一气而羞容满面。这里有一个人，影响深远，使这儿的墙壁、灰泥以及整个悬在头顶的天空都充满了炽热的情感，兴奋地颤动。到底是谁拥有这么大的力量？是一个挤奶女工。

在这座偏僻的奶牛场上，会发生他生活中的重大事件，的确十分令人惊讶。尽管新生的爱情需要担负部分责任，但也未必如此。除了克莱尔，许多人也都明白，人生意义的大小，并不在于外界的变迁，而是在于主体的经验。一个易受影响的庄稼人和一个麻木迟钝的国王相比，前者的生活更伟大、更充实、更激动人心。想到这里，他发现，奶牛场上的生活，也和别的地方一样，可以同样意义重大。

克莱尔尽管思想极端，有这样那样的缺陷和弱点，但却是一个很有良心的人。苔丝不是可以随便玩玩就丢开的无足轻重的东西，而是一个活生生的女人，有着宝贵的生命，不管这生命是苦是甜，反正对于她，就像那些尊贵显要的人物所感觉的一样，是极其珍贵的。在苔丝看来，整个世界依存于她，万物的存在，全凭她的存在。对于苔丝来说，是在她出生的某年某月某日，宇宙天地才被创造出来。

如今他所要纠缠的这个生命是无情的造化赐予苔丝的唯一的生存机会。那么，他怎能把她看得不及他自己重要呢？怎能把她当作好看的小玩意儿，逗弄一阵子，然后甩开呢？怎能不带着真心诚意去对待她的爱情呢？她那么炽热，那么情感丰富，他知道他已经在她身上唤起了爱情，那么他怎能让她遭受痛苦、弄得身败名裂呢？

若是像往常那样天天和她见面，那么，就会使开了头的事情继续发展下去。处在这么亲密的关系之中，见面就免不了要亲热一番，对此，血肉之躯是无法抵挡的。而且，他还不知道这场恋爱会有什么结果，因此他决定，暂且得避免他们两人在一起干活。趁现在还不会造成太大的伤害。

然而，这个不再与她接近的决定，实施起来却极不容易。他脉搏的每一次跳动，都把他朝苔丝那儿驱赶。

他觉得他应该离开这儿，去看看家里的人。也许能够探出他们的态度。不到五个月，他在这儿的期限就要满了，然后再到别的农庄上待几个月，就会完全掌握农业知识。随后就可以独立经营了。但是，庄稼人是否需要妻子？庄稼人的妻子该是什么样儿的呢？是客厅里的摆设，还是懂得农田活计的女人？尽管这一问题的答案是不言而喻的，但他还是决定回家一趟。

一天早上，塔尔勃塞奶牛场上的人们坐下来吃早饭的时候，有一个女工问：怎么没看见克莱尔先生？

“哦，对了，”克里克老板说，“克莱尔先生回爱敏斯特探望亲人去了，得在那儿住几天呢。”

饭桌上，有四个充满深情的人，她们顿时觉得，早晨的太阳都失去了光泽，鸟儿的歌声也变得嘶哑。但是，没有一个姑娘用言语或行为表露出这种茫然若失的情绪。

“他跟我在这儿学徒的期限快要满了。”老板不动声色地补充说，他不知道，这种不动声色就是冷酷无情，“所以我想，他开始考虑上别的地方了。”

“他在这儿还能待多久？”伊丝问道，在四个忧心如焚的姑娘中，她还敢相信自己的嗓子没出毛病。

另外三个人也焦急地等待着老板的回答，仿佛这一问题维系着她们的生命。蕾蒂张开嘴唇，盯着桌布，玛莲脸上红得发烫，苔丝凝望外面的草场，心口怦怦直跳。

“嗯，具体的日子我记不准了，得看看记事本才行。”克里克答道，仍旧带着令人不能忍受的满不在乎的神情，“不过，那日子也不会一成不变呐。不消说，他会多待几天，看看在干草院里母牛下小牛的情景。依我看呀，他要到年底才能走呢。”

这么说，还有四个多月的时间，可以和他相处一地，既叫人饱受折磨，又令人心醉神迷，真可谓“痛苦与欢乐相互纠缠”[1]。过了那个时间，就是无法形容的茫茫黑夜。

那天早上，当他们在饭桌上谈论的时候，安琪·克莱尔已经骑着马儿在狭窄的道路上行了十英里，他朝爱敏斯特他父亲的住宅骑去，不仅带着老板娘向他父母的问候，还带了她送给父亲的一瓶蜂蜜酒和一些黑香肠——全都装在一个小篮子里。白色的道路在他面前延伸，他双眼一时也不离开路面，其实，他所想的，不是路上的景物，而是来年的计划。他爱苔丝，可他该不该娶她？他敢娶她吗？他的母亲会怎么说？他的两个哥哥会怎么说？过了几年之后，他自己又会怎么说？这得取决于从这番暂时的情感之中是否会萌生至死不变的忠诚，或者说，这得看他是否只是因为她形体美丽而生出一股肉欲，却根本没有始终不渝的性质。

最后，他眼前终于出现了他父亲居住的群山环绕的小镇、都铎王朝时代的红砖教堂塔楼，以及牧师住宅附近的一片树丛。他朝着熟悉的院门径直而

---

1. 引自史文朋（1837—1909）的诗剧《阿塔兰塔在卡吕冬》。

去。进门之前，他朝教堂方向瞟了一眼，只见在主日学校教室门口站着一群女孩子，大的约莫十六岁，小的不过十二岁，显然是在等人。果然过了一会儿，就出现了一个姑娘的身影，岁数比这些女孩子大一些，头上戴着宽边帽子，身上穿着浆得很硬的细纺长裙，手里拿着两三本书。

克莱尔非常了解她。他拿不准这姑娘是否看到了他，希望没有看到，这样他就不必过去打招呼了，她固然是个无可责难的姑娘，但他却极不情愿与她寒暄，因此他就硬以为她没有看见自己。这个年轻的姑娘就是默茜·钱特小姐，是他父亲老街坊、老朋友的独生女儿。他的父母也暗暗盼着将来能娶她做儿媳妇。这位小姐对反律法主义[1]和《圣经》都非常精通，现在显然是去读经班。可是克莱尔的心却已经飞到瓦尔谷，想起了那些并非像默茜这般虔诚，但是却像夏天一般炽热的情深义重的姑娘，想起了她们那溅了点点牛粪、但像玫瑰一般红润的面颊，特别是其中情感最为炽热的一位。

这次决定回爱敏斯特，是出于一时的冲动，所以事先没有写信告诉父母。他本想在准备吃早饭的时候，趁父母还没出门上教堂，赶到家里。可是，他却晚了一点，进门的时候，家里的人早已坐下来吃早饭了。他一走进去，饭桌上的人都跳起来迎接他。这里面有他的父母，有大哥菲利克斯和二哥卡思伯特。大哥是邻郡一个镇里的副牧师，这回是请了不到两个礼拜的假回家的；二哥是一位从事古典研究的学者，是母校的研究员和系主任，这次是从剑桥回家过暑假的。他母亲戴着便帽，架着银丝眼镜。他父亲还和往常一样，诚实，敬畏上帝，有点憔悴，年纪约莫六十五岁，苍白的脸上由于深思远虑而皱纹交错。他们的头顶上，挂着安琪姐姐的照片，比安琪大十六岁，是兄弟姐妹中年龄最大的一个，她嫁给了一个传教士，到非洲去了。

---

1. 反律法主义是一种神学教义，主张基督教徒借助于对耶稣的信仰，不仅可以摆脱摩西的律法，而且可以摆脱普遍意义上的道德准则。

近二十年来，像老克莱尔先生这样的牧师，几乎都已经从现代生活中灭绝了。他是与威克里夫、胡斯、马丁·路德、加尔文[1]一脉相传的嫡派，是福音派信徒中的福音派信徒，从事劝人信教、改恶从善的工作，思想和生活都像使徒一般朴实，他从没有阅历的青年时代起，对于较为深奥的存在这一问题，一下子就彻底确定了自己的见解，从此再也不许推翻自己的结论。甚至连与他年龄相仿、信仰相同的人也认为他太极端，相反，那些完全反对他的人也不自觉地赞赏他的一丝不苟，赞赏他以极大的魄力实践原理，而不顾它是否有问题。他爱塔瑟斯的保罗，喜欢圣约翰，凭借自己的胆量憎恨圣詹姆士，而对于提摩太、提多、菲利门，则是抱着混合的情感。在他看来，《新约全书》与其说是基督颂，不如说是保罗颂，与其说它以理服人，不如说它使人麻醉。他那种宿命论的信念也差不多成了恶癖，就它的消极方面来说，这简直就是抛弃一切的哲学，与叔本华和莱奥帕尔迪的哲学如出一辙。他鄙视《宗教条款》里所强调的教规和准则，认为自己才是始终如一的——这或许倒是真的。只有一点确凿无疑，那就是他很诚恳。

他儿子安琪近来在瓦尔谷里感知的是自然的生活，接触的是鲜美的女性，体验的是异教徒的激发美感的快乐，做父亲的对此一无所知，若是他通过打听或通过想象得知这些，那么他一定会表现出极度反感。有一回，安琪不幸在一时烦躁的情况下，对他的父亲说，如果现代文明的宗教是起源于希腊，而不是起源于巴勒斯坦，那么对于人类，结果要好得多。他父亲听了这话，痛苦难以形容，想象不出这种见解中是否含有千分之一的真理，更不用说百分之五十或百分之百的真理了。事后，他严厉地训斥了安琪好些日子。

---

1. 威克里夫（1320？— 1384），英国宗教改革家；胡斯（1369 — 1415），波希米亚宗教改革家；马丁·路德（1483 — 1546），德国宗教改革的领袖；加尔文（1509 — 1564），法国宗教改革家。

不过，他心地善良，无论对于什么，都不会长久怀恨在心，所以今天看到儿子回家，他便起身迎接，脸上洋溢着孩子般真诚、甜蜜的笑意。

安琪坐了下来，感到这地方像是一个家庭，但他觉得，自己不像从前那样是这个家庭的一员了。他每次回到这里的时候，总是意识到这种分歧，自从上次回到这座牧师住宅以来，他觉得这儿的生活跟他自己的生活越来越格格不入。他家里人有一种超自然的雄心壮志，下意识地相信地球中心论，认为上面是天堂，下面是地狱，对他来说，这种观念如同住在别的星球上的人所做的睡梦。近来，他所看到的只是人生，他所体验的只是热切的生命的搏动，没有偏见，不受信条和教义的控制和束缚，本来嘛，对于那些连运用智慧也只能稍加调节的东西，企图用信条和教义来进行控制，就是徒劳无益的。

就父兄那方面来说，也看到了安琪身上的巨大变化，也觉得他越来越不像以前的安琪·克莱尔。不过，他们所注意到的，主要是外表的变化，特别是他的两个哥哥，他们觉得，他的一举一动，变得越来越像一个庄稼汉了；他的两条腿乱伸乱动，他面部肌肉变得更为富有表情，他眼睛传达的意思，不亚于甚至超过嘴里说出的话语。书生的举止差不多消失殆尽，客厅里年轻人应有的风度更是看不见了。一个学究气的人看到了他，一定会说他言语粗俗，过分拘谨的人看到了他，一定会说他举止粗鲁。这全是因为他和塔尔勃塞的那些大自然的儿女共同生活，受到了他们的感染。

吃过早饭之后，他与两个哥哥外出散步。他这两个哥哥，不是福音派教徒，都受过良好的教育，是完全合乎标准的年轻人，是有条不紊的教育机器年复一年地造就出来的无懈可击的模范。他们俩都有些近视，当别人都时兴戴有链儿的单片眼镜时，他们也戴有链儿的单片眼镜；当别人都时兴戴夹鼻双片眼镜时，他们也跟着戴夹鼻双片眼镜；当人们时兴戴有柄儿的双片眼镜时，他们也立刻就戴有柄儿的双片眼镜。他们只是跟在别人后头，根本不顾自己视力方面的具体缺陷。当别人推崇华兹华斯的时候，他们就随身带着华兹华斯的袖珍诗集；当别人贬低雪莱的时候，他们就让雪莱的诗集在书架上积满灰尘。当人们赞赏柯勒乔[1]的《神圣家庭》时，他们也赞赏柯勒乔的《神圣家庭》；当人们贬低葛雷基欧，说他不及委拉斯凯兹[2]时，他们也一味顺从别人，没有丝毫个人的异议。

如果说他两个哥哥发觉他变得越来越不合世俗，那么他发现他那两个哥哥变得越来越心胸狭隘。他觉得菲利克斯就是教会的化身，卡思伯特就是学院的体现。对菲利克斯来说，教会聚会和主教视察就是世界的主动力，对卡思伯特来说，这一主动力则是剑桥。他们两个都直言不讳地说，在文明社会里，有许许多多无关紧要的局外人，他们既不在大学里，也不在教会里，对于他们，只可容忍，不可重视和尊敬。

他俩都是孝顺、心细的儿子，定期回家看望自己的父母。在神学的变迁中，菲利克斯尽管比他父亲更贴近现代，却没有老头子那样毫不自私自利、富有自我牺牲的精神。每当别人提出反对意见时，只要这一意见有害于别人，他就比他父亲更为宽容，但是，只要这一意见对他的说教是一种轻蔑的时候，他就不及他父亲那样宽宏大度了。卡思伯特嘛，总的来说，心胸豁达一些，但是尽管他更为机灵敏锐，却更加没有心肝。

他们一起走在山坡上，这时，安琪从前的感觉又在心头复活了——他觉得两个哥哥与他相比，不管具有多少优越条件，却没有一个见过真正的世面，享受过真正的人生。也许，他们像许多别的人一样，观察的机会还没有表现的机会多。除了自己和同僚所过的那种风平浪静的生活，他们对于他们生活之外的一切复杂的势力，都没有足够的了解。他们谁也看不到局部真理

---

1. 柯勒乔（1494—1534），意大利画家。
2. 委拉斯凯兹（1599—1660），西班牙画家。

与普遍真理的区别，谁也不知道，在牧师和学者的圈子里所说的话语，完全不同于外部世界的思索。

“安琪，看来你现在只有种庄稼，要不就一事无成了。”菲利克斯顺便对他的小弟弟说道，同时带着忧虑、严峻的神色，透过眼镜，看了看远方的田野，“事到如今，我们也只有往好处想了，不过，我恳求你一定要努力，尽可能地保持道德的理想。当然喽，当了庄稼汉，外表上就粗里粗气，但是，‘崇高的思想和清贫的生活’[1]可以并行不悖呀。”

“当然可以，”安琪说道，“一千九百年以前，不是有人做到了吗？[2]我这是班门弄斧了，请原谅。菲利克斯，你为什么觉得我会丢开崇高的思想和道德的理想呢？”

“呃，是因为看了你的信，还有我们的交谈，所以就觉得你的智力越来越减退了，也许，这只是一种错觉。卡思伯特，你没这么认为吗？”

“好啦，菲利克斯，”安琪冷冷地说，“你也知道，我们是好兄弟，我们各自奔赴在自己的轨道上，但是，至于说到智力嘛，我想你这个知足的教条主义者，最好不要管我，还是检验检验自己吧。”

他们转身下山，准备回家吃饭。他们家的午餐时间是不确定的，通常他们父母什么时候做完教区的工作，就什么时候开始吃饭。无私的克莱尔夫妇只顾为教区工作，不顾下午来访的人是否方便。但是，他们的三个儿子在这个问题上，意见倒是完全一致，都希望父母能够顺应一点现代观念。

他们走路走饿了，特别是安琪，他现在是个在野外干活的人了，吃起饭菜来，已经很粗了，习惯于奶牛场上的那种丰富的“不花钱的宴席”。但是，他们等呀等呀，总是不见父母两人露面，后来，三个儿子等得不耐烦

---

1. 引自华兹华斯十四行诗《朋友呵！我去哪里寻求慰藉？》。
2. 指耶稣。

了，他们的父母才回到家里。原来，这忘我的老两口子上区里的病人家里去了，他们只顾劝说病人多吃几口，好使病人留在肉体的牢狱里，可是却把自己吃饭的事忘得一干二净，这未免有些前后不一致。

一家人围着餐桌坐了下来，几份俭朴的冷盘摆在他们的面前。安琪四下张望，寻找克里克太太送的黑香肠。他曾吩咐过，要照奶牛场上的方法，把黑香肠好好地烤一烤，他很希望父母也像他自己一样，痛快地尝一尝加了佐料的黑香肠的特别美味。

“呃，孩子，你是不是在找黑香肠呀？”母亲问道，“不过，你要是听我说明了理由，你吃不上黑香肠也是不会介意的，正如我和你爹不会介意一样。我们区里有个人，喝酒过量，患了酒狂，眼下不能挣钱养家糊口，所以我就跟你爹说，我们把克里克太太送的黑香肠转送给他的孩子们吃吧，你爹同意了，说那些孩子一定会非常高兴，于是我们就送过去了。你一定不会介意吧？”

“当然不会。”安琪高兴地说，同时又去寻找蜜酒。

“我发现那蜜酒劲儿太大了，”他母亲接着说，“当饮料来喝是很不适合的，不过，生灾害病的时候，用它来应急，倒是不亚于朗姆酒或白兰地，所以，我把它放到药柜里去了。”

“按着老规矩，我们在饭桌上是向来不喝酒的。”他父亲补充说。

“可我回到奶牛场时，该怎么跟老板娘说呢？”安琪问道。

“当然跟她说实话喽。”他父亲说道。

“我倒很想告诉她，说我们非常喜欢她的蜜酒和黑香肠。她呀，爱说爱笑，和和气气的，我一回去，她肯定是会问我的。”

“既然我们没吃没喝，你也就不能那么说。”老克莱尔先生明明白白地回答道。

“呃——不能那么说。不过，那蜜酒可真是玉液琼浆呢。”

“是什么？”卡思伯特和菲利克斯一起问道。

“哦——这是塔尔勃塞奶牛场上的说法。”安琪脸色一红，答道。他觉得他父母不能体察别人的感情是错误的，但他们的做法却是对的，因而，也就没再说什么了。

第二十六章

直到傍晚，家庭祈祷做完之后，安琪·克莱尔才得到机会和父亲谈起一两个心中最感亲切的话题。方才，当他在地毯上跪在两个哥哥身后的时候，一面盯着他俩靴子后跟上的小钉子，一面就已经打好腹稿。祈祷结束后，两个哥哥跟着母亲出去了，屋子里只剩下他和父亲。

年轻人首先与父亲商谈了在英国或在殖民地大规模经营农业的计划。于是父亲告诉他，既然自己没花钱供儿子上大学，那么就觉得自己有责任每年积蓄一笔钱，以备儿子日后买地或租地，这样，就不至于觉得自己过于偏心。

“至于金钱财产嘛，”他父亲接着说，“用不了几年，你无疑要胜过你的两个哥哥。”

既然父亲这么体贴，安琪就趁机把另一件更关切的事情道了出来。他告诉父亲说，他眼下已经二十六岁，若是将来从事农业，除非脑袋后面生出一双眼睛，要不然事情怎么也顾不过来呢，他下地干活的时候，家里一定得有人料理才行呢。这么说，他是不是该娶个媳妇了？

他父亲觉得这种想法倒是合情合理的，于是安琪问道：

“既然要当勤俭耐劳的庄稼汉，那么您觉得我娶什么样儿的妻子最合适呢？”

“一个真正的基督教徒，在你出门进门的时候，她能够帮助你，安慰你。别的嘛，倒是无关紧要。这样的姑娘是能找到的，说真的，身边就有，我那位热心肠的老朋友、老邻居钱特博士……”

“但她首先得会挤牛奶，搅黄油，做奶酪，知道怎样叫母鸡和火鸡孵蛋，怎样养小鸡，遇到意外的时候，知道怎样领人下地干活，而且还能估计牛羊的价钱，您说是不是呀？”

“是的，庄稼人的妻子，当然应该这样。这是理想不过的了。”显然，老克莱尔先生以前没有想到这几点，“不过我还得补充一句，”他说，“依我看，你想找一个纯洁、贤惠的姑娘嘛，倒是有一个对你真正有好处，而且也最合我和你母亲的心意，那就是你以往对她很有兴趣的默茜小姐。固然不错，我邻居钱特的女儿近来跟着周围的年轻牧师赶时髦，在过节的时候，用花儿什么的花里胡哨地装饰神坛，有一回呀，我听见她把这说成祭坛，真让人震惊。但她的父亲像我一样，极不赞成这种胡闹，不过他说这能改得过来。我敢肯定，这只是女孩子一时的淘气，不会永久不变的。”

“不错，默茜是个虔敬的好姑娘，这我知道。但是，父亲，如果有一个姑娘像钱特小姐一样圣洁，虽然在通晓经文方面不如她，可是却像庄稼汉一般懂得农业事务，那么您不觉得对我更为合适吗？”

他父亲坚持认为，他深信庄稼汉的妻子首先要像保罗那样传播仁慈博爱。其次才是通晓农业事务。易于冲动的克莱尔既要尊重父亲的感情，同时也希望实现自己的心愿，因此就表面上顺着父亲的话，他说，现在命运或老天爷已经让一个女人闯入他的生活，作为庄稼汉的贤内助，她是门门够格，而且，性格也端庄稳重。他拿不准她所信的是不是他父亲信奉的低教派，但是跟她讲解，她大概是愿意服理的，她有着单纯的信仰，经常上教堂，心地忠厚，接受能力强，头脑聪明，举止高雅，冰清玉洁，而且长得也是眉清目秀，美得出奇。

“她家和你是不是门当户对呢？简单地说，她是不是大家闺秀？”他们谈话的当儿，他母亲悄悄地走进了书房，吃惊地问道。

“照一般的说法，她不是大家闺秀，”安琪毫不畏缩地说，“我可以自豪地告诉您，她是乡下姑娘。可是，在情感和天性方面，她绝不逊于大户人家的小姐。”

“默茜·钱特可是出身名门啊。”

“呸！出身名门有什么用呢，妈妈？”安琪急忙说道，“像我这样的男人，一直过着艰苦的生活，将来也还得吃苦，娶个这样的富贵小姐，会有什么好处呢？”

“默茜可是多才多艺啊。难道这不是迷人之处吗？”他母亲透过银丝眼镜看着他，回答说。

“这种外表上的迷人，对我将要过的生活有什么用呢？至于她的学识嘛，我是可以给予帮助的。她准是个聪明的学生，您要是了解她，也一定会这么说。她周身洋溢着诗意，她的一举一动都是诗，我想我是可以这么表述的。她把诗人只在纸上写写的诗，活生生地显现出来了……而且我敢说，她是个无懈可击的基督教徒，也许她正是你们希望宣传的那种典型。”

“哦，安琪，你简直在开玩笑！”

“妈妈，对不起。不过，她的确每个礼拜天早晨都要上教堂，的确是个笃信基督的好姑娘，为了这一优秀品质，我敢说，你也不会再计较她的社会地位了，而且还会觉得她是最好的选择呢。”他越说越起劲，越说越诚恳，本来嘛，他看到苔丝和别的挤奶女工做礼拜时，还蔑视她们这种拘于习俗的机械举动呢，因为这种举动与这些大自然的儿女极不协调，他当初做梦也没想到，这一点现在对于他竟有这么大的用处。

老克莱尔夫妇感到烦闷不解的是，安琪所称赞的那个陌生姑娘所具有的美好品质，安琪本人是否具有呢？他们开始感到，至少那姑娘有健全的见解，这是一个不容忽略的优点，特别是这一对的结合，一定是老天爷的旨意，因为安琪选择配偶时，本来不会以按时上教堂作为标准。因此他们最后说，最好不要仓促行事，但和她见见面，他们并不反对。

因此，安琪现在也不提别的详情了。他觉得，他的父母尽管心地单纯，并富有自我牺牲的精神，但是，他们作为中产阶级的人物，存有一定的偏见，需要用点策略，才能将他们攻克。因为他尽管在法律上有权自由行动、自由选择，尽管他们儿媳的身份对他们的生活没有任何实际影响，而且可能还是远离他们的儿媳呢，但是，出于孝心，他希望在他的终身大事上，不要让父母难过。

他仔细思索，觉得把苔丝生平中的这些偶然现象看成是事关重大的特征，本身就是自相矛盾。他爱苔丝，是因为他爱她这个人本身，她的灵魂，她的心地，她的本质，而不是因为她会挤牛奶，会当他的好学生，更不是因为她单纯正统的宗教信仰。她那种天真无邪、坦率质朴的生命，不需要任何世俗的虚饰，就使他为之倾慕。他觉得，家庭幸福依赖于情感和冲动组成的旋律，而教育却对此影响很小。也许，事隔若干年代之后，待到道德教育和智能训练的体系得到改善，能够明显甚至可观地提高人类天性中的自觉的甚至不自觉的本能，那么，教育也许才能发挥作用。但是，直到现在，依他看来，可以说文化只对受到文化熏陶的人，产生了一点表层的影响。由于近来他离开了优雅的中产阶级，而深入了乡村社会，有了和妇女交往的体验，因而这一信念更加坚定。他认识到，一个社会阶层里的聪明贤惠的女子，和另一个社会阶层里的聪明贤惠的女子相比，两者之间没有本质上的差别，而同一个社会阶层里的聪明贤惠的女子，与愚蠢丑恶的女子之间，才有着真正本质上的差别。

他离家回奶牛场的那天早晨，他的两个哥哥早已离家往北方徒步旅行，然后一个回大学，一个继续去当副牧师。安琪本来可以和他们一道，但他一心只想回塔尔勃塞，去和他的心上人相聚一起。若是和两个哥哥一道，他会觉得非常别扭，因为尽管他是三人之中最有眼力的人道主义者、最理想的笃信宗教者、甚至是最博学的基督教研究者，但是他始终觉得他们交谈很不投机，因此感情疏远。无论是对菲利克斯，还是对卡思伯特，他都没敢提及苔丝。

他母亲给他做了一些三明治，父亲骑着牝马，送了他一程。他们一起走在树荫遮蔽的大路上时，由于安琪已经讲完自己的事情，他就心甘情愿、一声不吭地倾听父亲诉说教区工作中的种种难处，他对待别的牧师情同手足，可他们对他却以冷淡相待，因为他把《新约全书》解释得非常严格，他们认为，他的解释是有害无益的加尔文主义。

“说是有害无益！”老克莱尔先生带着和蔼的嘲弄口吻说道，接着他又叙述以前的经历，来证明那些人的观念荒谬无理。他说他曾经使自己教区内的许多坏人弃恶从善，成效惊人，其中不仅有穷人，也有富人，他也坦然承认，有许多人无法转变。

说到后一种情况时，他列举了一个姓德伯维尔的年轻暴发户，住在四十英里之外的特兰岭附近。

“是不是王陴等地方的那家德伯维尔？”他儿子问道，“那是个出奇的衰败了的贵族，还有一个关于四马大车的可怕传说呢。”

“哦，不是。真正的德伯维尔，据我所知，至少在七八十年以前就已经灭绝了。这个好像是袭用了这一姓氏的新家族。我希望他是个冒牌货，免得辱没了从前那些武将的名声。不过真怪，你怎么对古老门第发生兴趣了？我本以为，你并不器重古老门第，甚至比我还出格呢。”

“父亲，您误会我的意思了，您常常这样。”安琪有点不耐烦地说，“在政治上，我对古老门第的优越性表示怀疑。他们中间的一些聪明人，还像哈姆莱特那样，‘大声反对自己的继承’。不过，说到诗情画意、戏剧性甚至历史意义，还是很能引起我爱慕的。”

这种区分尽管并不细微，可是老克莱尔先生觉得太难以辨别，于是他继续讲述他刚才要讲的故事。说是那个冒牌的老德伯维尔死后，年轻的儿子就放荡不羁，荒淫无耻，其实他有一个瞎眼的母亲，这一情形本该让他有所收敛。有一回，老克莱尔先生在那块地方传道的时候，听说了这件事。他就利用这一机会，对这个罪人进行了灵魂方面的开导。尽管他是个外人，该地区不属于他应管的范围，可他觉得这是他的天职，于是就使用《路加福音》里的话，对他进行开导：“你这个愚人，黑夜将勾取你的灵魂！”年轻人对这种单刀直入的攻击非常愤恨，事后碰到老克莱尔先生时，不顾他白发苍苍，当众把他狠狠地侮辱了一番。

听到这里，安琪满脸通红，非常难过。

“亲爱的父亲，”他悲哀地说，“您以后不要在这般恶棍身上自寻烦恼！”

“自寻烦恼？”他父亲说道，布满皱纹的脸上放出自我克制的光泽，“我只是替那个可怜的、愚蠢的年轻人而苦恼。你想想看，别人骂了我，甚至打了我，能给我带来烦恼吗？‘被人咒骂，我们就祝福。被人逼迫，我们就忍受。被人毁谤，我们就善劝。直到如今，人家还把我们看作世界上的污秽，万物中的渣滓。’[1]这些对哥林多人说的古语名言，现在看来还非常真切。”

“没打您吧，父亲？他没动手打您吧？”

“没有，他没打。不过，我吃过疯狂的醉汉的拳头。”

“真的？”

“好多次了，孩子。那算得了什么？我把他们从谋杀自身血肉的罪孽中

---

1. 引自《圣经·新约·哥林多前书》第 4 章第 12—13 节。

拯救出来，从此他们活着就是感谢我、赞美上帝。”

“真希望那个年轻人也像这些人这样！”安琪热情地说，“不过从您刚才说的来看，恐怕他是本性难改啊。”

“不过我们仍然希望他改邪归正。”老克莱尔先生说，“也许，我和他这辈子再也不会碰面了，但我依旧为他祈祷。或许有一天，我那些可怜的话语会像种子一样，在他的心田萌出芽儿，生长壮大。”

现在，老克莱尔和往常一样，像孩子一般满怀希望；他的儿子呢，尽管不能接受父亲褊狭的教条，却不能不佩服他的身体力行，认为他外表是个虔敬的牧师，而内里是个勇敢的英雄。也许，他现在比以往任何时候都更加崇敬父亲，因为在提及有关苔丝这一婚事的时候，父亲一次也没问起她的经济状况。安琪也正是出于这种不谙世故的精神，才心甘情愿地务农，他的两个哥哥大概也正是出于这种精神，才甘心当一辈子穷牧师，尽管如此，安琪还是格外敬仰父亲的这种精神。的确，安琪尽管不信正教，但他时常觉得，在人性方面，他和父亲最为接近，而两个哥哥却不是这样。

第二十七章

安琪·克莱尔顶着正午的烈日，一忽儿上山，一忽儿下坡，已经骑了二十多英里路，下午，他到了塔尔勃塞以西一两英里路的一个孤山上，从这儿他又看到了那潮湿滋润、一片碧绿的瓦尔谷或富润谷。他刚一离开山岗，踏上淤积的肥沃的土地，轻盈的空气就立刻变得凝重，夏天的果实、薄雾、干草、鲜花，全都喷放出倦怠的芬芳，四处弥漫，此时此刻，似乎把鸟兽、牲畜、蜜蜂和蝴蝶都熏得昏昏欲睡。克莱尔现在对于眼前的这番景色，已经非常熟悉，那些点缀在草地上的牛虽然离他还很远，他却能叫出它们各自的名字。他在这里以他在学生时代完全陌生的方法，从生活的内部观察过生活，他认识到自己具有这般能力，不免感到扬扬得意。尽管他很爱父母，但是，过了一段家庭生活之后，像现在这样又来到这里，他不禁觉得一阵轻松，如同摆脱了累赘。在这块地方，没有一点英国乡村社会的陈规陋习的桎梏，塔尔勃塞并没有久住不动的地主。

奶牛场上，户外一个人影也没有。大伙儿像往常一样，都睡午觉去了，因为在夏天，清晨很早就起床，午后非得睡上一两个钟头。门口，许多木桶挂在削了皮的多叉的橡树上，就像帽子挂在帽架上，这些木桶由于无数次的擦洗而变得又湿又白，现在它们全都擦得干干净净，预备傍晚挤牛奶用。克莱尔走进屋，经过静悄悄的通道，到了屋子后面，停住脚步听了一会儿。从睡着几个男工的车房里传来持续不断的鼾声，从更远的地方传来怕热的猪发出的呼噜呼噜的叫声。叶儿很大的大黄和卷心菜也酣然入睡，它们那宽大柔软的叶面，垂在日光之下，仿佛是半掩半开的伞。

他松下马的辔头，上好草料，又回到屋里时，钟正好敲了三下。三点是下午撇奶油的时间，所以钟声一敲，克莱尔就听见楼上的地板咯吱作响，接着又听到了下楼的脚步声。这正是苔丝的脚步声，不一会儿，她就出现在他眼前。

她没有听见他进屋的声音，更没有想到他会在楼下。他看到她正打着呵欠，看到她嘴里面鲜红鲜红的，像蛇的嘴一样。他看到她伸了个懒腰，看到她把一只手高举在盘起来的头发上，看到了她胳膊上没被太阳晒黑的那部分肌肤，细软娇嫩，像缎子一般光洁。她睡眼惺忪，脸上红扑扑的。她的天性从她身上向四处漫溢开来。在这一时刻，一个女人的灵魂，比其它任何时刻都更加活灵活现，最空灵的美也变得有血有肉，最抽象的性也有了外在的形式。

这时候她脸上的其他部分还没有完全醒过来，可她的双眼却透过惺忪的状态，放射出缕缕光芒。她的神色显得既高兴，又有点羞涩和惊奇，她大声嚷道：

“啊，克莱尔先生！你可吓了我一跳哇——我……”

一开始，她没有意识到，由于克莱尔向她表白过爱情，他们两人的关系已经跟以前不一样了；但是，当克莱尔脉脉含情地走到楼梯跟前时，她的脸上才表现出，她现在已经充分意识到新的关系了。

“苔丝，亲爱的苔丝！”他低声说着，伸出手臂把她搂在怀里，脸贴着她那发烫的面颊，“看在上帝的面上，别再称我先生了，我这么早就匆匆忙忙跑回来，全是为了你呀。”

苔丝那颗易于激动的心，紧贴着他的心，怦怦直跳，表示回报。他们就这样站在楼梯口的红砖地面上，克莱尔把苔丝紧紧地搂在怀里，阳光透过窗户，斜射进来，照在克莱尔的背上，也照在苔丝低垂的脸上，照在她太阳穴的青筋上，照到她裸露的胳臂和脖子上，同时照射进她满头秀发的深处。她是和衣睡觉的，所以她全身暖烘烘的，像在阳光下晒过的猫一样。起初，她不敢抬头正眼看他，但不一会儿，她就抬起眼睛，瞅着他，那样子，仿佛是夏娃第二次醒来看亚当，他呢，也用双眼探测她那变幻莫测、深不见底的瞳仁，只见其中不断地放射出一缕缕蓝色、黑色、灰色和紫色的光线。

“我得去撇奶油了，”她找借口似的说，“今儿只有老黛博拉一个人帮我。老板娘和克里克先生一道赶集去了，蕾蒂身体不太舒服，别的人也东的东、西的西，不到挤奶的时候都不会回来呢。”

当他们走向牛奶房的时候，黛博拉出现在楼梯上。

“黛博拉，我回来啦。”克莱尔先生仰起脸来说道，“这样，我可以帮苔丝撇奶油了，我敢说，你已经很累了，就不必下来了，歇到挤牛奶的时候再下楼吧。”

也许，塔尔勃塞的奶油，那天撇得马马虎虎。苔丝仿佛身处梦境一般，平日里了如指掌的东西，现在似乎只有了光与影以及朦胧的位置，而没有特别的形体。每当她把撇油勺子拿到水龙头下浸凉的时候，她的手就老是颤抖。克莱尔那炽热的情感几乎炙手可热，苔丝在他面前畏缩退避，就像火热的太阳底下的一株植物。

接着，他又把她紧搂在自己的身边，她用手指抹净挂在铅盆边上的奶油，而他则用天然的办法舔净她的手指，塔尔勃塞奶牛场的无拘无束的生活方式，现在正好适用。

“亲爱的，迟说不如早说吧。”他又温柔地说道，“我想问你一件具有实际意义的事情，自从上个礼拜在草场上那天起，我就一直想着这件事。我打算不久就成家，不瞒你说，我既然是个庄稼人，也就需要那种通晓田庄管理的女人做我的妻子。苔丝，你愿意当那个女人吗？”

他说这番话时，竭力沉住气，免得苔丝以为他是全凭一时冲动而说出大脑不会赞同的话。

苔丝显得非常忧伤。她已经意识到，两人这般贴近，必然的结果就是爱上他，但她没有料到，克莱尔会这般突如其来地向她提出必然导致的婚姻问题。的确，克莱尔自己也没打算这么早就向她求婚。她作为一个诚实的女人，嘟嘟囔囔地说出了不可避免的发过誓的回答，尽管说话时的悲苦绝不亚于离别人世时的疼痛。

“哦，克莱尔先生……我不能做你妻子……我不能！”

苔丝自己所作的这个决定仿佛把自己的心都撕裂了，她悲痛地垂着头。

“可是，苔丝！”克莱尔听了苔丝的回答，觉得十分惊奇，把她搂得比先前更紧了，“是你在说‘不能’吗？你肯定是爱我的呀？”

“哦，是的，我是爱你的！我宁愿做你的女人，而不愿去爱世界上的任何别的男人！”这个无比悲痛的姑娘发出了诚恳、甜蜜的声音，“但是，我不能与你结婚！”

“苔丝，”他边说边伸直了搂着她的手臂，“你是不是跟别人订过婚了？”

“没有，没有！”

“那你为什么拒绝我呀？”

“我不想结婚！我没考虑过这桩事。我不能结婚！我只想爱你。”

“可是，这是为什么呀？”

被逼到这种只好寻找借口的地步，她便结结巴巴地说：

“你父亲是名牧师，你母亲也不愿意让你娶我这种人。她要你娶的是大户人家的小姐。”

“胡扯——我已经对他们两人都说过了。这就是我这次回家的部分原因。”

“我觉得我不能结婚——不能，永远不能！”她重复地说。

“我的美人儿，这件事是不是问得太突然了？”

“是的，我根本没有料到。”

“那你就别挂在心上吧，苔丝，我会给你时间的。”他说，“你说得对，刚一回来，就立刻跟你说这件事，太性急了。好吧，我一时不再提了。”

她又拿起发亮的撇油勺子，放到水管下，重新干起活来。但是，她不能像往常那样恰到好处地撇到奶油的底层了，她竭尽所能，然而，不是撇进牛奶里，就是撇在空气中。她几乎什么也看不见，伤心的泪水蒙住了双眼，而那件伤心的事情，她对她这个最好的朋友、最亲近的保护者，是永远无法解释的。

“我无法撇了，无法撇了！”说着，她把头掉了过去。

体贴的克莱尔为了不再使她焦虑，不再妨碍她干活，就以平平淡淡的口气与她交谈。

“你完全看错我的父母了。他们都是非常朴实的人，根本没有什么野心。福音派的信徒已经所剩无几了，他们是其中的两个。苔丝，你也是福音派的信徒吗？”

“我不知道。”

“你不是按时上教堂嘛，而且，我听说我们这儿的那个牧师并不属于高教派。”

苔丝虽然每个礼拜都上教堂，听那位牧师讲道，但是，至于他究竟属于哪一派，她似乎比一次也没听过他讲道的克莱尔还要模糊不清。

“我真希望我在教堂里能够静下心来，专心听讲，可是做不到，”她笼统地说，“所以，我时常很难过。”

她说这番话时，显得非常真挚，因此克莱尔心想，即使苔丝不知道自己信的到底是高教派、低教派还是广教派，他父亲也绝不会因她的宗教立场而反对她。他自己知道，实际上，她这种显然在孩提时代形成的混乱的信仰，要是说稍有区别的话，那么就是在措辞方面拥护牛津运动[1]，而实质上则是泛神论。但是，不管混乱与否，他是极不愿意对此过问的：

> 妹妹祈祷时，你别去打扰
> 她早年的天堂和幸福的见解；
> 也不要用阴郁的暗示去混淆
> 她生命中的音乐般的和谐。[2]

他从前偶尔觉得，这段忠告尽管富于音乐性，但并非诚实可靠，而现在

1. 牛津运动是1833—1841年在牛津大学发生的宗教运动，主张国教归向天主教。
2. 引自丁尼生《悼念集》第33首第2节。

他是乐意遵奉了。

他接着谈起了回家探亲的详情，谈起了他父亲的生活方式以及对种种原则表现出的热忱，她平静了下来，也不再因心绪波动而撇不准奶油了，她撇完一盆又一盆，安琪也跟着拔出塞子，放出牛奶。

“你刚进屋的时候，我觉得你好像有点垂头丧气的。”她冒昧地说，只想把话题从自己身上岔开。

“是的，哎，我父亲跟我讲了许许多多他的难处，我听了之后心里很不好受。他是个热衷于自己理想的人，从与他观点不同的人那里遭受到了许许多多的怠慢和打击，他那么大年纪了，我听到别人对他如此羞辱，心里真不是滋味，尤其是当我想到他这般热心也毫无用处的时候，我心里就更不好受。他跟我说起最近发生的一件很不愉快的事情。他作为一个宗教团体的代表，到离这儿四十英里的特兰岭附近地区去讲道，在那儿遇到了一个行为放荡、玩世不恭的年轻人，他就担起责任，想劝这个青年改邪归正。这是那儿的一个地主的儿子，母亲是个瞎子。我父亲就直截了当地对那个年轻人进行劝导，没想到闹起了一场乱子。依我看呀，我父亲真是太傻了。明明知道，对那种人，讲也是白搭，可他硬要自找麻烦。无论什么事情，只要他认为他有责任去做，他就非做不可，根本不管时机是否适宜，这样，他自然就结下很多冤家对头，其中不仅有绝对邪恶的人，也有不愿受人烦扰的品行放荡的人。可他却说，受辱就是他的光荣，并认为善良的劝导准会间接地产生影响。但是，我仍旧希望他不要那样自寻苦头，他如今已经上了年纪，让那些猪猡在泥沼中打滚好啦。”

苔丝的脸上露出生硬、憔悴的神色，红润的嘴唇也显现出凄楚悲凉，但她没有颤抖。克莱尔的思绪又转到父亲身上去了，所以没有特别注意苔丝。于是他俩又继续干活，直到撇完了那一长串装着牛奶的长方形盒子，并且把牛奶都放出来了。这时，别的女工回来了，提起了牛奶桶，黛博拉也来了，她把铅盆烫洗了一遍，预备再盛牛奶。当苔丝要去草场挤牛奶的时候，克莱尔轻柔地问她：

“苔丝，我问的那桩事行不行呀？”

“哦，不，不行！”她更加绝望地答道，因为她刚才听了有关亚雷克·德伯维尔的放荡行为，不由得又想起了自己伤心的往事，“我做不到！”

苔丝出了门，朝草场走去，三步两步就和别的女工们到了一起，仿佛是要让户外的空气驱走她心中的抑郁。所有的姑娘都朝远处母牛吃草的地方走去，这群姑娘走起路来，像野兽一般勇猛，豪放不羁，只有在漫无边际的大自然中生活惯了的女性，才会有这种放任自由、无拘无束的动作，她们在大气中那般逍遥自在，就像游泳的人随波逐浪似的。因为苔丝又出现在眼前，克莱尔觉得，从无拘无束的自然中选择配偶，而不是从矫揉造作的人间选择，更是自然而然的事。

第二十八章

苔丝的拒绝，尽管出乎意料，但并没有使克莱尔完全灰心丧气。他与女性交往的经验足以使他认识到，女人在这方面的否定回答常常是肯定回答的序曲。然而，他的经验也实在太少，所以他不知道，目前这一次的否定回答完全不同于其他女人的忸怩作态。他只是觉得苔丝早已允许他向她求爱，这就是一种格外的保证，可他不完全明白，在田野和牧场上，“无结果的叹息”[1]绝不能

1. 引自《哈姆莱特》第2幕第2场。

被视为枉费心机，在这儿，女人常常不大经过周密考虑，为了爱情本身的甜蜜而接受男人的求爱，这不同于那个雄心勃勃的烦恼的世界，因为那个世界里的姑娘只是渴望成家立业，所以有了不健全的身心，不想把情感作为最终目的。

“苔丝，你作否定回答时，态度干吗那么坚决？”几天之后，他向她问道。

她猛吃一惊。

“别问我。我已经将部分原因跟你说了。我不够格，配不上你。”

“怎么配不上？因为不是豪门大族的小姐？”

“是的，差不多是这样。”她喃喃地说，“你家的人一定看不起我。”

“你把他们看扁了——我父母亲不是那号人。至于我两个哥哥嘛，我毫不在乎……”他紧紧抱着她的腰，不让她溜掉，“听着，亲爱的，这不是你的真心话，对吧？我敢说一定不是！你已经把我弄得坐卧不安，无法看书，无法游玩，无法做任何事情。我并不着急，苔丝，但我想知道，想从你温润的嘴中得知，将来总有一天，你将成为我的女人，到底是什么时候，任你选择，但是总有一天吧？”

她只是摇了摇头，把目光从他身上移开了。

克莱尔仔细端详着她，认真研究她的面部神情，仿佛在辨认象形文字。她的拒绝似乎是真的。

“那么我就不该这么搂着你了，是吧？我对你没有权利了——没有权利找你，也没有权利跟你逛来逛去了！告诉我，苔丝，你是不是爱上别的人了？”

“你怎么问得出这种话？”她边说，边继续抑制自己的感情。

“我也差不多知道你没有那种事。可是，你为什么要拒绝我呢？”

“我没有拒绝你呀。我喜欢你——喜欢你对我说你爱我，你跟我在一块的时候，可以一直对我说你爱我，绝不会惹我生气的。”

“可你不愿接受我当你的丈夫？”

“呃，那可不是一码事了。亲爱的，我不肯嫁给你，完全是为你好啊，真的！哦，相信我的话吧。全是替你着想啊！我知道，我只要答应嫁给你，那真是我最大的幸福啊，我之所以放弃这份幸福，是因为——是因为我深信我不能答应你。”

“可你会使我幸福呀！”

“啊——你这么想，可你并不明白啊！”

每当这样的时刻，克莱尔总是以为苔丝之所以拒绝，是因为她很谦卑，觉得自己在待人接物、社会交际等方面还很不够格，所以他就一个劲地说她见识广博，多才多艺——此话的确不假，她生来伶俐敏慧，加上对他那么崇拜，所以他说话的腔调、他所用的字眼、他广博的知识，都让她断断续续学会了许多，达到了令人吃惊的地步。每当经过这样温柔的论争，她获胜之后，她总要独自离开，如果在挤奶的时候，她就跑到最远处的奶牛身下，如果是在闲散的时候，她要么躲进草丛之中，要么溜进自己的房间，暗自唏嘘，尽管不到一分钟之前，她还故作冷淡，表示拒绝。

苔丝一直跟自己进行可怕的斗争。她自己那颗心如此坚决地站在他那一边，这样，两颗热烈的心对抗着一点可怜的道德，她尽了自己的每一份力量，试图保住自己的决定。她是下定决心才来塔尔勃塞的。她无论如何也不能同意嫁人，免得让丈夫在娶了她以后又痛恨自己瞎了眼睛。她坚持认为，她在头脑清醒的时候所作出的决定，现在不能轻易推翻。

“为什么没有人把我的往事告诉他呢？”她说，“那地方离这儿只不过四十英里远啊，那桩事为什么传不到这里呢？我想，一定有人知道！”

然而，似乎没人知道，也没有人告诉他。

又过了两三天，谁也没再说什么。她从同屋伙伴的悲哀的面容可以猜出，她们不仅把她看成是克莱尔喜欢的人，而且还把她看成是他选中的人，可她们本该看得出来，她并没有让自己进入他的轨道呀。

苔丝以前从未体验到，她的生命之线明显地分成两股，一股是纯粹的快乐，一股是纯粹的痛苦。第二回做奶酪的时候，又剩下他俩在一起了。老板本来也在帮忙，但是，老板和老板娘近来似乎看出了这两个人彼此爱慕，尽管他们两人谨小慎微，外人只不过有一点儿猜疑罢了。但是，老板还是避开了他们。

他们正在把一块块凝乳掰开，放进桶里。这一动作，就像把大量的面包弄成细屑。在洁白的凝乳衬托之下，苔丝的双手好像是粉红色的玫瑰。安琪正把一撮一撮的凝乳装进桶里，装着装着，他突然停住，把手平放在她的手上。苔丝的衣袖高高地卷在胳膊肘之上，因此，他弯下身子，亲吻了一下她柔润的胳膊上的内侧血管。

尽管九月初的天气还很闷热，但是她的胳膊由于沾着凝乳，他亲吻时觉得又湿又凉，就像新采的蘑菇一般，而且还有奶水的滋味。不过，她十分敏感，他的嘴往她身上一碰，她的脉搏就立刻加快速度，热血涌上了指尖，原先那凉爽的手臂，一下子变得滚热。接着，她抬起了双眼，仿佛自己的心灵说起了话："现在还有必要羞羞答答吗？男人与女人之间，该真诚就得真诚，就像男人与男人之间一样。"因此她把发热的眼光忠诚地射进他的眼睛，她的樱唇也微微张开，温柔地莞尔一笑。

"苔丝，你知道我为什么亲你吗？"他问道。

"因为你非常爱我！"

"是的，同时也标志着向你进一步恳求。"

"又来了！"

她突然露出害怕的神色，怕自己抵挡不住自己强烈的愿望。

"啊，苔丝！"他接着说，"我简直不明白你为什么这样逗弄我。为什么你要使我如此失望？你几乎像是一个卖弄风情的女人了，我敢说，就像是都市里地地道道的卖弄风情的女人！她们也正像你一样，冷一阵子，热一阵子，叫人琢磨不透。真没料到，在塔尔勃塞这样偏僻的地方，也会碰到这种事……”这时，他发现这番话伤了她的心，就急忙补充说，“不过，亲爱的，我知道你是有史以来最诚实、最纯洁的姑娘。我怎么能把你看成风骚女人呢？苔丝，如果你真的像你表现的这样爱我，那么，你为什么不喜欢做我的妻子呢？”

“我从来没说我不喜欢呀。我是绝不会这么说的，因为这不是实情！”

她的克制已经到了不能承受的地步，她的嘴唇开始颤动，因此她只好跑开。克莱尔伤透了脑筋，感到茫然不知所措，他跟在苔丝后面跑了起来，在过道上把她捉住了。

“跟我说，跟我说！”他忘了满手的凝乳，充满深情地把她拉到身边，对她说，“你一定得跟我说，除了我，你永远不属于任何别的男人！”

“我跟你说，我会跟你说的！”她大声嚷道，“你若是现在放我走，我会给你一个圆满的回答。我会把我的遭遇，我的一切，全都跟你说！”

“亲爱的，你的遭遇？哦，当然喽，总归有一些。”他盯着她的脸，用充满爱怜的逗弄口吻说，“我的苔丝嘛，毫无疑问，所经受的遭遇差不多不亚于今天早上在园子里初次开放的牵牛花。反正你跟我说什么都可以，只是不要说配不上我之类的讨厌的话。”

“我尽量不说！我明天会把我的理由全都告诉你——不，等下个礼拜吧！”

“礼拜天怎么样？”

“好吧，就礼拜天吧。”

她终于走掉了，她一直走到奶牛场尽头处的柳树丛中，才停住脚步。在这截了梢的严严密密的树丛中，别人无法看见她。苔丝一下子趴倒在树下瑟瑟作响的青草上，如同趴倒在床上一样，她蜷缩着身子，心口怦怦地跳动，悲痛之中又夹杂着一阵阵短暂的喜悦。她为必然的结果而恐惧，但是，这恐惧也抑制不住喜悦的感觉。

实际上，她对他的要求正趋于默认了。她胸口的每一次呼吸，她血液的每一次流动，她脉搏的每一次颤动，都是一声呼唤，和人的天性联合起来，反抗她的重重顾虑。不必迟疑不决，应该毫无顾忌地接受他，在神坛前和他结合，怀着可能不会被他识破的侥幸心理，一点口风也不向他透露，没等痛苦临头，先让自己尽情地享受——这就是爱情的忠告。苔丝的心头几乎掠过一阵可怖的狂喜，因为她推测到，尽管好几个月来她独自进行自我惩罚，自我斗争，反复苦思冥想，做好了将来过严格的独身生活的计划，但是，爱情必将战胜一切。

下午的时光慢慢流逝，她仍然躺在柳树丛中。她听见从橡树杈上取桶的咯咯响声，也听见把牛往一块赶的“喔喔”的吆喝声。但她没有起身去挤牛奶。她若是去了，人们一定能看出她激动不安的样子，老板只会认为这是爱情所致，因此会善意地对她取笑，而那种折磨她承受不了。

她的恋人一定猜出她那过度激动的心情，编造了几句她没有露面的借口，因此，没有人问起她，也没有派人找她。六点半的时候，太阳落山了，天空被辉映得好像是巨大的熔炉。不一会儿，异乎寻常、形同南瓜的月亮从东方冉冉升起。那一棵棵没有了树梢的柳树，由于频繁的砍伐，失去了自然的形态，背着月光立在那儿，就像一个个满头生刺的怪物。直到这时，苔丝才走进屋里，摸黑上了楼。

礼拜三就这样过去了。礼拜四来临了，克莱尔心事重重地从远处看着她，却不走上前去打扰她。玛莲和别的住在场里的女工们似乎都在猜想，肯定有件事情正在进行之中，因为她们在卧室里不轻易与她搭腔。礼拜五过去了，礼拜六也快要过去了。明天就是约定的日子了。

“我会屈服的——我会答应的——我会让自己嫁给他了——我无法克制

了！”那天晚上，当她听到另外一位姑娘在睡梦中哀叹地唤着克莱尔名字的时候，她把滚热的脸贴在枕头上，怀着妒意气喘吁吁地说，“除了我，不能让任何人得到他！可是，那件对不起他的事，要是让他知道了，也许会要他的命哪！啊，我的心哪——唉——唉！”

第二十九章

第二天，克里克老板坐下来吃早饭的时候，带着打哑谜的神色，望着正在咀嚼的男男女女，问道：“听着，你们猜猜看，我今儿早上听到谁的消息了？”

人们一个接一个地猜着。只有老板娘没有吭声，因为她早就知道了。

“好吧，我告诉你们吧，”老板说道，“就是那个有气无力的浑小子，那个狗娘养的杰克·多洛普。他最近跟一个寡妇结婚啦。”

“真是杰克·多洛普？那个恶棍——干出那种事！”一个男工说道。

这个姓名一下子钻进了苔丝的脑中，正是这个小子欺负了自己的情人，后来又被情人的母亲在搅乳机里狠狠地摇了一通。

“他说话算数，娶了那个凶猛的老婆子的女儿？”安琪·克莱尔心不在焉地问道。他这时正坐在老板娘为尊重他而特地为他安排的小桌子旁边，随手翻阅着一份报纸。

“没有，先生。他压根儿就没想娶她。”老板答道，“我刚才已经说了，他娶的是一个寡妇，她有钱，好像每年有五十镑左右的收入，他所追求的也正是这个。他们急急忙忙地就结了婚，没想到婚后那寡妇对他说，她因为嫁了人，那一年五十镑的收入也就没有了。你们想想看，那位先生听到这个消息，心里头该是什么滋味！打那时起，两人闹得不可开交，简直不是人过的日子！那个小子也活该。只是苦了那个女的。”

“嗨，那个傻东西应该早点告诉那小子，说她第一个男人的鬼魂会缠住他的。”老板娘说道。

“是啊，是啊，”老板踌躇地答道，“不过，真实情景你还看不清楚吗？她一心想着成家，所以不愿莽撞，生怕被他甩了。姑娘们，你们看是不是这么回事呀？”

他向那几个姑娘扫了一眼。

“她应该在准备去教堂的时候，说给他听，这时他就没法儿变卦了。”玛莲大声地说。

“是的，应该这样。”伊丝赞同道。

“她一定早就看出了他图的是什么，根本不该答应他。”蕾蒂非常激动地嚷道。

“亲爱的，你的看法呢？”老板向苔丝问道。

“我觉得她应该——把实情讲给他听，要么干脆不答应他——不过，我也说不清楚。”苔丝答道，同时，嘴里的面包和黄油噎了她一下。

“傻瓜才这么做。”贝克·克尼布斯说道，她是住在附近农舍的已婚的短工，“俗话说，在情场上和战场上，一切手段都正当。要是我呀，一定像她一样跟那个男的结婚，我跟头一个男人所做的事情，一点也不向他透露，他要是啰里啰嗦，埋怨我事先没有跟他说，我就拿起擀面杖，把他打得趴倒在地上。像他那么个瘦小东西，哪个女人都能对付得了。”

听了这番俏皮话，大家发出一阵哄笑，苔丝为了迎合大家，也苦笑了一下。在别人看来是喜剧的东西，对于她却是悲剧，她简直忍受不了大家的欢笑。她很快从桌边站起身来，因为意识到克莱尔会跟着她来，她就走上了一条蜿蜒的小路。一会儿走在水渠这边，一会儿拐到水渠那边，最后，她在瓦尔谷的主要河流旁边伫立下来。这时节，河的上游正在打水草，所以，一堆一堆的水草从她眼前漂过，仿佛是移动着的长满毛茛的绿色岛屿，她若是跨上去，都几乎不会下沉呢。河道上，钉了许多木桩，来阻挡牛群过河，这些木桩上挂了许多流不过去的水草。

是的，这就是痛苦所在。把自己的往事说出来，这对于一个女人，是最沉重的十字架，而对于别人，不过是一件笑料。这就好像看到别人殉难也要嘲笑似的。

“苔丝！”她身后传来一声呼唤，接着，只见克莱尔跳过了小沟，站到了她的跟前，“我的太太！你不久就是我的太太了！”

“不，不！我不能做你的太太！哦，克莱尔先生，我不答应你，全是替你着想啊！”

“苔丝！”

“我还是不能答应你！”她重复说道。

克莱尔本来没有料到这样的答复，所以他说完那句话后就伸出手臂，轻轻地搂住了她披散的头发之下的纤腰。（这儿的年轻女工，包括苔丝，在礼拜天早晨总是披着长发，吃过早饭上教堂时，她们便把头发高高地盘起来。平日里挤牛奶时，要把头贴在牛身上，她们就不梳这种发型了。）假若她不是拒绝，而是答应，那么他一定会亲吻她，他原先显然拿定了这个主意。可是，她断然的拒绝阻止了他那颗谨慎多虑的心灵。克莱尔觉得，他们目前住在同一个场子里，彼此之间天天见面，这种情形，对于苔丝这样的女孩子，是极其不利的，若是在其他情况下，她只要不愿与他亲近，就可以避而不见，但现在却躲也躲不开，所以，对她施加任何压力都是不公平的。他松开了暂时搂着她腰肢的手，忍着没去吻她。

这一松手便扭转了局面。这一次，她之所以拒绝他，完全是因为老板讲的那个寡妇的故事给了她力量，只要再过一会儿，她就坚持不住了。但是，克莱尔却什么也没说，他带着困惑不解的神色，走开了。

他们仍是一天又一天地碰头见面，只不过没有以前那么频繁。就这样，又过去了两三个礼拜。很快就是九月底了，她从他的眼神里可以看出，他也许又要向她求婚了。

现在，他计划采取的步骤有所不同，仿佛他认定，她的拒绝毕竟只是出于羞怯，出于年轻。陡然面对求婚，未免感到惶惑。每当提及这一问题，她的态度总是躲躲闪闪、含糊其辞，这一点更使他确信自己的猜想。于是，他做得更加耐心，更加体贴，尽管没有动手动脚，没有和她拥吻，但是却费尽唇舌，对她畅叙衷肠。

克莱尔就这样坚持不懈地向苔丝求爱，无论是在挤牛奶、撇奶油、搅黄油、做奶酪的时候，还是在看孵小鸡、下小猪的时候，他都像奶水潺潺地流淌一般，不断地发出柔声细语的求爱。从来没有一位挤奶女工，像苔丝这样受过如此缠绵悱恻的追求。

苔丝知道，她一定会挺不住的。无论是从宗教的意义上她认识到前一次的结合具有一定的道德效力，还是从良心上她觉得应该坦率地说出一切，都难以使她再挺下去了。她对他一往情深，爱得刻骨铭心，在她的心目中，他超尘脱俗、不同凡响。她虽然没有受过良好的教养，但天资聪颖，从内心深处渴求他的保护和指导。这样，尽管苔丝反复不停地对自己说"我不能做他的妻子"，但是，说了也是白搭。这种话正好证明，她已经难以把持自己，因为一个稳健的人，用不着如此费劲地反复陈述。每当她听到克莱尔旧话重提，她心里不免又惊又喜，激动不安，她害怕自己改口，又渴望自己改口。

他的态度仿佛无懈可击，似乎无论在什么样的情况之下，无论她有什么样的变更，无论她蒙受什么样的罪名，无论她有什么样的事情暴露无遗，他都会照样爱她，照样疼她，照样保护她。（其实，哪个男人的态度不是这样？）她从他的态度中得到了温暖，心中的郁悒慢慢地减少。与此同时，日子已近秋分时节，尽管天气还很晴朗，但白昼越来越短。奶牛场上干早班活时，早就开始点起蜡烛了。一天早晨，在三四点之间，克莱尔又一次向苔丝求婚。

那天，她像往常一样，穿着睡衣，跑到他门口叫他起床。接着，她又回到屋里，穿好衣服，叫别人起床。十分钟之后，她手里拿着蜡烛，走到了楼梯口。在这同一时刻，克莱尔穿着衬衫从阁楼上走下来了，他伸出手臂，拦住了楼梯口。

“嗨，卖俏的小姐，”他用命令的口气说，“你先别下楼，请听我说。自我上次跟你说过之后，又过去了两个礼拜，再也不能这样拖下去了。你必须告诉我，你到底是什么意思，否则，我只得离开这块地方。刚才，我的门半开半掩着，我看到你来着。为了你的安全起见，我必须走。你简直不知道。怎么样？你总该答应我了吧？”

“克莱尔先生，我刚刚起床，你就找我的岔子，未免太早了吧！”她噘嘴板脸地说，“你不该称我为卖俏的小姐。这种叫法既不准确，也令人痛心。你多少再等些日子吧。求你等一等了！我一定把事情的来龙去脉认认真真地想一想。现在你让我下楼吧！”

她把蜡烛擎在一边，强作笑容，以此来消除她话中的严肃性，看起来，还果真有点卖俏的样子呢。

“那么你别称我克莱尔先生。叫我安琪好啦。”

“安琪。”

“为什么不叫我最亲爱的安琪？”

“我这么一叫，不就等于答应嫁给你了嘛。”

“那不过是等于说你爱我，即使你不能嫁给我。这一点，你不早就承认过了吗？"

"那么好吧，如果非要我叫，我就叫吧，'最亲爱的安琪。'"她边说边望着蜡烛，尽管犹豫不决，可还是调皮地把嘴唇一翘。

克莱尔曾经打定过主意，不等到她亲口答应嫁给他，他就绝不亲吻她。然而，不知怎的，见到苔丝站在那儿，长裙的袖子优美地卷着，头发随随便便在盘在头上（她准备撇完奶油、挤完牛奶之后再慢慢梳理），他就违反了自己下定的决心，一时将双唇凑到了她的脸上。她没再回头看他，也没再说一句话，就急速下楼去了。别的女工已经在楼下，所以他们两人没再提及这一话题。除玛莲之外，大家都满腹心事地带着猜疑的神情看着他俩，在屋外第一道冷清的曙光映衬下，屋内那黄幽幽的烛光显得非常惨淡。

秋天来了，牛奶出得少了，所以，撇奶油的活计也一天比一天轻松了。这一天，奶油撇完之后，蕾蒂和其余的人都出去了。这一对情侣也跟在她们的后面。

"我们这种激动人心的生活完全不同于她们，是吧？"他看着三个姑娘的身影走在前面冷丝丝的晨光中，若有所思地对苔丝说道。

"我觉得区别并不太大。"她说。

"你为什么这么认为呢？"

"女人的生活嘛，很少有不激动——人心的。"苔丝答道，在"激动人心"这个新鲜字眼上稍稍停了一下，仿佛受了触动似的，"她们三个人身上，有许多你所想不到的东西。"

"到底有什么呢？"

"她们三个，"她开始说，"几乎每个人都比我更适合当你的太太。她们也许像我一样爱你——差不多一样。"

"瞧你，苔丝！"

尽管她坚定地下了决心，慷慨地牺牲自己，去成全别人，但是，听到这一声不耐烦的呼喊，她又不由得表现出异常的轻松。既然已经慷慨过了，那她就没有力量作出第二次牺牲了。这时，一个住在场外的男工走到了他们中间，于是，谁也没再提及与他们休戚相关的事。但是苔丝知道，事情在当天就会有定局。

下午，场里的几个长工和助手像往常一样，跑到离奶牛场很远的草地上去了，因为许多奶牛就在原地挤奶，不必赶回来。由于母牛肚里的牛崽越长越大，牛奶的产量也越来越少。旺季雇来的临时工也都离开了奶牛场。

大伙儿慢条斯理地干着活儿。每挤满一桶，就倒进驾到这儿来的马车上的高大铁桶里。挤好了奶的牛，又拖着步子走到别处去了。

克里克老板和大伙儿一样，也在这儿干活，他挤奶的围裙，在傍晚铅色天空的衬托下，显得格外洁白。突然，他掏出表来看了看。

“哎呀，没想到这么迟了。”他说，“糟糕！要是不赶快动身，这些牛奶怕是运不到车站了。今儿没时间把这些奶送回去和早上挤的掺和了。得从这儿直接运到车站去。谁来赶车？”

本来，这事与克莱尔无关，可他却自告奋勇，还请求苔丝陪他一道。这个傍晚，尽管没有太阳，可在这样的季节里，天气还很闷热，所以苔丝出来挤奶时，只披着头巾，却没穿春秋衫，胳膊也裸露着。穿这身衣服驾车出远门，当然不行。于是她用眼神瞟了一下单薄的衣服，算是回答，可克莱尔却温柔地怂恿她。于是，她把奶桶和凳子交给老板，托他带回去，算是表示同意。接着，她上了马车，坐在克莱尔身旁。

第三十章

天色渐渐变暗，他俩行驶在平坦的道路上，穿过一片一片的草地。这些草地一直延伸到几英里之外的灰色的深处，延伸到艾格敦荒原那黝黑、陡峭的山坡。山顶上，耸立着一丛一丛、一片一片的冷杉。一个个尖梢连在一起，看起来像是有垛子的塔楼，耸立在面部黝黑的妖魔城堡上。

由于坐在一起，他俩沉浸在亲近的气氛之中，好长时间没有顾得上说话，只有背后的高桶里不时传来牛奶的晃荡声，打破寂静。他们所走的这条道路非常僻静，榛子全都留在树枝上，等着自己脱落。黑莓一串一串地挂着。克莱尔不时地挥动鞭梢，缠住一串，采下来，递给苔丝。

阴沉的天空，为了表现自己，送下了几滴报信的雨点儿，白天停滞不动的空气，也化成了一阵一阵的微风，轻轻地吹拂着他们的脸面。在河面上和池塘水面上，那水银一般的光泽全都消失，原先是清澈、浩荡的明镜，现在却已变成了晦暝的铅皮，而且还显得粗粝毛糙。但苔丝想得出神，没有注意这一景象。她的脸本来就泛着淡红色，由于这个季节的炎热，上面又微微染上了一层淡褐，现在叫雨点一打，颜色便显得更深了。她的头发，也已经在牛身上弄松弄乱，从白布帽子的帽檐下垂了出来，现在被雨水弄得又黏又湿，几乎比海草都好不了多少。

"我想我不该来。"她凝望着天空，嘟哝着说。

"实在对不起，真没想到天会下雨。"他说，"不过，有你在我身边，我心里真是乐不可支啊！"

远处的艾格敦荒原，被雨幕渐渐地遮掩了。天色变得更加阴沉，路上，不时地出现横挡着的栅栏门，为了安全起见，只能叫马儿一步一步地走着。这时候，天气已经凉丝丝的。

“你赤着胳膊，光着膀子，我真担心你会着凉。”他说，“朝我靠紧一点，也许雨点就打不着你了。我想哪，下这场雨正是老天帮我的忙呢。要是不这么想，我就更不好受了。”

她不知不觉地靠近了一些，他就拿起一块平时盖在牛奶桶上遮太阳的帆布，罩在两个人的身上。由于克莱尔一双手都在忙着，苔丝就抓着帆布，免得从他俩身上滑落。

“现在我们都没事了。哦，还是不行！有几滴雨点滚到我脖子上了，你的脖子上一定滴得更多。这样好多了。你的手臂好像湿淋淋的大理石，苔丝。在帆布上擦一擦吧。好啦，你别动弹，就不会再淋到一滴雨了。嗨，亲爱的，我对你提的那个问题，那个悬而不决的问题，你到底想得怎么样啦？”

有一会儿，回答他的只是马蹄走在雨中的吧唧吧唧的声音，以及背后铁桶中牛奶晃动的声音。

“你还记得你说过的话吗？”

“记得。”她答道。

“在我们回去之前，你得告诉我。”

“好吧。”

他没再说别的话。他们又往前行了一程，这时，查理王朝时代的一座古老邸宅的残迹在天幕的映衬下耸现在前方，又行了一程，这座邸宅便落在他们的身后了。

为了给她解闷，他对她说：“那个古老的场所很有意思，本是诺曼底时代名门望族德伯维尔的产业之一。从前，那一家在本郡很有势力。只要从这些邸宅附近经过，我就不由得想起这个家族。一个赫赫有名的名门望族，即使曾经凶狠、封建、盛气凌人，可一下子灭绝了，还真令人悲叹啊。”

“是啊。”苔丝说道。

前方，暮色苍茫，一星微弱的光点开始显现，他们两人就朝着那个光点慢慢地行驶。在那个地点，如果是白天，就可以看见有一道白色的蒸汽，在深绿色背景的映衬下，不时地显现出来，表示着这块僻静的世界与现代生活断断续续的沟通。现代生活每天有三四次把它的蒸汽触角伸到这块地方，它刚触到当地人的生活，就赶紧缩回触角，好像它所触到的东西与它气味不投似的。

他们走到了微弱的光点跟前，原来这是一个小火车站上的一盏熏黑的灯。和天上的星星相比，这灯光显得实在可怜、丢人现眼，然而，对于塔尔勃塞奶牛场和这儿的人类来说，这颗地球上的星星要比天上的星星重要得多。装着新鲜牛奶的大桶冒雨卸下来了，苔丝在附近的一棵冬青下找了一小块避雨的地方。

接着传来了火车嘶嘶的声音，它在潮湿的轨道上几乎不声不响地停了下来。牛奶一桶接着一桶，迅速地装进车厢。火车头上的灯，突然亮了一下，照在一动不动地站在冬青树下的苔丝身上。天底下再没有任何东西比这位质朴无华的姑娘与那锃锃发亮的汽机曲柄和火车轮子更为格格不入了：她露着圆润的胳膊，脸蛋和头发都淋得湿漉漉的，那样子像是一只趴着不动的、老老实实的豹子，她身上穿的印花布衣服根本说不上是否时髦，那顶白布帽子一直低垂到眉头。

她又上了车，坐在恋人身旁，像生来充满激情的人有时表现出的那样，露出默然无语、百依百顺的神情。接着，他们又用帆布把自己劈头盖脸地裹了起来，回到黑沉沉的夜色之中。苔丝的头脑非常敏感，易于接受事物，所以刚才与物质文明的那几分钟的接触，一直萦绕在她的脑际。

“伦敦人明天吃早饭的时候，能够喝上这些牛奶了，是吧？”苔丝问道，

“他们可是与我们素不相识啊。”

“是的，我想他们能喝得上。不过，喝的不像我们送的这么纯。总得把牛奶的浓度降低一点，免得让他们喝昏了头。”

“他们都是很有派头的男女，是大使、大队长、贵妇人、阔太太，还有从来没见过牛的胖娃娃，是吧？”

“是的，也许是这样，特别是大队长。”[1]

“他们对我们一点也不了解，也不知道牛奶是从哪里来的，压根儿也不会想到，我们两个今晚冒雨赶车，穿过好些路程的荒野，为的是不耽误他们明天喝牛奶。”

“我们今晚出门，倒不是完全为了那些伦敦宝贝蛋，我们也有点儿为了自己，为了那件令人焦虑不安的事情。亲爱的苔丝，我敢说，这一回你该让我放心了吧？好吧，我就问你一句。你早就属于我了，你知道，我是说，你的心早就属于我了，是这样吗？”

“这一点，你知道得和我一样清楚。哦，是的——当然是这样！”

“那么，既然你的心属于我了，你的身子为什么不能属于我呢？”

“我唯一的理由是完全替你着想，问题就在这里。我有点心事，得告诉你……”

“不过，你这话若是完全有利于我的幸福，也有利于我方便舒适地在世上生活，那么你就开口说吧。”

“哦，是的，这全是为了你的幸福和你的生活。但我没来这儿之前的生活……我想要……”

“得啦，我向你求婚，本来就是为了我的生活方便和生活幸福。如果我

1. “大队长”一词的原文为“Centurion”，是古罗马军团中的百人队的军官。苔丝在此用得不妥，所以克莱尔作此回答，也是一种笑谈。

有了一个很大的农庄，不管是在英国或是在殖民地，你对我来说将是一个无法估价的贤内助，我娶你胜于娶国内门第最高的小姐。所以，亲爱的苔丝，别再觉得你是我的绊脚石了，丢掉这种糊涂的想法吧。”

“可是我的身世，我要让你知道，你一定得让我告诉你，你要是知道了，就不会这么喜欢我了。”

“亲爱的，如果你非要说，那你就说吧。一定是很珍贵的史料喽。是的，一定是说，我于公元某年某月某日出生在……”

“出生在马洛特。”她借助于他的开头，说了起来，尽管他是随随便便说着玩的，“也是在那儿长大的。我上到六年级时，离开了学校，他们都说我很聪明，将来能成为一名优秀的教师，我也决定要走那条路。但是，我家里遇到了麻烦事，我的父亲不那么勤快，而且，又爱好喝酒。”

“啊，是的，可怜的孩子！这并没有什么新奇的呀？”他把她更紧地搂在自己身边。

“后来，我家里——我身上发生了一件异乎寻常的事情。我……我……”

苔丝的呼吸变得急促了。

“哦，亲爱的，你不用着急。”

“我……我……不是姓德贝菲尔，而是姓德伯维尔，也就是和我们先前路过的那座古邸的主人，是同一家族。可我们如今都败了，成了穷光蛋了！”

“一个德伯维尔的后裔？真的吗，亲爱的苔丝，你说的麻烦事，就是指这个吗？”

“是的。”她有气无力地答道。

“那么，我知道了这件事，怎么可能不像以前那样喜欢你呢？”

“老板告诉我说，你憎恨古老门第。”

他笑了起来。

“是啊，从某种意义上说，的确是这样。我的确憎恨血统高于一切的贵族原则，的确认为，作为有头脑的人，我们唯一应当敬重的，是那些在精神方面聪明、正直的人，不论他们的家世如何。但是，我对你说的这件事非常感兴趣，你简直想象不出我是如何感兴趣！想到自己是名门望族的后裔，你难道不感到有趣吗？”

“不，我只觉得凄惨——特别是来到这儿以后，知道了我眼前的许多山林和田地曾经属于我们的祖先，难道还不觉得凄惨？但是，想到别的山林和田地属于蕾蒂的祖先，也许还有属于玛莲家的，所以这事儿我就不太放在心上了。”

“是啊，如今当农工的，祖先却是当地主的，多着呢，真让人震惊。有时候我想，某些政治派别为什么不利用这一情形呢，但是他们对此似乎一无所知……真怪，我以前竟没想到你的姓与德伯维尔的相似性，没看出你的姓显然是德伯维尔的讹误。这就是令你烦恼的全部秘密吗？”

她还没有说出实情。到了最后一刻，她丧失了勇气，她怕他怪她不早说，她自我保护的本能，强于要坦白的决心。

“当然，”不知情的克莱尔继续说，“我更愿意你的祖先纯粹是英格兰民族中的长期遭受压迫、默默无闻、名不见经传的平民百姓，而不是极少数谋取私利、损人利己的贵族。可是，苔丝（他边说边笑），你瞧，由于爱你，我也受到腐蚀了，也变得自私自利了。因为你，我也喜欢你的家世了。社会上的人嘛，都是势利眼，我若是按照自己的打算，把你培养成见多识广的女子，那么你做了我的太太后，人家得知你是出身名门世家，就会对你刮目相看。我那可怜的母亲也会为此而更加器重你。苔丝，从今天起，你就不要写错自己的姓了，该写德伯维尔了。”

“我想，还是写成现在这个样子更好些。”

“可你一定得改过来，亲爱的！天哪，许多腰缠万贯的暴发户，若是能有这个姓，真会高兴得手舞足蹈呢！哦，顺便提一句，这号冒名顶替的暴发户，我听说附近什么地方就有一个，哦，我记起来了，是在狩猎林附近。对了，就是我跟你说过的侮辱我父亲的那个年轻人。真是无巧不成书哇！”

“安琪，我觉得我还是不改那个姓为好！那个姓也许不吉利呢！”

她又焦虑不安起来。

“那么好吧，苔丝·德伯维尔小姐，我赢啦。姓我的姓吧，那你就用不着姓你那个德伯维尔了！心中的秘密已经讲开了，你也用不着再拒绝我了。”

“要是你坚信我做你的妻子就会使你幸福，要是你觉得你非常非常想娶我的话……”

“当然当然，亲爱的，非娶不可！”

“我是说，要是你觉得非我莫娶，觉得没有我你简直活不下去，那么，不管我是怎么样的一个人，不管有过什么样的罪孽，我也觉得我应该答应你。”

“你答应了——我知道你会答应的！你将永远永远是我的人了。”

他紧紧地拥抱她，亲吻她。

“是的！”

话一出口，她就突然放声大哭，哭得那么悲痛，仿佛五内俱裂一般。苔丝绝不是一个歇斯底里的姑娘，所以他十分吃惊。

“亲爱的，你干吗哭呀？”

“我说不清楚，真的，想到是你的人了，又能让你感到幸福，我心里真是高兴啊！”

“可你这副样子不太像是高兴呀，我的苔丝！”

“我之所以哭，是因为我打破了自己的誓言！我曾经发誓，这辈子至死也不嫁人！”

“可是，既然你爱我，你就应该愿意让我做你的丈夫呀？”

“是的，是的！不过，唉，有时候，我真希望当初没有被生下来！”

“好啦，我亲爱的苔丝，假如我不知道你这么激动，这么没有经验，我就会觉得你这种话太不合适了。你若是真的爱我，怎么会希望自己没有生下来呢？你真的爱我吗？我希望你能用什么方式来证实一下。”

“除了我已经做的，我还能用什么来更好地证实我的爱呢？”她叫道，声音里满是疯狂的柔情，“这样做是不是能够更好地证实呢？”

她边说边用双臂搂住了克莱尔的脖子，克莱尔第一次领略到，一个情感炽热的女人，亲吻全身心所爱的男人，究竟是怎么回事。

“好啦，现在你相信了吧？”她擦了擦眼泪，满脸绯红地问道。

“是的。我从来就没有怀疑过——从来没有！”

于是，他俩在帆布底下抱成一团，穿过一片浓郁的夜色，继续赶路。他们听凭马儿随心所欲地走着，听凭雨点抽打着他们的身体。她已经同意了。她也可以在一开头就答应他。一切有生之物，都有“寻欢作乐”的本能，这是一种巨大无比的力量，它随意支配人的躯体，犹如潮水支配无助的海草，那些空谈社会道德的迂腐文章对此是束手无策的。

“我得写信告诉我母亲，”她说，“你不在意吧？”

“当然不会在意，亲爱的小姑娘。苔丝，你在我面前呐，真像个孩子，在这个时候，当然应该给你母亲写封信，我哪能反对呢？她住在什么地方？”

“住在我刚才跟你说的那个地方——马洛特，在布莱克摩山谷顶远的那一头。”

“啊，那么，我以前一定碰见过你……”

“是的，是在草地上跳舞那一次，不过，你没有跟我跳舞。哦，我真希望那不是我俩不吉祥的先兆哇！”

第三十一章

第二天，苔丝就写了一封最急迫、最动人的信，寄给了母亲，那个礼拜末，琼·德贝菲尔就用上个世纪那种扭来扭去的字体，写来了回信。

亲爱的苔丝：

我写这几行字的时候，谢天谢地，身体很好，盼你接到信时，身体也很好。亲爱的苔丝，听说你真的很快就要结婚了，我们全家人都很高兴。不过，关于你的个人问题，苔丝，我得私下里郑重地叮嘱你一句：千万不要把你过去的苦恼向他吐露一个字。我从前可没有把一切都告诉你父亲呀，他那个人呐，老是觉得自己了不起，自命不凡，也许，你的意中人也是这样。许许多多的女人，甚至包括最高贵的女人，都曾有过自己的那份苦恼。别人对那号事都守口如瓶，你干吗要大吹大擂？哪个姑娘也不会这么傻，特别是事情过去这么久了，而且压根儿也不是你的过错。你即使问我一百遍，我的回答也还是这样。此外，我得提醒你，由于我知道你性情幼稚、心地单纯，总是存不住话，所以，你离开家门的时候，我考虑到你的利益，曾要你向我保证，绝不在言语或行动上，把那件事捅出去，你也十分郑重地向我保证过了，这一点，你必须记住。你的那个问题以及你的婚事，我还没跟你父亲说，他大脑太简单，要是跟他说了，他一定会到处乱嚷。

亲爱的苔丝，打起精神来吧。我们知道，你们那一带没有什么酒，而且味道也不好，所以，你们结婚时，我们打算把一大桶苹果酒送给你们。现在不多写了，代向你的未婚夫问好。

你的慈母：琼·德贝菲尔

"哦，妈妈，妈妈！"她喃喃地说。

苔丝从这封信中可以看出母亲的那种知足常乐的精神，对于别人是愁肠百结的事情，对于她则是无关痛痒的。对人生的看法，她母亲并不像她那样。那件老在心头萦绕的往事，对于她母亲来说，不过是过眼烟云。或许，不管母亲动机如何，但为她出的主意倒是言之有理。从表面上来看，要想顾及她恋人的幸福，最好的办法就是只字不提。应当只字不提。

在整个世界，可以说，只有她母亲一个人有点权力来控制她的行动，现在她母亲这么一说，她的心情也就稳定多了。包袱已经卸下来了，她的心情比前几个礼拜轻松多了。她答应他之后，便到了十月份这一晚秋时节。在这些日子里，她的心境非常愉快，几乎欣喜若狂，胜于她一生中的任何一个时期。

她对克莱尔的爱情，几乎没有一点世俗的成分。她极端信任他，以为他完美无瑕，凡是导师、哲学家、朋友所应有的学问，他全部知道。她觉得他身上的每一根轮廓线都表现出十足的男性美，他的灵魂是圣者的灵魂，他的智慧是先知的智慧。她对他的爱，也是一种智慧，使她得以高贵，仿佛戴了王冠。而他对她的爱呢，在她看来，是一种同情，促使她披肝沥胆、赤诚奉献。有时，他发现她那双虔敬的大眼睛深不可测地盯着他，仿佛她在眼前看见了一种永恒不朽的东西。

她把往事驱除了，踩上一脚，把它消灭了，就像一个人踩灭了闷烧着的、危险的煤块。

她不知道，像克莱尔这样的男人，爱起女人来，会爱得这么无私、豪爽、袒护。在这方面，克莱尔超出了苔丝的想象，远远超出；但是，其中精神的成分的确多于肉欲的成分，他善于控制自己，完全没有粗俗的举止。他尽管不是天性冷漠，可他也不是性情狂热，而是光彩夺目，并不像拜伦，而更像雪莱。他能够不顾死活地去爱，但是，却特别倾向于理想的、空灵的爱，这是一种细腻讲究的情绪，宁愿委屈自己，也要保护恋人。在此之前，苔丝与男性交往的那点经历，使她苦不堪言，没想到这一回却使她喜出望外，乐不可支，因此，她一反往常对男性的愤恨，开始对克莱尔无限敬仰。

他们自然而然地接触，毫不装腔作势，她赤诚坦率，对他充分信任，绝不伪装自己想和他待在一起的愿望。在这一问题上，要是她的心境被清楚地描述出来，那我们就可以看到，她不赞成有些女人靠躲躲闪闪来吸引一般男人的态度，认为在互表爱情之后，像克莱尔这样完美的男人一定会讨厌这种态度，因为就其本质而论，这种态度具有矫揉造作的嫌疑。

按照乡下的风俗，订了婚的男女可以毫无拘束地在户外相互为伴，苔丝只知道这种风俗，所以她一点也不觉得有什么离奇的地方，克莱尔起初觉得这样做似乎有点儿急不可待，到后来看到苔丝和其他工人们都处之坦然，所以他也不觉得有什么大惊小怪了。这样，在十月里的许多美好的下午，他们总是在草地上游逛，踏着蜿蜒的小道，沿着淙淙的溪流，跨过小小的木桥，走到另外一边，然后再转回来。他们的耳际，总是回响着水堰潺潺的声音，哗哗的流水仿佛在为他们的情话伴奏，而太阳的光线，几乎和草地一样平行，在景致中形成一层花粉般的光辉。尽管到处都是阳光辉煌，但与此同时，他们在树荫和篱影之中，看到了蓝色的薄雾。太阳离大地非常接近了，草场又非常平坦，所以，克莱尔和苔丝的身影拉得很长，在他们面前伸出去了三四百米远，看上去好像两根很长的手指，遥遥指点着绿色草场与谷边斜坡毗连的地方。

到处都有人干活，因为这是“修整”牧场的季节，也就是把冬天灌溉用的小沟疏通，并把被牛群踩坏了的坡岸修好。一锹一锹的沃土，跟煤块一样乌黑，是过去被河水冲到这儿来的，那时候的河流像如今这整个山谷一样宽，它把过去的平原捣得粉碎，对它进行浸渍、提炼，让它变得异常肥沃富饶，所以它是土壤中的精华，正因如此，才长出了丰盛的牧草，喂出了肥壮的牲口。

在众目睽睽之下，克莱尔厚着脸皮用手搂住苔丝的腰，装出一副惯于在公共场合调情的样子，其实他跟苔丝一样感到羞涩。苔丝这时张着嘴，斜眼看着干活的人们，那神色，像是一个胆怯的动物。

“你当着他们的面，承认我是你的人，不感到丢脸吗？”她乐滋滋地说。

“哦，当然不会！”

“但是，若是传到了爱敏斯特你家里人的耳朵里，说你跟我这样一个挤奶女工形影不离……”

“一个最使人心醉神迷的挤奶女工。”

“那么，他们也许觉得这有损于他们的尊严。”

“我亲爱的姑娘，一个德伯维尔家的小姐怎么会辱没克莱尔家的尊严！你出身于这样的名门世家，正是我向他们显耀的一张王牌呢。我暂时保密，等我们结了婚，从特林厄姆牧师那儿得到了你出身的证据，再让他们大吃一惊。除此之外，我的将来同我家里人毫不相干，甚至不会影响他们外表上的生活。我们将要离开这一带地方，或许还要离开英国，既然这样，我们干吗顾及这儿的人对我们的看法？你愿意跟我走，是吧？”

她说不出别的话来，只是简单地答了一声“是的”，因为想到将作为他的亲人同他去闯世界，她顿时心潮澎湃。滚滚的情感的波涛几乎充满了她的耳朵，接着又涌进了她的眼睛。她把手搭在克莱尔的手里，手携手一起往前走，来到了一座桥头，只见桥下的水面上反射着阳光，犹如熔化的金属，使他们眼花缭乱，而太阳本身则仍藏在桥后。他们在这儿伫立不动，接着，长有软毛和翎毛的小脑袋从光洁的水面上探了出来，但是，发现烦扰它们的东西停留在此，就没有过来，又缩回到水里去了。他们在河边溜达，直到浓雾把他们团团围住。在这个季节，晚上雾来得特别早，它们像水晶一般粘在她的眼睫毛上，也粘在他的眉毛和头发上。

每逢礼拜天，他们逛得更晚，一直要逛到天色完全黑下来。在他们订婚后的头一个礼拜天晚上，也有一些别的挤奶工人出外散步，因此听见了苔丝那由于狂喜而不相连贯的冲动的话语，不过离得太远，辨不清她到底说些什么；还发现她靠在克莱尔的手臂上往前走，由于心口欢跳，她说出的话都是一字一顿的，有时连一个字都破成几个音节；有时，她也心满意足地一声不吭，偶尔也嫣然一笑，这笑声中，仿佛翱翔着她的灵魂，这是一个女人和所爱的男人相伴时发出的笑声，而且还是从所有别的女人手中夺过来的男人，因此，她这种笑声是天地间的任何东西都不能比拟的。那些挤奶工人还注意到，她走起路来，脚步轻快，仿佛掠过水面的若即若离的小鸟。

苔丝对克莱尔的爱情，现在已成了她血肉之躯的生命力，像一圈光环将她围绕，使她粲然生辉，过去的悲哀的阴影被照得不见踪迹，坚持对她进攻的阴郁的幽灵——怀疑、恐惧、忧郁、烦恼、羞耻——也被一一击败。她知道那些幽灵就像等在那圈光环之外的野狼，可她却有非凡的符咒把它们镇服在饥渴之中。

精神上的遗忘和智力上的记忆总是同时存在。她行走在光彩之中，但她知道，在背后，总是存在着黑暗的阴影。随着每一天的降临，它们或许退走，或许蔓延，非此即彼。

一天傍晚，别人都出去了，苔丝和克莱尔只好留在家里看门。谈着谈着，苔丝若有所思地抬头朝他一望，望见了他那双充满欣赏力的眼睛。

“我不配你，啊，我配不上！”她大声叫喊着从小凳子上一跳而起，仿佛被他的爱抚和她当时的欣喜吓坏了。

克莱尔只猜中了她如此激动的一小部分原因，他说：

“我不让你这么说，亲爱的苔丝！所谓身份高贵，并不是指那些毫不费力地庸俗地利用门第观念的人，而是那些真实、诚恳、公正、纯洁、可爱、享有美名的人，[1]那些像你一样的人，我的苔丝。”

她竭力不让喉咙里的抽噎表露出来。近几年来，在做礼拜的时候，正是刚才那一长串美德经常不断地折磨着她的内心，现在，他把它们列举出来，又是多么奇怪啊。

“我十六岁时，你在草地上跳舞的时候，你为什么不留下来爱我呢？你为什么不与我的小弟弟小妹妹一起生活呢？啊，你为什么没有留下，为什么要走呀！”她边说边猛烈地揪着自己的手。

克莱尔开始安慰她，让她消除疑虑，心想，她是一个多么喜怒无常的人啊，当她把自己的幸福完全寄托在他身上的时候，他该怎样精心地爱护她啊。

“唉，我真该留下不走啊！”他说，“现在回想起来真是后悔。假若我当时知道该有多好啊！不过，你也用不着太痛苦、太悔恨了——干吗这么悔恨呢？”

她带着女性的隐瞒实情的本能，急忙岔开了话题：

“那我就可以比现在多四年拥有你的心了。那么我就不会浪费那么多时光了，就会获取更长时间的幸福了！”

这不是一个陷于烦恼之中的水性杨花、行为老练的女人，而是一个不谙世事的姑娘，不过二十一岁，曾在未成熟的年代，像一只小鸟落进陷阱被人

---

1. 语出《圣经·新约·腓立比书》第4章第8节。

逮住。为了使自己更彻底地平静下来，她从小凳子上站起身来，离开房间，走的时候，裙子把小凳子绊倒了。

他坐在壁炉旁边，金属薪架上横放着几根青的梣树枝，发出惬意的火光。树枝欢快地噼啪作响，从枝梢上还嘶嘶地冒出水泡。她返回房间时，完全恢复常态了。

“你是不是觉得你刚才有点喜怒无常，苔丝？”他风趣地说道，并为她在凳子上放了一个坐垫，自己也在她旁边的一把高背长椅上坐了下来，“我刚想问你一句话，可你起身就跑开了。”

“是的，也许有点喜怒无常。”她低声说，接着，她突然靠近他，一手抓住他的一只手臂，“不，安琪，我并不真的那样，我是说，我生性并不喜怒无常！”为了特别证明自己，她就坐到了高背长椅上，紧靠着克莱尔，而且还把头伏在克莱尔的肩膀上，“你想问我一句什么话呀？我敢说我一定能回答。”她恭顺地说。

“呃，你爱我，也同意嫁给我，那么就引出了第三个问题：哪一天嫁给我呀？”

“我喜欢像现在这样的生活。”

“可是，新年一开始，或者稍微晚一点，我就得考虑我自己的事业啦。我想趁我还没有被五花八门的新事情弄得不可开交的时候，得先把媳妇弄到手。”

“但是，”她怯生生地说，“实事求是地讲，你先把那一切弄妥当，然后再娶媳妇，不是更好吗？不过，你走得远远的，把我丢在这儿，也让我受不了！”

“你当然受不了，而且这也不是最好的办法。因为在事业的开创阶段，我有许多地方需要你的帮助。到底什么时候结婚呀？从现在算起，再过两个礼拜怎么样？”

“不行，”她变得严肃起来，说，“我有许多事情得事先好好想一想。”

“可是……”

他轻轻地拉了拉她，让她贴得更近些。

现实的婚姻迫在眉睫，使她感到震惊。他们正要进一步商讨这一问题时，有四个人绕过长椅的拐角，完全现身在亮处，他们是克里克老板、克里克夫人以及两名挤奶女工。

苔丝像有弹力的皮球一样，从克莱尔身边一跳而起，站直了身子，但满脸绯红，眼睛也在炉火的光中闪闪发亮。

“我早就知道，如果我坐得离他太近，会成什么样子！”她着急地嚷着说，“我早就对自己说，一定会有人进来，撞见我们的！不过还好，我没有真正地坐到他的膝盖上，虽然看起来也许是这样！”

“好啦，屋里这么点儿光亮，你要是不告诉我们，我敢肯定，我们谁也没注意到你究竟坐在哪个地方。”老板答道。接着，他好像完全不懂男女情感似的，呆头呆脑地对他妻子说：“呃，克利斯蒂娜，从这桩事上可以看出，有些事情，别人没有想到时，不要以为人家想到了。我呀，要是她不说出来，我一点儿也想不到她坐在哪里——怎么也想不到。”

“我们很快就要结婚了。”克莱尔故作镇定地说。

“是吗？嗨，听了这话，我真高兴呐，先生。我早就想到你们会结婚的。她太好了，当挤奶女工确实是大材小用了，我第一天见到她的时候就这么说过。哪个男人得到她，哪个就算有福气。若是给农场主做太太，那更是好得没话说，身边有了她，再也用不着受管家的气了。”

不知怎的，苔丝早就不见了。本来，听了克里克老板毫不转弯抹角的称赞，她就感到非常羞愧，接着碰见了老板身后两个姑娘的目光，就越发无地自容。

晚饭后，她回到自己房间时，另外那三个姑娘全都来到屋里了。烛光下，每个身穿白衣的姑娘都坐在自己的床上，等候苔丝，像一排等待复仇的鬼魂。

但她很快发现，她们的神色中并不含有什么恶意。她们根本不觉得失去了什么，因为她们根本没指望得到什么。她们抱的是一种客观的、沉思的态度。

“他就要娶她了！”蕾蒂直勾勾地盯着苔丝，嘟哝着说，“她脸上的神气不就清楚地表明着嘛！”

“你就要嫁给他了吗？”玛莲问道。

“是的。”苔丝说。

“什么时候？”

“还没定哪天呢。”

她们觉得这句话不过是含糊其辞罢了。

“是的，你要嫁给他了——嫁给一位绅士！”伊丝又说了一遍。

她们三个人都好像中了魔似的，一个接一个地从自己的床上爬下来，光着脚，走到苔丝身旁，把她围了起来。蕾蒂把双手搭在苔丝的肩膀上，在伙伴出现这样的奇迹之后，她仿佛要检验一下这是不是凡胎肉身，另外两个姑娘搂着苔丝的腰，她们三个人都惊奇地打量着她。

“真像是那么一回事！我觉得简直不可思议！”伊丝说。

玛莲亲了一下苔丝。“是啊。”她把嘴唇挪开的时候，喃喃地说。

“你吻她是因为爱她，还是因为别人已经在那里吻过呢？”伊丝冷冷地对玛莲说。

“我可没想到那上面去呀。”玛莲单纯地说，“我只是觉得这一切都那么不可思议——就要成为他太太的，不是别人，偏偏是她。我不是说这不应该。我们三个人谁也不会这么说，因为我们从来也不曾想过嫁给他，不过是爱爱他罢了。而且，嫁给他的不是世界上任何别的什么人，不是体面的大家闺秀，不是穿着绫罗绸缎的小姐，而是一个和我们差不多的挤奶女工。”

“你们肯定你们不会因此而恨我吗？”苔丝低声问道。

她们在回答之前，都穿着白睡衣，紧挨在她的身边，仿佛觉得她们的眼神就是她们的回答。

“我说不上来，说不上来。”蕾蒂嘟哝着说，“我是想恨你，可是恨不起来！”

“我也是这样。”伊丝和玛莲不约而同地说，“我对她恨不起来，不知怎的，就是恨不起来！”

“他是应该在你们中间娶一个的。”苔丝低声说道。

“为什么？”

“因为你们都比我好。”

“我们都比你好？”姑娘们慢声慢气地低声念叨着，“不，亲爱的苔丝，不是这样！”

“就是这样！”她十分冲动地反驳道。接着，她猛然推开她们的手臂，伏到抽屉橱上，歇斯底里地大哭起来，嘴里还不停地念叨着：“哦，是这样，是这样！”

既然眼泪一发不可收拾，索性哭个痛快。

“他本该在你们中间挑选一个呀！”她哭着说，“我觉得，哪怕是现在，我也应该要他娶你们！你们对于他更为合适……哦，我到底在说些什么呀！哦！哦！”

她们走到她的身边，把她抱住，但她的哽咽仍然撕裂着她的全身。

“弄点水来。”玛莲说，“我们搅得她心烦意乱了，可怜的人儿，可怜的人儿！”

她们把她轻轻地扶到床前，还热烈地亲吻了她。

“你对他最合适，”玛莲说，“你比我们更体面，也更有教养，特别是自从他教你以来，你懂了那么多学问。不过即使这样，你也应该感到骄傲。我敢说，你也一定感到骄傲。”

“是的，是的，”她说，“我干吗要哭呢？真不好意思！”

她们全都上了床以后，蜡烛也灭了，玛莲凑过去对她说：

“苔丝，你当了他太太以后，还会想到我们吗？还会想到我们怎样跟你说我们也爱他吗？还会想到我们怎样不愿对你怨恨吗？我们没有怨恨你，也恨不起来，因为你是他的意中人，而我们压根儿就没指望过被他看中。”

她们并不知道，苔丝听了这番话，辛酸、悲痛的泪珠儿又止不住滚滚而下，唰唰地淌到了枕头上。她肝肠欲断，决定无论如何也要把自己的全部身世向克莱尔和盘托出，这会儿也顾不着母亲是怎么告诫的，让母亲去说她是个傻瓜好啦，她所依恋的、维系着整个生命的克莱尔若是看不起她，就让他看不起吧，反正她不愿保持沉默了，如果继续那样，就可以说是欺骗克莱尔了，而且，对这几个姑娘也似乎是一种罪过。

第三十二章

在这种悔恨的情绪下，苔丝定不下结婚的日子。虽然克莱尔在这些诱人的时光里多次问过她，可是，到了十一月初，喜日子还是一拖再拖，无法确定。苔丝仿佛愿意永远处在订婚阶段，一切都保持订婚时的状态。

草场上的景色正处于变幻之中，不过在挤奶之前的下午时分，天气仍很暖和，还可以在草场上闲逛一会儿，而且，在一年中的这个时节，奶牛场上的活儿已经不忙，有时间闲逛了。朝太阳那个方向的潮湿的草地望去，可见一片细细的游丝，在阳光中闪烁，就像海面上的月光，随着涟漪颤动。一只只渺小的蚊虫，好像全然不知自己短暂的荣耀，也冒冒失失地飞进了这道亮光之中，也在其中闪烁，仿佛身上带着火，然后，它们穿过那道发光的游丝，完全消失不见了。每当看到这些景物，克莱尔总是提醒苔丝：结婚的事还遥遥无期呢。

要么他就在晚上对她追问。这些日子里，克里克太太时常在晚上编派一些差事，吩咐苔丝去做，以便给克莱尔提供陪伴她的机会。这些差事，多半是去谷外山坡上的农舍，打听一下安排在干草院里的母牛快要生产前的有关情形。因为在一年中的这个季节里，正是母牛世界发生巨大变化的时候。每天都有一批一批的母牛，被送到“妇产医院”，靠吃干草为生，直到生出小牛。小牛出生之后，一旦能够走路，母牛小牛就一起赶回奶牛场。小牛没卖之前，有段时间当然没有多少奶可挤，但是，一旦小牛卖掉了，挤奶女工又得像往常一样干活了。

有一天晚上，他们摸黑返回时，来到了一个高耸于一片平原的沙石峭壁上，驻步倾听。下方，河溪里的水都涨得很高了，有的哗哗地漫过了河坝，有的在渠道里发出叮咚的颤音，就连最小的冲沟里也是满满的水。哪儿都没有近路可抄，步行的人只好走固定的大路。从下面整片黑沉沉的山谷中，传来多种多样的声音，他们仿佛觉得下方有一座人口众多的城市，不断地发出熙来攘往的喧嚷。

“你听，好像是人山人海呢，”苔丝说，“好像市场上召开市民大会呢，争论的、劝说的、吵闹的、哭泣的、呻吟的、祈求的、诅咒的，混成了一片。”

克莱尔并没有特别地留意。

“亲爱的，今天克里克同你提起过吗？冬天里，他的奶牛场上不需要多少人手了。”

“没有提过呀。”

“母牛很快就要不出奶了。”

“是的，昨天，有六七头牛送到干草院去了，前天还送了三头，差不多有二十头在喂干草了。哦，老板不需要我替他照看下小牛的事了，对吧？唉，这儿不再要我了！而我还一直干得那么卖劲……”

“克里克并没有明确地说他不要你了。不过，他知道我俩之间的关系，所以非常客气、非常尊敬地对我说，他猜想，我在圣诞节离开这儿的时候，一定会把你带走。我问他，你要是走了，他该怎么办，于是他回答说，实际上，一年里的这个时候，他用不着多少女工了。我想，我感到高兴有点不厚道吧？不过，他这么一来，就迫使你对我表态了。”

“我觉得你没有什么可感到高兴的，安琪。因为即便这正好对我们有利，可是让人家不要了，总是令人伤心的。”

“好哇，这正好对我们有利——你也承认了。”他把手指头点到她的面颊上。“嗨！”他说。

“怎么啦？”

“我都摸到一朵红晕飞上你的面颊，被我捉住了！唉，我干吗这样说笑话呀？我们不可开玩笑——人生太严峻了。”

“是的。也许我比你还先明白这一点呢。”

这个时候，她正看到了人生的严峻。如果顺从于昨天晚上的情绪，怎么也不和他结婚，离开这个奶牛场，那就意味着她得去一个陌生的地方，而且还不是奶牛场，因为快是下小牛的时节了，没人需求挤奶女工了，所以只好去什么种植场了，而且那儿再也没有像安琪·克莱尔这样的神圣人物。想到这里，她很恨了，当然，她更恨回老家的念头。

“所以，说说正经的吧，亲爱的苔丝，”他继续说，“既然你到了圣诞节大概就得离开这儿，那么，除了我把你带走，还有什么更理想、更方便的办法呢？再说，如果你有一点心眼的话，你总该明白，我们俩不可能永远像现在这个样子过下去呀。”

“但愿永远像现在这样。但愿永远是夏天和秋天，但愿你永远像今年夏天那样一直想着我，一直向我求婚！”

“我会永远那样。”

“哦，我知道你会的！”她大声叫道，忽然对他极端信任起来，“安琪，我会把我永远属于你的那个日子定下来的！”

于是，那天晚上，他们在摸黑归来的时候，在前后左右无数的溪水声中，终于定下了结婚的日子。

他们一回到奶牛场，就把这一消息告诉了克里克夫妇，不过要他们保守秘密，因为这一对情人谁都不愿讲究排场，谁都不愿过于声张。老板嘛，本来已考虑好不久就把苔丝打发走，这会儿却装出非常舍不得的样子。谁再给他撇奶油呀？谁再为他把漂亮的黄油团子卖给安格堡和沙埠的主妇们呢？克里克太太祝贺苔丝终于有了归宿，并说她第一眼看到苔丝的时候，就料想到苔丝绝不会嫁给一个普普通通的乡巴佬；她说苔丝刚来的那天下午从场院走过的时候，她看到她那超群绝伦的走路姿势，就料定她是一个高贵门第的女儿。实际上，克里克太太真的记得苔丝那天走路的姿势显得雅致、好看，至于说到超群绝伦嘛，也许是后来知道情况之后，她想起来加上去的。

苔丝现在恍恍惚惚、飘飘悠悠，没有什么心愿了。该说的话已经说出口，该定的日子也已定下来。她生来聪明、头脑敏捷，现在却产生了听天由命的信念了，和农民以及那些超然物外、只与自然现象发生联系的人毫无二致。因此，她的恋人无论说些什么，她都不假思索地一一答应。她目前的心境就是这样。

可是，她却给母亲又写了一封信，表面上是通知结婚的日子，实际上是再次恳求她出个主意。要娶她做太太的，是一个有身份的上等人，这一点，她母亲也许还没有充分考虑呢。若是待到婚后再作解释，那么，也许一个比较粗鲁的人能够宽宏地接受，但是对于克莱尔这样的人，情况也许就不同了。然而，这封信发出之后，却没有收到德贝菲尔太太的回信。

尽管克莱尔对自己、对苔丝都说从实际考虑需要立即结婚，这话也似乎有些道理，但是，这一行动中，的确包含着仓促急躁的成分，这一点，到后来一段时间变得更明显。他很爱她，但偏于理想和空幻，不像她那样爱得那么热烈，那么彻底。他本来以为他注定得过无需才智的农牧生活，心里头根本没有料到，在这么个质朴无华的姑娘身上会发现这么多的妩媚。质朴无华本来只不过是说说而已，他来到这儿之后，才知道质朴无华是怎样打动人心。然而，他还不能清楚地看到自己的前程，也许，还得再过一年两年，他才觉得自己能真正开始独立生活。其中的奥秘在于：他总是觉得，他家里人的种种偏见影响了他的真正命运，这种想法使他的事业和性格都抹上了一层鲁莽的色彩。

“若是等到把中部地区的农场全部安顿好了，我们再考虑结婚，你不觉得对我们更好吗？”她有一次怯生生地问道。（在中部地区创办农场正是他当时的想法。）

“我的苔丝，实话对你说吧，我不愿意让你离开我，没有我的保护，没有我的同情，你上哪儿我都不放心。”

就这句话而言，倒是颇有道理的。他对她的影响一目了然，她学会了他的行为习惯、言谈举止、他的爱好和厌恶。把她留在农庄里，就是让她退步，与他背道而驰。他想把她带在自己的身边还有另一个原因。在他把她带到远方（无论是英国或是殖民地）安家立业之前，他的父母自然想见她一面。既然他不允许父母的意见左右他的决定，那么他觉得，趁他在准备起程创业的时候，先与她在寓所里住几个月，让她适应一下，变得雍容大雅，那样的话，带她回去见他母亲时，她就不会有丑媳妇怕见公婆的感觉了。

还有，他想到面粉厂见习一段时间，因为心想他将来也许会联合开办小麦种植和小麦加工厂。在井桥，有一座又大又旧的水力磨坊（从前是寺院的），磨坊主曾经答应过他，说只要他愿意，随时都可以去参观磨坊上的古老的生产方式，还可以在那儿干几天活儿。那地方离塔尔勃塞只有几英里路，这段时间里，克莱尔到那个地方专门拜访过一次，到了晚上才回来。苔丝得知，他决心在井桥面粉厂待一段时间。他为什么作出这样的决定？并不是因为他有机会去考察磨面筛面，而是因为他无意中发现，那儿有家农舍，可以租来作为寓所，而这座农舍在破败之前曾经是德伯维尔某一分支的府邸。克莱尔解决实际问题时，总是采取这种态度，总是根据与问题毫无关系的一时情绪。他们决定婚礼之后立刻就去那儿，住两个礼拜，不必上城里去住旅馆了。

"然后我们就动身到伦敦的另一面去，我听说那儿有几处农庄，我们得去看看。"他说，"在三四月份，我带你去探望我的父母。"

类似这样的一些打算讲了也就过去了，但那个日子，那个不可思议的日子，变得越来越近。她将要被他拥有的那个日子是十二月三十一日，除夕。她自言自语地说，她就要成为他的妻子。难道这是真的？他们两人将结合在一起，什么也不能把他们分开，他们将同甘共苦。为什么不这样呢？然而又为什么要这样呢？

一个礼拜天的早晨，伊丝从教堂回来后，私下里对苔丝说：

"今儿早晨，怎么没听到你们的结婚预告呀？"

"什么？"

"今天该是第一次公布。"她平静地看了一眼苔丝，答道，"亲爱的，你们不是打算在除夕结婚吗？"

苔丝急忙作了肯定回答。

"一定得公布三次呀。可是自现在到除夕，中间只剩下两个礼拜天了。"

苔丝觉得自己的脸都变得煞白了，伊丝说得对，当然要公布三次喽。或许是他忘了！如果是这样，那就得往后推迟一个礼拜，那可真是不吉利啊。她该怎样提醒他呢？她本来总是退缩不前，现在却突然变得急不可耐，唯恐失去自己的珍宝。

幸好一件意想之中的事情打消了她的焦虑。伊丝把没有宣读结婚预告的事告诉了克里克太太，克里克太太就以年长主妇的特殊身份，对克莱尔谈起了这件事。

“克莱尔先生，你忘了吧？我是指结婚预告。”

“没有，我没有忘。”克莱尔说。

一旦他单独遇到苔丝的时候，他就安慰她说：

“你听了她们说起了结婚预告的事儿，不要感到难过。采用领取结婚许可证的方式对我们更合适一些，我没有同你商量，就自个儿决定采用结婚许可证了。这么一来，你若是想在礼拜天早晨上教堂去听自己的结婚预告，可就听不着了。”

“亲爱的，我并没想去听呀。”苔丝骄傲地说。

但是，得知事情一切准备就绪，苔丝心中也感到格外轻松，她本来还几乎忧心忡忡呢，生怕有人听了结婚预告后，会在教堂里站起来，捅出她的老底子，反对这门婚事呢。真没想到事情安排得这么有利于她！

“我并不觉得多么轻松。”她自言自语地说，“所有这些好运也许要被以后的厄运冲得一干二净。老天爷多半就是这样捉弄人的。我倒情愿采用通常的结婚预告的形式！”

事事都很顺利。她想知道，他是喜欢她结婚时穿现在这身最好的白衣裳，还是得去买件新的？这个问题她也不必多操心了，因为他事先都已安排妥了，所以有一天，她收到了一些寄给她的大包裹。打开一看，里面全是服装，从头上戴的到脚上穿的，样样俱全，其中还有一套质地很好的晨服，对于他们所计划的这种简单婚礼，最合适不过了。包裹送到不久，克莱尔就走进屋子，听到她在楼上解开包裹的声音。

一两分钟之后，她满脸通红，热泪盈眶，从楼上走了下来。

“你想得真周到啊！”她把脸伏在他的肩头上，喃喃地说，“连手套、手绢都想到了！我自己的爱人——多么细心、多么善良啊！”

“哪里的话，苔丝，我只不过向伦敦的一个女商人订购了一下，这算不了什么。”

为了不让苔丝尽把他往高处想，他叫她上楼去，花点时间，把衣服好好地试一试，若是有什么不合适的，就找村里的裁缝改一下。

她果真回到楼上，把新衣裳穿了起来，对着镜子，站了片刻，端详着自己身穿丝绸服装时的风韵，接着，她的脑海中忽然出现了母亲对她唱过的关于一件神秘长袍的民歌：

妻子一旦做了错事
永远穿不了这件衣裳……[1]

她小时候，母亲常常把这首民歌唱给她听，并且用脚踩着摇篮，当做节拍，声音非常欢畅，样子格外狡黠。试想一下，要是她穿的这件新衣裳，到时候也像格尼维尔皇后穿的披风那样，改变了颜色，暴露了自己失去贞操的事实，那该怎么办呀？自从她来到这个奶牛场，直到刚才为止，她还从来没有想起过这首民歌呢。

---

1. 这两句诗引自英国古代民歌《儿童与披风》。歌词中写一个男孩带着神奇的披风进了亚瑟王宫殿。只有贞洁女子才配穿它。失贞的皇后格尼维尔穿后，披风顿时变了颜色，碎成破布。

第三十三章

克莱尔觉得，他应该在结婚之前同苔丝一起到别的地方消度一天，作为他俩情侣关系时期最后一趟短途游玩。这一定是一个永远不可多得的浪漫的一天，而且是在另一个更伟大、更美好的日子很快就要降临的时候。因此，在结婚前的一个礼拜里，他提议到最近的城里去买些东西，于是他们一起动身了。

克莱尔生活在奶牛场的时候，几乎过着隐居的生活，与自己同一阶层的人毫无来往。好几个月，他也不进一趟城，因此也用不着车辆，自己也从来没有备过，万一遇到需要骑马、坐车的时候，他就向老板租一匹矮脚马，或者雇一辆轻便双轮马车。那天，他们出门时，坐的就是轻便双轮马车。

他们平生第一次一起购买共用的东西。那天正是圣诞节前夕，店铺里满是冬青树和槲寄生，满街都是为了过节而进城的陌生人，他们来自附近的各个乡村。苔丝和克莱尔在人群里挽臂而行，她那美丽的脸颊上平添了快乐的神色，同时，由于受到人们直眉瞪眼的注视，她又觉得怪不好受。

傍晚时分，他们回到了他们住宿的旅店，克莱尔去照看马儿和车辆被赶到马棚门前，苔丝一个人站在门口等着。大厅里满是房客，走进走出没有闲下来的时候，每次进出时，门一开一关，室内的灯光就射出来往苔丝的脸上照一下。有两个男人走了出来，打她身边经过。其中一个惊讶地把她上上下下打量了一番，她猜想他一定是特兰岭人，不过那个村庄离此地很远，有好多英里的路程，这儿很少见到那个村子里的人。

“好一个标致的妞儿。”另一个人说道。

“是啊，够标致的啦。不过，要是我没弄错的话……”他说出了与上述定义截然相反的话。

这时，克莱尔刚好从马棚里回来，碰到了站在门口的那个人，他听见了那番不堪入耳的话，又看见了苔丝惶恐畏缩的神色。她所受的侮辱极度地刺痛了他，所以他连想都没想，就使尽全力，对准那个人的下巴，狠狠揍了一拳，那人被打得一跤跌进了门里。

那个人又站住了脚，似乎要扑过来大打出手，克莱尔也跨到门外，摆出一副自卫的架势。但是，他的对手忽然转念一想。他又从苔丝身边走过去，重新看了看苔丝，对克莱尔说：

“先生，对不起，是我完全弄错了。我还以为她是四十英里以外的另一个女人呢。”

克莱尔觉得自己的行为也未免太莽撞了。把苔丝一个人丢在旅店的门口本来就是他的过错。于是他给了那人五先令钱，算是赔偿那一拳的打击（遇到这种情况，他总是这样），然后，他们就心平气和地道一声晚安分手了。克莱尔从马夫手里接过缰绳，一对情侣就赶着马车起程了，与此同时，那两个人却走向了另一个方向。

“真的是认错了吗？”另外一个问道。

“根本没有认错。只不过我不想伤害那位先生的感情罢了。”

这个时候，那对情侣正驱车前行。

“我们能不能把婚礼往后推迟一点？”苔丝干巴巴地毫无表情地问道，“我是说如果我们愿意的话。”

“不行，亲爱的。你冷静一点。你的意思是让那小子挨了揍以后有足够的时间来告我的状？”他风趣地问道。

“不，我的意思只是——如果婚礼能够往后推一推的话。”

她的意思其实不明不白。他叫她不要胡思乱想了，她也尽可能顺从地接受。但她在整个回家的途中，显得神情严肃，非常严肃。后来她想："我们得离开这儿，得远走高飞，到离这儿几百英里的地方去，让今天这样的事情永远不再发生，让过去的阴影永远伸不到那里。"

那天晚上，他俩在楼梯口温柔地分了手，克莱尔登上阁楼去了。苔丝觉得所剩时间已经不多，所以没有立刻睡觉，而是在收拾一些必需的东西。她坐着的时候，忽然听到头顶上克莱尔的房间里响起了砰砰的捶击声，好像在打架似的。屋子里的人全都睡着了，她焦急万分，生怕克莱尔生病了，于是她跑到楼上，敲了敲他的门，问他到底是怎么回事。

"哦，没什么事，亲爱的，"他从房间里答道，"打扰你了，我很抱歉！不过，说起来倒也相当好笑：我睡着了，梦见我又和侮辱你的那家伙打起来了，你所听到的声音就是我用拳头连续捶打旅行皮包而发出来的，就是我今天拿出来装东西的这只旅行皮包。我常常在睡觉的时候出现这种怪诞的行为。你去睡吧，别多想了。"

这是左右她天平的最后一个砝码，那种迟疑不决的态度终于改变了。当然，把过去的经历亲口对他说出来，她确实做不到；可是还有别的办法呀。她坐了下来，把三四年前发生的那些事情，扼要地写在四张信纸上，装进信封，上面写了克莱尔收启的字样。然后，趁她自己还有勇气的时候，她光着脚，上了楼，把那封信从他的门底下塞了进去。

整个夜晚，她没有睡安稳，这也是情理之中的事。早晨，她注意倾听楼上第一声微弱的响动。声音像往常一样传出来了，他也像往常一样下楼了。她也下楼去了。在楼梯下，他迎接了她，亲吻了她。她敢肯定，那亲吻跟往常一样热烈！

苔丝觉得，他有点心烦意乱、疲惫不堪的样子。但是，对于她那封暴露自己的信，他却只字未提，甚至当两人单独在一起时，他也没说什么。难道他没有看到？她觉得，这个话题，她是什么也不能说的，除非他先开口。于是，白天就这么过去了，显而易见，不管他心里是怎么想的，反正是不愿说出来。然而，他又像往常一样开诚布公、含情脉脉。莫非她的种种疑虑都幼稚可笑？莫非他已经宽恕她了？莫非他之所以爱她，是因为她现在这个样子，他所爱的就是现在这个她？看到她这么一副心神不定的模样，他一定觉得好笑，就像看待愚蠢的噩梦那样？他真的收到了她的信吗？她朝他的房间窥望，可是没有看到那封信。或许他已经宽恕她了。她突然对他产生了强烈的信赖，认为他即使没有收到她的信，也肯定会宽恕她的。

每一个早晨，每一个傍晚，他都和以前一模一样。于是除夕来临了——结婚的日子到了。

这对情人不必在挤奶的时间就起床了，在他们住在奶牛场上的最后一个礼拜，受到的是客人一般的待遇。苔丝一个人享有一间屋子。他们下楼吃早饭的时候，惊奇地发现，这间很大的厨房，因为他们的婚事，和以前布置得大不相同。原来，一大清早，老板就叫人把张着大口的壁炉边刷得洁白，把砖炉床也漆得通红，原先挂在炉口前的挡风帘，是带有黑色条纹的蓝色旧棉布所制成的，现在则已换上了闪闪发亮的黄色绸缎。在这阴沉单调的冬天的早晨，壁炉本来就是注目的中心，现在它被修葺一新，给整个屋子带来了欢乐的光彩。

“我打定主意干点什么，表示表示祝贺。”老板说，“本来么，我们应该按照老规矩，去请一个音乐队，吹打弹唱，好好热闹热闹，可是我知道你们不喜欢这么大张旗鼓，所以就改变了主意，想出了这么一点主意，做了这么一件不吵不闹的事儿。”

苔丝的亲人们住得太远了，即使邀请他们来参加婚礼，恐怕谁都觉得很难来。实际上，她也并没有去邀请马洛特的什么人。至于克莱尔的家庭嘛，克莱尔倒是写了一封信，把结婚的日子通知了他们，并且明确表示，如果家里的人愿意来参加婚礼的话，他将感到非常高兴，他盼望家里的人至少能来一个。可是，他的两个哥哥压根儿就没有回信，似乎对他感到非常气愤。父母倒是写了信，可是信上的内容叫人很不好受，说是为他这么仓促结婚而感到痛惜，不过又自得其乐地说，虽然他们没料到娶进门来的儿媳妇会是一个挤牛奶的，但是他们的儿子已经长大成人了，也许能够明辨好歹了。

来自家中亲人的冷漠并没有使克莱尔感到多么苦恼，因为他觉得自己王牌在手，稳操胜券，不久之后就会使家里的人大吃一惊。要是现在把苔丝直接从奶牛场上带给他们看，向他们介绍说，她是德伯维尔的后裔，是名门闺秀，他觉得未免太急躁、太冒险了，因此他一直隐瞒着她的家世，打算花几个月时间，带她到外地走走，教她多看一些书，开开眼界，然后再带她去拜见公婆，那时，他就觉得她与古老世家的名声十分般配，从而可以扬扬自得地向父母介绍了。这种想法，如果没有什么别的，那至少是一个甜蜜的情人的梦幻，也许，苔丝的血统，对于世界上的任何人，都不像对于他那样具有至高无上的价值。

苔丝觉得，克莱尔对她的态度仍和以前一样，压根儿没有改变，她写的那封信，没对他产生任何影响，因此便感到心虚，怀疑他是否真的收到信了。于是，她没等克莱尔吃完早饭，就离开餐桌上了楼。她想把克莱尔已经住了这么久的那间古怪、简陋的屋子——克莱尔的栖身之所或容膝之处，再次好好地检查一番。她登上楼梯，站在那间屋子的敞开的门口，仔细观察，沉思默想。她俯下身子，朝门槛里望去，两三天之前，她就是慌慌张张地把信从这儿塞进去的。屋子里，地毯一直铺到了门槛边上。在地毯的底边下，她看到装有她那封信的白信封，露出了一点儿白边。原来，她由于当时慌慌张张，把信从门底下塞进去时，一直塞到地毯底下去了，这么一来，他根本就没有看见过这封信。

她感到一阵昏厥，把信捡了起来。信就在这儿，原封不动，就像她刚塞的时候一模一样。那座沉重的大山原来并没有被搬开呀。而现在她却不能再让他看到这封信，因为大伙儿都在忙着为他们的婚礼做准备，她只好下了楼，回到自己的房间，把信毁了。

克莱尔再次看到苔丝的时候，苔丝的脸色极其苍白，这使克莱尔感到焦虑不安。苔丝匆匆认为，那封信之所以放错了地方，是因为天意不让她坦白，但是在良心上，她又觉得未必是这样，因为还来得及告诉他呢。可是，一切都是乱哄哄的，大伙儿都在跑进跑出的，都要梳妆打扮，而且还邀请了克里克夫妇做证婚人呢。因此，要想进行深思熟虑、不慌不忙的交谈，几乎是不可能的。苔丝和克莱尔能够单独相处的唯一时刻，就是他俩在楼梯上相遇的那一片刻。

"我急着要跟你谈一谈——我要把我的一切过错全都告诉你！"她带着假装的轻快说道。

"不，不。这会儿我们不能谈什么过错了，亲爱的，至少在今天，你得算是十全十美的！"他大声说道，"我想，我们以后有的是时间谈论我们的过错。我也会把自己的过错告诉你的。"

"可是，我觉得我最好现在就讲给你听，那样的话，你就不会说……"

"好啦，我的不切实际小姐，待到我们到新房里安顿好了，你想说什么就跟我说什么吧，可现在别对我说。到时候，我也会把自己的过错告诉你的。只是别让那些事情来搅坏了我们今天这个好日子，待到日后无聊的时候，倒是解闷的好材料呢。"

"那么，亲爱的，你是不愿意让我现在跟你说喽？"

"是的，苔丝，真的不愿意。"

他们马上就得换衣服，马上就得动身，所以，没有时间谈下去了。听了他那番话，她再思考时，仿佛更放心了。在随后关键性的两个钟头里，她对他的一片赤诚，如同一股激流，席卷着她，把她冲向前去，使她再也不能瞻前顾后。她只有一个愿望，长久以来抵制不了的愿望，那就是让自己做他的女人，称他为她自己的丈夫，他的亲人——然后，如果有必要的话，哪怕去死。这种愿望最后终于战胜了沉闷的后顾之忧。她更衣打扮的时候，仿佛是在驾着五彩缤纷、充满幻想的云朵，那辉煌的光彩盖住了一切不祥的阴影。

教堂离这儿很远，他们只好乘坐马车了，尤其是在冬天。他们在路边的一家客栈里，定了一辆轿式马车，它还是从很久以前有驿车的年代保留下来的车辆。轮辐很粗，轮辋很重，车架子又弯又大，缰绳、弹簧也都特别粗大，车子的辕杆就像古代的攻城槌。赶车的是一个六十岁左右的年高德劭的“赶车郎”，由于年轻的时候过多地遭受了风吹雨打，再加上老是喝烈性酒，因而长期以来遭受着风湿病的折磨。自从不再用他专门赶车以来，已经有整整二十五年了，他老是无所事事地站在客栈门口，仿佛在等待昔日的光景重新返回。过去，他在卡斯特桥市的“王徽旅店”当过好多年车夫，由于左腿外边老是被豪华马车的车辕所擦破，因而那块地方留下了无法痊愈的伤痕。

在这辆笨重的、嘎吱直叫的马车里，新郎新娘以及克里克夫妇等一行四人坐了下来，坐在那个老朽的马车夫的后面。克莱尔本来很希望他那两个哥哥至少能来一个，做他的伴郎，他在家信里也曾微微作过暗示，但是，他们都没回信，自然是不肯来了。他们本来就不赞成这门亲事，那么就别指望他们帮忙了。也许他们不来反而更好些。他们并不是善于处世的年轻人，且不说他们对待这门婚事存有偏见，就是叫他们和奶牛场的工人平等相处、称兄道弟，对他们那种酸不溜秋、自诩高雅的人来说，也一定觉得很不好过。

苔丝仿佛腾云驾雾一般，感觉不到这一特定的时间，看不到眼前的一切，也不知道他们去教堂是走的哪条道路。她只是知道克莱尔紧靠在她的身边，其余的一切不过是迷糊不清的雾气。她现在已经成了只存在于诗歌之中的天上的人，成了克莱尔跟她一起散步时经常谈及的那种古代仙女。

因为他们的婚姻采用的是结婚许可证的方式，所以教堂里只到了十来个人，不过，即使来了成千上万的人，也不会对她产生更多影响。他们远离她现在的世界，就像远离天上的星星。她宣誓永远对他忠贞时，表现出一种出神入化的庄严，普通的性爱与之一比，真是相形见绌。在结婚仪式暂停的时候，他俩一起跪在那儿，她下意识地将身子朝他歪过去，以便让自己的肩膀碰到他的手臂，因为有一道念头掠过她的脑际，她为之一惊，因而机械地动弹了一下，想让自己确认他真的是在那儿，并且让自己坚信：他真实的存在是抵挡一切的保证。

克莱尔知道苔丝深深地爱他——她身上的一切都表明了这一点。但是在那个时候，他还不知道她对他的爱有多深沉，有多专一，有多温顺，也不知道这其中蕴含着什么样的痛苦，什么样的真诚，什么样的折磨，什么样的坚贞。

他们从教堂里出来的时候，敲钟人正在敲钟，发出了一种由三种音调组成的简朴的钟乐，不过，该教区如此之小，建造教堂的人们认为，有三架钟也就够用了。苔丝同丈夫一起，经过钟楼，沿着小径，朝院门走去，这时，她能感觉到，那嗡嗡的钟声，从装有气窗的钟楼里发了出来，震撼着周围的空气，与她内心高昂的情绪势均力敌。

在这样的心境中，她觉得自己沐浴在外界的光芒下，被照得一片辉煌，就像圣约翰在太阳里看见的天使一样。等到教堂的钟声消失之后，她的这种心境也就终结了，结婚仪式激发出来的激情，这时也已经消退了。她的双眼现在能够清楚地看出物体的细节了，克里克夫妇已经吩咐别人把自己的轻便马车派过来，把那辆大马车让给年轻夫妇两个人坐。直到这时，苔丝才第一次看清了那辆车的构造和形状。她一声不吭地坐着，把这辆大车端详了好久。

“我觉得你似乎情绪低落，苔丝。”克莱尔说。

“是的，”她把手按到额头上，答道，“有很多事情都使我胆战心惊。安琪，这一切太严肃了。就说这辆马车吧，我似乎以前见过它，跟它很熟。真是太怪了，我一定是在梦中见过。”

“哦，对了，你一定听说过德伯维尔家的大马车的传说，他们家正走红的时候出的这件迷信事儿，本郡是人人皆知的。一定是这辆笨重的旧马车让你想起了那个传说。”

“我不记得我是否听说过。”她说，“是什么样的传说？能让我知道吗？”

“呃，我觉得现在还是不说细节为好。大概是说十六世纪或十七世纪的时候，德伯维尔家有一个人在自家的大马车里犯了一件可怕的罪，自那以后，这家人不管什么时候，只要一看见或一听见那辆旧马车……我还是改日再说吧，太怕人了。显然，你一定是模模糊糊地知道一点，所以看见了这辆旧马车，就又回想起来了。”

“我记不得以前是否听人说过。”她喃喃地说，“安琪，你是说我们家的人什么时候会看见那辆马车？是要死的时候呢，还是犯了罪的时候呢？”

“别说啦，苔丝！”他亲住她的嘴，不让她说下去。

他们到家的时候，她感到后悔，打不起精神。的确，她已经是克莱尔太太了，但是，她在道义上有享受这一名分的权利吗？说她是亚雷克·德伯维尔的太太不是更准确吗？正直的人们也许认为她保守沉默就是有罪，但是，难道强烈的爱情就不能使这罪孽得到宽恕吗？她不知道，在这种情形下，一个女人应该怎么办，谁也不会给她出主意。

不过，有几分钟，只剩下她一个人待在屋里，这是她最后一天待在这间屋里，于是她跪下祈祷。她本想向上帝祈祷，可是，她真正恳求的却是她丈夫。她对那个人过度崇拜，以致她害怕这是一个凶兆。她回想起了劳伦斯神父所说的话："穷欢极乐必有凶终恶果。"[1]作为凡人，她爱得太厉害了、太过分了、太疯狂了、太不要命了。

"啊，我的爱人，我的爱人哪，我为什么爱你爱到这种程度！"她在屋里轻声对着自己说，"因为你所爱的女人，并非真正的我，而是长得和我一模一样的另外一个女人，一个我过去本来可以成为的女人！"

下午到了，该是他们动身的时候了。他们已经决定，在靠近井桥磨坊的那所古老的农舍里租几间房子，住上几天，同时他想在这个期间了解一下面粉加工的过程。两点钟的时候，一切准备就绪，只等起程。奶牛场上的每一个人都站在红砖门厅里，替他们送行，老板和老板娘跟着他们到了门口。苔丝看到，她那三位同屋伙伴并排靠墙而立，郁郁不乐地垂着脑袋。她原先还很疑虑，不知道她们会不会出来送行，但是她们都出来了，个个都能坚忍克制。她知道为什么娇柔的蕾蒂脸色那么憔悴，为什么伊丝显得那么悲伤，为什么玛莲神色那么茫然。她只顾捉摸她们的心事，有一会儿，竟然忘却了那纠缠着自己的阴影。

在一阵冲动下，她对着丈夫的耳朵轻声说：

"你能把这些可怜的人儿都吻一下吗？第一次，也算是最后一次。"

克莱尔一点儿也没反对这种吻别的仪式（他只是当做一种仪式），走到她们站着的地方，挨个挨个地吻了她们，边吻边说"再见"。他俩走到门口的时候，苔丝出于女性特有的敏感，回过头来，看一看那慈爱的吻别产生了什么样的影响。她的目光中，本来该有得意扬扬的神色，可是却一点也没有。即使开始有过的话，那么，看到那几个姑娘情绪怎样激动，那神色也会顿时消逝。那一吻分明害了她们，唤醒了她们曾竭力压制着的内心的感情。

对于这些，克莱尔都一无所知。他往栅栏门走去，同克里克夫妇一一握

1. 引自莎士比亚《罗密欧与朱丽叶》第2幕第6场。

手，感谢他们对他的关照。接着，大家都一声不吭地看着他俩动身。突然，公鸡一声鸣叫，打破了寂静。原来是一只红冠子的白公鸡飞到了房屋前面的篱栅上，在离他俩几步远的地方，啼叫了一声，起初声音高昂，直穿耳鼓，然后渐渐衰弱，像是深谷里的回声。

"哦？"克里克太太说，"下午还有鸡叫！"

站在场院门旁的两个人，为他们把门打开。

"下午鸡叫，不吉利啊。"一个人悄悄地对另一个人说，没想到，站在场院门口的那群人也能听到。

公鸡直接对着克莱尔，又叫了一声。

"嗨！"老板说。

"这只公鸡真讨厌！"苔丝对丈夫说，"叫车夫快赶车吧。再见，再见！"

公鸡又叫了。

"嘘！快滚开，要不，我就扭断你的脖子！"老板有些恼怒地说，转身把鸡赶走了。一起回屋的时候，他对妻子说："唉，你看今天怪不怪！一年到头，我可从来没听到过公鸡在下午叫呀。"

"那不过是表明天气要变罢了。"她说，"不会像你想的那样，不可能的！"

第三十四章

他俩乘坐马车，沿着谷里平坦的道路，经过几英里的行程，便到了井桥，又从村里往左一拐，跨过一座伊丽莎白时代的大桥。正是因为有这座桥，村名才带了个桥字。一跨过桥，便是他们租了房间的那幢农舍，凡是到过富润谷的人，全都非常熟悉它的外观。它曾是豪华的庄园中的宅邸，是德伯维尔家的房产，但是，自从部分拆毁之后，它就变成一幢农舍了。

"欢迎你到你祖上的一座宅邸来！"克莱尔边说边把苔丝扶下车。但他很快就后悔不该说这句打趣的话，太像挖苦了。

进屋之后，他们才发现，尽管他们只租了两间屋子，可是房东却借他俩住在这儿的机会，到别处的亲戚朋友家拜年去了，只吩咐一个邻近的女人来略微照料。整所房子都归他们使用了，他们感到格外高兴，第一次享受到两人独居一所房屋的乐趣。

可是，克莱尔又发现，他那个新娘子，见了这所古旧的房屋，仿佛感到有些压抑。马车驶走以后，那个做家庭杂务的妇女就领着他们上楼洗手。在楼梯口，苔丝猛吃一惊，停住脚步。

"怎么啦？"克莱尔问道。

"那两个可怕的女人！"她笑了一笑，答道，"刚才，我被她们吓了一跳。"

他抬头一望，发现有两幅与真人一般大小的画像，嵌在墙内的镶板上。到过这儿的人全都知道，画上是两个中年女人，是两百多年以前画的，这两个人的相貌，你只要看了一次，就永远别想忘掉。一个是长脸庞、尖下巴，眯缝着眼睛，强作笑容，从而露出冷酷阴险的神色；另一个是鹰钩鼻，龇着大牙，瞪着蛮横的眼睛，显得气焰嚣张、穷凶极恶。谁若是看见了，必定会在梦中再次见到。

"是谁的画像？"克莱尔问那个当地女人。

"我听老一辈的人说，她们是这座宅子的老宅主德伯维尔家的两位夫人。"她说，"这两幅画像嵌在墙里了，所以没法儿搬走。"

令人不快的不仅是这两幅画像吓了苔丝一跳，而且，在这两个过分夸张的容貌中，无疑可以找到苔丝那眉清目秀的影子。不过，有关这一点，他什么也没说，而且还后悔自己不该远道而来，选择这么一个地方度蜜月，于是走进隔壁房间去了。这个地方是匆匆忙忙收拾出来给他们住的，因此，他们只能在一个脸盆里洗手。克莱尔在水里碰到了苔丝的手。

“哪是我的手指，哪是你的手指啊？”克莱尔抬起头来问道，“好像都混在一起了。”

“都是你的呀。”苔丝悦耳地说，竭力表现出比先前更快活的神色。在这种时候，她这种巧妙的联想不会使他感到不快，每一个敏感的女性都会这么体贴入微的，但是苔丝知道，她想得未免过分了，要竭力避免。

在这一年的最后一个短暂的下午，太阳低垂着，阳光透过一个很小的隙缝，射进屋内，形成一条金棒，投在苔丝的裙子上，像是染料在上面染了一块。他们走进那间古老的客厅吃茶点，他们在这儿第一次以夫妻的身份同桌用餐。他发现，同她共用一个黄油面包盘子非常有趣，而且还用自己的嘴去抹掉她嘴唇上的面包屑子。他们这真是十足的孩子气，或者不如说是他孩子气十足。他有点儿纳闷，他这么兴致勃勃地跟她调情，可她总是进不了角色。

他一声不吭地看了她好久好久。“她真是个惹人疼爱的宝贝苔丝。”他暗自想道，仿佛终于看懂了一段难以理解的文章，“我的命运好也罢，歹也罢，反正这个小小的女性的生命已经完完全全、不可挽回地和我维系在一起了。对此，我是否有充分严肃的认识了呢？恐怕没有。我想我难以充分领会，除非我自己是个女人。在接下来的人生中，我们是有福共享、有难同当了。我将怎么样，她也将怎么样了。我将不能怎么样，她也将不能怎么样了。而我将来会抛弃她、伤害她或者根本不理她吗？上帝是不许我犯这种罪孽的！”

他们坐在桌边等候行李，克里克先生曾答应他们，在天黑之前就把他们的行李送到。但是，暮色已经降临，行李还未送到。而他们除了身上穿的，什么也没带。太阳落下山了，冬季白昼的那种宁静的状态已经开始变化。屋子外面，开始发出一种沙沙的声音，像是丝绸被剧烈摩擦似的，那些在秋天里落下的枯叶本来安安静静地躺在地上，现在被风一吹，全都骚动起来，身不由己地四处旋转，啪啪地打到百叶窗上。不一会儿，天下起雨来。

"那只公鸡早就知道天要作变了。"克莱尔说。

照料他们的那个女人早已回家过夜去了，不过她在桌上放好了蜡烛，现在，他们点燃了蜡烛。每一支烛光都朝壁炉那边晃动着。

"这种老房子都这么透风。"克莱尔看着烛光和流向一边的烛泪，继续说道，"真怪，行李怎么还没运到呀？我们连一把刷子、一把梳子也没有。"

"我也说不上来。"苔丝心不在焉地答道。

"苔丝，今晚你一点也不高兴，你一点儿也不像你平时那样。一定是嵌在墙上的那两个凶婆娘把你给吓坏了。非常对不起，真不该把你带到这么个地方来。我不知道你到底是不是真的爱我？"

他明明知道她爱他，他并不是正儿八经地提出这个问题。可是，她却是满腔的情感，听了这话，她就像一头受伤的野兽，哆嗦起来。虽然她竭力克制着，不让自己哭出来，可是，仍然止不住掉下了一两滴泪水。

"我不是当真的，你别见怪！"他很抱歉地说，"我知道，你是因为行李没来而感到着急。我真不明白，乔纳森为什么还没把东西送到。都七点了，这是怎么回事呀？啊，他来啦！"

有人敲门了，因为屋里没有别的人去开门，所以克莱尔就自己去开了。回来的时候，他手里拿着一个小包裹。

"结果还不是乔纳森。"克莱尔说。

"真叫人恼火！"苔丝说道。

包裹是专人送来的，送包裹的人从爱敏斯特到达塔尔勃塞的时候，得知新婚夫妇刚从那儿离开，于是又从塔尔勃塞赶到这儿来了，因为他按照吩咐，必须将包裹当面交给本人。克莱尔把它拿到亮处一看，只见这只用帆布缝制的包裹不到一英尺长，并用红火漆封好，打着他父亲的印章，上面写着他父亲的亲笔字："安琪·克莱尔夫人收"。

"这是送给你的一件小小的结婚礼物，苔丝。"他边说边递给了苔丝，"他们想得真周到！"

苔丝接过包裹的时候，神色有点儿慌张。

"亲爱的，还是由你来替我打开吧。"她又把包裹递给了克莱尔，"我不喜欢拆那火漆印儿，看起来太庄重了。请你替我打开吧！"

他打开包裹。里面是一个山羊皮制的小匣子，匣子上放着一封短信和一把钥匙。

短信是写给克莱尔的，是这么写的：

我的爱儿：你大概已经忘了，在你还很小的时候，你有个教母，名叫皮特尼太太，是个虚荣心很强的好女人，她在临终的时候，曾把她的一部分珠宝交给了我，嘱咐我在你将来结婚的时候，把这些珠宝赠给你的妻子（无论你娶的是谁），以表示她对你的一份慈爱。我不负所托，就一直把这种珠宝存在银行里。当然，在目前这种情形下，我觉得现在这么做未免有点不合适，但是，你也明白，我必须把这些珠宝转交给有权终身使用这些珠宝的女人，于是也就送给她。我相信，这些东西，按照你教母遗嘱的说法，是严格意义上的传家之宝。兹附上关于此事的那条遗嘱的原文。

"我以前完全忘了，"克莱尔说，"现在可想起来了。"

他们打开匣子，发现里面装着一条带有鸡心的项链、一副手镯、一对耳环，还有别的一些小首饰。

苔丝起先似乎不敢碰它们，但是，当克莱尔把它们铺开来的时候，她那一双眼睛瞬间像宝石一般放射出夺目的光彩。

“是给我的吗？”她将信将疑地问道。

“当然是给你的。”他说。

克莱尔凝望着炉火。他回想起，当他还是十五岁少年的时候，他的教母——一个乡绅的太太，他平生接触过的唯一的阔太太，总是坚信他会大有出息，说他以后前程似锦。既然猜测他前途无量，那么，把这些珍贵的首饰留给他的太太，并传给她子孙的太太，似乎没有任何不妥之处。然而，它们现在闪烁着，仿佛有点儿嘲弄似的。“可是为何这么想呢？”他不禁自问。说到底，这不过是个虚荣心的问题，既然他教母那方面可以有虚荣心，那么他太太这方面也可以有哇。何况他的太太是德伯维尔的后裔呢，难道还有谁比她更配戴这些首饰吗？

突然，他热情地叫了起来：

“苔丝，把它们戴上，把它们戴上！”他从炉边转过身来帮她戴。

但是，她好像受了魔力的驱使，自己动手把它们戴上了，项链、耳环、手镯，一切全都戴上了。

“可是，你身上的长裙不合适，苔丝。”克莱尔说，“应该穿一件敞胸的，才能配得上这套光彩夺目的首饰。”

“是吗？”苔丝问道。

“是的。”他说。

他告诉她怎样把上衣的上边缩拢一些，仿佛是晚礼服的样式。她按他所说的那样做了，这么一来，项链上的鸡心就像本来设计的那样，单独地垂在她那白皙的胸前了。他后退一步，仔细地瞧着她。

“天哪，”克莱尔说，“你多漂亮啊！”

人人都知道，人靠衣裳马靠鞍。一个乡下姑娘，若是穿着朴素的衣装就能给人好感，那她要是穿上时髦的服装，再仔细地打扮一下，就会变成令人惊讶、大放光彩的美女了。同样，参加深夜聚会的美女，如果穿上农妇的外罩，在一个沉闷的日子，站在一片单调的萝卜地里，那么，就会是令人遗憾的形象了。直到现在，克莱尔都从未估量到苔丝面容和身段方面的艺术性。

“啊，你若是出现在舞厅里，该多么好啊！”克莱尔说，“哦，不——不。亲爱的，我觉得，我更喜欢你戴着软布帽儿，穿着粗布衣衫，是的，比这样穿戴更好，尽管你配得上这些贵重的东西。”

苔丝觉得自己有着惊人的美丽，顿时满脸绯红，不过，只是激动，还不是快活。

“我取下来吧。”苔丝说，“要不然，会让乔纳森看见的。我戴着不合适，是吗？我想，得把它们卖掉？”

“再戴几分钟吧。把它们卖掉？绝不能卖。那样做，岂不辜负了别人的一片诚意？”

她又想了一下，便欣然同意了。她有话要说，戴着这些东西也许要方便一些。于是她就戴着珠宝坐了下来，两人又开始胡乱猜测乔纳森把他们的行李可能送到哪儿去了。他们倒好了等他来喝的啤酒，因为搁得太久，泡沫都跑光了。

此后不久，他俩便开始吃饭。饭菜早已在靠墙的桌子上摆好了，他们还没吃完，壁炉的烟就突然一抖，一股正要冒出去的烟却闯到屋里来，仿佛有一个巨人用手掌在烟囱口堵了一下似的。原来这是因为外面的门被打开而引起的。穿堂里传来沉重的脚步。克莱尔起身走了出去。

“我怎么敲门，也没人听得见，”终于到来的乔纳森抱歉地说，“外面下着雨，所以我就自己开门进来了。先生，我把你们的东西送来了。”

“看到这些东西，我很高兴。可你来得太晚啦。”

“是的，先生，是来晚了。”

乔纳森的嗓音里有一种故意克制的成分，他在白天却不是这样，另外，他的额头上，除了岁月的皱纹，又添了几条焦虑的皱纹。

“今儿下午，”他继续说，“你和你太太——现在该这样称呼她了——你和你太太走过之后，场里发生了一件最可怕的事情，我们大伙儿都急得要命。或许你们还记得下午鸡叫的事吧？”

“哎呀，到底出了什么事呀……”

“呃，有的说鸡叫会出这件事，有的说会出那件事，但是，谁也没料到祸事会落到可怜的小蕾蒂身上，她竟然投水自杀。”

“什么？这不是真的！她还跟大伙儿一起为我们送行了呀……”

“是呀。唉，先生，当你和你太太——这是按合法的称呼——我是说，当你们两人坐上马车离开以后，蕾蒂和玛莲也戴上帽子出门了，今儿是除夕，没有什么事情可做，大伙儿就喝得稀里糊涂的，谁也没有过多地注意她们。她们先是到了路艾佛拉德，在那儿喝了一些酒，然后又溜到了屈武十字碑。她们好像在那儿分了手，蕾蒂踏进水草地，好像朝回家的方向走，玛莲继续朝前面的一个村子走，那儿还有一家酒馆。打那时起，就再也没人见到蕾蒂的踪影，后来有个船工在回家的途中，看到大塘边上放着一些东西，走近一看，原来是女人的帽子和围巾。他在水里把她找到了。又叫了个男的，把她抬回了家，只当她死了，可她却一点一点地缓过来了。”

克莱尔突然想起，苔丝可能会听到这个阴郁的故事，所以就起身去关穿堂和前室之间的通往内室的门。但是，他的妻子已经走到了外室，身上披着围巾，正在倾听着乔纳森的叙述，心不在焉地盯着行李和行李上闪着亮光的雨滴。

“事情还没完呐，玛莲也出了乱子，人们发现她躺在柳树丛中，醉得像个死人似的。虽说从她的脸上就可以看出，她是个食量很大的姑娘，可是，她活了这么大，除了喝一个先令的淡啤酒，可从来没有碰过别的东西呀。唉，这些女孩子呀，好像全都发疯了！”

“那么伊丝呢？”苔丝问道。

“伊丝倒像平时一样待在家里，可她说她全知道这些事的理由，她心里似乎也很不好受，可怜的姑娘，这也难怪嘛。先生，你看，出这些事的时候，我们正好往车子上装你的行李和你太太的晨衣和梳妆用品，所以，我也就来迟了。”

“知道啦。好吧，乔纳森，你把行李送到楼上去，再下来喝杯啤酒，然后你就尽快赶回奶牛场吧，或许那儿还有事情要你做呢。”

苔丝已经回到里边的客厅，坐在壁炉旁边，神情忧伤地望着炉火。她听到乔纳森上下楼的沉重的脚步声，直到他搬好行李，接着又听到他感谢她丈夫给他啤酒和赏钱。然后，乔纳森的脚步从门口消失了，马车咕隆隆地离开了。

克莱尔拴好防盗的又大又重的橡木门栓，来到苔丝坐着的壁炉旁边，伸出两只手，从背后捂住苔丝的双颊。他期待着苔丝快活地蹦起来，去拿她早就急着要用的梳妆用品，但是，她却一动也没动，于是，他也就坐在她身边的一片炉火之中，饭桌上的烛光太微弱，比不过炉火。

“那几个女孩子的伤心的事情全都让你听到了，我真难过。”他说，“不过，你也不必烦恼。你也知道，蕾蒂那姑娘本来就挺怪的。”

“她那样做，一点也不应该。”苔丝说，“倒是有人应该那样做，可是却装出若无其事的样子。”

这件事摆动了她心中的天平。她们是些单纯无知的姑娘，可是，单相思的不幸却降临到了她们的头上，命运待她们太不公正了。她倒应该遭受厄运，然而，她却成了中选的人。她这样毫不付出就拥有一切，真是恶劣啊。她应该把最后的一点代价都付出来，她应该在此时此地把过去的一切全都讲出来。她作出最后决定的时候，双眼正盯着炉火，克莱尔正握着她的手。

现在，从炉中没有火焰的余烬中，发出了稳定的光泽，染红了壁炉的周围、发亮的柴架，和一把总是合不拢的铜质旧火钳。炉台下面和靠近壁炉的桌腿，也都被炉光映得通红。苔丝的脸膛和脖子，也染上了同一种暖色调，她身上戴的每一件珠宝，也都变成了金牛星或天狼星，变成了闪烁着白光、红光和绿光的星座，随着她脉搏的每一次跳动，它们也不断地变换着自己的色泽。

“今儿早上，我们都说要谈谈各自的过错，你还记得吗？”他发现她还是一动也不动，突然问道，“也许，我们是随便说说的，你也并不当真。但是，就我来说，并不是空口说白话。亲爱的，我有件事得向你坦白。”

这番话，出人意料地从他嘴里说了出来，说得正是时候，苔丝不禁想到，真是天公有意介入其中，替她排忧解难。

“你有事情向我坦白？”她急忙问道，甚至带着喜悦和轻松。

“你没有料到吧？唉，你把我看得太高了。现在你听我说。把你的头靠在这儿，因为我要你宽恕我，请你不要怪我以前没有告诉你，我本该早就把事情说出来。”

这多奇怪呀！仿佛他是她的替身一样。她没吭声，因此克莱尔继续往下说。

“我以前所以没有告诉你，是因为我害怕失去你，亲爱的，我不敢冒这个风险，我不能失去我生命中的最高的奖品——我的研究员职称，我就这么称呼你。我哥哥的研究员职称是在大学里得到的，而我是在塔尔勃塞奶牛场得到的。呃，我不能冒险丢掉它呀。一个月以前，就在你答应嫁给我的时候，我就打算告诉你，可是我说不出口呀，我想，我要是说出来，一定会把你从我身边吓跑的。这事儿也就搁下来了。后来我想我一定得在昨天告诉你，给你最后一次摆脱我的机会。可我还是没有做到。今儿早上，当你在楼梯口提出我们要互相坦白过错的时候，我也没能讲出来——我真是个罪人呐！可是现在，我看到你这么神情严肃地坐在这儿，我一定得讲了。我不知道你会不会宽恕我？”

“哦，会的！我敢说……”

“好的，但愿如此。不过你先等一等。你还不知道是什么事呢。我从头说起吧。虽说我觉得我父亲老是担心我思想异端，以后永远不能升入天堂，可我当然还是和你一样，苔丝，信仰美好的道德原则。我曾经希望当一名教化人们的导师，当我发现我不能进入宗教界时，我还非常失望呢。我敬仰纯洁无瑕，尽管我还不能标榜自己是一身廉洁，我对不纯洁的行为深恶痛绝，我希望我现在还是这样。不管人们怎么看待‘完全灵感’[1]，但是必须诚心诚意地赞同保罗说的这番话：‘总要在言语、行为、爱心、信心、虔诚、纯洁上，都做别人的榜样。’[2]对于我们这些可怜的人类，这是唯一的保障。有位罗马诗人曾说到过‘完整的生命’，与保罗的说法完全吻合：

> 一个人若是活得正直，一尘不染，
> 根本用不着摩尔式的弓箭。[3]

唉，俗话说，通往地狱的道路是用良好的愿望铺成的，我对这句话有很深切的体会，你想想看，在我选中为何人谋取幸福的良好目标时，自己却先堕落了，我心中该是多么悔恨啊！”

接着他向她叙述了他已经向她微微暗示过的一段人生经历。他由于情绪低落、困难重重，曾在伦敦游来荡去，像是一个随着波浪漂泊的软木塞子，

1. “完全灵感”是宗教术语，指《圣经》完全得自于上帝的灵感而作，因而一切都是正确的。
2. 引自《圣经·新约·提摩太前书》第 4 章第 12 节。
3. 罗马诗人是指贺拉斯。此处引自《歌集》第 1 卷第 22 首。

后来跟一个素不相识的女人过了两天两夜的放荡生活。

“幸好，我几乎立刻就醒悟过来了，意识到了自己的愚蠢。”他接着说，“所以我就跟她一刀两断，回到了家里。自那以后，我再也没有跟别的女人鬼混。但我觉得我一定得对你开诚布公，真心相待，不把这件事坦白出来，我就觉得自己是阳奉阴违、假仁假义。你说你能宽恕我吗？”

她紧紧握住他的手，算是回答。

“那么说过就算了，永远别再提它了！我们现在真不该谈这个，太痛苦了，我们谈点轻松愉快的吧。”

“哦，安琪，听了这番话，我倒几乎感到高兴呐，因为现在你也能宽恕我了！我还没有向你坦白呢。还记得吗，我说过我也得向你坦白呀。”

“啊，一点不错！那么你就说吧，你这个小坏蛋。”

“虽然你在笑，可这件事儿也许跟你的一样严重，甚至更严重些呢。”

“亲爱的，不会比那个更严重了。”

“不会——哦，是的，不会！”她跳了起来，充满欢乐，充满希望，“是的，当然不会更严重了，”她叫道，“因为这完全是一模一样的事！我这就告诉你。”

她又坐了下来。

他们的手仍然握在一起。炉栅下的灰，被炉火垂直地一照，像是一片晒得滚热的荒原。炭火把红色的光焰投到克莱尔的脸上和手上，也投到苔丝的脸上和手上，射进她额上蓬松的头发里，照在头发下那细嫩白皙的皮肤上，置身于这样的一片红色光焰之中，想象起来，像末日审判那样阴森可怕。她的身体，形成一个巨大的黑影，投射到墙上和天花板上。她弯下身子，颈子上的每一颗钻石都随之阴险地闪烁一下，就像癞蛤蟆不怀好意地眨了一下眼睛。她把额头靠在他的太阳穴上，压低着嗓子，垂着眼帘，一字一字地把她和亚雷克·德伯维尔相识及其后果全都说了出来。

第五部

女人总是吃亏

第三十五章

苔丝的叙述结束了。就连反复申明和附加说明也都讲完了。她的嗓音自始至终都没有提高，和开口说的时候一样低沉。她既没有说出任何为自己开脱罪责的话语，也没有流下一滴眼泪。

但是，随着她的叙述，就连各种外部景物的面貌，都似乎经受了一番嬗变的过程。壁炉里的炭火变得鬼头鬼脑、怪模怪样，仿佛对苔丝的窘迫完全无动于衷。炉栅懒洋洋地咧着嘴，好像一切都与自己毫不相干。盛水瓶子上发出来的光亮只是表明，它正在潜心研究有关色彩方面的问题。周围的一切物体，好像都在令人可怕地反复申明，逃脱责任。然而，自他吻她以来，什么也没改变，或者更确切地说，在外表上什么也没有发生变化，但是，事情的实质已经变了。

她说完之后，他们从前那卿卿我我、耳鬓厮磨的情韵，仿佛全都退缩到脑门后面，挤到那儿反复唠叨，觉得以前的行为完全是盲目和愚蠢的。

克莱尔做了一个离题的举动，把炉火拨弄了一下。她刚才那番话的真实意义还没有到达他的内心深处。拨弄了余火之后，他站了起来。这时，她那番话的全部力量才显示出来。他的脸变得憔悴苍老了。为了集中自己的思绪，他就用脚在地上乱踏乱踩。他不管用什么办法，都无法驱除杂念、集中心思，因此，只好毫无表情地乱动。当他终于开口说话时，所发出的也不是那种她听惯了的富于变化的语调，而是极其呆板的声音，仿佛发音官能不健全一般。

“苔丝！”

“嗯，最亲爱的。”

“我该相信这番话吗？看你的样子，我该把这些话当成是真的。啊，你不可能是疯了吧！你要是疯了才好呐！可是你却没有疯……我的妻子，我的苔丝，你拿不出任何足以证明你已经发疯的东西，是吧？”

“我没有发疯。”她说。

“然而……”他神情茫然地看着她，又恍恍惚惚地说，“你以前为什么不告诉我呀？哦，对了，我想起来了，你本来是想告诉我的，可我没让你说出来！”

克莱尔说这说那只不过是在表面上敷衍塞责罢了，他的内心深处仍然如同瘫痪。他转过身去，俯在一把椅子上。苔丝跟着他到了房间中央，用一双没有泪水的眼睛盯着他。接着，她在他的脚边跪了下来，又趴倒在地，蜷伏成一团。

“看在我们爱情的分上，请你饶恕我吧！”她舌敝唇焦，喃喃地说，“同样的事情，我可是宽恕了你呀！”

他没有回答，于是她又说：

“像我宽恕你一样宽恕我吧！安琪，我宽恕你！”

“你吗，是的，你宽恕我了。”

“可你就不宽恕我吗？”

“哦，苔丝，这不是什么宽恕不宽恕的问题！你以前是一个人，你现在是另一个人了。天哪，宽恕两个字怎么对付得了这种荒诞无稽的戏法呢？”

他停了下来，思考着这一定义，然后突然可怕地狂笑起来，笑得像地狱里的笑声一样恐怖，一样不自然。

“别——别这样！这笑声简直是要我的命！”她尖声叫着，“啊，你发发慈悲吧，你可怜可怜我吧！”

他没有回答。她脸色惨白，跳了起来。

“安琪，安琪！你干吗这样狂笑？”她大声嚷叫着，“你知道这笑声对我意味着什么吗？”

他摇了摇头。

“我一直在期待着、盼望着、祈祷着，只想让你幸福！我老是在想，我若是能够使你称心如意，那该是多么高兴的事啊，若是不能让你开心，那我该是一个多么不称职的妻子啊！安琪，这就是我的想法呀！”

“这我知道。”

“安琪，我原以为你是爱我的——爱我这个人本身！要是你爱的真是我，那么，你的神情怎么会变成这个样子？你怎么会这样跟我说话？真把我吓死了！而我呢，我只要爱上了你，我就会永远爱你，不管遇到什么变故，遭到什么耻辱，我都永远爱你，因为你就是你呀。我不再另有所求。那么你，我的亲丈夫，你怎么能不再爱我了呢？”

“我再重复一遍，我一直爱着的女人并不是你。”

“是谁呢？”

“是长得跟你一模一样的另外一个女人。”

她从他这番话里觉察到，她自己以前的担忧，现在真的应验了。他把她看成一个骗子，看成是假装纯洁的邪恶女人了。想到这一点，她那苍白的脸上掠过一阵恐惧，面颊上的肌肉松弛下垂，嘴巴看起来几乎像是一个圆圆的小窟窿。意识到他对她的这种态度，她感到害怕极了，几乎失去知觉，几乎瘫倒在地。他以为她要栽倒，于是走上前去。

“坐下来，坐下来吧。”他轻轻地说，“你要晕倒了，这是很自然的。”

她倒是坐下来了，可是却不知道究竟坐在哪儿，她脸上仍然是一副紧张的神情，她那眼光，叫人看了汗毛直竖。

“那么，安琪，我不再是你的人了，是吗？”她失望地问道，“他说他爱的不是我，而是长得跟我一模一样的另外一个女人。”

想到这里，她就像受了委屈的人一样，自己可怜起自己来了。

当她进一步想了想自己的处境之后，眼眶里便噙满泪水，她急忙转过脸，自我怜悯的眼泪便像泉水一般涌了出来。

克莱尔看到她反复无常的样子，心里倒轻松了好多，起先，苔丝那种不痛不痒的样子给他所带来的苦恼，绝不亚于这件事本身所给他带来的那份苦恼。他安安静静地、麻木不仁地等着，一直等到苔丝那阵剧烈的痛苦减退下去，泪如泉涌的痛哭也变成了断断续续的抽噎。

“安琪，”她突然问道，声音恢复正常了，不再有恐惧和干巴巴的成分了，“安琪，我是不是太坏了，使得你我两人不能生活在一起了？”

“我还没有想到我们到底该怎么办呢。”

“我不会要求你和我一起生活，安琪，因为我没有这个权利！我本来说我要写信告诉我妈妈和我几个妹妹，说我们已经结婚了，现在我不写了；我本来裁好了布料，想在我们寄寓的时候缝一个针线包，现在我也不缝了。”

“不缝了吗？”

“是的，我什么也不干了，除非你吩咐我干。你要是离开我，我也不会跟着你的。你要是永远不再同我说话，我也不会问为什么，除非你吩咐我问。”

“如果我真的吩咐你去做什么呢？”

“那我绝对服从你，就像是你的可怜的奴隶，哪怕你叫我躺下来死，我也会死的。”

“你真好哇。可我强烈地感受到，你现在的这种自我牺牲的精神与你先前那种自我保护的态度很不协调哇。”

这是他的第一句反驳。然而，对苔丝进行煞费苦心的讥讽，就如同对牛弹琴。对于话中那些精妙的讽刺意味，她一概不能领会，她只知道他发出的是一种不友好的声音，表明他按捺不住怒火了。她默然无语，不知道他正在努力克制着对她的感情。她也几乎没有看见，他的面颊上慢慢地滚动着一颗泪珠，一颗硕大的泪珠，把它经过之处的毛孔都放大了，仿佛一把放大镜。与此同时，他重新明白过来，她那番坦白，给他的生命、他的宇宙带来了可怕的、根本的改变。他拼命地挣扎在新的处境之中。总得采取一些相应的行动，可是，采取什么样的行动呢?

“苔丝，”他尽可能温柔地说，“我现在——在这个房间里待不下去了。我得出去走走。”

他悄然无声地离开了房间，为吃晚饭而倒的两杯酒（一杯为她，一杯为他）仍然放在桌子上，一动也没动。这就是他们的“婚宴”。两三个钟头之前，在吃茶点的时候，他们还出奇地相爱，硬要两人共喝一个杯子呢。

门在他身后关上了，虽然关得非常轻，却把苔丝从麻木中惊醒了。他走了，她也待不下去。她急忙披上大衣，吹灭蜡烛，好像永远不会回来似的，然后打开门，跟着出去了。雨已经停了，夜色非常清朗。

克莱尔漫无目的地慢慢地走着，不一会儿，苔丝就赶上了他。和她那轻盈的灰白形体相比，他的身躯显得黑沉沉、阴森森的，令人生畏。她觉得，曾使她一度骄傲的珠宝，现在也有了讥讽的意味。克莱尔听到她的脚步声，便回来头来，他虽然认出了她，神色却没有任何改变，只顾自己越过房屋前面的五拱大桥。

路上，牛脚印和马蹄印里积满了水，不过，雨还不算太大，只能往这些脚印里注满水，却不能把它们冲没。当苔丝从这儿经过时，只见星星的影子在这些临时的水坑里一晃而过。没想到宇宙中最为巨大的物体竟映射在她脚下如此卑微的水洼之中，不过，她若是没有看到水坑里的星光，还真不知道头顶的天空中已是繁星闪烁了呢。

他们今天所走的这块地方，和塔尔勃塞处在同一个山谷，不过是在远几英里路的下游。周围是一片平地，无物遮挡，因此，克莱尔清清楚楚地出现在她的眼前。从房前延伸而出的道路，蜿蜒地穿过草场，苔丝就顺着这条路，跟随着克莱尔，不过，不想追上他，也不想引起他的注意，只想默不作声地、漫无目的地跟在他的身后。

然而，她那无精打采的脚步最终把她带到了他的身边，可是他仍旧一声不吭。一个人的诚实若是受到了愚弄，那么，他觉醒之后，常常会觉得这是极其残酷的事，克莱尔目前正是这种心境。野外的空气，显然使他清醒镇定，不再凭着感情冲动行事了。她知道，她在他的眼中已经平淡无奇、毫无光彩，时光之神正在咏诵讥讽她的诗篇：

你真实面目一旦显现，他就转爱为恨，
你在这背运的时候，不再眉清目秀。
你的生命如同凄风苦雨，秋叶飘零，
你的面纱就是悲伤，花冠就是哀愁。[1]

克莱尔仍在聚精会神地思索，她尽管走在他的身边，却没有力量打断或转移他的思绪。现在的她对他来说，是多么微不足道啊！她情不自禁地先开口了。

“我做了什么——我到底做了什么呀！我既没说一句不爱你的话，也没过分夸大对你的爱呀。你一定以为这是我故意策划的，是吧？安琪，惹你生气的，并不是我呀，而是你自己心里所想象的事情呀。并不是我呀，我可不是你想象的那种骗人的女人呀！”

1. 引自英国诗人史文朋的诗剧《阿塔兰塔在卡吕冬》。

“哼——好啦。我的妻子没有骗人，但并不一样了。是的，并不一样了。不过，请你不要惹我指责你。我已经发誓绝不责备你了，我要想方设法做到这一点。”

但是，她由于心烦意乱，还是不停地替自己申辩，说了一些不说反而倒会好些的话。

“安琪！——安琪！我当时还是个孩子呀，这件事发生的时候，我还是个孩子呀！对于男人的事，我还一点也不懂啊。”

“我得承认，与其说是你害了别人，不如说是别人害了你。”[1]

“那么，你就不宽恕我吗？”

“我确实宽恕你，可是宽恕并不等于一切呀。”

“你还爱我吗？”

他没有回答这个问题。

“哦，安琪，我妈妈说，这种事儿，在别人身上也经常发生呢！她就知道有好几个女人，情况比我更糟呢，她们的丈夫并没有怎么计较呀，至少把这件事都看开了。更何况那些女的爱丈夫都不如我爱你爱得这么深呢！”

“苔丝，不要跟我争辩啦。不同的社会阶层，具有不同的道德观念。听了你这番话，我简直觉得你是个无知无识的农村妇女，对社会上的事情一点也不了解。你根本不知道你在说些什么话哟。”

“农村人是我的身份，而不是我的天性！”

她说这句话时，来了一阵怒气，不过，刚要发作，怒气就消了。

“所以对你来说就更加糟糕。我想，发现你们家世的那个牧师，若是当初守口如瓶，事情反而更好些。因为我不禁要把你的意志脆弱和你家族的衰亡联系起来。腐朽的世家也就意味着腐朽的思想、腐朽的行为。天哪，你为

---

1. 语出莎士比亚悲剧《李尔王》第3幕第2场。

什么要把你的家世告诉我，给了我一个更加瞧不起你的把柄呢？我本来一直以为你是大自然的新生儿女，谁知道竟是没落贵族的遗孕！”

“在这方面，还有很多家庭跟我一样糟呢！蕾蒂的家庭本是大地主，挤奶工人毕勒特的家庭也是这样。还有德比豪斯一家，原先是拜约的贵族，现在却成了赶大车的。你到处都能找到像我一样的人，这是本郡的特点，对此，我有什么法子呀？”

“所以这一郡才更糟哇。”

她只是笼统地并非细致地接受他的这些责难，她只知道他不像以前那样爱她，而对于别的东西她毫不关心。

他们又开始一声不吭地荡来荡去。事后，大家都说，井桥村的一个村民在半夜里去找大夫的时候，在牧场上碰见了一对情人，一声不吭、一前一后地慢慢地走着，仿佛是在送殡似的，他朝他们看了一眼，就发现他们的脸色不对，好像非常焦虑、非常悲伤。他找大夫归来的时候，又在同一片草场上碰见了他们，还跟先前一样慢吞吞地走着，还跟先前一样毫不顾及夜深天寒。只是因为他自己有急事在身，需要照料家中的病人，所以，没把这件古怪的事儿记在心头，然而，事后过了好久，他又想起来了。

在那个村民的往复期间，她曾对她的丈夫说：

“我真不知道，我该怎样做，才不至于使你感到一辈子受罪。那边就是河流。我可以投河自尽。我并不害怕。”

“我并不希望在我糊涂愚蠢的行为中再加上一件人命案子。”

“那我可以留下一些证据，说明我是自杀的，是因为羞愧而自杀的。这样，别人就不会指控你了。”

“别说这些蠢话了——我可不愿意听。在目前这种情况下，出现这样的想法，简直是胡闹，因为与其说这是一场悲剧，不如说这是一场玩笑。你一点也不明白这种灾祸的性质。要是人家知道了事情的经过，十有八九会把它当做一件笑谈的。好啦，请你回去睡觉吧。”

“好吧。”她唯命是从地说。

他们绕来绕去的那条路，通往磨坊后面那著名的西妥教团寺院的遗址。在过去的好几个世纪里，磨坊一直属于寺院，可是现在，磨坊照常运转，可寺院却已销声匿迹了，因为食物是终久不断的必需品，而寺院不过是倏忽即逝的信仰。人们不断看到，对短暂人生的解救胜过对永恒精神的解救。他们是迂回绕行，所以走来走去，离房子还是不远。她听从了克莱尔的指点，越过大河上的石桥，往前走了几步，就到达了寓所。返回屋里时，只见一切都和离开时一个样，炉火还在燃烧着。她在楼下待了不到一分钟，就上楼进了自己的卧室。行李先前已经搬进来了。她在床沿坐了下来，茫然四顾，接着就开始脱衣。她把蜡烛移到床前的时候，烛光落到了白色凸纹细布帐子的帐顶上。帐顶下挂着一件东西，她举起蜡烛凑近一看，发现是一丛槲寄生。她立刻知道，是安琪放的。怪不得在收拾行李的时候，有一个神秘的包裹，既难捆又难带，他不告诉她里面装的是什么，只说到时候自然会明白那东西的用场。他是在情感炽热、心花怒放的时候，把它挂上去的。可现在，这丛槲寄生显得多呆多傻，多么不合时宜啊。

苔丝觉得，要想让克莱尔回心转意、大发慈悲，似乎没有可能了，所以，她再也没什么可害怕的，她再也不必抱有任何指望了，于是，就呆头呆脑地躺了下来。一旦过分哀伤而变得麻木的时候，睡魔常常不期而至。心情愉快的时候，反而不如她现在这样容易入睡。所以，没过几分钟，孤零零的苔丝就忘记了周围的一切，忘记了这间芳香四溢、寂然无声的卧室，也许，这卧室曾经就是她祖宗的新房呢。

那天夜里，又过了一段时间，克莱尔才顺着原路，回到寓所。他轻轻地走进客厅，点着了蜡烛，然后，他带着已经深思熟虑的样子，在一张旧的马鬃沙发上铺开了自己的几床毛毯，构成了简易的床铺。临睡之前，他光着脚跑到楼上，在她卧室门口侧耳倾听。他一听到她那均匀的呼吸，就知道她已经酣然入睡。

“谢天谢地！”他喃喃地说，但是，他转念一想，不禁感到一阵心酸，觉得她把一身重负转移到了他的肩头，现在她倒可以无牵无挂地睡大觉了。他这种想法，虽然不是百分之百正确，但也几乎是正确的。

他转身下楼。然后，他又犹豫不决地把脸转向了她的房门。这么一来，他就无意中看到了一位德伯维尔太太的画像，因为这画像正好嵌在通往苔丝卧室的入口上。在烛光的照耀下，这画像不仅是令人感到不愉快，而且使克莱尔觉得，在这个女人的面容中，潜藏着一种凶狠的企图，一种对异性报仇雪恨的强烈愿望。画像上的那种查理时代的敞胸长袍，就跟苔丝先前为了露出项链而把衣服的上边缩拢起来时一模一样。于是，他又一次非常难过地感觉到，苔丝和这个女人之间有着一种相似之处。

这足以阻挡他上楼了。于是他又转过身子，下了楼。

他的神色显得平静、冷漠，他那张小嘴紧闭着，表明他心中有自我克制的力量，自从苔丝坦白了身世，他脸上的表情就一直没有发生变化，看起来极度茫然。从他这张脸上可以看出，此人虽然不再是激情的奴隶，然而却没有从激情的解脱中发现任何好处。他只是思索着人生的意外变故、命运的盲目捉弄、世事的变幻莫测。在他崇拜苔丝的漫长的时间里，直到个把钟头之前，他都认为世界上没有什么比苔丝更为纯净、更为甜美、更为贞洁的了，但是，

丝毫之差，判若天渊！[1]

1. 引自勃朗宁的诗《在炉边》第192行。

他对自己说，从苔丝那张诚实清新的脸上，是看不透她的内心的，这种观点显然不正确，但是苔丝没有辩护人来纠正他。他又接着想，一个人的眼神与说出来的话语倒能完全吻合，可是她的内心世界却与她的外部世界极不协调、完全对立，竟然会有这种现象？

他斜躺在铺在客厅里的小床上，吹灭了蜡烛。夜色袭进室内，冷漠无情地占据自己的位置；夜色早已吞噬了他的幸福，现在正在那儿无精打采地咀嚼；夜色正准备不动声色、泰然自若地去吞噬千万人的幸福。

第三十六章

在一片灰蒙蒙的晨光中，克莱尔起床了。今天的黎明也显得鬼鬼祟祟，仿佛干了什么勾当似的。他面前的壁炉里只剩下熄灭的灰烬；摆好了饭的桌子上，放着满满的两杯酒，一动也没动过，但现在酒味都跑光了，色泽也浑浊了；她的位置上和他的位置上都空无一人；其他的家具，也都带着无可奈何的神色，一个劲儿地追问着该怎么办，简直叫人难以忍受。从楼上没有传来一丝声音。但是，几分钟之后，有人敲门。他回想起这是那位伺候他们的女邻居。

在目前这种情形下，若是让外人进入屋里，那真是太别扭了。因此，早就穿好衣服的克莱尔打开窗户对她说，早上吃的他们可以自己应付。她手里拿着一罐牛奶，他就吩咐她放在门口。当那位女人走过之后，他就在房屋后部找了一些木柴，很快就生着了炉火。贮藏间里有大量的鸡蛋、黄油、面包等等。克莱尔很快就把早餐准备好了，他在奶牛场上的经历，使他做起家务事来，显得干净利落。壁炉里，木柴熊熊地燃烧，屋顶的烟囱里，炊烟袅袅，从远处来看，好像是雕着莲花柱头的柱子。当地人从这儿路过时，看到这番情形，总要想到这一对新婚夫妇，总要羡慕他们的幸福。

克莱尔把周围的景物环顾了最后一遍，接着来到了楼梯口，用一种平常的声音招呼道：

“早饭准备好了！”

他打开前门，在早晨的清新空气中走了几步。没过一会儿，他就返回屋里，这时，她已经来到客厅了，在那儿机械呆板地摆弄着餐具。从他叫唤她到现在，不过两三分钟，可她却是穿得好好的了，由此可见，他没去唤她的时候，她就早已穿好衣服或者几乎穿好衣服了。她的头发盘在脑后，她穿了一件新的上衣——一件浅蓝色的、领口镶有白色饰边的绒布衣裳。她的双手和脸膛仿佛冰凉。她大概穿着衣服在没有生火的房间里坐了很久。克莱尔刚才那般彬彬有礼地叫她，又使她一时产生了一线新的希望。但是，她看到他的脸色时，这种希望又化为了泡影。

说真的，他们这一对，以前好像是一盆烈火，现在只剩下灰烬。今天，沉重的心情取代了昨夜强烈的痛楚。仿佛不再有任何东西能够点燃他们的情感，唤起他们的爱恋。

他客客气气地跟她说着，她也同样不动声色地回答着。最后，她走到他的跟前，直勾勾地盯着他那张轮廓分明的脸，仿佛不知道她自己也是一个有形的血肉之躯。

“安琪！”她说了一声，又停了下来，用手指头轻轻地碰了碰他，轻得就像一丝微风似的，仿佛她不相信那儿会有她昔日恋人的肉体。她的眸子亮晶晶的，她那苍白的面颊仍像往常那样丰润饱满，尽管半湿的泪珠儿在那里闪烁，留下了痕迹。往常那圆润的红嘴唇，现在也几乎像她的两颊一样苍白了。她尽管还活着，心脏还跳着，但是，在精神痛苦的重压之下，她的生命被折腾得非常虚弱了，再稍微施加一点压力，她就会真的病倒了，富有特色的眼神就会呆滞无光，鲜润的嘴唇就会消瘦干瘪。

她显得绝对纯洁。大自然以奇异的本领，在苔丝的容貌上印了一副纯洁女性的标记，使得克莱尔发呆地久久端详着她。

“苔丝！你说一声这不是真的！不，这不是真的！”

“这是真的。”

“字字都是实话？”

“字字都是实话。”

他以哀求的眼光看着她，仿佛情愿让她说一句谎话，明知她是撒谎，也要以一种诡辩的方法来有效地否定实情，把谎言当成真话。然而，她只是重复了一遍：

“这是真的。”

“他还活着吗？”克莱尔接着问道。

“孩子死了。”

“那个人呢？”

“还活着。”

克莱尔脸上显出一种最后的绝望。

“他在英国吗？”

“是的。”

他漫无目的地走了几步。

“我的处境——就是这样。”他突然说道，“我本以为（任何男人都会这么想的），我放弃了全部野心，不去娶有社会地位、有财产、有学识的女人，那么我要得到的女人，毫无疑问，不仅妩媚动人，而且冰清玉洁；谁想到……唉，算啦，我不配指责你，也不愿意。”

苔丝完全明白他的处境，他那没说完的话也不必说出来。这就是事情的可悲之处。她明白他是全面吃亏，一无所获了。

“安琪，假如我不知道你毕竟还有最后一条出路，那么，我当初是不会同意跟你结婚的。尽管我希望你永远不会……”

她的嗓音变得沙哑了。

“最后一条出路？”

“我是说，摆脱我。你可以摆脱我呀。”

“用什么方法？”

“跟我离婚呀。”

“天哪，你的大脑怎么就这么简单！我怎么跟你离婚呢？”

“我把事情都告诉你了，你怎么还不能离婚呢？我想，我坦白的事情就是你离婚的理由。”

“哦，苔丝，我想，你真是太傻了，太幼稚了，太不成熟了！我简直不理解你是怎样的一个人。你根本不懂法律——你根本不懂！”

“怎么——你不能跟我离婚？”

“当然不能。”

苔丝羞惭的神色和克莱尔满脸的凄楚混合一起。

“我本以为——我本以为……”她轻声地说，“啊，现在我明白了，我对你来说是多么可恶！相信我——相信我的话吧，我敢起誓，我可从来没想到你不能跟我离婚哪！我只是希望你不会跟我离婚。不过我仍然相信，仍然深信不疑，只要你根本——不爱——我了，只要你拿定主意了，你还是能够把我甩掉的！”

“你错了。”他说。

“唉，这么说，我应该把那件事办掉，本来在昨天夜里就该办掉！可我当时胆量不够。我这个人呐，竟是这样！”

“办什么事的胆量？”

她没有回答，于是他拉住她的一只手。

“你想把什么事情办掉？”他问道。

“想要自尽。”

“什么时候？”

他这样追问，她不免感到苦恼。“昨天晚上。”她答道。

“什么地方？”

“在你挂着的那丛槲寄生下面。”

“天哪！——用什么方法？”他严厉地问道。

“要是你不生我的气，我就告诉你！”她畏畏缩缩地说，“用捆我箱子的绳子。可是到了最后一步，我没有胆量做了！我怕这件事可能会损害你的名誉。”

这段供词是从她口里逼出来的，不是她主动说出来的，供词中出人意料的情形，使克莱尔大为震惊。他仍然拉着她的手，把目光从她脸上移到了地上。

“听着，”他说，“你不能再想这种可怕的事了！你怎么能起这种念头呢？我是你的丈夫，你得向我保证，以后再也不干那种事了。”

“我乐意向你保证。我明白那种念头是不好的。”

“不好！那种念头是糟糕透顶了！”

“可是，安琪，”她满不在乎地瞪大眼睛看着他，替自己辩解说，“我起那种念头，完全是为了你好，为了让你既能把我摆脱，又不至于落了个离婚的坏名声。我做梦也没想过是为了自己呀。不过，话也说回来，我死在自己的手中，也还是太便宜我了。被我所毁的丈夫呀，应该由你下手才对呀。我想，要是你能下手，要是你能亲自把我干掉，我就会更深地爱你，因为你的确没有别的办法脱身呀。我觉得我根本一点价值都没有！我成了你的绊脚石呀！”

“别说啦！”

“好吧，既然你叫我不要那么做，我就不那么做吧。我决不跟你作对。”

他知道这是肺腑之言。由于昨天晚上绝望地折腾了一番，她现在已经没有一点精力，不必担心她再采取什么轻率的举动。

苔丝为了避免让自己闲下来，又去摆弄桌上的早餐，这么做，多少有些成功，不一会儿，他们就坐了下来，为了避免目光相遇，他们坐在桌子的同一边。起初，他们听到彼此吃喝的声音，都觉得非常别扭，不过这也是没有法子的事。幸好两人都吃得很少。吃完早饭后，克莱尔站了起来，跟她说了他什么时候回来吃午饭，接着就出门上磨坊去了，上那儿去机械地执行学习面粉加工的计划，这是他来到此地的唯一实际原因。

他出门之后，苔丝站到窗前，很快就看到他的身影跨过那座通往磨坊的石桥。他下了桥，又穿过一条铁路，接着就消失了。于是，苔丝连气也没叹一声，就把注意力转移到了室内，开始收拾饭桌。

侍候他们的那个妇女很快就来了。有她在场，苔丝起初觉得相当别扭，然后倒觉得可以减轻烦闷。十二点半的时候，苔丝把那位邻居妇女独自留在厨房，回到了客厅，等待克莱尔重新从桥后出现。

一点钟左右，他果真露面了。虽然还相距很远，可她的脸颊却变得绯红。她跑进厨房，吩咐在他进门后就立即开饭。他首先去了他们昨天一起洗手的那间屋子，然后，当他跨入客厅的时候，桌上的盘子盖儿正在揭开，仿佛是被他进来的动作揭开一般。

“真是准时啊！”他说。

“是的，我看到你走过桥来了。”她说。

他们吃饭的时候，只谈了一些日常琐事，说他一上午在磨坊里干了些什么，说了筛粉的方法和老式的机器，并说那些机器在改进的现代方法方面，恐怕对他没有多大启发，有的器具似乎还是当年为邻近寺院的僧侣们磨面时使用的，而那寺院只是一堆瓦砾了。午饭时分，他在家待了个把钟头，然后又出门了，直到黄昏的时候才回来。一晚上，他都在翻阅着有关报纸。她生怕碍他的事，所以，当那个妇女走后，她就退到了厨房里，让自己在那儿不停地忙了一个多钟头。

克莱尔来到了厨房门口。

“你不可以这样没命地干活。”他说，“你不是我的佣人，而是我的太太。”

她抬起眼睛，目光有点发亮。“我真的可以把自己当成你的太太吗？”她带着可怜的自嘲口气，低声地说，“你说的不过是名义上的太太罢了！唉，我也没有更多的乞求了。”

“你可以把自己当成我的太太，苔丝！你本来就是嘛。你说这些话是什么意思？”

“我也不知道。”她带着哭音匆匆地说，“我本以为我——我的意思是说，因为我并不清白。我早就告诉过你，说我觉得自己很不体面——正因为这个，我才不肯嫁给你，可你——可你老是逼着我！”

她呜呜地哭了起来，因而把脸背了过去。任何一个男人，看到这种样子，都会软下心来，但克莱尔是个例外。一般来说，他算得上温柔和蔼、情感丰富，但是，在他的内心深处，却蕴藏着坚固的历史的沉淀，如同松软的泥土里埋着一层金属，无论什么东西，要想穿越这层障碍，都会被它弄钝，抵挡回来。正是这层障碍，使他不赞成教会；正是这层障碍，使他容不下苔丝。此外，他的情感中，真正的火焰少于虚幻的光环，对于女性，他若是不再信任她，也就不再追求了；在这一点上，克莱尔与许多易动感情的人恰恰相反，那些人即使在理智上认为一个女人可憎可鄙，却在情感上继续迷恋。克莱尔在一旁等着，直到苔丝止住了哭声。

“但愿英国能有一半女人像你这样体面。”他说道，突然笼统地抱怨起女性来了，“这不是体面不体面的问题，而是原则问题！”

他对苔丝说了一些诸如此类的话，因为他仍然被反感的情绪所支配，本来一个耿直的人，发现自己的眼光受了外表的欺骗，必然会起反感，变得乖戾、固执了。当然，在这种情感的底层，潜伏着同情的暗流，老于世故的女人，完全可以利用这一点，来使他回心转意。但苔丝没有想到这一点，她把一切都看成是自己应有的回报，几乎不张口说话了。她对他的坚定的忠诚，几乎到了令人怜悯的地步；她虽然生来性情急躁，但是，他无论说什么话，她都不会觉得不合适；她“不求自己的益处，不轻易发怒”[1]；无论他怎样对待她，她也不会想到他的坏处。她现在很可能是使徒时代的仁爱女教士，来到了追求私利的现代世界。

这一天，从傍晚到黑夜，从黑夜到凌晨，他们过得都和头一天一模一样。只有一次，她——从前那个自由、独立的苔丝——曾大胆地向他作了一点亲近的表示。那是在他第三次吃完饭准备动身去磨坊的时候。他离开饭桌时，说了一声“再见”，她也回报了一声“再见”，同时把自己的嘴唇微微凑向他的嘴唇。可他却没有接受，而是急忙转过身子，说：

“我准时回来。”

苔丝立刻缩成一团，仿佛遭到了重击。以前，他总是不顾她的意愿，强行和她接吻，总是乐滋滋地说，她的嘴唇、她的呼吸，跟她吃的黄油、鸡蛋、牛奶、蜂蜜一样鲜美；说他就是从她的嘴唇上得到滋养，还说了好些别的诸如此类的蠢话。可他现在对她的嘴唇却毫不理会。他看到了她那缩成一团的样子，于是温和地对她说：

“不瞒你说，我得想个法子才行。我们现在还得在一起住几天，这很有

---

1. 见《圣经·新约·哥林多前书》第13章第5节。

必要，如果我们立刻分居，人们肯定会说长道短的。不过你必须明白，这只不过是顾全面子罢了。”

“是的。”苔丝出神地说。

他走出了门，在去磨坊的途中，他静静地站了下来，有一会儿，他后悔刚才没有待苔丝略微温柔一些，后悔没有亲她，哪怕就此一次。

他们就这样又绝望地过了一两天。不错，他们是住在同一个屋子里，但是，他们之间的距离比结婚之前拉得更大了。她清楚地感觉到，他就像自己所说的那样，正在完全无力地生活着，并且正在竭力思考解决问题的办法。她非常震惊地发现，他那温柔的外貌之下，竟有如此顽固的决心。他这种顽固的决心实在是太残酷了。她现在不再乞求宽恕了。当他出门去了磨坊的时候，她不止一次地想从这儿悄然出走，但是她又担心这种事一旦传出去，不仅对他没有好处，反而给他带来更多妨碍，使他蒙受更多耻辱。

与此同时，克莱尔正在苦思冥想，真正地苦思冥想。他的思考从不中止。他都想得生病了；他都想得消瘦了、衰弱了；他从前周身洋溢的家庭生活的生趣也都被摈斥尽净了。他一面踱来踱去，一面自言自语：“我该怎么办——我该怎么办？”他念叨的话，她碰巧也听到了。于是她打破了直到现在为止都对将来保持沉默的态度。

“我想——你大概不打算跟我一起过日子，跟我长久生活了，安琪，是这样吗？”她问道，竭力使自己面不改色，但是，她那往下耷拉的嘴唇明显地暴露出，她脸上的安静神色纯粹是机械地装出来的。

“我不能跟你一起过日子了，如果在一起过，我会瞧不起自己的，也许，更糟的是，会瞧不起你。当然，我所指的，是说我不能按通常所理解的那样跟你同居。在目前，不管我心里是怎么想的，反正我还没有瞧不起你。让我跟你打开天窗说亮话吧，否则你还不明白我的全部困境。我是想，当那个人还活着的时候，我怎能跟你同居呢？在本质上，他是你的丈夫，而不是我。如果他死了，事情也许就不一样了……此外，还有一重困难，还有另外一个方面，也得考虑——那就是，除了我们之外，这件事还涉及别人的前途。你想想看，过了几年，等我们有了孩子，你过去的那种事情传出去，又会怎么样呢？况且，纸是包不住火的。我们即使住到天涯海角，也免不了人来人往嘛。唉，你想想看，若是我们的亲生骨肉，生长在人们的嘲笑中，随着他们一天天地长大，他们也会一天天地懂事，那他们该是多么可怜！他们明白了以后，该有多糟！他们会有什么前途！你考虑了这些可能发生的事情之后，还能堂堂正正地叫我留在你身边吗？我们宁可自己遭罪，也不要把罪孽推给别人，你说是吗？”

苔丝的眼睑本来就由于苦恼而显得沉重，现在更是像以前一样耷拉着了。

“我不能要求你留在我身边。”她回答说，“我不能。我还没有想到那么远呢。”

我们必须承认，苔丝作为女性，总是固执地希望重归于好，所以暗自盘算着：如果亲密地住在一起，时间长了，定能打破他那冷酷的评判，唤起他的柔情。尽管在通常意义上她是个天真幼稚的姑娘，但并非智力发育不全。若是她不曾本能地知道“一日夫妻百日恩”的道理，那么只能说明她没有做女人的资格了。她知道，如果这一招也失败了，那么别的任何办法都没用了。她尽管对自己说，用耍花招、玩手段的方法来获得希望是不对的，但是她又无法放弃这种希望。克莱尔最后的意见已经说出来了，按照她的说法，这个意见是出人意料的新观点。她真的从来没有想到那么远，他所描绘的她将来的儿女可能鄙视她的那些画面，在她看来非常合情合理、令人信服，因为她有一颗充满仁爱的真诚的心。她以往的全部人生经验告诉她，在某些情形下，有一种情况胜于美好的人生，那就是不要降临人间，不要过任何生活。苔丝像一切受过磨难而有了先见的人们一样，如同普吕多姆所说，听了“你得出生”的命令就像听了刑事判决书一样，尤其是这道命令将是向她未来的儿女发出的。

然而，“自然女神”总是这般狡黠奸诈，直到现在，苔丝由于一心爱着克莱尔，昏了头脑，竟然忘了爱情的结果也许是产生新的生命，这样，就把她自己悲叹的不幸加到别人身上去了。

因此她觉得她无法反驳他那种观点。但是，像克莱尔这样神经过敏的人，具有自我作对的癖性，他自己的心中，产生了一种反驳，他几乎为此感到担忧。这种反驳的基础，是她与众不同的体态，她如果利用这一点，达到目的是大有希望的。而且她还可以说：“待我们到了澳大利亚的高地上，或者是得克萨斯州的平原上，有谁知道有谁关心我那些不幸？有谁会来对我指责、对你指责？”是的，和大多数女人一样，苔丝把一时想到的东西，当成不可改变的事实。她也许是对的。女人的直觉不仅了解自己心中的苦楚，而且了解丈夫心中的苦楚，她知道，即使那些假定的责备不是由外人说出来的，而是从丈夫自己爱挑剔的脑子里想出来的，那么也会传进他的耳朵。

这是他们关系疏远的第三天了。也许有人可以大胆地发表自己奇异的悖论：谁的兽性越是强烈，谁的人格越是高尚。我们可没有这么说。然而，克莱尔的爱无疑过分空灵了，过分理想化了，简直到了错误的、不切实际的程度。对于具有这种性情的人来说，有时候，心爱的人不在眼前时，反而比在眼前时更加具有吸引力。心爱的人不在身边时，便创造出了一种犹在眼前的理想境界，本人的真实缺点也就消失不见了。苔丝发现，她的形体并不像她期待的那样具有力量，能为她说情。先前那个形象化的说法倒是完全对的：她是另外一个女人了，不再是那个激起他爱欲的姑娘了。

“你说的话我都仔细地想过了。”苔丝一面对他说，一面用一根食指在桌布上划来划去，戴着戒指的那只手撑着前额，而那个戒指仿佛在嘲笑他们，“你说的那些话全是对的，一定是对的。你是应该离开我。”

“可你怎么办呢？”

“我可以回娘家。”

克莱尔还没想到过这种办法。

“肯定行吗？”克莱尔问道。

“能行。既然我们必须分手，那么迟分不如早分。你曾经对我说过，我这个人易于使男人失去理智，败在我的手下，那么，我如果老是出现在你的眼前，或许也会使你失去理智、忘乎所以、改变自己的计划，往后，你的悔恨、我的哀愁该是多么可怕！”

“你愿意回娘家吗？”他问道。

“我想离开你，回娘家去。”

“那么就这么办吧。”

她虽然没有抬头看他，却也惊跳起来。因为提出建议和允诺实行本来是两码事，这一点只怪苔丝明白得太早。

“我早就担心会有这种结局。”她喃喃地说，逆来顺受地不动声色，“安琪，我不抱怨。我——我想这是最好的办法。你说的那些话，实在令我信服。是的，虽然我们若是住在一起，谁也不会责怪我，但是，几年以后，说不定你会常常因一点点小事而生我的气，而且还会毫不顾忌地说我几句过去的坏话，说不定还会让别人听见，或许还让我的儿女听见。唉，那么现在只让我伤心的事情，到时候就会伤我的命了！我要走——明天就走。”

“我也不会留在这儿了。尽管我没有先开口提出来，但我也觉得我们还是分开为好，哪怕分开一段时间。这样，我就可以把事情好好地想一想，然后给你写信。”

苔丝向丈夫偷偷地看了一眼，只见他脸色煞白，甚至全身颤抖，但是，像以前一样，苔丝仍然震惊：她所嫁的这个丈夫，看起来这么温存，内心却那么顽固，这是一种能使精妙的情感压倒粗俗的情感、使理想战胜现实、使精神支配肉体的意志。什么本性、爱好、习惯，一旦遇上了他那支配一切的思想的狂飙，全都变成了一片片枯叶。

他可能觉察到了她的目光，因为他自己开口解释起来。

“人们不在我身边时，我想起他们来，反而更亲切一些。”他又玩世不恭地补充说，“天知道呢，说不定哪一天我们两个由于对生活感到厌倦，又会凑到一起。天底下好多人也是这么做的！”

当天，克莱尔就打点行装，苔丝也上了楼收拾东西。他们两人心里都很清楚，明晨的离别也许就是永别，但是，他们在准备分手的过程中，却装出后会有期的样子，以种种假设来宽慰自己，因为对他们这种人来说，任何含有永别性质的神色，都是一种折磨。他知道，她也知道，他们相互之间的吸引力（就她这方面来说，这种吸引力不需凭借任何技能），在他们分手的头几天里，大概比以往任何时候都更为强烈，然而，时间必将磨灭这种力量，既然克莱尔现在根据切合实际的观点，认为不能跟她同居，那么，分手之后，关系更加疏远了，目光更加冷静了，不能同居的理由也就更为充分了。而且，两人一旦分离，一旦抛弃了共同的居室和共同的环境，那么，就会有新的事物成长，就会有新的东西填补空白，意想不到的事件将会阻挠原有的意图，昔日的计划将会被彻底遗忘。

第三十七章

午夜静悄悄地来临，又静悄悄地过去，因为在这富润谷，没有任何东西宣告这一时间。

在一点多钟，从前的德伯维尔家的宅邸里，或者说现在的被夜色笼罩的农舍里，微微响起了一种咯吱咯吱的声音。睡在楼上卧室里的苔丝，听见了这种声音，醒了过来。这是从楼梯拐弯处发出来的，因为那儿有一层地板钉得很松。接着，苔丝看到自己房间的门被打开了，她丈夫的身影跨过一道月光，脚步格外小心翼翼。他身上只穿着衬衣和长裤，她顿时一阵欣喜，但是，当她看到他那双异常古怪、茫然直视的眼睛时，她的欢乐立刻就烟消云散了。他走到卧室中间，站住脚步，带着无法形容的凄惨的语调，嘟嘟囔囔地说：

“死了！死了！死了！”

原来，克莱尔一旦受到了重大刺激，就会偶尔出现梦游的现象，甚至做出惊人的举动，结婚前，他们上街回来的那天晚上，他在自己的房间里又和侮辱苔丝的那个人痛打起来，就是一个例证。苔丝现在明白了，他那持续不断的内心的痛苦，使他这会儿得了梦游症。

苔丝在心灵深处极端信任他、忠诚于他，所以，不管他是醒是睡，她都不会感到一点儿害怕。即使他手里抓着手枪闯进屋中，她也只会相信他是来保护她的。

克莱尔走近她，朝她俯下身子。“死了，死了，死了！”他喃喃地说。

他两眼定睛地看了她一会儿，带着无限的悲哀，更低地俯下身子，把她搂在怀里，接着拿起床单，像拿起裹尸布似的，把她从头到脚裹了起来。然后又像对待死者那样，怀着无限的悼念之情，把她从床上举了起来，托着她穿过房间，嘴里还不停地嘟囔着：

“我可怜的，可怜的苔丝——我最亲爱的心肝宝贝！苔丝，你多么甜美，多么善良，多么真诚啊！”

这些表示亲昵的话语，在他清醒的时候，是绝对不肯说出来的，而现在对于她这颗凄凉而饥渴的心，真是有说不出的甜蜜。她宁肯付出自己困乏的生命，也不肯动弹一下或挣扎一下，免得破坏了她现在所处的状态。她安安静静地躺在他的怀里，不言不语、敛声屏息，不知道他到底要拿她怎么办，就这么让他把自己抱到了楼梯口。

“我的妻子——死了，死了！”他说。

他抱着她，停了一会儿，靠到了楼梯扶手上。他要把她从这儿摔到楼下去吗？自我担忧的念头在她心里几乎消亡了，而且她知道，他打算明天就离开她，也许是永远分离，所以，她这样躺在他怀里的时候，尽管有摔下去的危险，可她感觉到的不是恐惧，而是一种奢侈的享受。假如他们能够一起跌下楼去，一起摔得粉身碎骨，那该是多么美好，多么称心合意！

然而，他并没有把她丢下去，反而利用有扶手支撑的机会，在她的嘴唇上，在他白天不屑接触的嘴唇上，印下了一记亲吻。接着，又把她紧紧地抱了起来，开始下楼。踩在楼梯上的咯吱咯吱的响声，并没有把他吵醒，他们安全地到了楼下。他紧抱着她的一只手松开了一会儿，拉开了门栓，走出了门，只穿着袜子的脚趾头在门槛上微微碰了一下。但他似乎也没在意。来到户外，空间扩大了，于是他把她扛到肩头，以便能够轻松地把她搬走。他身上本来就没穿什么衣服，这给他减轻了不少负担。他就这样把她抱出了屋子，朝不远处的河边走去。

他究竟有没有最终目的？如果有的话，那她还没有推测出来。她发现自己像局外人似的，在那儿冷静地猜测。她已经心甘情愿地把她自己全部交给他，她觉得，他把她当作自己的绝对私有财产，正在按自己的意愿进行处置，一想到这里，她就满心欢喜。本来，她对明天的离别有了一种无法消除的恐惧，现在，她感觉到他到底承认了她是他的妻子，他的苔丝，没有把她抛开，这真是一种莫大的安慰，即使他走得出格，认为自己有任意伤害她的权利，那她也不在乎。

啊！她现在明白他正在做什么梦了——是重温那个礼拜天早上，他把她和另外三个挤奶姑娘抱过了被水淹没的道路。那三个姑娘几乎像她一样爱他，只不过苔丝认为这是不可能的。克莱尔没有抱着苔丝穿过石桥，而是在河流这一面，朝着附近那个磨坊的方向，又走了几步，终于在河边静静地站了下来。

河流在万顷草地上匍匐前行，蜿蜒曲折，时分时合，分开的时候，它环抱着一些无名的小岛，聚合的时候，又变成了一条宽阔的河流。克莱尔把苔丝抱到的地方就是这样一个众流汇合之处，这儿的河水又深又宽。河上有一条狭窄的供人行走的小桥，但秋天的洪水冲走了栏杆，只剩下了光秃秃的桥板，离下面湍急的水流只有几寸高，就连头脑镇定、脚步稳重的人走在这里，也不免感到眩晕。白天的时候，苔丝还从窗口注意到几个青年走在木桥上，进行比赛，看谁能保持身体平衡。她丈夫大概也看到了他们的比赛，不过，看了也罢，没看也罢，反正他现在跨上了桥板，一步挨着一步地往前走着。

他要把她淹死在河里？也许是的。这个地方非常偏僻，河水又深又宽，要想淹死一个人，那是很容易的事。他要想把她淹死，那就淹死吧。这远远胜于明天开始的生离死别，天各一方。

湍流奔腾在他们的脚下，打着漩涡，摇晃着映在水里的月亮，把它弄得一会儿七歪八扭，一会儿支离破碎。一团一团的泡沫从身边漂过，一丛一丛的水草被截了下来，在木桩后面摆动。假如他们现在一起掉进河里，那么，他们一定会由于搂得太紧而无法得救，他们一定会毫无痛苦地与世长辞，而且，再也不会有人指责她，或者指责他不该娶她。若是真能这样，那么他和她在一起的最后半个钟头一定是相亲相爱的，要不然，等他醒来了，他白天对她的厌恶情绪就会恢复，而现在这一时刻，只不过成了倏忽的梦幻。

她的心里一阵冲动：为何不转动一下，让自己和他一起掉进深深的河水？然而她又不敢纵容自己。她对自己的生命倒不在乎，但是对于克莱尔的生命，她没有权利胡乱支配。于是，他还是平安无事地把她抱到了对岸。

现在，他们进入了寺院遗址上的树林。克莱尔把苔丝换了一个抱法，又往前走了几步，到了被毁的寺院教堂的圣坛所在之处。靠北墙放着寺主的石棺，但现在已经空了。来这儿游玩的人，凡是不怕恐怖、喜欢寻开心的，总要在棺材里直挺挺地躺一躺。克莱尔小心翼翼地把苔丝放进这口棺材里。他在她的唇上又亲了一下，深深地喘了一口气，仿佛了结了一大心愿。然后他顺着石棺躺倒在地上，立刻陷入沉睡，由于疲劳过度，他睡在那儿一动也不动，好像木头似的。由于大脑激动而爆发的那股劲头，现在已经使完了。

苔丝从棺材里坐了起来。这个夜晚，虽然就这个季节来说，显得干燥、温和，但是仍旧冷森森的，克莱尔只穿着单衣，若是在这儿待得太久，那是很有危险的。如果把他留在这儿，他大概要睡到天亮，那么他一定会冻死的。她以前也听说过，有人在梦游之后就这么冻死了。但她怎么敢把他唤醒呢？让他知道了出于对她的一片痴心而干出的这些傻事，他一定会感到无地自容。不过，苔丝还是跳出了棺材，轻轻地摇了摇他，但是，如果不使劲，是无法把他唤醒的。必须采取行动才行，因为她开始冷得发抖，她身上裹的那条床单，根本抵挡不了风寒。在刚才那短暂的历险中，她由于兴奋，觉得身上热乎乎的，但是，那极度欢欣的时刻已经过去了。

她蓦然想起了一个引导的方法，于是稳住自己，下定决心，贴着他的耳朵，轻轻说了起来。

“亲爱的，让我们继续往前走吧。”她一边说，一边启发性地拉起他的胳膊。使她感到宽慰的是，他毫不抵挡，默然依从了她。显而易见，她的话又使他重入梦境，而且从现在起，似乎生出另外一番情致，他仿佛觉得她作为升腾的灵魂，正在引导他升入天堂。她就这样挽着他的胳膊，来到了他们寓所前面的那座石桥上，过了石桥，站到了那所昔日邸宅的门口。苔丝完全光着脚，石头刺痛了她的皮肉，寒气直袭她的筋骨，但克莱尔穿着毛袜子，好像没有不舒适的感觉。

接下去就没什么困难了。她引导他躺到他自己的沙发床上，把他盖得暖暖的，又为他生了一点火，以便烘干他身上的潮气。她以为这般护理发出的声音会把他吵醒，她也暗自希望能把他吵醒。然而，他如此身心交瘁，继续一动也不动地躺着。

第二天早晨他们刚一见面，苔丝就看出，克莱尔尽管知道自己昨天夜里也许并非安分守己，但他很少知道，或者根本就不知道，她在他夜间的梦游中起了多么重要的作用。说真的，那天早晨，当他从湮灭一般的酣睡中刚刚醒来的时候，有一会儿，他的大脑像参孙活动身体一般，试着自己的力量，他朦胧地感觉到，夜里可能发生了异乎寻常的事情。但是，他很快就只顾考虑现实问题，而不去猜测别的东西了。

他在期待中等候着，看自己的内心会有什么发展。他知道，昨天一个晚上打定了的主意，在今天早上头脑清醒的时候还没有改变，那么就意味着，这一主意尽管始于感情的冲动，但是仍然是建立在近乎纯理智的基础之上的，那么，这个主意是完全可以信任的。这样，他在灰蒙蒙的晨光中，验证自己与苔丝分离的决心。他现在不把这种决心当成暴怒的本能，那种如灼如焚的激情已经没有了，所存的只不过是一个骨架，但却依然存在着。克莱尔不再犹豫不决。

吃早饭的时候，以及他们收拾剩下的几件行装的时候，克莱尔显得极度疲惫，这无疑是夜间劳累造成的，所以，苔丝差点儿就要把所发生的事情一股脑儿说出来，但是，她转念一想，若是让他知道他在头脑清醒的时候所鄙弃的爱恋，却在他的潜意识中本能地表现出来，他竭力维持的尊严，却在他理智沉睡的时分被情感所战胜，那么，他一定会发怒，一定会难过，一定会自怨自艾。这种想法又一次阻止了她。若是这么做，岂不等于对一个醒过酒来的人进行嘲弄，笑他在喝醉时分的怪诞不经的行为举止？

苔丝的脑中也掠过一道念头，觉得克莱尔也许朦朦胧胧地记得自己那反常的柔情，他之所以不愿提及，是因为担心苔丝会利用这一有利于恋爱的机会，重新恳求他不要离开。

他已经写信到最近的一个小镇，雇了一辆马车。吃过早饭不久，马车就来了。她见了马车，就知道这是一切终结的开端了。至少也是暂时分离的开端，因为昨夜他偶然表露的柔情，使她产生了将来可能破镜重圆的梦想。行李已经装到车顶上，车夫扬鞭策马，载着他们离开了，磨坊主和那个侍候他们的妇女都对他们突然离开而感到有些迷惑不解，不过克莱尔跟他们说过，他发现这儿的磨坊并不是那种他所希望考察的现代面粉厂，这种说明，就自身而言，倒是对的。除此之外，他们走的时候，一举一动，都没留下任何破绽，使别人不会想到他们是惨败而归，也不会想到他们不是一同去拜访亲朋好友。

他们所走的路线，离几天前他们带着庄严的喜色而离开的那座奶牛场，相距很近。因此，克莱尔希望趁此机会去跟克里克老板把一些事情了结掉，与此同时，苔丝也很希望看望一下克里克太太，因为，若不这样做，别人一定会疑心他们之间的不幸。

为了使这次拜访尽可能地不惊动别人，他们让马车停在从大路拐向奶牛场的栅门旁边，然后顺着小路，肩并肩地走向奶牛场。柳树的枝头都已经砍了，透过光秃秃的树干可以看到克莱尔追随她、向她求婚的地点；它左边的那个院落，就是她被他的琴声所深深吸引的地方；更远一点，在那牛棚的后面，就是他第一次搂她的草地。夏日的金色图景现在已经变灰了，艳丽的色彩已是一片阴暗，肥沃的土地满是泥泞，潺潺的河水也已变得格外凄清。

老板隔着院子的栅门，就看到了他俩，于是迎上前去，脸上带着一种嬉皮笑脸的神色，在塔尔勃塞以及附近地区，人们总是以为，见到新婚夫妇重新驾临时，以这种表情迎接他们最为恰当。接着，克里克太太和其他一些老熟人，也都从屋里跑了出来，不过，其中没有玛莲和蕾蒂。

苔丝硬着头皮忍受他们那些躲躲闪闪的打趣、亲切友好的戏弄，她对这些笑谈的感触，比人们想象得还要深刻。他们夫妇之间，有着一种默契，对于相互之间的疏远，严格保守秘密，所以，他们的一举一动，都表现得和平常的夫妻一样。接着，大家把玛莲和蕾蒂的事，详详细细地讲给苔丝听了，其实，关于这方面的事，她宁愿别人只字不提。蕾蒂已经回到父亲家去，玛莲动身到别的地方找工作去了。他们担心她不会有什么好的结果。

苔丝为了排遣听了这段叙述而产生的哀伤，就走到外面，与她所有喜欢的奶牛告别，亲手一个一个地抚摸它们。当苔丝和克莱尔肩并肩地站在一起，和大家挥手告辞的时候，好像灵与肉都合为一体的恩爱夫妇，其实，若是有人看穿了真实情形，一定会为他们的这副模样感到特别遗憾。从外表上来看，他们好像是一个生命的两个肢体，他的胳膊挽着她的胳膊，她的裙裾擦着他的衣裳，脸膛朝着同一个方向，看着面对他们的全场的熟人，说再见的时候，也是以“我们”相称。然而，在实际上，他们犹如地球的两极，相隔甚远。也许，他们的态度中有一种异常呆板、异常困惑的成分，他们那种装出来的形影相随的亲昵中，有一种笨拙的成分，明显不同于年轻夫妇的自然的羞怯。所以，当他们走后，克里克太太对丈夫说：

“苔丝眼中的闪光真是不自然呐，他们站在那儿真是呆板，就像是木头雕的，他们说起话来也是恍恍惚惚的！你不觉得是这样吗？苔丝总是有点儿古怪，这会儿，她一点也不像是个阔人的扬扬得意的新娘子。”

他们两人又上了马车，行驶在通往威塞堡和斯塔福特路的大道上，到了该地的一家旅店后，克莱尔打发了马车和车夫。他俩在这儿休息了一下，又雇了一辆陌生人的马车，进谷朝苔丝家乡的方向驶去。这位车夫不知道他俩之间的关系。在途中，过了纳托堡之后，有一个十字路口，克莱尔叫车子停了下来，对苔丝说，若是她回娘家，他们得在这儿分手。由于当着车夫的面不便交谈，他就请苔丝陪他顺着岔道走几步。苔丝答应了。他们吩咐车夫等几分钟，就慢慢地走开了。

“现在，我们应该相互理解。”他温和地对她说，“我们之间并没有什么可生气的，不过，有一种情形我目前还不能忍受。我以后会设法让自己忍受的。我一旦知道我该上哪儿去，我会让你知道。如果我觉得我能忍受了（若是值得的话、可能的话），那我就去找你。但是，在我还没找你之前，你最好不要先去找我。”

这句严厉的命令，几乎使苔丝万念俱灰，她现在算是完全看清他对她的态度了。他只不过把她看成对他进行了恶劣欺骗的女人。但是，即使是做了那种事的女人，也不应该遭受这一切惩罚呀！但是，她再也不能同他辩驳。她只不过把他的话重复了一遍。

“在你没来找我之前，我千万不能先去找你？”

“一点不错。”

“我可以给你写信吗？”

“哦，若是你生灾害病，或者需要什么的话，倒是可以写信的。不过我希望不要出现这样的事，所以，也许将来还是我先写信给你。”

“你的这些条件，我都同意，安琪，因为你最清楚我应该遭受什么样的惩罚。只不过……只不过不要超出我所能承受的限度！”

对于此事，她所说的就是这些。假如苔丝精明一点，在那条偏僻的道路上吵闹一场，发泄一通，晕倒一次，歇斯底里地大哭大叫，那么，别看他鬼迷心窍，只爱挑剔，他大概不至于会把她丢下不管。但是，她长久以来忍受苦难的态度，反而使他处理此事的时候，更能得心应手，她自己就是他最好的拥护者。而且，她的顺从之中也有一股傲慢的成分，这大概也是德伯维尔全家不顾后果、听凭命运摆布的一种显著特征，因此，许多行之有效、可以感动克莱尔、使他回心转意的方法，她都一概没有使用。

他们接着只谈了一些具体的安排。他递给了她一袋数量相当多的钱，是他从银行里特地为她取出来的。那些珠宝，那些只限苔丝一生使用的珠宝（若是他理解了遗嘱的话），他建议苔丝为安全起见交给他存入银行，对于这一点，苔丝也欣然同意。

一旦这些事情安排好，他就和苔丝回到马车旁边，扶她上了车。克莱尔把车钱付了，并告诉车夫该把苔丝送到什么地方。接着，他拿起自己的一个行囊和一把雨伞（他随身所带的东西只有这两样），向她道别。于是他们两人就在此时此地各奔东西了。

马车慢慢地向山上爬去，克莱尔一边看着它离去，一边情不自禁地盼望苔丝能够从窗口探出头来。可她半死半活地躺在车里，差不多晕了过去，哪儿还能想到这些呢？她也绝不敢这么做。这样，他看着她的车越驶越远，心里不由得感到一阵苦恼，想起了某位诗人的一句诗，就按照自己的需要，略微作了改动，念了出来：

> 上帝不在天堂，世上一切遭殃！[1]

当苔丝所乘的马车驶过了山顶之后，克莱尔才转身走上了自己的路，几乎不知道自己还爱着她。

---

1. 这句经过改动的诗引自勃朗宁的诗剧《皮帕走过了》。原诗为："上帝正在天堂，世上一切妥善。"

第三十八章

苔丝坐着马车驶进了布莱克摩山谷，她自孩提时代就耳闻目睹的自然景物，开始展现在她的周围，这时，她才从恍惚中清醒过来。她的第一个念头就是：她怎么有脸去见父母?

他们到了横在通往村庄去的大路上的收税栅。给她开门的是一个陌生人，而不是那个在这儿看门多年的老头。那个老头苔丝倒是认识的，他大概是在过年的时候离开了，一般来说，若是换人，总是在过年那天。由于近来没有得到家里的音信，苔丝便向那个看门的探听消息。

“哦，没什么特别的，姑娘，”他回答说，“马洛特嘛，照常还是马洛特。不过是添了几桩红白喜事罢了。约翰·德贝菲尔嘛，这个礼拜也嫁了一个女儿，女婿是个体面的乡绅呢！不过，不瞒你说，喜事可不是在约翰自己家里办的，而是在别处办的，那位先生很有身份，觉得约翰家太寒碜了，办这桩喜事还不够格呢。新郎似乎并不知道，已经发现，约翰自己也是古老世家的血统呢，直到今天，他家的老祖宗还埋在自家的墓穴里呢，但是，在诺曼底时代，就破落了。不过，约翰爵士——俺们都叫他约翰爵士——他尽自己的力量庆贺了那个喜日子，把整个教区的人都请到啦，约翰的太太还在‘醇沥酒店’唱歌，一直唱到十一点呢。”

听了这番话，苔丝心里难过极了，觉得不能带着行李、坐着马车公开地回家了。她问看门人，能否把行李放进他的屋里存一会儿，看门的没有拒绝，所以她把马车打发走了，独自一人，挑选了一条偏僻的小路，朝村里走去。

一看到自家的那个烟囱，她就询问自己，她怎能走进这个家门？在这所草屋里面，她的亲人们正在平静地想象着她正在遥远的地方蜜月旅行呢，那个比较有钱的丈夫正跟在她身边呢，而且还要让她以后过上荣华富贵的日子呢。有谁想到，她却孤单一人，举目无亲，走投无路，只好来到这里，回到自己昔日的家门。

她还没有跨入家门，就被人发现了。在围篱旁边，她碰见了一个和她相识的姑娘，在学校读书时，和她要好的同学有两三个，这就是其中的一个。她这位朋友向她随便问了几句，比如说，问她怎么回来了，接着，也没注意到苔丝凄凉的目光，突然问道：

“苔丝，你先生在哪儿呀？”

苔丝赶紧解释说，他到别处有事去了，说完，急忙丢下和她谈话的姑娘，攀过围篱，往屋里走去。

她走在院内小径上的时候，听到母亲在后门口唱着歌儿，她走上前去，只见母亲正在台阶上拧床单。由于没有看见苔丝，她拧好床单之后，就走进屋里，苔丝跟着走了进去。

洗衣盆仍然放在老地方，放在同一个旧桶上面，母亲把床单搁在一边，正准备把胳膊伸进桶里。

“哟——是苔丝呀！你这孩子——俺还以为你结婚了哩！以为你这一次是千真万确地结婚了——俺们送了一大桶苹果酒……”

“是的，妈妈，是真的。”

“是真的要结婚了？”

“不，我已经结婚了。”

“已经结婚了？那么你丈夫呢？”

“哦，他走了，暂时走了。”

“走了！那么，你们是哪一天结婚的？是你跟俺说的那个日子吗？”

“是的，妈妈，礼拜二。”

“今儿才礼拜六，他就走啦？”

“是的，他走了。”

“这是怎么回事？该死！竟然嫁了这样的丈夫！”

“妈妈！”苔丝走到琼·德贝菲尔身边，一头扑进她的怀里，呜呜地哭了起来，“我真不知道怎么跟你说，妈妈！你亲口也对我说过，写信也叮嘱过，叫我不要把那件事告诉他。可我还是告诉他了，我忍不住呀，于是，他就走了！”

“啊呀，你这个小傻瓜——你这个小傻瓜！”德贝菲尔夫人突然嚷叫起来，气得手都发抖，把水溅到了苔丝和自己的身上，“哎呀，俺的老天爷呀！俺这是作了什么孽呀！你真是个小傻瓜呀！”

苔丝哭得全身抽搐，多少天来的压抑，一下子全都发泄了出来。

“我知道——我知道——我知道！”她透过呜咽，气吁吁地说，“但是，唉，我的妈妈呀，我是瞒不住呀！他那么好，我觉得我若是不把以前发生的事情告诉他，那我真是太坏了！假如——假如这件事再从头开始，我还是要这么做的。我不能——我不敢——那么坑害他！”

“但是，你嫁给他——这首先就够坑害他了！”

“是的，是的，这正是我可悲的地方！但是我想，他若是死了心眼，不肯宽容，他能够通过法律，跟我离婚。唉，你哪儿知道，你根本不知道我是多么爱他呀，我一方面不想放过他，一方面又不想为难，我心里是多么苦恼哟！”

苔丝异常激动，无法说下去，绝望地瘫在一把椅子上。

“唉，算啦，俗话说，覆水难收了！俺真的弄不明白，别人家的孩子都那么精明，可俺养的孩子一个个都是大傻瓜，竟然不知道这种事该说不该说，你要是不说，该有多好，他即使以后发现了，也已经太晚了！”说到这里，德贝菲尔太太流下泪来，开始觉得她自己这个当母亲的实在可怜，“俺不知道你爹会怎么说呢！”她接着说，“打那以后，他每天都要在罗利弗酒店和醇沥酒店大吹大擂，说你嫁了怎么样的阔人，说他家通过你怎样东山再起……可怜的傻瓜！他哪儿知道，你已经把事情弄得一团糟！天哪，天哪！”

真是无巧不成书，恰在这时，可以听见，苔丝父亲的脚步声越来越近了。不过，他没有马上走进屋里，所以，德贝菲尔太太叫苔丝先躲一下，由自己来把这个不幸的消息告诉他。刚听到这个消息时，琼·德贝菲尔感到一阵失望，可是现在，她只把它看成是一场灾难了，就像看待头一次遭遇一样，就像看待过节遇到天气不好，种庄稼颗粒无收一样，是一种与功过或智愚都毫无关联的事，是一种偶然的、外在的、不可躲避的打击，而不是一种教训。

苔丝躲到楼上，偶然发现床铺已经挪动了地方，室内重新布置过了。她原先睡的那张床已经变成两个妹妹睡觉的地方。这儿已经没有她的容身之处了。

楼下的屋子没有天花板，所以那儿发生的情况，苔丝多半都能听见。不一会儿，她父亲进了屋子，显然，手里拿着一只活母鸡。他不得已卖掉了第二匹马，所以现在只好在胳膊上挎着篮子，步行做小买卖了。像往常一样，今天上午，他手里一直拎着这只母鸡，好让别人知道，他一直在不停地忙着，其实，方才在罗利弗酒店里，这只母鸡绑着双腿，在桌子底下放了一个多钟头。

“俺们刚刚议论了一会儿……”德贝菲尔开口说道，接着，他向妻子详详细细地讲起了在酒店里议论的经过。由于他的女儿嫁给了一个牧师家庭，话题就自然转向了牧师。他说：“从前，人们称牧师为‘先生’，就和称呼俺那些祖宗一样，可是如今呢，严格地说，他们只配称‘牧师’二字。”他说，因为苔丝不愿声张，所以他也没向别人提及这次婚姻的详情。他希望苔丝不久就能解除这道禁令。他提议，新郎新娘都应该姓苔丝的姓，姓苔丝本来的姓：德伯维尔。这个姓比她丈夫的姓叫得响。他又问那天是否有苔丝的来信。

于是，德贝菲尔夫人告诉他，没有苔丝的来信，但不幸的是，苔丝本人却来了。

她把这场灾难终于向他讲述之后，他感到了一股他不常有的愁闷和耻辱，连刚才喝下去的令人兴奋的酒，也不能使他振作精神了。然而，触动他神经的，与其说是这一事件自身的性质，不如说是他所猜想的别人的看法。

“唉，真没想到会有这样一个结果！”约翰爵士说，“像俺这样的人，在王陴教堂里的祖坟那么大，不亚于大地主乔拉德的大酒窖，俺那些祖宗，横七竖八地躺在里面，一个个都是历史上真正的贵人，可俺却落到这么一个下场。罗利弗酒店和醇沥酒店里的那些人会怎么笑话俺哟！他们会怎样斜着眼看俺，挖苦俺哟，他们一定会说，‘你就是这样高攀，你就是这样光宗耀祖！’孩子他妈呀，俺真是太倒霉啦，俺简直受不了啦，俺不想活了，爵位也不要了！……不过，他既然娶了她，她就不能设法儿让他留住自己吗？”

“是啊，可她不肯那么干。”

“你觉得他这回是真的跟她结了婚呢，还是跟上一回情形差不多呢？……”

可怜的苔丝，她听到这儿就再也听不下去了。谁知道在这里，在她自己父母的家里，她的话也受到了怀疑，想到这一点，她就比任何其他地方更加憎恨她自己家了。命运的打击真是太突然了！既然连她的父亲都有点怀疑她，那么，邻居和熟人不就更加不相信她了吗？啊，她在家里是不能久待了！

因此，她只能允许自己在这儿住了几天，刚好她收到了克莱尔的一封短信，信中告诉她，他已经到了英国北部地区，考察一个农场。由于急着显耀她是克莱尔太太的真实身份，也为了向父母隐瞒她与克莱尔疏远的程度，她利用这封信，作为再次离家的理由，好让他们觉得，她是动身回到丈夫身边去。为了进一步遮掩，不让别人怪她丈夫待她不好，她从克莱尔给她的五十英镑中抽出了二十五英镑，递给了她母亲，好像找了克莱尔这样的丈夫，这么些钱是应该给得起的，她说，这点钱算是对父母养育之恩的微薄的报答。她这么大大方方地表现了自己之后，就向父母告辞了。她走了以后，她家里靠她给的那笔钱过了一阵子轻松的日子，她母亲还说，其实她相信，那小两口子由于相亲相爱，不和只是暂时的，不可能长久分居。

第三十九章

结婚三个礼拜以后，克莱尔才得以顺着山路，走向那个熟悉的牧师住宅。他在山坡上往下走着的时候，只见教堂的钟楼耸立在黄昏的天空中，那样子像是在询问他为什么要回来；暮色中的小镇里，似乎没有一个人注意到他，更不用说期盼他了。他像一个幽灵一样来到这里，连他的脚步声也几乎成了应该予以摆脱的累赘。

对他来说，人生的图像已经改变。在这之前，他对人生只有一种纯理论的了解，现在，他觉得他已经有了实际体验。其实，即使连现在，他也许还没有真正了解人生。然而，在他的心目中，人生不再是意大利油画中的那种甜蜜的沉思，而是韦尔兹美术馆[1]里的那种瞪眼凝视、魔鬼一般的神态，而是范·贝尔兹[2]画中的那种奸诈的睨视。在这头几个礼拜，他的行动极其散漫，简直无法形容。他本想按照历代伟人智士的教谕，继续实施自己的农业计划，仿佛没有发生任何反常的事情。可是，这种企图却一遍遍地失败了，于是他断然认为，那些伟人智士之中，肯定很少有人亲身检验过他们那些忠告的可行性。一位异教伦理学家[3]曾说："最主要的事就是沉住气。"这正是克莱尔自己的看法。然而他却沉不住气。拿撒勒人说："你们心里不要忧愁，也不要胆怯。"[4]克莱尔忠诚地念叨着这种高见，但是他的心里仍然忧愁。他真想当面请教这两位圣者，以同仁的资格，诚恳地请求他们把方法告诉他！

他的心情已经变了，变得对一切都无所谓了，直到后来他才觉察到，他完全是以局外人的冷眼旁观来看待自己的生存了。

他深信，他的一切孤寂和凄凉，都是苔丝那古老的德伯维尔姓氏所引发的，想到这里，他格外痛苦。当时，他既然知道了苔丝并非像他所梦想的那样生在新生的小户人家，而是出于衰败了的古老世家，那么，他为什么不遵照自己的原则，忍痛割爱，把她放弃掉呢？现在他所遭受的，正是违反自己信念的结果，因此，他的惩罚是罪有应得。

因此，他变得萎靡不振、焦虑不安，而且，这种焦虑之情还不断增强。他不知道他这样待她是否公正。他食不甘味，坐卧不宁。随着时间一天一天的消逝，随着过去那些日子里的每一行动的动机在他心头出现，他看出，他想占有苔丝的念头紧紧地联系着他的全部计划、全部言行。

---

1. 韦尔兹美术馆是指由比利时画家韦尔兹（1806—1865）的房屋改建的美术馆。
2. 范·贝尔兹（1852—1927），比利时画家。
3. "异教伦理学家"是指罗马皇帝马卡斯·奥里欧斯（121—180）。
4. 引自《圣经·新约·约翰福音》第14章第27节。

他在各地来往的时候，在一座小城的外面看到了一个红红蓝蓝的广告牌，上面写着去巴西帝国经营农业的巨大好处。土地的价格极其优惠。巴西多少有些吸引了他。这倒是一个新主意呀，苔丝自然也能上那儿去，也许，那儿的风土人情和这儿截然相反，不会像这儿一样让他和苔丝不能同居。总之，他非常向往巴西，尤其是现在正是去巴西的时节。

他抱着这种态度，回到了爱敏斯特，向父母商谈这番计划，同时编造了苔丝不能同来的理由，对父母作尽可能的解释，但只字不提他们分离的真实原因。当他走到门口的时候，月亮正照在他的脸上，上个月的一天，他在半夜以后抱着妻子、过了河流、走到寺院墓地的时候，月亮也像现在这样照在他脸上。不过，现在这张脸已经瘦多了。

克莱尔这次回家，事先并没有通知父母，因此，他的到来搅动了这座牧师住宅的平静，仿佛是一只鱼狗潜入池塘，打破了平静的水面。他的父母都坐在客厅里，但两个哥哥都不在家。克莱尔走进客厅，随手把门轻轻地关上。

“亲爱的安琪，新娘子呢？”他母亲大声喊道，“你怎么也不捎个信儿，真叫我们吃惊啊！”

“她回娘家去了——暂时住一阵子。我是匆匆忙忙地赶回来的，因为我决定到巴西去。”

“巴西！那儿不都是罗马天主教徒吗？”

“是吗？这一点我可从来没想到呀。”

但是，对老克莱尔夫妇来说，尽管儿子上罗马天主教的国土使他们一时觉得新奇和难过，可他们很快又对儿子的婚事关注起来了。

“三个礼拜之前，我们收到了你那封短信，说是要结婚了，”克莱尔的母亲说，“于是你父亲就叫人把你教母的礼物送去了，这你是知道的。我们自然觉得，我们都不到场是最好不过的，尤其是你愿意在奶牛场里办事，而不是在她家里——且不管她的家可能在哪里。我们若是去了，你一定会感到拘束，我们也不会愉快。你两个哥哥更会感到不高兴。现在嘛，既然事情已经办了，我们也没什么可抱怨的，特别是对你选择的职业来说，她更适合你一些，反正你也不打算去当牧师……不过，我还是希望能够先见见她，安琪，或者多了解她一些。我们自己还没送给她礼物呢，也不知道她最喜欢什么。不过，你别以为我们不送了，只是耽搁一段时间。安琪，对于你这门亲事，不管是我，还是你父亲，心里头都没有生你的气，不过，我们都觉得，最好还是等见了你妻子之后，我们再对她表示亲热。可你现在却没有把她带来。这真是有点怪呀。到底怎么啦？”

他回答说，他们仔细地想过，觉得他来这儿的时候，她还是暂时回娘家为好。

“亲爱的妈妈，我不妨告诉你，”他说，“我总是想，我得等到她完全配得上做你的儿媳时，再把她带到这个家里来。但是这个想去巴西的主意是最近才拿定的。要是我去的话，我想，我头一次就把她带去不太妥当。她得住在娘家，一直等到我回来。”

“那么，你动身以前，我是见不到她喽？”

他说恐怕见不着了。正如他刚才所说，他本来就不打算马上把她带回家来，怕的是会有什么地方伤害他父母的情感；还有一些别的原因，所以他就坚持这么做了。他若是马上就出国，那他在一年之内总会回来一趟，然后，在他同她一起出国之前，他大概可以带她来见他们。

晚餐匆匆忙忙地准备好了，饭菜已经端上来了。克莱尔进一步说明了他的计划。他母亲的脸上仍然流露出没有见到新娘子的失望。自从上一次克莱尔把苔丝热切地夸了一番之后，她那母性的同情之心便被激发起来，她几乎觉得，鸡窝里能飞出凤凰，奶牛场里能出美丽的女郎了。她儿子吃饭的时候，她老是盯着他。

“你能把她描述描述吗？安琪，我敢肯定，她一定非常漂亮。”

“这是毫无疑问的！”他热情地回答说，尽力掩饰自己的辛酸。

“她无疑非常纯净、非常贞洁喽？”

“当然，她非常纯净、非常贞洁。”

“这么一来，她仿佛就在我眼前了。你上一回说，她身段美丽、丰润，两片深红的嘴唇，就像丘比特的弓一般，乌黑的眼睫毛、眉毛，那一束束头发，就像是一盘锚链似的，还有那一双大眼睛，有点儿紫，有点儿蓝，又有点儿黑。”

“是的，我是这么说过，妈妈。”

“她真是历历在目了。她既然生活在那么个偏僻的地方，那她在遇见你之前，一定很少遇到外面的年轻人喽？”

“是的。”

“你是她的第一个恋人吗？”

“当然是的。”

“有很多女人都不如这样单纯、漂亮、强健的农村姑娘。自然，我原先就觉得，既然我儿子要干农业，那么，娶一个在外面做惯了活儿的女人，也许是很合适的。”

他父亲倒不像他母亲这样刨根究底，但是，到了晚祷前他们读《圣经》的时候，这位牧师对太太说：

“既然安琪回来了，那么我想，我们最好还是把本来该读的那一章换一下吧，读一读《箴言》第31章，这样更合适一些。”

“那好吧。”克莱尔的母亲说，“念一念利慕伊勒王的言语。”（她像她丈夫一样，能够整章整节地背诵。）“我亲爱的儿呀，你父亲决定给我们念一念《箴言》中赞美贤妻的那一章。不用说，这些话语可以用到那位不在场的人物身上。愿上帝保佑她的一切！”

听了这番话，克莱尔的喉咙又哽住了。轻便的读经台被从拐角搬出来，放到壁炉中间，两个年老的仆人走进来，克莱尔的父亲开始从上述经文的第10节念起：

> 有才有德的妇人谁能得着呢？她的价值远胜过珍珠。……未到黎明她就起床，把食物分给家中的人。……她挺起腰杆，使膀臂有力。她觉得所经营的有利，她的灯终夜不灭。……她观察家务，并不吃闲饭。她的儿女起来称她有福。她的丈夫也称赞她，说，有才有德的女子虽然很多，但唯独你超过一切。

晚祷做完以后，他母亲说：

“我不禁觉得，你父亲刚才念的这一章，有些地方用到你娶的那个女人身上，真是太合适了。你瞧，完美的女人，就应该是个勤劳的女人，而不是好吃懒做的女人，也不是雍容华贵的女人，而是能用自己的双手、自己的脑筋、自己的心灵为别人做好事的女人。‘她的儿女起来称她有福。她的丈夫也称赞她，说，有才有德的女子虽然很多，但唯独你超过一切。’唉，我真希望我能见见她，安琪。她既然纯净、贞洁，这对我来说就已经够好的了。”

听了这番话，克莱尔再也忍不住了。一颗颗泪珠，像一滴滴熔化的铅液，溢满了他的双眼。于是他匆忙向他深深爱戴的父母道了晚安，回到自己卧室去了。他的双亲有着两颗诚实、纯朴的心灵，他们的心中没有世事、肉欲、魔鬼的概念，这些东西，对他们来说，只是一种模模糊糊的外在之物。

他母亲跟在他的身后，敲了敲他的门。克莱尔把门打开，发现是母亲带着焦虑的神色站在门外。

“安琪，”她问道，“你这么匆匆忙忙地就要出国，是不是出了什么事？我敢说，你心情很不好。”

“没什么，妈妈，真的。”他说。

“是因为她吗？唉，我的儿呀，我知道是因为她，我知道！在这三个礼拜里，你们吵架啦？”

“我们谈不上是吵架了。”他说，“不过，我们有点儿不同了……”

“安琪，那姑娘的历史经得起追问吧？”

老克莱尔太太，凭着自己做母亲的本能，一下子就猜中她儿子焦虑不安、心烦意乱的根源了。

“她纯洁无瑕！”他答道，心想，即使他此时此地因为说谎而永生永世打入地狱，他也要说这句谎话。

“那就行了，别的方面不必计较了。说到底，世界上很少有比未受玷污的乡下姑娘更纯洁的。你受过比较好的教育，所以一开始，你也许看不惯她那粗里粗气的举止，不过，我敢肯定，和你相处的时间长了，在你的熏陶和指导下，她一定会变得娴雅文静。”

这种因不知内情而表现出来的宽宏大量，在克莱尔听来，简直是可怕的嘲讽，于是他开始意识到，他这一次的婚姻，把他一生的事业全毁了，这一点，在事情刚暴露的时候他还没有想到。说实在的，对他自己来说，他极少顾及事业，但是，为了他的父母和兄长，他至少也得把自己的事业弄得体体面面。可现在，当他望着蜡烛的时候，那烛焰仿佛在默默地对他诉说：烛焰本是用来照耀明智之士，若是照在被人愚弄的失败者的脸膛上，那真是太讨厌了。

待到情绪冷静下来之后，他有时又觉得，他对父母撒谎，全是迫不得已的，全是苔丝引起的，因此，他就对他那个可怜的妻子生气了。他几乎愤怒地对她说话，仿佛她就在屋里似的。于是她的喁喁细语，她的含着哀怨的辩解，搅动了黑暗，她柔润光洁的嘴唇触到了他的额头，他还能在空气中分辨出她呼出气息的温馨。

这天夜里，他所贬低的那个女人正在想，她的丈夫是多么高尚、多么善良。但是，在他们两人上面，笼罩着一个阴影，比克莱尔所看到的阴影还要黑得多，这个阴影不是别的，正是克莱尔自身的局限性。他这个青年，虽然企图以独立的见解来判断事物，虽然有着先进的思想、美好的目标，是最近二十五年以来的时代的典型人物，但是，由于受到早年教育的影响，一旦事出意外时，他又是一个习俗和成见的奴隶。其实，在本质上，他那年轻的妻子和其他疾恶如仇的女人一样，对于利慕伊勒王的那番赞美，是当之无愧的，因为判断她的道德价值，应该根据她的本性，而不是根据她所做过的某一件事。不过，这个道理，当时没有先知告诉他，他自己也不够先知先觉，所以认识不到这一点。还有一点，那就是近距离的人常常处于不利地位，因为距离近，一切都清清楚楚、暴露无遗，而身在远处的人，由于身形朦胧而处于优势，连身上的污点也被距离变成了艺术上的美点。克莱尔由于只考虑苔丝所缺乏的一面，而忽略了她所具备的一面，甚至忘了，身心有缺陷的能够胜过十全十美的。

第四十章

吃早饭的时候，巴西成了热门话题。尽管大家知道，有些农工去巴西不到一年就回来，带来了令人扫兴的消息，但是，大家全都竭力抱着乐观的态度，希望克莱尔提出去那个国家经营农业的计划能够成功。吃罢早饭，克莱尔到了小镇上，了结了一些与他有关的琐碎事务，并从当地银行里取出他全部的存款。回家的路上，他在教堂附近碰见了默茜·钱特小姐。她好像是一种和教堂四壁连为一体、从教堂中产生出来的东西。她抱着一捆《圣经》，要去讲经。她的人生观就是这样，别人看来觉得伤心的事，在她看来，则是上苍向她开颜，这种态度，自然值得羡慕，不过，克莱尔觉得，这是极其不自然地把人性献给了神力。

她已经得知，他就要离开英国，所以对他说，这似乎是一个很有希望的好计划。

“是的，从赚钱方面来说，这无疑是个很好的计划，”他回答说，“不过，亲爱的默茜，那可是要颠沛流离、历尽艰难呀。也许，还不如进修道院好。”

“进修道院！哎呀，安琪·克莱尔！”

“怎么啦？”

“你呀，你这个坏蛋，进修道院就是当僧侣，罗马天主教的僧侣。”

“信罗马天主教就是犯罪，犯罪就得下地狱。安琪·克莱尔呀，你可是处于危险境地呀。”克莱尔说道。

“我为我信新教而感到光荣！”默茜严肃地说。

一个人若是痛苦至极，会变得荒诞不经，根本不顾他真心信奉的原则。克莱尔就是处于这种心境，把默茜叫到自己的跟前，像恶魔似的，对着她的耳朵，把他所能想到的最离经叛道的话，一股脑儿说了出来。他见到她那白净的脸蛋上出现了恐怖和厌恶的神色，便笑了起来，但是，当见到她的神色又变得为他而感到痛苦和焦虑时，他的笑声就中止了。

“亲爱的默茜，”他说，“你千万别见怪。我觉得我都快要发疯了！”

她觉得他真的要发疯了，所以就与他分手了。克莱尔又走进牧师住宅。他已经把珠宝存进了当地银行，等以后情况好转再取出来。他还把三十镑钱放进银行，叫他们过几个月寄给苔丝，以便接济她。他还写了一封信，寄到布莱克摩山谷的她父母家，把他所做的事情告诉了她。他想，有了这笔钱，再加上先前给她的那笔钱（大约五十镑），苔丝大概可以够用一阵子了，若是遇到了紧急情况，她也可以来求他父亲，这一点，他上次就已经关照过了。

他认为，最好不要让父母跟她通信，所以也就没有把苔丝的地址告诉父母；他的父母也不知道小两口子到底闹了什么别扭，所以也没开口向他要。就在这一天，他离开了父母家，因为还有些事情，他想早点办完。

在离开英国这一带之前，他必须去一趟井桥村，因为他和苔丝结婚以后，在那儿的农舍里住了三天，得付一点房租给人家，房间的钥匙也得还给人家，还有两三件东西留在那儿，得拿走才行。正是在那座农舍里，他生平中所遇到的最黑暗的阴影，把他笼罩了。然而，当他打开客厅的门，朝里面一望，他首先回想起来的，是同样的下午他们刚刚到达这里的幸福情景，是他们同居一屋的第一阵新鲜感，是他们第一次同桌吃饭和他们手拉着手围在炉边亲切交谈的情景。

他来到这儿的时候，房东夫妇还在地里干活，于是克莱尔独自一人在屋里待了一段时间。他的内心涌起了一股他完全没料到的情绪，于是他上了楼，进了她住的那间屋子——那间他从来没有用过的屋子。床上仍然平平整整的，还是她离开的那天早上亲手铺的那个样子。槲寄生也还挂在帐顶下面，和他挂的时候一个样儿。不过，三四个礼拜已经过去，它的颜色退了一些，叶子和果子也已皱起来。克莱尔把它取了下来，塞到壁炉里。他在那儿站着的时候，第一次怀疑起来，不知道他对这件事情的处理是否明智，更不知道是否宽宏大量。但是，他自己不也残酷地受了蒙蔽吗？他百感交集，泫然泪下，跪倒在她的床前。“哦，苔丝！你要是早点儿告诉我，我也许就宽恕你了！”他沉痛地说道。

这时，他听到楼下传来脚步声，急忙站起身来，朝楼梯口走去。只见楼梯底下，站着一个女人，那女人刚一抬头，他就认出来了，原来是白脸蛋、黑眼睛的伊丝。

“克莱尔先生，”伊丝开口说道，“我是来看你和你太太的，来向你们问好。我猜想你会回到这儿来。”

这个姑娘的隐情克莱尔已经猜到，可是克莱尔的隐情她却没有猜到。这是一个对他钟情的诚实姑娘，她和苔丝一样，或者说差不多一样，能当农家的好主妇。

“只有我一个人来了，”他说，“眼下，我们不在这儿住了。”接着，他向她解释了他上这儿来的原因，然后他问道，“伊丝，你打算走哪条路回去？”

“我现在不住在塔尔勃塞奶牛场了，先生。”她说。

“是怎么回事？”

伊丝垂下眼睛。

“那地方太沉闷，所以我就离开了！我现在住在那一边。”说着，她指了指与奶牛场相反的方向，也就是他正要去的那个方向。

“是吗？你这会儿走不走？如果你愿意，我可以顺便送你一程。”

她那发黄的脸色变得红润起来。

“谢谢你，克莱尔先生。”她说。

他很快就找到了房东，由于他没有住到约定日期就突然离开，所以房租和别的项目都要另行计算。他算清账目之后，回到了马车上，伊丝也跳上车，坐到他的身旁。

“我就要离开英国了，伊丝，”他们坐在车上的时候，克莱尔说道，“我要上巴西去。”

“克莱尔太太喜欢这一趟旅行吗？”伊丝问道。

“她眼下还不去呢，要等一两年。我先去那儿探一探，看看那儿生活怎么样。”

他们又往东面行驶了很长一段路程，伊丝什么也没说。

“她们几个怎么样？”他问道，“蕾蒂怎么样？”

“我最后一次看到她的时候，她有点疯疯癫癫的，瘦得脸都瘪下去了，真像是得了痨病。再也不会有人爱上她了。”伊丝心不在焉地说。

“那么玛莲呢？”

伊丝放低了声音。

“玛莲都变成酒鬼了。”

“真的吗？”

“真的。奶牛场的老板都不要她上工了。”

“你呢？”

“我既没成酒鬼，也没患痨病。但是——这阵子在吃早饭之前，不那么爱唱了！”

“那是怎么回事呢？记得你以前在挤早班牛奶的时候，总是爱唱《爱神的花园》和《裁缝的裤子》，唱得那么好听。”

“是啊！先生，你刚到奶牛场的那几天，是那么回事。不过，过了一些日子，我就不爱唱了。”

“你干吗不爱唱了呢？”

她那乌黑的眼睛昂起来朝他脸上看了一下，算是答复。

“伊丝！你真没出息，为我这样的人，犯得着吗？”他说着便陷入了沉思，“那么，假如我当时向你求婚，又会怎样呢？”

“假如你当时向我求婚，我当然会答应，你当然会娶到一个爱你的女人！”

“真的吗？”

“千真万确！”她感情炽热地喃喃地说，“啊，我的天哪！难道你直到现在都没看出来吗？”

不久以后，他们到了一条通往村庄的岔道。

“我得下车了。我就住在那边。”伊丝突然说道，自从刚才表白以来，她还一直没开口呢。

克莱尔放慢了马儿。对自己的命运，他突然生起气来，对传统的社会习俗，他也开始痛恨起来，因为正是这些社会习俗，把他禁锢在一个角落里，让他找不到合适的出路。他今后为什么不能过一种放荡荒淫的家庭生活，以此对社会进行报复呢？他为什么还要受到习俗的禁锢、默默地忍受习俗的惩罚呢？

“伊丝，我准备一个人到巴西去。”他说，“我太太这回不去，并不是因为她怕出远门，而是出于我和她之间的个人原因。也许，我再也不会和她同居了。也许，我也不能爱上你，不过——你能不能代替她，和我一起到巴西去呢？”

“你真的愿意让我跟你一起去吗？”

“真的。我已经受够罪了，想放松放松。至少，你无私地爱着我。”

“是的——我愿意去。”伊丝停了一会儿，说道。

“你愿意去吗？伊丝，你知道这意味着什么吗？”

“这就意味着，你在那儿的时候，我得跟你住在一起——这对我来说，已经够好了。”

“你要明白，这么一来，你就不能遵照道德规范来对待我了。而且，我必须提醒你，我们这么做，以文明的眼光来看，就是大逆不道——我说的是西方文明。”

“我不在乎，一个女人，感情上遭受了极度折磨，又没有办法摆脱，还顾得着什么文明不文明！”

“那么你就别下车了，坐在我身边。”

他赶着马车，越过了岔道口，一英里又一英里地向前驶去，但始终没有一点爱的表示。

“你非常，非常爱我吗，伊丝？”他突然问道。

“是的——我之前已经说过了！我们一起在奶牛场的时候，我时时刻刻都爱着你！”

“比苔丝爱得还要厉害？”

她摇了摇头。

“不，”她喃喃地说，“没有她爱得厉害。”

“怎么回事？”

“因为谁也不能比苔丝爱得更厉害！……为了你，她能把性命都豁出去。我可没法儿比她爱得更强烈。”

像毗珥山顶上的先知[1]一样，伊丝本来很想在这一时刻反说一通，但是，苔丝的品行对伊丝那淳朴的性格施展了一种魔力，让她不得不说苔丝的好话。

克莱尔一声不吭，从伊丝方面听到的这番直爽话语，是真实可信的，也是出乎他意料的，他那颗心受感动。在他的喉咙口，仿佛有什么东西噎住，仿佛一声啜泣在那儿凝成了固体。他的耳边反复回荡着伊丝的话语：“为了你，她能把性命都豁出去。我可没法儿比她爱得更强烈！”

“伊丝，我们刚才都是随便瞎说说的，你可不要记在心里哟。”他忽然掉过马头，说道，“我也不知道我到底说了些什么！我这就送你回到岔路口那儿去。”

“我把真心掏给你就是这么个下场！啊——这可叫我怎么办呀——我受

---

1. “毗珥山顶上的先知”是指巴兰。他奉摩押王巴勒之命，前去诅咒以色列人，结果因不得越过神的旨意，反而祝福以色列。故事见《圣经·旧约·民数记》第22—24章。

不了啦——受不了啦！”

伊丝明白了刚才的所作所为，发狂地放声大哭，一个劲用手捶打脑袋。

“你刚才那番可怜的话语，算是为那个不在这里的人做了一件好事，你难道为此感到后悔吗？啊，伊丝，你别后悔，要不然，就不算做了一件好事！”

她渐渐地平静下来了。

“好吧，先生。也许，当——当我答应跟你一起走的时候，我也不知道我到底说了些什么！我想——那本来就不可能嘛！”

“因为我已经有一个爱我的太太。”

“是的，是的！你已经有了。”

他们又回到了半个钟头之前经过的那个岔道口，伊丝跳下了车。

“伊丝，刚才是我一时轻浮，请你——请你忘掉吧！”他大声喊道，“那只是一时的冒失、鲁莽！”

“忘掉？不，我永远不会忘掉！在我看来，那并不是轻浮呀！”

他觉得，这种受了伤害的呼喊，传达了一种他活该受到的深深责备，他带着无法形容的悔恨之情，跳下车来，抓住她的手。

“唉，伊丝，不管怎样，我们也得好聚好散啊。你简直不知道我近来遭的是什么罪哟！”

她是一个真正宽宏大量的姑娘，所以在告别的时候，没再表露任何痛苦。

“我不会怪你的，先生！”她说。

“伊丝，”他对站在身旁的伊丝说道，俨然是个师长，竭力掩饰自己的情感，“你见到玛莲的时候，替我告诉她，叫她做一个好姑娘，别再干傻事了。这一点，你得答应我才行。还有，你告诉蕾蒂，就说世上比我好的人多得很，叫她看在我的分上，不要犯傻，好好地做人——记住了吗？——叫她看在我的分上，不要犯傻，好好地做人。我对她们所说的这几句话，是濒临绝境的人对濒临绝境的人所说的话，看来，我再也见不到她们了。你呢，伊丝，你那几句评说我妻子的诚实话语，算是拯救了我，多亏了你，我才在难以置信的冲动下，没有做出背信弃义的蠢事。女人也许很坏，但在这类事情上，她们绝对坏不过男人！所以，你在这方面救了我，我一辈子也忘不了你。直到现在，你始终是个诚实的好姑娘，你以后要永远像现在这样。你要把我看成是一个一文不值的情人，但却是一个忠实可靠的朋友。答应我吧。”

她答应了。

“愿上帝保佑你，赐福给你，先生，再见！”

克莱尔赶着车走了，但是，伊丝刚拐向岔道上，一等到克莱尔从视野里消失，她就在一阵撕心裂肺的痛苦下，倒在路边的土坡上。深夜时分，当她终于跨入母亲家门的时候，她的脸绷得紧紧的，显得极不自然。至于她和克莱尔分手之后，直到回家之前，她是怎样度过那黑夜中的好几个钟头，谁也不知道。

克莱尔同那个姑娘告别之后，也感到一种椎心泣血的痛苦，双唇不停地颤抖。但是，他不是为伊丝难过。这天晚上，他差一点点就放弃了去最近一个车站的计划，掉转马头，穿过南威塞克斯的那一道山脊，直奔苔丝的家。是什么阻止了他呢？既不是因为他瞧不起苔丝的本性，也不是因为他猜不透苔丝的感情。

不是这些。而是他觉得，尽管苔丝爱他，像伊丝所证实的那样，但是，那些事实并没有改变。如果当初他是对的，那他现在也还是对的。事情一开始，就有一种动力驱使他采取这种举动，现在，这一动力依然倾向于让他继续实行这一举动，这样的话，除非出现比今天下午更为强烈、更为持久的力量，才能让他改变自己的想法。或许他过不了多久就能回到她身边。但是，在那天晚上，他却坐上火车到了伦敦。五天之后，他又在轮船码头与两个哥哥握手道别了。

第四十一章

我们前面所说的是冬天里的事情，现在让我们看看克莱尔和苔丝分手八个月以后的情景。这是十月里的一天，我们发现苔丝的情形完全改变了，不再是一个有人给她扛箱扛包的新娘子，而是一个孑然一身的妇人，亲自携着一篮一囊，和以前没做新娘的时候一个样儿；本来，她丈夫为她在“察看”期间筹备了比较丰厚的生活费用，可现在，她也囊空如洗了。

她上回再次离开家乡马洛特之后，大部分时间是在布莱克摩山谷以西的布利迪港附近度过，从故乡到那个地方，和到塔尔勃塞差不多远。她在那儿的一个奶牛场上做一些轻便的零活。体力方面没吃什么大亏，度过了一春一夏的时光。她宁肯这样自食其力，也不肯靠他的钱养活自己。在精神方面，她仍然处于一种完全停滞的状态，她所从事的机械性工作，不但不能抑制她这种精神状态，反而使之与日俱增。她满脑子想着的，还是从前那个奶牛场、从前那段时光、从前所遇到的那个温存的情人。但是，这个情人啊，在她刚把他抓住、据为己有时，他却像幻影一样消失得不见踪迹了。

苔丝没有找到像在塔尔勃塞那样相对固定的工作，只是打零工，所以，一到牛奶淡季，她就找不到能干的活了。不过，这时秋收季节已经开始，从牧场转移到种庄稼的地方，依然能够找到很多活做，而且一直可以持续到秋收结束。

她从克莱尔给她的五十镑钱里面，提取了二十五镑给她父母，算是报答他们的操劳，剩下的一半，她几乎没怎么花费。但是，倒霉的是，这段时间老是下雨，她也只好动用金镑了。

她真不舍得花这些金镑。这些又新又亮的金币，是安琪为她从银行里取出来的，是安琪亲自交到她手里的，经过他的触摸，它们就成了神圣的纪念品——它们仿佛没有别的历史，只记录了他和她的那段经历，若是把它们花了，岂不等于抛掉了纪念物吗？但是，她不得不用钱，于是，金币就一个一个地从她手里溜掉了。

她只好不时地把自己的地址告诉她母亲，但是，她却一直隐瞒着自己的处境。所以，当她的钱差不多花光时，她收到了母亲的一封来信。信中说，家里的日子非常难熬，秋天的雨水格外多，屋顶都漏雨了，非得彻底翻修才行，但工人却无法开工，因为上次屋顶翻修所欠的债至今还没有还清。楼上的椽子和天花板也得翻修。维修的费用，加上旧债，总共需要二十镑钱。既然她丈夫是个有钱人，而且现在无疑已经从别的地方回来，那么她能不能帮助家里筹到这笔钱呢？

差不多就在这个时候，苔丝收到了克莱尔存钱的那个银行给她寄来的三十镑钱。既然父母家里那么窘迫，她收到了钱后，就立刻给家里寄去了所需的二十英镑。从剩下的钱中，她又花几镑买了冬天必需的衣裳，这么一来，虽然严冬即将来临，可她预备过冬的钱已经所剩无几。记得安琪曾经告诉她，说她如果需要进一步的帮助，可以去找他父亲，那么，等到她分文不剩的时候，她只能考虑这一建议了。

但是，苔丝越是考虑采取这一行动，越是觉得很不妥当。为了克莱尔的名声，她想表现得雍容大雅，自尊自重，再加上怕难为情等等，所以，关于她夫妻俩长久分离的情形，她连自己的父母都没告诉，现在，出于同样的考虑，她也不能伸手向克莱尔的父母要钱，何况他已经给过她不少。他的父母或许早就看不起她，她若是再像乞丐那样向他们讨钱，那他们该会怎样鄙视她呀！结果，牧师的儿媳决定，无论如何也不能让公公知道她的处境。

她想，随着时间的流逝，她不愿与公婆联系的想法，也许会渐渐改变，但是，对于她自己的父亲，情况正好相反。她因为在刚结婚之后就在娘家住了几天，之后又离开了家，那时，父母以为她最终还是去和丈夫团圆了。从那时起，直到现在，她都一直没有打破他们的误解，让他们觉得她过着舒适的日子，等着丈夫归来。她是在无望中抱着一线希望，只盼丈夫很快结束巴西的旅行，不要在那儿逗留太久，回来以后，或者马上来接她，或者写信叫她去找他，在任何情况下，他们都得尽早作出努力，使双方家庭、使外界都觉得他们是恩爱夫妻。现在她仍抱着这一希望。若是让父母得知，她这一次婚姻的光彩并没有消除上一回那悲伤的阴影，她现在只是一个弃妇，用自己的钱接济了他们之后，她只好靠自己的双手独立谋生，那么，岂不太使他们难堪了吗？

她又想起那些珠宝来。她不知道克莱尔到底把它们存在哪了，不过，既然她真的只有权利使用，没有权利变卖，那么，她知道不知道也无所谓。她是在法律意义而不是在实际意义上是克莱尔的太太，既然如此，即使那些珠宝完全归她所有，那她利用名义方面的优势，变卖那些东西，岂不是太卑鄙了吗？

与此同时，她丈夫所过的日子也不是安然无恙。此时此刻，他正在巴西库里蒂巴附近地区，身患热病，卧床不起，这是因为他淋了几次雷雨，还遭受了别的一些磨难。同他一起遭罪的还有许多别的英国的农场主和农场工人。他们之所以上巴西，一方面是受了巴西政府甜言蜜语的哄骗，另一方面也归结于他们毫无根据的推断，他们觉得，在英国高原耕田种地的时候，他们应付过各种各样的气候，那么到了巴西平原，也同样能够应付各种各样的气候，殊不知英国的气候是他们从小就适应了的，而巴西的气候他们则从未遭受过。

还是言归正传，说说苔丝吧。当她把最后一个金镑花掉之后，再也没有别的补给了，同时由于季节原因，越来越找不到活儿做了。她不了解，有才智、有精力、有体力又有热情的人，在任何生活圈子里都十分奇缺，所以她总是不去谋求室内工作，只知道害怕市镇，害怕大户人家，对有钱有势的、老于世故的，以及行为举止与农村人不同的人们，她都抱着提心吊胆的态度。因为她的一切苦恼，都是来自那个方面。其实，真实的社会也许并不像她根据自己点滴经历所想象的那样坏，但是这一点，她却无法证实，所以，在目前的情况下，她本能地躲避社会。

春夏期间，她一直在布利迪港西面的几个小奶牛场打短工，现在那儿再也用不着她了。也许可以回到塔尔勃塞去，那儿的老板纯粹出于同情，也会给她一个栖身之地。但是，尽管从前那儿的日子过得舒舒服服，她现在也不能回去。她实在忍受不了那种一落千丈的感觉，同时，她回到那儿，人们还会指责她崇拜的丈夫。

她无法接受他们的怜悯，她不能容忍别人在她的背后指指点点，议论她的奇怪的处境，若是他们把有关她的情况放在心里，不说出来，那么，哪怕他们全都知道，她也能够承受。若是他们相互之间交换对她的看法，那她这颗敏感的心就会畏缩。苔丝对于这两者之间的区别，还说不出什么道理，只知道自己感觉到了这一点。

这个时候，她收到了一封玛莲辗转寄来的信，信中介绍她去本郡中部山区的一个农场，所以，苔丝就动身朝那儿走去。

不知怎的，玛莲已经得知苔丝与丈夫分居了（可能是听伊丝说的），这位心地善良而现在好酒贪杯的姑娘，认定苔丝处境艰难，就急忙给这位老朋友写了一封信，说她自己离开奶牛场以后，就到了中部高原，并说她很希望在那儿见到苔丝，若是苔丝真的还想像以前那样干活，那儿的农场上还需要人手。

在那些冬日里，夜长昼短，苔丝渐渐放弃了丈夫饶恕她的一切希望，所以，她继续前进的时候，她的性情很像野兽，一切不假思索，听凭本能的支配，只顾一步一步地让自己脱离那多事的过去，埋没自己的身份，根本不想暴露自己；她无意中放弃了种种机会，殊不知这种暴露对别人的幸福并无影响，同她自己的幸福却密切相关。

在她孑然一身的困境中，有一个不可忽略的烦恼，就是她的相貌总是引起别人的垂青。她本来就具有一种自然的魅力，加上受了克莱尔一定的熏陶，显得更为出众。起初，她身上穿的还是为结婚准备的衣服，所以别人也只是偶尔对她瞟上几眼，不敢有什么放肆的举动，但是，新婚衣服很快就穿坏了，她不得不穿起下地干活的村姑的衣裳，这样，有些人不止一次地对她说出难听的粗话，不过，直到十一月里的一个下午，还没有发生什么危害她肉体的事情。

本来，她情愿到布利特河西面的乡村去，而不是去现在所去的高原农场，因为河西那块地方起码离她公婆的家要近一些，而且在那个地区，来来往往都不会有人认识她，这样，她要是哪天打定了主意要去那座牧师住宅的话，也会很乐意的。不过，一旦决定要去中部地区那干燥的高原，她就立刻转身向东，步行朝新顿村走去，准备在那儿过夜。

那条道路又长又单调，由于天黑得很快，黄昏不知不觉就已经降临。她来到一座山顶上，往前看去，只见下山的小路蜿蜒迂回、时隐时现。这时，她听到身后传来脚步声，不一会儿，有个男人便赶上了她。那人走到苔丝身边时，对她说：

“你好哇，漂亮的大姑娘。”

苔丝很有礼貌地回答了这一问候。

这时，尽管周围的景物已一片昏暗，但天上的余晖却仍照在苔丝的脸上。所以那个人转过身来，直勾勾地瞪着她。

“哟，果真不错，你就是那个在特兰岭住过一阵子的年轻荡妇，和那个阔少爷德伯维尔有过交情，是不是呀？虽说我现在不住那儿，可当时还在那儿呢。”

她认出他就是那个在旅店门前说她坏话，被克莱尔揍了一拳的农夫。她顿时感到一阵痛苦，嘴里什么话也说不出来。

“你老老实实地承认吧，还有，我在镇里说的话，你也得承认是对的，哼，你那个姘头还大发脾气呢。怎么样，我机灵的妞儿？考虑到我挨了那顿揍，你得替他赔礼道歉。”

苔丝仍旧什么话也说不出来。对她这颗被追捕的灵魂来说，似乎只有一条出路了。她冷不防地拔腿就跑，头也不回，犹如一阵疾风，顺着大路，一直跑到了一个栅门前面。这扇栅门通往一片树林。她跑了进去，钻进了树林深处，觉得不会被人发现了，才停住脚步。

脚下，是一层干枯的叶子，落叶树中间，还生长着一些冬青树，叶子很密，足以遮挡风寒。她把枯叶搂到一起，积成了一大堆，然后在中间弄了一个窝。苔丝爬进了这个窝里。

在这种地方睡眠，自然是时醒时睡。她总是觉得耳边有一种奇怪的声音，但是又劝自己说，那不过是微风罢了。她想起了她丈夫：他大概正在地球另一面一个温暖的地方吧？可她却躺在这儿的寒冷中。她不禁自问：世界上还有像她这样可怜的人吗？她想到了自己虚度的生命，说了一声：“万事皆空。[1]”她机械地重复着这句话，直到后来觉得，这种思想最不适合当下的情况了。所罗门这么想的时候，是两千多年以前，她自己呢，尽管不是站在前列的思想家，可也比所罗门进步多了。如果一切都是虚空，那么谁还介意它呢？唉，一切都比虚空还坏——一切都是不公、惩罚、苛刻、死亡。想到这里，这位安琪·克莱尔的夫人把手放到额上，摸着弯曲的眉头和眼窝的

---

1. 引自《圣经·旧约·传道书》第1章第2节。

边缘，感觉到柔嫩的皮肤下是坚硬的骨头。她想，将来总有一天，这儿的骨头会全然裸露。“但愿这个时刻现在就来。”她说。

她正在这样胡思乱想的时候，忽然听到树叶间又发出了奇怪的声音。这也许是风声，但周围根本没有刮风呀。那声音，有时候好像是扑动，有时候好像是拍翅膀，有时候好像是一阵一阵的喘息，有时候又好像是咕嘟咕嘟地冒泡。很快她就弄明，这声音是某种野生动物发出来的，再仔细一听，发现这些声音来自头顶上的枝叶，而且这些声音发出之后，会有沉重的物体掉落在地，这时，她更相信那些是野生动物了。假若她当时的处境不是这么糟糕，那她听了这样的声音，一定会感到惊吓，但是，现在她除了人类，不怕任何别的东西了。

终于到了破晓时分。外面亮了一会儿之后，树林里才开始亮起来。

一旦万物开始活动、令人放心的平常的光线变得强烈的时候，苔丝便立刻从那堆叶子里爬了出来，大胆地向四周扫视。然后她弄明了是什么东西一直在搅扰她。她躲进来的这片树林，延伸到这个地方，已经是最边缘了，树林在这儿到了尽头，树篱外面就是耕地。树下躺着好几只野鸡，它们那华丽的羽毛上染着血迹，有的已经死了，有的还没断气，无力地扑动着翅膀，有的对着天空直翻白眼，有的急速地颤抖，有的不停地扭动，也有的直挺挺地躺在地上——它们全都痛苦地抽搐，只有几只无力支撑、死在了夜间，算是幸运，不用再遭受折磨。

苔丝立刻猜出了事情的来龙去脉。原来这些鸟儿昨天被一群打猎的赶到这个角落，那些中了枪弹立刻就掉下来的，或者在天黑之前就断了气的，都被打猎的找到捡走了，许多受了重伤的，逃掉并且躲了起来，或者飞到上面厚密的树枝间，在树枝上勉强维持了一段时间，直到在夜间因流血过多而无力支撑，才一个接一个地掉落到地上。

童年时代，她也偶然见过这种打猎的人，看到他们隔着树篱张望，或者透过树丛窥探，端着枪瞄准，他们的装束怪模怪样，他们的眼睛里射出残忍好杀的凶光。她听人家说，他们这种人，虽然当时显得粗野、残暴，但并不是一年到头都是这样，实际上，他们平时是非常文明的公民，只是一到了秋冬的几个礼拜，他们就像马来半岛的居民一样，变得杀气腾腾、嗜血成性（在这种情况下，他们所杀害的，都是无害于人类的羽毛动物，而且是专为满足他们这种嗜好用人工繁殖出来的），这时候，他们对待自然大家庭中的弱小的成员，就极其粗暴、极其无礼。

苔丝心地善良，能把这些鸟儿的痛苦看成是自己的痛苦，因此，在一阵冲动下，她首先想到的，是让仍未断气的鸟儿摆脱痛苦的折磨，她亲手把所能找到的鸟儿的脖子一个一个地弄断，免得它们活活受罪。她把它们弄死之后，把它们放在原处，好让猎手再次来寻找的时候（他们大概会来），能够找到它们。

"可怜的小宝贝——看到你们受了这么多罪，我还能说我是世上最痛苦的生命吗？！"她一面把鸟儿轻轻地弄死，一面泪流满面地说道，"我并没有遭受肉体方面的痛苦啊！我没有被打得血肉模糊、遍体鳞伤，我还有好端端的双手，来维持自己的吃穿。"她真为自己在夜间的悲观忧闷而感到惭愧，其实，这种悲观没有什么实际根据，只不过是基于一种有罪的感觉，认为自己触犯了那毫无自然基础、蛮横无理的社会法律。

第四十二章

现在天空已经大亮，苔丝又起身了，小心翼翼地走在大路上。其实她不用担心，因为附近一个人影也没有。于是她迈开坚毅的步伐，往前走着，她回想起昨天晚上，那些鸟儿默默地忍受苦难的情景，顿时觉得，痛苦都是相对的，她若是超脱一些，不去顾及别人的看法，那么，她的痛苦也并非无法忍受。但是，既然克莱尔的看法也和别人的一样，她怎么能弃之不顾呢？

她走到新顿村，进了一个餐馆吃早饭。馆子里有几个讨厌的年轻人，不断奉承她的美貌。不知怎的，她心中因此升起一种希望：她的丈夫也有可能对她说出这样的话语呀！她现在得小心谨慎才是，免得招惹是非。为了达到这一目的，苔丝断然觉得，不能让自己因容貌再冒多余的风险。所以，她一出村庄，就走进了密集的树丛，从篮子里拿出了一件最旧的干活穿的衣服，这件衣服她只有上次在马洛特收割庄稼的时候穿过，自从到了奶牛场，就再也没有穿过了。她又灵机一动，从行囊中取出一条手绢，裹住帽子下面的脸，把下巴、半个脸蛋、太阳穴等，全都遮了起来，好像她害了牙痛病似的。她接着拿出一把小剪刀，对着小镜子，狠心剪掉了自己的眉毛，这么一来，她觉得很放心了，不会再有人对她纠缠了，于是她又起步走上了高低不平的路。

“啊，这个女的长得真吓人！”头一个遇到她的人对自己的同伴说道。

听到这句话，苔丝不由得可怜起自己来，双眼噙满了泪水。

“可我不在乎！”她说，“啊——我不在乎！我要始终打扮得丑陋无比，因为安琪不在这里，没人保护我，我那个丈夫离我而去，再也不会爱我了，可我还是照样爱着他，憎恨别的一切男人，乐意让别的男人对我不屑一顾。”

苔丝就这样往前走着，看上去只是和周围景物融为一体的一个人形，只是一个普通的纯粹的劳动妇女，一副冬天里的装束，穿着灰色的哔叽上衣，围着一条红色羊毛围巾，下身穿着呢绒裙子，外面罩着一件灰白色粗布外衫，手里戴着浅黄色皮革手套。她身上的那件旧衣裳，经过风吹雨打和阳光暴晒，每一块地方都已经褪色了，磨薄了。现在，从她的身上，看不出一点年轻人的热情：

> 这个姑娘的嘴唇
> 显得冷冰冰。
> ……
> 她头上朴素地裹着
> 一层又一层。[1]

从她的外表来看，这仿佛是一个毫无知觉的无机体，但是，在她的内心，却有着生命搏动的痕迹，就她的年龄而言，可算是饱经了人生的凄风苦雨，领会了淫欲的残酷和爱情的脆弱。

第二天，尽管天气很坏，但她继续步履艰难地朝前行走，因为大自然对人所怀的敌意毫不隐瞒、直截了当，而且也不偏不倚，所以并不怎么使她感到为难。她的目的是要找到冬天糊口的活计和越冬的栖身之处，所以一时一刻也不能耽搁。她以前打短工吃过苦头，现在决意要做长工。

她朝玛莲指点的方向走去，越过一个又一个农庄。她听说那地方非常艰苦，令人望而却步，但她走投无路，只好作出这一最后的选择。起初，她想找点轻松的工作，但是毫无希望，没人雇用，于是她又找不太繁重的工作，也还是找不到，这样，从她最喜欢的挤牛奶、养鸡鸭等工作找起，最后却找到了她最讨厌的农田上的工作。农田上的粗活，又苦又累，若不是没有办法，她绝不会主动去。

---

1. 引自史文朋的诗集《诗与谣》。

第二天临近黄昏的时候，她走到起伏不平的白垩质高原上。这片高原延伸在她出生的山谷和她恋爱的山谷之间。高原上满是半球形的坟冢，从远处看，这高原仿佛是伸展着身子仰卧着的奶头累累的大地女神。

这儿的空气又干燥又寒冷，下雨之后，没过几个钟头，漫长的车道就被风吹得发白，尘土飞扬。这儿树木很少，或者说一棵也没有，树篱间那几棵本来可以长大的树，也被佃户狠心地拗弯，编结成了篱笆，这些佃户呀，差不多天生就是树木和丛林的死对头。在不远不近的前方，她能够看到公牛冢和荨麻谷的山顶，它们那样子都仿佛和蔼可亲，从这儿的高原上看去，它们显得低矮，毫不装腔作势，可是，她小时候从布莱克摩山谷那边往这儿看的时候，它们就像高耸入云的棱堡。顺着那些山岭向南朝海岸方向望去，只见在许多英里以外，有一片水面，如同擦亮的铁块，那就是远通法国的英吉利海峡。

在她面前的一个小山坳里，是一个破败的村庄。实际上，她已经走到了玛莲居住的弗林库姆梣。她来到这里，似乎是命中注定、非来不可。她一看周围那坚硬的土质，就恍然明白，这儿要干的活儿，是最艰苦的粗活，但是，她尝尽了找工作的苦头，想歇下来，因此也决定待在这里，特别是现在已经开始下雨了。村口有一所茅屋，那山墙正好突到大路上，她没有急着借宿，而是站到墙根避雨，观看暮色降临。

“有谁还会想到我就是克莱尔太太！”她说。

她靠在墙上的时候，觉得背部和肩膀都很暖和，她仔细一看，发现屋子里的壁炉就靠近山墙这一面，炉中的暖气，透过砖墙，传到外面来了。她把双手放在墙上取暖，也把被雨淋得又湿又红的脸颊贴到温暖舒适的墙面上。墙壁仿佛成了她唯一的朋友。她真不愿意离开这儿，她宁肯在此度过整个夜晚。

苔丝可以听到屋子里人们互相交谈的声音，好像是干了一整天的活，不久前才聚在一块，他们吃饭时发出的碗碟碰击声，外面也能听得见。但是，在屋子外面的路上，她却一个人影也没见到。最后，孤寂被一个女子模样的人打破了，此人越走越近，尽管天气很冷，她却穿着夏季的印花布长裙，头上还戴着凉帽。苔丝本能地觉得这人也许是玛莲，当此人走得很近，能够在暮色中辨清耳目的时候，苔丝一看，果然是玛莲。玛莲的身材比以前更结实，脸色也更红了，但身上的衣着也比以前更褴褛。若是在从前的任何时候，苔丝简直不可能与处于这种情形的人重叙旧交，但她实在是太寂寞了，所以，听到玛莲的招呼，马上就乐意地应答起来。

玛莲对苔丝说话时，抱着恭恭敬敬的态度，但是，看到苔丝现在的情形并不比从前好，她不由得非常难过起来，尽管她也模模糊糊地听说过他们分离的情形。

“苔丝——克莱尔太太——亲爱的他的亲爱的太太！我的乖乖，你果真糟到了这种地步？你干吗把你那张标致的脸蛋裹起来呀？是不是有人打你了？难道是他吗？”

“不，不是！玛莲，我这么裹着，为的只是不让别人纠缠我。”

她把裹脸的手绢嫌恶地扯下来，免得再引起别人的胡思乱想。

“你怎么没戴领结呀？”（苔丝在奶牛场的时候，总是戴着白领结。）

“是的，我知道，玛莲。”

“是在路上丢啦？”

“没丢。实话对你说吧，对于自己的外貌，我并不讲究了，所以也就没戴。”

“而且你也没戴结婚戒指呀？”

“不，我戴着，只不过没有戴在外面。我用一根丝带把它挂在脖子上了。我不想让别人根据婚姻来猜测我的身份，或者说，我不想让别人知道我是结过婚的人，我目前过着这种生活，若是让人家知道了我是已婚妇女，那未免太难堪了。”

玛莲一时无话可答。

“但你丈夫是一位有身份的人呀！竟然让你过着这样的日子，太不公平了！”

“哦，不，尽管我非常不幸，但事情非常公平。”

“怎么，你嫁给了他这样的人，还会感到不幸？”

“有时候，做妻子的感到不幸，并不能怪她们的丈夫，只能怪她们自己。”

“可我敢说，你并没有过错呀，亲爱的，当然，他也没有什么错处。所以，一定是你们两个之外的别的原因。”

“玛莲，亲爱的玛莲，求你别再对我问长问短，而是帮我做点什么，行不行呀？我丈夫到国外去了，他给的钱，不知怎的也已经用光，所以我暂时又得像以前那样自谋生路。你别再叫我克莱尔太太，还像以前那样叫我苔丝吧。他们这儿需要人手吗？”

“哦，要的，他们会一直雇用你的，因为没人肯上这儿来。这简直是个不毛之地，只能种点小麦和瑞典萝卜。我在这儿干倒没什么，可我觉得你这样的人在这儿干活太可惜了。”

“你过去和我一样，也是个挤牛奶的好手呀！”

“是的，可是自从我喝上酒之后，我就不再是挤奶好手了。天哪，现在喝酒是我唯一的安慰了！若是你在这儿干，眼下的活儿是挖萝卜。我干的就是这个，可你不会爱干这一行的。”

“哦——我什么活儿都愿意干！你替我说说好吗？”

“你去自荐吧，反而更好些。”

“好吧，那就这样吧。不过，玛莲，你得记住，如果我在这儿弄到了活做，你千万别再提克莱尔先生。我不想玷污他的名声。”

玛莲尽管不如苔丝细心，但很讲信用，对苔丝的要求，她满口答应了。

“今晚发工钱，”玛莲说，“你要是跟我一起去，马上就能了解一切。你很不快活，我真的替你难过，但我明白，这全是因为他不在你身边。若是他在这儿，你就不会感到不快活了，哪怕他不给你钱花，哪怕他叫你当牛做马。”

“这话千真万确，那就不会不快活了！”

她们一起往前走，很快就到了雇主的农舍前，只见这地方极端阴沉凄凉。目光所及之处，不见一棵树木，而且在这个季节，没有一片青绿的草地，到处都是休耕地和萝卜，大片大片的田地，都被编得高矮一律的树篱隔了开来。

苔丝待在农舍的外面，等到农工们领了工钱走了，玛莲才把她带进去，介绍了一下。主人好像不在家，但今晚一切由他太太代办，她知道苔丝愿意干到旧历报喜节[1]，就没有表示反对，把她雇下了。眼下，很少有女工肯来做活，既然雇女工比较便宜，而且干的活儿也不亚于男工，自然就觉得更为合算。

在合同上签了字以后，苔丝暂且无事可做，所以就去找住的地方。她在刚才从墙上取暖的那所屋子里，找到了一个寄寓之处。她在这儿的生活条件非常艰苦，但是无论如何，总算得到了一个栖身之所，可以过冬了。

当天夜里，她写了一封信，把她新的地址告诉了父母，这样，她丈夫若是有信寄到了马洛特，就可以转寄给她了。不过，她没有把这儿艰苦的条件告诉父母，因为那么一来，他们就会责怪她的丈夫。

---

1. 旧历报喜节是4月6日。

第四十三章

玛莲说，弗林库姆梣简直是块不毛之地，这话倒不是言过其实。在这片土地上，唯一饱满肥壮的，恐怕就是玛莲了，而且连她也不是土生土长的。英国乡村，分为三种，一种是地主经营的，一种是村民经营的，还有一种是这两者都不经营的（换句话说，第一种村庄里，住有地主，叫佃户耕种；第二种村庄里，由地产所有者耕种；第三种村庄里，地主不住在这里，而是出租土地），弗林库姆梣这块地方属于第三种类型。

但是苔丝还是开始干活了。现在，这位克莱尔太太已经很有耐性，所谓耐性，就是道义上的勇气和性格上的怯懦融汇而成的。眼下支撑她的，就是这种耐性。

苔丝和她同伴正在挖的萝卜地，有一百多英亩面积，在这一带农田中，这块地地势高，有些地方是突起的露出地面的岩层，是石灰岩地层中的硅石岩脉，有着无数的凌乱的白色燧石，形状像鳞茎、像尖顶，也像男性生殖器。每个萝卜露在地面的那半截，都被牲畜吃掉了，现在这两位女人所要干的活，就是用一种带钩儿的锄头把埋在地里的那半截也挖出来，好再喂牲口。萝卜的绿叶也早已被吃光了，整个一片土地都是凄凉单调的黄褐色，好像一张没鼻没眼的脸，从下巴到额头，都只剩一张平铺的皮肤。天空的状态也和地上差不多，只不过颜色不同罢了，好像是一张没有轮廓的空荡荡的白脸。因此，只有这两张脸成天相对无言，白色的脸俯视着黄褐色的脸，黄褐色的脸仰望着白色的脸，它们之间，没有任何东西，只有两个姑娘像两只苍蝇一般，爬动在黄褐色的脸面上。

没有人走到她们身边，她们的动作也显得机械、呆板，她们的体形也被粗布“外罩”完全裹住，这种外罩，是一件带袖子的褐色围裙，背后有扣子，一直扣到底，防止它被风吹动。她们下身穿的是短小的裙子，露出鞋帮够到踝节部的高帮鞋子，手上戴着黄色羊皮防护手套。她们那低垂的脑袋上，戴着兜帽，使她们显露出一种沉思的表情。别人看到她们，会不由得想起早年意大利画家心中的两个玛利亚。

她们两人一个钟头接一个钟头地干活，根本意识不到在这片大地上她们是何等孤独凄凉，也完全不去考虑命运是否公正。即使在这样的处境里，她们也能继续过着幻想的生活。那天下午，雨又下起来，玛莲说，她们不用再干活了。但是，不干活就得不到工钱，所以她们只好干下去。这块土地地势极高，雨不是直接从上面落下来，而是随着怒吼的狂风横扫而来，就像玻璃碴儿似的，打在她们的身上，直到把她们完全淋透。苔丝直到现在，才算真正明白了遭受风吹雨打到底是什么滋味。原来，淋湿的程度各不相同，平常所说的淋得透湿，和现在一比，只不过是湿了一点而已。但是现在，她们站在地里不慌不忙地干活，感觉到雨水慢慢地流淌，先是淌在腿上和肩膀上，接着淌在臀部和头上，然后淌在后背、前胸、两侧，尽管如此，她们却继续干着活儿，直到铅色的亮光减少，表明太阳已经西沉。像她们这样淋雨，若是没有一点真正的不怕吃苦的精神，甚至是刚毅勇猛的精神，是根本做不到的。

然而，对于淋雨，她们并没有像我们所想象的那么难受。她们两个都很年轻，同时，她们又一直谈论着以前在塔尔勃塞奶牛场上她们同住一室、同爱一人的时光，谈论着那片绿色的大地，在那儿，夏季慷慨地施赠礼物，在物质上对大家全是一样，在情感上却对她们独厚。苔丝真不愿意跟玛莲谈及她那个法律上的而不是实际意义上的丈夫，但是，这个话题具有不可抵抗的吸引力，所以，玛莲一问，苔丝就不由自主地应答起来。这样，正如刚才所说，尽管她们那湿淋淋的帽边啪啪地打在她们脸上，尽管湿透了的粗布外罩令人厌烦地粘在她们身上，她们整个下午都沉浸在回忆中，回忆那绿茸茸的、充满阳光、充满浪漫气息的塔尔勃塞奶牛场。

“天气好的时候，从这儿可以隐约看见离塔尔勃塞没几英里远的山峦。”玛莲说。

“哦！是吗？”苔丝说道，开始意识到这块地方的新的价值。

所以，在这儿和在别的地方一样，有两股势力相互冲撞，一股是生而有之的追求享乐的意志，另一股是客观环境支配人生命运、反对享乐的意志。玛莲自有办法增强自己享受的意志，随着下午时光慢慢流逝而去，她从口袋里拿出一只酒瓶，容量约一品特，瓶口塞着白布。她请苔丝喝酒。然而，当时苔丝自身的想象力已经足以使她进入幻境，所以，她只呷了一口就谢绝了。于是玛莲自己大口大口地喝了起来。

“我已经喝上瘾了，”她说，“现在离不开酒。这是我唯一的安慰——不瞒你说，我是情场失意的人，而你却不是这样，所以，你不喝酒，也许照样能过。”

苔丝觉得自己和玛莲一样，也是情场失意的人，但是又一想，觉得自己至少也是名义上的克莱尔太太，仅凭这一点，也值得骄傲了，所以她承认了玛莲说的区别。

就是在这样的环境中，苔丝含辛茹苦地干着活儿，有时踏着清晨的寒霜，有时冒着午后的风雨。萝卜挖完了，又得整理，得用一把小钩刀把萝卜上的泥土和须根削掉，然后贮藏起来，预备将来用。干这种活儿的时候，若是遇上下雨，她们可以靠茅草障子来遮挡一下。但是，若是遇到严寒天气，萝卜都冻成冰的时候，她们那厚厚的皮手套也阻挡不住刺骨的寒气。不过，苔丝仍抱着希望。她坚信克莱尔是个宽宏大量的人，这种品性或迟或早会引导他重新和她结合。

玛莲喝足了酒，变得兴致勃勃、幽默风趣，她发现之前说过的奇形怪状的燧石，忍不住尖声大笑起来。苔丝仍是神色严肃，不说不笑。尽管她们从这儿无法看到富润谷，可她们却不时地朝那个方向望去，眼睛紧紧地盯着那一片遮挡她们视线的灰色迷雾，想象她们在那边度过的昔日时光。

“唉，”玛莲说，“我真想让我们昔日的朋友多来一两个！那样的话，我们在这儿干活的时候，每天都可以把塔尔勃塞带到这儿来，每天都可以谈论他，谈那些我们共同度过的美好日子，谈我们知道的过去的事情，这样，昔日的光景又好像全都回到眼前了！”玛莲一回想起昔日的光景，双眼变得柔和，声音也变得含混不清。“我要写信给伊丝。”她说，“眼下，她在家里无事可做，这我是知道的，我要写信告诉她，说我俩都在这儿，叫她也来，也许，蕾蒂的病这阵子也好了。”

对于这一建议，苔丝没什么可反对的，所以，过了两三天之后，她又听到玛莲重提把塔尔勃塞的欢乐引到这里的计划，玛莲告诉她说，伊丝已经回信，答应能来就来。

多年以来，都没有出现过像今年这样的冬天。这个冬天好像经过深思熟虑，偷偷摸摸地来，就像棋手下棋似的。一天早晨，几棵孤单单的树木和篱笆间的荆棘仿佛突然间脱去了植物的皮，换上了一种动物皮。每根树枝上都盖了一层白绒，仿佛一夜间，树皮长成了兽皮，并且比原来粗了四倍。每棵树木都构成了一幅清晰的素描，用白色的线条画在惨灰色的天空和地平线上。本来，棚子和墙上看不到任何东西，现在，这结晶的空气把上面的蜘蛛网全都显现出来，它们像一个个白色的线圈，悬在外屋、柱子和栅栏门的突出部位上。

潮湿的寒冷季节一过，接踵而来的便是干燥的寒冷季节，这时，各种奇怪的鸟儿从北极不声不响地飞来了，飞到了这个弗林库姆梣高原。这些瘦削的鸟儿如鬼怪一般，带着凄惨的神情，因为它们在不见人迹、广漠险峻的北极地带，在人类无法忍受的冻结血液的寒流中，亲眼见过惊天动地的可怕景象；在北极光的照耀下，它们亲眼见过冰山的崩裂、雪峰的滑落；那天旋地转般的狂风暴雨和翻天覆地的巨大变动曾把它们的眼睛弄得半明半瞎；它们的表情中还残留着这些景象对它们所产生的巨大影响。这些无名的鸟儿，飞到离苔丝和玛莲很近的地方，然而，对于人类不曾见到，而为它们所熟知的那些奇景，它们却没有报告。它们没有旅行家的那种野心，不想转述一切所见所闻，它们只是不动声色地待在这平淡无奇的高原，抛开它们并不珍视的那些过去经历，只注意眼前的事情，观察着两个姑娘用锄头刨地的细微动作，她们每刨一下，便能挖出这样或那样的好东西，能使这些来客吃得津津有味。

接着有一天，在这空旷的乡间空气中，出现了特别的情形，出现了不是雨水造成的潮气，出现了不是霜冻造成的寒气。这种天气使她俩眼球发冷，使她俩额头发痛，她们感到寒气刺人肌骨，感到寒气对她们身体内部的影响更大于对她们身体外部的影响。因此她们知道天要下雪了，果然在那天夜里就下起了雪。苔丝仍然住在那个有温暖山墙的农舍里，那山墙曾给停在外面的孤独行人带来过慰藉。夜间，苔丝醒了过来，听到屋顶上传来许多古怪的声音，好像在表明，来自四面八方的狂风已把这屋顶用作它们的运动场了。第二天早晨，她把灯点亮准备起床的时候，发现从窗户的裂缝里刮进来许多雪，堆在窗户里面，像是一堆锥形的极细的白色粉末。从烟囱里也刮进来许多雪，铺在地上，有鞋底那么厚，她一走动，便在那上面留下了脚印。屋外，暴风雪狂飞乱舞，吹到厨房里，都变成了一片雪雾，不过这时候外面还很黑，什么也看不见。

苔丝知道，挖萝卜的活儿没法干下去了。她坐在那盏小小的孤灯旁边，吃完了早饭，这时，玛莲来了，跟她说，在天气不见好转的时候，她们要和别的几个女工到仓房里去整理麦秸。这样，一旦外面那笼罩大地的一团漆黑开始变成杂乱无序的灰色时，她们便吹灭了灯火，把最厚的围裙裹在身上，并用毛围巾把脖子和前胸紧紧围住，动身朝仓房走去。这场大雪，本来像是白色的云柱，随着那些鸟儿从北极而来，单个的雪片是看不出的。狂风散发出冰山、北极海、白鲸以及白熊的气息，它呼呼地把白雪吹得在地面上四下乱窜，而不能堆积起来。两个姑娘侧着身子，尽力走在有树篱避风的地方，然而，这时的树篱不仅不能遮住风雪，反而把风雪筛了过来。灰蒙蒙的天空中涌动着数不胜数的灰白的雪，空气急速流动，搅拌着雪片，弄得天旋地转，使人联想起天地无形无色、万物一片混沌的情景。但是，两个年轻的女子还是高高兴兴地往前走，在干燥的高原上出现这样的天气，本身并不怎么令人扫兴。

“哈——哈！那些聪明的北方鸟儿，早就知道要下雪了。”玛莲说道，“我敢肯定，它们从北极星那儿开始，一路上都刚好跑在风雪前头。亲爱的，我敢说，你丈夫眼下正在过着火烧一般的大热天哩。上帝呀，假如他这会儿能看到他这个漂亮的太太，那该多好啊！这种天气根本没有把你冻丑，实际上，反而把你冻得更好看了。”

“玛莲，你不该跟我说他。”苔丝神情严肃地说。

“哦，是的，不过，你心里真的没有他吗？真的不惦记他吗？”

苔丝没有回答，只是双眼噙满了泪水，感情冲动地朝她所想象的南美洲方向转过身子，噘起嘴唇，对着风雪送出一个热吻。

“嗨，我知道你惦记他嘛。不过，说实在的，你们这样的新婚夫妇，过这样的日子，真是离奇古怪！好啦，我不再多说一句了！嗨，至于天气嘛，倒没关系，仓房里不会太难受，但是，整理麦秸是非常艰苦的活儿，比挖萝卜要可怕得多。我之所以吃得消，是因为我长得五大三粗，可你呢，要比我苗条得多。我真不明白，东家为什么派你来干这种活。”

她们到了仓房，走了进去。仓房很长，其中的一头已经堆满了麦子，中间就是整理麦秸的地方，头天晚上，就已经有多捆麦秸搬了进来，放在整理麦秸的机器上，这些麦秸，足够女工们整理一天。

“哟，伊丝也来这儿了！”玛莲说。

是的，正是伊丝走上前来。她昨天下午从母亲家里动身，赶到这儿来，她没想到路途这么遥远，所以很晚才到达，不过还好，她到达以后天才下雪，夜里，她是在酒店里睡的。原来，场主同她妈妈在集市上约好了，说她如果今天来，就雇用她。所以，伊丝生怕来晚了，惹他不高兴。

这儿除了苔丝、玛莲和伊丝，还有从附近村庄来的另外两个女人，是姐妹俩，都长得虎背熊腰。苔丝一见到她们，不由得大吃一惊，回想起这两个女人就是“黑桃皇后”卡尔·达奇和她妹妹“方块皇后”，也就是在特兰岭那回深更半夜要和苔丝打架的两个泼妇。她们好像没有认出苔丝，也许真的不认识，因为那次吵架时，她们喝得醉醺醺的，而且她们在特兰岭，也和在这儿一样，不过是临时居住，她们都情愿干各种男人干的活儿，包括掘井、筑篱、开沟、挖坑，样样能干，一点也不觉得累。她们也是整理麦秸的好手，这会儿，她们带着目空一切的神气，看着其余的三个姑娘。

她们全都戴上手套，在机器前站成一排，动手干了起来。机器由两根柱子加一个横梁构成，横梁底下，放着一捆一捆的麦子，有麦穗的那头朝向外面。横梁被拴在柱子上。随着底下的麦秸被抽得越来越少，横梁也落得越来越低了。

天色变得更阴沉了，仓房门口透进来的亮光，不是从天上照耀下来的，而是从地上的雪中反射进来的。姑娘们从机器里把麦秸一把一把地抽出来。因为有两个生人在场，而且她们正在那儿对人家说长道短，所以，玛莲和伊丝一开始不能随心所欲地叙述旧情。不一会儿，她们听到外面传来沉闷的马蹄声，场主骑马来到仓房门口。他下了马，走近苔丝，默默无言地从旁边盯着她的脸。她起初没有掉过头来，但感觉到他那直勾勾的目光，就转身看了一眼，发现这个场主不是别人，正是在大路上揭她老底，惹得她拔腿就跑的那个特兰岭人。

他等在旁边，直到她抱起一捆麦秸走向外面的麦秸堆时，他才开口对她说："原来你就是那个对我无礼的年轻女人？不知好歹的东西！我一听说新雇了一个女的，就猜想八成是你，要是我这是信口胡编，就让我不得好死！哼，头一回在旅店里，你仗着你那个姘头，以为占了我的上风，第二回在大路上，你仗着腿快，又占了我的上风，可是这一回，你却逃不出我的手心了。"说完，他发出一阵狞笑。

一边是虎背熊腰的泼妇，一边是气势汹汹的场主，苔丝夹在中间，像是一只落进陷阱的小鸟，她没有顶嘴，只是不停地抽着麦秸。不过，苔丝也是会察言观色的，她清楚地知道，她这回不必担心这个场主会对她产生非分之想，他只不过是因为挨了克莱尔的拳头，觉得受了屈辱，所以要在她身上出气。总的来说，她倒宁愿男人拿她出气，并且觉得自己有勇气承受。

"依我看来，你那回好像觉得我爱上你了，是不是呀？有些女人呐，真是傻透了，把人家看她一眼都当成是爱上她。不过，要是叫你在地里干一个冬天的活，你这淫荡的脑袋就一定不会这么想了。你不是已经签了字，同意干到报喜节吗？你说，你现在该不该向我赔礼道歉？"

"我觉得，应该是你向我赔礼道歉。"

"很好——那就随你的便。我们走着瞧吧，看谁是这儿的主人。这就是你今天理的全部麦秸吗？"

"是的，先生。"

"就这么一点？你看看她们，"他用手指了指那两个五大三粗的姐妹，"别的人都比你强。"

"这种活，她们以前都干过。可我没有干过，还有，我想，反正这是计件活，干多干少，与你没有什么关系，反正我们干多少活，你就付多少钱。”

“谁说没有关系？我要把这仓房早点腾出来。”

“那么，下午两点她们收工以后，我留在这儿继续干活好啦。”

他绷着脸朝她看了一眼，接着便走开了。苔丝觉得，她没遇到过比这儿更坏的地方，但是无论如何，要比人家对她献殷勤好得多。到了两点钟的时候，那两个善于整理麦秸的女工，喝干了酒壶里的最后半品特酒，放下手中的钩子，捆好最后一捆麦秸，然后起身走了。玛莲和伊丝本来也准备走，但是她们知道苔丝因为不熟练，要多干一些时间，把少干的补起来，所以就不便把她一个人留在这里了。玛莲抬头望了望窗外仍在下着的大雪，叫嚷道：“好啦，现在这儿都是自己人啦。”于是，她们最终还是谈起了她们过去在奶牛场上的经历，当然，免不了要说她们对于安琪·克莱尔的感情。

“伊丝、玛莲，”克莱尔太太带着尊严说道，但是，考虑到她不能不称自己为他的太太了，这种尊严是极其令人心酸的，“我不能像过去一样和你们一起谈论克莱尔先生了，你们应该明白，我不能了，因为他尽管暂时离开了我，可他毕竟是我丈夫呀。”

就性格而言，在四个钟情于克莱尔的姑娘中，伊丝最莽撞、最刻薄。她说：“我认为他无疑是个极好的情人，但他不是一个可爱的丈夫，要不然，他怎么一结婚就把你丢下了呢？”

“他是没有法子，非走不可，得去看看那边的土地！”苔丝分辩道。

“那他也应该想法子让你度过冬天哪。”

“唉，全都因为闹了点别扭，出了点误会，我们不必争辩了。”苔丝答道，声音里带着哽咽，“或许，可以替他辩解的东西还多着呢！他并不像别人的丈夫那样，不打招呼就溜之大吉，至少他不管到什么地方，总是让我知道呀。”

这番话说完之后，有好长时间她们都陷入沉思，没有吭声。她们一面沉思，一面抓住麦穗，抽出麦秸，夹在胳膊下面，然后用镰刀割下麦穗。整个仓房里，除了麦秸的嚓嚓声和镰刀的嘎吱声，再也没有一丝别的声音。接着，苔丝突然无力地瘫倒在她脚边的一堆麦穗上。

“我早就知道你熬不下去了！”玛莲大叫着说，“干这样的活儿，只有体力健壮的人才能受得了。”

正在这时，场主走进来了。“嗬，我一走，你就这个样子干活？”他对苔丝嚷道。

“不过，少干了是我吃亏，而不是你！”她分辩道。

“我要让这件活儿早点结束。”他固执地说，然后他穿过仓房，从另一扇门出去了。

“你别去理他，这就对了。”玛莲说道，“我以前在这儿干过活。你现在到那边去躺一下吧，我和伊丝会把你的份儿补上。”

“我不能让你们两个替我干活。论个头，我比你们还高呢。”

然而，她实在太累了，所以答应躺一会儿，于是靠到了一个乱草堆上。这乱草是麦秸整理后剩下来的，扔在仓房的那上边，这回她瘫倒在地，一半是由于活儿太重，一半是由于重新提起她和丈夫的分离，使她情绪受到波动，她躺在那儿，只有知觉，没有意志，麦秸的沙沙声和麦穗的切割声，都好像很有分量地触碰在她身上。

她躺在仓房的角落里，不仅能听到这些声音，而且还能听到她们两人在窃窃私语。她感觉到她们一定是在继续谈论刚才那个话题，但是，她们的声音实在太轻，她连一个字儿也辨不出来。最后，苔丝越来越急于知道她们的谈话内容，所以就让自己相信身体已经好转，于是起身继续干活。

接着是伊丝支持不住了。头天晚上，她走了十几英里的路，半夜才上床睡觉，凌晨五点就起床。只有玛莲还能吃得消，也不感到腰酸背疼，这多亏喝了一瓶酒，也多亏自己长得结实。苔丝催着伊丝，要她先走，因为苔丝觉得自己好多了，不用叫伊丝干了，并且同意让三人平分这一天的捆数。

伊丝非常感激地接受了这一好意，就从大门走了出去，消失在雪地里，走回自己的寓所去了。玛莲像每天下午的这个时刻一样，靠那瓶酒进入了恍恍惚惚的境界。

"我真没想到他会干出这种事来，从来没有想到！"她用梦幻般的音调说道，"我也是很爱他的呀！他娶了你，我一点也不吃醋。可他这样对待伊丝，就很不公平！"

苔丝听了这番话，不由得吃了一惊，镰刀差点儿削掉手指头。

"你是说我丈夫吗？"苔丝结结巴巴地问道。

"是的。伊丝叫我不要告诉你，可我怎么也憋不住。要知道，是他要求伊丝呢。他要她跟他上巴西去。"

苔丝的脸色一下子变得和外面的雪景一样苍白，弯曲的身子也一下子挺直了。"伊丝答应跟他走吗？"她问道。

"我不知道。反正他后来又变卦了。"

"嗬——那他并不当真！只是男人对女人开开玩笑罢了！"

"不是开玩笑，他还带着她驾车朝车站方向赶呢，赶了好长的路程。"

"可他还是没把她带走哇！"

她们又默默无声地干了一会儿活，突然，苔丝号啕大哭起来，而且事先没有一点要哭的样子。

"你瞧！"玛莲说，"我真不该告诉你！"

"不。你告诉我，完全是对的！直到现在，我总是任着性子，没精打采地过着日子，没想到这样下去会有什么样的结局！我本该经常给他写信才对。他只是叫我不要去找他，可他并没有叫我不要经常写信给他呀。我再也不能像这样拖延了！我以前什么事情都指望他去做。这太不对了，太疏忽大意了！”

仓房里本来就光线不足，现在变得更为昏暗，因此，她们看不见，不能再干活了。当天晚上，苔丝回到寓所，进了自己刷得洁白的小房间之后，就立即情绪冲动地拿起笔来，开始给克莱尔写信。但是写着写着，她又迟疑起来，无法把信写完。后来，她把用丝带挂在胸口的结婚戒指拿出来，解下丝带，把戒指整夜戴在手指上，仿佛这样就能增加自己的信念，觉得自己真的嫁给了她那个捉摸不定的情人，可是，他刚刚离开她之后，竟然要伊丝跟他一起到国外去。她现在既然已经知道这件事，怎么还能再写信向他恳求，或者再对他表示关心呢？

第四十四章

在仓房里听了那番话，她的思绪又飞向了那遥远的爱敏斯特牧师住宅。近来，她不止一次地想到那个地方。克莱尔曾对她说过，她若是想要给他写信的话，得通过他的父母转寄，还对她说过，她若是遇到什么困难，可以直接写信给他的父母。但是，苔丝总是觉得，她在道德方面没有资格对他提出要求，所以，总是抑制自己的冲动，没让自己寄出一封信。因此，爱敏斯特的牧师一家，也和她自己的父母一样，自她结婚以后，简直没有觉察到她这个人的存在。这种对婆家和娘家两方面的自我封闭，倒与她的性格非常吻合，因为她富有独立精神，并不奢望得到她不该得到的东西，她不需要别人的恩惠或怜悯。她决定，无论是成是败，都得全凭自己，绝不倚仗纯粹法律意义上的权利，向别人提出任何要求。其实，这个家庭的建立，不过是由于其中一个成员出于一时冲动，在教堂的结婚登记簿上，把自己的名字签到了她的名字旁边。

但是，她自我克制的能力也有一定限度，现在得知了伊丝那段经过，她就像发了热病一般，无法忍受。她丈夫为什么不给她写信？他曾经清楚地告诉过她，说他至少会让她知道他所到之处，但是，直到现在，关于他的行踪，他连一行字也没告诉她。难道他真的对她漠不关心？不过，他是不是生病了？是不是该由她来朝他接近？当然，她若是放心不下，无疑可以鼓起勇气，上牧师住宅去探听消息，并且表达一下她对他杳无音信的悲哀心情。如果克莱尔的父亲真的是她以前听他讲过的那种好人，那么他一定会设身处地地替她着想，理解她这种极度渴望的心情。至于她生活上的艰难困苦，她会只字不提。

在平时干活的日子里，她当然没有权利离开农场。礼拜天是唯一可能的机会。弗林库姆梣这块地方，是这一片白垩质高原的中心，还没有铁路通往这里。所以，要到爱敏斯特去，只能步行。来回都是十五英里的路程，因此她得起早，走一整天才行。

两个礼拜之后不再刮风下雪，但地面冻得硬邦邦的，她就趁着路面冻硬的机会，开始实施她那番计划。一个礼拜天的凌晨，四点钟时她就起身下了楼，走到外面的星光之中。天气晴朗，她脚下的路像铁砧一样，咯噔咯噔地响着。

玛莲和伊丝知道，苔丝这次出门，一定与她丈夫有关，所以对这件事极感兴趣。她俩的寓所也在路边上，但离苔丝的寓所还有一段距离，可她们还是赶来了，帮她梳妆打扮，并叫苔丝穿上最漂亮的衣服，以便赢得公婆的欢心。不过苔丝知道，老克莱尔先生信奉加尔文派教徒的简朴信条，所以她觉得在衣装方面不必讲究，甚至觉得这种讲究很不妥当。自从她悲伤地结婚以来，已经过去了一年时间。她结婚时购置的全部服装，现在也没剩下几件，但是，还是足够把她打扮成不趋时髦、纯朴天真的乡下姑娘，而且还能打扮得非常迷人。只见她今天穿了一件浅灰色毛料长裙，镶有白绉纱花边，衬托着她那白里透红的脸颊和脖颈，外面罩了一件黑色天鹅绒外褂，头上戴了一顶布帽。

“你丈夫这阵子看不到你，真是太遗憾了，你看上去是个真正的美女！”伊丝一边看着苔丝一边说道，苔丝这时正站在门口，站在外面铁青的星光和屋内昏黄的烛光之间。伊丝说这番话时，完全是抱着不顾自己的、宽宏大量的态度，她不能当着苔丝的面对她抱有敌对态度，任何一个有心眼的女人都不会这么做，再说苔丝本人对同性别的人有一种异乎寻常的感化力量，能够奇特地压住嫉妒、敌视等比较卑下的女性情感。

她们给她这儿扯扯拉拉，那儿梳梳刷刷，最后才放心地让她出门。于是她消失在黎明前珍珠色的空气里。她刚开始大步走去的时候，她们就听得见她在坚硬的路上踩得咯噔直响。就连伊丝也希望苔丝这一次能够如愿以偿，尽管她并不是特别重视自己的贞操，但她还是庆幸自己在一时受到克莱尔诱惑的时候，并没有做出对不起自己朋友的事。

去年这个时候，只差一天，就是克莱尔和苔丝结婚的日子；也只差几天，就是克莱尔甩下苔丝的日子。然而，在这个干燥、晴朗的冬天的早晨，迈着轻快的步伐，走在白垩质的陡峻的山脊上，吸着稀薄纯净的空气，去完成这种使命，她倒也不觉得沉闷。毫无疑问，她这次出门所抱的希望，是想赢得她婆婆的欢心，把事情的经过全都讲给老太太听，把她拉拢到自己这边来，并替自己把那个逃走的人找回来。

她终于到达这一大片悬崖的边沿地带，它的下方就是肥沃的布莱克摩山谷，谷里仍是曙色朦胧，雾气缭绕。下面的空气是一片深蓝，不像上方这样暗淡。下面的田地是小块小块的，每块只有五六英亩，不像她近来干活的那个地方的农田，大片大片的，每片足有一百多英亩，所以，从这高处望下去，那数不清的小块田地，像是网络一般。上方的景物是一片浅褐色，而那下方的景物，如同富润谷一样，总是一片翠绿。然而，她不像以前那样爱那片山谷，因为她的苦恼就是在那儿铸成。对苔丝来说，如同对有过这般体验的所有的人一样，一个物体的美丽，并不在于物体的自身，而是在于物体的象征意义。

她沿着布莱克摩山谷的左首，从容不迫地一直朝西走去，经过几个名字都叫辛托的村庄，穿过从谢顿教堂通往卡斯特桥的大路，绕过多格堡和高斯陀。这两地之间，有一个名叫“魔鬼厨房”的小山谷。她再顺着山路，来到了十字碑前，那根石柱孤寂无言地耸立着，来标明此地出现过奇迹，或者出现过凶杀，或者兼而有之。又往前走了三英里来路，前面出现一条笔直而荒凉的罗马古道，名叫长梣路，她立刻穿过这条古道，拐进一条岔路，下了山，走到了名叫艾弗谢德的村镇，这时，差不多走了一半路程。她在这儿停了一会儿，又吃了一顿早饭，吃得香甜可口，不过，她想避开客店，所以没进“猪与橡实”旅店，而是在教堂旁边的一家草房里用了早餐。

剩下的一半路程取道于本维尔大道，这时，乡间的色调变得柔和起来。但是，随着她与目的地之间的距离越来越短，她的信心也越来越弱了，她的计划也显得越来越难以完成。她发现，她的目的地非常清楚，可是周围的景物却极其模糊，所以她不时有迷路的危险。不过，大约正午时分，她好歹还是站到了通往一片低地的栅栏门前，那片低地里，坐落着爱敏斯特镇以及镇上的牧师住宅。

她看到了那座教堂的钟楼，知道在那下面此时此刻正聚集着牧师和全体教徒，在她的心目中，那是个非常严肃的地方。她有些后悔不该在礼拜天来。像老牧师这样的好人，决不会明白她的处境，只会因她选择礼拜天而对她存有偏见。但是已经到了这一步，她也只好硬着头皮往前走。她把走了这么远路的笨重的靴子脱下来，换了一双纤小漂亮的漆皮鞋子，而把那双靴子塞到了门柱旁边她回头容易找到的树篱里面，接着，她开始往山下走去。尽管她离牧师住宅越来越近，可是，她脸上刚才被冷风吹出来的红晕却在渐渐消退。

苔丝希望遇上一件对她有利的事情，但怎么也没遇上。牧师住宅前的草地上，灌木在寒风中发出令人很不舒服的沙沙声。她无论怎样发挥自己的想象力，即使是穿上自己最好的服装，也感受不到这儿住着的就是她亲近的家庭。不过，无论是在天性还是在情感方面，也没有什么实质性的东西把她和他们分离开来，在痛苦与欢乐、生存与死亡、思想以及身后等诸多方面，他们都是一样的。

她鼓起勇气，走进栅栏门，按了门铃。事情已经做了，再也没有退路了。不，事情并没有做完，因为没有人出来开门。还得再鼓一番勇气，还得再试一遍。她又按了一次门铃。按铃时的焦虑，伴随着十五英里路程的劳顿，使她身子都支持不住了，所以，她只得用手叉着后腰，胳膊肘撑在门廊的墙上，等在那儿。寒风刺骨，连常春藤的叶子也被风吹枯变白，这些叶儿相互不停地拍打，搅得她心神不定。一张沾着血迹的纸，从一户买肉人家的垃圾堆上刮了起来，在栅栏门外被风吹得忽上忽下，因为太轻，所以停不住，因为太重，所以飞不走。与它做伴的还有几根干草。

第二次按铃，声音更响了，但还是没人开门。于是她走出门廊，打开栅门，来到外面。虽然她回头望着房屋前面的时候，露出犹豫不决的神情，仿佛还想转身回去，但是，她把院门关上的时候，仍是感到一阵轻松。她忽然转念一想，觉得也许是公婆已经认出她来（到底是怎么认出的，她却说不出），所以吩咐别人不要放她进去。

苔丝只走到拐角。她想，该做的事情，她全都做了，可是，不能因为现在的惊惶而导致将来的悔恨，所以，她又在屋前走了一趟，并把所有的窗户看了一遍。

啊——原来所有的人都上教堂去了。她回想起她丈夫曾经说过，他父亲总是坚持要求家里所有人，包括佣人，在礼拜天都得上教堂去做晨祷，所以他们回到家里的时候，总是吃冷饭。这么说，只需等到礼拜做完就行了。她生怕站在原地等待会引起别人注意，因此，她迈开步伐，想经过教堂，走到旁边的道路上去。但是，她刚走到教堂院子门口时，里面的人也正好出来，苔丝发现自己被夹到了人群之中。

爱敏斯特的教徒们全都盯着她看，只有乡间小镇的教徒做完礼拜，不慌不忙地回家时，才会用那样的目光去看一个陌生女人。苔丝加快脚步，登上了原先的来路，想在树篱之间躲一阵子，等牧师一家吃过午饭，便于接待她的时候，她再进去。没过多久，她就甩开了从教堂里走出来的人，但是，有两个年轻人手挽着手，从她身后快步赶了上来。

当他们离她很近的时候，她能够听到他们急切交谈的声音，一个处在这种情形中的女人，耳朵自然很灵敏，能够辨出他们的嗓音与她丈夫的很相像。那两个步行的人正是她丈夫的哥哥。苔丝顿时把自己的一切计划都忘得精光，只担心自己在没有来得及准备停当之前，就被他俩追上。因为虽然他们不认识她，可她却出于本能害怕他们盯着她看。于是，他们走得越快，她也就走得越快。他们两个，显而易见，是想在回家吃饭之前，作一次短时间的快速散步，让自己的手脚暖和起来，因为长时间坐在教堂里做礼拜，他们的手脚都冻得冰凉。

只有一个人走在苔丝前面的上山路上，一个名门闺秀般的年轻女人，看上去，她倒是挺有情趣，不过实际上，她也许有些拘泥古板、一本正经。到了苔丝差不多追上这位小姐的时候，那两个兄弟也差不多赶到她身后了，所以两兄弟交谈的内容，她每个字都能听得清清楚楚。然而，他们所说的话，仍然没有任何特别吸引人的地方，可是后来，其中一个兄弟看见走在前面的那位小姐，于是就说：“前面是默茜·钱特。我们追上去吧。”

苔丝知道这个名字。这就是男女双方父母要克莱尔娶来作为终身伴侣的那个女人。如果不是苔丝半路插进来，克莱尔或许跟这个小姐结婚了。不过，即使她以前一无所知，她只要待上一会儿，也会全然明白的，因为其中一个兄弟接着说：“唉！可怜的安琪，可怜的安琪！每当我看到这位好姑娘，我都禁不住要为安琪感到遗憾，他真不该那么仓促，娶了那么个女人，不知是挤牛奶的，还是干别的什么的。不消说，这桩事儿真怪。我不知道她是不是和他待到一起去了，不过。几个月前，我收到安琪的信时，他们还不在一起呢。”

“我也说不准。这些日子，他什么也不跟我说。他本来就有着古怪的想法，跟我谈不来，这桩考虑不周的婚姻让我们彻底疏远了。”

苔丝走在长长的山路上，脚步更快了，但是，要想走得比他快，就必然会引起他们的注意。所以，最后还是他俩赶上了她，并且超过了她。仍旧走在前面的那位小姐听到他们的脚步声，于是回过头来。随即是一阵寒暄，相互握手，接着，三个人一起朝前走去。

他们很快就走到了山顶，他们显然是想把山顶作为散步的终点，所以在那儿放慢了脚步，三人一起拐向栅栏门边。就在一个钟头以前，苔丝还没下山的时候，也是停在这儿观望山下的小镇。就在他们谈话的时候，一个兄弟把雨伞伸进树篱间仔细地搜了一会儿，把一件什么东西掏了出来。

“这儿有一双旧靴子。”他说，“我想，大概是什么游手好闲的人扔掉的吧。”

“也许是哪个想赤脚进城的骗子干的，想用这种方式，来骗取我们的同情。”钱特小姐说道，“是的，一定是这样，因为这双靴子还相当不错，根本没破呢。耍出这样的花招，真是太坏了！我把靴子拿回去，送给穷人去穿。”

发现这双靴子的卡思伯特·克莱尔用手杖把靴子挑起来，交给了钱特。

苔丝就这样失去了自己的靴子。

那些话她全都听见了，由于脸上蒙着毛织的面纱，她才敢从他们身边走过。过了一会儿，当她回头看时，只见这三个做完礼拜的人拿着她的靴子，离开门边，朝山下走去了。

于是，我们的女主人公继续赶路。泪水，蒙住她双眼的泪水，顺着她的脸颊，滚滚而下。她知道，这全是因为她心情不好，过于敏感，才毫无根据地把刚才那一幕看成对她的审判，然而她无法排遣这种心情，她这么一个无依无靠的女人，没有力量抵抗这些不祥的预兆。再回牧师住宅，连想也不用想了。这位安琪太太几乎觉得，她就是一个令人鄙视的东西，被那两个在她看来过分文雅的牧师驱赶到这个山顶上。虽然他们对她的羞辱完全出于无意，但是，令人遗憾的是，苔丝所遇到的是老牧师的两个儿子，而不是老牧师本人，那位老牧师尽管心地褊狭，但却不像两个儿子这么古板、严厉，而且还充满仁爱之心。她又想起那双沾满泥土的靴子，几乎可怜它们平白无故地遭受了一番嘲弄，并且感到对那双靴子的主人来说，生活已经失去了所有希望。

“唉！”她仍旧自怜自叹，说，“他们哪儿知道，我穿那双靴子，完全是因为走在崎岖不平的山路上时，不舍得穿这双他为我买的漂亮鞋子呀，是啊，这一点，他们没法知道！而且他们也不知道，我这身漂亮衣服的颜色也是他挑选的呢，是啊，他们怎么会知道呢？就是他们知道，他们也不会把这当回事儿，因为他们不见得怎么关心他，可怜的人儿！”

于是她就开始替她那个心上人感到悲伤，其实，就是他那种世俗的观点导致她近来的全部悲伤。她继续往前走着，根本没有想到，她一生中最大的不幸，就是出于女性的怯懦，在最后、最关键的时刻，没有去看她的公公，而且还根据他的两个儿子来评判他。其实，她现在的处境，正好能够赢取老克莱尔夫妇的同情心。一旦遇到了特殊的情况，他们总是满怀仁慈之心，然而，尚未陷入绝境的人们精神上的微妙苦恼，则难以赢得他们的关切或注意。他们会迫不及待地替背教者和罪人祈祷，但却忘记应该为文士和法利赛人[1]的苦恼申辩几句。他们的这种褊狭，本来倒是可以使他们在这个时候把自己的儿媳妇当做应受他们爱怜的误入迷途的好人。

于是她开始拖着沉重的步子，走在原先走过的道路上。她来的时候，也没有抱太大的希望，只是确信，她人生中的一个危机正在逼近。显然，并没有发生什么危机，她也没什么事情可做，只有回到那个艰苦的农场，继续原来的生活，直到她再次鼓足勇气去上牧师住宅。在这一趟归途中，她不甘心埋没自身的美丽，揭掉了面纱，仿佛要让整个世界看一看，她至少具有默茜·钱特所不具有的容颜。但她一边揭着面纱，一面难过地摇着头。"这算不了什么——算不了什么！"她说，"没人爱这副容颜，没人看到这副容颜。像我这样被抛弃的人，谁还顾及我的容貌呢？"

她的回程与其说一直前进，不如说随意飘荡。她没有生气，没有目的，只有一个大致的方向。走到又长又沉闷的本维尔大道上时，她开始感到疲倦，因而她常常靠在栅栏门上，或歇在里程碑旁。

她一直没有进入任何人家，等到走了七八英里后，下了又长又陡的山坡，到了艾弗谢德村镇，她才走进了早晨满怀期待吃过早饭的那户茅舍人家。茅舍坐落在教堂旁边，差不多是村子这一面的尽头，当老板娘进厨房给她端牛奶的时候，苔丝坐在里面，朝街上望了望，只见此地空空荡荡。

"我想，村里的人都去做晚祷啦？"她问道。

"不是，亲爱的，"老妇说道，"做晚祷还早着呢，钟还没敲响呢。村里的人都到那边的仓房听讲道去了。一个卫理公会教徒趁着早祷和晚祷之间的

1. 文士指古犹太人中的法官，法利赛人是指古犹太的法利赛教派，他们曾批评、反对耶稣。在此与前面的背教者和罪人相对照，寓指那些罪过难以确定的人。

工夫，在那儿讲道呢。他们都说他是个极好的、狂热的基督徒。不过，我可不想去听！在教堂里讲的已经够我听的了。”

过了一会儿，苔丝起身朝村里走去，她的脚步声从两边的房屋那儿发出回声，仿佛走在一个死亡的国度。到了村子中部的时候，她脚步的回声和别的声响混在了一起，她看到离道路不远处就是一个仓房，心想，那一定是讲道的声音。

在寂静、清新的空气里，讲道的声音非常清楚，苔丝尽管处在仓房有墙无门的那一头，却能辨清每一句话，这一布道，可以想得出来，是属于最极端的反律法主义[1]那一派，主张以信仰来说明一切，也就是圣保罗神学的那种观点。这位激昂的布道者，以极大的热情宣讲着这一固执的观念，慷慨陈词，好像背诵似的，显然没有逻辑推理能力。尽管苔丝没有听到开头的话，但她却已经知道他所讲的内容了，因为他不断地重复着下面这段话：

> 无知的加拉太人哪，耶稣基督钉死在十字架上，已经活画在你们眼前，谁又迷惑了你们，使你们不服从真理呢？[2]

苔丝站在仓房后面听着，她发现此人所宣讲的教义，正是克莱尔父亲那一派的观点，不过还要激进一些，因此她就产生了兴趣，接着，当布道者开始详细讲述他怎样信起这种教义的切身体验时，苔丝的兴趣更加浓厚了。他说，他曾是一个罪孽深重的人。他曾经嘲弄过宗教，曾经和玩世不恭、邪恶淫荡的人混在一起。但是后来有一天，他醒悟过来，他之所以能够醒悟，主要是因为一个牧师的影响。起先，他曾粗野地侮辱过这个牧师，但是，这位

---

1. 见第二十五章注释。
2. 引自《圣经·新约·加拉太书》第3章第1节。

牧师在离开时所说的几句话，却深深地沉入他心底，留在那儿，直到后来，因为上帝的恩惠，这番话在他心底发生作用，改变了他，把他变成今天他们看到的这个样子。

但是，让苔丝更为震惊的，与其说是那个人的教义，还不如说是他的嗓音。几乎叫人难以置信，这完完全全像是亚雷克·德伯维尔的嗓音。她感到一阵痛苦的疑虑，脸部都变得呆板了，她绕到仓房正面，从房前走过。在仓房的这一面，低低的冬天的太阳把光线直接射进入口处的两扇大门。其中一扇大门正好敞开着，因此，光线就一直射到深处的打谷场上，射到布道者和听众身上。仓房里的人，都很暖和，得以免受北风的侵袭。听道的人全都是本地村民，以前，在那个难以忘怀的场合，她所遇到的提着红漆罐儿涂写警言的人，也在这群村民之中。不过，她的注意力仍集中到中心人物身上。这个中心人物正站在几袋麦子上面，脸对着门口，对着听众。下午三点钟的太阳，把他的脸部照得清清楚楚。苔丝自从听清了这个人的嗓音，就奇怪地、无力地感觉到，站在她面前的就是那个诱奸她的人，这种感觉变得越来越强烈，现在，当她看到了那张脸时，终于发现一点不错，果真是他。

第六部

皈依宗教者

第四十五章

自从离开特兰岭，直到现在，苔丝还从未见过德伯维尔，也没听说过他的消息。

这一次相遇，正好是在苔丝心情沉重的时刻，是在她最不会感到心惊胆战的时刻。但是，当她不由自主地回想起往事时，还是有一阵恐惧攫住了她的心，使她浑身瘫软无力，既不能前行，也不能后退。其实，这会儿站在她面前的德伯维尔分明是个弃恶从善的人，他为自己过去的不轨行为而感到悔恨。

想一想她最后一次见到他时，他脸部是什么表情，再看一看他现在的举止！……还是和以前一样，漂亮之中带有一种令人讨厌的神色，但是他现在已经剃掉深褐色的八字胡，留起了修得整整齐齐的络腮胡子，身上穿的也是一半像牧师一半像俗人，他这么一改，叫人看不出他原先那种花花公子的面目，所以苔丝有一会儿还不敢相信这就是他呢。

起初，苔丝只是觉得，那些庄严的《圣经》上的字句竟然从这种人的嘴中滔滔不绝地冒出来，真是不伦不类，太离奇古怪了。这种她听得再熟不过的腔调，不出四年之前，讲出的还都是秽言秽语，而现在这种完全不同的情形，造成一种讽刺的对照，真是令她感到恶心。

这与其说是改过自新，不如说是改头换面。从前那拐弯抹角的淫欲现在转换成直截了当的宗教激情了。他那嘴唇以前只是用花言巧语来勾引别人，现在却用来祈求劝导；昨天，他脸上的红光可以解释成放荡的淫焰，今天，却成了热衷于传道的雄辩的光彩；从前的兽性变成了如今对宗教的盲信；从前的异端邪说变成了如今的保罗精神；从前他看她的时候，眼珠滴溜溜地转，光焰逼人，垂涎欲滴，现在这双眼睛在布道时则发出狂暴的、近乎凶猛可怕的光芒。从前他事不如愿、屡遭挫折时，脸上经常露出一种阴沉、板滞的表情，现在，同是这一表情，却用来表示对那些自甘堕落、顽固不化者的嫌恶。

这样的面目，似乎本身就在抱怨。他们好像违背了传统的本性，显露出本来没有打算显露的表情。奇怪的是，这种升华的表情，本身就是应用不当，这种升华似乎是一种伪装。

然而真的是这样吗？她不能再采用这种尖刻的态度了。德伯维尔也不是头一个靠改邪归正而拯救灵魂的人，为什么她觉得事情发生在他身上就不合常理了呢？这只不过是因为她老是觉得狗嘴里吐不出象牙，坏人嘴里说不出好话。其实，罪过越大的越能成为圣徒，这在基督教的历史上，用不着深入探究，就能发现很多例子。

上述种种印象，只是她一时朦朦胧胧的感觉，还没有清晰的明确性。一旦她由于受惊而造成的短暂的麻木消失，她又能活动的时候，她就一心想着要躲开他的视线。她站的位置正好背着阳光，显然，他还没有把她认出来。

但是，就在她刚刚再移动的时候，他就立刻把她认出来了。顿时，这个昔日的情人像触了电似的，她的出现，在他身上产生的影响，要远远大于他对她的影响。他那股热情，他那滔滔不绝的辞令，似乎一下子全都消失了。他的嘴唇挣扎着，颤动着，只要她在他眼前，他想说的话儿就一个字也说不出来。他那双眼睛，在看见她的脸膛之后，就不知道该往哪里看了，所以，每隔几秒钟，他的眼睛总是要不顾一切地溜回到她脸上来。然而，他这种瞠目结舌的状态只持续了很短时间，因为当他晕头转向的时候，苔丝已经恢复常态，急忙走过谷仓，向远处走去。

她刚刚能够定神思索时，想到他们两人相互地位的改变，不禁大吃一惊。原先把她毁了的人，现在却能皈依圣灵，可她依然是罪孽深重，不能得到新生。就像是一个故事传说那样，她那美神一般艳丽的形象却突然出现在他的祭坛上，而正是这一形象刚才差不多扑灭了这个牧师布道的热情。

她头也不回地往前走着。她的后背，甚至她的衣服，都好像特别灵敏，能够感觉到别人的目光，因为她只想着他也许跑到谷仓外面，在她身后紧紧地盯着她。她原先走在路上的时候，满心都是沉重的悲哀，现在，她的烦恼性质却有了改变。先前是渴望那被久久抑制的爱情，现在却几乎在生理上深深地意识到，那不可饶恕的过去依旧缠绕着她。这使她更加意识到过去错误的存在，陷入了真正的绝望。她本来希望她的过去和她的现在可以断然分开，现在才明白，这种情况终究没有发生。除非到她死了，她那往事才会被完全忘掉。

苔丝一面全神贯注地思索，一面横跨长桴路北部，她眼前立刻展现出一条白茫茫的上坡路，一直通往远处的高原，她剩下的路程，就要顺着那高原边上前进。这条干燥、灰白的路面向前无限延伸，连一个人影、一辆马车甚至一个黑点也看不见，只是偶尔有几块褐色的马粪点缀在又干又冷的地面上。然而，当苔丝弯着腰慢慢攀爬着山路的时候，她听到身后传来了脚步声，回头一看，原来是那个熟悉的身影，那个怪模怪样地穿着卫理公会教徒服装的人跟了上来。正是这个人，是普天之下她这一辈子都不愿再单独相见的人。

然而，没时间多想，也来不及躲避了，她只好硬着头皮，保持镇定，让他赶上了自己。她看到他很兴奋，这多半是由于他内心激动，而绝少因为他走得太快。

“苔丝！”他喊了一声。

她放慢了脚步，但没有回头。

“苔丝！”他又喊了一遍，“是我——亚雷克·德伯维尔。”

她这时才回头看了看他，他也走上前来。

“我知道是你。”她冷冷地答道。

“哦——没别的话可说了？不过，我也不配让你跟我说更多的话了！”他微微笑了一下，又补充说，“当然喽，看到我这身打扮，你一定觉得非常可笑吧。但是，你笑话我，我也只能忍受……我只是听说你离开老家了，不知道上哪儿去了。苔丝，你一定不明白我干吗追着你来吧？”

“是的，很不明白，我打心眼里希望你没有跟着我来！”

“是的，你这么说也难怪呀。”他冷冷地答道。他们一起朝前走着，苔丝每迈一步都觉得很不情愿。“可你不要误会我。刚才，你突然出现的时候，我顿时就神态失常，我想你一定注意到了，正因为这样，我怕你也许会误解我追上来的用意，所以才求你不要对我产生误会。我刚才那种神态失常，只不过是一时间的事，考虑到以前你我之间的关系，这种神态失常也是情理之中的事。但是，我的意志力帮助我攻克了这种神态失常、不能自已的状态，也许，你觉得我说这些又是骗人的鬼话，其实不是。你一走开，我就马上意识到，既然我有责任有愿望拯救世界上所有的人，使他们将来免遭天罚，那么，头一个该救的，就是被我严重伤害的那个女人。你听了这话，也许会嗤之以鼻，那就随你的便吧。反正这就是我追你而来的唯一目的——别无他图。”

她回答的话中，含有一丝鄙夷的意味：“你拯救了你自己吗？俗话说，行善从自家开始呀。”

“我一无所能！”他满不在乎地说，“我一直对听道的人说，是上苍安排了一切。苔丝，无论你怎么讨厌我，都比不上我自己讨厌自己呢——因为我以前是那么腐败堕落！嗨，你信也罢，不信也罢，反正我算是悔悟了，真是一件怪事。我可以跟你讲讲我是怎么改邪归正的，我希望你至少有兴趣听一听。你有没有听说过爱敏斯特那个牧师的大名？你一定听说过。他是老克莱尔先生，是他那教派中最虔诚的一个，也是国教里为数不多的几个热心人之一，当然，和我现在所信的极端派相比，他还没有我们这么热心认真，但是，在英国国教里，他这样的人算是很难找到了，如今那些年轻一代的国教派牧师呀，只会诡辩，渐渐地篡改了真正的教义，变得只是虚有其表。我与他之间，只是在对政教问题的看法方面，在对‘上帝说，你们务必要从他们中间出来，与他们分别’[1]这句话的理解方面，存在意见分歧，仅此而已。我敢相信，他尽管家境清寒，可他拯救的人比谁都多。你听说过这么个人吗？”

“听说过的。”她说。

“两三年以前，他代表一个传教团体到特兰岭去讲道，他设法无私地开导我、指引我，可我这个坏蛋，却狠狠地侮辱了他。对于我的行为，他并没有记恨，只是说，将来总有一天，我将获得圣灵初结的果实，那时候，本来口出恶言的人，也会祈祷起来。他的话语中，有一种奇特的魔力。它们深深地印入我的脑中。不过，对我触动最大的，还是我母亲的去世。我渐渐地看到了曙光。从那以后，我唯一的愿望就是把真理传给别人，今天我试图做的也是这个。不过，我还是最近才来到这一带讲道。我当上牧师后的头几个月在英格兰北部地区度过，讲给素不相识的人们听，我倒愿意先在那个陌生的地方锻炼锻炼，增加勇气，然后再讲给熟人听，因为熟人都知道我过去的罪孽，在他们中间讲道，是最严肃的考验，一定得诚心诚意。苔丝，假如你尝到了自己打自己耳光的乐趣，我敢肯定……”

“别再说下去了！”她怒气冲冲地叫起来，扭过身子，走向路旁的栅

1. 引自《圣经·新约·哥林多后书》第6章第17节。

门，把身子靠在上面，“对于这种突如其来的事情，我不相信！你知道——你知道你是怎样伤害了我，可你却这个样子跟我说话，简直叫我按捺不住怒火！你，还有你们那种人，在人世间拿我这样的人开心取乐，让我伤透了心，受够了罪，可你呢，作孽作够了，开心开够了，就想着变换花样，皈依宗教，准备着以后去享天国之福，想得多美啊！真不害臊！我不相信你——我讨厌你的话！”

“苔丝，”他固执己见地说，“你别这么说！我脑中出现的完全是新的念头啊！你为什么不相信呀？你到底不相信哪一桩呀？”

“我不相信你的转变，不相信你那套宗教诡计。”

“为什么？”

她的声音低了下来。“因为一个比你好的男人并不相信这种事。”

“这真是妇人之见！谁是那个比我好的男人？”

“我不能告诉你。”

“也罢。”他大声地说道，话语中好像有一股怒气就要发作，但是被按捺住了，“上帝不容我自称好人——你也知道，我也没有自称好人。说真的，我也是刚刚开始弃恶从善。不过，有的时候，也有人后来居上。”

“这话不错，”她愁闷地说，“不过，我不相信你会脱胎换骨。亚雷克，恐怕这只是你一时心血来潮，持续不了多久！”

说罢，她从她靠着的栅门上转过身来，正视着他，于是，他眼光无意落到了他所熟悉的面容和身姿上，紧紧凝视着她。他身上的劣根性的确沉静下来，但显然没有根除，甚至没有完全克服。

“别这样看着我！”他突然说道。

苔丝的动作和神色完全是不自觉地做出来的，所以，听他这么一说，她脸上一红，立刻移开了又大又黑的眼睛，说了一声：“对不起！”同时又像往常那样感到非常伤心，觉得自己不该生有这样美丽的容貌，免得惹是生非。

“不，不！别对我说对不起。不过，既然你戴着面纱是为了遮住你美丽的容貌，你现在干吗不把它放下来呢？”

她放下面纱，匆匆地说：“我戴面纱，多半是为了挡风。”

“瞧，我这么发号施令的样子，似乎太严厉了，”他继续说，“不过，我还是少看你几眼为好。多看太危险了。”

“别说了！”苔丝说道。

“唉，女人的脸蛋早就对我产生太大的魔力，我怎么能见了不害怕呢？一个福音教徒，本来和女人的脸蛋毫不相干，可是，它总使我回想起我宁愿忘记的往事！”

说到这里，他们的谈话停了下来，只是一起往前走的时候，偶然说一两句。苔丝心里纳闷，不知道他要跟她走多远，也不好直截了当地下令把他撵走。路过栅门或篱阶的时候，他们常常看到上面用红红绿绿的油漆涂上了《圣经》上某种警句。她问他是否知道，到底是谁不厌其烦地涂写这些警言。他告诉她说，涂写的人是他自己和本地别的同道的人雇来的，涂写这些警句格言的目的，无非是劝化一批罪人。

最后，他们到达了一个叫“十字碑”的地方。在整个荒凉凄惨的高地，要算这儿最为孤寂凄凉。这远远不是艺术家和爱好风景的人在景物中所追求的那种迷人的美，而是具有悲剧基调的消极美。地名取自于立在这儿的一根石柱，它奇特、粗糙，不是产自于附近的任何采石场，石柱上还粗糙地刻着一只人手臂。关于它的来历和意义，每个人的说法都不一样。有些权威人士声称，这块地方本来就有表示虔诚的十字架，目前这根柱子不过是原先那十字架的残余部分；还有些人认为，这儿本来只竖有一根石柱，不过是标明土地界限或聚会的地方。然而，不管这石柱来历如何，反正它立在这个地点，根据人们的不同心境，时而显得阴险，时而显得庄严，过去是这样，现在还是这样。因此，就连感觉最为迟钝的人，经过这儿时，心情也不会没有丝毫波动。

“我想我该和你道别了。”快要到达这一地点的时候，他说道，“今天晚上，我还得到亚伯瑟纳尔去讲道，我走的道路得从这儿往右拐弯了。苔丝，不知怎的，你把我弄得六神无主，我说不出是怎么回事，也不愿意说是怎么回事。我一定得离开你，去恢复恢复精力……你现在说起话来怎么这么流利？是谁教你说得这么一口标准的语言？”

“我在患难之中学到了很多东西。”她含糊其辞地说。

“你遭了什么难？”

她把自己遭受的头一次灾难说了出来，因为那一次灾难与他直接相关。

德伯维尔听到这一消息，十分震惊，顿时说不出话来。“这件事我一直一无所知啊！”接着，他又轻轻地说，“当你感到麻烦事儿要出现的时候，你干吗不写信告诉我呀？”

她没有回答。他又打破沉默，说：“好吧——你还会见到我的。”

“不！”她回答说，“你别找我！”

“我考虑考虑吧。不过，在我们分手之前，你得走到这儿来。”他跨步走到石柱跟前，“这儿曾经是一个神圣的十字架。本来，我不信遗迹，但是，我时而非常怕你，眼下我怕你超过你怕我的程度，你用不着怕我。为了减少我的担忧，请你把手放在这个十字架上，对天发誓，说你从此以后，决不以自己的姿色或自己的手段来诱惑我。”

“天哪——你怎么要求我做这种完全没有必要的事情呢？我根本没有一丁点儿想要诱惑你的意思！”

“是的——不过你还是发誓吧。”

苔丝带着半害怕的心情，顺从了他这缠扰不休的要求，把手放到石柱上，发了誓。

“你不信教，我真遗憾，”他继续说，“可是，不信教的人也能把人控制住，把人弄得心神不定。不过现在不说这些了。我至少可以在家里为你祈祷，一定为你祈祷，谁知道会发生什么事情呢？我得走了。再见！”

他转身走向树篱间狩猎用的栅栏门，没让自己再看苔丝一眼，就跨了过去，迈步朝亚伯瑟纳尔方向走去。他走路的时候，步态都显露出他的心烦意乱。他走着走着，似乎受到了先前一种念头的支配，突然从口袋里掏出一本小册子，小册子里夹着一封信，这封信弄得又脏又破，似乎被看过一遍又一遍。德伯维尔把信打开。信上的日期是好几个月以前，信上的署名是克莱尔牧师。

牧师在信的开头说，他对德伯维尔的转变感到由衷的高兴，并感谢德伯维尔给他写信谈论此事。克莱尔牧师在信中表示，他诚心诚意地饶恕德伯维尔以前的所作所为，并且非常关心这个年轻人的将来的计划。他说他本来很想让德伯维尔进入他尽力多年的教会，并且很愿意为达到这一目的而先帮助德伯维尔进入一所神学院，但是，德伯维尔或许觉得进神学院深造未免太耽搁时间，所以他也不是坚持认为非进不可。每一个人都必须尽自己的力量，至于采取什么方法，他觉得应服从于圣灵的激励。

德伯维尔把信看了一遍又一遍，看的时候，好像总在嘲弄自己。接着，他边走边看了几段备忘录，直到面部表情平静下来，苔丝的形影显然不再搅扰他的心绪了。

与此同时，苔丝顺着离她住处最近的山边道路，往前走去。走了不到一英里路，她遇见了一个孤单的牧羊人。

“我刚才在路边看到了一个古老的石柱，请问那是什么呀？”她向他问道，“那以前真是神圣的十字架吗？”

“十字架？不是，那不是十字架。那是个很不吉利的东西，姑娘！很久以前，有一个犯罪的人，被带到了那儿，先把他的手钉在柱子上，然后把他绞死了，他家里的人就在那儿给他竖了那么一块石头。他的尸骨就埋在那石头底下。别人都说，他把灵魂卖给魔鬼了，他的鬼魂还常在这一带出没呢。”

听到这个出乎意料的可怕消息，苔丝觉得自己几乎要晕倒了，于是丢下牧羊人，径自朝前走。快到弗林库姆梣的时候，已经是暮色苍茫，在通往村口的路上，她碰见一对年轻的情侣，不过他们倒没有发现她。他们并没有说什么悄悄话，只听见那个年轻的姑娘，用轻松、清晰的声音，回答着那位男青年热切的声音，这个时候，天地间已是一片昏暗，没有任何东西闯入萧索的暮色，只有那姑娘的声音，铺散在冷清的空气之中，使人觉得这是唯一的安慰。这声音使苔丝心中感到一阵愉悦，不过她转念一想，意识到这种幽会起源于这方或那方的吸引力，而正是这种吸引力导致她自身的痛苦。当苔丝走到他们身边的时候，那个姑娘坦然转过身子，认出了苔丝，那男青年不好意思地躲开了。那姑娘原来就是伊丝。她一见苔丝，就关心起苔丝这趟行程的结果，不再顾及自己的事。苔丝没说出什么所以然来，机敏的伊丝也就没再追问，而是转移了话题，谈起刚才被苔丝亲眼所见的那桩她自身的小小艳事。

“刚才那个男的叫安比·西德林，过去在塔尔勃塞奶牛场的时候，他常常去帮点忙。”她淡漠地解释说，“他到处打听，发现我上这儿来了，也就跟着来找我了。他说这两年来他一直爱着我。不过，我还根本没有答应他呢。”

第四十六章

这趟徒劳的奔波之后，又过去了好几天，苔丝也已下地干活。干燥的寒风仍然吹着，但茅草障子支在迎风的那一面，为她挡住了风。在避风的一面，放着一台萝卜切片机，上面那新涂的蓝色油漆，和周围暗淡的景色一比，不仅显得艳丽，而且几乎活生生的。机器的前面，是一个长形的土堆（也叫地窖），自初冬以来，萝卜就窖在那里面。苔丝正站在地窖口上，用小钩刀削去每个萝卜上的泥土和须根，削好了，便把萝卜扔进切片机里。一个男的在摇机器把手，新切的萝卜片儿就从槽子里源源而出。这些颜色发黄的萝卜片儿散发出清新的气味，同时，这种气味又混入了呼呼的风声、切刀的嚓嚓声，以及苔丝戴着皮手套的手中那把钩刀的削刮声。

萝卜被拔掉以后，大块的空地就变成一片褐色，在这褐色的大片土地上，又开始出现了许多狭长的深褐色的细条，渐渐地变得像丝带那么窄。在每条带子的边上，都有一个十条腿的东西在不慌不忙地爬动，从田地的这头一直爬到田地的那头。原来这是一个人驾着两匹马，用犁在翻耕收拾干净的土地，以便春季播种。

几个钟头以来，这单调的景象没有丝毫变化，令人感到索然无趣。后来，在耕地人马的远远的后方，可以看见一个黑点。这是从树篱拐角处的空隙间出现的，好像是朝坡上移动，移向切萝卜的地方。这黑点慢慢变大，变得像九柱戏里的木柱似的，没过多久，就可以辨出，这是一个穿着黑衣的男人，从弗林库姆桲方向来。摇切片机的那个男工，眼睛本来就派不上用场，这会儿就一直盯着走过来的人，但苔丝干的活儿，既用手又用眼睛，所以她没注意到有人走过来，直到那个男人告诉她，她才知道。

来者并不是那个难打交道的东家格罗比，而是那个从前放荡不羁、现在打扮得有些像牧师的亚雷克·德伯维尔。因为今天他并没有布道，所以脸上没有多少热情的神色，并且由于那个男工在场，他似乎很难为情。苔丝由于苦恼，脸色早就变得苍白，于是她把风帽往下拉了一拉。

德伯维尔走上前来，轻轻地说：

“苔丝，我有话要跟你说。”

“上回我求过你，叫你不要来找我，你怎么不听呀？”她说。

“不错，可我有充分的理由呀。”

“好吧，你就说吧。”

“这比你可能想象的要严肃得多。”

他朝四周看了看，担心别人会偷听他的话。他们这地方离摇切片机的有一定的距离，加上机器运转的声音，所以德伯维尔的话传不到那个人耳朵里。德伯维尔站到那个男工和苔丝之间，并且背对着那个人，把苔丝挡了起来。

“是这么回事，”他带着反复无常的内疚的神情，接着说，“上回我遇到你的时候，想到的只是你我灵魂方面的事情，忽略了询问你的生活状况。你那次穿得倒挺好的，我也就没想起来询问你。但我现在看到你过得很苦——比以前我认识你的时候还苦，你是不该这么受苦，也许，这多半是我给你招惹的！”

她没有回答，也不顾他怎样带着询问的神色看她，她只是把头低着，让帽子完全遮住自己的脸，继续削着萝卜，她觉得只有不停地干活，才能把他驱出自己的意识之外。

“苔丝，”他不满地叹了口气，“在跟我有过牵连的人中，你的情况算最糟的了。你没跟我说的时候，我根本没有想到会闹出那样的结果。是我这个混蛋玷污了一个清白的生命！我们在特兰岭的那些离经叛道的行为，全都是我一个人的过错！而且，你是真正的德伯维尔家族的人，我只不过是个冒牌货，可你这个人当时也太年幼无知，根本不懂世态炎凉！我可以诚恳地告诉你，对于当父母的来说，若是始终让自己的女儿处于危险的无知之中，不让她们知道世路的艰险、恶人的阴毒，那么，不管他们是出于良好的动机，还是完全因为漠不关心，反正都不应该。”

苔丝仍旧只是听着，同时，她机械地有规律地放下一个削好的萝卜，又拿起一个来削，看她那样子，完全是个忧郁的农田里的妇女。

“不过，我今天来，不是为了说这个。”德伯维尔继续说，“我想谈谈自己的境况。你离开特兰岭以后，我母亲就去世了，那个地方都归我了。但我打算把它卖掉，然后上非洲去传教布道。只怕我自己不是块好料，干不了这件事。不过我还是要问问你，你能不能让我尽一尽自己的责任，给我一个唯一的机会，让我弥补弥补我对你犯下的罪过？换句话说，你愿不愿意做我太太，随我一起到非洲去？……就连这珍贵的证件我也已经弄到手了。这也是我那老母的遗愿。”

他不好意思地在衣袋里笨拙地摸着，掏出了一张羊皮纸来。

“这是什么？”她问道。

“结婚许可证。”

“哦，不，先生——不！”苔丝吓得后退一步，着急地说。

“你不愿意？为什么？”

德伯维尔问这句话时，脸上露出失望的表情，这种失望，不是纯粹因为不能赎罪，而是明白无误地表明，他对她有些旧情复发，所以这是赎罪之心夹杂着肉欲的混合表情。

“一点不错。”他用比以前更为急躁的声音又说起来，但话没说完就回头去看那个摇切片机的男工。

苔丝也觉得，他们之间的交谈确实不能在这儿进行了。于是她对那个男工说，有个先生来看她，她想同他散散步。说罢，她就跟着德伯维尔，穿越了那块有斑马般条纹的田地。当他们走到新耕的那部分时，德伯维尔伸出手来，要扶苔丝过去，但是苔丝好像没有看见他似的，跨过翻耕过来的土块，往前走着。

“苔丝，你不愿嫁给我，不愿让我改过自新吗？”他们一跨过刚犁的土地，他就又说了起来。

“我不能嫁给你。”

“为什么？”

“你知道我对你没有感情。”

“可是，时间长了，你会对我产生感情的，或许，一旦你真的可以饶恕我，就会产生感情了。”

“绝不可能！”

“为什么说得这么坚决？”

“因为我已经爱上别人了。”

这句话好像使他大吃一惊。

“真的吗？”他叫了起来，“别人？难道你就不明白在道德方面什么是正当的，什么是错误的吗？”

“不，不，请你别那么说！”

“好啦，你对那个人的爱情或许只是一时冲动，你会克服的……”

“不——不是的。”

“是的，是的！为什么不是呢？”

“我不能告诉你。”

“你一定得诚实地告诉我！”

“那好吧……我已经嫁给他了。”

“啊！”他大叫一声，顿时呆若木鸡，瞪着她。

“我本来不愿告诉你呀，也不想告诉你！”她分辩道，“在这儿，没有人知道这件事，即使知道，也只是模模糊糊地了解一点。所以，请你不要再追问我，好吗？你必须记住，我们现在已是陌路人。”

“我们是陌路人，是吗？陌路人！”

他脸上一时间显露出昔日的那种挖苦的神情，但他尽力把它压下去了。

“那个人就是你丈夫吗？”他指着那个摇切片机的男工，呆板地问道。

“那个人！”她骄傲地说，“我想不会是他吧！”

“那么是谁呢？”

“请你别问我不愿说的事情！”她恳求道，同时仰起脸来，闪动了一下被睫毛遮蔽的眼睛。

德伯维尔顿时心绪烦乱。

“可是我问这话，只是为了你好哇！”他热切地反驳道，“天使们啊（上帝饶恕我用这种称呼），我现在对天发誓，我来到这儿，全都是为你着想。苔丝——你别用这样的眼光看着我——我简直受不了啦！说真的，自古至今，从来没有过这样的眼睛！所以——我不能失去神智，我不敢。本来我以为，我类似的感情全都灭绝了，可是我得承认，我一见到你，就又唤醒了我对你的爱情。不过我原以为，要是我俩结婚，谁就都没有罪孽了。‘不信神的丈夫，就因为妻子而成了圣洁，并且不信神的妻子，就因为丈夫而成了圣洁。’[1]我对自己就是这么说的。但是，现在我这番计划算是毁了，我只得忍受失望的痛苦！”

他眼睛盯着地面，苦苦地陷入沉思。

“结了婚了。结了婚了！……也罢，既然是这样的话，”他慢慢地把结婚许可证撕碎，塞进口袋里，极其平静地补充道，“既然我不能跟你结婚，那么，不管你丈夫是谁，我也想为你和你丈夫做点儿好事。我有好多好多问题想问你，不过，你要是不愿意让我问，我当然也就不问了。可是，要是我认识你丈夫的话，或许会更方便我帮助你和他。他也住在这儿的农庄上吗？”

“不，”她嘟囔着说，“他在很远的地方。”

---

1. 引自《圣经·新约·哥林多前书》第7章第14节。

“在很远的地方？离你很远？那他会是个什么样的丈夫哟？”

“啊，你别说他的坏话！这全都怪你！他发现了……”

“哦，原来是这样！……那真是太伤心了，苔丝！”

“是的。”

“不过他不能这么狠心地离开你，让你这个样子干活！”

“他并没有让我干活！”她大声叫嚷着，替那个不在身边的人激烈辩护，“他根本不知道！这全是我自己安排的。”

“那么，他给你写信吗？”

“我——我无法告诉你。我们夫妻间的有些事儿，不能对外人说。”

“这就是说，他当然不给你写信喽。你成了一个弃妇，我漂亮的苔丝！”

在一阵冲动的驱使下，他突然转身去拉苔丝的手，但是，由于她手上戴着浅黄色皮革手套，因而他抓到的只是又粗又厚的皮革手套，一点也没碰到那里面的有血有肉的手。

“你不能这样——不能这样！”她恐怖地叫道，把手从手套里抽了出来，就像从口袋里抽出来似的，只把空手套留在他手里握着，“哦，请你看在我和我丈夫的分上，看在你自己的基督的分上，赶快走开吧，走开！”

“好，好，我走。”他突然说道，把手套还给了她，转身就走。然而，他又回过头来，对她说：“苔丝，有上帝作证，我刚才拉你的手，并非骗人之举！”

地里突然响起了嗒嗒的马蹄声，原来他们只顾讲话，没有注意到马儿来到他们身后，停了下来，骑马的人对着她说：

“你他妈的怎么不好好干活，在这个时候溜掉了？”

原来，场主格罗比从远处看到了他们两人的身影，抱着寻根究底的态度，骑马过来，想弄清楚他们两人在他的田地里搞些什么名堂。

“你不要用这种口气对她说话！”德伯维尔说道，他说话的时候，脸上带着怒气冲冲的表情，根本不像基督教徒。

“是吗？先生！一个卫理公会的教徒与她何干？”

“这家伙是谁？”德伯维尔转身向苔丝问道。

她走到他的跟前。

“你走吧——我求你了！”她说。

“什么？让我走？把你留给那个恶棍？我一看他那张脸，就知道他不是个好东西。”

“他不会伤害我的。他并没有爱上我。我到了报喜节，就能离开这儿了。”

“那好吧，我想，我没有别的权利，只有听从你。但是……好吧，再见吧！”

苔丝觉得，和虐待她的人相比，这个保护她的人更加可怕。当保护她的人很不情愿地离开之后，场主仍然对她责骂个不停，但苔丝能够平心静气地忍受这一切，因为这种攻击与性欲毫不相干。这样一个铁石心肠的人，他如果敢揍她，那早就揍她了，不过，根据以往的经验，苔丝觉得，遇上这样一个主子，几乎算是一种解脱，没有危险。她一声不吭地往田地高处走去，返回她刚才干活的地方，同时，她全神贯注地思索着方才她与德伯维尔会面的情形，所以，当格罗比骑的那匹马的鼻子几乎碰到她肩头时，她都没有觉察出来。

“你既然同意为我干到报喜节，那你就得照章行事。”他咆哮道，“这种混蛋女人，忽东忽西的，真不像话！再这样下去，我可不好惹！”

苔丝清楚地知道，场主如此折腾她，完全是因为以前被克莱尔击倒在地，怀恨在心，他对场里的其他女人并非这么粗暴无礼。了解到这一情形，她一时间心里不由得想到，假如她是自由的，能够答应有钱的亚雷克，做他的太太，那么结果又是一番什么样的情景呢？那她一定能高人一等，彻底摆脱屈从的地位，无论是对现在欺压她的这个场主，还是对看不起她的整个世界，她都可以扬眉吐气。“可是，不，不能！”她气喘吁吁地说，“我不可能嫁给他！我太讨厌他了。”

当天晚上，她动笔写信向克莱尔恳求，但她只字没提自己的苦难，只是向他保证，她对他的爱情至死不渝。不过，任何一个人都可以在字里行间看出，在她这种伟大爱情的背后，隐藏着一种可怕的恐惧——一种几乎令人绝望的恐惧，恐怕就要发生难以道破的危险事件。但她又没有完全吐露自己的心思，她想，既然他曾要求伊丝同他一起去巴西，那么，也许他心里根本就没有她这个苔丝了。她把信塞进箱子里，也不知道这封信能否寄到她丈夫手中。

自那以后，苔丝每天都是沉闷地干着重活，就这么干到了圣烛节[1]，这一天的集会对于从事农业的人们来说非常重要。因为在这次集会上，将要签订自报喜节之后十二个月的合同，凡是想要更换地方的雇工，都必须及时参加在郡城举行的这一集会。在弗林库姆梣，几乎所有的劳工都想离开，所以，一大早，大家都动身上郡城去了。郡城离这儿有十一二英里远，而且全是山路。苔丝本来也想在季度结账日离开这里，但她却是没去赶集的极少数人之一，因为她抱着一种渺茫的希望，盼望发生一件什么事情，使她不必再签订下地干活的合同了。

这是二月里的一个晴朗的日子，在这个时节，算是非常温暖宜人了，几乎使人觉得冬天已经过去。今天，苔丝寄寓的地方只剩她一个人，她刚吃完午饭，就看见德伯维尔的身影在窗外一晃，把窗户都遮黑了一下。

---

1. 圣烛节的日期是2月2日，为圣母玛利亚清净节。得名于一年之中祭坛或他处祭神所用蜡烛都在这天加以祝福的现象。

苔丝跳了起来，但她这个客人已经在敲门了。她若是立刻逃走，似乎不合情理。德伯维尔急步走向门口的态度，以及他敲门的方式，和苔丝上次见到他的时候相比，有一种无法描述的差别。他好像对自己的行为感到有些羞愧似的。她本想不把门打开，但是，不开门似乎也没道理，所以，她站起来，去把门闩拉开，又急忙退回原处。德伯维尔走进来，看见了她，还没开口说话，就一屁股坐到一把椅子上。

“苔丝——我这真是受不了啊！”他绝望地说道，同时擦着他那张热乎乎的、由于激动而发红的脸，“我觉得我至少得来看看你，向你问个好。跟你说实话吧，在我礼拜天遇见你之前，我压根儿没有想过你，但是现在，无论我怎么努力，脑子里也无法摆脱你的影子！一个好女人，好像不可能把一个坏男人害了，可是事实就是如此。苔丝，但愿你能替我祈祷！”

他那种深受压抑的样子，几乎让人觉得可怜，但苔丝并不可怜他。

“我怎么能替你祈祷？”她说，“我根本就不相信，那主宰世界的神力会因为我而改变安排。”

“你真是那样想的？”

“是的。本来我也不是这么想的，而且还自以为是呢。可是有人把我制服了。”

“把你制服了？谁把你制服了？”

“如果非说不可的话，那就告诉你吧。是我丈夫。”

“唉——你丈夫，你丈夫！这似乎很奇怪呀！我记得上一回你暗示了一点什么。对于这些问题，你到底是怎么看待的呢，苔丝？”他问道，“你似乎不信教——大概也是我的缘故。”

“可我是信教的。不过我不相信任何超自然的东西。”

德伯维尔疑虑重重地看着她。

“那么你认为我走的这条路全是错误的喽？”

“多半是错误的。”

“嗯——可我还觉得蛮有把握哩。”他心神不安地说。

“我相信山上垂训[1]的精神，我丈夫也是这样……不过，我不相信……”

于是她列举了自己不信的事情。

“事实上，”德伯维尔冷冰冰地说，“凡是你丈夫相信的，你就接受，凡是你丈夫不信的，你就反对，没有一点自己的见解、自己的推论。你们女人都是这样。在思想方面，你成了他的奴隶。”

“那是因为他什么都懂呀！”她扬扬得意地说道，说的时候，对克莱尔表现出绝对的信任。其实，这种信任，最完美的男人都不配享受，更何况她丈夫呢。

“是啊，不过，你不能这样把别人的消极见解全盘搬过来呀？他一定是个挺有意思的人，竟把这种怀疑论传授给你！”

“他从来没把自己的观点强加给我！他从来不跟我辩论这一问题！但我是这么看待的，他下过一番工夫，对问题作过深入研究，而我根本没有下过工夫，所以，他的看法很可能比我的看法高明得多。”

“他时常说些什么呀？他一定跟你说过一些自己的观点。”

她沉思默想了一会儿，回想起他在她身边时，常常怎样自言自语地说出自己的想法，她能准确地回忆起他所说的每一个词语，虽然她并不领会这些话语的精神实质。她回想起克莱尔所使用的一个非常严谨的演绎推理，便照样说了出来，说的时候，连克莱尔的说话方式和腔调也都模仿得忠实可信、一丝不差。

“你再说一遍。”德伯维尔请求道，他刚才一直聚精会神地听着。

---

1. “山上垂训”是指耶稣在山上向他的门徒传道，也称“登山训众”。山上垂训是基督教伦理的根本。

她又说了一遍，德伯维尔若有所思地跟着她轻轻地念着。

“还有别的吗？”德伯维尔立刻问道。

“还有一次，他是这么说的……”于是她又说出了一段话。关于这段话的内容，在自《哲学辞典》[1]至赫胥黎《论文集》等许多一脉相传的书籍中，大概都可以找到与之吻合的观点。

“哈——哈！这些话你怎么都记得呢？”

“我想要相信他相信的一切，可他不愿让我这样，所以，我就想办法引导他说出他的一些想法。我还不敢说我很懂他的话，但我知道那都是对的。”

“哼！你瞧你自己都不懂，怎么能教训我呢？”

他陷入沉思。

“所以，我在精神方面和他保持一致。”她接着说，“我不愿和他有所差别。这样，对他有用的东西，对我也有用。”

“他知道你和他一样，也是个叛教的人吗？”

“不知道，即使我不信宗教，我也没告诉过他。”

“好啦，你现在的处境毕竟比我好得多，苔丝！你本来就认为你不该宣传我这种教义，所以，不赞成这种教义也不觉得良心有愧。而我却相信我该宣传教义，可是，我却像魔鬼一样，一面相信，一面哆嗦，[2]因为我突然停止讲道，让位于对你的一片痴情了。”

“怎么啦？”

“嗨，”德伯维尔干巴巴地说，“今天我是远道而来，特地来看你的！可

1. 指法国启蒙思想家伏尔泰所作的《哲学辞典》(1764)。

2. “像魔鬼一样，一面相信，一面哆嗦”，出自《圣经·新约·雅各书》第2章第19节：“你信上帝只有一位，你信得不错。魔鬼也信，却是哆嗦。”

我在家动身的时候，本打算去卡斯特桥集会，因为我曾答应他们，下午两点的时候，要站在那儿的大车上讲道，现在，教友们一定在那儿等着我呢。瞧，这儿是通告。”

他从胸部衣袋里掏出了一张通告，上面印着会议的日期、时间和地点，在这个会上，德伯维尔将要布道。

“可你怎么能赶得上呢？”苔丝看了看钟，说道。

“我不能上那儿去了！我已经上这儿来了。”

“怎么，你真的已经安排好了布道，可是……”

“不错，我本来准备去讲道，可我现在去不成啦，因为我强烈希望看一个女人，一个曾被我看不起的女人！不，不对，说实话，我从来就没有看不起你，假若我曾经看不起你，我现在就不会爱上你！我之所以没有看不起你，是因为你在任何情况下都能纤尘不染，一旦你明白了当时的情形，你就当机立断、毫不拖延地离开了我，你没有按我的喜好留在我那儿，所以，如果说世界上有一个我毫不鄙视的女人，那么这个女人就是你。可是，你现在可以狠狠地鄙视我了！我原以为我会在山上礼拜，现在才发现我仍在林中供奉！[1]哈，哈！”

“哦，亚雷克·德伯维尔！你这话是什么意思？我到底干了什么呀？”

“干了什么？”德伯维尔说道，话语中带有无精打采的嘲弄，“你倒没有故意干任何事情。但是，你有使我重新堕落的手段，一种你无意使用的手段。我不禁自问，我真是那种‘败坏的奴仆’吗？真的‘在得以脱离世上的污秽以后，又重入污秽，不能自拔，结果比先前弄得更糟吗？’[2]”说到

1. “在山上礼拜”是指信奉正神耶和华；“在林中供奉”是指祀奉古腓尼基人所信奉的邪神（Baal）。

2. “败坏的奴仆”引自《圣经·新约·彼得后书》第2章第19节；其后的引语出自该书第2章第20节。

这里，他把手搭到苔丝的肩膀上，“苔丝，我的好姑娘，在和你重新相遇之前，我至少是走上了通往社会拯救的道路！”他一面说，一面反常地摇晃着苔丝，仿佛她是个娃娃似的，“可你为什么又来勾引我呀？没见到你之前，我作为男子汉，意志坚定，可你那双眼睛，那两片嘴唇，又使我失魂落魄，真的。自从夏娃以来，再也没出现过像你这样令人发狂的嘴唇！”他的声音低沉下去，同时，从他黑色的眼睛中，射出了一股灼人的狡狯，“苔丝，你是一个迷人精，你是一个可爱的、该死的巴比伦巫婆[1]——我这一次一见到你，就无法抵挡你了！”

“我不是故意让你再次看到我的！”苔丝退缩道。

“我知道——我再说一遍我不怪你。但是事实终归是事实。那天我在农田里看到人家欺负你时，我差一点都气疯了，因为我想要保护你，可在法律上却没有这种权利，而且无法得到这种权利，可是，那个有这种权利的人又好像完全抛下你不管了！”

“他不在眼前时，你不要在背后说他坏话！”她非常激动地说，“不要败坏他的名誉——他可从来没有做过对不起你的事呀！好啦，你快从他太太身边走开吧，免得人家风言风语，辱没他的名声！”

“好，我走——我走。”他开口说道，就像一个人从诱人的梦中醒了过来，“我本来是要去集会上，给那些又傻又可怜的醉鬼讲道，可我去不成了，违背诺言了，这是我头一次开这么大的玩笑。若是在一个月以前出现这样的事情，那我吓都吓死了。我这就走开——我发誓——走得远远的。”然后，他突然说道，“让我抱一抱，苔丝，只抱一下，看在原来的老交情上……”

“我无人保护，亚雷克！另一个好人的名声就把握在我的手中呢——你

1. “巴比伦巫婆”为“淫妇”之意，语出《圣经·新约·启示录》第17章第1—5节。

想想看——你难道不害臊吗？”

“呸！不过，也是——也是！”

他紧紧地咬了咬嘴唇，恨自己没有骨气。他的眼光中，既缺少世俗的信仰，又缺少宗教的信仰。自从他改过自新之后，他过去时常发作的情欲，好像变成了僵尸，毫无生气地躺在他面部的线条之中，现在，又好像复活过来，蠢蠢欲动。他犹豫不决、恋恋不舍地走出去了。

尽管德伯维尔声称，他今天未能赴约布道，是一个信徒重新堕落，但是，苔丝从安琪·克莱尔那儿学来的话，却深深地印到了他的心里，他离开苔丝之后，那些话语还仍然萦绕在他脑际。他一声不吭地往前走着，仿佛全身顿时软弱无力了。因为他直到现在才明白，他以前的那种主张也许完全站不住脚。他异想天开地皈依宗教，实际上和理性毫无关系，也许只不过是一个轻薄的男人，见到母亲死亡，一时受到触动，忽发奇想，寻求新的精神寄托罢了。

德伯维尔那汹涌澎湃的情感之海，被苔丝投下几滴冷静的理性之后，沸腾的激情立即冷却下来，变成了毫不流动的污浊。他一遍又一遍地思考着从苔丝那儿听到的那几句结晶般的话语，自言自语道：“那个聪明的家伙一点也没想到，他跟她说了这些话，也许就是为我和她重温旧梦铺平了道路！”

第四十七章

在弗林库姆梣农场，现在该打最后一个麦垛了。三月里的黎明格外混浊，没有表情，没有任何东西能够表明，东方的地平线到底在什么位置。在一片朦胧的曙色中，耸起了麦垛梯形的尖顶，这垛麦子，孤零零地立在这里，已经饱尝了一个冬季的日晒夜露、风吹雨打。

当伊丝和苔丝来到打谷场上的时候，仅仅是根据一种沙沙声，就断定已经有人比她们先到了。随着天色渐渐放亮，她们才发现，在麦垛顶上，影影绰绰地有两个男人。这两个男人正在忙着“揭顶”。所谓揭顶，就是揿掉盖在麦捆上面的干草，只有揿掉草顶，才能往下扔麦捆。场主格罗比坚持要在一天之内把麦子打完，所以要大家很早就来到场地。还在揿草顶的时候，伊丝、苔丝以及别的女工都穿着浅褐色围裙，站在那儿等候，一个个冻得瑟瑟发抖。紧靠在草顶的下面，就是要妇女们前来伺候的那个“红色暴君”——打谷机，它由木头架子、皮带和轮子组成，不过现在它还不大看得清楚。一旦这部机器开动起来，她们的筋肉神经会一起变得紧张，但她们得默默无言地承受。

不远处，又有一个模糊难辨的物体，黑黢黢的，持续不断地发出嘶嘶的声音，表明它体内储存着巨大的能量。它那高高的烟囱耸立在一棵梣树旁，而且有一股热气从那个地点散发出来，所有这一切，用不着太多的亮光就足以让人们发现，放在那儿的东西，就是要在这一小小世界充当主要动力的引擎。在引擎旁边，一动也不动地站着一个黑色的东西，形体高大、满身都是煤灰和污垢，样子恍恍惚惚，像是一个幽灵，他身边放着一堆黑煤，这就是开引擎的工人。他的行为举止以及他身上的颜色，都独一无二、与众不同，使人觉得，他简直是来自地狱，偶尔流落到这片没有烟雾缠绕的清澈明净的地方，来到黄澄澄的谷穗和灰蒙蒙的土地之中，其目的只是惊扰当地的人们。

他的心境也和他的外表一样。他身在农田，却不属于农田。与他打交道的是烟与火，而与农田上的人打交道的，却是庄稼、天气、霜露、阳光。

他带着他这台机器，从一个农场到另一个农场，从一郡到另一郡，因为那时候，蒸汽打谷机在威塞克斯这块地方，还只能是轮流巡回使用。他说话时带着古怪的北方口音，他所想的只是他心里的事，他的眼睛所看的只是他管理的那台铁机器，他几乎没有观望周围的景物，而且压根儿没有顾及这些景物，他只有在非说不可的情况下，才与当地人说上一两句话，仿佛他来到这里，侍候他那个阴曹地府的主人，完全是命中注定的，违背他本人的意愿。把他和农业连接起来的唯一东西，就是从机器转轮通向麦垛下红色打谷机的那条长长的皮带。

当别人在掀草顶的时候，他漠然站在那个便于移动的能量储蓄器旁边，在这个漆黑的发热体周围，凌晨的空气在轻微地颤动。他与打麦子的准备工作毫无关系。他已把煤火烧得通红，蒸气的压力已经很高，只需几秒钟，他就能使那条皮带风驰电掣般地旋转起来。在皮带旋动的范围以外，不管是小麦、麦秸还是杂物，反正在他看来都一样。如果当地有什么闲人问他是什么人，他会简短地回答："机师。"

天色大亮时，麦垛顶儿全被撤掉了，于是男人各就各位，女的爬上了麦垛，大家开始动手干活。场主格罗比，或者按他们的叫法，"那家伙"——早已来到这儿。根据他的吩咐，苔丝被安排在打谷机的平台上，紧挨着往打谷机里喂料的男工，而伊丝则被安排在麦垛上，挨着苔丝，伊丝把一捆一捆的麦子递给苔丝，苔丝的任务就是解开这些麦捆，好让喂料的男工把麦子抱起来，铺在旋转的圆筒上，片刻工夫，麦粒全被打了下来。

开始的时候，机器停了一两下，那些憎恨机器的人对此感到很高兴，但是，它马上又全速正常运转起来。大家一直紧张地干到吃早饭的时候，才停下半个钟头。饭后，活儿又开始的时候，农场上其余人手都去堆麦秸了，麦秸就堆在麦垛的旁边。到了吃点心的时候，大家也没离开自己的岗位，而是站在原处匆匆吃了点心，又干了两三个钟头，便到了临近吃午饭的时候。顽强不屈的轮子连续旋转，打麦机那嗡嗡的震动声，一直深入靠近机器的所有人的骨髓。

在越堆越高的麦秸垛上的那些老人，谈起了昔日的情形。过去，他们习惯在仓房的橡木地板上用连枷打麦子，一切事情，甚至连扬麦子都是手工完成，他们觉得，那种办法虽然很慢，但麦子打得更干净。站在麦垛上的那些人也偶尔交谈几句，但是，机器旁边的那些汗流浃背的人，包括苔丝，却不能靠谈天来放松。永无休止的活儿严酷地折磨着她，使她开始后悔不该上弗林库姆梣来。麦垛上的妇女，尤其是玛莲，可以不时地停下来，从壶里喝点啤酒或凉茶，她们在脸上擦汗或者掸掉衣服上的麦秸碎屑和麦糠的时候，也能闲扯几句。但是对苔丝来说，连喘口气的工夫都没有，因为打麦机的圆筒从不停歇，喂料的人也不能停歇，而她是帮喂料的人解开的麦捆的，当然也不能停歇，除非玛莲跟她交换一下。玛莲不顾格罗比老板的反对，说她手头太慢，供应不及，有时也替换苔丝干上半个钟头。

大概是为了省钱，老板总是选择女工来干这种特别的活儿。格罗比之所以选择苔丝，动机也很清楚，他说苔丝在解麦捆时不但有劲，而且动作敏捷，并能持之以恒。这话也许说得很对。这台嗡嗡作响的打麦机，使人无法谈话，若是遇到供料不足，不及平常的分量，它就会发疯地咆哮。苔丝和那个喂料的人连掉头的工夫都没有，所以她不知道，在快吃午饭的时候，有一个男人悄悄地跨过栅栏门，走进了场地，站在第二堆麦垛旁边，看着眼前的情形，尤其是看着苔丝。他穿着式样时髦的花呢服装，手里摆弄着一根漂亮的手杖。

“那是谁？”伊丝向玛莲问道。她首先问了苔丝，但苔丝没有听见。

“我想，是哪位姑娘的情人吧。”玛莲简练地说。

“我敢打赌，他是来追苔丝的。”

“不是。新近追苔丝的是一个夸夸其谈的牧师，不是这样的花花公子。”

“嗨——那本是同一个人呐。”

“这个人和那个讲道的是同一个人？怎么一点也不像呀？”

“他把黑衣服和白领巾都换下来了，连鬓胡子也剃掉了，可是，不管他怎样变来变去，反正是同一个人。”

“你敢肯定？那我就告诉苔丝了。”玛莲说道。

“你先别慌。反正她马上就会看到他。”

“唉，依我看啊，即使她丈夫在国外，她在这儿也和守寡差不多，可这个男的一边讲道一边追求已婚妇女，真是太不应该了。”

“我看不会害她什么事。”伊丝不动声色地说，“她已经对别的人爱得死心塌地，要想再次打动她的心，比把陷在泥潭里的马车拉出来还要难呢。对一个女人来说，心眼儿灵活一些，也许倒是好事，可是老天爷，不管你是怎样对她献殷勤，讲道理，甚至是五雷轰顶，她的心都打不动呢。”

吃午饭的时间到了，打麦机也不再旋转，苔丝从她站的位置上走了下来，她的双膝被机器震得一个劲地发抖，她几乎连走路都走不起来了。

“你该像我一样，喝点酒，”玛莲说，“那样，你的脸色就不会这么苍白了。啊，天哪，你怎么面如死灰，像是刚做了噩梦？”

好心的玛莲想到，苔丝累成这个样子，若是看到了那个来找她的人，就一定吃不下东西了，玛莲正打算劝说苔丝从远一点的梯子走下麦垛去，没想到那个绅士却在这时候走近前来，抬头张望。

苔丝只是简短地哦了一声。过了一会儿，她匆忙地说：“我就在这儿，在这麦垛上吃饭。”

有时，农工们离家很远时，他们都在麦垛上吃饭，但是，今天风刮得很大，所以玛莲和其余的人都下了麦垛，坐在麦秸垛旁边。

新来的人确实是亚雷克·德伯维尔，尽管更了衣服，换了装扮，却还是近来的那个福音派教徒。朝他望去，一眼就可以看出，他又像原来那样满脸色欲，又恢复了苔丝第一次所认识的那个所谓堂哥的神气，几乎像那时一样风流阔绰、放荡不羁，只不过大了三四岁罢了。苔丝既然已经决定留在原处，就在麦捆中间坐了下来，以便避开地面上人们的目光，接着，她开始吃饭，吃着吃着，她听到了梯子上的脚步声，片刻之后，亚雷克出现在麦垛上，一个由麦捆平铺而成的长方形麦垛上。他走过一些麦捆，一言不发地在苔丝对面坐了下来。

苔丝继续吃着她带来的一块厚厚的煎饼，算是午餐。这时，其余的人们都聚在麦秸垛旁边，舒舒服服地坐在松乱的麦秸上。

“你看，我又来了。”德伯维尔说道。

“你干吗老是来缠着我呀！”苔丝叫道，气得连手指头都发烫了。

“我缠着你？我倒想问问你干吗老是缠着我呢！”

“哼，我压根儿就没缠你！”

“你说你没缠我？可你一直缠着我。弄得我心神不定。不管是白天还是黑夜，你都像刚才一样，眼睛里闪烁着痛苦的神情，萦绕在我眼前。苔丝，自从你把我们孩子的那桩事儿跟我讲过之后，我再也无法静心修道，我的感情就像开了闸一般，汹涌澎湃地冲向你。打那以后，宗教方面的兴趣荡然无存，这全是你造成的！”

苔丝默默地盯着他。

“怎么，讲道的事，你完全丢开啦？”苔丝问道。

苔丝从克莱尔那里学到了足够的现代思想中的怀疑态度，所以鄙视那种一时的心血来潮，但是，作为女人，她仍然有些震惊。

他装出严肃的神气，接着说：

“完全丢开了。那天下午，我就没去卡斯特桥集市给那些醉鬼讲道，打那以后，我总是失约，没有作出一次讲道。天晓得那些教友会把我看成什么人呢。哈哈！那些教友呀！不消说，他们在为我祈祷，为我哭泣，因为他们在本性上都是善良之辈。可我毫不在乎。既然我已经不信什么宗教，我怎么还能去干那种讲道的事呢？那我不就成了卑鄙的伪君子吗？那我在他们中间，就成了被交给魔鬼以便不再亵渎神明的许米乃和亚历山大[1]。你也真算是报仇雪恨了！四年之前，我见到你天真无知，就把你给骗了。四年之后，你见到我是个热诚的基督教徒，就把我给引入歧途，也许会让我被永远打入地狱！可是苔丝，我的妹子（让我像往常一样叫你吧），我只不过是随便说说罢了，你不必当真，不必吓成这个样子。实在说起来，你没做任何错事，只不过是保留了你原先那张漂亮的脸蛋和原先那种优雅的身段。在你没有看到我的时候，我就看到麦垛上你这美丽的形象，穿着紧身的围裙，把你的身段勾勒得更为迷人，还有你那顶漂亮的帽子，唉，你们这些女工呀，要想摆脱危险，是不该戴这种帽子的。”说到这里，他默默地盯着她看了一会儿，又发出一声短促的冷笑，继续说，“我本以为我就是那位独身大弟子[2]的代表，可我现在敢说，那个大弟子若是受到了你这么一张美丽脸蛋的诱惑，他也会放弃传道。”

苔丝试图对他规劝几句，但在关键时刻，却说不出一句流利的话，于是他毫无顾忌地说了下去：

“好啦，你所提供的这个乐园也许不亚于任何别的乐园，但是，苔丝，我得跟你郑重地说。”德伯维尔站起身来，凑得更近了，他把身子侧倒在麦捆之间，胳膊肘撑着脑袋，“自从我上次见到你，我就一直思考着你告诉我的他所说的那些话语。最后我认为，那些庸俗、陈旧的见解，似乎缺少一定的常识；我怎么能被可怜的克莱尔牧师的热忱所激发起来，那么发疯地、比他更狂热地去讲道呢？这一点连我自己也弄不明白！至于你上回学着你丈夫

1.《圣经》中的人物，由于丢弃良心而被交给魔鬼。
2. 指圣保罗。

所说的那番话（我还不知道你那个宝贝丈夫的尊姓大名呢），也就是所谓的一种不含教义的道德体系，我想我无论如何也达不到。”

“怎么，如果你不能相信你所称的那种教义，那你至少得有仁爱和纯洁的信仰。”

“哦，不！我完全不是那种人！我这个人呐，如果没人可说‘你这样做死后必有好处，你那样做死后必然遭殃’，那我就提不起劲儿来。去它的吧，如果我没有什么可负责的人，那我就觉得也不会对自己的行为和情感负责了。我若是你呀，亲爱的苔丝，我也不会对任何东西负责！”

她试图反驳，告诉他，在人类的早期，神学和道德有着根本的区别，而在他的大脑中，这两种概念却混淆在一起了。但是，一来由于克莱尔原先言不尽意，二来由于苔丝文化很低，三来由于她只富有情感，不善于评理，因而她最终未能反驳。

“好啦，反正没关系。”他接着说，“亲爱的，我来了，我们又和以前一样在一起了！”

“和以前完全不一样，绝不可能一样！”她恳求道，“而且，我对你从来没有过热情！哦，如果你是失去了信仰才对我说这样的话，那么，你为什么不留住自己的信仰呢？”

“因为你把我的信仰都从我身上撵走了，所以你这张漂亮的脸蛋就等着遭受报应吧！你的丈夫很少想到，他所教你的东西将怎样报应到他自己头上！哈哈！你虽然使我离经叛道，可我仍然异常高兴！苔丝，你比以往更使我心醉神迷，而且我也很可怜你。虽然你守口如瓶，可我看得出来，你的处境很糟——那个本该保护你的人，反而一点也不理睬你。”

她嘴里的食物咽不下去了，她两唇发干，马上就要噎住了。草垛下，人们吃喝时的说笑声，在她听来好像是在半里路之外呢。

“对我来说，这种话真是太残忍了！”她说，“如果你还有点儿想关心我，你怎么能——怎么能对我说出这种话呢？”

“当然关心你喽！”他态度缓和了一点，说，“苔丝，我上这儿来，并不是因为我做了错事而来责怪你。我来这儿，是为了跟你说，我不愿让你像现在这样干活，我特意为你而来。你说你的丈夫不是我，你说你另有一个丈夫。好吧，或许你真的另有一个，可我却从来没有见过他呀，而且你也没把他的名字告诉我，他似乎只是一个神话里的人物而已。而且，即使你真有一个，我也觉得远水救不了近火。不管怎么说，至少我想帮你一把，使你摆脱困境，可他却不想，他根本就不露面！有位严厉的预言家，名叫何西阿[1]，他有一段话，我以前很喜欢念，现在我又回想起来了。苔丝，你知道这段话吗？是这么说的：‘她必追随她的情人，但却追不上他；她必寻找她的情人，但却寻不见，于是她说，我要归回前夫，因我那时的光景比如今还好。’……苔丝，我的马车就在山脚下等着呢，你是我的爱人，不是他的！我们接下去该怎么办，你当然明白。”

他说这番话的时候，她的脸色逐渐变得一片深红，但她始终没有答话。

“你是造成我堕落的原因，”他边说边伸出手臂朝她的腰肢搂去，“你应该心甘情愿地和我分担这一后果，永远甩开你称作丈夫的那头蠢驴吧。”

苔丝吃煎饼的时候，脱下了一只皮手套，放在膝上，现在，她出其不意地抓起手套，怒气冲冲地照着他的脸部打去。那手套和斗士的手套差不多，又重又厚，直接打到了他嘴上。富于幻想的人，也许会以为这是她穿盔甲的祖先们惯常使用的手段再度发作。亚雷克斜靠着的身子疯狂地跳了起来。在被她所打的地方，鲜红的血渗了出来，不一会儿，鲜血就一滴一滴地从他嘴上淌在麦捆上。但他很快就控制了自己，压住怒火，从衣袋里平静地掏出手

---

1. 公元前 8 世纪希伯来先知。以下这段话，引自《圣经·旧约·何西阿书》第 2 章第 7 节，有个别改动。

绢，擦着他出血的双唇。

她也跳了起来，但是又跟着坐了下去。

“来吧，惩治我吧！”她边说边看着他，那眼神显得极为绝望，就像一只被人逮住的麻雀，眼看就要被人扭断脖子，所以只能怒目而视，“抽打我吧，掐死我吧，不必顾及底下那些人！我绝不会发出一声喊叫。一次吃亏，永世倒霉——这就是法则！”

“不，不，苔丝，”他温和地说，“这种情况，我完全可以体谅。不过，有件事情，你是最不应该忘记的，若不是你让我无能为力，我恐怕早就娶你了。我曾直截了当地求你当我太太，你说是吧？回答呀。”

“是的。”

“都怪你不能答应我。不过，记住一件事吧！”他回想起他原先求她时的诚心诚意，又想到了她眼下的这种无情无义，不禁怒火中烧，声音也变得生硬，他跨到她的身前，一把抓住她的肩膀，把她抓得直打哆嗦，“记住，我的夫人，我曾经是你的主人！我会再次成为你的主人。只要你做男人的老婆，那就是做我的老婆！”

下面打麦子的人开始动弹了。

“好啦，我们也不必争嘴了。”他边说边放开她，“现在我得走了，下午我会再来听你回音的。你还不太了解我这个人的脾性呢！可我是了解你的。”

她没再开口，好像晕过去了。下面的人们开始站了起来，伸展着胳膊，好像要把喝进的啤酒摇晃下去。这时，德伯维尔也跨过麦捆，下了梯子。接着，打麦机又响起来，苔丝在重新响起的麦秸的沙沙声中，又一次走到圆筒旁边的原先的位置上，仿佛在梦中一般，一个接一个地无止境地解着麦捆。

第四十八章

下午，场主告诉大家，那垛麦子必须当夜打完，因为晚上有月亮，干活看得见，再说，打麦机的主人第二天得把机器租给另外一个农场。这么一来，机器的震动声、嗡嗡声以及麦秸的沙沙声，比先前更加连续不断、极少停歇。

苔丝一直干到下午三点钟左右快吃点心的时候，才抬起头来，朝四周看了一下。只见亚雷克·德伯维尔又来到这里，站在栅栏门边的树篱下面。她看到他，也不觉得怎么惊奇了。他见到她抬起头来，就温文尔雅地朝她挥了挥手，并且给了她一个飞吻。这一动作表示，他们先前的争吵已经成为过去。苔丝重新低下头来，变得小心谨慎，再也不往那个方向看了。

下午的时光就这样慢慢地流逝。麦垛越来越低，麦秸垛则堆得越来越高，一袋一袋的小麦也都装上马车运走了。到了六点钟的时候，麦垛只剩下跟肩膀一般高的量。但是，尽管那贪得无厌的机器狼吞虎咽地吃掉无数麦捆，可还没有打过的麦捆还是多得数不清。已经打开的麦捆全由苔丝和一个男工喂到机器里，大部分麦子都从苔丝手里经过。早晨还什么也没有的地方，现在居然堆起一大垛麦秸，就像是那个嗡嗡作响的红色怪兽的排泄物一样。整个白色天空中一直布满云彩，但是到了傍晚，西边的天空却喷射出愤怒的阳光（这就是在疯狂的三月里所能见到的日落情景），照在打麦工人那一张张疲惫不堪、满是汗水的脸上，给他们染上了一层铜的色泽，同时也照耀到妇女们飘拂的衣裙上，让衣裙变成一片片温和的火焰，燃烧着贴在她们身上。

打麦的人一个个腰酸背痛，气喘吁吁。往打麦机里喂料的人已经精疲力竭，苔丝可以看到，他那红色的后颈沾满了灰尘和麦糠。苔丝仍旧站在她原先的位置上，她那发红的、流着汗水的脸上，也沾满了灰尘，她那白色的布帽，也被灰尘染成了棕色。女工中间，只有苔丝一个人在打麦机上占着位置，随着机器的旋转，她的身体也不断地震动，由于麦垛越来越少，玛莲和伊丝也与苔丝分开了，这样，她们就不能像先前那样相互替换了。机器连续不停地颤动，苔丝身上的每一根神经都受到了震动，把她震得全身麻木，恍恍惚惚，就连双手的活动也全然觉察不出。她几乎不知道她在哪里，也听不见伊丝在下面跟她说，她的头发散了。

原先脸色红润的人，也渐渐地变得惨无人色，眼睛睁得又大又圆。一旦苔丝抬起头来，她总能看到越堆越高的麦秸垛，在北方灰色天空的衬托下，垛顶上站着只穿着衬衫的男工。麦秸垛的前面，是长长的红色起卸机，就像雅各所看见的梯子一样。起卸机上，打过的麦秸源源不断地升起，就像是黄色的河流涌上山岗，滔滔不绝地在麦秸垛上喷溅。

苔丝知道，亚雷克·德伯维尔仍在附近的什么地方观察她，但到底是哪个地点，她却说不出来。他留在这里总有借口，因为当麦垛快要打完的时候，麦垛底下总是会有一些耗子，得把它们打死，到了那时，与打麦子无关的人也都前来帮忙，那都是一些爱好猎奇的各式各样的人物，有牵着小猎狗、拿着滑稽烟管的上等人，也有抓着棍棒和石头的粗鲁人。

但是，还得干个把钟头，才能拆到藏着耗子的底层麦捆。这时，亚伯瑟纳尔方向的巨人山上的夕照已经消失，三月里面容苍白的月亮，已经从另一方向的中顿寺和肖兹津的地平线上冉冉升起。干到最后一两个小时的时候，玛莲老是对苔丝放心不下，不过，她也无法接近她，无法跟她说话，别的女工能靠喝酒提神，可苔丝却不行，因为在童年时代被父亲酗酒的情形吓坏，所以她历来滴酒不沾。不过，苔丝仍能撑着，假如她干不了这门差事，她就会丢掉这个饭碗，对这种失业的可能性，若是发生在一两个月以前，她会处之泰然，甚至会感到如释重负，但是现在，由于德伯维尔开始出没于她的周围，她就非常害怕失业了。

搬麦捆的人和喂料的人已经把麦垛弄得很低了，站在地面上的人都能与他们交谈了。令苔丝吃惊的是，场主格罗比这时爬上机器，来到她身边，跟她说，如果她想去会她的朋友，那她就可以去了，他会打发别人来替她。她知道，场主所说的朋友是指德伯维尔，她也知道，场主是听从了那个朋友（或仇敌）的请求，才作出这样的让步。可她摇了摇头，继续苦苦地干着。

后来，逮耗子的时刻终于到了，于是大家动手逮了起来。随着麦垛越来越低，耗子也越来越往下面逃，到最后，它们全都集中在麦垛的底层，当它们最后的避难所被人揭开的时候，它们就在毫无遮挡的平地上四处逃窜。突然，直到这时都半醉半醒的玛莲失声尖叫起来，她的同伴们马上明白，有一只耗子窜到她身上去了，其余的女工们立刻害怕起来，使出各种各样的办法来保护自己，有的把裙子扎了起来，有的站到了高处。那只耗子最后总算弄出来了，接着，狗开始吠叫，男人也喊，女人也嚷，人们又是咒骂，又是跺脚，在这样的一片吵闹、一片混乱之中，苔丝解开了最后一捆麦子；打麦机的圆筒慢慢地停了下来，嗡嗡的声音也中止了，苔丝走下了机器，来到地面上。

那个只站在旁边看着别人捕打耗子的德伯维尔，现在一下子窜到了苔丝身边。

“你到底怎么啦——连打你的嘴巴都赶不走你吗？”她有气无力地说，她已经累到了极点，没有气力大声说话。

“我若是因为你的言行而生气，那可真是太傻了。”他用在特兰岭时的那种诱惑人的声音回答说，“瞧你这双胳膊这双腿，一个劲儿地颤抖！你是多么虚弱啊，像一头放了血的小牛，你应该知道你现在多么虚弱。本来嘛，自从我到了这里，你什么活儿也不用再干了。你怎么这么倔强呢？我可是告诉过那个场主的呀，说他没有权利雇用女工来干蒸汽打麦机上的活儿。叫女工干这种活是根本不应该的，好一些农场上早就不这么干了，这一点，那个场主很清楚。好啦，现在我送你回去吧。”

“好吧，”她精疲力竭地走着说，“你愿送就送吧！我的确想过，你来求我嫁给你的时候，并不知道我的情况，不知道我已经结过婚了。也许——也许你比我想象的要好一点、也善良一点，凡是你对我好心好意做的事，我都领情，不是好心好意做的事，我都记恨。有时候。我真的弄不清你到底有什么目的。”

“如果我没有能力让我们以前的关系合法化，那我至少可以帮助帮助你。我以后帮助你时，会更多地顾及你的情感，不会像以前那样。我一时的宗教狂，或者叫别的什么吧，现在已经过去了。但是我还保留着一些好品性；至少我希望是这样。苔丝，现在以男女之间一切温柔、炽热的情感起誓，相信我吧！我有足够的、绰绰有余的钱，能使你摆脱困境，能使你以及你的父母、你的弟弟妹妹有吃有穿。只要你对我表示信任，我就能让他们全都过得舒舒服服。”

“你近来看过他们啦？”苔丝急忙问道。

“是的。可他们不知道你在什么地方。我只是偶然发现你在这儿。”

这时，苔丝来到了她所寄寓的那幢茅屋的外面，停住了脚步，德伯维尔也站在她的身边，清冷的月光透过围篱的树枝，斜照在苔丝疲惫不堪的脸上。

“别提我的小弟弟小妹妹，别让我的精神彻底垮下来！”她说，“如果你想要帮助他们（上帝知道他们需要帮助），那你就帮助他们吧，但是不要告诉我。可是，不，不要你的帮助！”她叫道，“我不愿从你这儿得到任何东西，不管是给我还是给他们，一概不要！”

他没再送她进门，因为她和那户人家住在一起，屋内的一切都是公开的。她走进屋子，在洗衣盆里洗了洗，跟那一家人一起吃了晚饭，紧接着，她就苦苦思索起来，她走到靠墙放的桌子旁，在自己一盏小灯的灯光下，情绪激昂地写起信来：

我的亲丈夫——让我这么称呼你吧——我必须这么称呼你——即使我这样做会惹你生气，会让你觉得我是一个毫无价值的女人。我处境危难，我必须哭泣着求救于你——因为我没有别人可以求救！安琪，我身边无人保护，这般受人诱惑。我不敢说出这个人的名字，也根本不愿意将这种事写信告诉你。但是，我一心依附着你，你很难想象这种依附的程度！你难道不能趁任何可怕的事情还没有发生，立刻上我这儿来吗？哦，我知道你来不了，因为你远离这个地方！如果你不能马上就来，也不能叫我马上到你那儿去，我想我只有死路一条了。你给我的惩罚是我应得的，我理所当然应该接受，这一点，我知道得很清楚。你对我发怒，完全是公正、应当的。不过，安琪，求你不要大讲公正了，稍微待我客气一点，上我这儿来吧，即使我不配享受你的慈悲，也求你上我这儿来一趟吧。如果你来了，我就可以死在你的怀里了！只要你宽恕我，我就会心甘情愿地死去！

安琪，我完全是为你而活。我太爱你了，不会责怪你离我而去，况且我也知道，你必须找到一个农场。别以为我会对你说一句刻薄或厉害的话。只是回到我身边来吧。哦，亲爱的，没有你，我是多么孤单，多么凄凉啊！打工干活我倒不在乎。只要你肯写一行字告诉我，说你很快就会回来，那我就会等下去，安琪，高高兴兴地等下去！

自从我们结婚以后，我的信仰就是：我的每一个念头、每一道目光都忠诚于你，若是有人趁我不在意时对我说一句恭维话，我都觉得对不起你。难道你现在就没有一点在奶牛场的时候你对我有过的感情吗？如果有的话，你怎么能一直远离我呢？安琪，我是同一个女人，是的，是你以前爱上的那同一个女人，一点也没变！不是那个你讨厌的但从未见过的女人。一旦我遇见了你，那过去对于我又能算得了什么呢？那个过去已经彻底死亡。我已变成了另一个女性，从你身上完全获得了新生。我怎么可能还是从前那个女人呢？这一点你为什么看不到呢？亲爱的，如果你有一点自豪感，如果你相信自己具有强大的力量，把我变成了前后两个人，那么，你也许就会想到回来找我，找你这个可怜的妻子。

当时，我沉浸在幸福之中的时候，我曾相信你会永远爱我，我那时多傻啊！我早该想到，像我这种可怜人，不会有那种福分的。可是我感到伤心，不仅是因为过去的日子，还因为现在的时光。想一想吧，老是见不到你，这——这是多么刺痛我的心啊！唉，我的心每天都在作痛，时时刻刻都在作痛，假如我能使你那颗亲爱的心每一天能够像我这样痛上一分一秒，那么，你也许就会怜悯你这个孤苦可怜的妻子了。

安琪，别人还说我模样好看呢（一字不差地告诉你吧，他们用的是“长得漂亮”这个字眼）。

也许我长得和他们说的一样。但是，我并不珍视我这种容貌。亲爱的，我之所以愿意保留这种容颜，只是因为它属于你，只是因为我觉得我至少有一样东西值得你占有。我这种感觉非常强烈，因此，出门的时候，我就把脸裹起来，就像绑了绷带似的，免得惹出什么麻烦。哦，安琪，我告诉你这一切，并不是虚夸，你肯定知道我不会虚夸，我对你说这些话，只是想让你能上我这儿来！

如果你真的不能上我这儿来，那就让我上你那儿去吧！就像我刚才所说，我现在遇到了麻烦，可能会被迫去干我不愿干的事情。当然，我丝毫也不会屈服，可是我害怕极了，担心会发生意想不到的事件，而我正因为有了第一次的失足，现在才变得凄苦无助。有关这件事，我不愿多说——这太让我痛苦了。可是，如果我坠入什么可怕的陷阱，那么，这次的情况只会比上一次更加糟糕。哦，天哪，我简直不敢想象！让我立刻上你那儿去吧，或者你立刻上我这儿来吧！

只要能和你生活在一起，哪怕不能做你的妻子，哪怕做你的奴仆，我也心甘情愿，我也满心欢喜。只要能在你的身边，只要能看上你几眼，只要能觉得你是我的人儿，那我就心满意足了。

因为你不在这里，所以我觉得阳光不再照耀，我也不愿观看田野里的白嘴鸦和欧椋鸟，因为一看到这些鸟儿，我就回想起同你一起观看的情景，我就想你想得更难受。不论是在天上还是在地上，或是在地下，我不想别的，只想跟你见面，我的亲人哪！来吧——快点来到我身边吧，把我从威胁我的苦难中救出来吧！

你的忠诚的、心碎的 苔丝

第四十九章

苔丝这封求救的信，及时地寄到了西面方向幽雅恬静的牧师住宅，放到了早餐的桌子上。牧师居住的这个山谷，空气柔和，土壤肥沃，与弗林库姆梣相比，这儿的耕地只需略加关照，就能长出好庄稼，这儿的人们在苔丝的眼中也似乎完全不同（其实是相差不多的）。苔丝写给安琪的信要经过他父亲转寄，这也是安琪嘱咐的，纯粹是为了安全起见，免得信件失落，因为安琪怀着沉重的心情、远涉异国他乡的时候，总是把自己的行踪告诉父亲。

老克莱尔先生看完了信封上的字，就对太太说："嗨，我看这封信呐，一定是安琪的媳妇写的，安琪不是说，他打算在月底离开里约热内卢，动身回家吗？既然他告诉我们他打算这么做，那么，我想这封信会催他早点动身。"他想起了自己的儿媳妇，深深地叹了一口气，接着，他在信封上重新标上了地址，转寄给安琪。

"亲爱的人儿，我只盼他能够平平安安地回到家里。"老克莱尔太太嘟哝着说，"我一直到死，都会觉得你待小儿子太不公平了。本来，不管他信不信教，你也应该送他上剑桥，给他的机会应该跟其他两个孩子一样多。要是上了剑桥，经过耳濡目染，他一定会转变，到后来或许还能当牧师呢。而且，不管能不能当牧师，反正只要你送他上了剑桥，事情就显得对他公平一些。"

有关儿子们的事，老克莱尔太太抱怨丈夫，使丈夫心里很不好受的，也只有这么几句。而且，她也不经常抱怨，因为她这个人既虔诚，又很能体谅别人，她知道丈夫心里也很不好受，觉得自己在这件事上没有做到一视同仁。老克莱尔太太经常看到丈夫在夜间无法入睡，一面为安琪叹息，一面又抑制叹息，向上帝祈祷。然而，这个福音派教徒，毫不妥协，即使到了现在，他仍坚持认为，没送小儿子上大学的做法完全正确，这个不信宗教的儿子就不该享受与两个哥哥同等的大学教育，如果受了大学教育，他或许很有可能利用所学知识来诋毁父亲的一生信仰和竭力宣传的教义，也会反对他两个哥哥所担任的圣职。若是一面扶助两个信奉宗教的儿子，一面又用同样的方式扶助另一个不信宗教的儿子，那么，这就与他的信念、他的地位、他的希望极不相符。尽管如此，他又疼爱这个起错了名字的安琪，并因为自己的做法而默默为安琪难过，恰似那位亚伯拉罕，一面把注定死亡的以撒带到山上，一面又为他感到悲痛万分。他发自内心的悔恨，远远苦于他太太明确表示的抱怨。

至于儿子的不幸婚姻，老两口子也很责怪自己。若是他们不让安琪去学经营农业的技艺，他绝不会结识农村姑娘。他们还不太清楚儿子与儿媳分离的真实原因，也不知道他们分离的具体日期。起初，他们以为导致分离的原因是性格不合、相互厌憎。但是在近来的一些信中，安琪却偶尔提及回来接媳妇的打算，看了信中那些话，他们觉得，那番分离也许并不像他们想象的那样，并不是没有希望破镜重圆。安琪告诉过他们，说儿媳妇住在娘家，不过，他们也不知道怎样改变现在的情况，所以也就决定不再过问此事了。

此时，苔丝致信求救的人正骑着一匹骡子，双眼盯着茫无边际的大平原，从南美洲的腹地走向有海岸的地方。他在异国他乡的这番经历非常悲惨。他到达巴西之后，不久就得了一场重病，重病之后，身体从来没有完全康复。他差不多渐渐地放弃了在那里经营农业的计划，不过，他仍抱着一线希望，所以没有告诉父母，说自己改变了看法。

随克莱尔之后到达那里的大批农业工人，也都是被什么逍遥自在、独立自主的说法所迷惑，在那里受苦受难，消损死亡，白费时光。他看到有些来自英国农场的妇女，怀里抱着婴孩，步履艰难地走在路上，婴孩突然患上热病，一命归天，当母亲的会停住脚步，用两只空手在蓬松的土地里掘一个小坑，又用一双空手把婴孩掩埋起来，掩埋完了，洒下一两滴泪水，又继续朝前跋涉。

克莱尔原先并没有打算去巴西，只是打算到英国东部或北部地区的农场去。他完全是出于一时绝望才远离故土，当时，英国农业劳动者中间出现的巴西热恰巧迎合了他想逃避过去的愿望。

在国外期间，他的心境仿佛老了十多岁。他现在觉得该珍视的不只是人生的美丽，更多的则是人生的哀婉。他本来就不相信过去的神秘宗教，现在则开始不相信传统的道德观念了。他觉得那些观念应当予以纠正。谁是有道德的人？说得更贴切一点，谁是有道德的女人？一个人人格的美与丑，不在于达到的结果，而在于他的目的和冲动；对一个人的真实评价，不能只看他的历史，还要看他的将来。

那么，怎样评价苔丝呢？

一旦以这种眼光看待苔丝，克莱尔就后悔当初不该那般轻率地评判苔丝，心里不免感到难过。他是永远把她遗弃了，还是暂时把她甩开了？他是再也说不出永远把她遗弃的话，必须说，他现在已在精神方面接受她了。

克莱尔对苔丝逐渐旧情复萌的时候，苔丝正寄寓在弗林库姆梣，那时，她还不敢冒昧地打扰克莱尔，把自己的境况或自己的感情告诉他。克莱尔也非常困惑不解，正是因为处在在这种困惑之中，他才没去考虑苔丝不愿通信的动机。这样，她那种驯顺的沉默也就被误解了。她之所以沉默，是因为她严格遵守他当时说过，后来又忘了的命令；是因为她虽然生来就有无所畏惧的气概，但却不能坚持争取自身的权利；是因为她觉得他的评判完全正确；因为她俯首听命，甘心受罚。如果他当时理解这一切，那么，她的沉默便能胜过千言万语。

当克莱尔骑着骡子，走在巴西内地的时候，还有另一个人与他做伴。那也是一个英国人，虽说他来自英国其他地区，但却是出于同样的目的才到巴西。他们两人都精神沮丧，所以拉起家常来。知心话换来了知心话。男人有一种古怪的脾性，愿意向陌生人讲述他们不肯向亲人吐露的私人事情，尤其是在远离故土的时候。这样，当他们骑着骡子结伴而行的时候，克莱尔就把那桩伤透脑筋的婚事告诉了同伴。

这位陌生的同伴比克莱尔到过更多地方，结识过更多人。他见多识广，心胸开阔，所以，这种背离社会常规的事，对于没见过世面的人来说，那真是大逆不道，但在他看来却无关紧要，就像高山低谷的一点点起伏不平无损于整个地球的圆润。他对于那桩事情的看法，完全不同于克莱尔，他认为，苔丝的过去并不能代表苔丝的将来，而且还直截了当地说，克莱尔离开苔丝是个错误。

第二次，他们遇到了一场雷雨，淋得浑身透湿。克莱尔的同伴病倒了，发着高烧，那个礼拜还没过完，就一命归天了。克莱尔等了几个钟头，直到把同伴掩埋好，才继续赶路。

对于这位心胸开阔的伴侣，除了他那平常的姓名，克莱尔还一无所知，然而，他随便说出的几句话，由于他的死亡而变得崇高伟大。对克莱尔的影响也超过一切哲学家深思熟虑的道德说教。通过比较对照，他为自己的狭隘见解感到羞愧。自相矛盾的地方潮水般地涌上他的心头。他以前不是固执地抬高古希腊的异教信仰而贬低基督教吗？然而在希腊文明中，被迫屈从不是当然的耻辱。他固然觉得，失去童贞是件可憎的事情（这种观念是从神秘教的信念一起承袭而来），但是，失去童贞是由受人欺骗而导致的。那么，憎恨失节的观念便至少有了改正的余地。想到这里，他感到无比悔恨。伊丝说过的那番话，从来就没有从他记忆中消失。现在又回到他的心头。他当时问伊丝是否爱他，伊丝回答说爱他。他又问她是否比苔丝爱得还要厉害？伊丝回答说不能，她说苔丝为了他，命都能够豁出去，她无法爱得比苔丝更厉害。

他回想起结婚那天苔丝的情形。苔丝那双眼睛老是盯着他，不离他的身影。苔丝那双耳朵老是听着他，仿佛他的话语就是上帝的话语！在那个可怕的晚上，他们坐在炉前，她那颗单纯的心灵向他坦白，在炉光的照射下，她那张脸看上去是多么可怜呐，但是，她怎么也不能想到，他会翻脸不认人，不再爱她，也不再保护她。

就这样，他从她的批判者变成了她的辩护人。以前，他因苔丝的事挖苦自己，但是，一个人活着总不能老是挖苦人，因此，他也就放弃了那种愤世嫉俗的态度。他之所以采取那种错误的态度，全是因为受到普遍道德规范的影响，而没有看到这件事情的特殊性。

但是这种评说未免有些陈腐，以前，当情人的和当丈夫的也遇到过这种情况。克莱尔对苔丝一直很严酷，这毫无疑问。男人经常这样严酷地对待他们所爱的或是曾经爱过的女人，女人也是这样对待男人。但是，这种严酷从宇宙普遍的严酷中产生出来，所谓普遍的严酷，包括地位对性格的严酷、手段对目的的严酷、今天对昨天的严酷、将来对今天的严酷。与这些严酷相比，男女之间的严酷只能算是一种温情。

苔丝那勇武的德伯维尔世家，以前让克莱尔觉得毫无生趣、令人厌恶，现在却让他觉得趣味横生、触人心弦。他以前为什么没有看出这类事情上政治价值和艺术价值之间的区别呢？在艺术方面，苔丝的德伯维尔世家，意义极其重大，它尽管没有任何经济价值，但是对于富于梦想的人以及感叹盛衰的人来说，却是最有用的东西。这一事实，也就是可怜的苔丝在血统和姓氏方面那点与众不同的地方，很快就要被人遗忘，尽管她与王陴的大理石牌坊和铅棺材里的尸骨有着世袭的联系，但这一事实将永久被人遗忘。时间也是这样粗暴地摧毁了他自己的罗曼史。如今，克莱尔一遍又一遍地回想着苔丝的容貌，他觉得苔丝脸上能够看出庄严的闪光，这一定是从她远祖那儿继承而来。正是这种回想，使他又体验到了以前所经历过的那种电流通过全身的感觉，使他觉得自己快要晕倒了。

尽管苔丝的过去受到玷污，但是像她这样的女人，就凭身上现在所存留的东西，也远远胜过别的处女的清新。以法莲拾取的剩下的葡萄，不是强过亚比以谢所摘的新鲜葡萄么？[1]

这种旧情复萌的情况，正好发生在苔丝书写那封倾诉衷情的信件之前，接着，是克莱尔的父亲把那封信转寄给了他，不过，由于克莱尔远在内地，信件一时难以寄到他手中。

但是，克莱尔接到信后会不会回来呢？写信人对此所抱的希望有时很大，有时很小。她之所以不抱什么希望，是因为她想到，导致他们分离的她生命中的那些事实，至今没有改变，也永远不会改变，既然当初同居一室都不能消除隔阂，现在天各一方就更不可能。虽说如此，苔丝却满怀柔情地想着，一旦克莱尔回来，她该怎样讨他欢心。她唉声叹气，怨自己当初听他弹竖琴的时候，没有留心听他弹的是什么曲子，也没有询问他最喜欢听乡村姑娘唱哪种民谣。这时，恰好安比·西德林从塔尔勃塞跟随伊丝来到了这里，苔丝就拐弯抹角地向他探问，安比碰巧记得，当初为满足奶牛场老板的要求，他们为引出牛奶所唱的那些民谣中，克莱尔好像最喜欢《爱神的花园》《我有猎苑、我有猎犬》以及《天刚破晓时》；他好像并不喜欢《裁缝的裤子》以及《我长得这么漂亮》，虽然这也是两首很好的民谣。

---

1. 这里是引用《圣经·旧约·士师记》第8章第2节的比喻。

唱好这几首他喜欢的民谣，是她发自内心的愿望。空闲的时候，她就暗自练习，尤其是练习那首《天刚破晓时》：

起来，起来，起来！
园中百花盛开，
采一束美丽的鲜花，
献给你的所爱。
在这早起的五月时光，
天色刚刚破晓，
一只只斑鸠和小鸟
在枝头垒着新巢！

在这又干又冷的日子里，每当她离开其余的姑娘，单独干活的时候，她就唱着这些民谣，听到她的歌声，就是铁石心肠也要被她融化。她一面歌唱一面思索，觉得她的爱人终究不会回来听她唱歌，想到这里，泪水顺着她的双颊滚滚直淌，而且那简单朴素的歌词也变得余音袅袅、回荡四方，仿佛在痛苦地嘲弄歌唱者那颗破碎的心。

苔丝沉溺于这种幻想之中，似乎不知道季节的更替，不知道白昼越来越长，报喜节很快就要来临，接着就是旧历报喜节，那时，她在这儿打工的期限也就满了。

但是，没到那个结账日，就发生了一件事情，使苔丝的心思完全移到另一方面去了。一天晚上，她像平时一样，坐在寓所楼下，和那一家人待在一起，忽然，有人敲门，说是要找苔丝。苔丝朝门口望去，只见一个身影，背着逐渐暗淡下来的光线站在那里，根据身材的高矮，这像是一个妇人，根据身材的粗细，这又像是一个小孩，在黄昏的余晖中，苔丝没有认出这个又高又细的姑娘，接着，那姑娘叫了一声“姐姐”。

“怎么，原来是丽莎？”苔丝用吃惊的腔调问道。一年多以前，苔丝离开家乡的时候，她这个妹妹还是个孩子，可现在，却一下子长高了，出落成这个样子，就连丽莎自己也弄不明白是怎么回事。她那两条细长的腿露在裙子下面，她那条裙子，以前显得很长，现在已经显得很短，她的一双手也显得很不自在。这些都表明了她的年轻和天真。

“是俺，姐姐，俺都奔走一整天了。”丽莎带着不动感情的严肃态度，说，“俺好不容易找到你，这会儿累极了。”

“家里到底怎么啦？”

“妈妈病得很厉害，大夫说她不行了，爹身子也不太好，还老是说，像他这样高贵的人家，不该像平常的人们那样当牛做马，俺们都不晓得该怎么办才好。”

苔丝一听这话，站着愣了老半天，然后才想起来叫丽莎进屋里坐。丽莎走进屋里，坐了下来，喝了一点茶，这时，苔丝已经打定主意了。她必须立刻回家。她的合同要到四月六号的旧历报喜节才能满期，但是从现在算起，剩下已经没几天，所以她大胆决定，立刻动身回家。

当晚动身，可以赢得十二个钟头，但是她妹妹不到明天是没有力气再走那么远的路了。苔丝跑到玛莲和伊丝的住处，把自己家里发生的事情告诉了她们，并托付她们好好地替她向场主说明原因。返回自己的寓所之后，她给丽莎做了晚饭，让她吃了，并叫她在自己的床上睡下来，吩咐她第二天早晨再走，接着，她把自己的物品尽量装进一个柳条篮子，便动身上路了。

第五十章

时钟敲了十下的时候，苔丝就投入了春天凉飕飕的夜色之中，在清冷的星光下，开始了十五英里路的行程。在偏僻的地方，黑夜对于无声的步行者来说，不是一种危险，反而是一种防护，苔丝明白这一点，所以总是抄近路，选择她在白天几乎不敢走的小径，好在那个时候路上没人抢劫，而且她一心惦记着母亲，所以也不害怕鬼怪。她翻山越岭，走了一英里又一英里，终于到了公牛冢。午夜时分，从公牛冢朝下望去，只见生她养她的那个山谷一片混沌，朦胧不清。她已在高原走了五英里路，从现在起，得在低谷里再走十英里或十一英里路，然后就是她行程的终点。在暗淡的星光下，弯弯曲曲的下山道路在她脚下勉强可辨，她走了不久，就踏上了一片与高原截然不同的土地，不仅脚步踏上去的时候感觉不同，就连空气中闻到的气息也是两样。这就是布莱克摩山谷黏性很重的土壤，这块地方也是谷中没有修筑大道的那个部分。在这种黏性很重的土壤上，迷信活动流行的时代最长。这块地方曾经是狩猎林，现在，在这夜色朦胧的时刻，它似乎恢复了过去的风貌，只见远近融合一体，古木参天，树篱郁郁葱葱。从前，这儿有被人追逐的獐鹿，有被人刺扎、按入水中的女巫，有闪着绿光、对着行人嘶嘶直叫的小妖精，现在，人们仍相信这些东西的存在，把这个地方弄成了妖魔鬼怪的聚集场所。

在纳托堡，她路过村里的旅店，店面的招牌嘎吱作响，回应着她的脚步声。附近除了她自己，没有一个人影。但她心里想到，茅屋顶下的那些人，正在放松筋骨，伸开身子躺在黑暗之中，上面盖着用紫色布片缝缀起来的被子，借助睡眠来消除疲劳、恢复精力，以便明晨汉勃勒顿山上刚刚露出一丝曙色时，能够重新开始劳动。

三点钟的时候，她走完了弯来弯去的道路，拐进了马洛特。进村的时候，她路过她以前参加游行会时跳过舞的那块草地，她回想起她是在这儿第一次遇见安琪·克莱尔，可他却没有邀她跳舞，为此，她现在仍然感到失望。在她家房屋的方向，她看到一道灯光。这是从卧室的窗口射出来的，有根树枝在它前面晃来晃去，把灯光弄得忽明忽暗，仿佛是在对她使着眼色。一旦她能辨清房子的轮廓（屋顶已用她的钱重新翻盖），昔日的全部印象便出现在苔丝的脑中。这所房子仿佛是她身体和生命的一个部分：天窗上的斜坡、山墙上的顶端、烟囱上的裂缝，全都与她息息相关。在她看来，这些东西现在都显出不省人事的样子，表示她的母亲已经病入膏肓。

她轻轻地把门打开，没有惊动任何人。楼下那间屋子空无一人，不过，看护她母亲的一个邻居走到楼梯口，轻轻地跟她说，她母亲的病情还是不见好转，这会儿正在睡觉。苔丝先弄点东西吃了，然后在母亲的卧室担起看护的职责。

早晨，当她看着弟弟妹妹的时候，只见他们全都显得特别瘦长，虽说她离家才一年多一点，可他们的生长发育却令人震惊，她现在得一心一意地照料他们，所以也顾不得自己的烦恼了。

她父亲还是患着那种病情不明的疾病，像往常一样坐在椅子上。但是，在苔丝到家后的第二天，他却显得特别开心。他说他想出一个合理的生活计划，苔丝便问他是什么样的计划。

他说："俺正在琢磨着，想给英国这一带的古玩收藏家每人寄一封信，叫他们捐款赞助俺。俺敢说，他们一定觉得这事儿富有浪漫色彩和艺术气息，也是他们力所能及的。他们肯花那么多钱去保存古迹，去寻找人骨头什么的，他们若是知道有俺这样的活古董，那一定会更加感兴趣。最好能有一个人，到各个地方去告诉他们，说他们中间有个活古董，可他们直到现在还没重视起来！要是那位发现俺的特林厄姆牧师还活着，俺敢说，他一定能办好这桩事。”

苔丝顾不得与父亲争辩这一伟大的计划，因为她原先接济的那些钱，并没有使家里的境况得到什么改善，所以现在家里有很多事情急需她处理。家务事缓解下来之后，她又开始注意户外的庄稼活。现在正是栽插和播种的季节，村民的很多园子和分派的土地都已经耕作完毕，可是德贝菲尔家的园子和分派的田地却一点也没动手。她惊愕地发现，土地之所以没有栽种，是因为他们把山芋种全都吃光了，这真是不顾将来人的最大过失。她赶紧向别人弄了一些秧子，设法作了补救，过了几天，经过苔丝的努力劝导，她父亲也能出来看管园子了，而她自己则担负起那块分派地里的活儿，那是他们从离村子两百来米的地里分租来的。

她母亲的病情已经有了好转，不用她在床边伺候了，在病人的房间里待了一段时间之后，来到户外种地，她当然很乐意。干活时的剧烈的动作可以使她忘记烦恼。这块地被圈在又高又干燥的开阔的围子里，那个围子里有四五十块这样的田地，当白天的雇工收工的时候，那儿的活儿才干得最火热。通常是在六点钟开始挖地，一直延续到黄昏时分或月亮出山的时候。那时，许多田地都在烧着一堆一堆的杂草和垃圾，天气干燥，正适合人们烧杂物做肥料。

在一个晴朗的日子里，苔丝和丽莎在地里干活，一直干到太阳最后的光线平射到作为地界的白色木桩上。太阳落下山去，暮色苍茫，燃烧的杂草和菜茎的闪光开始一阵一阵地照亮农田，浓烟随风飘荡，田地的轮廓在浓烟下忽隐忽现。当火光冒出来的时候，一片片地横吹在地面上的浓烟，也被映成了暗淡的发光体，把干活的人们彼此隔绝开来，看到这种情形，就不难理解白天是墙、晚上是光的“云柱”[1]是怎么回事了。

天色越来越暗，一些在园子里干活的男男女女已经收工回家，但大多数人还留在远处地里继续干活，其中就有苔丝，不过，她已经叫妹妹先回家了。在一块烧着杂草的田地里，苔丝手拿叉子，正在干活，叉子上的四根闪闪发亮的尖齿，一碰上石头和干硬的土块，就咔嚓直响。有时候，她被黑烟完全笼罩，接着，浓烟消散，她的身体又显露出来，让火堆上冒出来的古铜色火焰映射着。今晚，她穿得很奇怪，实在有些显眼，她在洗过无数次、褪成白色的长裙上罩了一件黑色短衫，整个人看起来，好像是参加婚礼的人和参加葬礼的人合成了一体。她后面的一些女人都穿着白色围裙，朦胧中，只能看到她们苍白的脸和白色的围裙，除非火光照射在她们身上，才能看清她们的全身。

朝西面望去，只见在低垂的灰色天空衬托下，荆棘筑成的树篱高高耸起，构成地界，树枝上还没长叶儿，光秃秃的，像铁丝似的。上方，木星像一朵盛开的水仙花，悬在空中，发出很强的亮光，差不多都能照出影子来。还有几颗叫不出名字的星星也在天空闪烁。远处，有一只狗在汪汪直叫，干燥的道路上，时而有马车轮子轱辘轱辘地滚过。

干草耙仍在嚓嚓作响，一息不停，因为时间还不算太晚。尽管空气清冷，但春天的气息却又鼓舞着干活的人们。这个地方，这个时刻，这种噼啪作响的火，这种神秘奇幻的光与影，都使苔丝和大家喜欢待在这里。在有霜冻的严冬，夜色像魔鬼一样降临；在酷热的夏天，夜色像情人一样降临；而在这三月的日子里，夜色降临使人心神宁静。

没有一个人看着自己的同伴，大伙儿的眼睛都盯着地面，看着翻耕过来的被火光照亮的土块。苔丝一面拨着土块，一面痴心地哼着小调，心里头几

1. 语出《圣经·旧约·出埃及记》第13章第21节。

乎不抱着让克莱尔回来听这些歌儿的希望。过了好久时间，她突然注意到有一个人在离她很近的地方干活，她发现，此人身穿粗布长衫，拿着叉子和她在同一块地里干活，她想，一定是她父亲打发来帮工的。他朝她的方向越掘越近时，她也越来越多地意识到他在附近。有时候，浓烟把他们两人隔开，接着又消散而去，使他俩彼此可以看见，但是仍和其他人隔开着。

苔丝没跟这个帮工的说话，他也没有跟她搭腔。苔丝没有思考太多，只不过觉得他白天没来地里干活，觉得他不像是马洛特的人。这也没什么奇怪的，近年来，她经常离开家乡，自然不认识所有的人。渐渐地，他掘到她的身边，他叉齿上映的火光也跟她叉齿上映的火光一样，看得非常清楚。她用叉子把枯死的杂草挑到火堆上的时候，她发现他在对面也做着同样的活儿。火光猛然一亮，她认出那是德伯维尔的脸膛。

他意想不到的出现、他那奇形怪状的模样（因为他穿着如今只有最古板的农夫才肯穿的打褶粗布长衫），让她觉得十分滑稽可笑，至于这件事本身的含义，她却没有觉察出来。德伯维尔发出了一阵低沉的长长的笑声。

"如果我好说笑话，我一定得说，我们这儿就像乐园里一样！"他歪着脑袋看着她，异想天开地说。

"你说什么？"她虚弱无力地说。

"好说笑话的人一定会说，我们这儿的情形就跟乐园里一样。你是夏娃，我就是那个装扮成下等动物的老东西，[1]来到园里引诱你。我以前信仰神学的时候，非常熟悉弥尔顿描写的那番情景。有几句是这么写的：

'皇后，路已停当，并不算远，

就在那一排桃金娘的后面……

1. 是指借蛇身而引诱夏娃的撒旦。

……如果您接受我的引导，

我能很快把您带到那边。’

夏娃说：‘那就给我引路吧。’[1]

如此等等。我亲爱的、亲爱的苔丝，你总是把我想得很坏，所以，我只是把你想要说的话说了出来，其实，我不至于那么坏。”

“我从来没说你是撒旦，也没这么想过。我压根儿没有那样看待你。除了你当面冒犯我的时候以外，我连想都没想到过你。怎么，你上这儿掘土，完全是为了我？”

“完全是为了你。为了看你。没有别的。这件粗布长衫，是我在来的路上看到挂着出售，才想起来买，为的是不让别人认出来。我来这儿找你，是不许你再像这样干活了。”

“我喜欢这样干活——这是替我父亲干的。”

“你在别处的合同已经满了吗？”

“是的。”

“下一步打算上哪儿去呢？去找你那个亲爱的丈夫？”

听到这种羞辱性的话语，她简直受不了。

“哦——我不知道！”她痛苦地说，“我哪里还有丈夫！”

“这话的确不错，照你的看法，你的确没有丈夫。但是，你有一个明天。我已经拿定主意，不管你是否反对，反正要让你过上舒服日子。待会儿你收工回到家里，就可以看到我给你送了些什么东西。”

“哎呀，亚雷克，但愿你不要给我任何东西！我不能拿你的东西！我不愿意——这样做不对！”

---

1. 引自《失乐园》第9卷第626—631行。

“这样做很对！”他轻松地喊道，“像你这样被我疼爱的女人，我不能眼睁睁地看着你受罪，而不来帮助你。”

“可是我现在挺好的！要说我受罪，那只是因为……因为……根本不是因为生活问题！”

她转过身子，又拼命地掘起土来，泪水一滴一滴地淌到叉柄和土块上。

“你是替孩子们——替你那些弟弟妹妹难过，是吧？”他接着说，“我已经考虑到他们了。”

苔丝的心猛一颤抖——他那句话击中了她的要害。他推测到了她主要的焦虑。自从她这次回到家里，她的心就热切地扑到那些孩子身上去了。

“万一你母亲有个好歹，总得有人照料孩子才行，我想，你父亲是不中用的。”

“我能帮助他。他一定会照料他们！”

“还有我的帮助呢。”

“不，不需要，先生！”

“你这话真是糊涂到家了！”德伯维尔这句话脱口而出，“嗨，他本来就以为我们是本家嘛，我帮点忙，他会不高兴吗？”

“他不会高兴的。我已把真情告诉他了。”

“那么你就更加糊涂了！”

德伯维尔愤怒地退到树篱旁边，扯下用来装扮自己的那件粗布长衫，揉成一团，扔进火里，转身走开了。

此后，苔丝再也不能继续掘地了，她觉得心神不定，她想知道，德伯维尔是不是又到她家去了。于是，她手里拿着叉子，起身回家。

在离家还有二十来米远的地方，苔丝遇见了一个妹妹。

“哟，苔丝姐姐，你快去看看是怎么啦！丽莎姐姐正在哭哩，家里面挤了许多人，妈妈的病好多了，可他们却说爹已经死了！”

这孩子只是知道这个消息非同小可，却还不知道它的悲惨。她站在一旁，一双眼睛瞪得圆圆的，看着苔丝，到后来，见到苔丝神情哀伤，她才说：

“苔丝姐姐，俺爹再也不能说话了吗？”

“可是，爹本来只有一点小病啊！”苔丝神情恍惚地说。

丽莎走上前来。

她说：“爹刚才过世了，给妈看病的大夫说，他的心肌堵死了，没法子救。”

是啊，德贝菲尔夫妇算是交换位置了，病入膏肓的人突然脱离危险，微感不适的人突然离开人间。这个消息听起来已够悲伤了，但实际上更严重。因为苔丝父亲的生命价值远超出他所做的事情，否则他活着也没有多大用处。原来，他们所住的房屋，按照租赁合约，只限三代人居住，德贝菲尔是最后一代，他一死，租期也就满了。房主早就垂涎欲滴，想把这房子腾给他那些缺房子的长工居住。再则，终身租房者就像自由保产人一样，相对独立，很不合群，惹得村里人都不喜欢他们，因此，租期一到，房子绝不会续租。

这样，曾是本郡豪门望族的德贝菲尔一家，遭遇了和祖辈的佃户一样的命运，他们的祖辈一定多次毫不客气地把无房无地的佃户驱逐出门，没想到这样的情形现在却落到了他们的后代头上。原来，普天之下，万物都在不断变化，时起时落，循环交替。

第五十一章

旧历报喜节的前夜终于到来，农业界的人全都发疯地流动，这种情形，只有在一年中的这个特别的日子才能遇见。这是履行契约的日子，人们在圣烛节那天签订的为期一年的劳务合同，从现在起就要开始生效。不愿待在老地方的农工们，现在开始迁往新的农庄。而且农工这个字眼也是从外面传进来的，本来，他们祖祖辈辈都把自己称作“伙计”。

这种一年一度的农工迁移，规模正在扩大。苔丝的母亲还是个小女孩的时候，马洛特一带的农工多半都是一辈子在祖辈生活的同一个农场上做工。近年来，年年迁移的愿望已经达到了高峰，年轻的人们总以为这种迁移不仅挺有意思，而且还可能得到好处。他们以为自己的居住之地只是普通的“埃及”，而别人居住的地方则是“福地”，可是，待到他们搬到那个福地住下之后，福地又变成埃及了，于是他们就不断地搬迁。

然而，乡村生活中越发显著的全部变动，并非完全出自农业方面的混乱。人口减少的情形也在发生。从前，和农工一起住在乡村里的，还有一班见多识广、兴趣广泛的人，比如木匠、铁匠、鞋匠、商贩以及其他一些不属于农工但很难划分身份的人。苔丝的父母就属于这帮人。他们这些人，有的像苔丝父亲一样，是房产的终身保产人，或官册保产人，偶尔也有自由保产人，因此，他们的住地和职业都相当稳定。但是，他们久住的房子租期一满，很少让他们续租，即使地主不是急需这些房子给长工住，也多半收回去拆毁。因为他们不是直接从事农业的村民，所以都不讨人喜欢，而且，若是有一个搬走，别人的生意也受到影响，只好跟着搬走。这些人家，在过去是乡村生活的骨干力量，是乡村传统风俗的保藏所，可现在，这些人只得逃往人口稠密的地区，去寻找避难之处。这一过程，按照统计学家的滑稽说法，是一种“乡村人口流入城市的趋向”，这种趋向，正如用机械迫使河水往山上倒流一样。

马洛特的房屋经过这般拆毁，已经严重缺乏，凡是没拆的房子，地主都要求收回给自己的长工住。自从那件事发生之后，苔丝的生命上已经笼罩了一道阴影。人们本来就没把德贝菲尔家的高贵出身看在眼里，一直暗中算计，只等租期一满，即使只为道德风化起见，也要把他们一家赶出村子。的确，这一家人无论是在节制方面、戒酒方面，还是在贞洁方面，都不是村里的光辉榜样。做父亲的，甚至是做母亲的，时常喝得烂醉，家里几个小一点的孩子很少有上教堂的习惯，他们家的那个大女儿，还有过离奇的婚嫁呢。总得想法子使村里的风气保持纯净。所以，刚一到可以驱逐德贝菲尔一家人的报喜节那天，人们就要他们把那幢宽敞的房屋让给一家人口很多的赶大车的住。于是，琼·德贝菲尔和她女儿苔丝、丽莎、儿子亚伯拉罕，以及其他几个小的，只得上别的地方去。

他们迁家的头一天傍晚，下起了蒙蒙细雨，阴云遮暗了天空，所以没到平常天黑的时间，外面就暗了下来。这是他们在自己生长的村庄里度过最后一夜，所以，德贝菲尔太太、丽莎，以及亚伯拉罕都出门跟朋友们告别去了，苔丝留下来看家，等他们回来。

苔丝把腿盘到窗前的凳子上，脸挨着窗子，只见窗户外面的一层雨水，顺着里面的一层玻璃往下滑动，她的眼光停留在一个蜘蛛网上，那蜘蛛大概早就饿死了，因为它结网结错了地方，那个角落里，是不会有苍蝇飞去的，而且，只要从窗缝里透进了一丝风，蛛网就会颤动起来。她尽管眼睛盯着蛛网，心里却想着家里的境况，觉得自己是家庭的祸水。假若她这次没有回来，那么，她母亲和孩子们大概能被当做短期住户，准许留下来。但是，她刚一回来，就被村里几个颇有势力、不讲情面的人看见，他们有一次看到她溜进教堂墓地，用一把小铲子把她婴孩那个快要踏平的坟墓尽力堆了起来。这么一来，他们就发现她又住到了村里来，于是责问她母亲，怪她不该“窝藏”女儿，琼·德贝菲尔当即予以严厉反驳，并说巴不得立刻离开这里，她说的话，当然被信以为真了，因此，才闹出这样的结果。

“我真不该回家。”苔丝伤心地自言自语。

苔丝沉溺于深思之中，所以，尽管她看到一个身穿白色雨衣的人骑着马顺着大路走来，却没有理会。也许是因为她的脸挨在玻璃窗前，所以他立刻就看到了她，并且拍马来到房屋前面，来到离墙很近的地方，马蹄子差点踩到墙边狭窄的花坛。此人用马鞭子敲了一下窗户，这时，她才看到他。雨差不多停了，她一看他的手势，就顺从地打开了窗户。

“你没看见我吗？”德伯维尔问道。

“我没留意。”她说，“我敢说我听见你来了，不过我觉得那声音好像是几匹马拉着一辆马车似的。我仿佛是在做梦。”

“唉！你大概是听到了德伯维尔家族马车的声音了。我想，你知道那个传说？”

“不知道。我的——有一个人曾经想告诉我，可是没说出来。”

“既然你是真正的德伯维尔的后代，我想，我也不该告诉你。至于我嘛，不过是个冒牌的，反正跟我没关系。那个传说呀，真有些怕人呢，都说那辆不见形影的马车发出的声音，只有真正具有德伯维尔血统的人才能听得见，不管是谁，一旦听见了，就是不祥的兆头。本来这是与一件凶杀案有关，凶手就是德伯维尔家族中的一员，那是几个世纪以前的事了。”

“既然你开口说了，那索性就说完好啦。”

“好吧。据说，一个姓德伯维尔的人抢了一个美丽的女人，抓进了马车里，那女的企图逃跑，他们两人就在马车里打了起来，结果，他把那个女人杀死了——要么是那个女人把他杀死了，这一点我记不清了。这是这个故事的一种说法……我看你们盆桶什么的都收拾起来了。怎么，要搬家离开这儿啦？”

“是的，明天就搬——因为明天是报喜节。”

“我听说你们要搬，但简直不能相信，太突然了，是怎么回事？”

“我父亲是这幢房屋的最后一辈租户，父亲一死，我们就没有权利在这儿住下去了。本来嘛，若不是因为我的事情，我们家还可以作为按周付房租的住户待下去。”

“与你有什么牵连？”

“因为我不是——不是正经的女人。”

德伯维尔的脸色红起来了。

“真他妈的不要脸！一帮可怜的势利眼！但愿他们肮脏的灵魂能烧成灰烬！”德伯维尔用讽刺的口气愤恨地嚷道，“这就是你搬家的原因，是吧？被人撵出家门啦？”

“也不能完全算是被人撵出家门，但是，既然人家要我们早点离开，那么，最好还是现在就走，趁大家都在奔波，也是较好的机会呀！”

“你们打算迁到哪儿去？”

“迁到王障去。我们已经在那儿定下房子了。母亲一心想上父亲的祖先那儿去，所以，就打算迁到王障去。”

“但是你母亲这一家子，到那个窟窿般的小地方租房子，太不合适了。你们干吗不上特兰岭，住到我的庭院里去呢？自从我母亲去世之后，已经不养什么鸡了，可是，你知道的那幢房子还好端端的，园子也没改变。花一天工夫，就能粉刷一新，你母亲住在那儿再舒适不过，而且，我也会把你的弟弟妹妹们安排到一所好学校里去念书。说真的，我应该帮帮你！”

“可我们已在王障找好房子了！”苔丝回答道，“我们能在那儿等……”

“等——等什么？不消说，是等你那个可爱的丈夫喽？可是，你听我说，苔丝，我知道男人的脾性，我记得导致你们分离的原因，所以，我敢肯定，他是绝不会跟你重新和好的。尽管我以前曾是你的冤家对头，可是现在，不管你信不信，我反正是你的朋友了。上我那屋子去住吧。我们可以弄一些家禽，让你母亲好好饲养，弟弟妹妹嘛，也能上学念书。”

苔丝的呼吸越来越急促，最后，她说：

“这一切你能做得到吗？我可不知道哇。你的态度也许会改变——那个时候——我们就——我母亲就又无家可归了。”

“哦，不——不会。如果有必要，我可以写个字据给你，保证不会变卦。你仔细想想吧。”

苔丝摇了摇头。但德伯维尔固执己见，她以前很少看到他态度这么坚决，他不愿接受苔丝的拒绝。

“请告诉你母亲，”他郑重地说，“这件事该由她来决定——而不是由你。明天早晨，我就吩咐人把屋子打扫干净，粉刷一新，再生上火。这样，到了傍晚屋子就干了，所以，你们可以直接动身搬去。记住，我在那儿等着你们。”

苔丝又摇了摇头。她胸中充满了复杂的情绪。她无法再抬眼直视德伯维尔。

“你知道，过去我有亏于你，”他接着说，“而且你也治好了我那阵子的宗教狂，所以，我非常高兴……”

“我倒希望你还是个宗教狂，这样，你就会一心去办与宗教相关的事了！”

“我非常高兴能有这一机会来作一点弥补。明天我盼着听到你母亲卸行李的声音……就这样一言为定吧，亲爱的、美丽的苔丝！”说到最后一句话的时候，他的声音低到了喃喃絮语的程度，并把一只手伸进了半开半掩的窗子里。苔丝的眼中顿时出现狂暴的神情，急忙拉动窗栓，结果，把德伯维尔的胳膊夹在窗门与窗框之间。

“该死——你太狠心了！”他边说边把胳膊抽了回来，“哦，不是！我知道你不是有意的。好啦，我盼着你，或者说，至少盼着你母亲和你弟弟妹妹。”

“我不去——我有的是钱！”她大声叫道。

“哪儿弄来的？”

“只要我开口，我公公会给我钱的。”

“只要你开口？可你开不了口，苔丝，我是知道你的，你宁肯饿死，也决不会开口向人家要钱的！”

说完这些话，他骑马走开了。到了村口拐弯的地方，他遇见了那个提着油漆桶的人，那人问他是不是甩开教友了。

“你他妈的滚开！”德伯维尔说。

苔丝久久地坐在原先的凳子上，觉得太不公平了，她突然一阵悲愤，热泪不由得涌满了她的眼眶。她丈夫安琪·克莱尔也像别人一样，待她太狠，一点不错，待她太狠了！她以前从未出现过这样的念头，但他无疑待她太狠了！她平生以来，从没有想到去做坏事，这一点，她可以从心坎里发誓，然而，她却遭到了这些严厉的惩罚。无论她犯了什么罪孽，反正不是有意，而是无心，既然这样，她为什么无休无止地遭受惩罚呢？

她无比激动，随手抓过一张纸，潦草地写道：

唉，安琪呀，你为什么待我这么残忍呀？！我不该受到这般惩罚。我把这件事儿仔仔细细地琢磨过了，我永远、永远也不能宽恕你！你明明知道我并不想伤害你，可你为什么这样伤害我呀？你太狠心了，真是太狠心了！我要想方设法把你忘掉。我从你的手中，得不到一点公道！

苔

她一直等着，看到邮差从门前经过时，跑过去把信交给了他，然后回到屋里，又漠然坐到窗前。

不管是写这样的信，还是写柔情缕缕的信，反正都一样。他不会因哀求而感动。事实还是事实，没有改变。并没发生新的事件，使他改变自己的看法。

天越来越黑，炉火的光芒在屋里闪耀。大弟弟大妹妹和母亲一道出去了，家里还有四个小孩子，年龄从三岁半到十一岁，全都穿着黑色衣裳，围在炉子四周，喋喋不休地谈他们自己的事情。苔丝最后加入他们的行列，但没有点亮蜡烛。

“宝贝儿，我们只能在这儿，在我们出生的屋子里，睡最后一个晚上了。”她急切地说，“我们得好好想想，是吧？”

孩子们全都一声不吭，在他们这个年龄，易受外界的影响，所以，尽管一天下来他们想起要搬到新地方去住就兴高采烈，可现在听到苔丝说了永别出生之地的伤心话，差不多都要咧嘴痛哭了。于是苔丝换了话头。

“宝贝儿，唱支歌给我听吧。”她说。

“唱什么呢？”

“会唱什么就唱什么，不要紧。”

大家停了一会儿，接着，先是出现了一个细柔的试音，随着出现了第二个声音，然后第三、第四个声音一道唱了起来，歌词是他们在主日学校里学来的：

在世上我们受苦受难，
我们相见又得分离；
到了天堂，我们永在一起。

他们四人一直往下唱着，唱的时候神情冷静，当人们早已解决疑难问题，觉得没有错儿，因而无忧无虑的时候，才会出现这般冷静的神情。他们紧绷着脸，力图咬准每个字的发音，一面唱一面凝望着闪烁不定的炉火，最小的孩子还把音拖到别人唱完之后。

苔丝转身离开他们，又走到窗口去了。外面已是黑夜茫茫，但她却把脸贴近玻璃窗，好像在窥探夜色一般。实际上，她是在掩饰自己的眼泪。假如她能相信孩子们在歌里唱的那些话，假如她不怀疑，那么，一切情形该有多么不同啊，那她就可以信心十足地把这些孩子托付给天公和他们未来的天国！但是，既然她不信那些话，她就该替他们做点事情，就该当他们的天公。苔丝和千百万别的人们一样，觉得那个诗人的下列诗句中，含有极大的讽刺意味：

> 我们不是赤裸裸地来到尘世，
> 而是驾着一团团朦胧的光辉。[1]

对于她以及和她一样的人们来说，降生人世就是一种卑鄙强制的折磨，它本身就无理，结果也不会释罪，充其量不过是减缓一点罢了。

过了不久，她看见她母亲带着高挑个儿的丽莎和亚伯拉罕，踏着湿漉漉的道路，出现在茫茫黑夜之中。德贝菲尔太太穿着木头套鞋的脚步声咯噔咯噔地响到门口，苔丝走过去把门打了开来。

“俺看到窗前有马蹄印儿，”德贝菲尔太太说，“有人来过俺家吗？”

“没有。”苔丝答道。

炉边的那几个孩子都严肃地看着苔丝，其中一个嘟哝着说：

“怎么，苔丝姐姐，不是来过一个骑马的人吗？”

---

1. 引自华兹华斯《永生的暗示》第5节。

"他没有进我家，"苔丝说，"他只是打这儿过的时候，跟我说了几句话。"

"那人是谁？"她母亲问道，"是你丈夫吗？"

"不是。他是永远、永远不会来的。"苔丝完全绝望地答道。

"那么，来的人是谁？"

"哦，你不用追问，你以前见过他，我也见过。"

"唉！他说了些什么？"德贝菲尔太太好奇地问道。

"等到明天我们在王陴的寓所里安置好，我什么都告诉你，一字不漏地告诉你。"

她刚才说，来的人不是她丈夫。然而，她心里却越来越沉痛地意识到，就肉体上来说，只有他一个人才算是她的丈夫。

第五十二章

第二天凌晨一两点钟，天还黑沉沉的，住在大路附近的人就觉得路上传来隆隆的响声，搅得他们不能入眠。这种声音断断续续，一直响到天色大亮的时候。这种声音的出现，具有一定的时间性，总是出现在每年这个月份的头一个礼拜里，正如杜鹃的啼声出现在这个月份的第三个礼拜里一样。原来，这是大搬迁的开端，是派出的空车和人手去接移居家庭的行李物品，因为在这个地方，总是由需要用人的场主派马车去把自己的雇工接到目的地。为了能在一天之内把家搬完，所以在深更半夜就闹得车声隆隆，车夫们想在六点之前就赶到迁居人家的门口，接着就把可搬动的家具等物品装上马车。

但是，却没有这样性急的场主派车来接苔丝以及她母亲的那一家子人。她和母亲不过是女人家罢了，她们不是正规的劳动力，无论哪个地方也不会急需她们，因此，她们只得自己掏钱雇了一辆马车，没有沾到免费搬运的便宜。

那天早晨，天色晦暝，刮着大风，但是，苔丝朝窗外一望，只见没有下雨，而且马车也已经来了，她因此感到一阵轻松。搬迁的家庭就怕报喜节下雨，就像怕妖魔鬼怪似的，过去发生的那番情形，人们永远不会忘记，淋湿了家具，淋湿了被褥，淋湿了衣裳，并且留下了一连串疾病灾难。

她母亲、丽莎，以及亚伯拉罕也都醒了，不过，那几个小的还在继续睡。母亲和三个儿女在微弱的光线下吃了早饭，然后动手往车上搬东西。

装车的过程中，大家高高兴兴，一两个友好的邻居也前来帮忙。大件家具装好之后，又把床和被褥搁在中间，围了个窝儿，预备给琼·德贝菲尔和几个小孩子在路上坐。车上装好以后，又等了好长时间，才把马儿备好，因为装车的时候，马的套具解下来了。最后，大约在两点钟的时候，人马全都上路，饭锅挂在马车轴杆上晃来荡去，德贝菲尔太太及其全家人高高地坐在车上，为了防止大钟的机件震坏，德贝菲尔太太就把钟抱在膝上，每当马车突然一颠的时候，钟就打一下或一下半。苔丝和她大妹妹起先走在身旁，直到走出村子，她们才坐上马车。

头一天晚上和当天早晨，他们曾到过几个邻居家，和他们告别。现在，几个邻居也来为他们送行，嘴上全都祝他们万事如愿、前途无量，心里头却暗暗觉得，像德贝菲尔这样只让自己吃亏、从不害人的家庭，是不会有什么前途的。不久，马车就开始爬坡，而且，随着地势和土壤的变化，风力也越来越强。

那一天正是四月六号，因此，德贝菲尔一家乘坐的马车在路上遇到了许多别的马车，车上装着家具，家具上坐着全家人。这种装载的方式，也是遵循一种几乎恒久不变的规矩，这种规矩对于乡民，大概就像六角形蜂巢对于蜜蜂一样，具有特殊的意义。安置在重要地方的家具总是那个碗橱，上面有着发亮的拉手和厚厚的油垢，油垢上满是手指印儿。按照惯例，碗橱总是高高地竖在车前，紧挨着马儿的尾巴。它就像是约柜似的，搬迁时非得待它恭恭敬敬不可。

搬迁的人家，有的兴致勃勃，有的垂头丧气，还有的停在路旁客店的门口；到了适当的时候，德贝菲尔一大家子也得在客店门口停下车子，给马上草料，同时也让大伙儿喝点茶水。

停车歇息的时候，苔丝忽然看到，在离同一家店不远的地方，也停着一辆搬迁的马车，坐在车上的妇女们和车下的人来回传递着一个三品脱容量的蓝色酒罐子。有一次，酒罐子往上传递的时候，苔丝的眼睛也朝上看去，只见伸手接住酒罐的人原来是她的熟人。苔丝走到那辆车旁。

“玛莲！伊丝！”她对车上的姑娘大声喊道，原来是她们跟着寄寓的家庭一起搬迁，“你们也像大伙儿一样，今天搬迁吗？”

她们说是的。弗林库姆梣那个地方太艰苦了，她们没跟格罗比打声招呼就起身离开了。她们说，格罗比若是不通情理，让他去告她们好啦。她们把自己的目的地告诉了苔丝，苔丝也把自己的目的地告诉了她们。

玛莲靠在家具上，压低声音说：“你走了以后，老是缠着你的那个先生跑到弗林库姆梣去打听你了，你知道我是指哪位先生吗？我们没把你的去处告诉他，因为我们知道，你是不愿意见到他的。”

“唉——可我还是见到他了！”苔丝嘟哝着说，“他把我找到了。”

“他知道你要搬到哪儿去吗？”

“我想他是知道的。”

“你丈夫回来了吗？”

“没有。”

这时，两辆马车的车夫都从客店里走了出来，苔丝告别了两个朋友，两辆马车又驶向各自不同的方向；玛莲、伊丝，以及她们决定跟随的那个农夫一家所乘坐的马车，漆得很亮，由三匹壮马拉着，马具上的铜饰闪闪发光；德贝菲尔一家乘坐的马车不过是个嘎吱作响的架子，简直承受不了压在上面的重物，大概自造好以来，都没有上过油漆，而且只有两匹马拉着。两辆马车一对照，就可以看出，被家道兴旺的农人派车来接，和自己搬到没人雇用的地方，显然大不相同。

路途很远，要想一天赶到真是够呛，两匹拉车的马儿也吃尽了苦头。尽管他们动身很早，但当他们来到属于绿山高地的一个山坡侧面时，已经很晚了。趁着马儿站下来撒尿和喘气，苔丝朝四周瞭望。他们面前的山下，就是死气沉沉的小镇王陴——他们这次行程的终点。那儿躺着苔丝的父亲不厌其烦地夸耀和歌咏的祖先。如果说在世界上许许多多的地点中，有一个地点可以算是德伯维尔家族的故土，那么这个地点就是王陴了，因为他们在那儿住过整整五百年。

远处，正有一个人从镇子外面朝他们迎面走来，那个人看到了这辆马车的状态，便加快了脚步。

“俺猜，你就是那位德贝菲尔太太吧？”他向苔丝的母亲问道。苔丝的母亲这时已经下了车，打算步行走完剩下的路。

她点了点头。“但是，如果俺不放弃自己权利的话，俺就是那个新近去世的穷贵族约翰·德伯维尔爵士的未亡人，眼下正要回俺们祖宗的老家去。”

“哦？这个俺一点也不知道呢。不过，你若是德贝菲尔太太的话，俺得跟你说，他们派俺来告诉你，说你的屋子已经租出去了。俺们不晓得你要来。你的信，俺们今儿上午才收到，已经太晚了。不过没关系，你当然可以在其他地方找到房子。”

那个人注意到了苔丝的脸，发现她听到这个消息以后，脸色变得惨白。母亲也束手无策，露出绝望的神色。“俺们该怎么办呢，苔丝？”她痛苦地问道，“这就是回到你祖宗的故土而受到的欢迎。不过，俺们得想方法另租房子。”

马车驶进了镇子，苔丝的母亲带着丽莎去想方设法寻找住处，苔丝留在车旁，照管其余的弟弟妹妹。一个钟头之后，她母亲回到车旁，租房子的事仍然毫无着落，这时，马车夫说，货物必须卸下来，因为马儿已经累得半死，而且回程还很远，他当晚至少得赶一段才行。

“好吧，就卸在这儿吧。”琼·德贝菲尔说，“反正俺能找到歇身的地方。”

这时，马车已经驶到了教堂墓地的墙下，驶到了一个偏僻的地方，赶马车的听到苔丝母亲那么一说，觉得正合自己的心愿，于是马上动手把那堆破烂的家具卸了下来。卸完之后，苔丝母亲付了车钱，这么一来，她几乎是身无分文了。车夫马上赶着马车离开了他们，心里头乐滋滋的，觉得不必再与这样的一家人交涉了。他想，那天晚上气候干爽，他们恐怕不会冻坏。

苔丝望着一堆家具，觉得束手无策。春天傍晚时分的清冷的斜阳，不怀好意地射到瓦罐和水壶上，射到一丛一丛在风中战栗的干草上，射到碗橱的铜把手上，射到他们全都睡过摇过的藤摇篮上，射到磨得发亮的钟壳上。所有这些家什都露出一种责怪的神色，它们本是应该摆在室内的东西，现在却不合时宜地摆到了露天之下。朝四周望去，从前用作猎园的群岭和山坡，现在被切割成小块小块的牧场。从前德伯维尔府第坐落的地方，现在只剩下一片绿色的地基，就连艾格敦荒原外围那大片旷野，从前也是德伯维尔家的地产。附近，有一道教堂的走廊，叫做德伯维尔侧廊，现在，它也无动于衷、袖手旁观。

“俺们自家的坟地总该是俺们自己的地产吧？”苔丝的母亲在教堂和教堂墓地转了一圈，回来以后说，“这当然是俺家的地产，孩子们，俺们就在这儿住下来，等到你们祖宗的故地为俺们提供住处为止！呃，苔丝、丽莎、亚伯拉罕，你们来帮帮俺吧。俺们先给这些孩子弄个铺儿歇息，俺们再到周围看看。”

苔丝无精打采地帮着忙儿，一刻钟之后，才从一堆家具中把那张四柱旧床挑了出来，支在教堂的南墙之下，这南墙就是众所周知的德伯维尔侧廊的一部分，下方，就是安葬着大墓穴的地方。那张古床的天盖上方，有一个光线很足、四面绘得格外美丽的窗户，是在十五世纪绘的，窗户上方可以看出家徽的样子，和德贝菲尔家的古印和古匙上的家徽如出一辙。

苔丝母亲把帐子挂在床铺的四周，构成了一个别致的帐篷，然后把几个较小的孩子全都安置在里面。“到了万不得已的时候，俺们也能在这儿过上一夜。”她说，“不过，俺们还是去找一趟吧，也好捎点东西，给几个小乖乖吃！唉，苔丝呀，俺们落到了这步田地，你嫁给那个阔佬也算白嫁了！”

于是，在丽莎和亚伯拉罕的伴随下，她又踏上了把教堂和小镇隔开来的那条小道。他们刚走到大街上，就看到一个骑马人在东张西望。见了他们，那人就骑过来，说：“嗨——我正在四下找你们呢！这真是故土上的合家团圆呐！”

说话的人是亚雷克·德伯维尔。“苔丝在哪儿？”他问道。

琼·德贝菲尔本人对亚雷克·德伯维尔没有好感。她只是随便朝教堂方向指了指，就朝前走去。德伯维尔走上前去，说，他刚刚听说他们没有租到房子，待一会儿要是还租不到，他会去看他们的。他们走远之后，德伯维尔骑马到了客店，过了一会儿，步行着走了出来。

在此期间，留下来照管孩子的苔丝，在那张床上跟孩子们说了一会儿话，觉得此时此刻没有办法使孩子们更舒适了，于是便起身在教堂的墓地走来走去。这时，已是暮色苍茫。教堂的门没有拴，她平生第一次走进了这个教堂。

他们床铺上方的那个窗户里面，就是德伯维尔家族几百年间安葬的地方。那些坟墓都盖有天篷，是神坛式的，样子朴素；上面的碑文已经磨灭、破损；纪念铜牌也从方框里掉落，上面只剩下一些钉眼，就像沙石悬崖上的沙燕窝。在所有使她感到她们家族已经绝嗣的残余物中，没有任何东西比这番残破的景象更具有说服力了。

她走近一块黑黝黝的石头，看到上面用拉丁文刻着：

古老世家德伯维尔之墓门

苔丝不像红衣主教那样精通教堂拉丁文，但她知道，这是她祖宗墓地的入口，里面所埋的，就是她父亲在酒酣时所吟咏的那些高贵爵士。

她默默地转身离开，经过一个最古老的神坛或墓穴时，只见上面横躺着一个人形。在黑暗中，她先前没注意到它，若不是她起了一种古怪的幻想，觉得这个雕像仿佛在动弹，那么现在走到面前也不会注意它的。当她走到这个雕像旁边的时候，立刻发现，原来那不是雕像，而是一个活人，没想到除她以外，此地还有别的活人，她一阵惊吓，不能自持，栽倒在地，差一点晕了过去，然而她很快发现，此人正是亚雷克·德伯维尔。

他从坟上跳下来，把她扶住。

“我看到你进来了，”他笑着说，“怕打扰你的沉思，就跑到那上面去了。这是同地下的那些老祖宗合家团圆，是不是呀！你听着。”

他用脚后跟朝地上狠劲地一跺，只听见从地下发出一阵空洞的回声。

“我敢说，这么一跺，就让他们震动了一下！”他接着说，“你刚才一定以为，我只不过是他们中间的一个石像而已。然而不是这样。一朝天子一朝臣[1]嘛！如今我这个冒牌的德伯维尔只要伸出一根手指头，对你所起的作用也胜过所有那些长眠地下的真正的武将……现在有什么用得着我的地方，你尽管命令我好啦！”

“我命令你走开！”她嘟囔着说。

“好吧，我走——我去找你的母亲。”他平静地说道，但是，经过她身边时，他低声说，“你记住好啦，总有一天你会对我客气的！”

他走过以后，苔丝伏在墓地的入口，说：

“我为什么偏偏待在墓门外边，而不是躺在墓门里边呢？！”

与此同时，玛莲和伊丝随着那个农夫的家产，继续朝“福地迦南”挺进，其实，这个福地只不过是别的家庭当天早上刚刚离开的普通的“埃及”。不过，她们并没有过多地思考她们要去的地方，她们所谈的，是安琪·克莱尔和苔丝，以及那个近来死缠着苔丝的人。她们一部分根据听说，一部分根据猜测，已经知道此人跟苔丝以前的关系。

“现在的情况不一样了。不同于苔丝跟那个人相识以前。”玛莲说，“既然他曾经占有过她，那么现在的情况就非同小可。如果苔丝再次被他占有，那真是万分可惜。伊丝，既然克莱尔先生绝不可能跟我们相好，那我们为什么不去成全他们，让这两口子重归于好呢？我想她丈夫一旦知道她处于什么样的困境之中，受到什么样的威胁，那他说不定就会赶回来保护他的亲人了。”

“我们能不能让他知道？”

她们一路上老是想着这件事，但是，到了目的地，她们就一心忙于安置，没工夫考虑其他的事了。一个月之后，她们定居下来的时候，虽然没有听到有关苔丝的消息，但听说克莱尔就要回来了。尽管这个消息唤起了

---

1. 原文引自丁尼生《亚瑟王之死》中的诗句。

她们对克莱尔的旧情，她们却以慷慨无私的态度对待苔丝。两人花一个便士买过一个墨水瓶，一起使用。玛莲把它打开，两个姑娘一起写了下面这封短信：

尊敬的先生：

如果您真的像您太太爱您那样爱她，那么您就快点去照看她吧。因为她正被一个伪装成朋友的敌人逼得伤透脑筋。先生，这个老是在她身边转来转去的敌人本该离她远远的呀。一个女人的力量毕竟有限，承受不了太大的压力。要知道，不断的滴水能穿透石头，甚至连金刚钻也能穿透呢。

两个好心人

她们只从克莱尔的口中听到过一个与他有关的地址：爱敏斯特牧师住宅。于是，她们就在信封上写了那样的地址，信寄走之后，她们仍然为自己的慷慨豁达的行为而激动，在这种兴奋的心情下，她们歇斯底里地一会儿唱歌，一会儿哭泣。

第七部

完结

第五十三章

傍晚时分，爱敏斯特的牧师住宅像往常一样，两支蜡烛点燃在书房的绿色烛罩之下，可牧师本人却没坐在书房里。他只是偶尔走进书房，拨一拨壁炉里的火（这天气渐渐变暖的春日里，生一点火也足够），接着又走出去。有时，他会在前门口站一会儿，接着到客厅里转一趟，然后又回到前门口。

前门是朝西面开的，在这个时刻，虽然屋内已是一片昏暗，外面却仍有一定的亮光，足以看清周围的物体。老克莱尔太太本来一直坐在客厅里，这会儿却跟着丈夫走到门口。

“时间还早得很呢。”牧师说道，“即使火车正点到达，他也得等到六点钟才能到达白垩新顿，然后还有十英里的乡间道路，其中五英里得走老灰羊路，而且，我们那匹老马走起路来慢吞吞的，根本快不起来。”

“可是，亲爱的，那匹马拉我们时，一个钟头就能走完十英里路哇。”

“那是好多年以前的事了。”

他们就这样争论着，一分钟一分钟地消磨时光，但他们清楚地知道，这种争论，全是白费口舌，最要紧的则是耐心等待。

最后，道路上终于出现了微微声响，栅栏门外，也真的出现一辆由矮小的老马拉来的马车。他们看见一个人从马车上跳下来，便充分肯定他们认识这个人。其实，假如他不是在他们等一个人这一特定时刻跳下他们的马车，而是在街上和他们相遇，那他们一定会擦肩而过，认不出他。

克莱尔太太穿过黑暗的过道，冲到门口，她丈夫跟在她身后，比她慢得多。

新来的人正要进门，便在门口看见两张焦虑的面孔，看见了这两张面孔上眼镜的反光，因为他们两个正面对着夕阳的最后残光，而他们只能看到他那背对晚霞的身影。

“啊，我的孩子，我的孩子，你总算回家了！”老克莱尔夫人嚷道，此时，她对儿子离经叛道的污点（这正是造成这次离别的原因），就跟对儿子衣服上的尘土一样，一点也不在意了。说实在的，世上的女人中，哪怕是最虔诚的，会有谁相信经文上有关祸福赏罚的话，能和她相信自己的儿女一样呢？把儿女的幸福和神学权衡相比，有谁不把神学抛在一旁？当他们一走进点着蜡烛的房间时，老克莱尔太太就打量起儿子的脸。

“啊，这哪是安琪——哪是我的儿子呀？哪是离家时的安琪呀？”她心里一阵难过，大声反问道，同时把身子转向一旁。

他父亲见到儿子这个样子，也大吃一惊。他这个儿子，当初受到家中事务的愚弄，一气之下贸然出国，在国外遭受了烦恼和恶劣气候的折磨，已经瘦骨嶙峋，和以前判若两人。现在我们所看到的他，与其说是一个人，不如说是一副骨头架子，与其说是骨头架子，不如说是幽灵。他几乎比得上克里维利[1]画中死去的基督。他那深深下陷的眼眶充满病态，眼神中也没有一丝光泽。他那些年高的祖宗的瘦削面容，已经提早二十年出现在了他脸上。

“你们知道，我在那边病了一场。”他说，“不过现在完全好了。”

然而，他说这句话的时候，双腿有些发软，仿佛要证明他在撒谎。于是他急忙坐下，免得栽倒。其实，他只是由于路途的劳顿和到家时的兴奋，有点要晕倒的感觉罢了。

“近来有我的信吗？”他问道，“你们最后转寄的那封信，我差点儿没收到，因为我在内地，信耽搁了很长时间，要不然，我或许会早点回来呢。”

---

1. 克里维利（1435/1440—1493之后），意大利画家。

“一定是你妻子写给你的信吧？”

“是的。”

最近寄来的只有一封信。他们知道儿子就要动身回家，就没有转寄给他。

他急忙拆开拿过来的信，看到苔丝最近用潦草的字迹向他表露的感伤情绪，心里非常激动不安。

唉，安琪呀，你为什么待我这么残忍呀？！我不该受到这般惩罚。我把这件事儿仔仔细细地琢磨过了，我永远、永远也不能宽恕你！你明明知道我并不想伤害你——可你为什么这样伤害我呀？你太狠心了，真是太狠心了！我要想方设法把你忘掉。我从你的手中，得不到一点公道！

苔

“这全是真话！”安琪把信放下，说道，“也许她永远不会跟我和好了！”

“安琪，你也不必为一个土里土气的丫头这么难过了！”他母亲说道。

“土里土气的丫头！嗨，我们全都是土地的儿女。不过，我倒真希望她是您所说的那种姑娘！好吧，我把从前没跟你们说过的事情跟你们说一说吧：她父亲是一个最古老的诺曼底世家的嫡系后裔，像我们这一带许许多多别的农民一样，被人称作‘乡下佬’，过着默默无闻的生活。”

他很快就上床休息去了，第二天早晨，他觉得身体很不舒服，就没有出门，待在房间里沉思默想。是他丢下了苔丝，让苔丝陷入了困境之中，本来，当他还在赤道南面并且刚收到苔丝情真意切的信件的时候，他觉得他什么时候打算宽恕她，什么时候就可以跑回来倒在她怀里，世上没有比这更为容易的事，但是，他现在回来了，才发现事情并不像他所想的那么容易。她是一个情感炽热的女性，可她这封信表明，由于他迟迟不归，她对他的看法已经改变，他难过地承认，这种改变完全正当，因此，他不禁自问，他不捎个信儿就去跟她会面，而且是当着她父母的面，这是否明智？假设她的爱情在这次分离的最后几个礼拜真的发生了变化，她变得憎恨他了，那么，突然见面时，她也许就会说出令人难堪的话来。

因此，克莱尔觉得，最好写一封信到马洛特，告诉苔丝和她娘家的人，说他已经回来了，并希望苔丝像他出国时安排的那样，还在娘家住着，这样，她和娘家的人就会有所准备。他当天就写好了信，并寄了出去。过了近一个礼拜，他收到了德贝菲尔太太寄来的一封简短的回信，看了这封信，他的难题并没有得到解决，因为信上没有标明地址，更令人吃惊的是，信并不是从马洛特寄来的。信上写道：

> 先生——我写这几行字，是告诉你，我女儿眼下不在我身边，她什么时候会回来，我也拿不准，不过，她一回来，我就会让你知道。至于她暂且住在什么地方，我觉得不好随便告诉你。我只能跟你说，我和我全家人离开马洛特已经有好一阵子了。
>
> 琼·德贝菲尔

从信上可以看出，苔丝至少安然无恙，这足以使克莱尔感到宽慰，至于她母亲没有把她的行踪告诉他，也没有让他难过很久。毫无疑问，她一家人都在生他的气。他只好等德贝菲尔太太通知他苔丝回家的消息，照信上的口气来看，苔丝好像不久就会回去。他也不期盼更好的待遇了。他对她的爱情不也曾是“一遇到改变就改变吗”？[1]他这次在国外，有了一些奇特的经历，曾在名义上的科内利亚身上看到了实质上的福斯蒂纳；曾在肉

1. 引自莎士比亚十四行诗集第116首。

体的芙琳身上看到了精神的卢克丽霞；曾想到那个被人捉住、带到公众之中、理应受到石击的女人，还曾想到那个当上王后的乌利亚之妻。[1]他曾责问自己，他评判苔丝时，为什么只凭事实不看动机，只凭行为不看意愿？

他在父亲的家里又待了一两天，一心等着琼·德贝菲尔答应他的第二封信，在此期间，他的体力也恢复了一些。体力虽然恢复，但琼·德贝菲尔的信却始终没有寄来。于是，他把他在巴西的时候，苔丝在弗林库姆梣写的那封信又找了出来，重新看了一遍。信上的字句，还和他第一次阅读时一样，深深地触动着他。

> 我处境危难，我必须哭泣着求救于你——因为我没有别人可以求救……如果你不能马上就来，也不能叫我马上到你那儿去，我想我只有死路一条了……求你不要大讲公正了，稍微待我客气一点……如果你来了，我就可以死在你的怀里了！只要你宽恕我，我就会心甘情愿地死去！……只要你肯写一行字告诉我，说你很快就会回来，那我就会等下去，安琪，高高兴兴地等下去！……想一想吧，老是见不到你，这——这是多么刺痛我的心啊！唉，我的心每天都在作痛，时时刻刻都在作痛，假如我能使你那颗亲爱的心每一天能够像我这样痛上一分一秒，那么，你也许就会怜悯你这个孤苦可怜的妻子了……只要能和你生活在一起，哪怕不能做你的妻子，哪怕做你的奴仆，我也心甘情愿，我也满心欢喜。只要能在你的身

---

1. 科内利亚是古罗马庞培大将的妻子，以贞洁而闻名，福斯蒂纳是古罗马王后，以淫荡而闻名；芙琳是古希腊有名的娼妓，卢克丽霞则是贤德的典型；“应受石击的女人”典出《圣经·新约·约翰福音》第8章，这个女人行淫时被人捉住，理应用石头打死，但是得到了耶稣的宽恕；“当上王后的乌利亚之妻”典出《圣经·旧约·撒母耳记下》第11章，是指拔示巴，她原为乌利亚的妻子。她与大卫王同寝，并怀孕，大卫王害死乌利亚后，娶拔示巴为妻。

边，只要能看上你几眼，只要能觉得你是我的人儿，那我就心满意足了……不论是在天上还是在地上，或是在地下，我不想别的，只想跟你见面，我的亲人哪！来吧——快点来到我身边吧，把我从威胁我的苦难中救出来吧！

克莱尔断定，不必相信她最近对他的那种较为严厉的态度，应该立刻动身去找她。他询问父亲，他在国外的时候，苔丝是否跟父亲要过钱。他父亲说没有。克莱尔猛然明白过来，像苔丝这样自尊心很强的人，决不会伸手向人家讨钱，她一定已经受尽贫困的折磨。克莱尔的父亲现在也从儿子的口中得知了儿子与儿媳分离的真正原因，既然这两个基督教徒把堕落的人作为自己的特殊拯救对象，那么，虽然苔丝的血统、天真甚至她的贫困以前都没有拨动他们的慈心，现在她的罪孽却立刻赢取了他们的同情。

克莱尔匆匆忙忙整理行装准备上路时，看到一封也是最近才寄到的短信，也就是玛莲和伊丝合写的那封。信的开头说：

尊敬的先生：

如果您真的像您太太爱您那样爱她，那么您就快点去照看她吧。

两个好心人。

第五十四章

一刻钟之后，克莱尔就走出父亲的屋子，他母亲把他送到门口，看着他那消瘦的身影消失在大街上。他没有向父亲借用那匹老马，因为他深知家里离不开那匹马。他到了客栈，雇了一辆小马车，心急如焚，连备马的工夫都等不住。几分钟之后，他坐着马车，离开了镇子，来到了山道上。三四个月以前，也正是在这条山道上，苔丝满怀希望地下山，然后希望破灭，一无所获地上了山。

不久，本维尔大道就展现在他面前，路边的树篱和树木上，姹紫嫣红，许多花儿含苞待放，但是克莱尔无心欣赏，只考虑着别的事情，他偶尔向景色投过一瞥时，也仅仅是为了让自己确定，他没有迷失方向。不到一个半钟头的工夫，他就绕过金辛托田地的南端，向前来到了孤寂凄凉的十字碑附近。正是在这个可怕的孤石前，亚雷克·德伯维尔在改过自新的一时冲动下，曾逼迫苔丝奇怪地对天发誓，表示以后永远不再故意诱惑他。去年的荨麻仍在山坡上光秃秃地挺着苍白的枯茎，今春的嫩绿的新枝又从枯茎的根部发了出来。

从这里起，他顺着一块高地的边沿（这块高地突出于别的辛托村庄的田地之上），向前行了一段，然后，往右一拐，进入了凉丝丝的石灰质的弗林库姆梣。正是在这个地方，苔丝给他写过一封信，所以，克莱尔以为这就是她母亲在信中提及的苔丝暂住的地方呢。然而，他在这里却没有找到苔丝，让他更加沮丧的是，他在打听过程中发现，尽管很多人都知道苔丝这个名字，却没有一个村民知道“克莱尔太太”，甚至连场主本人也不知道。显而易见，他们分离期间，苔丝从未用过他的姓，她一定以为，那次离别就是完全脱离关系，所以，出于强烈的自尊心，她弃而不用他的姓氏，正如她宁愿含辛茹苦（克莱尔第一次得知了她的艰难），也不愿向他父亲伸手要一分钱一样。

此地的人告诉他，苔丝没有辞工，就回到布莱克摩山谷那边的父母家里去了，因此，他必须去找德贝菲尔太太。她曾经告诉他，说她现在不住在马洛特了，但是，奇怪，她却没把真实地址告诉他，所以，只有上马洛特去打听了。那个以前对苔丝非常凶狠的场主，现在对克莱尔却是和颜悦色，他把车马借给了克莱尔，并且派了车夫，送他上马洛特，因为克莱尔原先雇的那辆马车，已经满了一天的期限，赶回爱敏斯特去了。

克莱尔没进布莱克摩山谷，就把从场主那儿借来的马车以及送他的车夫打发回去，他在谷外的客栈里住了一夜，第二天，他步行进了谷子，到了他爱妻苔丝的出生之地。这一年节气还早，园子里和草丛中还没有五彩缤纷的景色，所谓的春天，还只不过是披了一层薄薄绿装的冬天罢了。这与他的预料完全一致。

苔丝在童年时代一直居住的房子，现在住着对她一无所知的另一个家庭。新来的一家人正在园子里专心致志地干自己的事情，仿佛这房子以前从未有人住过，与别人的历史毫无关系。其实，不谈别人的历史，只谈他们在这儿的历史，只不过是痴人说梦罢了。他们在庭园小径上走着的时候，一心只想着他们自己的事情，全然不顾别人的，然而，他们的动作时时刻刻都与以前那些人的影子龃龉相触。他们说起话来，也好像苔丝住在这儿的时候一样，丝毫也不紧张。甚至连春天的鸟儿，也照样在他们头顶上欢唱，仿佛觉得并没有什么人离去。

这些无知的活宝，连刚搬走的住户叫什么名字都记不清楚，经过一番打听，克莱尔得知，约翰·德贝菲尔已经死了，他的遗孀和遗孤都已经搬出马洛特，说是要住到王障去，但是并没有在那儿住下来，而是又搬到另外一个地方，他们把另外一个地方的名字也告诉他了。既然苔丝已经不住在这儿，克莱尔就开始憎恨这幢屋子，他不愿多待一秒，头也不回地匆匆离开了。

他取道他第一次看见苔丝跳舞的那块围场。可是，围场像刚才那幢房子一样令他讨厌，甚至更加讨厌。他一直穿到教堂墓地，在许多新立的墓碑之中，他看到有一块设计超群。上面刻的碑文是：

约翰·德贝菲尔千古。德贝菲尔实属显赫一时的德伯维尔家族之直系后裔，其祖先自征服王武将佩根·德伯维尔爵士起，辈出豪杰。卒于一八××年三月十日。

盖世雄杰，何竟死亡。

有一个人，好像是教堂司事，看到克莱尔站在那儿，便走了过来。“呃，先生，此人本来不愿埋在这儿，他是想埋到王障去，和他祖坟埋在一起。”

“那么，他家里人为什么不尊重他的遗愿呢？”

“唉，没有钱呐。呃，先生，这话我可只是跟你说说呀，我可不愿意到处乱说哟，不过——唉，就连这块墓碑，刻得这么花哨，也没付钱哩。”

“啊——是谁刻的？”

这个人就把村里一个石匠的名字告诉了克莱尔。克莱尔离开教堂墓地，就去找那个石匠。他发现情况属实，就把钱付给了石匠。此事办完之后，他就动身朝苔丝一家新搬的方向走去。

路途很远，步行是不行的，但是克莱尔渴望孤独，不想和别人在一起，所以，他起初既没有雇马车，也没有上车站乘火车，本来嘛，乘火车绕个弯儿，就可以到达那个地方。可是到了沙斯顿，他觉得必须雇车，于是雇了一辆马车。不过，路很难行，晚上七点左右，他才到达琼·德贝菲尔住的地方，这儿离马洛特有二十多英里远。

这个村子很小，克莱尔没费多大劲就找到了德贝菲尔太太的住处。她住的房屋坐落在有围墙的园子里，离大路很远，那些笨拙的家具她也尽力放置好了。显而易见，德贝菲尔太太出于某种原因，不愿他来拜访，他也觉得这种拜访未免有些莽撞。德贝菲尔太太自己来到门前，天空中那夕阳的余晖照在她的脸上。

这是克莱尔头一次见到德贝菲尔太太，不过克莱尔心事重重，顾不得对她细细打量，只看出她是个风韵犹存的妇女，穿着很体面的孀妇的服装。他只得自己开口解释说，他是苔丝的丈夫，并说明了他来到这儿的目的，不过，他说得很笨拙。“我要立刻见到她。”他又补了一句，“您说您会再给我写信的，可您压根儿没再写。”

“因为她压根儿就没回来。”琼·德贝菲尔说道。

“您知道她现在好吗？”

“不知道。可是，先生，你应该知道哇。”她说。

“这我承认。她现在待在什么地方？”

从开始谈话的时候，琼·德贝菲尔就难为情地用手遮住了半边脸。

“俺——俺真的说不准她到底待在什么地方。”她回答说，“她从前……不过……”

“她从前待在哪儿？”

“呃，她眼下不在从前那个地方。”

她躲躲闪闪，含糊其辞，这会儿又住口不说了，那几个小孩子这时也来到门口，最小的一个扯了扯母亲的衣襟，低声说：

“这就是要跟苔丝姐姐结婚的先生吗？”

“他已经跟她结婚了。”琼·德贝菲尔低声说，“快回屋里去。”

克莱尔看到她竭力保持沉默，就问：

“您觉得苔丝希望我设法找到她吗？要是她不希望的话，那么……”

“俺想，她不希望吧。”

“您敢肯定吗？”

"俺肯定她不希望。"

克莱尔准备转身离开，这时，他想起了苔丝那封缠绵悱恻的信。

"我肯定她希望！"他激昂地反驳说，"我比您更了解她。"

"这很有可能，先生，因为俺从来就摸不准她的脾性。"

"请把她的地址告诉我吧，德贝菲尔太太，可怜可怜我这个孤寂凄惨的人吧！"

苔丝的母亲又心神不定了，用手直上直下地擦着自己的脸颊，看到此人真的非常痛苦，她最后压低声音说：

"她在沙埠。"

"啊——在沙埠什么地方？人家说，沙埠已经变成大地方啦。"

"俺只是知道她在沙埠，具体细情俺真的不知道。俺也从来没有到过那个地方。"

克莱尔看得出来，琼·德贝菲尔说的是实话，因此，他也没再追问。

"您可缺什么东西？"他和蔼地问道。

"不缺什么，先生。"她回答说，"俺们还算过得去。"

克莱尔也没进屋子，就转身离开了。往前三英里路的地方，有一个车站，克莱尔付钱打发了马车夫，就步行朝车站走去。从那儿开往沙埠的最末一班火车不久就出站了，车厢里面就有克莱尔先生。

第五十五章

克莱尔当天晚上到达沙埠后，找了一家旅馆，便立刻把他的地址打电报告诉父亲，已是深夜十一点，但他还是走到了大街上。时间已经太晚，他无法拜访任何人，也无法打听任何事情，他无可奈何，只好挨到天亮再办。但他仍无心回屋安睡。

这是一个时髦的海滨胜地，东面和西面各有一个火车站，并有好几个码头，一片一片的松树林，一条一条的海滨大道，一座一座盖有顶篷的花园——这一切在克莱尔看来，仿佛是一个仙境，在神杖一指之下而突然出现，出现之后，又让它蒙上了一丝尘土。广漠的艾格敦荒原东端的突出地带就在附近，但就在那片黄褐色古老荒原的边上，竟会突然出现这么一座新颖别致、光彩夺目的游乐城市。离城郊不到一英里的地方，每一块高低不平的土地都是史前的残迹，每一道溪沟都是没人动过的不列颠人的遗径，自恺撒大帝时代以后，那儿的一根草、一寸土也没人翻动过。然而，外来的风味、异国的情调，就像先知的蓖麻[1]一样，突然间生长出来，并把苔丝吸引到了这里。

在半夜路灯的照射下，克莱尔置身于旧世界里的新世界中，沿着蜿蜒的道路来回漫步，只见这个地方建有数不胜数的新颖奇巧的住宅，它们那巍然高耸的屋顶、烟囱、露台、塔楼，掩映在树木之间、星光之下。这个城市，是独家巨宅的建筑之处，是英吉利海峡之滨、地中海地区的游憩之地，而且在夜间看来，它似乎显得比实际上还要巍然壮观。

大海近在眼前，但丝毫没有不协调的感觉。海波荡漾，克莱尔以为是松涛絮语；松涛絮语，他又以为是海波荡漾。两者的音调几乎一样。

那么他年轻的妻子苔丝，一个乡下姑娘，怎么可能置身于这样阔绰时髦的地方呢？他百思不得其解。这个地方当然无地可耕。但是，难道有牛奶可挤吗？她很有可能是在某个大宅子里当佣人，于是他一边往前走，一边从宅

1. 见《圣经·旧约·约拿书》第4章。耶和华上帝让一棵蓖麻在一夜之中长得高出人头。

第的窗口朝里望，只见窗户里的灯光一个接一个地熄灭，他心里纳闷，到底哪个窗户里待着苔丝呢？

猜测是毫无用处的，一过十二点，他就进了旅馆，上床睡觉。熄灯之前，他又重看了一遍苔丝那封缠绵悱恻的信。然而，他却无法入眠，离她这么近，却又这么遥远。他不断地拉开窗帘，朝着对面房屋的背后凝望，心想：不知道苔丝这会儿在哪扇窗户里安睡？

他整夜没合眼。早晨七点他就起床，片刻之后，他就出了旅馆，朝邮政总局方向走着。在邮局门口，他遇到一个挺精明的邮差，正从邮局出来，拿着早班邮件，准备去分发。

“您知道一位克莱尔太太的地址吗？”安琪·克莱尔问道。

邮差摇了摇头。

接着，克莱尔忽然想起，苔丝很有可能继续用她婚前的姓氏，就说：

“也就是德贝菲尔小姐？”

“德贝菲尔？”

邮差也不知道这个姓氏。

“先生，不满您说，这个地方天天都是人来人往，若是不知道住处，您是无法找到任何人的。”

正在这时，又有一个邮差从邮局匆匆走了出来，克莱尔把问题又问了一遍。

“我没看见过姓德贝菲尔的，不过，有一个姓德伯维尔的，住在‘苍鹭’。”第二个邮差说道。

克莱尔一听这话，以为苔丝改用真姓，心里一阵高兴，嚷道：“对，就是我要找的。‘苍鹭’是什么地方？”

“是一家时髦的公寓。嗨，此地到处都是公寓。”

克莱尔得知去那家公寓的路线之后，就急忙去寻找。到达那儿的时候，碰到了一个送牛奶的。“苍鹭”虽然是个普通的别墅，但是四周却有单独的园子，从外表看起来，非常像是私人宅第，谁也想不到它是出租的公寓。克莱尔心想，恐怕苔丝在这儿当佣人吧，若是那样的话，她肯定会从后门出来接牛奶，那他也该去后门才对。然而，他也拿不准，所以还是转到了前门，并按了门铃。

那时时间还早，老板娘亲自把门打开。克莱尔向她打听苔丝·德伯维尔或苔丝·德贝菲尔。

“你问的是德伯维尔夫人？”

“是的。”

看来，苔丝以已婚妇女的身份出现了，他心里不由得一阵欣喜，即使她并没有用他的姓。

“请您告诉她，就说她有一个亲戚急着见她。”

“时间还早着哩。先生，您贵姓？”

“安琪。”

“姓安琪吗？”

“不是，安琪是我的名字。您这么说她会明白的。”

“好吧，我去看她醒了没有。”

他被领到当做饭厅的前屋里。这儿的窗户上都挂着用弹簧开合的窗帘。他透过窗口看到外面有一片小小的草地，上面有杜鹃花和别的花丛。显而易见，苔丝的处境并不像他所担心的那么糟糕，他心里想，她一定是用什么法子把那些珠宝弄出来变卖了，所以混得不错。他觉得苔丝的做法是对的，他丝毫也没有责怪她。过了一会儿，他那两只敏锐的耳朵，听出了楼梯上的脚步声，他的心扑腾扑腾地狂跳起来，使他觉得非常难受，身子都很难站稳了。“天哪！我变成这个样子，她对我会有什么看法呢？”他自言自语地说。这时，门打了开来。

苔丝出现在门口，不但一点不像他所料想的那样，而且恰恰相反，这真令人迷惑不解。她那出众的天赋之美，如果说没有增添，那也被她那身衣服映衬得更为明显。她身上松松地披着一件浅灰色开司米羊毛晨衣，上面绣着素色花纹，她脚上穿着一双同样花色的拖鞋。她的颈子周围露着细绒花饰。她那难以被人忘怀的深棕色头发，一半挽在背后，一半披在肩头——这显然是匆忙的结果。

他的手臂已经伸出去，可又垂了下来，因为她并没有迎上前来，而是始终站在门口。现在他觉察到了两人之间的区别，觉得自己不过是一具瘦黄的骷髅，觉得她一定讨厌他这副模样。

“苔丝！”他用沙哑的嗓子说，“我不该把你甩下不管，你能宽恕我吗？你难道——不能靠近我吗？你是怎么——变成现在这样的？”

“太晚了。”她说。她的声音传遍整个房间，听起来十分冷酷。她的眼中也射出不自然的光芒。

“以前，我都错怪你了，我没有按你的真实面目来看待你！”克莱尔接着说，“现在我全懂了，最亲爱的苔丝！”

“太晚了，太晚了！”她一面摆手，一面叫道。她那难以忍受的表情，就像是遭受重刑的人那样，一个瞬间如同一个钟头一样难挨。“别靠近我，安琪！你一定不能靠近我。快走开。”

“可是，我亲爱的妻子，你是不是因为我病得憔悴不堪，就不爱我了？你绝不是那种轻薄的女人——我是特意为你而来的呀——我父母现在也都欢迎你了！”

“好哇——哦，好哇，好哇！可是我说，我说，太晚了。”

她好像梦中的逃亡者，想要走开，却又挪不动脚步。“难道你不知道全部情况吗？难道你还不知道吗？可是，你要是不知道，又是怎么来到这儿的呢？”

“我遍地打听，终于找到了线索。”

“我一直等你，等了又等。”她接着说，她的嗓音突然又像以前那样柔和清脆、哀婉动人，“可你却没有回来！于是我给你写信，你也没有回来！他老是说个不休，说你永远不会回来了，又说我是个傻女人。他待我很客气，我爹死后，他待我妈，待我全家都很客气。他……”

“我听不懂你的话。”

“他又把我弄到手了。”

克莱尔死死地盯着她看，接着，明白了她的意思，立即像患了瘟疫似的，四肢无力。他眼睛低垂着，目光落到了她手上，只见原来那红润的双手，现在更白更嫩了。

她接着说：

“他在楼上。我现在恨死他了，因为他对我撒谎，说你不会再回来，可你却已经回来了！这身衣服就是他给我穿上的，我听任他的摆弄！可是，安琪，请你这就走开，永远不要再来了，好吗？”

他们一动不动地站着，内心的痛苦透过眼睛流露出来，那忧伤凄惨的眼神，看起来实在可怜，他们两人似乎都渴望躲藏起来，避开现实。

“唉——这全是我的过错！”克莱尔说。

可是，他说不下去了。说不说反正都一样。然而，他朦胧地意识到：他原本那个苔丝，就精神方面来说，现在已经不承认在他面前的这个肉体是她自己的，并且让它像河上的浮尸一般任意漂流，与她那有生命的意志分道扬镳。他这种当时还很朦胧的意识，到后来才显得清晰。

过了一会儿，克莱尔发现苔丝已经走了。他的脸变得更加冷峻，也更加瘦削。他全神贯注地站了一会儿。又过了一两分钟，他发现自己已经来到了街上。他恍恍惚惚地信步游荡。

第五十六章

拥有许多华丽家具的“苍鹭”公寓的老板娘布鲁克斯太太，倒不是一个特别好管闲事的女人。她这个人呐，说起来真可怜，太看重物质利益，成天地算计赚钱赔钱的事，算计着怎样把房客腰包里的钱搞到自己手里，再没有闲心去管别的事。然而这次却不一样，安琪·克莱尔这么早就来拜访她那两位阔绰的房客——她所认为的德伯维尔先生和太太，这似乎有些反常，而且拜访的方式也出乎寻常，这足以唤起她那一直受到抑制的女性固有的好奇心。因为她以前一直认为，干出租房屋这一行，是不该具有那种好奇心的。

苔丝站在门口同她丈夫说话，并没有走进饭厅。布鲁克斯太太站在过道后面她自己的起居室里，门半开半掩。至于那两颗悲惨的心灵之间的交谈（如果可称作交谈的话），布鲁克斯太太只听到片言只语。后来她听到苔丝上楼的声音，听到克莱尔起身离去的声音，听到他随手关上了前门。然后又听到楼上房间的门关上，布鲁克斯太太知道，苔丝已经走进自己的屋子。布鲁克斯太太心想，既然那位年轻的太太还没有梳妆打扮，那么，她一时半会儿不会再出来了。

于是，布鲁克斯太太轻手轻脚地上了楼，站在前室的门口，前室是客厅，它的后面是卧室，中间通有两扇普通的折门。位于二楼的这套房间，是布鲁克斯太太这所公寓里的最好的房间，现在被德伯维尔按礼拜租用。这时，后室里静悄悄的，前室里却传出了声音。

她一开始只能辨出一个字音，这个字音是连续不断地低声呻吟着发出来的，就像绑缚伊克西翁[1]车轮上的鬼魂发出的呻吟一样：

“呜——呜——呜！”

接着一阵沉默，跟着又是一声沉重的叹息，然后又是：

“呜——呜——呜！”

老板娘从钥匙孔里向室内窥视。虽然只能看到室内的一小块地方，但是那一小块地方却是餐桌的一角，桌上早就摆好了早餐，旁边还放着一把椅子。椅子跟前跪着苔丝，她的脸伏在椅子上，双手抱着头，晨服的下摆和睡衣的花边全都拖在身后的地上，一双脚也伸在地毯上，脚上没穿袜子，拖鞋也掉下来了。那种无法形容的绝望的呻吟，就是从她嘴里发出来的。

接着，从卧室里传来一个男人的声音：“怎么啦？”

她没有回答，而是继续念叨着，那种念叨的腔调，说是对人发怒，还不如说是自言自语，说是自言自语，还不如说是哀鸣。布鲁克斯太太只能听得见其中一部分：

“可我那亲爱亲爱的丈夫回来找我了……我却不知道！……你一直残酷地愚弄我……老是不肯罢休——是的——老是不肯罢休！你总是说我妈妈需要什么，我弟弟妹妹需要什么——总是用这些话来打动我的心……你说我丈夫永远也不会回来，一辈子也不会回来，你还嘲笑我，说只有傻瓜才盼他回来！……后来我到底听信了你的话，放弃希望，由着你了！……可他却回来了！回来又走了。第二次走了，这回我算是永远失去他了……往后他是一丁点儿也不会再爱我了，他只会憎恨我了！……唉，是啊，这回我又失去他了，又是全怪——你！”她的身体痛苦地扭动着，本来伏在椅子上的脸，现在转得对着门口，于是布鲁克斯太太看见她脸上痛苦万状，嘴唇都被牙齿咬

1. 伊克西翁是希腊神话中的拉庇泰王，因勾引天后赫拉而被天神宙斯罚下地狱受苦，被绑在地狱的车轮上，永远旋转。

出血了，她眼睛紧闭着，长长的睫毛湿得一绺一绺的，贴在她脸上。她接着说："他病成那个样子，恐怕活不长了，他看上去好像活不长了！……我犯的这番罪孽一定要毁掉他的命了，可我自己却死不了！……噢，我这一辈子让你给毁完了……我曾经哀求你可怜可怜我，不要再毁我了，可你还是把我毁了！……我自己的亲丈夫永远、永远也不能……噢，天哪！我再也受不了啦！——我受不了啦！"

那男人讲了几句相当刺耳难听的话，接着是一阵忽然出现的窸窣的声音，苔丝一跃而起。布鲁克斯太太以为苔丝会冲到门口来，便匆忙退到了楼下。

其实她完全不必逃开，因为客厅的门并没有开。但布鲁克斯太太觉得，再去楼上偷看，毕竟不太妥当，所以就走进了楼下她自己的起居室。

她尽管在楼下侧耳倾听，却没听见楼上响起任何动静，于是她走进厨房，吃完了刚才没吃完的早饭。紧接着，她回到一楼的起居室，拿起针线活儿，等候她的房客按铃叫人收拾餐桌，她打算亲自去，以便看看究竟发生了什么事情。她坐着的时候，可以听见上面的楼板微微发出嘎吱嘎吱的响声，好像有人在走动似的，过了一会儿，事情便得到了解释，因为楼梯栏杆上响起了衣服窸窣的声音，接着出现了前门打开和关上的声音，然后，只见女房客穿过院子门，朝街上走去。她现在的穿戴，是富家少妇出门时整整齐齐的服装，跟她来的时候一样，所不同的是，她的帽子和黑羽上添了一个面纱。

布鲁克斯太太刚才并没有听到楼上的房客互相道别。或许是因为他们刚刚吵过，要么就是德伯维尔先生睡着了，他这个人总是很晚才起床。

她走进楼下她自己住的那间后室，继续做针线活儿。那个女房客没有回来，那位先生也始终没有按铃。布鲁克斯太太对此百思不得其解。还有，今天早上那么早就来拜访的那位先生，与楼上的这对夫妇到底是什么关系呢？她细心琢磨着，身子也不由得往椅背上一仰。

她这么一仰，目光无意中落到了天花板上。在白色的天花板中间，有一个小黑点引起了她的注意。从前在那块地方，她从未见过这样的黑点。她刚发现时，它与糨糊瓶盖一般大小，可是，它迅速变大，变得跟她手掌一样大了，而且可以辨得出来，它的颜色是红色。一个长方形的白色天花板上，中间添了这么一个红点，看起来好像是一张巨大的红桃“A”牌。

布鲁克斯太太心里产生了一种奇怪的疑虑。她爬到桌子上，用手指摸了摸天花板上那块地方。它湿乎乎的，她猜想那是血迹。

她下了桌子，出了起居室，上了二楼，打算进入那套房间，穿过客厅，一直走到后面的卧室。但是，她尽管变得神经麻木，却不敢去扭动那个门把。她侧耳倾听。屋内一片死寂，只有一声声匀称的滴答声传入她的耳中。

滴答，滴答，滴答。

布鲁克斯太太急忙下楼，打开前门，奔到街上。这时，恰好有一个她所认识的在邻近别墅工作的人打这儿路过。她求他跟她一起，进屋到楼上看看，她担心她的房客遇到了不幸。那个人答应了，于是跟着她到了楼梯口。

她打开了客厅的门，退到一边，让他先进去，自己跟在他身后。客厅里空无一人，丰盛的早餐——咖啡、鸡蛋、冷火腿——全都一动也没动，跟她先前摆的时候一样，只有一点不同，切火腿的刀子不见了。她叫那个人穿过折门，到后面的卧室看一看。

他把门打开，刚往里面跨了一两步，就神色失常地缩了回来，大声喊道：“天哪，不得了啦，床上那位先生死啦！大概是被刀子捅死的——地板上流了一大摊子血！”

紧接着便是一阵惊慌和喧嚷，原先这所非常幽静的屋子，突然间响起许多嘈杂的脚步声，其中就有外科医生的脚步声。伤口不大，但刀尖扎进了死者的心脏，只见死者仰面躺着，脸色死白，一动也不动，仿佛被捅死之后根本没有动弹过。一刻钟之后，本城一名旅客在床上被杀的新闻，传遍了这个时髦的海滨胜地的每一条街道、每一幢别墅。

第五十七章

与此同时，安琪·克莱尔痴痴呆呆地沿着来路走，终于回到了旅馆。他坐到摆着早餐的桌子旁，两眼发直，呆望着一片空茫。接着，他毫无知觉地又吃又喝，到后来，他忽然要求马上结账。结过账后，他提起他随身所带的唯一的行囊——一只旅行袋，走出了旅馆。

在他正要离开的时候，一封电报送到了他手中，是他母亲打来的，上面只有两三行字，说是他们知道了他的地址，很是高兴，还说他的哥哥卡思伯特已向默茜·钱特求婚，并且获得成功。

克莱尔把电报揉成一团，朝火车站走去。到了车站，他才发现，在一两个钟头之内是没有火车了。他坐下来等车，等了一刻钟，他觉得他在那儿再也等不下去了。他肝肠寸断，神情颓丧。他没有什么事急着要干，但这个地方使他遭遇了这番经历，所以他只想快点躲开。因此，他站起身来，朝前方的外地车站走去，走到那里再搭火车。

他走的那条大道显得空旷开阔，他走了一小段，道路就进入山谷之中，可以看出，道路从山谷这边一直穿到山谷那边。他不久就走了一大半谷中的道路，开始攀爬西面的斜坡，这时，他停下来喘气，并且下意识地回头一望。他为何回头张望，他自己也说不出来，不过，好像有什么东西逼着他这样做。在他视野所及的范围内，只见他身后的这条道路，就像带子似的，越远越细。当他回头凝望的时候，只见一个小斑点移动在空旷灰白的景色中。

原来，那是一个正在跑动的人影。克莱尔等候着，模模糊糊地觉得，那个人是在追他。

那个跑下山谷来的人影，是个女的，但是克莱尔心里压根儿也没想到，追过来的女人会是他的妻子，甚至当她走得离他很近的时候，他也没有把她认出来，因为她现在所穿的衣服，跟以前完全不同。直到她走到他的跟前时，他才敢相信这就是苔丝。

“我还没赶到车站——我就看到你——转身离开车站，我就——一直跟着你追来了！”

她脸色那么苍白，呼吸那么急促，她全身上下都在颤抖，所以克莱尔一句话也没问她，只是紧紧地握住她的手，把她拉到自己的身边，扶着她往前走去。为了躲开别的旅人，他领着她离开了大道，拐向了枞树之下的偏僻的小径。当他们来到了树枝悲鸣的小径深处时，他停了下来，带着寻根究底的眼神看着苔丝。

“安琪，”她好像等待这一时机，说，“你知道我为什么要这样追赶你吗？为的是告诉你，我已经把他干掉了！”她说这话的时候，脸上浮现出一种令人怜悯的惨笑。

“什么？”他见她有点神态失常，还以为她是在说胡话呢。

“我已经干完了——我也不知道是怎么干的。”她继续说，“不过，安琪，为了你，为了我自己，都该这么干。很久之前，我有一次用皮手套打他嘴巴的时候，我就担心我总有一天会把他干掉，因为他太可恶，他利用我年少无知，诱骗了我，并且通过我，来间接地伤害了你。他插到我们两人中间，把我们给毁了。现在好了，他再也没法干这种伤天害理的事情了。安琪，我爱你爱得很深，可我压根儿就没有爱过他。这一点，你知道吗？你相信吗？你一直没有回来找我，我没法子，被他弄回去了。当初，我那么爱你的时候，你为什么把我甩下呀？为什么呀？我怎么也弄不明白。可我一点也不怪你，我只是求你看在我已经把他杀了的份儿上，宽恕我对不起你的地方。你能宽恕我吗？既然我已经把他干掉了，我想我一路跑来，你一定会宽恕我。我只能用这种方法来重新得到你，出现了这个念头，我心里就豁然一亮。失去你，我简直受不了——你不知道我失去你的爱时，心里有多么痛苦！现在说你爱我吧，亲爱亲爱的丈夫，既然我已经把他干掉，你就说你爱我吧！”

“我爱你，苔丝——哦，我确实爱你，爱情全都恢复了！”他边说边带着炽热的情感，把她紧紧地搂在怀里，“不过你说你已经把他干掉了，这话是什么意思？”

“我是说我已经把他杀死了。”她喃喃地神情恍惚地说。

“什么，你真把他杀了？他已经死了吗？”

“死啦。他听见我在哭你，就恶狠狠地嘲笑我，还一个劲地辱骂你，所以我就把他杀掉了。我当时心里实在忍不下去了。他以前也挖苦过我跟你的事。我把他杀了，就穿好衣服，跑出来找你了。”

克莱尔渐渐地开始相信，苔丝即使没有真的杀人，那她至少也起过杀机，这时，他一方面对她的冲动感到恐惧，另一方面又惊叹她对他的一片深情，惊叹她那完全不顾道德的奇异爱情。由于苔丝未能认识到她这种行为的严重性，她似乎觉得终于遂心如愿了。当她伏在他的肩头，因为幸福哭泣的时候，他上下打量着她，心想，德伯维尔的血统中到底有没有令人难解的特性，导致出这种心理失常呢？若真是心理失常，那倒也好了。他脑中迅速地掠过一道念头：德伯维尔家族之所以会出现那个马车跟凶杀的传说，也许是因为这个家族的人很会干这类事情吧。克莱尔在思绪混乱、情绪激动的情形下，只能推断出：苔丝一定是在她刚才所说的悲痛若狂的时刻，失去了心理平衡，陷入了这样的深渊。

如果确有其事，那太可怕了，如果这只是她一时的幻觉，那也太悲惨了。不管怎么说，那个被他遗弃的妻子，那个情感炽热的女人，现在在这儿，伏在他身上，毫不怀疑地认为他就是她的保护者。他看得出，在她的心目中，他不可能不做她的保护者。于是，在克莱尔心中，柔情终于绝对获胜了。他用他那苍白的嘴唇，无止境地亲吻她，同时紧紧地握着她的手，说：

“我永远不会把你甩开了！我的心肝宝贝儿，不管你做了什么，也不管你没做什么，反正我会竭尽全力，尽我所能地保护你！”

于是他们又在树下往前走着，苔丝不时地掉过头来，看一看克莱尔。尽管他现在变得憔悴不堪，一点也不英俊，可是苔丝显然没有在他的外貌上看出一点不足的地方。对她来说，他还像过去一样，在形体和精神方面都完美无瑕。他仍然是她的安提诺斯[1]，甚至是她的阿波罗[2]；他那副病态的面容，今天在她那充满爱恋的眼光中，跟她头一次看到他时一样，就像晨光一般美丽；因为在世界上，只有他这个人纯洁地爱她，并且相信她的纯洁。

他出于一种躲避不幸的本能，改变了原先要去城外头一个火车站的打算，而是深入到枞树林子里，在这个地方，方圆多少英里之内，全都是枞树。他们相互搂着腰，走在一层干枯的针状枞叶上，恍恍惚惚，如痴如醉，只觉得两个人终于走到一起，再也没有人能插在他们中间，全然不顾那具死尸的事。就这样，他们走了好几英里路，到后来，苔丝如梦初醒似地扫视四周，怯生生地说：

“我们到底是上哪儿去呀？”

“我也不知道，亲爱的。怎么啦？”

“我也不知道。”

“好吧，我们可以再往前面走几英里，到了晚上，随便找个地方歇一宿，也许，可以在哪间偏僻的茅草房里过夜。亲爱的苔丝，你还能走得动吗？”

---

1. 安提诺斯是古罗马的美男子。
2. 阿波罗是希腊神话中的太阳神，以年轻英俊著称。

“哦——走得动！只要你搂着我，我就能一直走下去！”

总体上说，这个主意倒不错。于是，他们加快了步伐，避开大路，选择大致往北方向的偏僻小径走着。但是，他们这一天的行动都如此不切实际、稀里糊涂的，似乎谁也没想到有效的逃亡、乔装打扮，以及长久隐藏。他们是想起什么就做什么，没有预防的措施，全跟两个孩子一样。

正午时分，他们来到路边的客店附近，苔丝本想和克莱尔一起进去吃点东西，但克莱尔劝她在这个半是林地半是荒野的地方躲藏起来，躲在大树之下、灌木丛中，等着他回来。她的衣装非常时髦，甭说别的，就是她拿的那把带有象牙柄儿的阳伞，在这个偏僻地方也是人们从来没见过的东西，这些衣物的式样，一定会引起坐在客店长椅上那些人的注意。克莱尔很快就回来了，拿着够五六个人吃的食物和两瓶酒，若是应急的话，这些东西足够他俩吃上一两天。

他们坐在枯树枝上，一起吃饭。大约在一两点钟之间，他们把没有吃完的东西包起来带上，继续往前走。

“我觉得，再远的路我都有劲走了。”她说。

“我想，我们还是朝内地走比较好，我们可以在内地躲一段时间，他们到内地搜捕的可能性小一些，多半是到沿海一带搜捕。”克莱尔说，“我们在内地躲些日子，等到风声过了，再上港口去。”

对于这番话，她除了把他搂得更紧以外，没有其他回答。于是他们直接朝内地走去。尽管那时候还是英国的五月时节，可是天气却格外晴朗，下午的时候，都有些炎热了。他们后来走了好几英里路，那些小径把他们引入“新苑”深处，快到傍晚的时候，他们拐过一条大路，看见一条小径和一座小桥，桥后竖着一块大木牌，上面用白漆写着：“此地有理想巨宅出租，配有家具。”下方还介绍了详细情况，并注明了与伦敦代理人接洽的有关事项。他们穿过了一道栅栏门，看到了那幢住宅，只见这是一幢式样正规、场地宽广的旧砖房。

“我知道这幢房子，”克莱尔说，“这是布兰舍斯特官。看得出来，里面好久没人住了，车道上都长青草了。”

“有几扇窗户还开着。”苔丝说。

“我想，那只是让房间通通气罢了。”

“你瞧，这么多房子都空着，而我们却上无片瓦，下无立锥之地。”

“我的苔丝，你一定累了！”克莱尔说，“我们一会儿就歇息。”他亲了亲她那凄凉的嘴唇，又领着她向前走着。

克莱尔也觉得累了，因为他们已经胡乱地走了十四五英里的路，现在必须考虑怎么歇息了。他们从远处看着那些孤单单的茅舍和小客栈，很想住到一个小客栈里去，但是他们没有勇气，只好避开了。最后，他们越走越吃力，只好停住脚步。

“我们能在树下睡吗？”苔丝问道。

克莱尔觉得时节还太早。

“我一直在想刚才路过的那幢空房子。”他说，“我们回到那儿去吧。”

于是他们掉头往回走，花了半个钟头，他们才走到起先那个栅栏门的外面。克莱尔叫苔丝先在原地等着，他进去看一看里面有没有人。

她坐在栅栏门内的灌木丛中，克莱尔蹑手蹑脚地朝房屋走去。他去的时间相当长，他终于回来的时候，只见苔丝急得要命，不是为自己着急，而是生怕克莱尔出了什么意外。原来克莱尔遇上一个小男孩，从他口中得知，那宅子只有一个老太婆看管，她住在附近的村庄里，只在天晴的时候才过来开开窗户。她总是到了太阳落山时才来把窗户关上。“嗨，我们可以从一楼的窗户爬进去，到屋里去休息。”他说。

在克莱尔的护卫下，苔丝勉强来到了宅子正面，只见墙上的窗户全都被窗板遮住，仿佛是失明的眼珠，里面绝不可能有人朝外看。他们又往前走了几步，便到了正门，正门旁边，有一扇窗户打开了。克莱尔爬了进去，然后又把苔丝拉到里面。

除了前厅，所有的房间都黑漆漆的。他们走上了楼梯。楼上窗户的窗板也都紧紧地关着。由此看来，流通空气的工作干得马马虎虎，至少在这一天很不负责，只打开了前厅一个窗户和楼上后墙的一个窗户。克莱尔拉开一间卧室的门闩，摸索着走了进去，并把窗板打开了两三英寸宽。一道炫目的阳光射进了屋里，照出了屋里的笨重的老式家具，深红色的锦缎帷幔，以及一张四柱大床。床头上刻着几个奔跑的人物，显然是阿塔兰忒比赛的故事。[1]

“终于可以休息啦！”他边说边放下旅行袋和那包食物。

他们安安静静地待在屋里，等着照管房屋的人来关窗户，为了安全起见，他们把窗板像先前那样关好，自己完全藏在黑暗之中，生怕老太婆会出于偶然原因而打开他们待着的这间屋子。大概在六七点之间，那个老太婆来了，但是没到他们待的那边去。他们听到她关上了窗户，并且拴好，又听到她把门锁上，走开了。克莱尔又微微打开窗板，透进了一点亮光，他们又一起吃了晚饭，然后渐渐地被夜幕所笼罩，可他们却没有蜡烛来驱散黑暗。

第五十八章

夜晚，奇异地庄严，奇异地寂静。深夜一两点的时候，她低声细语地向

1. 阿塔兰忒是希腊神话中貌美善跑的女子，向她求婚的人必须与她赛跑，失败者立即被杀，胜利者可以和她结婚。

克莱尔讲述了他那天晚上梦游的整个过程，说他怎样冒着两人的生命危险，抱着她走过了富润河上的独木桥，把她放进了残寺的石棺里面。对于这件梦游的事，他以前一无所知。

“你第二天干吗不跟我说呢？”克莱尔说，“你要是跟我说了，那许许多多的误会和苦恼也许就能避免了。”

“那都是过去的事了，何必再去想呢？”她说，“我现在只顾着眼前的事。哪有心思去想别的呢？谁知道明天会怎么样呢？”

但第二天显然没有麻烦事。早晨，天气潮湿，有着浓雾，昨天克莱尔已经得知，看房子的人只在晴天才来打开窗户，所以他把苔丝留在房间里睡着，自己大着胆子，蹑手蹑脚地走出那个房间，把整个宅子都搜了一遍。宅内没有食物，但并不缺水，他趁着大雾，出了宅子，到了二英里路以外的小地方，从店铺里买来了茶、面包和黄油，还买来一把小锡壶和一个酒精灯，这样，他们就能有火而无烟了。他进房间时唤醒了苔丝，他们一起吃了他买来的东西。

他们不想到外面去，只愿在屋里待着，待过白天，又待过夜晚，待了一天，又待了一天，就这样，差不多不知不觉地一下子待过了五个完全隐居的日子，没有一个人影，没有一点人的声音来打扰他们的宁静。天气的变化是他们唯一关心的事件，林中的鸟儿是他们唯一的伴侣。他们两人仿佛都心照不宣，对于他们婚后的事情只字不提。那一段阴郁的分居时光似乎沉入了开天辟地前的混沌中，婚前那些甜蜜的日子和现在这恩爱的时光连成一体，仿佛中间并没有间断。每当他说他们应该离开这个隐蔽之地，向前去南安普敦或伦敦的时候，苔丝总是觉得奇怪，很不情愿动弹。

“我们为什么要结束这种甜甜蜜蜜、恩恩爱爱的时光呢？”苔丝表示反对，“如果要出什么事，那也不可避免。”她透过窗板的隙缝，朝外面看了看，说，“外面全是忧患，屋内都是美满。”

他也朝外面看了看。一点不错，屋内是柔情缱绻、夫妻团圆、嫌隙冰释、和好如初，屋外却是冷酷无情。

“再说，”她边说边把自己的脸贴在他的脸上，“我担心你对我的这份情意不会持续太久。我可不愿活到你对我变心的时候。我可不愿那样。我宁愿趁你还没有嫌弃我的时候，就先死掉，埋到土里去，这样就永远不会知道你嫌弃我。”

“我永远不会嫌弃你。”

“我也希望这样。但是，考虑到我这一生的所作所为，我不能不想到，任何一个男人或迟或早都会不由自主地嫌弃我……我呀，简直是个可恶的疯女人！可是从前，我连一只苍蝇、一个小虫，也不忍心伤害，看到一只小鸟关在笼子里，也时常让我流泪。”

他们又逗留了一天。到了晚上，阴沉沉的天空突然放晴，结果，那个看房子的老太婆在茅屋里很早就醒了。灿烂的朝阳使她变得异常轻松愉快，她打算趁这么好的天气，立即把邻近宅子的门窗全都打开，让整个宅子彻底地通通空气。这样，在六点之前，她就来到了这里，打开了楼下房间的所有门窗，接着就上二楼的卧室，来到了他们睡觉的那间屋子门口，正要扭动把手时，她忽然觉得，她听到了屋里的呼吸声。她穿的是便鞋，年纪也大了，所以她走了这么多路，却一点声音也没有。她正准备抽身退走，忽然觉得，也许是自己听错了，于是又转向门口，轻声去扭门的把手。门锁已经坏了，但是里面却搬了一件家具，把门抵住了，因此，她只能把门推开一两英寸。只见一道晨光，透过窗板的缝儿，落到里面那一对男女的脸上。他们两人正酣然沉睡，苔丝的嘴唇张开着，贴在克莱尔的脸边，就像一朵半开的鲜花。照管房屋的老太婆刚一看到他们的时候，还以为他们是厚颜无耻的游民，心里生起一阵愤怒，但是，再仔细一看，只见他们的样子那般天真纯洁，苔丝挂在椅子上的长裙那般华贵，旁边的长筒丝袜和小阳伞那般漂亮，她随身穿来的几件别的衣服（因为她只有那几件），也都那般别致，于是老太婆又觉得他们好像是一对有教养的携手私奔的恋人，所以心头又不免生起一阵怜爱。她把门关上，像来的时候一样不声不响地退走了，并把这种稀奇的发现告诉了左邻右舍。

老太婆走后不到一分钟，苔丝就醒了过来，接着，克莱尔也醒了。两人都觉得有什么东西搅扰了他们，但是到底是什么，他们却说不清楚，于是，他们由此而产生的不安情绪越发增强。克莱尔刚一穿好衣服，就透过窗板的那两三英寸缝隙，朝外面的草地上仔细观察。

“我想我们必须马上离开这里。”他说，“今天天气晴朗。我觉得好像有人来过这个宅子了。不管怎么说，那个老太婆今天一定会来。”

苔丝很不情愿地答应了。于是，他们把房间收拾了一下，提起他们那几件行李，轻悄悄地离开了。当他们走进树林的时候，苔丝掉过头，朝宅子看了最后一眼。

“啊，再见吧，美满的住宅！”她说，“我至多还能活上几个礼拜。我们为什么不能留在那儿呢？”

“别这么说，苔丝，我们很快就会完全离开这一地区。我们继续按照我们一开始的打算，一直朝北走。谁也不会想到去那个地方搜捕我们。如果说有人搜捕我们，那也只会在威塞克斯的港口地区搜捕。待我们到北方以后，再去一个港口，从那儿逃走。”

对她这么一劝之后，他们就继续按照原来的计划，径直朝北走去。他们在大宅子里休息了这么长时间，现在走起路来劲头十足。快到中午的时候，他们发现，他们快要接近高阁耸立的城市梅尔切斯特了，该城是他们通往北方的必经之路。克莱尔决定让苔丝整个下午躲在树丛里休息，到了晚上再趁黑往前走。黄昏的时候，克莱尔像往常一样买来了食物，接着，他们开始了他们的夜行，大约在八点钟的时候，他们穿过了上威塞克斯和中威塞克斯的边界。

不加选择地走在荒野的小路上，这对苔丝来说并不新鲜，而且在这个方面，她表现出了昔日的敏捷。横在前面的古城梅尔切斯特，是他们必须经过的地方，因为得从城里过桥，才能越过挡在他们前面的一条大河。大约在午夜时分，他们才走到差不多阒无一人的街上。几盏灯忽明忽灭地照射着，他们避开铺了石块的道路，生怕脚步发出声音。一座宏伟壮丽的大教堂，影影绰绰地耸立在他们左边，但却不能吸引他们的注意力。一旦出了城市，他们就顺着大道走了几英里，进入了一片旷野。

在这之前，尽管天上乌云密布，但残缺的月亮仍然射出散光，给他们提供了一些帮助。但是现在月亮已经落下，乌云仿佛就压在他们头顶上，四周伸手不见五指，好像在黑洞里似的。尽管如此，他们还是摸索着向前行进，为了不让脚步发出声响，他们尽可能挑选有草皮的地方行走，这种走法倒是不费周折，因为这一带没有树篱或篱笆之类的东西。周围是一片凄凉的旷野和一团孤寂的黑暗，遍地吹拂着劲峭的寒风。

他们就这样暗中摸索着又走了两三英里路，突然，克莱尔意识到，有一个庞大的建筑物屹立在面前的草地上。他们差点儿就碰到它。

“这是什么怪地方？”克莱尔问道。

“还嗡嗡响呢，”苔丝说，“你听！”

克莱尔侧耳倾听。觉得那个庞大的建筑物上有风吹拂，发出嗡嗡的音调，好像是巨大的单弦竖琴弹出的曲子。除此之外没有别的声音。克莱尔伸出一只手，试探着又往前走了一两步，便摸到了建筑物的陡直的平面。它好像是完整的石块，没有接头，也没有嵌线。他用手指往上摸，发现他触到的这件东西是庞大的长方形石柱，他又伸出左手，发现左边也有类似的一根。他抬头一望，只见在高远莫测的上方，有一件东西，把本来就很暗的天空遮得更暗，那样子，像是一根巨大的横梁，平伸在上空，把两根石柱连接起来。他们小心谨慎地从横梁下的两根石柱之间走进去，他们沙沙的脚步声，都在石梁石柱间发出回声，但是，他们似乎并没有走进什么室内。上面没有屋顶遮掩。苔丝倒吸了一口冷气，克莱尔困惑不解地嘟哝道：

“这是什么东西呢？”

他们从旁边摸着前行的时候，又碰到了一个高塔一般的石柱，像头一个一样又方又硬。接着，摸到一个又一个。原来，这块地方满是石门和石柱，有的上面还有横梁连接。

“真是个风神殿。”克莱尔说道。

有的石柱孤零零的，有的构成了三石塔的模样，还有的倒在地上，像高于路面的人行道，宽得足以行驶马车。他们过了不久就弄明白，在杂草丛生的旷野上，有一片林立的独石柱。他们两人再往前走，一直走到这个夜宫的中间，才停住脚步。

“哦，这是圆形石林[1]。”

“你是说这是哪个异教的神坛？”

“是的。它极其古老，比德伯维尔家族还要古老呢！好啦，亲爱的，我们该怎么办？再往前走，我们可以找到地方过夜了。”

但苔丝现在真的累了，她伸开身子，躺倒在附近的一块长方形石板上，旁边恰好有一根石柱，把风遮住了。这块石板由于在白天一直被太阳晒着，又干燥又暖和，躺在上面舒服极了，与周围粗粝不平、又潮又冷的草地形成鲜明对比，因为草地把她衣服的下摆和鞋子都弄湿了。

“安琪，我再也不想往前走了。”她边说边伸出手来抓住克莱尔的手，“难道我们不能在这儿待一下吗？”

---

1. 圆形石林（一译巨石阵），是圆形巨石柱群，建于新石器时代晚期和青铜时代早期，坐落在索尔兹伯里以北约15公里处。

“恐怕不能。这个地方太敞了，白天的时候，几英里以外都能看得见，尽管现在还觉察不出来。”

“哦，我想起来了，我母亲娘家有个人就在这一带放牧。还有，在塔尔勃塞奶牛场的时候，你不是常说我是异教徒吗？这么看来，我现在算是回到家了。”

苔丝直挺挺地躺着，克莱尔跪倒在她的身旁，把嘴唇贴在她的嘴唇上。

“亲爱的，你一定困了？我觉得你是躺在圣坛上。”

“我非常愿意躺在这里。”苔丝嘟囔道，“在我享受了巨大的幸福之后，躺在这个地方，只有苍天在上，盯着我的脸庞，多么庄严，多么静穆啊！我只觉得，世界上仿佛只有你和我，再也没有别人。我真的希望世界上没有别人，当然，除了丽莎。”

克莱尔觉得，苔丝在这儿歇到天色微亮的时候也可以，所以他就脱下外衣给她盖上，自己坐在她身边。

“安琪，如果我有个好歹，你能看在我的情分上，照看照看丽莎吗？”他们听了好久石柱之间的风声之后，苔丝问道。

“我一定办到。”

“她真是个好姑娘，又天真，又纯洁。哦，安琪，若是你失去了我，我希望你能够娶她，唉，你很快就要失去我了。啊，你若是能这样做，那该多好啊！”

“我如果失去了你，就失去了一切！再说，她还是我的小姨子呢。”

“不要紧，亲爱的。在马洛特一带，经常有人跟小姨子结婚的，况且丽莎那么温柔，那么逗人喜爱，而且越长越漂亮。唉，待我们大家都成了鬼魂，我会心甘情愿地和她共同陪伴你！安琪，如果你能训练她、教她，把她培养成你自己的人，那真是太好了！……她呀，我身上的优点她一样也不少，我身上的缺点她一样也没有。如果她能成为你的人，那么我死了，也好像死神没有把我们两人拆散……好啦，我已经把话说出来了，我不会再说第二遍。”

她停下不说了，克莱尔陷入沉思之中。他透过石柱，可以看到在遥远的东北方天空中，已经有了一道白光。原来，笼罩在头顶上的乌云，像是一个硕大无朋的锅盖，整个地往上一揭，露出了即将来临的白昼天边，在它的映衬下，单个的巨大石柱和架着横梁的石柱全都开始黑黢黢地显出自己的轮廓。

“人家是在这儿给上帝上供吗？”苔丝问道。

“不是给上帝。”

“那么给谁上供呢？”

“我想是给太阳。你瞧那根巍峨的石柱，冲着太阳，独自耸在一边，过不了多久，太阳就会从石柱那边升起来。”

“亲爱的，这让我想起一桩事来。”苔丝说，“我们结婚之前，你从不干涉我信仰方面的事情，你还记得吗？但我仍然知道你的心愿，反正你怎么想，我也怎么想，对于任何事情我都没有自己的主见，全都照搬你的看法。现在你告诉我，安琪，你认为我们死后还能见面吗？我很想知道。”

他用一记亲吻来代替这一问题的回答。

“哦，安琪，我担心你的意思是说不可能见面了！”她边说边抑制着自己的哽咽，“我很想很想再跟你相逢——想得可厉害啦！怎么，安琪，像你我这样如此相亲相爱的人，死后都不能重逢吗？”

克莱尔像比他更伟大的人物[1]一样，在关键时刻，对于关键问题总是不予回答。于是，他们两人又默然无语。一两分钟之后，苔丝的呼吸变得更为均匀，她抓着克莱尔的那只手也渐渐松下来。原来，她睡着了。东方地平线

---

1. 指耶稣。耶稣曾在关键的审问时刻，一言不发。

上的一道银白的亮光，使大平原上那遥远的地方也都显得黑沉沉的，仿佛就在眼前，而整个广袤无垠的景致，都带着一种自我克制、沉默寡言、犹豫不决的神情，这是天亮之前常有的现象。东面的石柱和横梁、它们后面那巨大的形如火舌的太阳石，以及中间的祭石，全都背着亮光，黑漆漆地耸立着。过了一会儿，夜间的风停了下来，石块上杯形石窝里的积水也不再颤动。与此同时，在东方斜坡的边缘上，好像有个东西——一个小黑点，在慢慢移动。原来，在太阳石外的低地上，有一个人，只露出脑袋，朝着他们逼近。见到这种情形，克莱尔后悔他们不该留在这里，但是，已经到了这种地步，他也只好硬着头皮，悄然不动。那个人径直走向他们停留的那一圈石柱。

克莱尔听到背后也传来沙沙的脚步声。他扭头一看，只见倒在地上的石柱外面，也有一个人朝他们走来，他还没回过神，就见右边的“三石塔”下也出现一个人，接着左边也出现一个。曙光照射到西面那个人的身上，克莱尔看出那人身材高大，走起路来好像受过训练似的。他们显然是从四面八方向中央包围。苔丝的话果然应验了！克莱尔一跃而起，寻找武器，寻找石头，寻找逃走的路径和应急措施。但是这个时候，离他最近的人已经来到他跟前。

“不要动，先生，你动也没用。”那个人说，“我们这儿一共有十六个人，而且，这整个地区也都动员起来了。”

“那么就让她睡完觉吧！”他向四面拢来的人轻声恳求道。

他们一直没有看到苔丝待在什么地方，等到他们看到她躺在石块上的时候，他们对克莱尔的恳求没有表示反对。他们站着守候，就像周围的石柱一样，一动也不动。这时，克莱尔走到石块旁边，俯在她的身上，握住了她一只可怜的小手。她的呼吸短促而又微弱，就像一个比女人还弱小的动物。所有那些人都在越来越亮的曙光里等候，他们的脸上和手上都好像涂了一层银白，他们身上其余的部分还是黑乎乎的。周围的石柱闪烁着青灰的色泽，大平原却依然一片晦暝。时隔不久，亮光变得强烈，一道光线射在她那仍旧一无所知的身体上，透入她的眼睑，把她唤醒了。

“安琪，这是怎么回事？”她边说边坐了起来，“他们来抓我了吗？”

“是的，亲爱的，”克莱尔说，“他们已经来了。”

“这是理所当然的事。”她嘟囔道，“安琪，我几乎感到高兴——是的，非常高兴！这样的幸福原本就不会长久。这种幸福实在太过分了。我已经享受够了，而且，我也不担心你会有嫌弃我的那一天了！”

她站了起来，抖了抖身子，向前走去，可是那些人却一个也没动弹。

“我准备好了，走吧。”她平静地说道。

第五十九章

温顿塞斯特城，是一个优美而古老的城市，从前是威塞克斯王国的首府，坐落在起伏不平的丘陵地带，在这个七月的早晨，它沐浴在阳光和温暖之中。那些有山墙的砖瓦结构房屋，由于季节的影响，差不多晒脱了覆盖在墙上的一层苔藓，草场上的沟渠水位很低。在那条有着缓坡的大街上，从西门到中部十字路口，从中部十字路口到大桥，人们正在慢条斯理地打扫卫生，为的是迎接旧式集市日。

每一个温顿塞斯特人都知道，从前面所说的那个西门起，马路就开始上坡，坡道又长又规则，恰好延续一英里，把城里的房屋渐渐地撂在后面。正是在这条大道上，快速地走着两个从城里出来的人，仿佛不觉得爬坡费力似的。他们之所以不觉得疲劳，不是因为脚步轻快，而是因为心中有事。下面不远处，有一堵高墙，高墙中间，开着一道有铁栅的狭窄小门，他们就是从那道栅门走出以后上了这条大路。他们似乎急于躲开房屋，逃出人们的视野，而这条大路似乎给他们提供了最佳的途径。他们虽然都很年轻，但是走路的时候却垂着脑袋，而太阳的光线则含着笑意，毫无怜惜地照射着他们那悲伤的身态。

两个人中，一个是安琪·克莱尔，一个是他的小姨子丽莎。现在的丽莎身材颀长，含苞待放，一半是少女，一半是少妇，在气质上简直是苔丝的化身，她也有一双和苔丝同样美丽的眼睛，不过，比苔丝略瘦一些。他们苍白的脸庞似乎瘦成了原本的一半。他们手拉着手，一言不发地向前走，他们那低着头的样子，就像乔托[1]所画的《两个使徒》一样。

他们快要到达西山顶部的时候，城里的大钟敲了八下。听到钟声，两人全都一惊，接着，他们又朝前走了几步，到达头一个里程碑，只见这白色的石碑立在绿色草地的边缘上，石碑的后面就是丘陵草原，在这儿和大道连在一起。他们走到草地上，这时，好像有一种力量控制了他们的意志，逼迫他们突然停住脚步，转过身，瘫痪般地静候在石碑旁边。

从这个山顶朝下望去，四面的景物差不多无边无际。下方的谷地里，坐落着他们刚刚离开的那个城市，比较宏伟的建筑像是等角图中描绘的一样，格外显眼，其中有大教堂的钟楼以及诺曼底式的窗户、长廊、中殿，有圣托马斯教堂的尖阁，有学院建筑的尖顶，靠右一点，还有古老济贫院的楼阁和山墙，直到现在，难民还可以在那儿得到少量面包和啤酒的施舍。城市的后面，隆起的圣凯瑟琳山脉延伸开来，再往远看，景色一层连着一层，直至天边，但是那悬在天际的太阳，用辉煌的光线，抹除了天地的界线。

---

1. 乔托（1276？—1337），意大利佛罗伦萨的画家及建筑家。

在这大片绵延远景的衬托下，一幢红砖大楼耸立在其他建筑物的前面，还有一片灰色的平房和一排排带铁栅的小窗户，表明那是囚禁犯人的地方，它那拘泥刻板的样式与周围错落有致的哥特式建筑形成巨大的反差。从它前面的路上经过时，由于紫杉和橡树的遮挡，不太看得清楚，但是现在从这高处看下去，一切都尽收眼底。刚才他们两人走出来的那道铁栅门，就开在这幢红楼墙上。在大楼的正中部位，一个丑陋的平顶八角高阁，背着东方的地平线，赫然耸立着。从山顶看去，它正背着亮光，只能看到它阴暗的一面，所以，它似乎是城市美丽景色中的一个污点。然而，他们两人所注目的，正是这个污点，而不是城市的美景。

在八角高阁的檐口，竖着一根高高的杆子。他们的眼睛就死盯着那个地方。钟声敲过之后，没过几分钟，就有一样东西慢慢地从杆子上升起，在风中招展。原来，是一面黑旗。[1]

“明正”典刑了，埃斯库罗斯所说的众神的主宰，结束了对苔丝的戏弄。德伯维尔家族的那些武将和夫人却长眠墓中，对此一无所知。那两个默默注视的人，跪倒在地上，仿佛在祈祷，他们就这样一动也不动地跪了很久很久，那面黑旗仍在风中无声地招展。到后来，他们刚刚有了一点气力，便站起身来，又手拉手地往前走去。

（全书完）

---

1. 黑旗是执行死刑的标志。

托马斯·哈代 Thomas Hardy

（1840 — 1928）

跨世纪的英国文学巨匠

他既是十九世纪末杰出的批判现实主义小说家

又是二十世纪初大胆探索的“现代诗歌之父”

他的小说饱含诗情画意的田园美和灵动优雅的音乐美

此外，他的小说勇于挑战旧习俗观念，积极探索真实的人性

他被称为“英国小说中的莎士比亚”和“英国小说中最伟大的悲剧大师”

《苔丝》《无名的裘德》和《还乡》是哈代不朽的代表作品

吴笛

文学博士

中国作家协会会员

主要从事外国文学研究与翻译

浙江大学世界文学与比较文学研究所所长

中国中外语言文化比较学会会长

浙江省比较文学与外国文学学会会长

主持《外国文学经典生成与传播研究》等国家社科基金重大项目

著有《英国玄学派诗歌研究》《哈代新论》等10多种学术专著

译有《雪莱抒情诗全集》《苔丝》等30多部文学作品

一本经典好书，一份思考与成长

扫码了解更多好书

苔丝

产品经理 | 周颖琪
装帧设计 | 王　雪
技术编辑 | 顾逸飞
责任印制 | 梁拥军
监　　制 | 吴　涛
出 品 人 | 吴　畏

图书在版编目（CIP）数据

苔丝 /（英）托马斯·哈代著；吴笛译．-- 南昌：江西人民出版社，2018.9
ISBN 978-7-210-10676-0

Ⅰ．①苔… Ⅱ．①托… ②吴… Ⅲ．①长篇小说－英国－近代 Ⅳ．①I561.44

中国版本图书馆CIP数据核字（2018）第177160号

苔丝
［英］托马斯·哈代/著　吴笛/译
责任编辑/冯雪松 王丰林
出版发行/江西人民出版社
印刷/河北鹏润印刷有限公司
版次/2018年9月第1版
2018年9月第1次印刷　印数/1-6, 000
开本/880毫米×1230毫米　1/32　印张14.5
字数/383千字
书号/ISBN 978-7-210-10676-0
定价/49.80元

赣版权登字—01—2018—648